John Dos Passos

The Big Money　　　　　赚大钱

【美】约翰·多斯·帕索斯　著

姚永彩　左宜　译

作家出版社

（京权）图字：01-2017-7404

图书在版编目（CIP）数据

赚大钱 /（美）约翰·多斯·帕索斯著；姚永彩，左宜译 . -- 北京：作家出版社，2021.1

（《美国》三部曲；三）

ISBN 978 - 7 - 5212 - 0980 - 8

Ⅰ.①赚… Ⅱ.①约… ②姚… ③左… Ⅲ.①长篇小说 - 美国 - 现代 Ⅳ.①I712.45

中国版本图书馆 CIP 数据核字（2020）第 085497 号

赚大钱

作　　者：（美）约翰·多斯·帕索斯
译　　者：姚永彩　左　宜
责任编辑：赵　超
助理编辑：郭晓斌
装帧设计：吴元瑛
出版发行：作家出版社有限公司
社　　址：北京农展馆南里 10 号　　　邮　　编：100125
电话传真：86 - 10 - 65067186（发行中心及邮购部）
　　　　　86 - 10 - 65004079（总编室）
E - mail: zuojia@zuojia. net. cn
http: // www. zuojiachubanshe. com
印　　刷：三河市北燕印装有限公司
成品尺寸：152 × 230
字　　数：480 千
印　　张：28.5
版　　次：2021 年 1 月第 1 版
印　　次：2021 年 1 月第 1 次印刷
ISBN 978 - 7 - 5212 - 0980 - 8
定　　价：58.00 元

论多斯·帕索斯的前期思想与作品（代序）

朱世达

如果我们对美国二十世纪二三十年代重要作家约翰·多斯·帕索斯（1896—1970）一生作一总的回顾与评价，我们会发现作家创作达到巅峰的时期正是他全力投身于美国社会斗争，即所谓的"激进运动"时期。正如格兰维尔·希克斯所说，"没有一个美国作家像多斯·帕索斯那样直接地描写变革，伟大的社会变革，具有二十年代特色的革命的变革"[①]。多斯·帕索斯的主要作品《美国》三部曲（《北纬四十二度》《一九一九年》《赚大钱》）1938年结集出版之后，作家的政治方向开始转变，在美国的政治地图上来回交叉走了一遭，渐渐趋向于右翼，这在他的创作上也留下了明显的衰败印记。人们可以毫无偏见地说，在他嗣后的创作里，无论是《一个年轻人的冒险》（1939）还是《伟大的计划》（1949），他不仅在思想上走向反共，艺术上苍白无力，就是创作才力也显得枯竭。所以，在多斯·帕索斯身上，文学史学家可以十分清晰地看出一个从来没有停止过流血的心理创伤，一个创作活动的分水岭。

综观多斯·帕索斯一生中思想与情感的历程，不难发现，他后期与左派运动决裂，他的反戈，绝不是偶然的。人们可以在他的前期作品中找到他思想上的一些倾向和弱点，它们最终导致他成为一个极端的戈特华特共和党人。他的前半生和后半生形成一个强烈的对比与反差，致使美国学者汤森·勒亭顿问道："人们怎么可能把五十年代麦卡锡主义的鼓吹者与《美国》三部曲的作者视为一个人呢？"[②]由于他在二十世纪二三十年代的美国文坛上是一个极有影响的作家，由于他的政治思想和艺术道路是当时时代极富有代表意义的现象，更由于他的激进文学的经典著作《美国》三部曲被认为是美国

[①] 格兰维尔·希克斯：《多斯·帕索斯的政治》，由安德罗·霍克（Andrew Hook）编入《评论多斯·帕索斯文集》，新泽西：帕莱蒂斯-霍尔公司，1974年，第15页。

[②] 汤森·勒亭顿：《约翰·多斯·帕索斯：20世纪的历程》，纽约：达顿出版社，1980年，第463页。

民族的史诗之一，对他的前期思想和作品作一深入的研究与分析，对于了解美国二十世纪最初三十多年的文学史，和美国二十世纪三十年代一群作家与文学评论家从左翼转向右翼的历史的与社会的背景，都是极有裨益的。

多斯·帕索斯从1912年至1916年在哈佛大学度过了四年的学习生活。当时的哈佛正处于继奥斯卡·王尔德1882年美国讲学之后风云而起的唯美主义运动的后期。波士顿的知识分子捡起唯美主义的旗帜，在音乐、艺术、文学中鼓吹"为艺术而艺术"。正如马尔科姆·考利说的"唯美主义者竭力在十九世纪九十年代、在马萨诸塞州的剑桥创造一个牛津的余象"[①]。美国文艺批评家万·魏克·布鲁克斯曾经这样描述他在哈佛（1904—1907）的岁月：学文学的学生都倾向于鄙夷他们的国家和世纪，崇拜远离当代美国的事物和人物；几乎每一个人都耽读帕塔的著作，未来的诗人和小说家心里充斥了意大利艺术。[②]多斯·帕索斯就是在这样的环境中开始他的创作生涯。一年级结束时，他在1913年7月号《哈佛月刊》上发表第一篇短篇小说《阿尔米》。小说描写一个英国少年（像作者自己）在开罗偶然瞥见一位姿色动人的黑眼珠少女，不久，她便消逝不见了。英国少年连夜画了一幅少女的肖像，并开始在全城寻觅她。但找到时，她已嫁给一位赶骡车的，蹲在破屋里做饭，大声吆喝她光屁股的侄子，少年完全失望了。人们从这篇小说中可以看出哈佛唯美主义对他的影响。不过他很快就腻味了前拉斐尔派诗人所赋写的过分讲究遣词造句的诗歌和王尔德的唯美主义。他在1915年5月号《哈佛月刊》上发表小说《唯美主义者的噩梦》，描写一个羸弱的年轻人带回一尊维纳斯像，放在大学寝室里，一次喝了酒，在梦魇中击碎了雕像，醒来之后发现破碎的维纳斯躺在地板上。这是多斯·帕索斯对唯美主义者矫揉造作的讽喻。

作家不满哈佛的环境，把它比作约束人的创造力的"钟罩"，受着外界巨大压力的压迫。

于是，在寻求新思想和新表现形式的同时，他竭力想反叛，想背离美国的物质主义，打破"斯文传统"对美国文学艺术的禁锢。他耽读英国诗人法兰西斯·汤普森的《天之猎猪》和威尔士散文家亚瑟·马琴的《多梦的山

① 汤森·勒亭顿：《约翰·多斯·帕索斯：二十世纪的历程》，纽约：达顿出版社，1980年，第56页。
② 参见麦尔文·兰德斯伯格：《多斯·帕索斯通向〈美国〉的道路》，波尔达尔：科罗拉多联合大学出版社，1972年，第24页。

丘》，特别推崇埃兹拉·庞德的《意象主义者》，受到象征派和意象派诗人的极大影响。所以，在多斯·帕索斯的反叛中，人们可以发现一个哈佛唯美主义者反对一切本国传统的倾向——这种倾向成为他日后投入激进运动的发轫。他很明白：他如果想成功，就必须打破文学传统；所以，他不仅是新形式和新风格的追随者，而且是实践家，是一个敏锐的观察家。

作家离开剑桥——哲学家的天堂之后，1916年10月在《新共和》杂志上发表《反对美国文学》，这对于考察和研究他的早期思想是非常重要的。这篇文章显示了作家对工业主义的不安和对物质主义的憎恶，他的观点与对美国社会和文学持批判态度的魏克·布鲁克斯甚为接近；它同时也表明作家受到惠特曼关于美国图景思想的强烈感染。他说，从英国移植到新英格兰然后到中西部的美国文学是斯文的、抽象的、无根的，缺乏民歌与传统的基础。而如今，工业主义把与过去联系的桥摧毁了。美国必须接受惠特曼关于建立伟大文学的挑战，要不就会变成"现代世界的西西里岛"，文化上非常贫乏而物质上却异常富有。①多斯·帕索斯一离开哈佛就将自己置于反对传统的、无根的美国文化的反叛者的地位。他的这种批判精神由于目睹第一次世界大战的浩劫而得到了升华和发展。他在大战中创伤般的经验是促使他一生观点转变的一个重要的关键。他已不仅仅是浪漫的对现实持不满态度的哈佛八诗人之一了；战争把他卷入世界政治漩涡的中心，战争的残酷使他成为一个资本主义社会的批判者。他1916年12月12日从西班牙给马文写信道："对我来说，战争中有一些东西非常令人沮丧，要是欧洲这样愚蠢地摧毁它自己的话，我所做的一切，我所写的一切看来是多么廉价，毫无用处。"②

在凡尔登前线，多斯·帕索斯作为救护车队的司机目睹了许多战争的惨状，他在《美国》三部曲的《一九一九年》中描述了当时战争的恐怖和给人心灵带来的震慑和不幸。多斯·帕索斯认识到，战争完全是由谎言、欺骗和并不参加打仗的人们追求个人利益的恶行所滋养起来的巨大的肿瘤。他完全同意约翰·里德在《谁的战争？》中所表达的观点："这不是我们的战争。"他在法国看到越来越明显的可能发生革命的信号，他希望在美国也发生革

---

① 参看多斯·帕索斯《反对美国文学》，《新共和》（*New Republic*）VIII，1916年10月14日，第269至271页。

② 汤森·勒亭顿编：《第十四编年史：约翰·多斯·帕索斯信函与日记集》，波士顿：盖姆别特出版公司，1973年，第60页。

命（但对于革命的目标和内容，他却完全茫然），因为只有革命才能使各民族摆脱现在的政府。

正是基于作家在大战中的经验，他筹划写一部关于美国军队生活的书，描述污秽与单调，以表述人仅仅是沉沦的奴隶、号码、炮灰的心境。他希望小说能成为一部现实主义的作品，一份有力的反对军国主义的文献。他1920年出版了《1917年：一个人的创始》，1921年出版《三个士兵》，两部小说都是反战的，认为战争不仅导致大教堂的毁灭，而且导致对往昔崇高思想信任的幻灭。《三个士兵》描述卷进战争与军事机器的个人——约翰·安德罗——的尊严的毁灭和无助，弗莱德里克·霍夫曼在《二十年代》中认为："战后小说没有一本像《三个士兵》那样充分地表达了作者对军队和战争的憎恶。……压倒一切的象征就是那凌驾于个人之上，将个人的抱负和希望都摧残殆尽的机器。"[1]

处在苦闷绝望之中，正在梦想为人类寻求出路的年轻的多斯·帕索斯，必然和纽约格林威治村正处在鼎盛时期的《群众》成为知音。以麦克斯·伊斯特曼为主编的《群众》像一块磁铁吸引了对美国社会已具有一种朦胧的批评思想的多斯·帕索斯，因为它代表了一种他正在寻索的新思想。《群众》的激进很快为他所有，欧洲战争的经验使他迫切期望看到社会革命，使他更加容易接受新鲜的观念，不管它是布尔什维克主义还是无政府主义。他开始严肃地对美国政府和社会进行批判，这种态度在二十年代末和三十年代初达到了巅峰。他希望人们有勇气再次高唱法国大革命时期的《卡玛涅拉》，向新的巴士底狱挺进，他担忧第一次世界大战将导致漫长的欧洲文明的死亡，而几乎没有自己本土文化的美国将因此而一起消失，他希冀寻找一种新的政府体制，一种新的经济学说，正如他在给朋友乔治·圣·约翰的信中说的："生活在这种覆灭之中是很美妙的——也许这种覆灭也是临盆的痛苦。"[2]

于是，他越来越倾向于激进主义，他属于霍夫曼所描述的那"年轻的天真者"之一群，视这种激进主义为"赤色""革命"。他参加了无政府主义者埃玛·戈德曼非征兵联盟在麦迪逊广场公园组织的集会。事后，他在一封给麦克库恩的信中说："我每一天都在变得更为赤色——我唯一的雄心就是能唱'国际歌'。"所谓"更为赤色"其解释就是他说的："我真想毁灭我们的

---

① 弗莱德里克·霍夫曼：《二十年代》，纽约：维京出版社，1955年，第60页。
② 汤森·勒亭顿编：《第十四编年史：约翰·多斯·帕索斯信函与日记集》，波士顿：盖姆别特出版公司，1973年，第72页。

这些愚蠢的学院和学院里的所有那些有教养的年轻人——任何形式的庸俗猥琐、杂种文化、中产阶级的势利的灌输者。"[①]他在一封给马文的信中说，战后，他将变得"赤色、激进和革命"，马文将会因此与他断绝关系。[②]值得注意的是，他在同一封信中提到不久前在格林威治村勃莱伍特酒店地下室咖啡馆和无政府主义者埃玛·戈德曼坐在一起的情景，称自己是"她的荣耀的光晕"，描述自己总是处于"一种奇异的急于想表达激动的状态之中"。因此，他的"赤色、激进和革命"的含意就只能在这样的背景上来理解了，就是总带有一种无政府主义的色彩。哈佛大学教授、文艺批评家丹尼尔·阿伦在与作者的一次谈话中认为，他是一个无政府主义者。马丁·卡立奇写道："多斯·帕索斯的自由主义一般来说，是无政府主义的。那就是说，多斯·帕索斯相信绝对的或原始的自由，无政府主义者所信奉的最高的善。"[③]他最推崇的工团组织——世界产业工人联合会本身就具有浓厚的无政府主义色彩。产联的无政府主义、狂热和地方色彩曾使格林威治村的左派们——其中包括多斯·帕索斯——为之倾倒。由于对现代社会和政府的绝望，他痛恨一切组织，痛恨权威，痛恨遵奉传统，认为组织就是死亡。他对政府不作阶级分析，一概反对。他在一封写给马文的信中说："（你的）关于政府的比喻（即政府机器）是非常好的，但是当有人骑在你的脖子上时，就绝不是玩弄明喻的时候。一个虚伪的思想，虚伪的体制，一群独裁者，有意识的和无意识的独裁者，现在正骑坐在世界的脖子上，到目前为止摧毁了世界上一半有价值的东西。"多斯·帕索斯认为樊塞蒂的无政府主义更多的是种情感，一种温和的哲学的思考，而不是一种标签；那是在地中海地区滋生的一种希望，期望根深蒂固地植根于资本主义制度的人的掠夺天性能被引向其他渠道，让手工业者、农夫、渔夫和养牛牧民社区自由自在，使他们可以怀着欢愉之情为生活而劳作。很显然这也是多斯·帕索斯小资产阶级知识分子的梦幻，这也是他自己的一帧画像。我们可以从《一九一九年》的"摄影机眼（41）"看出他的这种倾向：

---

① 汤森·勒亭顿：《约翰·多斯·帕索斯：20世纪的历程》，纽约：达顿出版社，1980年，第123页。

② 汤森·勒亭顿编：《第十四编年史：约翰·多斯·帕索斯信函与日记集》，波士顿：盖姆别特出版公司，1973年，第75页。

③ 马丁·卡立奇：《约翰·多斯·帕索斯：自由与父亲形象》，《安蒂奥奇评论》，1950年春季，第100页。

你不来参加无政府主义者的野餐吗那里将举行一次无政府主义者的野餐当然啦你今天下午必须来参加无政府主义者的野餐……

但是该死他们拥有世界上所有的机关枪所有的印刷机行型活字排版机股票行情自动收录机色带铁转盘过分乔装打扮的女人里兹大饭店　你们　我？赤手空拳一切歌并不太动人的歌……

作家的无政府主义在一定的社会政治条件下（如美国二十年代末和三十年代初）可以表现为一种以反对资本主义为目标的社会激进思潮。

1925年，多斯·帕索斯发表长篇小说《曼哈顿中转站》。小说在艺术上更臻成熟，运用表现主义手法讽刺了纽约城一群人的生活，鞭挞了物质主义、因循、政治腐败和人与人之间交流的缺乏。在这部作品中，作家追求一种他称之为"本土的激进主义"思想。他把这种本土的激进主义界定为一种超越政治的激进主义，独立地表述各种激进思想。麦尔文·兰德斯伯格认为，"多斯·帕索斯的激进主义的源泉在很大程度上是保守的，受一种捍卫或重申历史性的自由和维护文明的愿望所激励"。为本土激进主义所驱使，他于1926年5月成为《新群众》的执委委员。从此，由于与迈克·高尔德等激进分子的来往日益频繁，与左派"新戏剧家社"的关系日益紧密，多斯·帕索斯在30岁时开始了一生最活跃的政治活动时期。但是，从《新群众》创刊开始，多斯·帕索斯和高尔德等人的思想就是不一致的。从他同高尔德的论战可以看出，即使他作为左派的同路人或者在许多人看来他已成为美共党员（实际上他从未加入过美共）的情况下，在政治观点上他更为接近西班牙无政府主义作家、《为生活而斗争》的作者巴罗哈·伊·内西，后者认为"一个中产阶级人士在社会革命中唯一能起的作用仅仅是破坏而已"；在社会理论上与《自由人》编辑阿尔贝特·杰·诺克更为融洽，诺克反对任何形式的国家，认为国家是一个掠夺性阶级阻碍经济解放和个人自由的强迫性工具。

多斯·帕索斯在1927年投入拯救两位面临死刑的意大利无政府主义者萨柯和樊塞蒂的斗争。他清晰地看到美国社会中存在两个对立的阶级的现实，认为这在"赤色恐惧症"中炮制出来的肮脏的案件已经"成为工人阶级和资本家阶级之间、掌握政权的人们和争取掌握政权的人们之间的世界范围斗争的一部分"。他后来在《赚大钱》"摄影机眼（50）"中描述了这次斗争的绝望，提出了著名的"我们是两个民族"的论断，表明他在对资本社会持激进的批判态度上前进了一大步。

在这段时期中，作家在心中正酝酿写作《美国》三部曲，他希望创作"一部很长的小说，描写一部分美国人在这世纪的最初三十年中互相多少有点关联的生活"。两个普通的意大利移民的被处死，使他看清改变现行工业资本主义制度的迫切性，使他与左派激进运动的关系更加紧密。在嗣后的岁月中，多斯·帕索斯访问了苏联（1928），成为全国声援反饥饿罢工矿工委员会主席（1931），和德莱塞一起去肯塔基州哈兰县了解劳工纠纷（1931），为美国共产党总统竞选人投票（1932），成为全国保卫政治犯人委员会司库（1932）。

《美国》三部曲全发表于二十世纪三十年代。在二十年代，由于"迷惘的一代"的出现，美国现代文学道德历史的一章结束，这在多斯·帕索斯作品中最清晰地表述了出来，他结束了那一代人的追求，把它的价值带到三十年代的社会小说之中。他运用乔伊斯式的语言，新的试验性的文学技巧"新闻短片""摄影机眼""人物小传"等，展现了二十世纪最初三十年中作为群像的美国人——实际上的主人公是"美国社会"的生活与命运。小说以一个在美国公路上孤独无援的流浪汉开始，他"没有职业，没有女人，没有房子，没有城市"，总之他没有任何归属，在"散向夜街的人流中独自快速地走着"，"在夜里，需求的欲念在脑海中旋转，他孤独地踽踽而行"。小说描写了12个主要人物，他们对现代社会的压力作出了种种不同的回答，其中有世界产业工人联合会会员、印刷工人麦克，他后来脱离了激进运动，在墨西哥过上了小资产阶级生活；一次大战时的空军英雄、飞机设计师安德森，对革命没有真正的信念，道德上放浪不羁；没有文化、命运多舛的水手威廉斯，在商船上干活，过着猪狗不如的生活，时时遭受失业的威胁，醉生梦死，几乎成了一个"生物人"，最后在酒吧间斗殴致死；公共关系寡头摩尔豪斯，虽然才能有限，但靠权术却取得了巨大的商业上的成功；哈佛唯美主义诗人、善于在社会的阶梯上向上爬的萨维奇，为了权宜的利益而放弃了和平主义观点和诗歌；激进的犹太罢工领袖本·康普顿，投身革命，因为拒绝参战服役而被投入监狱，后被开除出美共；瓦萨学院学生玛丽·弗伦奇，拒绝接受美国社会的价值而参加社会工作和激进运动，虽然个人在社会与私人生活方面连续遭受不幸，仍然执着地投身激进洪流。小说各人物的命运互不相关，各自成章，中间穿插了自传性的"摄影机眼"51篇，提供社会、政治、文化背景的"新闻短片"68辑，包括美国各阶层著名历史人物的"人物小传"28篇。

我们可以看到，凡布伦的思想——而不是马克思主义——是《美国》三部曲的核心思想。多斯·帕索斯崇尚凡布伦有永久价值的精细的外科医生般的分析。他写信对威尔逊说，在凡布伦的分析中似乎藏有比其他任何人更多的火药，因为他似乎是唯一的一个有才能的、批判地研究美国资本主义的人。《美国》三部曲所描述的世界，纯是一个凡布伦的世界，即商业破坏生产，盲目追求金钱与利润对生活的破坏的世界。多斯·帕索斯对资本主义社会里被异化的人们、被排挤在社会之外的人们、在生活中失败的人们和对现实不满的人们寄予无限的同情；在小说中，他表明财阀控制的美国工业主义不仅摧毁了农村经济模式，而且也摧残了美国宝贵的传统道德与政治信条。战后随着工业扩张、繁荣而出现的"爵士时代"对金钱空前的贪婪和占有欲，使多斯·帕索斯感到幻灭和失望，认为这种繁荣加剧了在美国业已存在的精神堕落。因此，《美国》三部曲始终流露出一种"绝望的"情绪，反映了作家对诸多的现代社会问题无从回答而陷入一种无可奈何的心境。所以《美国》三部曲并不能简单地归属于"左翼"小说。卡津说："多斯·帕索斯从来没有接受过一种团体的思想，所以将他与三十年代激进的作家们相提并论就不可能理解他作为小说家的发展。他很早就开始激进，他从来就不是一个马克思主义者，在所有时期他都遵循自己的自信的异常独立的道路。"

尽管作家在1917年就认为自己"如此赤色、激进和革命"，但正如他在1953年约瑟夫·麦卡锡非美活动委员会时期写的，二十年代他对苏联试验的兴趣仅仅是"一个年轻知识分子为了追求改变而改变的愿望而已"。他主要是出于"对普通人的热情和同情"。正如威尔逊在1930年7月底给爱伦·塔特的信中说的，多斯·帕索斯仅仅是一个"中产阶级的自由派人士"。据多斯·帕索斯的解释，中产阶级自由派人士，大部分是工业社会中的技术人员，他们"在社会经济结构中不受其地位影响而成为亲工人或反工人的人"，作为一个作家，他属于这一群人。1926年他在《新群众》上呼吁左派注意观察"美国财政巨大帝国的锻压机的锅炉"将会产生什么样的结果。1930年他呼吁，在为既定的目标而争取变化时，在阶级斗争中保持平衡和人道。在1930年8月号《新群众》一文中，他希望"我们尽可能使阶级战争更为人道"。他认为，中产阶级自由派人士（在任何工业制度中的技术人员）在由资本主义所诱发产生的劳资之间的暴力斗争中保持中立。他希冀这种新的理解就是变化，既不是向资本主义的变化，也不是向欧洲共产主义的变化，这种变化非常奇异地是美国式的，既不是源出于克里姆林宫，也不是出于美国钢铁厂，他赞同世界产业工人联合会的目标，即在"一个旧社会的躯壳里建设一个新的社会"。1932年4月威尔逊送了一份作家宣言草稿给多斯·帕索斯，在宣言中签名作家声明将支持"社会经济革命"，"和美国的工人以及农夫的利益结合在一起"。值得注意的是多斯·帕索斯建议删去"消灭基于物质财富而划分的所有阶级"，改成"生产者必须掌握生产机器，以作为消灭金钱、权力的必要手段"。多斯·帕索斯中产阶级改良主义的社会、政治、经济观点在这里清晰地表述了出来。

在1932年答《现代季刊》的问题"美国作家何处去？"时，多斯·帕索斯指出，"美国资本主义是失败了，但还不能说制度垮了"。他希望看到变革，而不是整个的毁灭。他认为，一个作家无法避免参加到当前的社会危机之中，但是不是在创作中遵照（美国）共产党的路线，那是他自己的事。当该杂志编辑问他"一个作家应该加入共产党吗"，他回答道："那是他自己的事。有些人自然是党的人，而有的人自然是清扫工或同路人。我个人属于清扫工和同路人之列。"

从以上对多斯·帕索斯前期思想的分析，我们可以很清晰地看到一个美国"中产阶级自由派人士"的轨迹——这是解开他思想发展、创作思想上的矛盾的关键。作为一位飞黄腾达的纽约律师和一位南方名门贵族闺秀的私生子，"在旅馆中度过的童年"对他一生的思想有极大的影响，他一生都在寻觅归属，寻觅一个根，选择一个祖国。由于哈佛唯美主义对他的影响，他一生把艺术看得高于一切，甚至把参加激进运动也看成是一种艺术探索的需要。但是，正由于他的中产阶级自由派人士的立场，正由于无政府主义对他的影响，他不可能完全接受马克思主义，不可能对当时的形势作出马克思主义的估计，而只能囿于他固有的一种不是黑就是白的思想方法。当苏联国内斯大林在肃反问题上犯了扩大化、共产国际在西班牙内战的问题上犯了"左"倾的错误时，他动摇了。他父亲所崇尚的"盎格鲁-撒克逊世纪""杰弗逊式的民主"又在他身上点燃，他开始认为"盎格鲁-撒克逊民主是我们所有的最好的政治方式"[1]。他脱离了左派运动，而转入右翼营垒，是他的

---

[1] 多斯·帕索斯1937年秋给约翰·哈威德·劳森的信，见《第十四编年史》第514页。

思想，是当时的国际国内形势的一种合乎逻辑的发展。《美国》三部曲反映了作家这种思想上的矛盾和苦闷，也反映了批判社会的激进思潮——即美国当时时代的思潮——终于成为美国二十世纪文学史上一部重要的作品。

目　录

查利·安德森

查利·安德森躺在他的铺位上，处身在一片耀眼的红光和一阵嗡嗡声中。《啊，蒂蒂尼》，昨晚这曲子见鬼去吧。他平躺着，眼睛火辣辣的；嘴里的舌头像温暖酸臭的厚油毛毡。他把双脚从毯子下抽出来，任其悬在床沿，这是双趾有着粉红色疙瘩的大白脚。而后他让脚落在红色地毯上，摇摇晃晃地走到舷窗前，把头伸出窗外。

他望不见码头，但见迷雾和灰绿色的小浪拍打着轮船有舷梯的一侧。船抛下了锚。一只隐藏在雾里的海鸥在他头顶上尖叫了一声。他打了个寒战，把头缩回去。

洗脸的时候，他把冷水泼在自己的脸和脖子上。冷水碰到的地方，皮肤泛起了粉红色。

他开始感到寒冷，有点恶心，便回到铺位上，把那还有点儿热气的被子盖在身上，一直拉到下巴颏。家。让那曲子见鬼去吧。

他跳起身来。他的头和胃有节奏地抽痛着。他拖出便壶，弯下身去。他呕吐起来；只呕出了一点儿绿色的胆汁。不，我不想呕吐。他穿上内衣，套上马裤呢制裤，把脸上抹上肥皂沫，刮起胡子来。刮胡子使他情绪低落。我需要的是……他揿铃召来了茶房。"你好，先生。""喂，比利，拿杯双份柯涅克白兰地来，快。"

他一丝不苟地扣好衬衫，穿上紧身短外衣；看看镜子里的自己，他发现眼圈发红，面孔给阳光晒黑了，泛着绿色。蓦地他又感到恶心；一股酸水从胃里涌到喉头。天哪，这些法国船只真臭气冲天。一声敲门，茶房咧嘴笑着说："来了，先生。"白色盘子上放着一杯酒，琥珀色的酒微微溅了一点在盘子上。"我们什么时候靠码头？"茶房耸耸肩，咕噜道："有雾。"

他走上那有油毡气味的升降口扶梯时，眼前仍飞舞着绿色小点。登上了甲板，他感到湿濡濡的雾抚擦着他的脸。他弓身把双手插进裤兜。甲板上没有人，只有几只箱子，帆布椅都折叠好，摞了起来。每件物品迎风的一面都是潮湿的。吸烟室的黄铜镶边的窗玻璃上水珠涓涓下淌。四面八方全是雾。

1

他又兜了一圈，遇到乔·艾斯丘。乔气色很好。他那瘦削的鼻子下，小胡子整齐地朝两方撇着。他眼睛很清澈。

"这不是最糟糕的意外情况吗，查利？雾。"

"糟透了。"

"头痛吗？"

"你气色呱呱叫，乔。"

"当然，不足为奇。我感到烦躁，六点钟就起来了，讨厌的雾，我们可能整天给困在这儿。"

"这雾的确大。"

他们在甲板上蹓了两圈。

"船上有臭味，发现没有，乔？"

"我想是因为船抛了锚，雾又刺激你的鼻子的缘故。去吃早餐吧，怎么样？"

查利没有吱声，过了一会儿才深深地吸了一口气说："好吧，我们去试试吧。"

餐厅里散发着洋葱和黄铜擦光剂的气味。约翰逊夫妇已坐在餐桌旁了。约翰逊太太面色苍白，神情冷漠。她戴着一顶查利从未见过的小灰帽，一副准备上岸的样子。保罗①向查利打招呼时，向他投来苦笑。查利发现保罗举起橘子汁杯子时，手直发抖。他嘴唇发白。

"有谁看见奥利·泰勒吗？"查利问。

"少校的情绪挺不好，我敢说。"保罗吃吃地笑着说。

"那你呢，查利？"约翰逊太太用一种甜美的音调说。

"哦，我……我可满好。"

"骗人。"乔·艾斯丘说。

"哎，我实在想象不出，"约翰逊太太说，"什么事使得你们这帮小伙子昨晚睡得那么迟。"

"我们在唱歌。"乔·艾斯丘说。

"我知道有人没脱衣服就上床睡了。"约翰逊太太说，目光跟查利的相遇。

保罗换一个话题说："噢，我们又回到天府之国②了。"

---

① 约翰逊先生的名字。——译注，下同。

② 指美国。

"哎，我实在想象不出，"约翰逊太太说，"美国将是什么样子。"查利囫囵吞下一块火腿蛋，大口呷下带船底污水味的咖啡。

"我盼望的是一顿真正的美国早餐。"乔·艾斯丘说。

"葡萄柚。"约翰逊太太说。

"玉米片浇奶油。"乔说。

"热玉米饼。"约翰逊太太说。

"鲜蛋和真正的弗吉尼亚火腿。"乔说。

"麦粉烤饼和乡下香肠。"约翰逊太太说。

"玉米面肉饼。"乔说。

"优质咖啡加真正的奶油。"约翰逊太太说着哈哈大笑。

"你赢了。"保罗说，苦笑着离开了餐桌。

查利把余下的咖啡一饮而尽。他说想到甲板上去看看移民局的官员是否已经来了。"嗨，查利怎么啦？"他奔着登上升降口的扶梯时，听见乔和约翰逊太太一起笑着说。

一到甲板上，他就认为不会再觉得想呕吐了。浓雾已经消散了一点儿。他能看清停泊在"尼亚加拉"号船尾后的其他轮船的影子，再过去是一团圆形的阴影，那也许就是陆地了。海鸥在上空盘旋着，尖叫着。海面上的某处地方不时传来一个雾角的鸣响。查利走到船头，探出身子，沉浸在湿漉漉的雾中。

乔·艾斯丘抽着雪茄从他背后走上前来，挽着他的胳臂说："查利，还是散散步吧。这不是糟糕透顶吗？就像亲爱的纽约在最近那场不愉快的战争中被鱼雷击中了一样……我什么鬼东西都看不见，你呢？"

"刚才我以为看到了陆地，但现在又不见了。"

"准是大西洋高地城①；我们在霍克湾外抛的锚……见鬼，我多想上岸去啊。"

"你妻子在那边，是吗，乔？"

"她应该在的……你纽约有熟人吗，查利？"

查利摇摇头。"我还得跑老远的路才能到家乡……我不知道到了那边怎么办。"

"见鬼，我们可能要在这儿待一整天哪。"乔·艾斯丘说。

---

① 位于美国新泽西州东部，为一濒大西洋的旅游地，在纽约市外港正南方。

"乔，"查利说，"我们去喝一杯怎么样……最后一杯。"

"他们已把那该死的酒吧关起来了。"

他们昨晚便把行李打好了。此刻没事干，就利用上午的时间在吸烟室里玩纸牌。但是大家都心不在焉。保罗老是把牌掉在桌上。谁都不知道上一墩是哪个拿进的。查利极力想回避约翰逊太太的目光，不去看她颈部如何微微下弯，被灰色毛皮衣领掩没。

"我实在想象不出，"她又旧话重提，"你们这帮小伙子昨晚有什么话要谈到那么晚……我还以为在我上床之前我们已谈尽了天下事哩。"

"哦，我们找到了一些话题，但大部分是以歌唱的形式来表达的。"乔·艾斯丘说。

"我知道我上了床，总会错掉一些好事的。"查利发现保罗在他身边正以一双抚爱的浅色眼睛注视着她。"但是，"她捉弄人地微笑着继续说，"熬夜实在太令人厌烦了。"

保罗脸红了，看样子好像就要哭了；查利不知保罗是否和他想到了同一件事。

"哦，等等，该谁发牌？"乔·艾斯丘轻快地说。

快近中午时分，泰勒少校步入吸烟室。"早安，诸位……我知道谁也不会比我更难过了。指挥官说要到明天早上才能靠岸。"

他们不等打完这一局就把纸牌收起来。

"真糟。"乔·艾斯丘说。

"这样也好，"奥利·泰勒说，"我身体糟透了。驰骋沙场痛饮烈酒的泰勒家族的唯一幸存者只是一把老骨头啦。我们能经受战争的考验，但是和平却把我们搞垮了。"

查利抬起头来，借助吸烟室窗户里透进来的微弱的雾光，看见奥利·泰勒的灰色脸膛上松弛的面颊，发现他头发和小胡子夹着银丝。他暗自思忖：天哪，我可要戒酒啦。

他们随便吃了点午餐，然后分散到各自的房舱去睡觉。

查利在他房舱外的过道里遇到了约翰逊太太。"唉，最初的那十天将是最最难熬的，约翰逊太太。"

"你为什么不叫我伊夫琳呢？别人都这么叫的。"

查利脸红了。"有什么用？我们不会再见面了。"

"为什么不呢？"她说。

他注视着她那双淡褐色的凤眼，只见一双瞳仁扩大开来，直到淡褐色全变黑了。

"耶稣在上，如能再见面我当然高兴，"他结结巴巴地说，"千万别以为我……"

她已滑溜地从他身旁擦过，向过道那头走去。他走进自己的房舱，砰地关上了门。他的行李都打好了。茶房已把被子收走。查利脸朝下躺倒在那带有霉味的蒙着条纹棉布的床垫上。"让这娘儿们见鬼去吧。"他大声说。

蒸汽绞车的响声把他惊醒，然后他听到轮机房铃声叮当。他从舷窗望出去，看见一条黄白两色的海关缉私船，再过去，微弱的粉红色日光照射在一些木屋上。雾在消散；他们已进入海峡。

等他用水洗去眼睛里令人疼痛的睡意，跑上甲板时，"尼亚加拉"号已横跨灰绿色闪烁的海湾，慢慢地探路前进。微红的雾霭像幕布一样悬挂在上空。一条红色渡船从他们船头驶过。右边有一排四桅和五桅的纵帆船抛锚停泊着，再过去是一条横帆船和航运局的一批矮胖的汽轮，其中有的还带有条纹和杂色伪装。然后正前方出现模糊一片的纽约高大建筑物，其间有微光在上下闪动。

乔·艾斯丘穿着军用胶布雨衣，肩上挂着德国制军用望远镜，走到他身边来。乔的蓝眼睛闪闪发亮。"你见到自由女神像了吗，查利？"

"没……看见了，就在那儿。我记得她看起来还要大些。"

"那儿是黑汤姆岛①，曾发生过爆炸。"

"一切看起来很静，乔。"

"今天是星期天，才这么静。"

"该是星期天吧。"

他们这时正面对炮台公园②。通往布鲁克林区的那几座长桥消失在浅色摩天楼后面烟雾弥漫的阴影里了。

"嘿，查利，那儿就是人家保存全部钱财的地方。我们得从他们那里取一些来。"乔·艾斯丘说，一面拉拉小胡子。

"但愿我知道怎样开头就好了，乔。"

他们正绕过一长排有顶棚的船台前行。乔伸出手来。"好吧，查利，给

---

① 黑汤姆岛为泽西市的一部分，在纽约湾内，1916年德国破坏者曾炸毁这儿的军火库。
② 位于纽约市中心曼哈顿岛的南端。

我写信，小伙子，听到没有？我们经历了一场伟大的战争。"

"一定，乔。"

两条拖船迎着强有力的落潮，把"尼亚加拉"号推得转过来，推进两条码头间的水区。码头建筑物上飘扬着美国和法国国旗，那些黑黝黝的门洞子里有一簇簇人群在挥手。

"我妻子在那儿。"乔·艾斯丘忽然说。他紧紧握了一下查利的手。"再见啦，小伙子。我们到家了。"

等查利明白过来，他已在走下跳板了。检票员对他的证件简直看也没看一眼。税务员一面在他的手提包上打上戳记，一面说："嗨，我琢磨还是回家来好，中尉。"他从那基督教青年会工作人员、两名记者和市长委员会的一个成员面前走过；在这庞大的码头建筑物的暗黄色氛围内，这几个人带着一些散放着的行李，显得茫然而孤寂。泰勒少校跟约翰逊夫妇像陌生人似的握别。

接着他跟随他的小卡其布行李箱来到一辆出租汽车前。约翰逊夫妇已叫好车，正在等一只失散的手提包。查利走到他们身边。他想不出讲点什么。保罗说如果他待在纽约，一定得去看他们，但他一直站在汽车门口，因此查利难以跟伊夫琳说话。当脚夫把丢失的手提包送回来时，他看见保罗下巴上的肌肉松弛了。"一定来看我们啊。"保罗说着就跳进汽车，把门砰地关上。

查利向那双淡褐色的凤眼和那逗人的微笑最后瞥了一眼，回到自己的车里。"你可知道麦卡尔平旅馆还给军官特别优待价吗？"他向出租汽车司机问道。

"当然，如果你是军官，就准会受到优待……如果你是个大兵，就要踢你屁股。"司机从嘴角发出声音回答说，咔嚓一声挂上了排挡。

出租汽车拐上一条宽阔空旷的鹅卵石大街。这儿的车子行驶起来比巴黎的车子轻便。那些巨大的货栈和市场建筑物都关门了。

"哎呀，这儿真静啊。"查利向前倾身隔着中间的窗户对司机说。

"静得要命……你等着吧，要开始找份工作才够呛哩。"司机说。

"但是，耶稣，我实在不记得这儿有这么静过。"

"嘿，为什么不呢……今天是星期天呀，不是吗？"

"啊，当然，我忘记是星期天了。"

"当然是星期天啦。"

"现在我记起来了，是星期天。"

新闻短片 XLIV

《扬基歌》那支曲调

豪斯上校① 从欧洲抵达

显然成了一位重病号

《扬基歌》那支曲调

征服空间并眺望远方

难道此刻还不是让报业主合力发动一场有益的运动以镇定不安的心灵的时候，他们可以发布全部新闻而不必过分强调未来的灾难

战斗展开僵局依旧

人们一再使他们确信民主权利是美国人民的传统，但他们却容许钢铁托拉斯政府践踏这些民主权利

众船舶公司老板要求保护

《扬基歌》那支曲调
《扬基歌》那支曲调
使我挺起身来欢呼

---

① 爱德华·豪斯（1858—1938），美国外交家，以美国代表团团员身份于1919年参加巴黎和会。

奥纳托号纵帆船上幸存的水手们在到达费城后便被投入监牢

斯特朗格主席在病房中工作

我来了美国

我要说

可能压制出版自由

没有别的国家……如此雄伟

查尔斯·M.施瓦布①刚从欧洲归来，出席了白宫的午宴。他声称我们国家很繁荣，但还没达到它应繁荣的程度，因为正在进行许许多多令人不安的调查

……堪与我国媲美

从加利福尼亚直到曼哈顿岛

查利·安德森

长着一张鼠脸的旅馆小郎放下行李包，试了试盥洗池的水龙头，把窗子打开了一点儿，把钥匙插在门的内侧，然后作了个类似立正的姿势说："还有什么吩咐吗，中尉？"

这才是生活啊，查利想，从口袋里摸出一个两毛五的硬币给他。

"谢谢你，先生，中尉。"小郎用脚磨蹭着地板，清了清嗓子，"在海外

---

① 查尔斯·M.施瓦布（1862—1939），美国钢铁业巨子，曾任卡内基钢铁公司总裁、伯利恒钢铁公司董事长等职。

一定够呛吧，中尉。"

查利笑了。"哦，还好。"

"但愿我也去了，中尉。"小郎咧嘴笑时露出一对鼠齿。"当英雄一定棒极了。"他说着退出门去。

查利站着眺望窗外，一面解开紧身上衣的纽扣。他位于高楼上。他的目光穿过一条街上龌龊方正的楼房，望得见新修建的宾夕法尼亚火车站的某些柱廊和屋顶。再过去，在铁路调车场的后面，一轮轮廓模糊的太阳正在赫德森河对岸的高地后面下沉。头顶上的天空呈紫色和粉红色。一辆高架铁路车咔嗒咔嗒地穿过星期天傍晚空旷的街道，响声刺耳。从窗子底部流入的风带有一股煤灰气味。查利把窗扇推下，走过去洗脸洗手。旅馆的毛巾柔软厚实，略带漂白粉的气味。他对着镜子梳理头发。然后再干什么呢？

他不安地摆弄着一支香烟，在房间里走来走去，望着窗外的天空变暗，这时电话铃声响起来，使他吃了一惊。

是奥利·泰勒的客气的带着醉意的声音。"我想你也许不知道到哪儿去喝一杯吧。你想来俱乐部玩玩吗？"

"哎呀，你真好，奥利。我正纳闷，在这个男人的城市里该怎么办哩。"

"你知道这儿很讨厌，"奥利继续说，"禁酒①以及诸如此类的那一套，真比想象的还要糟糕许多倍。我这就开车来接你。"

"好吧，奥利，我在门廊里等。"

查利穿上紧身上衣，特地不把武装带佩上。他把那硬而短的砂黄色头发再梳梳直，便下楼来到门廊，坐在正对旋转门的一张很深的椅子里。

门廊里满是人。从后面某处传来音乐声。他坐在那儿听着舞曲，看着女人们的长筒丝袜、高跟鞋、裘皮大衣以及从街上走进来的漂亮姑娘被风吹得红扑扑的脸。每样东西都发出华贵的叮当声和窸窣声。天，真了不起。姑娘们从他面前走过时留下了阵阵馨香和裘皮的暖烘烘的气息。他开始计算自己有多少钱。他有一张三百美元的支票，是从军饷里节省下来的，贴身口袋的票夹里还有四张二十元票面的黄色美钞，那是在船上打扑克赢来的，还有两张十元的，再看看还有多少零钱。他用手指摸弄裤兜里的硬币，它们发出轻

---

① 美国在大战时曾临时性禁酒。1919年，国会通过全国禁酒法案，禁止私人制造、贩卖及运输含酒精的饮料，至1933年才废除。

微的叮叮声。

奥利·泰勒的红脸露出在宽大的驼毛大衣上端。他向查利点着头。"我亲爱的小伙子，纽约现在是劫后余生……他们正在尼克博克酒吧里倾销冰淇淋苏打哪……"他们一起跨进出租汽车里时，他向查利脸上吹上一股强烈的高级裸麦威士忌酒气。"查利，我答应过带你去赴宴的……就是去老纳特·本顿家。你不会介意的……他是个好家伙。那些太太小姐想看看一个获得荣誉勋章的真正飞行员哪。"

"你确信我不会碍事吗，奥利？"

"我亲爱的小伙子，快别这么说了。"

俱乐部里似乎每个人都认识奥利·泰勒。他和查利在一间有深色护壁板的酒吧里长时间站着喝曼哈顿鸡尾酒，周围是一群白发老头，他们因为常待在酒吧里而面带茶色。人们左一声少校，右一声少校，而且不论谁对查利讲话，总是称他为中尉。查利开始害怕泰勒会喝得太多，无法到别人家去吃饭。

结果待到了七点半，他们丢下最后一巡鸡尾酒，各自嚼着一片丁香花，又坐进出租汽车，朝北驶去。"我不知对他们讲什么好，"奥利说，"我告诉他们这两年是我一生中最愉快的日子，可他们向我做鬼脸，但是我情不自禁要这么说。"

他们去赴宴的那所公寓房子使用了许多大理石，门口的仆人穿着绿色制服，电梯里镶嵌着不同品种的木材。他们等待开门时，奥利低声告诉他，纳特·本顿是华尔街的一个股票经纪人。

大家都穿着夜礼服，在一间粉红色的客厅里等待他们来赴宴。他们显然都是奥利的老朋友，因为他们对他体贴奉承，无微不至，对查利也极热情。他们立即端来鸡尾酒，查利感到自己像个不可一世的英雄。

有一位叫汉弗莱斯小姐的姑娘，姣美如画。查利一见到她就决定要同她谈话。她的眼睛、蓬松的淡绿色夜礼服和她肩窝儿抹的香粉使他感到有点头昏目眩，因此不敢站得离她太近。

奥利见他俩在一起，便走过来扭扭她的耳朵说："多丽丝，你出落成一个令人心醉的美人儿啦。"他满面春风地站着，两条短腿有点儿摇摆不定。"哼……只有英雄才配得上美人……我们并不是天天从前线归来的，对不，查利，我的孩子？"

"他不是个怪可爱的人儿吗？"奥利背转身后她说。"我约莫六岁时他在念大学，当时我们就是一双大情人了。"

大家正准备进餐厅就餐时，刚才又喝了两杯鸡尾酒的奥利张开双臂，发表起演说来。"看看她们吧，这些聪明可爱、生气勃勃的美国妇女……在大洋对岸哪里找得到像她们那样的妇女啊，对不，查利？有三样东西是世界上其他地方所找不到的：出色的鸡尾酒、像样的早餐和美国姑娘。愿上帝保佑她们。"

"他真是可爱啊。"汉弗莱斯小姐凑着查利的耳朵说。

餐桌上摆着一排又一排的银器，桌子中央是一只放着玫瑰花的中国碗。每只盘子边都有好几只金脚的高脚酒杯。查利发现自己的座位就在汉弗莱斯小姐的旁边，大为快慰。她正抬头对他微笑着。

"天哪，"他冲着她的脸咧嘴笑道，"我简直不知道该怎么办啦。"

"一定大不一样……跟那边相比。但是只要举止自然就成。我就是这么办的。"

"噢，不，一个人举止自然少不得会惹麻烦的。"

她笑了。"也许你是对的……哦，请告诉我那儿的真实情况……谁也没跟我详细讲过。"她指着他的十字军功章说："啊，安德森中尉，你一定要对我讲讲你的这些勋章。"

他们吃了鱼配白葡萄酒，吃了烤牛肉配红葡萄酒，最后一道甜菜上堆满了掼奶油。查利不断地警告自己别喝得太多，以免举止失态。

汉弗莱斯小姐名叫多丽丝。本顿太太就是这样称呼她的。大战前她在巴黎一家修道院里待过一年，她询问她所知道的那些地方：马德伦教堂、朗佩尔梅埃教堂以及法兰西喜剧院对面的那片糕点铺。饭后，她和查利端着咖啡杯来到凸窗前一大棵粉红色的秋海棠后面，那花盆是黄铜制的。她问他是否感到纽约糟透了。她坐在窗前的座位上，他站着，越过她白皙的肩部透过窗户看着下面街上的车辆。天下起雨来，汽车的灯光在公园大街黑色的路面上映出一条条长长的波纹形的亮光。他说，不管怎样，对他来说家乡是很可爱的。他在盘算是否可以对她说她的双肩很美。他正准备开口，忽听到奥利·泰勒招呼大家出去上一家有歌舞助兴的餐馆。"我知道这事麻烦，"奥利在说，"但是你们这些年轻人必须记住这是我在纽约的第一夜，照顾一下我的弱点。"

他们一群人站在帆布遮檐下，等看门人去叫出租汽车来。多丽丝·汉弗莱斯穿着底边镶裘皮的长大衣，紧挨在查利身边站着，她的肩碰着了他的手臂。街上吹着夹着雨丝的劲风，他闻到她搽的香水、她的裘皮大衣和头发的温暖的芳香。他们让年长的人先上汽车，朝后退却。他扶她上车时，有一秒钟她的手搁在他的手中，那手又小又凉。他递给看门人五角钱，那人已用仆人的认真而谨慎的声调低声对那出租汽车司机说了声"香利餐馆"。

出租汽车在高大方正的大楼之间轻快地驶往闹市区。查利有点儿头晕。他一刻也不敢看她，只顾望着车窗外的人脸、汽车、交通警以及穿雨衣或打着伞的行人在药店橱窗前走过。

"现在告诉我你怎么获得勋章的。"

"哦，法国佬有时额外赠送这些东西让小伙子们高兴高兴。"

"你打死了多少德国鬼子？"

"何必提这事呢？"

她在车里一跺脚。"唉，谁都不肯跟我讲啊……我就不信你们曾去过前线，你们中一个也没有。"

查利哈哈笑了。他喉咙有点发干。"哦，我曾两次飞越前线。"

她忽然转向他。她的眼睛在昏暗的汽车里带着些小亮点。"哦，我懂……安德森中尉，我认为你们飞行员在那边是最优秀的人。"

"汉弗莱斯小姐，我以为你是个……挺出色的人……我希望这辆出租汽车永远不要到那个鬼地方……不管它正开往的是什么地方。"

她把肩膀在他肩膀上靠了一刹那。他发现自己正握着她的手。"说到底，我的名字叫多丽丝啊！"她用婴儿撒娇的细小声音说。

"多丽丝，"他说，"我的名字叫查利。"

"查利，你喜欢跳舞吗？"她用同样细小的声音问。

"当然。"查利说着，倏地紧握了一下她的手。

她的声音像一小片糖果似的软化下来。"我也喜欢……唉，真喜欢啊。"

他们走进去时，乐队正在演奏《达达尼拉》。查利把他的军用雨衣和帽子放在衣帽间。侍者领班低下头来，两撇花白的浓眉低垂在白色衬衫的前胸上方。查利注视着多丽丝纤细的背部（他多么希望能把手放在她两肩之间的凹处啊），跟随着她一起从红地毯上走过去，走在白色的桌子、男人的浆硬的衬衫和女人的裸肩之间，在一片冒泡的香槟、涂融化干酪的糕点和火锅的气味中，穿过舞池一角摇摆着的一对对舞侣中间，来到那白色圆桌前，别的那几位已经在那儿就座了。干净桌布有些挺直的折痕，刀叉在上面闪闪发亮。

奥利·泰勒正在讲一个有趣的故事，本顿太太一面脱去白色小山羊皮手套，一面注视着他紫红色的脸。"我们跳舞吧，"查利向多丽丝低语道，"一直跳到底。"

查利唯恐跳舞时显得过于粗暴，因此与她稍微保持着一点距离。她喜欢闭着眼睛跳舞。"哎呀，多丽丝，你跳得真好啊。"音乐停下了，一张张桌子、雪茄烟雾和周围的人们还继续在他们的脑袋四周微微转动。多丽丝用眼角仰视着他。"我肯定你想念那些法国姑娘，查利。你喜欢法国姑娘跳舞的样儿吗，查利？"

"很可怕。"

在桌旁坐下后，他们用早餐用的咖啡杯喝香槟。奥利叫人从俱乐部送了两瓶酒来。音乐再响的时候，查利不得不跟本顿太太跳舞，而后跟另一位女士跳，她戴着钻石首饰，腰间另外别着装饰品。他和多丽丝后来只跳了两次。查利看出其他人都想回家了，因为奥利醉得不行了。他屁股后面的裤袋里有一瓶裸麦威士忌，他有两次向查利示意，叫他一起去衣帽间痛饮。查利每次只用舌头舔舔杯子，因为他希望能清醒地送多丽丝回家。

当他们走到外面时，他发现她与本顿夫妇住在同一个街区。当女士们穿上大衣准备去坐出租汽车时，查利在她们外围徘徊，但是却没法使她对他看上一眼。只听见一声"晚安，亲爱的奥利，晚安，安德森中尉"，看门人就砰地关上了车门。他说不上握过的手中哪一只是她的。

新闻短片 XLV

> 不是为了香粉和店里买来的假发
> 我爱的男人哪儿也不肯去①

如果有人想对他的成功经历作一简要的解释，便无疑会发现，该拿他放弃那舒适的文书工作而去从事工人的叫人疲乏的劳动这一异乎寻常的决定来说明。这青年如此早就具有这样的决断和意志力，当然不可能不出人头地。他成为银行家们的知交

> 圣路易的那娘儿们戴着钻石戒指
> 使得那男人围着她的裙带转悠

他懒得步行、骑自行车或坐电车，很可能会买一辆福特牌汽车。

白昼拦路抢劫人群四散而逃

一旦他妻子发现每辆福特牌汽车的样子完全相同，而且人人都有一辆，她很可能会对他施加影响，使他打进以道奇牌汽车为突出标志的更高一级的社会集团。

随之发生你死我活的左轮枪战

---

① 本段中的三节歌词均引自著名的《圣路易布鲁斯》（1914），为美国黑人作曲家威·克·汉迪的代表作。

14

下一步是女儿从高校回来时全家搬进新居。父亲想厉行节约。母亲渴望使孩子们有上进的机会，女儿希望获得社交界的地位而儿子则想到处旅行，高速开车，大展宏图。

一人被三拦路强盗杀死在美琪旅馆附近

> 我讨厌看到日落黄昏
> 　讨厌看到日落黄昏
> 　　因为我的好人儿已离开本镇

这种种行为可能说明虚张声势已达到一种危险的程度，但它们也展示出那些使一个高中生成为一帮团伙的公认头子的品质，这团伙已成为该州的肉中刺

美国计划

弗雷德里克·温斯洛·泰勒（在车间里人称快手泰勒）于布坎南当选总统的那年[①]出生在宾夕法尼亚州日耳曼镇。他的父亲是律师；他的母亲来自新贝德福[②]捕鲸者的家庭，她喜欢阅读爱默生的著作，属于上帝一位论教派和布朗宁学会。她是个热烈的废奴论者，相信民主作风；她是个旧式的管家妇，总是让每个人从早忙到晚。她规定的行为准则是：

自我尊重、自我信赖、自我克制

和一个有关数字的冷静头脑。

但是她希望自己的孩子们欣赏优美的事物，便带他们前往欧洲大陆待了三年，让他们看大教堂、大歌剧、罗马式建筑的山墙以及那些镶在金边晦暗的大画框里、涂上了褐色清漆的艺术大师杰作。

---

① 1856年，詹姆斯·布坎南当选为美国第十五任总统。
② 美国马萨诸塞州东南部一海港，当年曾是美国一大捕鲸业中心。

后来，弗雷德·泰勒对这些虚度的年华感到厌烦，当人们谈到优美的事物时，他跺着脚离开房间；他是个性情暴躁的小伙子，喜欢恶作剧并善于搞出点新发明的玩意儿和装置。

在埃克塞特学院，他是班长和棒球队队长，是第一个手举过肩投掷棒球的人（裁判员抱怨说手举过肩投球不合运动规则，他却回答说效果不错嘛）。

孩提时代他常做噩梦，上床睡觉对他来说很可怕，他认为这是由于他仰卧的缘故。他给自己做了一个有木钉的皮背带，他一翻身，木钉就会刺他的肉。他长大后，坐在椅子上睡觉，或者在床上用枕头垫高了，坐着睡觉。他一生都患失眠症。

他是个呱呱叫的网球运动员。1881年，他与他的朋友克拉克一起赢得全国双打冠军（他使用的是他自己设计的匙形球拍）。

在学校里，他由于过分用功，把身体搞垮了，眼睛也出了毛病。医生建议他从事体力劳动。因此他不上哈佛大学，进了他家一位朋友办的小规模的水泵制造公司的金工车间，学习当制模工和技工。他学会了操作车床，像工人一样穿着打扮，讲粗话。

弗雷德·泰勒从不抽烟、喝酒，也不饮茶或咖啡；他不明白同车间的技工们为什么在星期六晚上要狂饮、酗酒并引起骚乱。他住在家里，晚上他不是看科技书，就是参加业余戏剧演出，或者走到钢琴边，用出色的男高音唱一曲《大胆战士》或《西班牙骑士》。

在金工车间当学徒期间，第一年，他没拿工资；接下来的两年他每周挣一块半美元，最后一年拿两美元。

宾夕法尼亚州正靠它的铁和煤富裕起来。弗雷德·泰勒二十二岁时，进米德凡尔铸铁厂工作。最初他做文书工作，但是他讨厌这工作，就拿起铲子去干活。最后他让他们把他调到车床上。他是个出色的技工，每天工作十小时，晚上到史蒂文斯工学院去听工程学课程。六年之间，他由技师助手先后升为工具间保管、工人小组长、工头、负责维修工作的工长、总制图员，然后升为米德凡尔厂的科研主任和总工程师。

开初那几年，他和车间中其他机工同为机工时，和他们一起讲粗话、开玩笑，而且干活时跟大伙儿一起磨洋工。给多少工资干多少活，决不能让老板占便宜。但是当了工头后，他便站到资方一边了，他为了站在资方一边的那些人的利益，把过去存在于工人头脑中和工人的技能和窍门中的大量传统知识收集起来。他看见闲散的车床或懒散的工人就受不了。

生产像星期六晚上的醇酒妇人一样刺激他的头脑和不眠的神经。他从不吊儿郎当，也决不让别人吊儿郎当。他不生产，便感到浑身发痒。

车间里不再有他的朋友了；他们称他为强迫人做苦工的狠心工头。他矮墩墩的个头，性情暴躁而讲话不多。

就年龄说我当时是个年轻人，但实话告诉你们，由于焦虑和这整个倒霉事儿的卑鄙无耻，我比现在要老得多。那种生活对任何人来说都是可怕的，每次正视工人的面孔时，不能不看到他们的敌意，使你感到你周围的人都是你真正的敌人。

这就是泰勒科学管理法的开端。

他没有进行解释的耐心，在执行他认为是工业生产程序所固有的法规时，他根本不顾会使谁蜕一层皮。

在任何领域中开始一项试验时，可以质疑一切，质疑这项技艺所赖以建立的基础，质疑最简单明了、最不辩自明、最广泛地被接受的种种事实；然后一一加以论证，

但有一件事是不能质疑也不需论证的，那就是占统治地位的贵格会美国人的行为准则（新贝德福的船长们是在海洋上捕鲸时强迫人做苦工的最狠心的工头）。他夸口说他从来没有要求工人干过力所不及的事情。

他设计了一种经过改进的汽锤；他使工具和设备标准化。他往车间派去许多大学生，他们手持秒表和图表，进行着绘制表格和标准化的工作。做一件事有正确的方法，也有错误的方法；正确的方法意味着增加生产，降低成本，更高的工资，更大的利润：这便是美国计划。

他把工头的工作细分为几种职能：抓速度的工头、班组工头、时间研究员、工作顺序管理员。

对他来说，熟练技工太固执，他所需要的是一个叫干啥就干啥的手脚麻利的普通工人。如果他是个头等工人而又做出了头等工作，泰勒愿意让他得到头等工资；这正是他开始和工厂主发生麻烦的地方。

他三十四岁时结了婚，便离开米德凡尔，贸然从事一件赚大钱的买卖。

几个海军上将和格罗弗·克利夫兰①的一些政界朋友在缅因州兴办了一家纸浆厂，这买卖就和这工厂有关；

1893年的经济恐慌把那项企业活动搞垮了，

因此泰勒为自己创造了管理部门顾问工程师的职位，开始通过细心的投资来积攒财富。

他向美国机械工程学会宣读的第一篇论文很不成功，他们说他疯了。1909年他写道：我发现任何改进不仅遭到大多数人的反对，而且遭到他们放肆的极力反对。

伯利恒钢铁公司请他去。正是在这里，他做了著名的处理生铁的实验；他教一个姓施米特的荷兰人如何把每天处理生铁的数字从十二吨半增加到四十七吨，使施米特承认，一天干下来他并不比过去累。

他对铲子有特别的想法，每项工作都必须有一把重量和大小仅适合于这项工作的铲子；每项工作都必须有一个体重和个头仅适合于这项工作的人；但是当他开始按工人所提高的工作效率来支付手下的工人的工资时，

工厂主们，那帮鼠目寸光的贪婪的荷兰佬便开始臭骂；当施瓦布于1901年买下伯利恒钢铁公司时，

弗雷德·泰勒，

高效率的发明者，

曾把主线转轴的转速加快，从每分钟九十六转提高到二百二十五转，从而使捣矿厂的产量翻上一番，

却被无礼地解雇了。

此后，弗雷德·泰勒常说他承担不起为金钱而工作的损失。

他爱上了高尔夫球（使用他自己设计的那些高尔夫球棒），想出方法来把巨大的黄杨树移植到他家的花园里。

在日耳曼镇的博克斯利，他的家随时欢迎工程师、工厂经理、工业家前来；

他写论文，

在高校作演讲，

---

① 格罗弗·克利夫兰（1837—1908）为美国第二十四任总统（1893—1897）。

出席一次国会—委员会召开的会议，

到处宣传科学管理和巴斯计算尺的优点，宣传减少浪费和怠工现象，以手脚麻利、肯听使唤的普通工人（如施米特那样的搬运生铁工）代替熟练技工，

工资按件计数；

生产：

更多的钢轨更多的自行车更多的线轴更多的舰用钢板更多的便盆更多的刺铁丝网更多的针更多的避雷针更多的轴承更多的美钞；

（日耳曼镇的贵格会世家都发了财，宾夕法尼亚州的百万富翁们正靠铁和煤孕育着亿万富翁）

工业生产可以使每个头等美国人①发财，只要他愿意干计件活，不喝酒，不捣乱，也不站在车床前胡思乱想、吊儿郎当。

省吃俭用的生铁搬运工施米特可以用他的钱投资，成为像施瓦布和其他鼠目寸光的贪婪的荷兰佬一样的工厂主，培养对巴赫作品的爱好，并在伯利恒或日耳曼镇或栗子山的自己的花园里拥有百年古黄杨树，

并立下行为准则：

美国计划。

但是弗雷德·泰勒从未见到美国计划的实施；

1915年，因身体衰竭他进了费城医院。

肺炎逐步发展，夜班护士听见他在上紧怀表的发条；

在他五十九岁生日的那天早晨，当护士于四点三十分走进他的病房看他时，

他手中拿着怀表去世了。

---

① 指美国白人。

新闻短片 XLVI

这就是那几个人，为了营救他们，我国社会中那些狂热的目无法纪的无政府主义分子自宣判以来一直在努力奋斗，最近他们的人数扩大了，因为许多善良的守法公民被这些宣传家狡黠的言论引入了歧途

　　　　时世艰难工资低
　　　　抛开她吧约翰尼抛开她
　　　　面包坚硬牛肉咸
　　　　该是我们抛开她的时候了

银行家们欢呼扩张时期来临

眼看人人富裕有了保证

发现德国人喜爱鱼子酱危及稳定的通货

退役军人要求工作

　　无人知晓
　　　无人关怀我是否厌倦
　　　　哦他们转眼就把蒂耶里堡①遗忘

我们对纽约市打字机用户非常友好

---

① 位于法国北部马恩河畔，第一次世界大战期间，美国远征军曾于1918年5月底至6月初在该地有效地挡住德军的强大攻势，是为蒂耶里堡战役。

失业者在职业介绍所发动骚乱

大洋里的轮船
在海中摇晃
金头发的女人
把我当傻瓜耍

摄影机眼 （43）^①

当红烟囱的轮船搅动着微微起伏的蓝灰色浪涛沿着一条绿色大理石似的长长曲线滑溜地转弯驶过红色灯船时喉头的肌肉抽紧了

脊骨发僵因为想起了大西洋岸边的寒冷

还有西边看不见的陆地上锯齿形的一排木板房还有康尼岛^②游乐场蛛网般的滑行铁道和胶姆糖色调的高塔还有烟囱靠近船尾的货轮还有桑迪霍克角^③另一边一片模糊的景色

还有盐碱滩的温暖潮湿喜人的气味

回忆中的海湾银色小港上架着高架桥

天亮前一条汽船沿着支流上驶扑扑地响

平底船倾斜的桅杆被贝壳般洁白的海滩上高大挺拔的青松所映衬

冬天一条牡蛎船上的英国佬般冷冰冰的臭气

还有村舍有锯齿形木板装饰的门廊上摇椅嘎吱嘎吱响还有叔伯舅舅们的声音他们用大嘴的一侧一本正经地讲故事（怀疑有人不相信）穿着野牛皮衣的印第安人在红光闪烁中用演说家的口才兜售治蛇咬的草药硫黄令人窒息消防车叮当叮当地穿过两旁有红砖房的街道脸相长得像叔伯舅舅们的消防队队

---

① 此段描述作者于第一次世界大战后回美时的感受。
② 位于纽约市布鲁克林区南部，长岛的西端，有海滨游乐场，为大众避暑地。
③ 位于新泽西州东部一狭长的半岛上，在纽约市南的南纽约湾中。

员紧贴着站在一起穿上雨衣

还有在赶火车前啃着白玉米松糕匆匆咽下牛奶咖啡公寓房的早晨有大量的报纸新的美钞摸起来真滑溜像涂着细粉一名警察用警棍啪的一下打破了一个公民的脑袋许多面孔上胡乱盖着报纸上面印着监牢中犯人的新闻

电动小圆锯呼呼吱吱地响新伐下的木材气味令人微醉迷了路穿过熔渣堆穿过火烧后长出的杂草穿过荒废的林地一片片棚户区一片片棚户区

春天的那个早晨当那倒塌的砖砌教堂旁的古坟场中一条条铺沙的走道上布满了一个个蓝色水坑而空气中散发着紫罗兰和松针的气味时把那些岁月埋葬在那里有什么好处

把那些今人憎恶的年代埋葬在照明弹下的布罗科特①的厕所臭气中有什么好处

如果今天那个面孔扭曲的讲出的话柔和而却强硬的用粗喉音说话的用厚实的手急促抽动的大拇指做着滑稽画报上的动作的海关检查员

（这么说你把法国书带回国了是吗?）

是我的叔叔

---

① 位于法国北部。

新闻短片 XLVII

为谋求光明前途的小伙子提供机会……良好的职务给予聪明的……**晋升的机会**……愿意学习的青年……跑腿的小伙子……办事员

征聘青年

啊告诉我要多久
我还得等多久

机会

某银行从普通工作人员中挑选高级职员，今需头脑清醒有进取心的簿记员……有用砖木材和钢筋水泥修建工厂和工业用房的经验的建筑制图员……青铜装配工……字母刻写人……制模工……车厢油漆工……第一流的条纹刻制员和整理工……在袜子内衣和针线等小商品店工作的年轻人……定货部助手……数字精确的第一流抄写员……把冲模放入轧制金属部件的电动冲压机中的精力充沛的勤奋的工人

检票员……调味品化学师……货物起重机操作人员……房屋推销员……保险公司揽客……保险公司办事员……开票员……宝石匠……工人……技工……铣床工……货运办事员……货运办事员……货运办事员……鞋子部售货员……招牌书写人……零售鱼市揽客……教师……记时员……工具制造工、制模工、绘图员、工具房工头、译员、打字员……窗户整修员……包装

机会给予

我现在就得到它
还是必须迟疑一下

不怕艰苦工作的青年
做办公室工作的青年
管理贮藏室的青年
当速记员的青年
愿意出差的青年
愿意学习的青年

机会

啊告诉我要多久

来监督佛罗里达州高地上那个欣欣向荣、有益健康的美丽城市的市办照明、供水和制冰厂……主管批发邮购商号的内衣部……协助进行铁路调查……率领大约二十个人负责工具、铸模、旋转轴和计量器……充当贮藏室的簿记员……干轻便的杂务……建筑工程师……机器和铸模的鉴定人……对建筑需用人力物力作出估计的人员……电机和发电厂工程师

摄影机眼（44）[①]

那姓名不明的来人

[①] 这一段用超现实主义手法描写作者从贫困的中东旅行回国后，感到他与繁华的美国似乎格格不入，而在那儿等待他的好像是为别人定做的服装。

（他在那头没有钉上蹄铁的白色种马的马鞍前端挂上

一个鼓鼓囊囊的帆布背包

然后让火堆的余烬在阿盖尔曾在那里宿营的荒秃的叙利亚小山间的低地上熄灭当时黎明的刺眼光芒划破黑夜把夜色从波浪状的沙漠上驱散他向肮脏的村庄和一片片芝麻地和杏树园骑去）

在大马士革刮去胡子

在贝鲁特的旅馆前面坐下来喝热牛奶咖啡注视着黎巴嫩号巨大笨重的白色船身翻摸着堆在桌上的信件和一长条一长条的剪报

它们并非寄给这不用阿拉伯语讲话的人并非寄给这个笨拙地爬上骆驼背骑得屁股痛不堪言的人

而是寄给某人

他

（但是今晚地中海东部海岸夜间气候宜人那些仁慈的官员正考虑作进一步的改进

没等洗完澡他发现自己被派给一个角色副领事一丝不苟地给他系上白领带他被穿上一件有硬胸的衬衫燕尾服太小礼服的长裤太大那仁慈的官员的仁慈的妻子吃吃笑着用别针把裤腰后面收紧但是当他向专员夫人鞠躬时它一下子绷开了　衣着上的毛病使他无法扮演著名探险家的角色　漆皮浅口无带皮鞋把脚趾挤得好痛在喝香槟听演说时鞋子在桌子底下丢失了）

他到达曼哈顿后发现等待着他的又是为别人定做的礼服

给予他的职位提供的机会那领扣深深压入喉结而一个木雕般的像向着会议桌哇哇叫桌旁坐着两排大人先生们他们的西装刚烫过时髦地穿着著名裁缝制作的衣服

塞在衬衫里的这些名字将成为几英里长的若干光年的剪报的标题

先生们对不起我揿错了铃由于某种误会我才在幕布升起时出现在这舞台上我用外语背诵的这首诗并不是我写的实际上是另一个人在说话那快照上穿军服的不是我这是一个可悲的错误认错了人部队服役的履历表丢失了这位戴着红色康乃馨坐在转椅上的先生是另一个人而不是

不论是谁那个戴着假胡须的家伙正站在外面雨淋淋的街道上并钻进一个检修孔走下去了没有被人发觉

那个面色苍白的年轻人攫取了别人的现成的工作机会

肯定不是

拥有着他在职业介绍所申请过的任何职位

查利·安德森

火车驶进圣保罗，晚了三个小时。进站前一个小时，查利就穿上了外衣，收拾好了手提包。他心神不定地坐在座位上，把一双新的鹿皮手套脱下又戴上。但愿他们不会全到车站来接他。也许只有杰姆一人来。也许他们没收到他的电报。

茶房来了，替他刷刷干净衣服，然后拿起他的行李。车窗外飞舞着蒸汽和雪花，查利望出去看不太清楚。火车放慢了速度，在一片广阔的风雪横扫的货车车场上停下来，然后又痉挛地启动，由于引擎的通风装置受到了压力而连续嘟嘟地喷气。列车上前前后后的缓冲器全都砰砰作响。查利感到手套里的手是冰冷的。茶房探进头来，喊了一声"圣保罗到了"。查利只好下车了。

他们全在那儿啦。沃格尔老人和哈特曼姨妈满脸通红，鼻子长长的，还和往常一样，但是杰姆和海德维格都长胖了。^①海德维格穿着一件貂皮外衣，杰姆的大衣看起来真够气派。杰姆把查利的几个包抢了过去，海德维格和哈特曼姨妈吻他，沃格尔老人则拍打他的背脊。他们争着说话，问了他各种各样的问题。当他问到妈时，杰姆眉头一皱，说她正在医院里，他们当天下午要去看她。他们把行李装进一辆新的福特牌轿车，然后一齐挤进去，惹得哈特曼姨妈又是痴笑又是尖叫。

"你看我现在办起福特牌汽车经销处了。"杰姆说。

"说实话，我们这儿的情况一直相当好。"

"等你看到房子就知道了，全部翻修过了。"海德维格说。

沃格尔老人操着德国口音很重的英语说："喏，我的孩子把德国皇帝赶走了。我代表双城^②的德裔美国居民，我们为你感到自豪。"

他们为他准备好了一顿丰盛的午餐，杰姆请他喝一杯威士忌，沃格尔老人不停地给他斟啤酒，说："现在把一切都讲给我们听吧。"查利坐在那儿，

---

① 杰姆是查利的哥哥，海德维格是杰姆的妻子，上面提到的沃格尔老人是海德维格的父亲，哈特曼姨妈替老人管家。

② 圣保罗市为美国明尼苏达州的首府，和明尼阿波利斯市隔密西西比河相望，通称"双城"。

满脸通红，吃着炖鸡和汤团，喝着啤酒，喝得肚子快要炸了。他想不出跟他们讲什么好，所以等他们提问时，他便讲笑话。晚餐后，沃格尔老人给他一支他最好的哈瓦那雪茄。

那天下午，查利和杰姆到医院里去看妈。杰姆在驱车的路上说，她因肿瘤动了手术，他担心是癌，但查利还是想象不到她病得多厉害了。她的面颊下陷，和雪白的枕头相比显得发黄。他弯下身去吻她，感到她的嘴唇薄而发热。她呼吸起来很吃力。

"查利，你来我很高兴，"她用颤抖的声音说，"如果你早些来就更好了……我不是说在这儿不舒服……不管怎么说，等我病好了，有孩子们在身边会使我感到高兴的。上帝在天上看着我们大家，查利，我们一定不能忘记他。"

"唔，妈，可别累着或太兴奋，"杰姆说，"应该留着力气好复原呀。"

"嗯，但是上帝是万分仁慈的。"她把一只瘦得绽出青筋的小手从被子下拿出来，用手帕轻轻擦着眼睛。"杰姆，把眼镜递给我，好孩子，"她用比较有力的声音说，"让我来看看这个浪子。"

她看着查利的时候，他禁不住不安地移动着两只脚。

"你已经长成大人了，而且在那边出了名。你们发展得超过了我对你们的期望……查利，我当初担心你会变成个二流子，像你老头子那样。"他们都笑了。他们不知道说什么好。

她取下眼镜，想把它放到床头柜上去。眼镜失手掉落在水泥地上，给打碎了。"唉……我的……别管它吧，我在这儿也不大用得着。"

查利把碎片捡了起来，把它们小心地放进背心口袋里。"我会修好的，妈。"

护士站在门口，用头示意他们离开。"好吧，再会啦，明天见。"他们说。

他们一走到走廊上，查利便感到脸上在淌眼泪。

"情况就是这样，"杰姆说时蹙着眉头，"他们大部分时间让她服麻醉剂。我原想如果她住一个单间会舒服些，但这些天杀的医院真会要高价呢。"

"我来出点钱吧，"查利说，"我攒下了一点钱。"

"那好，我想你是应该这样做的。"杰姆说。

他们在医院的台阶上停了步，查利深深地吸了一口午后的冷空气，但他无法把乙醚、药物和病房里的气味从脑子里驱散出去。寒冽的风已使天气转晴了。落日的余晖把街道和屋顶上的积雪染成鲜明的粉红色。

"我们一起到我店里去看看吧，"杰姆说，"我吩咐过我的合伙人打电话给几个报社记者。我想如果他们到我的经销处来访问你，就等于做一点免费广告。"杰姆说着拍拍查利的背。"他们吃得进这种有关归国英雄的报道。哄哄他们，行吗？"

查利未置可否。

"耶稣基督呀，杰姆，我不知道对他们说什么好。"他们进了汽车，查利低声说。

杰姆用一只脚踩上自动启动器。"查利，你来参加我们的买卖怎么样？我可以告诉你，这是桩很有前途的好买卖。"

"谢谢你的好意，杰姆。让我稍微考虑一下。"

他们到家后，绕道过去看杰姆用汽车间改建的新的销售处。这汽车间在多年前本是沃格尔老人房子背后的一间马车行的马房。销售处有个大块平板玻璃的橱窗，上面用蓝漆斜写着"福特"的字样。销售处内停放着一辆锃光闪亮的新卡车。还有一条绿色地毯、有薄板饰面的桃花心木办公桌、一台装在涂镍伸缩壁架上的电话，墙角里一只花哨的大花盆里插着一棵人造棕榈。

"歇歇脚吧，查利。"杰姆说着，伸手指指转椅，拿出一匣雪茄，"我们坐下来聊一会儿吧。"

查利坐下了，挑了一支雪茄。杰姆靠近水汀散热器站着，把两只大拇指插在背心的袖孔里。"你觉得怎么样，小弟弟，挺不错，是吗？"

"挺不错，杰姆。"他们点燃了雪茄，拖着脚来回走了几步。

杰姆又开腔了："但是还不行。我得在闹市区另搞一个大销售处。过去这儿是市中心。但如今已不行了。"

查利哼了一声，一口口地喷着雪茄烟。杰姆来回走了两三步，眼睛始终望着查利。"凭你和美国军团、空军部队以及诸如此类组织的关系，我们会有所作为的。本地区其他福特汽车销售商都是德裔的。"

"杰姆，别谈这些了。我不能和记者谈话。"

杰姆的脸刷地红了，他皱着眉头在办公桌桌边坐下。"但是你也得尽你的一份责任呀……不然我请你来干什么呢？总不至于就为了我小弟弟那双漂亮的蓝眼睛呀。"

查利站起身来。"杰姆，我不想参加进来。我已经跟我的老上级签了一份有关航空事业的买卖。"

"再过二十五年才谈得上航空事业。眼下谈这事不现实。"

"哈，我们自有锦囊妙计……我们要上天摘月亮。"

"口气真不小。"杰姆站立起来，抿紧了嘴唇。"嘿，别以为光凭你是个战斗英雄就可以在我家里蹲一个冬天。如果你打的是这个主意，你应该重新考虑考虑。"查利忽然大笑起来。杰姆走过去，讨好地把一只手放在他肩上说："听着，那帮人几分钟内就要来了。行行好，快去换上你的军装，戴上所有的奖章……帮我们一下吧。"

查利有一分钟站着呆望他雪茄上的烟灰。"帮我一下怎么样？来家还不到五个小时，你就叫我干这干那，就像以前在这儿干活时一样……"

杰姆再也控制不住自己，开始发抖了。"好吧，那么你懂得你该做什么了。"他说着突然收住了话头。

查利真想在他那天杀的尖下巴上揍一下子。"如果不是为了妈，我才不会来打扰你哩。"他平静地说。

杰姆有一会儿没有吱声。他前额上显露出皱纹来。他摇摇头，一本正经地说："你说得对，查利，你最好待在这儿，如果能使她多少高兴……"

查利把他抽了一半的雪茄扔进黄铜痰盂，便走出门去，使得杰姆来不及阻拦他。他走进屋，拿了帽子和上衣，踩着傍晚时的湿濡濡的积雪，久久地散步。

查利回来时，他们即将吃好晚饭。他们在他的座位前给他用盘子留了一份。谁也不吱声，只有沃格尔老人用发音不标准的英语说："我们在想，这些飞行员也许是靠空气生活的哩。"他一边说一边呼哧呼哧地喘着气大笑。别人都没有笑。杰姆起身走出房间。查利大口大口地吃完晚饭，说他困了，就上楼去睡了。

十一月缓缓地走向感恩节和圣诞节，这期间，查利继续待在家里。他母亲的病似乎始终不见好转。他每天下午去看望她五到十分钟。她总是很愉快。她谈到上帝的仁慈和她的病将好转，那副样子使他感到难过。他想法让她谈谈她家乡法戈、老莉齐和开办寄膳宿舍的往事，但是对这些她似乎记不起什么了，除了在教堂里听过的布道。他离开医院时总是感到无精打采，脚步踉跄。他把其余的时间消磨在公共图书馆阅读关于内燃机的书籍上，或者像小时候常做的那样，在杰姆的汽车房内干些零活。

元旦后的一天晚上，查利和两个熟人一起到明尼阿波利斯市去参加麋鹿会①

---

① 美国工商界人士的社团之一，全名为"麋鹿慈善保障兄弟会"，创立于1868年。

举行的舞会。大厅里人声嘈杂，纸糊的彩灯琳琅满目。他正穿过人群，四处徘徊，等着跳下一支舞，忽然发现自己正望着他所熟悉的一张瘦脸和一双蓝眼睛。要想装作没看见已太晚了。"你好，爱密斯卡①。"他尽可能若无其事地说。

"查利……我的上帝。"他有一会儿担心她要晕倒。

"我们跳舞吧。"他说。

她软弱无力地倚在他的怀抱里。他们默默地跳了一会儿。她两颊上的胭脂抹得太多，他不喜欢她用的那种香水。跳过舞后，他们坐在角落里谈话。她还没有结婚，在一家百货公司工作。不，她已不住在家里了，她同一个女友住在公寓里。他一定去玩啊。又会像往日一样。他必须把他的电话号码告诉她。她想，他搞过那些法国女郎之后，一定会感到一切都很乏味吧。想想看，他已是一个军官，安德森一家确实出人头地了，她想他们会把老朋友都忘了吧。爱密斯卡的声音变得尖锐刺耳，而且她把手放在他膝上的做法他也不喜欢。

查利连忙抓紧时机说他头痛，必须回家。他也不想等同来的伙伴们了。他想，这天晚上反正扫兴极了，便独自一人乘两个城市间的有轨电车返回。天气非常寒冷。该是离开这个鬼地方的时候啦。他的确感到头痛欲裂，身上发冷。

第二天早上，他因得了流感不能下床。这简直是一种宽慰。海德维格给他拿来了一大摞侦探小说，哈特曼姨妈为他瞎忙乎，给他端来棕榈汁和加鸡蛋的热酒，而他只管躺着看书。

能起床后他首先去了医院。妈又动了一次手术，结果并不十分好。病房拉上了窗帘，很暗，她已记不清上次见到他是什么时候了。她似乎认为她正在法戈的家中，他呢，刚从南方旅行回来。她紧握住他的手，不断念叨着："我失去的儿子已回到身边②……感谢上帝，挽救了我的儿子。"这话使他感到筋疲力尽，因此离开她以后，不得不在过道里的一把柳条椅子里坐了一会儿。

一个护士向他走来，在他身边站住了，手里摆弄着一张纸和一支铅笔。他抬起头来，只见她长着粉红色的脸颊，黑眼睫毛很美。"你不要为此难

① 大战前，查利曾在双城一游乐场干过活，爱密斯卡是领班斯文森的小女儿，查利曾和她相恋。后来她和他的好友埃德搞上了，怀了孕，后来打掉了。

② 此处引用了耶稣的浪子回头的比喻，见《圣经·路加福音》第5章第11到30节。

过。"她说。

他咧嘴笑了。"哦，没什么……我得了点流感刚起床，当然伤了元气。"

"我听说你是个飞行员，"她说，"我有个兄弟在皇家飞行队里。我们是加拿大人。"

"他们是些了不起的小伙子。"查利说。他不知道是否能与她约会，但接着就想到了妈。"老实告诉我她怎么样了，请说吧。"

"嗯，这是违反规定的，但是从其他类似的病例来判断，我认为她康复的机会不大。"

"我也这样认为。"

他站起身来。"你是个美人儿，知道吗？"

她的脸从浆硬的帽子下一直红到白制服的衣领。她蹙起眉头，语言变得十分冷淡。"像这种病情，最好让它快点。"

查利感到喉部有一个疙瘩堵着。"哦，我知道。"

"好吧，再见，中尉，我得去干我的工作了。"

"哎，十分感谢。"查利说。

他走到医院外，不断想起她的俏丽脸蛋和娇小的嘴唇。

三月初一个融雪的泥泞的早晨，查利正从一辆别克牌汽车里卸下一片烧坏的垫圈，汽车间的帮工走过来说医院里打电话找他。一个冷冰冰的声音说安德森太太病危，最好通知家属。查利脱下工作服去叫海德维格。杰姆出去了，于是他们俩坐进汽车房的一辆车子。查利忘了洗手，手上沾着黑机油和碳。海德维格给他找出一块碎布，让他把手擦干净。"有一天，海德维格，"他说，"我要找一份制图室的干净工作。"

"哼，杰姆不是想要你当他的推销员吗？"海德维格生气地回敬他。"如果你把一个个机会都放弃掉，我不知道你还会有什么前途。"

"嘿，也许会有些机会是我不想放弃的。"

"我想知道，这样的机会除了从我们这儿你还能在哪里得到。"她说。

查利没有回答。这以后，在穿过市区长时间驱车前进的路上，两人都没有再讲话。他们到了医院，看到妈已昏迷不醒。她两天后便死去了。

举行葬礼时，仪式进行到差不多一半，查利感到眼泪涌出来了。他走出去，把自己反锁在汽车房的盥洗室里，坐在抽水马桶上，像孩子似的哭起来。等他们从墓地回来时，他心情忧郁，别人跟他讲话，他都不理睬。晚饭后，他看见杰姆和海德维格坐在餐桌旁拿着铅笔在纸上计算一共花了多少钱，这时他气炸了，说真见鬼，每一分钱都由他来付，而且他们也用不着发愁，他不会再住在这鬼房子里。他走出去，砰地随手关上门，奔上楼去，一头倒在床上。他没有脱衣，穿着军装久久地躺着，眼睛盯着天花板，听见人们在委婉地讲着死者、居丧、来世。

葬礼后的次日，爱密斯卡打电话给他。她说她为他母亲的去世感到难过极了，他是否愿意哪天晚上去看看她？他不假思索地对她说愿意。他感到忧郁和孤独，除了杰姆和海德维格外，他需要找别人谈谈。当天傍晚，他开车去看她。她一人在家。他不喜欢她房间的低级而华而不实的模样。他带她出去看电影。她问他是否记得那次他们一起去看《一个国家的诞生》。他说不记得了，其实他全记得。他看得出她想再恢复过去的交情。

驱车回她住处的途中，她把头依在他肩上。等他在她的公寓前停了车，低头一看，发现她在哭。"查利，你不愿为了往日的情谊吻我一下吗？"她低语道。他吻了她。她问他要不要上去，他结结巴巴地说他得早点回家。她一个劲地说："得了，上去吧。我不会吃掉你的，查利。"他终于同她一起上了楼，尽管这是他最不愿意干的事。

她在煤气灶上煮了可可茶，对他说她很不快乐。整天站在柜台里，真是累人，那些来买东西的妇女对她态度极恶劣，商店的巡视员总是拧她的屁股，盼望她在试衣间里跟他搂搂抱抱。总有哪天她会拧开煤气自杀的。让她作这样的谈话，查利感到难过，只好拍拍她，让她别哭。然后他动了情，不得不跟她做爱。他走时，答应下星期打电话给她。

第二天上午，他收到她的一封信，很可能是在他离开后马上就写的，信中说她除了他从未爱过别人。那天晚上晚餐后，他想写封信告诉她，他不想和任何人结婚，更不想和她结婚，但不知如何措词才好，因此什么也没有写。当她翌日打来电话时，他说很忙，而且得去北达科他州料理他妈妈留下的财产，她说："当然，这我理解。等你回来再打电话给你，亲爱的。"他不喜欢她说这话时的语调。

海德维格开口询问这老是打电话给他的女人是谁，杰姆则说："对女人得留点神，查利。如果她们知道你有什么东西，她们会像吸血鬼一样抓住你不放。"

"是啊，"沃格尔老人说，"这可不像你还在军队里的时候，你可以说声再见，我的心肝宝贝，我打仗去啰。如今她们却能找到你住的地方。"

"你不必发愁，"查利咕噜道，"我不会待在原地不动的。"

他们去律师事务所宣读妈的遗嘱的那天，杰姆和海德维格穿得讲究极了。看着他们那样子查利感到难过。海德维格穿了一身新定做的黑礼服，喉头镶着一条小花边，杰姆则穿着他为参加葬礼买的服装，那样子真像个殡仪馆的工作人员。律师是一位上了年纪的小个子德国犹太人，银白的头发经过仔细梳理，盖在他大片的秃脑瓜上，瘦削的鼻子上架着一副金边的夹鼻眼镜。他们走进事务所时，他正在等候他们。他严肃地带着微笑从乱放着蓝皮文件的办公桌后起立，向他们微微弯了弯身子，然后他坐下来，笑嘻嘻地望着他们，两肘搁在文件堆里，两手的指尖在一起轻轻地擦着。有一会儿谁也没有吱声。杰姆用手捂着嘴咳了一声，像在教堂里一样。

"噢，让我想想看。"戈德堡先生的声音柔和甜美，微微带一点演员腔。"应该不止你们几个吧？"

杰姆开口了："埃丝特和鲁思①不能来。她们俩都住在西海岸……我有她们律师的授权证书。鲁思还叫她丈夫在上面签了字，考虑到也许有些不动产。"

戈德堡先生用舌头发出轻微的咂咂声。"太可惜了。我倒希望大家都能到场……但是在这种情况下，我想也没有什么困难。詹姆斯·A.安德森②先生被提名为唯一的遗嘱执行人。当然你们懂得，在这样一桩分遗产的案件中，当事各方的目的是避免验证遗嘱的合法性。这样可以省得麻烦并不必花钱。当遗产承受人之一被提名为执行人时，就没有这个必要了……我将进而宣读遗嘱。"

戈德堡先生一定是亲自起草这份遗嘱的，因为他显然读得津津有味。除了遗赠给莉齐·格林（她帮着妈经营在法戈的那所寄膳宿舍）一千元外，所有的动产和不动产，在法戈的那几块土地，自由债券和一千五百元的储蓄都留给孩子们共有，由唯一的执行人詹姆斯·A.安德森经管，最后按他们共同同意的意见分给各人。

"现在有什么意见和建议吗？"戈德堡先生温和地问道。

查利不免看到杰姆对此感到相当满意。"有人曾建议，"戈德堡先生继续说，平稳的声音温和地融化在文件堆中，正像黄油在热饼干上融化一样，"查尔斯·安德森先生，我知道他即将前往东部地区，也愿意像他的姐妹一样签一份律师授权书……有这样一种谅解：这些钱将用作安德森汽车销售公

---

① 两人都是查利的姐姐。

② 指杰姆，杰姆为詹姆斯的昵称。

司的抵押投资。"

查利感到浑身上下发冷。杰姆和海德维格正焦虑地看着他。"我不懂得法律方面的辞令，"他说，"但是我的要求是尽快把我的一份钱给我……我在东部有一项买卖，我想在上面投点儿资。"

杰姆薄薄的下嘴唇开始颤抖。"你最好别当个该死的傻瓜，查利。做生意我比你懂得多。"

"也许懂你那一行，但不懂我这一行。"

海德维格一直狠狠地盯着查利，这时插了进来："听着，查利，你就让杰姆按他认为最好的办法去干吧。他只不过想做对我们大家都最有利的事啊。"

"哼，闭上你的嘴。"查利说。

杰姆跳起身来。"听着，你小子不能用这种腔调对我妻子讲话。"

"各位朋友，我亲爱的朋友们，"律师低声说，两手擦着指尖直到它们似乎要冒出烟来，"我们绝不能感情用事，在这样庄严的场合绝对不能……我们需要的是平静的炉边谈话……家庭的友好气氛……"

查利哼哼地笑了。"我家里可总是那样的。"他不轻不重地说，就背过身去眺望窗外白雪皑皑的屋顶和挂着冰柱的太平梯。隔壁那座木板房的木瓦上的积雪融化后，被午后的阳光蒸发出冉冉水汽。再过去，只见厚厚的积雪中的一片片屋后空地和一段有汽车在上面穿梭往来的洁净的柏油马路。

"听着，查利，振作起来吧。"他背后传来了杰姆呆板的祈求声。"你知道福特公司给经销商提出的要求……对我来说成败在此一举……但是作为投资，这是终生不再的好机会……有那些汽车在……即使公司关门，你也不会亏本。"

查利转过身来。"杰姆，"他温和地说，"我不想争论此事……我想等你和戈德堡先生商量妥当后立即拿到妈留给我的那一份，我要的是现金……我有点关于飞机发动机的点子，它们将使老福特的经销处显得一钱不值。"

"但是我要把妈的钱放在可靠的地方。福特汽车是世界上最安全的投资，难道不是这样吗，戈德堡先生?"

"它们确实遍布于世界各地。或许这位年轻人肯等一等，再考虑考虑……我可以采取一些初步步骤。"

"初步个屁。我现在就想得到我要的东西。如果你办不了，我就去另找一个肯办此事的律师。"

查利拿起帽子和上衣，走了出去。

次晨，查利在早餐时像往常一样穿着工作服。杰姆对他说鉴于他对自己的生意所抱的态度，不需要他工作了。查利回到楼上自己的房间，躺在床上。海德维格走进来铺床，说了声"嘿，你还在这儿？"便走出去，随手把门砰的一声关上。她和哈特曼姨妈做家务活时，他听见她在屋里跑来跑去，把东西弄得砰砰嘭嘭地响。

上午过了差不多一半，查利下楼来找杰姆，见他正坐在他办公室的写字台前，望着账簿发愁。"杰姆，我想跟你谈谈。"

杰姆取下眼镜，抬头望着他。"噢，你有什么事？"他像往常那样打断了对方的话，这样问。

查利说如果杰姆肯马上借给他五百元钱，他就签一份律师授权证书给他。以后如果飞机事业进行得顺利，他会让杰姆参加进去。杰姆脸上的表情很难看。"算了，"查利说，"就借四百元吧。我非得离开这鬼地方不可。"

杰姆慢慢地站起身来。他面色苍白极了，查利想他一定是犯病了。"好吧，如果你耳朵里听不进我说的我正碰到的麻烦……你听不进就去你的吧……得了，你我就这样吹了……海德维格只得用她的名字去银行贷款……我已债台高筑。"

"随你想什么办法吧，"查利说，"我必须离开这儿。"

幸亏这时电话响了，不然查利和杰姆真会交起手来哩，查利接了电话。是爱密斯卡打来的。她说她曾去过圣保罗，昨天在街上看见过他，但他最近讲讲就要离开本城，就此抛弃她，这样，他今晚一定得去她那里，否则她不知道自己会干出什么事来，他不希望她自杀，对不？由于跟杰姆吵了架什么的，他完全给弄糊涂了，结果竟告诉她他会去找她的。等他打完电话时，杰姆已走进销售处，正满面笑容地跟一个顾客聊着天。

乘有轨电车去赴约的路上，他决定告诉她他在大战期间已和一法国女子结了婚，但等他上楼进了她的房间，却不知说什么好，因为她面容那么消瘦苍白。他带她到一家跳舞厅。她的样子很快活，似乎他们已完全重修旧好了，这使他很不快。他离时又约定了下周见面的日期。

不等约会那天到来，他就前往芝加哥。直到他跨过市区转上去纽约的火车，他才真正感到舒畅。他口袋里有一封乔·艾斯丘的来信，告诉他乔将在那里迎接他。海德维格扣除了他整个冬天的膳宿费，每周以十元计算，勉强给了他三百元，他现在身边只剩这笔钱了。但是在去纽约的火车上他不再想这些事，也不想爱密斯卡和那些糟心的日子，放任自己只想纽约、飞机发动机和多丽丝·汉弗莱斯。

他早上在下铺上醒来，推上窗罩往外看：火车正穿过宾夕法尼亚州的山丘，田地刚被犁过，有些树上出现了一些绿色的茸毛。一个农家院子里，一群黄色的小鸡在一棵鲜花盛开的梨树下啄食。"上帝啊，"他出声地说，"我跟边远地区就此一刀两断啦。"

新闻短片 XLVIII

钢铁公司确实像一个体格上和财政上的法人集团巨人屹立在显著的地位上

> 如今乔治亚州的老乡们发了狂
> 为了那崭新的舞蹈风格
> 叫做 扭 肚 舞[①]

车库熊熊燃烧

吉普赛人因讲真话而被捕

马鞭促成婚礼

当钢铁生产的扩展事业向前迈进之时，那股力量早已几乎成为人人公认的事实，但是它的大小有时还需要重新测定以便进行正确的观察

缅因州民主党人为金钱大声疾呼令人头昏目眩

扭肚舞

神秘女子企图在公园湖自杀

扭肚舞

奥利夫·托马斯中毒身亡

信中说滚出华尔街

---

① 美国当年流行的一种扭摆腹部及臀部的爵士舞，又名西米舞。

炸弹运输车的踪迹已追查到泽西市

扭　肚　舞

写警告的人到达

发现尸体绑在自行车上

发现炸弹的定时机构

铁皮莉齐^①

"汽车制造人福特先生，"那位特写作者在1900年这样写道，

"汽车制造人福特先生开始时用座位右侧的拉杆使他的车狠狠地颠三四下；也就是说，他上下猛拉拉杆以便如他所说的把空气与汽油混合起来，并把它送入汽缸……福特先生拉动一个小电钮柄，接着就发出一阵噗噗噗的声音……发动机的噗噗声的音调变高。车子便以大约每小时八英里的速度飞驰。路上印出的车辙很深，但车子确乎走得非常滑溜，像梦中的情景。连蒸汽车也不免常有的颠簸也没有……这时已开上大马路，汽车制造人把一根拉杆微微向下一按，让车飞驶。嘘的一声！车速飞速加快。车子向前驶去时，后面有一阵咔嗒声，这是汽车的新的声响。"

有二十年或更多的时间，

自从他十六岁时离开父亲的农场，在底特律一个金工车间找到一份工作

---

① 这是福特汽车公司早期生产的T型汽车的俗称。

后，亨利·福特迷上了机械，最先是表，后来他设计了一种蒸汽牵引机，后来又造了一辆不用马拉而用发动机的四轮车，这发动机是他根据在《科学世界》上读到的奥托气体发动机改造而成的，再后来又制造了一辆机动轻便车，上面装有一个单缸四冲程循环发动机，这辆车只能前进而不能后退；

最后，在1898年，当他在底特律爱迪生公司已从夜班司炉工爬到总工程师时，他感到他走过的漫长的路程已足以使他去冒丢失眼前工作的危险，而把全部时间用来制造一种新的汽油发动机，

（八十年代后期，他在大西洋城一次电灯公司雇员的集会上遇见了爱迪生。爱迪生发表演说后，他走上前去问他，以汽油作为发动机的燃料是否可行。爱迪生说行。既然爱迪生这样说了，那就是对的。爱迪生是亨利·福特终生崇敬不已的人物）

时髦地穿着紧紧扣在身上的茄克衫，佩着高高的硬领，戴着顶常礼帽，坐在拉杆旁，开着他那辆机动轻便车在底特律平地上铺设不良的街道上来回行驶，

发动机内响亮的爆炸声，使啤酒厂的高大马匹、一路小跑的消瘦的小马和屁股上马毛柔滑的溜蹄马惊吓不已，

寻找思想相当轻率的人来投资修建一家制造汽车的工厂。

他是一个爱尔兰移民的长子，这个爱尔兰移民在美国内战期间和宾夕法尼亚州一位富裕的荷兰农民的女儿结了婚，在密执安州韦恩县迪尔本城附近定居务农；

像许多别的美国人一样，年轻的亨利长大后憎恨那没完没了的踏着泥浆行走的操劳，拖运并投放肥料，擦洗煤油灯，憎恨农场生活中的烦闷、汗水和孤寂。

他是个细长、活跃的小伙子，一个溜冰好手，有一双巧手；他喜欢的是操作机器而让别人去干那些重活。他母亲叫他不要喝酒、抽烟、赌博或借债，而这些他从未干过。

他二十岁才出头，在底特律一家为轮船制造发动机的公司——德赖多克发动机公司当技工和修理工时，他父亲给他四十英亩地，设法把他叫回去。

年轻的亨利修建了一所时新的方形白色住宅，上面带一个不正规的复斜屋顶，然后便结婚，在农场定居下来，

但是他让雇工干农活；

他买下一把电动小圆锯，租来一台固定式发动机，把林地的树木砍下。

他是个节俭的青年，从不喝酒、抽烟、赌博或垂涎邻人的妻子，但是住在农场上叫他受不了。

他搬到底特律，在他房子后面的砖砌库房里有好几年都把余暇时间用来捣弄一辆机动轻便车，要让它在密执安州韦恩县的黏土大车道上轻快地行驶。

到1900年他推出了一种实际可行的汽车。

福特汽车公司创办并使生产开始上去时，他已四十岁。

早期汽车制造商追求的首先是速度。汽车比赛为不同的汽车牌号作广告。

亨利·福特亲自在格罗斯角的跑道和圣克莱尔湖的冰面上创造了几次纪录。他的999型汽车用三十九又五分之四秒就跑毕了一英里路。

但他一向的习惯是雇用别人来干这些繁重的活儿。他追求的速度是生产的速度，他所要求的纪录是高效率生产的纪录。他雇用了巴尼·奥德费尔德，一个从盐湖城来的自行车健将，来为他参加汽车比赛。

亨利·福特除了设计汽车、汽化器、磁电机、模具和夹具、冲头和冲模外，还对其他事情颇有见地；他对销售颇有见地，认为在经济地批量生产、快速周转、使用可互换而容易替换的廉价标准化部件上有大钱可挣。

直到1909年，在和他的那些合伙人争论了若干年后，福特才推出第一辆T型汽车。

亨利·福特干得对。

那一季度他出售了一万多辆"铁皮莉齐"，十年之后他每年差不多销售一百万辆。

在这些年里，泰勒计划使全国各地的工厂经理和制造商们行动起来。效率就是一切。那份用来改进机器效能的匠心也能用来改进制造机器的工人们的工作。

1913年，在福特工厂建立了装配流水线。那一季度，生产利润达到了大约二千五百万元，但是要让工人继续工作下去有困难，技工们似乎不喜欢在福特工厂工作。

亨利·福特除了生产外，还对其他事情颇有见地。

他是当时世界上最大的汽车制造商；他付给高工资；如果让工作踏实的工人认为他们正从利润中分到一块肉（很小的一块肉），这或许就能给熟练工人一种引诱，使之坚持工作，

工资优厚的工人或许能省下足够的钱买一辆"铁皮莉齐"；福特工厂宣布凡是衣冠整洁而正当结婚的美国工人想要工作的可以有机会每天挣到五元（当然啦，以后会发现还是有些附带条件的；附带条件总是有的啊），在宣布这一消息的第一天，

巨大的人群等在高原公园工厂的外面

在正月的零度之夜等了个通宵

以致等工厂大门打开时发生了骚乱；警察打破了人们的头；寻找工作的人们扔砖头；财产，亨利·福特本人的财产，被毁坏。公司的侦探只好打开消防龙头把人群冲退。

美国计划；汽车业的繁荣自上而下地渗透；原来真是有附带条件的。

但是那五块钱一天

付给善良、清白的美国工人

他们不喝酒、不抽烟、不阅读、不思考，

不跟女人通奸，

他们的老婆不留人夜宿，

这五块钱一天使美国又一次成为全世界汗流浃背的劳工的育空①，

制造了所有的"铁皮莉齐"并引进了汽车时代，而且附带地

使亨利·福特这位汽车制造商，爱迪生的崇敬者，爱鸟者，成为

他那个时代的伟大的美国人。

但是亨利·福特除了装配流水线和他的雇员们的生活习惯外，还对其他事情颇有见地。他头脑里多的是种种想法。这个乡村孩子不到城市里去发财，却通过把城市带到农场去而发财。他把得自麦格菲氏读本②、他母亲的

---

① 加拿大西北部一地区，和阿拉斯加接壤，1896年在那里发现金矿，引起北美大陆的第二次淘金热。
② 这套小学课本为美国折衷学派教育家威廉·霍姆斯·麦格菲（1800—1873）所编，曾在美国大部地区广泛应用。

种种偏见和先入之见的教导都完整无缺地好好保存着，像把崭新的钞票保存在银行的保险柜中一样。

他希望人们知道他的见解，因此买下了《迪尔本独立报》，并发动一场禁烟运动。

欧洲大战爆发后，他对战争也颇有见地。（对军人和从军抱怀疑态度，这也像节俭、坚韧不拔、不喝酒和在金钱问题上不择手段等一样，都是中西部农民传统的一部分。）任何有头脑的美国技工都明白，如果欧洲人不是一帮无知的拿不足额工资的外国人，如果他们不喝酒，不抽烟，不胡搞女人，在生产方面又不浪费，那么就永远不会发生战争。

当罗西卡·施维默突破了包围着亨利·福特的众多秘书和军人的包围圈，向他提出他可以使战争停止时，

他说行啊，他要租一条船驶到欧洲去，在圣诞节前使那些小伙子全离开战壕。

他租了一条轮船，"奥斯卡二世"号，在船里装满了和平主义者和社会福利工作者，

到那边去向欧洲的诸侯们说明

他们在做的事是恶毒而愚蠢的。

穷理查的聪明智慧[1]不再统治着这个世界，而和平主义者又大多是疯子，被报纸的大标题弄得昏头转向，

这些事可不能怪他。

当威廉·詹宁斯·布赖恩到霍博肯市来给他送行时，有人递给威廉·詹宁斯·布赖恩一只关在笼中的松鼠；威廉·詹宁斯·布赖恩腋下挟着松鼠发表了演说。亨利·福特把美国月季撒向人群。乐队奏起了《我抚养儿子不是为了去当兵》。爱恶作剧的人们又放出一些松鼠。一对私奔的情侣由一队牧师在大厅里把他们结为夫妻，而下等旅馆的慈善家泽洛先生到达码头时船已开出，

便一头扎进北河，跟在船后面游水。

"奥斯卡二世"号被描绘成水上的肖托夸中心[2]；亨利·福特说它好像一座中西部的村庄，但是等他们到达挪威的克里斯蒂安桑港时，记者们戏弄他，

---

① 美国作家富兰克林（1706—1790）曾于1733年发表《穷理查历书》，在书中假托一个名叫"穷理查"的人畅谈人生，收录了大量民间流传的格言、警句，表达作者的观点，颇有启蒙教育作用。此处泛指美国人的聪明智慧。
② 1874年在纽约州西部肖托夸湖畔的肖托夸城创立的大众成人教育组织。

以致他双脚受寒，就上床睡了。密执安州韦恩县以外的世界太疯狂了。福特太太和经理部门派来一名圣公会教长，教长给他裹上毯子，把他带回家，

那些和平主义者只得在没有他参加的情况下发表演说。

两年之后，福特公司生产军火，鹰式反潜艇炮艇；亨利·福特正计划生产单人驾驶的坦克、单人操纵的潜艇。就像独立战争期间试验过的那一种。他向报界宣布，他在战时赚的钱将上交政府，

但是，并没有他曾经上交过的记录。

那次远行他带回的一样东西

是犹太人贤士议定书①。

他在《迪尔本独立报》上发动了一个启迪世人的运动；世界之所以不像轻便马车时代的密执安州的韦恩县，是由于犹太人的缘故；

犹太人造成了大战、布尔什维主义、达尔文主义、马克思主义、尼采、短裙和口红。他们是华尔街和国际银行家们的后台，还有在贩买白种女人为娼的活动、电影、最高法院、拉格泰姆爵士音乐和非法的走私酒生意的背后，都有他们在活动着。

亨利·福特谴责犹太人，竞选参议员，控告《芝加哥论坛报》犯了诽谤罪，

成为大都市御用报纸的笑柄；

但是当大都市的银行家们试图干涉他的企业时

他用机智彻底地战胜他们。

1918年，他凭期票借到了钱，拿来全部买进他那些少数股票持有人的股票，只花了区区七千五百万元。

1920年2月，这些期票有的已快到期，他需要现金去偿付。据说有个银行家曾造访他，表示愿意给他一切方便，只要银行家们的一名代表可以列为董事会的成员。亨利·福特拒绝了银行家的要求，

按他自己的方式来筹集这笔钱：

---

① 这是份排犹主义文件，伪称是1897年在瑞士巴塞尔召开的一次会议上的报告，于二十世纪初在欧洲广为流传，成为排犹主义的经典文献。

他把工厂里的全部汽车和部件发送给他的经销商们，要求立即付给现金。让别人去借钱，这是他一贯的基本方针。他临时停产，取消了那些供应商号的所有定货单。许多商人破产，许多供应商号亏本，但是等他的工厂重新开张时，

他不折不扣地成为它的主人，

就像一个拥有一座付清了所有款项而未作抵押的农场的主人一样。

1922年，福特竞选总统的呼声高涨了（纲领是高工资，水力发电，工业分散到小城市），但却有人巧妙地在幕后捅他，

此人乃是另一位土生土长的哲学家，

加尔文·柯立芝[1]；

但是在1922年，亨利·福特售出了一百三十三万二千二百零九辆"铁皮莉齐"；他成为全世界最大的富翁。

T型小汽车在泥地里曾留下狭窄车辙的地方都铺修了良好的道路。汽车繁荣的大时代来到了。在福特工厂，生产一直在不断改进；减少浪费，增加监视人、副工头、告密者（一刻钟吃午饭，三分钟上厕所，到处都是泰勒式的提高运转速度，伸手向下，放好垫圈，拧紧螺钉，插进开口销，伸手向下，放好垫圈，拧紧螺钉，伸手向下放好拧紧伸手向下放好，直到一点一滴的生命力都被吸干，投入生产，等到晚上工人们回家时，只剩下一副摇摇晃晃的灰色外壳）。

福特拥有从山中的矿石直到凭自身的动力滑出装配流水线末端的汽车这整个生产过程的每一项，他的每一座工厂都合理化到每英寸的最后的千分之十，如果按约翰森尺度计算的话；

1926年，生产周期从矿里的矿石到凭自身的动力开动的供出售的成品汽车下降到八十一小时，

但是T型汽车已经过时。

新时代的繁荣和美国计划

（有些附加条件，附加条件总是有的啊）

扼杀了"铁皮莉齐"。

福特的工厂只是许多汽车工厂中的一家罢了。

---

[1] 柯立芝（1872—1933），美国第三十任总统（1923—1929）。

当股票市场像气泡般爆裂时①，

福特先生这位土生土长的哲学家兴高采烈地说，

"我早跟你们说过啦。

你们赌博又借债，活该倒霉。

我们的国家可是健全的。"

但是当我们的国家踏着裂口的鞋子，穿着磨损的长裤，把裤带紧勒在空空的肚子上，

失业工人在1932年那个最严寒的三月中冻裂了手，

发动了从底特律到迪尔本的请愿游行，要求工作和美国计划的时候，福特工厂的头儿们想到的只是动用机关枪。

我们的国家可是健全的，但是他们把游行者扫射在地。

他们枪杀了其中的四个人。

亨利·福特年老时

是个热心的古董收藏家

（与外界隔绝地住在他父亲的农场上，农场位于一片几千英亩的百万富翁的地产的中央，有一支由军人、秘书、特务和由一名英国前职业拳击家指挥的侦探所组成的庞大队伍保护他的安全，

总是害怕那踏着破鞋走在大路上的脚，害怕流氓团伙会绑架他的孙儿孙女，

怕哪个怪人会开枪打他，

怕变革和失业工人会闯进院门和高高的围墙；

由一支私人雇用的庞大队伍保护着

那个有挨饿的儿童和空着肚子穿着破鞋列队等着领救济汤的人群的新的美国，

这个美国把密执安州韦恩县

那些古老的节俭起家的农田全部吞掉，

好像它们从来没有存在过一样。）

亨利·福特年老时

是个热心的古董收藏家。

---

① 指1929年华尔街股票市场的暴跌，触发了席卷西方国家的经济大恐慌。

他重建了父亲的农舍，使之完全恢复他记忆中在童年时代的那副样子。他修建了一座由博物馆组成的村庄，保存着轻便马车、雪橇、四轮马车、旧式犁、水车、过时型号的各种汽车。他找遍全国各地，寻找演奏老式方形舞曲的小提琴手。

他甚至把那些古老的小酒店买了下来，使之恢复原来的样子，对托马斯·爱迪生早年的那些实验室也这样处理。

他买下了马萨诸塞州萨德伯里附近的路畔旅舍①，把那些新型号汽车在上面吼叫着滑行、嘶嘶地溜过（汽车的新的声响）的新公路

从门口搬走，

恢复了昔日的路面不好的路，

这样，一切都能

一如过去

使用轻便马车的日子里的情况一样。

---

① 即美国诗人朗费罗在组诗集《路畔旅舍故事集》（1863）中以之为背景的小旅舍。

新闻短片 XLIX

方块杰克　方块杰克
你抢去了我袋中的　金和银

不可思议之谜的目睹者在雪水中翻寻

一费城人在自己房中被活活打死

　　工人们听说那些人在短短的一年前在法国的血迹斑斑的战场上为保卫民主而战斗，当时他们曾被敦促为支持这些人而把最后的一份力量都用在生产劳动上——这些人现在要来教给他们什么是民主，还带来了他们的杀人工具，他们的自动步枪、他们的机关枪、他们的大炮，它在几分钟内就能把两英里长的街道夷为平地，还有加里①的工人生产的钢盔

是啊我们没有香蕉
我们今天没有香蕉

市内铁路集团置公共汽车法案于死地

房屋燃烧喝醉的士兵穿着裙子舞蹈

自杀的姑娘是奥利夫·托马斯的朋友

不顾妻子发疯而自杀

探索东部猎取现金的事实

　　其业务主要是通过收买负债的证据来资助制造商和零售商人，这些债务是由销售多种多样正常上市的产品如汽车、电器、机械所造成的

---

① 美国印第安纳州西北端一钢铁生产中心，濒密执安湖，离芝加哥不远。

查利·安德森

"安德森先生，安德森先生，给安德森先生的电报。"查利伸手接过电报，站在摇摇晃晃的座位间的走道上读贴在纸上的一排排字母：

流感病倒 电告我地址 下周去看你 乔

"倒霉的电报。"他一个劲地对自己说，一面从人堆里慢慢地挤回自己的座位，经过几个正在关上提包的妇女、一个正在穿上大衣的灰发老人、拎着几只手提箱的茶房。"倒霉的电报。"火车已减速驶进中央大车站。

他从茶房手里拿了手提包，从闷热的普尔曼卧车上走下来，显得形单影只，这时灰暗的地下月台很是安静。他挥动着沉甸甸的衣箱，顺着斜道向上走。火车使他头痛。车站宽大异常，已没有记忆中纽约那拥挤不堪的样子。他透过巨大的拱形窗的厚玻璃上的一道道雨水，望见对面的建筑物。他在车站四周徘徊，不知该朝哪个方向走，不觉走到一家快餐小饭馆前，从窗子外朝内望着。

他走进去坐了下来。女招待是个黑皮肤、面带愠色、眼睛上有黑圈的小个子姑娘。天气有点儿闷热，空气中弥漫着一阵阵洗碟子的肥皂味和厨房里的热荤油味。女招待弯腰为他摆盘子刀叉时，他嗅到一股濡湿的内衣、腋窝和爽身粉的气味。他抬头望着她，希望她能笑一笑。她转身去给他取番茄汤时，他看见她的方屁股在她的黑色衣服下面动来动去。东部的雨天似乎沉重而牵动人的情欲。

他把汤一匙匙地往嘴里送，却没有辨出它的味道。不等喝光，他就站起来去到电话间。他用不着查她的电话号码。等人接电话时，他紧张极了，汗水竟沿着耳后往下滴。他听见一个女人的声音，自己的声音便在嗓子眼里胶住了。最后他总算讲出了声。"我想跟汉弗莱斯小姐讲话，请……告诉她是查利·安德森……安德森中尉。"他还在清嗓子的时候，传来了她那亲切爱抚的呆板的声音。她当然记得他，她的声音说，他打电话给她，真是太好了。当然他们必须经常见面，多么令人激动，她真高兴见他，但是就要离开本市去度周末，是的，一个漫长的周末。但是他愿意下周打电话给她吗？不，快到周末的时候打好吗？她真巴不得见到他。

他回到饭桌时，女招待正围着它忙乎。

"你不喜欢你叫的汤?"她问他。

"对……必须去打个电话嘛。"

"啊，打电话。"她用开玩笑的声调说。这次是女招待想引他笑了。

"来一块馅饼和一杯咖啡。"他眼睛盯着菜单说。

"这里有怪好吃的柠檬蛋白馅饼。"女招待说，叹了口气，那样子使他发笑。

他笑着抬头望着她，感到情欲冲动又归于平静："好啊，亲爱的，就来客柠檬蛋白馅饼吧。"

吃了馅饼，他付了账，又回到电话间。有个女人进去过，留下很强烈的香水味。他打到世纪俱乐部去问奥利·泰勒是否在本城，对方说他去欧洲了。接着他打电话给约翰逊夫妇——现在就剩下这对熟人了。伊夫琳·约翰逊在电话里的声音深沉而压抑。他通过姓名后她笑了，并说："嘿，我们当然很高兴见到你啦。今晚来吃饭吧；我们介绍你会见刚生的婴儿。"

他在阿斯特广场走出地铁的时候，去赴晚宴为时尚早。他问售报人五马路怎么走，便在那些红砖房子之间，在那街区来回走着。为了打发这个下午，他去看了场电影，从电影院出来感到闷热。他一看表，才六点半。约翰逊夫妇请他七点去。他在那房子前已经走过了三次，最后决定踏上台阶。门铃上方有张卡片，潦草地写着他们的姓名：保罗·约翰逊——伊夫琳·赫钦斯。他按了门铃，站在那儿等着，心神不定地摆弄着领带。没人应门。他不知道是否该再按一下，这时正好保罗·约翰逊帽子扣在后脑勺上，吹着口哨，快步从五马路顺着小街走过来。

"嗨，你好，安德森，你从什么地方来?"他用窘迫的声音说。他得把几个装着伙食的口袋堆在左臂上才能握手。

"我想应该祝贺你。"查利说。

保罗茫然地望了他一会儿，然后脸红了。"当然……生了个继承财产的儿子……哦，得了，这是随时可能丧失的人啊，人家是这么说的……"

保罗把他让进一间陈设简单的旧式房间，窗上挂着飘垂的紫色窗帘。"请坐一会儿。我去看看伊夫琳在干什么。"他指指一张用马尾毛作填料的沙发，便穿过拉门走进里间。

他立刻回来了，小心地随手拉上背后的门。"嘿，好极了。伊夫琳说请你和我们一起吃晚饭。她说你刚从内地来。那儿情况怎么样？即使人家现在给我钱，我也不愿回去。纽约的生活才棒呢，只要你保持硬朗……来，我告诉你什么地方可以洗一洗……伊夫琳请了一大堆人来吃晚饭。我还得赶到肉店去……想洗脸吗？"

浴室里热气腾腾，还带着浴盐的味儿。有人刚在那儿洗过澡。浴盆上方晾着婴儿的衣服。门背后挂着一只红色盥洗袋，它上面盖着一件黄色花边睡衣什么的。这使查利感到自己待在这里很不对劲儿。他把手擦干后，用鼻子闻了闻，肥皂的香气直冲他的脑门。

他走出来，发现约翰逊太太手中拿着一本黄封皮的法国小说，倚在白色大理石的壁炉架上。她穿着一件镶有花边的袖子鼓胀的很长的礼服，戴着玳瑁边眼镜。她取下眼镜，把它夹在书中，挺起身来跟他握手。

"你能来我真高兴。我还不大能出去走动，因此除非人家来看我，我就见不到他们。"

"谢谢你叫我来。我到小城镇去了。说真的，看到去过大洋对面的人真叫人开心……这是我多少时候以来所见到的最接近巴黎的地方。"

她哈哈大笑；他想起了她在轮船上的笑声。他想吻她的念头使他感到不安。他点燃了一支香烟。

"请你别抽烟好吗？由于某种原因，还在我怀孕之前，香烟的烟雾就使我不舒服，因此我不让任何人抽烟。我这不是真要不得吗？"

查利脸红了，把烟扔在壁炉里。他开始在这又高又窄的房间里来回踱步。

"我们何不坐下呢？"她带着她那恼人的微笑说，"你准备到纽约来干什么？"

"找到了一份工作。我有些计划……嗨，你的小宝宝好吗？我想看看哩。"

"行啊，等他醒了我来介绍。你可以当他的叔叔。现在我得去为晚餐做点准备。我们这些人都到纽约来了，不是有点儿奇怪吗？"

"我敢说这个城市一定很难对付。"

她穿过拉门走进里间，很快从门里就透出一股嗞嗞作响的黄油的香味。查利正想再点燃一支烟，及时地作罢了，便在屋里漫步，看看老式家具、瓶里插的三朵洁白的百合花、那些书架上的法文书籍，直到保罗红着脸、流着汗，拿着一些伙食从他面前走过，并对他说他就去调一杯饮料。

查利在长沙发上坐下，伸出了两腿。这天花板高悬的房间里一片静寂。约翰逊夫妇在拉门后走动时的轻微的窸窣声和嗒嗒声，还有烹调时散出的法国味道，给人一种惬意的感觉。保罗又走进来，手里拿着托盘，上面放着些碟子、玻璃杯和一坛酒。他在大理石面的餐桌上放上一只法国式面包、一盘金枪鱼和一碟干酪。"很抱歉，我没有什么东西可以调制鸡尾酒……我很晚才离开办公室……我们只有这种蹩脚的红酒。"

"这就行……我现在不大碰这东西……心事很重啊。"

"你现在在市里到处找工作吗？"

"有个人跟我合伙办事。你还记得在船上的乔·艾斯丘吗？是个棒小伙，不是吗？麻烦的是这倒霉的傻瓜得了流感病倒了，这下子可把我搁起来了，要等他来了才行。"

"情况确实比我预料的要来得困难……我老头子把我弄进了河对面的泽西市一个谷物经纪人的办事处……仅仅让我渡过眼前的困难而已。但是，我的天，我可不想一辈子坐办公桌。如果不是为了这个小生客，我才不想干这事呢。"

"嘿，我们手头的那件事，如果有钞票放进去开发一下，会值许多钱哩。"

伊夫琳拉开拉门，端进来一碗色拉。保罗刚在谈谷物生意，这下闭上了嘴，等她先讲。

"好奇怪，"她说，"大战后，纽约……谁也没法不来这儿。"

她刚讲完，就响起她宝宝在里间的轻微的啼哭声。

"他要吃东西了。"保罗说。

"如果你真想看他，"伊夫琳说，"就一起进去吧，不过我认为看别人的婴儿未免太乏味。"

"我可喜欢，"查利说，"自己没有孩子可看啊。"

"你怎么能这么肯定呢？"伊夫琳说，慢慢地露出逗人的微笑。查利红着脸哈哈大笑。

他们手中拿着酒杯，站立在粉红色的小床周围。查利不禁俯视着一张没有牙齿的粉红色脸蛋和两只在空中乱抓的胖胖的小手。

"我想我应该说他长得很像爸爸。"他说。

"这小宝贝看上去可更像达尔文所说的我们的祖宗，"伊夫琳冷冷地说，"我最初看到他的时候，哭了又哭。唉，我希望他能长出个下巴来。"

查利不禁打眼角上望望保罗那也不怎么突出的下巴。"他是个快活的小淘气。"他说。

伊夫琳从浴室旁边的小厨房拿出一个奶瓶给小宝宝，然后他们走进另一间房。

"这地方的确使我感到羡慕。"查利说时目光与伊夫琳·约翰逊的目光相遇。她耸耸肩。"你们俩和宝宝都惬意地安居在一个地方，还有一杯酒喝和其他的一切……使我感到大战结束了……我的当务之急是当机立断，开始工作。"

"别着急，"保罗说，"很快就会解决的。"

"嘿，我希望客人快来。蒸锅的菜已全准备好了，"伊夫琳说，"查尔斯·爱德华·霍尔登要来……他总是迟到。"

"他说过也许来，"保罗说，"艾尔来了。那是他的敲门声。"

一个面色灰黄的细高个子从街上走进门来。保罗向查利介绍说这是他的兄弟。那人带着愠怒，用锐利的灰眼睛对查利望了一会儿。"安德森中尉……噢，我们在什么地方见过面。"

"你去过大洋对面吗？"

那细高个子使劲摇摇头。"不……一定是在纽约……我见过的面孔从不会忘记。"查利感到脸红了。

一个面颊下陷的姓史蒂文斯的高个子和一个丰满的小姑娘走了进来。查利没听清那姑娘的名字。她黑色的直头发剪得短短的。姓史蒂文斯的那个人谁也不理会，只注意艾尔·约翰逊。那小姑娘却只注意史蒂文斯。"嘿，艾尔，"他带着威胁口吻说，"最近发生的事是否使你的看法有什么改变？"

"我们得慢慢来，唐，我们得慢慢来……我们不能冒犯人类的每一种正当的天性……我们必须靠拢工人阶级。"

"哎，如果你们都要开始谈工人阶级，我想我们最好还是吃晚饭，不要等霍尔登了，"伊夫琳站起身来说，"如果唐空着肚子争论，会变得怒气冲冲的。"

"他是谁？查尔斯·爱德华·霍尔登吗？"艾尔·约翰逊带着尊敬的语调问。

"别等他了，"唐·史蒂文斯说，"他不过是个资产阶级的揭丑派罢了。"

查利和保罗帮着伊夫琳把摆好盘子刀叉的另一张桌子从寝室里搬了出来。查利设法坐在她的身旁。"哎呀，这么美好的食物。让我想起了巴黎，"他一个劲地说，"我哥哥要我参加他在双城的福特汽车经销处，但是你怎能把观光过巴黎的人留在农场呢？"

"纽约现在可是首府啦。"她说话时朝他靠过来，一双凤眼似乎一直在琢磨有关他的什么事，她的这些动作都带有逗人的神情。

"我希望你能让我有时来这里走走，"他说，"在我站稳脚跟之前，我会感到相当难过日子哩。"

"哦，我经常在家，"她说，"而且在能有钱给杰里米找个可靠的奶妈之前会一直这样。可怜的保罗有一半时间得在办事处工作到很晚……啊，我希望我们大家很快就能赚到很多钱。"

查利露出了惨淡的笑容。"给小伙子们一个机会吧。我们还没很好地摆脱军装哩。"

查利跟不大上他们的谈话，因此便背靠着沙发看着伊夫琳·约翰逊。保罗讲话也不多。他把咖啡拿进来后就干脆不见了。坐在桌子上首的伊夫琳和小姑娘似乎都认为史蒂文斯很了不起，而坐在查利身旁的沙发上的艾尔·约翰逊总是隔着查利弯过身去向伊夫琳发表某一论点，摇晃着他长长的食指。有时候看上去艾尔·约翰逊和史蒂文斯似乎要打起来了。一方面由于听不大懂他们说的话——他毕竟对本城还不大了解啊——一方面由于吃了美酒佳肴，查利开始昏昏欲睡了。最后他只得站起身来走动走动。

谁也没注意他，因此他踱进那个小厨房，看见保罗正在洗盘子。"我来帮你擦干。"他说。

"不，我自有一套工作方法，"保罗说，"你知道，伊夫琳把烹饪全部都包了，所以为了公平交易我就洗盘子。"

"嘿，那些家伙那么谈话不会惹麻烦吗?"查利用大拇指点点外间说。

"唐·史蒂文斯是个赤色分子，反正他已引人注意了。"

"请注意，我并不认为他们不对，但是，天哪，我们得自行谋生啊。"

"艾尔在《世界报》工作，他们那儿思想相当开明。"

"在我们家乡，一开口就不免会惹出大麻烦来，"查利笑着说，"他们不知道大战已经结束了。"

洗完盘子后，他们回到外间。

唐·史蒂文斯向查利大踏步走来。"伊夫琳说你是个飞行员，"他蹙着眉头说，"告诉我们飞行员是怎么想的。他们支持剥削阶级还是支持工人阶级?"

"这是个相当难回答的问题，"查利拖长声音说，"我认识的人，大多数都想要加入工人阶级。"

门铃响了，伊夫琳微笑着抬起头来。"也许是查尔斯·爱德华·霍尔登来了。"艾尔说。

保罗打开门。

"哈啰，迪克，"伊夫琳说，"大家还以为你是查尔斯·爱德华·霍尔登哩。"

"嗯，兴许我就是，"一个眼睛微微暴出、穿着整洁的年轻人在入口处说，"我整天都感到有点儿怪。"

伊夫琳用军衔介绍这新来的人说："萨维奇上尉，安德森中尉。"

"哼。"史蒂文斯在房间的后部说。

查利发现史蒂文斯和这刚走进来的年轻人默默无声地相对而视。情况变得十分难以捉摸。伊夫琳和那短发姑娘开始用冷淡的声音进行着客气的对话。查利想此刻该是他走的时候了。"我得走了，约翰逊太太。"他说。

"嗨，安德森，等我一下。我陪你一起到街上走走。"艾尔·约翰逊在房间另一边对他喊道。

查利突然发现自己直盯着伊夫琳的眼睛。"今晚的确过得很开心。"他说。

"哪天下午请过来喝茶。"她说。

"好，一定来。"他紧紧地握了一下她的手。他跟别人告别时，听见萨维奇上尉和伊夫琳在一起咯咯地笑。

"我只是进来看看另一半人是怎样生活的，"他说，"伊夫琳，你今晚太美了。"

查利感到在这春天的夜晚站在门廊前的台阶上很舒服。雨后，城市的空气里有一股漂洗过的清凉气息。他在想是否她……得，你哪里说得准啊，除非试一试。

艾尔·约翰逊从后面赶上来，挽住他的手臂。"喂，保罗说你从家乡来。"

"对，"查利说，"难道你没看见我耳朵里的干草屑？"

"哎呀，伊夫琳一下子有两个或更多的旧情人来访，这未免有点难办……而且看样子她恨不得让唐的女朋友冷淡得无地自容……嗨，你跟我一起去喝杯威士忌怎么样？把那该死的红墨水味儿从嘴里驱散掉。"

"那敢情好。"查利说。

他们跨过五马路，沿着小街来到一扇狭窄的黑门前。艾尔·约翰逊揿了门铃，一个没穿上装的男人把他们让进一条有厕所臭味的过道。他们从那儿走进一个酒吧间。

"好了，这才像个样子啊，"艾尔·约翰逊说，"毕竟我一周只有一个晚上休息。"

"这有点儿像从未有过的过去的好时光。"查利说。

他们在酒吧对面一张小圆桌边坐下了，叫了黑麦威士忌。艾尔·约翰逊蓦地隔着桌子挥挥他的长食指。"我想起了我们什么时候见过面。是宣战的那天。我们都在小匈牙利饭店，醉得像傻瓜一样。"查利说，哎呀，那晚上他遇见的人可多着哪。"肯定是那个时候，"艾尔·约翰逊说，"我见过的面孔从不会忘记。"他说罢叫堂倌拿来小杯啤酒。

他们为了纪念过去的时光，又喝了几杯黑麦威士忌外加小杯啤酒。"嘿，纽约也和其他地方一样，"查利说，"它无非是一个村庄罢了。"

"格林尼治村①。"艾尔·约翰逊说。

他们为了过去在小匈牙利饭店度过的美好时光又喝了不少威士忌。他们不想再坐在桌旁喝，便站到柜台前。柜台前已有两个面色苍白的青年和一个穿着保加利亚绣花衬衫、长着像纱线般的头发的丰满姑娘。他们都是艾尔·约翰逊的老朋友。"一个老报人，"艾尔·约翰逊说，"永远不会忘记面孔……或名字。"他转向查利。"上校，见见我这几位好朋友……上校……呃……"查利正伸出手去要说安德森，这时艾尔·约翰逊脱口而出地说："查尔斯·爱德华·霍尔登，请见见我爱好艺术的朋友们……"

查利老找不到插话的机会。那两位年轻人开始讲述他们在华盛顿广场剧院看到的剧目。那姑娘长着个翘鼻子，蓝色的眼睛下面有黑晕。她握着他的手时，两眼感情奔放地望着他。

"不会是真的吧……啊，我一直巴不得见到你，霍尔登先生。我读过你所有的文章。"

"但是我真的不是……"查利说到这里。

"真的不是上校。"姑娘说。

"就当一晚上的上校吧。"艾尔说着挥挥手，又叫了威士忌。

"啊，霍尔登先生，"姑娘说，一面把她的威士忌猛地一口喝干，"我们这样地会见真是太好了……我原以为你年岁要大得多，而且也没这么好看。得了，霍尔登先生，我要你把一切都讲给我听。"

"还是叫我查利吧。"

"我的名字叫博比……你就叫我博比好了，行吗？"

"行。"查利说。

---

① 纽约市中心曼哈顿岛南部一地区，为作家艺术家聚居之地。

她把他往柜台的另一端拉过了一点儿。"我日子正难过哩……他们是很可爱的小伙子，但是他们别的不谈，只会谈什么菲利普如何喝下碘酊，因为爱德华不再爱他了。我讨厌人身攻击，你不讨厌吗？我喜欢谈话，你不喜欢吗？啊，我讨厌不做事的人。我的意思是谈书本、世界形势以及诸如此类的事，你呢？"

"当然。"查利说。

他们发现已经挪到了柜台的一端。艾尔·约翰逊似乎找到另外一些好朋友来为过去的好时光喝酒了。

姑娘拉拉查利的衣袖说："我们找个安静的地方去谈谈。在这儿什么也听不见。"

"你知道有什么地方可以跳跳舞吗？"查利问。姑娘点点头。

到了街上，她挽住他的手臂。风向转北，风大夜寒。"我们快走吧，"姑娘说，"不过，也许这样跟你的高贵身份不相称，霍尔登先生？"

"还是叫我查利吧。"

他们向东走去，沿街多的是普通的租房和意大利人开的挤满了人的小商店。姑娘按按一扇地下室的门的门铃。他们等待的时候，她把手放在他的手臂上。"我有一点钱……这次让我来请你。"

"但我不喜欢这样。"

"好吧，我们二一添作五。我相信两性应该平等，你呢？"查利弯身吻她。"啊，今晚对我来说太美啦……你是我遇见过的最出色的著名人物……他们大多叫人感到乏味，不是吗？不懂生活乐趣。"

"但是，"查利结结巴巴地说，"我可不是……"

他正说着话，门开了。"哈啰，吉米。"姑娘对那开门的年轻人说，他一副机灵相，穿着咖啡色西服。"这是我的男朋友……格雷迪先生……霍尔登先生。"

年轻人的眼睛顿时一亮。"莫不是查尔斯·爱德华……"姑娘点头时过于激动，以至一大绺头发掉在一只眼睛上。"噢，先生，能见到你很高兴……我是你的忠实读者，先生。"

吉米鞠着躬，红着脸，给他们找了一张靠近舞池的桌子。这家有歌舞助兴的小餐馆由于聚光灯照明、香烟雾和众多的舞侣而令人感到闷热。他们又要了威士忌和涂有干酪的烤面包。然后她一把抓住查利的手，拉他站起来。他们跳起舞来。姑娘紧挨在他身上，以至他能感觉到她那对在保加利亚式衬衫里面的圆圆的小乳房。

"乖乖……这小伙子跳得一脚好舞，"她低声耳语道，"我们忘掉一切，忘掉我们是谁，今天是星期几吧……"

"我……我两小时以前就忘掉了。"查利说着，紧紧地搂了她一下。

"你只不过是个普通的农家孩子而我是个赤脚姑娘。"

"这话里的真理比诗歌更多。"查利透过牙缝说。

"诗歌……我爱诗歌，你不爱吗?"

他们一直跳到那餐馆打烊。他们走上外面黑黝黝的街头，脚步蹒跚，跌跌绊绊地经过一些垃圾桶。猫从他们脚边逃走。他们站住了，跟一个警察谈论自由恋爱①。每走到一个拐角，他们便停下来接吻。她在手提包里摸大门钥匙时，若有所思地说："真正做事的人是最好的情人，你不这样认为吗?"

查利先醒过来。阳光正穿过没有窗帘的窗子泻进来。姑娘还熟睡着，脸蛋陷在枕头里。她张着嘴，显得比上一晚老好些。她皮肤苍白发绿，头发像纱线。

查利悄悄地穿上衣服。在一张堆着几英寸厚的灰尘，胡乱放着些怪模怪样的裸体画的大桌子上，他找到了一段炭笔。在一张写了半首诗的黄纸的背面，他写了几个字："过得很痛快……再会吧……祝你幸运。查利。"他从咯吱作响的楼梯上走到了底，才穿上鞋子。

在这阴冷刮风的春日的清晨，他走到外面街头，感到心情非常愉快。他不断地爆发出笑声。一个了不起的古老的好城市。他走进八街拐角上的一家快餐店，要了一份早餐：炒鸡蛋、熏猪肉、烤饼和咖啡。他一边吃，一边不停地傻笑。然后他乘高架铁路车朝北到达四十二街。那些肮脏的屋顶、平板玻璃橱窗、电灯大招牌上的肮脏的灯泡、太平梯、水塔，这一切在刮大风的阳光下都显得很奇妙。

中央大车站的时钟正指着十一点三十分。列车上的茶房们在叫喊着西行火车的名字。他从行李寄存处取出行李，乘出租汽车前往查特顿旅馆。乔·艾斯丘在信中说他应去那儿住，那里比基督教青年会好。手提箱紧扣着他的手，因为它很沉，里面装满了蓝图和有关机械制图的书籍，因此他便跳进了一辆出租汽车。当旅馆账台后面的办事员要求看证件时，他取出了他的后备军委任令。

---

① 当时的文艺界有人提倡只恋爱而不结婚，称为"自由恋爱"。

这旅馆有一架电梯，在光线暗淡的过道的尽头处有浴室和淋浴间，还有许多条规则贴在房间的门后。他们把他引进一间小鞋盒般的房间。他衣服也不脱就倒在床上。他很困，躺在那儿望着天花板傻笑。一个了不起的古老的好城市。

结果他却在这不大通风的小房间里住了很长时间，房里糊着绿色墙纸，摆着几件摇摇晃晃的传教团体式的家具①。最初几天，他跑到电话簿上所列的那些航空公司去打听能否找份临时工作。他碰见了两三个在海外认识的熟人，但都无法答应给他工作：如果他早两个月来就好了。大家都说情况萧条。商业航空完全掌握在政客们的手里，这就结了，就这么回事。反正找工作的飞行员也太多了。

在第一周的周末，他到长岛城一家汽车制造厂去了一趟，他们大致答应他夏天可以给他一份制图的工作，那就是说，如果他们派驻在华盛顿的人正等待着的承包合同能到手的话。他在第一周的周末赶回来，收到艾斯丘太太的来信，说乔病得很重，得了双肺炎，得过两个月才能去纽约。乔一定要她写信，尽管她认为他身体不好，不该为工作操心，但为了使他安心，还是按他的意思写了。他说在没有取得专利权以前，查利一定不能让别人知道他的计划，最好还是先找个工作渡过难关，等他们能正儿八经把事情搞起来再说。

渡过难关，活见鬼；查利坐在下陷的床上数自己的钱，四张十元的、一张两元的、一张一元的，还有五角三分零钱。房钱每周得交八元，要等到夏天，前景不怎么妙。

终于有一天，他打通了给多丽丝·汉弗莱斯的电话，她请他翌日下午去。在汉弗莱斯家的公寓，情况跟那天晚上他和奥利·泰勒同去的本顿夫妇的公寓一样，只不过她们没有男管家而是用的女仆。他感到很不舒服，因为那儿只有女人。多丽丝的母亲是个打扮得整整齐齐的憔悴的女人，她向他投来的探询的目光，似乎一直透视到他后裤袋里的皮夹子。

他们喝茶吃蛋糕，查利心想不知能不能抽烟。她们说奥利·泰勒又出国了，去了法国南部。因为奥利·泰勒是他和她们唯一共同的话题，这样他们也就别无话说了。穿着便服不及穿军装那么容易跟有钱的妇人谈话。但是多丽丝还是愉快地向他微笑，并亲密友好地告诉他，她对这种繁忙的社交应酬等等感到厌烦，她要出去找份工作。查利想，这可不大容易。她

---

① 指美国西南部当年西班牙殖民时期流行的一种朴素而笨重的深色家具，外形多直线和方角。

抱怨说从来不曾遇见任何有意思的男人。她说只有查利和奥利·泰勒——当然，奥利是个老朋友了——是她熟悉的人中她愿意与之交谈的人。"我想是大战和去海外使你们多少变了，"她抬头望着他说，"你们见过那样的事情以后，不会对自己那么认真，就像我不得不敷衍的那些小白脸，他们只不过是些挂衣架而已。"

查利离开那座公寓大楼时，头脑发晕，几乎被过街的一辆出租汽车撞倒。在黑沉沉的暮色中，他沿着交通繁忙、一片嘈杂声的宽阔马路前行。她答应哪天晚上陪他去看场戏。

那次约会被一星期又一星期地推迟——多丽丝总是在电话里抱怨自己忙得厉害，她很想去，但她实在忙得厉害。终于在五月初的有天晚上，他去接她一起出去吃晚饭，这时他皮夹子里只剩下二十块钱了。他独自一人在汉弗莱斯家的客厅里等了一些时候。钢琴、椅子和窗帘上都罩上了白布套，这间白色的大房间里带有樟脑丸的味道。这一切使他感到他来得太晚了。多丽丝终于进来了，穿着一件领口开得很低的夜礼服，显得苍白、柔和而高贵，使他气都屏住了。"你好，查利，我希望你不觉得饿。"她说，那副亲切的劲儿总是使他感到跟她相识很久了。"你知道我总是掌握不好时间。"

"哎呀，多丽丝，你看上去美极了。"他发现她正望着他的灰色西服。"啊，对不起，"她说，"我跑回去换一下。"她声音里出现了某种冷淡的意味，但很快又消失了。"只要一分钟就行。"

他感到自己脸红了。"我想我原该穿夜礼服的，"他说，"但是我太忙了。我还没有叫人把我的衣箱从明尼苏达州捎来呢。"

"当然不必啦。差不多是夏季了。我弄不懂自己在想些什么。又心不在焉了。"

"你就这样出去不行吗？这样子很可爱。"

"但是姑娘穿得奢侈豪华，男人却穿着普通西服，看上去太可笑了。反正换了打扮只会玩起来更开心……不大像正式的社交约会，你知道……不骗你，我只要五分钟整就行。"

多丽丝出去后，过了半个小时才穿着一身珠灰色的上街服装走进来。女仆跟了进来，手中的托盘上放着鸡尾酒调制器和酒杯。"我想我们出去以前可以先喝一杯。然后肯定能知道我们想吃什么了。"她说。

他带她到麦卡尔平饭店去进晚餐；他不熟悉别的地方。已经八点钟了。

口袋里的两张戏票使他担心，但是她似乎一点也不着急。到了九点半，他才和她一起乘出租汽车去剧院。出租汽车里满是她搽的香水和头发的淡淡的迷人气息。

"多丽丝，让我说一说我想说的话吧，"他蓦地脱口而出地说，"我不知道你是否非常喜欢别的什么人。从你谈到你的熟人的情况看，似乎没有。"

"唉，请别开口求婚啊，"她说，"但愿你知道我多么讨厌求婚，尤其是在被交通阻塞的汽车里。"

"不，我不是那个意思。反正我现在这样子你是不肯嫁给我的……才不肯哪。我得先做到自立。但是我很快就会做到的……你知道，航空是门即将发达的工业……再过十年……嘿，我们这帮人可以取得优先机会……我希望你给我机会，多丽丝，先不要答应别人……"

"等你十年，乖乖，这倒是个罗曼蒂克的想法……我祖母才会认为这想法很可爱的。"

"我原该想到你会嘲笑的。噢，我们到了。"

查利扶她下车时，竭力不让自己显得不高兴。她靠在他手上时，就那么把他的手紧握了一下。他的心怦怦地跳了。他们跟在领票员后面进入满台是姑娘、响着爵士音乐的黑暗的剧场时，她把一只小手轻轻地放在他的手臂上。他们头顶上有一道长漏斗形的聚光灯的灯光，光中充满了尘末，展开成金光熠亮的一大片，有个涂着口红、身穿薄纱衣的姑娘在舞蹈。他用手臂把多丽丝的手紧压在他的肋骨上。

"好了，你了解我的意思了，"他耳语道，"你考虑一下……还没有哪个姑娘这样使我动情过，多丽丝。"他们在位子上一屁股坐下了。后面的人开始发出嘘嘘声，所以查利只好闷声不响了。他实在无心观看演出。

"查利，不要抱什么指望，但是我认为你是个好小伙。"他们走出剧院，撇下那闷热的场子、众多的灯光和人群，坐进出租汽车，她这样说。她让他吻她，但是汽车很快就在她那公寓房子门口停下了。他在电梯前跟她说再见，当他问是否可以上去时，她微笑着摇摇头。

他两腿无力地穿过剧院散场后熙熙攘攘的公园大街和四十二街的四岔路口走回住处。他仍能感到她的嘴紧贴着他的嘴，闻到她那浅色鬈发的香味，感到当她推开他的脸时一双小手按在他的胸膛上。

翌晨他醒得晚，感到精疲力竭，好像醉了三天刚醒。他买了报纸，在一家有隔宿的泔脚臭味的咖啡馆里叫了一杯咖啡和一客炸面饼圈。这次他不看商业招聘栏而看技工和机械师招聘栏了。那天下午，他在一马路一家汽车修理厂找到一份工作。重新穿上工作服，指甲缝内沾满了油污，上下班时按计时钟，使他感到不快，但是也没办法。他回到房间时，收到爱密斯卡的一封来信，使他更加不快了。

他看完信便把它撕了。不干。回去在机床上磨阀门已经够糟的了，哪能又去搞那档子事。他坐在床沿，眼睛里噙着怨恨的泪珠。真他妈的活见鬼，他弄到了军衔，参加过救护车队和拉斐特飞行小队，还曾有一名技工照管他的飞机，干全部的脏活，可现在一切事情都这么和他作对。真倒了八辈子的霉。感到稍稍平静下来后，他起身给乔写信，要他看在主耶稣的面上尽可能早日康复，并说他已放弃长岛市那边三角汽车厂的一个工作机会，为渡过难关而当了一名技工，他对这工作厌烦死了，只急于开始他们自己的事业。

他在修理厂工作了两个星期后，发现每到发工资的那天，工头在厂房背后的一间不用的办公室里跟人打扑克。他也参加进去，打得很小心。最初两三星期，他输掉了工资的一半，但是后来他发现自己打得也并不怎么坏。他从不发脾气，很善于推测好牌在哪家手里。他还注意不吹嘘自己赢了多少，因此他带走的赢钱比别人估计的要多。那工头是个爱吹牛的爱尔兰佬，他对查利侵占该由他赢的钱很不高兴；因为他习惯于自己把小伙子们的钱都赢去。查利不时请他喝酒，给他点甜头。再说，一旦他工作熟练以后，他能比那儿其他任何人完成的工作都来得多。在回家之前他总换上好衣服。

在多丽丝去约克港度夏之前，他没捞上看到她。此外他就只认识约翰逊夫妇。他每周去他们家两三次。他给他们做书架，有个星期天，还帮他们漆起居室的地板。

另一个星期天，他老早就打电话问约翰逊夫妇是否想去长滩游水。保罗喉咙痛，正在卧床，但是伊夫琳说她愿去。好，如果她想要，那就来吧，当他在炎热的星期天早晨穿过行人稀少的肮脏的街道前往闹市区时，他这样想着。她前来应门，身穿一件宽松的黄色花边绸子长睡衣，露出了她那对柔软的乳房的上部。不等她开口，他便把她拉到怀里吻她。她闭起眼睛，听任自己软绵绵地倚在他的怀里。然后她把他推开，伸出一指按在嘴唇上。

他脸红了，点上了一支烟。"你介意吗？"他声音发抖地说。

"我今后又得习惯于香烟味了，我想。"她声音很低地说。

他走到窗前，使自己镇静下来。她跟着他走过来，伸手取下他的香烟，吸了两口。然后她冷淡地大声说："到里面去跟保罗打个招呼。"

保罗背靠着枕头，仰面躺着，脸色苍白，汗涔涔的。床边的桌子上摆着一把咖啡壶、一只带茶托的印花茶杯和一罐热牛奶。

"喂，保罗，你看起来像是在过一种优哉游哉的生活啊。"查利听到自己的声音热诚地说。

"哦，当人们病了，你不得不娇纵他们一点儿。"伊夫琳温柔爱恋地说。

查利发现自己笑的声音过大。"希望病不厉害，老兄。"

"嘿，我得了该死的喉炎。你们去海滨好好儿玩玩吧。但愿我也能去得了。"

"哦，可能很糟，"伊夫琳说，"但是如果我们不喜欢，随时可以回来的。"

"不用急，"保罗说，"我有好多书看呢。我在这儿会很好的。"

"好吧，你和杰里米一起看好这单身汉之家吧。"

伊夫琳在一只午餐篮里放了些三明治和一热水瓶鸡尾酒。查利拎着篮子，挟着星期天的报纸，沿着这布满灰尘、洒满阳光的街道走在她身旁，心想她穿着淡黄色的夏装，戴着帽檐上翻的小白帽，那样子多时髦啊。"啊，我们来好好玩玩吧，"她说，"好久没好好玩了。"

他们在长滩下火车时，蓝天上刮着大风，正掠过那被一个个凉丝丝的雾团弄得模糊不清的海面。海滨的木板路上有一大群人。他们两人沿海滩走了好长一段路。"你看，如果我们能撇开所有的人，会很有趣吗?"她说。他们往前走去，双脚陷入沙里，声音给淹没在拍岸浪的撞击声和嘶嘶声中。"真壮观呀。"他一个劲地说。

他们走呀走的，走个不停。查利在衣服里面早穿好了游泳衣；在他们找到他们喜欢的地方之前，它已使他感到燥热发痒了。他们把篮子放在一个小沙丘后面，伊夫琳用她带来的一块大毛巾罩着身子，脱去衣服。查利当着她的面脱去衬衫和长裤，觉得有点难为情，但书上看来是认为可以这样做的。

"乖乖，你的身体真美呀。"她说。

查利不安地拉拉他游泳裤的下端。"我想我挺健康。"他说。他看着自己那双发红和有污垢的手与他前臂的白皮肤泾渭分明，前臂上淡淡的汗毛下略有雀斑。"我真想找一份能使手保持干净的工作啊。"

"一个人的手应该表现出他是干什么工作的……那才是手的美之所在。"

伊夫琳说。她已扭着身子穿上游泳衣，让毛巾掉在地上。那是一件非常之紧的单件头淡蓝色游泳衣裤。

"哎呀，你身材真美。在船上时我一眼就发现了这一点。"

她走过来挽住他的手臂。"我们下水吧，"她说，"那拍岸浪使我害怕，但真是美极了……啊，我认为这样很好玩，你说呢？"

他感到贴在他身上的她的手臂非常滑溜，她裸露的大腿挨着他的。他们从火热的散沙走进凉凉的硬沙中时，两人的脚碰在一起。一大片泡沫飞溅的海水向沙滩上的他们冲过来，打湿了他们的膝盖和小腿。她放开他的手臂，抓住了他的手。

他对如何对付拍岸浪没有多少经验，还没反应过来，一个浪头就把他彻底打倒了。他气急败坏地爬起身来，嘴巴和耳朵里全灌满了水。她却站在那儿冲着他大笑，伸手帮他站起来。"再往外去一点啊。"她喊道。他们迅速低头，穿过第二个海浪，向外游去。游过海浪起始处，他们在再过去一点的地方踩着水，在水中浮沉起来。"不要游得太远，因为有水下逆浪……"

"什么？"

"急流。"她把嘴贴近他的耳朵喊道。

他被另一个巨浪淹没了，然后吐着口水，喘着气，露出水面来。她正闭着眼睛，噘着嘴仰游。他朝她划了两下，吻她的冷冷的湿脸。他想搂住她的身子，但是一个浪头在他们头上碎开了。

他们嘴里飞溅着水花，站起来时，她把他推开。"你把我的游泳帽弄丢了。瞧。"

"在那儿。我去拿来。"他穿过拍岸浪拼命游回去，正当水下逆浪快把帽子卷下去时，一把抓住了它。"这拍岸浪可厉害哪。"他叫道。

她跟着他出了水面，和他并肩站在浅层浪沫里，一头潮湿的短发披在眼睛上。她伸手把头发掠向后面。"我们挺过来了。"她说。查利朝海滩两边望望。在刚过晌午的阳光下，不见一个人影。他试图用手臂去搂她。

她跳开去，没让他碰她。"查利……难道你不觉得饿吗？"

"我正如饥似渴地要你啊，伊夫琳。"

"我想的是午餐。"

他们吃过午餐，喝了鸡尾酒，感到昏昏欲睡，有些醉意。在阳光下，他们并排躺在大毛巾上。她不让他碰她。他合上了眼，但是太激动了，无法入睡。他不知不觉地打开了话匣子，谈个没完。"你知道，乔在搞专利那一头，他知道怎样对付那些律师和有钱的大人物。我担心如果我想一个人干的话，有人会想办法盗窃我的成果。一个人发明了点什么，常常会发生这种事情。"

"有没有女人对你说过，你是多么迷人，查利？"

"在海外我没什么困难……你知道，飞行员、中尉、十字军功章，要睡觉，好，好……一切顺利，但是在这个男人的国家里除非你腰包里装满了钱，就没有一个你看中的姑娘愿意看你一眼……当然，她们会引诱你，弄得你几乎发疯。"他讲得起了劲，竟傻里傻气地把关于多丽丝的一切都告诉了她。

"但是她们并非个个如此的，"她抚摸着他的手背说，"有些女人是古板的。"

她只让他在毛巾下搂抱了一会儿。太阳开始下沉。他们感到凉意，便拍着身上的沙子站起来，晒黑的皮肤上开始出现鸡皮疙瘩。他们沿着海滩往回走，他感到不快。她谈着黄昏、海浪、海鸥，倚在他手臂上，紧紧握住了不放。他们走进木板路旁的一家旅馆。吃了点晚餐，这一来把他最后的五块钱用得差不多了。

乘火车返回的路上，他想不出多少话来讲。他把她送到街口，然后走到三马路的高架火车站，乘车朝北走。车里挤满了星期天郊游后返家的青年男女。他细心看看能不能搭上一个女的，但没有成功。他上楼走进自己那糊绿墙纸的气闷的房间，但在里面待不下去。他走出门去，在二马路和三马路上来回徜徉。一个女人上来勾引他，但她太胖太老了。有一个漂亮丰满的小姑娘，他在她旁边走了许久，但当他跟她讲话时，她威胁说要叫警察，因此他又回到自己房里，先用热水再用冷水洗了个淋浴，便上了床。他整夜没睡着。

此后的几周内，伊夫琳老打电话来，而且给他留下话，以致办公室的办事员把他叫到一边告诉他，只有过无可非议的基督教徒生活的年轻人才能在这儿工作。

他渐渐地习惯于提前离开车间陪她外出，因此快到七月底时，工头把他解雇了。那工头反正对查利恼火，因为他打扑克老是赢那么多钱。查利从查特顿旅馆搬出，在十五街东头找了一间有家具的房间。他向房东太太解释说，他妻子在市外工作，只偶尔进城来看他。那房东太太加了两块钱房租，就随他去了。事情发展到他整天什么事都不干，只是等着伊夫琳，喝喝从一家意大利餐馆买来的蹩脚杜松子酒。他为保罗感到难过，但是毕竟保罗不是他特别好的朋友，而且如果不是他查利，他估计也会有别的什么人的。伊夫琳话太多，使他感到头昏，但是她确乎是个时髦的娘儿们，而且床上功夫也很迷人。只有当她谈到要和保罗离了婚嫁给他时，他才开始感到有点不寒而栗。等他在厂里工作时省下的钱用完后，她很慷慨大方地付晚餐和午餐的钱；但是他总不便让她代他付房租呀，因此九月中有一天大清早，他跟房东太太不别而行，把他的手提包带到中央大车站。当天，他去查特顿旅馆拿他的邮件，发现有封爱密斯卡的来信。

他和其他流浪汉一起坐在公共图书馆后面的公园的长椅上，看起信来：

查利好孩子：

你一向心肠好，我知道如果你了解我交到了什么恶运，一定会设法帮助我的。首先我失去了工作，我们这一带今年夏天的情况很不景气，我一直没法找到另外的工作；其次我生了病，不得不付给医生五十元，而自那以后我就说不上真正好起来，因此只好提取我的存款，现在已全用完了。家里什么帮助也不给，因为他们听到一些愚蠢得不值一驳的谎话。但是我这一周不得不弄到十块钱，不然房东太太就会把我撵出去，那我就不知道要变成什么样子了。我知道我并没有干下什么坏事，不该遭受如此的不幸。唉，但愿你在这儿就好了，你就会用你坚强的手臂把我搂在怀里，像你惯常做的那样。你过去一向爱你这可怜的小爱密斯卡的。看在你可怜的已故的母亲的分上，立即用特挂寄给我十块钱，否则就要来不及了。有时我想最好是打开煤气算了。泪水沿着我的脸颊往下淌，我再也看不清这纸了。愿上帝赐福给你。

爱密斯卡

我的女朋友也没有钱了。你赚了那么多钱，十块钱真算不上什么，我答应你再也不跟你要了。

查利，如果十块不行寄五块也好。

查利眉头一皱，把信撕了，把碎片放在口袋里。这信使他难过，但有什么用呢？他来到阿斯特旅馆，走进男厕所去洗脸洗手。他在一面镜子里照照。灰西服看上去仍很不错，草帽是新的，衬衫干干净净。领带上有个地方有磨损，但是如果把上装扣起来就看不出来了。不下雨还可以；他的另一套西装、军用雨衣和长统军靴都已经给当了。他还有两三元零钱，因此叫人把皮鞋擦了。然后他上楼到书写室去给乔写了封信，说他已一贫如洗，请他立即寄给他二十五元，并且看在耶稣分上到纽约来。他发了信，向闹市区走去，沿着百老汇大街慢慢地走。

他知道的唯一可以混一顿饭的地方是约翰逊夫妇家，因此他便从五马路拐上他们住的那条街。

保罗在门口迎接他，向他伸出手来。"你好，查利，"他说，"好久没见到你了。"

"我搬家了。"查利结结巴巴地说，心里很不是滋味。"原来那地方臭虫太多……哦，我只是来打个招呼。"

"进来吧，我来调杯酒。伊夫琳一会儿就回来。"

查利摇摇头。"不麻烦了，我只是来打个招呼。小孩子好吗？向伊夫琳问好。我有个约会。"

他走到八街拐角的报摊前，买了各式各样的报纸。然后他来到他知道的一家违法秘密售酒的小店，一面喝掺酒精的啤酒，一面翻阅报纸上的征聘启事。他慢慢地喝着啤酒，把征人单位的地址记在他从阿斯特旅馆拿来的一张纸上。其中有一家是做旧汽车生意的，那经理是杰姆的一个朋友，查利在家里曾见过他。

电灯亮了，黑暗的窗户外是闷热的夏末之夜。他付了啤酒钱，口袋里只剩下一个两角五分钱的硬币了。"倒霉，再也不能让自己陷入这种困境了。"他在闹市区街道上徘徊时，不断这样咕哝着。他在华盛顿广场坐了很长时间，考虑对那旧汽车行的经理讲什么好。

天下起了小雨。这时街上已没什么人。他翻起衣领，开始步行。他的皮鞋破了，每走一步都听到冷水在脚趾间咯吱咯吱地响。走到一盏弧光灯下，他取下草帽来看看。它已经发胀了，帽檐看起来膨胀而软塌。"嘿，明天究竟怎么能四处去找工作呢？"

他转身径直朝约翰逊夫妇的住处走去。雨愈下愈大了。他揿响了写着保罗·约翰逊——伊夫琳·赫钦斯的那张卡片下面的门铃，直到保罗穿着睡衣、非常困倦地来应门。

"喂，保罗，我能不能睡你的长沙发？"

"难哪……不过进来吧……我不知道我们是否有干净床单。"

"没关系……就今天一个晚上……你知道我跟人掷骰子，输得精光了。我明天有钱来。我本想在长椅上过一宿，但他娘的忽然下起雨来了。明天我有事情要办，我得把这套衣服保护好，知道吗？"

"当然……嗨，你看来淋湿了……我来给你一套睡衣和一件浴衣。最好把身上的衣服脱掉。"

约翰逊家的长沙发干燥而舒服。等保罗回去睡了，查利穿着保罗的睡衣，躺在那儿望着天花板。透过高大的窗户，他望见雨丝在外面街灯光下闪烁不定，听见雨水不停地拍打着路面。那婴孩醒来哭了，隔壁房间有了灯光。他听得出保罗和伊夫琳带着睡意的谈话声和他们走动时的窸窣声。后来孩子安静下来了，灯光熄了。一切又归于平静，只听见外面渐沥的雨声。他入睡了。

起来跟他们共进早餐，然后向保罗商借二十五元钱，可都不是轻松的事，尽管查利知道两天之内就可以还给他的。等保罗去上班时，他也离开了，没有理睬伊夫琳斜眼看他的嘲弄的目光。再也不能陷入这种困境了，他一再告诫自己。

他首先去裁缝店，坐在帷幔后面看《美国人报》，等衣服烫好。然后他买了一顶新草帽，到理发店刮了脸，剪了发，做了面部按摩并修了指甲，又到皮匠那里去换了鞋底，给皮鞋擦了油。

这时已差不多中午了。他乘地铁朝北到杰姆的朋友任经理的旧汽车销售处，那地方在哥伦布圆广场北面，查利跟他谈话，结果弄到了推销员的工作。那经理问起他在明尼阿波利斯的家里人的近况，他只得编造了许多话来谈。那天晚上，他从中国人那里取回了送洗的衣服，赎回了当掉的衣物，回到查特顿旅馆，订了另一间褐色墙壁的房间。他美美地吃了一顿，早早地就疲惫不堪地上床了。

几天后，他收到乔·艾斯丘的来信，汇来二十五元，并说他已能下床，不久就要着手工作了。这期间，查利也赚到了小笔的佣金。有一名推销员带他到六十三街去打扑克，每晚输赢上百元。打牌的大多是汽车推销员和广告员，他们花钱大手大脚，能赢到大笔赌注。查利把欠保罗的二十五块钱邮寄给他，当伊夫琳再打电话来时，他总是说他忙得不得了，不久再给她去电话。那种事不干了，决不。每次赢了钱，他总拿其中的一半存进他在储蓄银行开的户头上。他把银行的存款簿放在贴身的口袋里。每次摸到它，他总感到自己是个聪明人。

他避开伊夫琳。到闹市区去路太远，很麻烦，而且反正也无此需要，因为另一个推销员给了他某个达玲太太的电话号码，她在西区一个类似旅馆的房子里有一套公寓，只要当天早一点通知她，她便能安排和可爱的年轻女人相见。一次花二十五块钱，但姑娘们干净年轻，而且事后绝不会有什么麻烦。他能拿出二十五块钱来这样乱花，这一点使他感到高兴，但是这消耗了他打扑克赢来的钱。在使用过一次达玲太太的电话号码后，他忧郁不快地回到查特顿旅馆的房间。姑娘们是不错，但不像跟伊夫琳在一起那么有趣，甚至还不及跟爱密斯卡在一起的时候。他想到了多丽丝，对自己说，见鬼去吧，他得搞一个属于自己的女人。

　　一周又一周过去了，他售出的汽车越来越少，而打扑克的时间却多了起来。等他收到乔·艾斯丘的电报说次日来纽约时，他的工作正好要告吹了。他知道，仅仅因为那经理是杰姆的朋友，他才没有被解雇。他交上了输钱的运，不得不把所有的存款都提出来。他去火车站接乔的时候，头痛得厉害，口袋里只有一毛钱了。头天晚上，他们在玩"红狗"牌戏时他输了个精光。

　　乔还跟过去一样，只是瘦了些，小胡子长了些。"嗨，你好吗？"

　　查利拎着乔的另一个包，两人一起走在月台上。

　　"问题是上升限度太低，空中多气井。"①

　　"我看准是这样。嗨，你看上去像在过玩乐生活，查利。我希望你随时就能工作。"

　　"当然。一切有赖于有个合适的指挥官啊……我不是每天晚上去夜校的吗？"

　　"我肯定是这样。"

　　"你现在感觉怎么样，乔？"

　　"哦，我现在没问题了。我几乎急得进了疯人院。今年夏天真倒霉透了……你在搞些什么名堂，你这流浪汉？"

　　"嘿，我在收集有关同花顺子的理论。还有娘儿们……我关于娘儿们学到什么了吗？嗨，你的妻子和孩子们好吗？"

　　"很好……你会见到他们的。今年冬天，我要在这儿弄套公寓……嘿，老弟，是该动手上劲干的时候啦。我们要和安迪·梅里特合伙搞……今天中午你就能见到他。我在哪儿能找一间住房呢？"

　　"喏，我现在耽搁在三十八街那边那美化的基督教青年会里。"

---

① 查利在这里用航空术语来描述自己所处的困境。

"这样很好。"

他们坐进了出租汽车，乔轻轻拍拍他的膝盖，倾过身来咧嘴笑着问："你什么时候可以开始制造呀？"

"明晨八点。长岛市的老比奇洛刚刚破产。我见过他的工厂。用不着花多少钱就可以整修好。"

"我们今天下午就去那儿。他可能会愿意接受我们的一些股票。"

查利摇摇头。"这股票会值许多钱的，乔……还是给他现金、期票或别的什么吧。反正他已半痴半呆了。上次我去那里是想找份技工的工作……天哪，我希望那样的日子不要再来了……我的问题是，乔，我想结婚，而要按我的意愿结婚必须有许多钱……不管你信不信，我在恋爱。"

"爱着齐格飞歌舞团的全体群舞女郎，我敢打赌……这话说得真够味儿……你想结婚。"乔哈哈大笑，像要笑破肚皮似的。当乔上楼去洗手洗脸时，查利到街角的药店去买溴盐头痛药。

他们在耶鲁俱乐部和梅里特共进午餐，他原来是个灰白脸、方下巴的年轻人。查利仍旧感到头被敲打一样地疼，昏沉沉地感到他并没有给对方留下好的印象。他闷声不响，让乔谈话。乔和梅里特谈到华盛顿、陆军部、海军部和一些数字，这些数字之大使查利感到该拧一拧自己看是否在做梦。

午餐后，梅里特驾驶着皮尔斯·阿罗牌敞篷游览车同他们来到长岛市。等他们到了那工厂，穿过那些杂乱无章的狭长的厂房，看看车床、电动机、冲床和雕刻印模机时，查利感到他比较在行。他拿出一张纸，开始做笔记。这似乎很受梅里特欢迎，他就做了更多的笔记。后来乔也做起笔记来。当梅里特拿出小本子来，亲自做笔记时，查利知道自己做对了。

他们和梅里特一起吃晚饭并度过晚上。这事可不轻松，因为梅里特这人善于一眼就对别人作出估量，他现在正要估量查利。他们在一家法国人开的非法酒店里吃饭，饭后长时间坐在那儿喝柯涅克白兰地和苏打水。梅里特这人对在纸上写工作人员和工资的表格以及诸如估价、折旧、分期偿还等字眼非常在行，这些字的后面总跟着带有许多零的大笔数字。其结果似乎是查利·安德森作为管理工程师自上星期一起每周可拿工资二百五十元（用优先股支付），至于他和乔因专利权而应得多少百分比的股本这问题将于次日的董事会上研究决定。查利觉得头顶轻飘飘的。他的舌头由于多喝了柯涅克白兰地而有点不灵便了。他能想到讲的而且一个劲地讲的是："小伙子们，我们一定不能仓促行事啊。"

等到他和乔终于使梅里特和他的皮尔斯·阿罗牌汽车回到耶鲁俱乐部时，他们深深地松了一口气。"你说，乔，这家伙到底是个金融奇才还是个疯子？他谈话那劲头就像美钞是长在树上似的。"

"他有本领让它们长在树上。说实话……"乔·艾斯丘挽着他的胳膊，声音越来越低地说，"那家伙将成为筹资发展飞机制造业的杜兰特①。"

"他似乎还分不清自由牌发动机和小飞艇尾部的区别哪。"

"他认识内政部长，那可重要得多哩。"

查利哈哈大笑，一时停不下来。他回查特顿旅馆去的路上，不断地撞着沿街走的行人。他笑了又笑，眼睛里尽是泪水。他们走到账台前去要他们的邮件，看见办事员拉长了苍白的面孔，这时查利拿手拐儿碰碰乔。"嘿，这是我们待在这殡仪馆的最后一夜了。"

去他们房间的过道上，他们嗅到了旧胶底鞋、淋浴和更衣间的气味。查利又哈哈大笑。他坐在床上，长时间地一个人傻笑。"天哪，这才像个样子哩；这比巴黎还要好。"等乔上床后，查利依旧傻笑着，把头探进门去。"来给我擦背，乔，"他喊叫道，"我真幸运啊。"

第二天早上，他们到贝尔蒙特饭店去吃早饭。然后在去闹市区以前，乔带查利到诺克斯商店，给他买了一顶圆礼帽。查利的头发较硬，帽子戴不好，但那道箍带有股贵重的英国皮件的气味。他在坐地铁去闹市区的路上，不断把帽子脱下来闻闻。

"嗨，乔，等我的第一次工资发下来，我希望你带我到处走走，弄套晚礼服把我装备起来……我的这位姑娘啊，她喜欢小伙子穿得漂亮。"

"你不会脱下工作服的，小伙子，"乔·艾斯丘咆哮道，"如果我有发言权，要一连六个月，日日夜夜都脱不下。如果我们想要使产品还算像样的话，我们就得住在那工厂里，关于这一点不要瞎想啦。"

"当然，乔，当然，我不过说说笑话罢了。"

他们来到一个姓利连撒尔的律师的事务所。从他们向那坐在写字台后的衣着高雅的金发女人通报姓名的那一刻起，查利就感到激动，因为即将谈成交易。那金发女人带着微笑，向听筒鞠躬。"啊，是，当然……安德森先生

---

① 托马斯·克拉克·杜兰特（1820—1885），美国铁路建设家，对横贯全美的联合太平洋铁路于1869年通车起了很大的作用，并任该铁路公司副总裁。

和艾斯丘先生。"一个骨瘦如柴的勤杂员立即把他们领进图书室，一间摆满了用小牛皮装订的法律书籍的阴暗而窄长的房间。他们还来不及坐下，利连撒尔先生本人就从毛玻璃门里走了进来。他是个皮肤黝黑、脸蛋椭圆、胖得看不出头颈来的人，一副洋洋自得的样子。"嘿，我们的两位王牌专家准时来到了。"

乔介绍过后，他把查利的手放在他那小手的光滑肥胖的掌心中握了一会儿。"安迪·梅里特刚夸奖过你，年轻人，他说你是个大有前途的联络人。"

"可我刚刚跟他讲过，六个月内我不许他走出工厂。他这人对发动机有一手。"

"嗯，也许他说你有飞行员的目力吧。"利连撒尔先生扬起一条细细的黑眉毛说。

律师把他们引进一间大办公室，室中央有张上面空无一物的桃花心木大办公桌，地板上铺着一条蓝色的中国小地毯。梅里特和另外两个人早到了。他们身穿剪裁雅致的深色西服，站在从身后窗户里射进来的明亮的灰色光里，四周缭绕着蓝色香烟烟雾，在查利看来，他们简直像库本海默公司的男装广告。乔治·霍利斯是个面色苍白的年轻人，头发从中间分开，另一个是瘦高个、黑脸膛的姓伯克的爱尔兰律师，他是乔·艾斯丘的老朋友，乔说他愿意帮助他们，使他们的专利权在华盛顿获得通过。他们似乎都认为查利是个了不起的人，但他一直在心里说得闭上嘴，让乔来讲话。

整个上午，他们都围着那律师的桃花心木办公桌坐着，抽着雪茄和香烟，用掉了大量黄色便条纸，弄得那桌子看上去就像一只没打扫过的鸟笼的笼底，而查利抽着吉祥牌香烟，抽得令人乏味。利连撒尔先生老是叫速记员进来——那是个长着双灰色大眼睛、像老鼠模样的小姑娘——记下他说的话，然后又打发她出去。电话偶尔嗡嗡地响，每次他都不耐烦地回答："我年轻的好太太，难道你就不曾想到我可能在开会吗？"

公司将定名为艾斯丘-梅里特公司。关于它将到哪一州去注册，股票如何出售，如何上市，如何分红等谈了好多话。等到最后站起来去吃午饭时，已经两点了，查利感到头昏目眩。他们中有几个在去电梯的路上进了男厕所，查利设法挤到小便池前，站在乔的身边，对他悄声地说："嘿，基督在上，乔，是我们在欺骗这些人，还是他们在欺骗我们啊？"乔不愿回答。他仅仅皱起面孔，耸耸肩。

新闻短片 L

不要把一切都归咎于百老汇

除了少数例外，我们政府的管理部门一直而且现在都掌握在诚实而称职的人手中，财政稳定并且得到妥善管理，国家的工商企业，包括工厂主、经理和雇员在内，代表着高尚和爱国的动机，而目前的经济情况保证信心和繁荣将持续下去

你该归咎于你自己
不要辱没亲爱的老百老汇的名字

大陪审团将盘问棒球运动员

改进的润滑系统保证整个轴承表面能绝对无误地经常涂上润滑油

我内心深处怀着思念
思念那些已风流云散的旧日伙伴

杜林造船公司没有直接或间接地付或同意付或今后将付任何一种类型的贿赂给美国航运部、应急船队公司或任何其他政府机构

被杀的阔佬埋在地窖里

我不能忘怀那昔日的小四重唱
它歌唱甜蜜的艾德琳
永别了昔日的伙伴和姑娘们

永别了昔日的情人和好友

新设计的齿轮不仅提供
　　更大的力量和更长的
　　　　寿命而且增加了平稳性

新型的离合器——这个工程学上的成就
　　增加了动力传送的奇妙的可靠性
　　　　使换挡变得轻易而一无噪音

新型的更大的弹头形头灯提供了
　　为汽车使用而开发的
　　　　最完善的照明

加里①认为富有幻想的公众应对八小时工作日负责

　　食品加工厂的产品所取得的价格纯然是经济法则起作用的结果。官方的数字证明，如果小麦的价格该符合供求法则的话

生铁产量受到严厉控制

　　　　而如果你和一个小陌生人吃饭
　　　　红色灯光似乎会告诫你有危险
　　　　不要把一切都归咎于百老汇

---

① 埃尔伯特·亨利·加里（1846—1927），美国法官、金融家，曾长期任美国钢铁公司董事长，1919至1920年期间，发生钢铁工人大罢工，终于使他同意实行八小时工作制。

苦酒

凡勃伦，

一个面色灰白、步子拖沓的人，满怀怨恨，懒洋洋地倚在办公桌上，一手托着面颊，用低沉而带讥刺性的声音，含糊地咕哝着一些复杂难懂的言词，微妙地为一个社会松出一条供它用来上吊的绳索，一条注重事实的逻辑上无法逃避的绳索，

为了仔细分析这个世纪而使用的解剖刀如此锋利，引人发笑而准确，以至当时十分之九的教授和学生并不知道有这么一把刀存在着，而工商业巨子和受人尊敬的夸夸其谈者和受人赞扬的高谈阔论者都根本不知道它。

凡勃伦

提问太多，患有一种体质性毛病：不会说"是"。

苏格拉底爱提问，有一天夜间，在公鸡第一声啼叫时喝下了苦酒①，

但是凡勃伦

却终其长长的一生，在不通风的教室、灰蒙蒙的图书馆、一个穷讲师租得起的陈旧的廉价公寓里，一小口一小口地呷着苦酒。他起劲地反对妖魔鬼怪，反对卖弄学问、常规旧习、办公桌边的趋炎附势之徒、财产受托人、大学校长、首要工商业主们的圆滚滚的谄媚者、给唯唯诺诺的人保留的肥缺。他从未有过足够的钱，每个远大的抱负都被挫败。凡勃伦确实饮了苦酒。

凡勃伦一家是拥有自己土地的农民。

挪威的狭窄山谷中的私有者是些顽强、勤劳的人民，是农民、牛奶场主、渔民，他们扎根在父辈传下的石质的田地上，扎根在他们有雕花山墙的圆木筑成的旧农庄里（他们就是以农庄的名字作为姓氏的），也扎根在高原

---

① 古希腊哲学家苏格拉底晚年被控传播异说、毒害青年罪被判处死刑，于公元前399年在狱中服毒芹酒自尽。

的牧场上，那是他们夏日放牧的地方。

十九世纪初，市镇发展了；挪威到处是没有土地的人、小店主、行政司法官、放债人、执行官、身穿黑衣的公证人，他们佩着硬领，腋下夹着塞满了取消抵押品赎回权的文书的公文包。出现了工业。城镇居民开始从乡下获取利润，并从农民手中骗走了他们那些狭窄农场的自主权。

平庸之辈屈服了，沦为佃农、散工；但是强者却远走高飞，

就像他们的祖先在若干世纪之前曾远走高飞一样，当时美发哈拉尔德①和圣奥拉夫②曾把北欧人的自由权砍得粉碎，把他们变成基督教徒和农奴，而这些北欧人本来个个都是他们自己的小湾的主人，

只不过昔日的北欧人乘船向西去冰岛、格陵兰、伐恩兰；而如今去美国。

索尔斯坦·凡勃伦父母双方的祖先都失去了他们的农庄以及那表明他们自由人身份的姓氏。

托马斯·安德森有段时期试图当个游走四方的木匠和细木工来维持生活，但是在1847年，他和他的妻子，卡里·索尔斯坦达特，从不来梅乘坐捕鲸船跨过大洋到达美国密尔沃基那一带斯堪的纳维亚移民聚居地，和他们的朋友们相聚。

次年他的兄弟霍尔多也来相聚。

他们俩是勤劳的工人；又过了一年，他们省下钱来，取得优先购买威斯康星州希博伊根县一百六十英亩未开垦的土地的权利；他们把这片土地开垦了一部分后，就把它卖掉，搬到马尼托沃克县卡托城附近一个全是挪威人的侨居地，他们把那地方根据故乡的山谷名命名为瓦尔德斯；

在托马斯·安德森用自己的工具在那儿建造的房子里，他的十二个孩子中的第六个，索尔斯坦·凡勃伦诞生了。

当索尔斯坦八岁时，托马斯·安德森又向西迁至明尼苏达州的黑土大草原，几年前苏族印第安人和野牛群刚从这儿被赶走。在新农场的契据上，托马斯·安德森恢复了凡勃伦这老农庄的名字。

_____

① 美发哈拉尔德（约850—933），即挪威国王哈罗德一世，他完成了统一大业，取缔海盗掠夺行为，使大批赖以为生的北欧人出逃。
② 圣奥拉夫（约995—1030），即挪威国王奥拉夫二世，曾致力使挪威人民皈依基督教。1164年，被册封为圣徒，成为挪威的守护圣徒。

他是个结实的农民、建筑工人、心灵手巧的木工，他第一个从国外引进美利奴绵羊和一台机动收割结扎机；在大草原边沿耕种的那群挪威人中，他是个有地位的人，这些挪威人保留了他们的方言、他们狭窄的挪威山谷中的生活方式、他们的路德教派牧师、他们的家织布和自制的干酪和面包，也保留了他们对城里人那一套生活方式的怀疑和顽固的恶感。

城里人大多是美国佬，精于在先前生出一块钱的地方生出两块钱来，他们是小店主、中间商、投机商、放债人，脑瓜子对搞政治和抵押非常灵；他们瞧不起这些养活他们的斯堪的纳维亚泥腿子，这些人的女儿为他们的妻子干着厨房里的活儿。

挪威人像他们的父辈一样，相信只有两种职业是老实人干的：种田和传教。

索尔斯坦长成为一个粗壮的小伙子，人们盛传他懒惰而聪明。他憎恨农庄里那使人厌烦的日复一日的累断脊背的劳动。看书时他才高兴。木工活或开农机他也喜欢。到他家拜访的路德教派牧师们发现他脑子很灵活，能轻易地滑进他们讲的神学道理的各个犄角里。要他干农活很难；他有条挖苦人的舌头，爱给人们起些可笑的外号；他父亲决定让他当牧师。

他十七岁时，被从他干活的田里叫了回来。行李包已收拾好。马儿也拴上了马车。他被送到诺思菲尔德的卡尔顿中学，准备从那儿再进入卡尔顿大学。

因为凡勃伦家有几个年轻人要来读书，他们的父亲便在校园附近的一块空地上盖了一所房子。他们的食物和衣服都从农场送去。现金这东西他们可从未见过。

索尔斯坦讲英语带有家乡口音。他患有不会说"是"这一体质性毛病。挪威的古代传说、他父亲经营农场的脚踏实地的态度以及对木工活和脱粒机的紧迫需要，这一切有助于他思想的形成。

他对卡尔顿大学的神学、社会学和经济学的课程老是没多大兴趣，那儿人们正忙着把由《圣经》教育出来的新英格兰老商人那套佶屈聱牙的教条刻成模板，印出来挂在代销商们办事处的墙上。

凡勃伦的大学年代正值达尔文关于物种生长和形成的论断突破诺亚方舟世界的固定模式的年代，

当时易卜生笔下的妇女们①正撕下维多利亚客厅的门帘，

而马克思这台巨大机器正以账房本身的逻辑为配备来摧毁账房。

凡勃伦回到家中农场时，常和父亲谈论这些事，一面跟在他后面看他来回地犁地，或者在等着给小麦脱粒机再装进一批小麦时开始争论什么问题。托马斯·安德森见过挪威和美国；他具有木工和建筑工人的古板的思想、对工具的理解以及一个细心的农民的日积月累地苦心经营的宝贵知识，

对年轻的索尔斯坦智慧的钢刀来说，他是一块坚硬的磨刀石。

在卡尔顿大学，年轻的凡勃伦被认为是个有才华而思想不健全的怪人；谁也无法理解一个有如此造诣的小伙子为什么不愿安下心来从事当时的重要工作，即从那堆乱七八糟地塞满大学教授头脑的基督教伦理和十八世纪经济学的废物中取出任何可用之物来支撑财产和利润，并用赫伯特·斯宾塞为了老板们的利益而匆匆建立起的新的坚强的科学梁架来加固那已经摇摇欲坠的神圣大厦。

人们抱怨说他们从来说不准凡勃伦是在开玩笑还是正儿八经的。

1880年，索尔斯坦·凡勃伦开始试着靠教书来谋生。在威斯康星州麦迪逊市的一家中学教了一年，结果不大成功。第二年，他和他弟弟安德鲁开始进约翰斯·霍普金斯大学读研究生。约翰斯·霍普金斯大学并不合他的意，但是和一些破了产的淑女一起住在巴尔的摩一座旧房子里，使他对那套从拥有奴隶的种植园主的大宅中过度悠闲的生活中传下来的、如今已过时的礼仪轻蔑地看了一眼，这种过度悠闲的生活方式是直接从拥有产邑的骑士们的"喜人的英格兰"②传下来的。

（山谷中的农民一向藐视外乡人的生活方式。）

在耶鲁大学，他感到比较自在，在那儿，他发现诺亚·波特③像块新英格兰清教派花岗石，而他这块挪威花岗石与之意见截然相反，相碰之下，锵然有声。他在那儿得了哲学博士学位。但是仍然存在些问题：他到底在学术

---

① 指他的几部著名的社会问题剧中的新女性，如《玩偶之家》中最后离家出走的娜拉。

② 指十二世纪狮心王理查一世及传说中的英雄罗宾汉活跃时的英国。

③ 诺亚·波特（1811—1892），美国教育家，曾在耶鲁大学先后担任哲学教授及校长之职，并任1890版《韦伯斯特国际英语大词典》主编。

界的哪一部门可以最好地谋生。

他阅读康德的著作，并写了些获奖论文。但是他找不到工作。不论他如何努力，都无法用自己的嘴说出那个至关重要的"是"字。

他带着高深学问能给人快乐的某种褊狭之见回到了明尼苏达。除了他轻微的挪威口音外，增添了新英格兰文人惯发的开口音"a"。

在家乡，他在农场四下闲逛，为发明新机器瞎忙乎，看书，和他父亲谈论神学和哲学。在斯堪的纳维亚移民聚居地，小麦的价格、对上帝和圣奥拉夫的信仰一起下跌。美国西北部的农民正在发动反对正把他们吸干的商人寄生虫的处于劣势的长期战斗。农场已被押掉，欠债的利息得付，老是要买肥料和新机器，以便提高生产，在半个世纪中把百万年来只长牛草的土壤中的财富全抽汲出来。他的兄弟们不断地嘀咕这挖苦人的二流子不愿赚钱糊口。

回家后，他又遇见他大学里的心上人埃伦·罗尔夫，她是卡尔顿大学校长的侄女，家中很有钱，出过几个铁路业巨子。当消息传来，说她要嫁给这个讲话慢吞吞、爱好挑剔、书呆子气十足、穿着又不讲究的挪威年轻二流子时，诺思菲尔德的人们都感到震惊。

女方的家庭筹划让他进圣菲铁路公司任经济管理员，但埃伦·罗尔夫的叔父却在一个错误的时刻失去了对这一线路的控制权。这对年轻夫妇到斯塔西维尔去生活，在那儿他们什么都干，就是不挣钱谋生。他们读拉丁文和希腊文的著作；在树林中，沿着栅栏边，在路边灌木丛中收集并研究植物。他们泛舟河上，凡勃伦开始翻译《拉克斯拉萨迦》①。

他们阅读《回顾》②和亨利·乔治③的文章。他们站在外面看他们身处的世界。

1891年，凡勃伦积了点钱进科内尔大学去从事研究工作。他戴着浣熊皮帽，穿着灰色灯芯绒长裤，出现在那家大学的经济系主任的办公室，用他

---

① 这是古冰岛人的传说（"萨迦"）之一，描述一英雄家族从九世纪末至十一世纪间四五代人的悲剧故事。

② 这是美国作家爱德华·贝拉米（1850—1898）写的空想社会主义小说。

③ 亨利·乔治（1839—1897），美国经济学家，提倡单一税制，在名作《进步与贫困》（1880）中阐述这一主张。

那低沉而带有讽刺意味的拖长的声调说，"我是索尔斯坦·凡勃伦"，

但是要直到几年以后，等他在世界博览会会场边开办的新的芝加哥大学站定了脚跟，发表了《有闲阶级的理论》一书，并由于豪威尔斯的著名书评而出名后，学术界才知道索尔斯坦·凡勃伦是何许人。

即使在芝加哥，这位有才华的年轻经济学家仍像拓荒者那样过着简朴的生活（山谷中的农民一向藐视外乡人的生活方式）。他把他的书籍留在包装箱里，沿着墙壁排好。他仅有的奢侈品是他抽的俄国香烟和有时炫耀地佩着的红色腰带。他从不聊天谈家常。他讲课时一只手托着面颊，含糊不清地讲着回文式的长句，就像《埃达》①中的那些老是重复的句子一样。他使用的语言是技工术语、科技拉丁术语、俚语和《罗杰特氏同义词典》上的词汇的大杂烩。其他教授们无法想象姑娘们为什么对他如此着迷。

姑娘们对他着迷，以致埃伦·罗尔夫不断地离他而去。他曾不带妻子到国外去作多次夏日旅游。曾有过和远洋邮船上一个姑娘有关的丑闻。

人们议论纷纷（凡勃伦这人从不作解释，他根本不会用自己的嘴说出那个至关重要的"是"字；山谷中的农民一向藐视外乡人的生活方式和他们的意见），以致他的妻子离开他，一个人住到爱达荷州的一块林地上，而校长要求他辞职。

凡勃伦到爱达荷州去接埃伦·罗尔夫同去加利福尼亚，那时他在利兰·斯坦福大学找到了一个工资较高的职位，但是在帕洛阿尔托②，情况也和在芝加哥一样。他受到女人的纠缠，患有不会说"是"的体质性毛病，并且反常地倾向于工人阶级而不倾向于获利者。还有类似的抱怨，说他的课程对大笔金钱的遗赠不是建设性的，也不具有吸引力，而且并不能帮助学生过安逸的生活，进优秀大学生联谊会，在大学园地的上层中摘取桂冠。他的妻子永远地离开了他。他写信给一个朋友说："校长不赞成我的家庭安排；我也不赞成。"

有一次谈到这问题时，他说："如果女人偷偷地向你进攻，你有什么办法呢？"

他又回到爱达荷州森林中的小屋。

朋友们设法给他在克里特岛找一个从事研究的工作，在北京大学谋一个教席，但总是有障碍，常规旧习，各大学办公室里的工商业主们的谄媚

---

① 《埃达》为中世纪冰岛学者记录下的神话传说的结集，流传至今有新旧两部，前者为散文体，后者为诗体。

② 斯坦福大学的所在地，位于旧金山东南。

者……好提问者所得到的是苦酒。

他的朋友达文波特给他在密苏里大学找到一个职位。在哥伦比亚^①，他像隐士一样住在达文波特夫妇的住房的地下室里，帮他们做点家务事，给自己打了一张桌子和几把椅子。他已是个灰色脸上布满了细细的皱纹、蓄着范戴克式短而尖的胡子、长着一副黄牙、语多怨恨的上了年纪的人。没几个学生能听懂他的课。当欧洲有人来时，他们要会见的总是凡勃伦，这常使学校当局感到惊讶而且有点懊恼。

他的大部分著作都是在这些年中写的。他在学生身上探索对他的种种见解的反应，夜间用一支他自己设计的钢笔蘸着紫墨水慢慢写作。他每出版一本书就得向出版商作出保证。在《商业企业的理论》《手艺的本能》《既得利益与普通人》中，

他对这被垄断资本所支配的社会作出了新的图解，

讽刺地描绘了

工商业者破坏生产，

盲目地追求利润破坏了生活，

指出这两种抉择：一个被垄断集团的官僚机构所扼杀的好战的社会，这些垄断集团被报酬递减律所驱使，从普通人身上榨取愈来愈多的利润，

或是一个由正式干活的男女的需要所支配的注重实际而合乎常情的社会，由于科技的进步，它将提供和平和富裕的惊人广阔的可能性。

这是德布斯发表演说、工会迅速发展、世界产业工人联盟谈论产业民主的年代，在这些年中，凡勃伦仍然抱有如下希望：工人阶级将在垄断集团把西方国家再次推入黑暗之前接管生产机器。

第一次世界大战打破了这一切：以伍德罗·威尔逊的漂亮言词为掩护，垄断集团进行了镇压。美国的民主被摧毁了。

大战至少给凡勃伦提供了一个机会，使他得以走出那学术生活的密不通风的温室。他在食品管理局得到了一个职务，给海军部提供一种用拖带一段牢固的包装铁丝的办法捕捉潜水艇的设备（同时政府发现他写的书有点儿混淆视听。邮局禁止邮寄《德意志帝国与工业革命》，但宣传机构却把它分发

---

① 位于密苏里中部，为密苏里大学所在地。

出去使人民憎恨德国鬼子。教育家们正谴责《和平的性质》，但华盛顿的专家们却从中剪辑一些词句来加强威尔逊的烟幕作用)）。

索尔斯坦·凡勃伦为食品管理局写了两篇报告：在一篇中，他主张作为一种战时措施，应答应世界产业工人联盟提出的要求，和工人阶级和解而不要毒打或监禁它所有的诚实的领袖；在另一篇中，他指出食品管理局是生意人搞的骗局，它并没有旨在把全国当做一台进行生产的机器那样最有效地组织起来。他建议，为了有效地进行战争，政府应取代中间商人的地位，直接以生活必需品去换取农民的原料；

但是这个局根本不想取消商业，来争取一个民主得到保障的世界，

因此凡勃伦只好辞去食品管理局的职务。

他签名抗议芝加哥对一百零一名世界产联分子的审讯。

大战停战后，他到了纽约。尽管战争年代有种种压制，现在空气清新起来了。在俄国，巨大的革命风暴爆发了，似乎正在刮向西方，被战争弄得呆头呆脑的群众在这从东方的新世界刮来的强劲阵风中开始擦亮眼睛。在凡尔赛，协约国和敌人，工商业巨子，将军和帮闲政客们都面对着风暴，面对着新事物和希望，关起了百叶窗。在雷电闪光的一刹那中，人们突然看清了战争是为了什么，和平是为了什么。

在美国，在欧洲，老人们胜利了。银行家们在办公室里深深地松了一口气，有闲阶级的珠光宝气的老贵妇们又回到那雅致安静的保管库中去剪她们的息票了，

在非法酒店的低声争辩中，

革命带来的最后几股新鲜空气变得不新鲜了。

凡勃伦为《日晷》①月刊写稿，

在社会研究新院作讲演。

他仍然希望工程师、技术员、操纵配电盘的不谋取暴利的人们在工人阶级败下阵来的地方能继续战斗。他帮助组织了技术同盟。他最后的希望是英国发生总罢工。

---

① 美国文艺评论月刊（1880—1929），1916年起改变保守立场，1920年起成为报道文艺新动态的主要刊物。

难道没有一批人有足够的胆量来管理这宏伟的机器，使长着猪眼的投机商和办公室里的唯唯诺诺之徒不致无可挽回地破坏它

并随之而打破四百年来的希望？

谁也没有到新院去听凡勃伦演讲。随着他每一次在《日晷》上发表文章，这刊物的发行量愈来愈少。

哈定①力图恢复正常，新时代开始了；

连凡勃伦也在证券交易所赚了小小的一大笔钱。

他是个老人，感到寂寞。

他的第二个妻子因患有迫害妄想症而住进疗养院。

一个没有主人的人似乎没有可待的地方。

凡勃伦又回到帕洛阿尔托，

居住在褐色山丘中的他那所小屋里，从外面观察利润制度的最后的争夺欲表现出，如他所说的，早发性痴呆症的系统化的妄想的症状。

在那儿他完成了《拉克斯拉萨迦》的翻译。

他是个老人。他经常一人独处。他让林中老鼠尽情地从他的贮藏室中偷走他的食品。有只臭鼬在小屋四周转悠，非常驯服，竟像猫一样在他腿上磨蹭。

他告诉一个朋友，他有时在四下的寂静中听见他少年时讲挪威话的声音，就像在那养育过他的明尼苏达农场上讲时一样清晰。他的朋友们发现他比以前任何时候更难于交谈，更难于对任何事物发生兴趣。他在垮下来了。这是最后几小口苦酒。

他于1929年8月3日逝世。

在他的稿纸里发现一张铅笔写的便条：

如若死去，我还希望尽可能迅速而节省地火化，如果这样做方便的话，不要举行任何仪式或典礼；把我的骨灰撒在海里，或通向大海的某条相当大的河里；不要为了纪念我或我的声名而在任何地点或任何时间竖立任何名义

---

① 华伦·哈定（1865—1923），美国第二十九任总统，于1921年继威尔逊任总统，两年后病死在任上。

或任何性质的墓碑、石板、墓志铭、雕像、纪念區、铭文或纪念碑；不要印刷、出版或以任何方式复制、转抄或流传任何讣告、纪念品、画像或关于我的传记、我写的或写给我的信件。

但是对他的纪念一直

牢牢地留在种种不同的语言里：

他的思想的鲜明清晰的分光谱。

新闻短片 LI

阳光从我们巷中溜走

招聘：提升

有职位可供头脑敏捷，准确，富有经验，有人褒荐的年轻姑娘和年轻妇人担任……将有提升之良好机会

自从那一天
莎莉离开后

姑娘们　姑娘们　姑娘们

推销员……空屋看管人……出纳员……侍女……女招待……清洁工……档案管理员……雇用伴从……自动计算机操作员……募捐通讯员……厨师……口授录音机操作员……高级侍女……旋转式排字印刷机操作员……埃利奥特捕鱼船操作员……单据和账目管理员……加大锯齿间隔的工人……手套采购员……家庭女教师……为女人理发的理发师……模特儿……有良好机会提供给年轻时髦的女士……聪慧的年轻妇女

去到圣詹姆斯医院
看见我的小宝宝在那儿
直挺挺地躺在桌子上
那么苍白，冰冷，可爱

上楼去找那个医生

我们有几百个空缺

我们急于填补空缺，我们提供优厚的薪水、佣金、红利、奖金、做生意的机会、培训、提升、受教育的机会、医疗服务……休息室和以不到成本的价格供应精美午餐的餐室

> 由她去由她去愿上帝保佑她
> 不论她去到什么地方
> 她可以把这广阔的世界游遍
> 也绝对找不到像我这样可爱的男人

玛丽·弗伦奇

可怜的爸爸喜欢一吃罢晚饭就裹在被窝里，嘴里衔着一支刚点燃的雪茄，戴上眼镜，借床头灯从左肩上射过来的光，阅读手中的报纸，但是每次不是电话铃响，便是有人来敲后门，总是不能如愿以偿。门声一响，妈妈就叫小玛丽去开门，小玛丽会发现一个睫毛和眉毛被煤灰染得黝黑的白脸矿工站在门口，嘴里说着："弗伦奇大夫，请……他快来。"于是可怜的爸爸便从床上起来，穿着睡衣和浴衣，打着呵欠，掠去前额上散乱的花白灰发，吩咐玛丽把他的出诊箱从就诊室里拿出来给他，然后一面系领带，一面走出去，多半整夜不会回来。

用膳的时候，情况更糟。他们三个似乎从没吃过一顿安稳饭，每次那讨厌的电话都会响起来。于是爸爸走了，玛丽和妈妈坐在那儿单独地把饭吃完。她们坐在那儿，一声不吭，小玛丽用两腿夹住了椅子腿，眼睛凝视着妈妈整洁的黑发上方，挂在姜黄色墙纸正中的一幅画，上面画着两只死野鸭。然后妈妈一面在屋里叮叮当当地收拾杯盘，一面自言自语地嘀咕说，可怜的爸爸对这些糟糕的外国人和矿工真有耐心，如果他能把这耐心分一半用来对待那些付得起钱的病人，他现在准是个大富翁，而她也用不着拼死拼活地操

劳家务了。玛丽不喜欢听妈妈这样说爸爸的坏话。

可怜的爸爸和妈妈合不来。玛丽依稀记得她很小很小的时候，他们住在丹佛①，那时的情况和现在迥然不同。他们的房子阳光灿烂，院子里的树丛鲜花盛开。那时弟弟还活着，爸爸的投资还没丧失。谁只要提起丹佛，就使她想起灿烂的阳光。如今他们住在特立尼达②，这儿的一切都像煤一样黑：那一座座嶙峋高耸的山，它们的黑影笼罩着山谷里一排排落满煤灰的棚屋，一片片煤场，大多数是墨西哥佬和东欧佬的矿工，那些糟透的酒吧间，令人窒息的炉烟和一列列黑色小火车。丹佛充满了阳光，住在那儿的是白人和像已故弟弟那样清白的美国儿童。妈妈说如果可怜的爸爸像关怀这些糟糕的外国人和矿工一样关心自己的亲骨肉，弟弟的小性命也许会保住。当时妈妈叫她到客厅里去，她害怕极了，但是妈妈却紧紧抓住了她的手，使她感到很痛，不过谁也没有注意此事，大家都以为她哭是为了弟弟的缘故，妈妈还让她看弟弟躺在棺材的玻璃罩下面。

葬礼结束后，妈妈病得厉害，白天黑夜都有护士值班照看，他们不让玛丽去看她，玛丽只得独自在院子里玩。妈妈复原后，和爸爸相处得不好，老是各住一间房，而玛丽就睡在他们那两间中间的小客厅里。此后，可怜的爸爸头发灰白了，整天忧心忡忡，没有笑容，这一切都是由于投资失败的缘故。他们搬到特立尼达，妈妈不让她和矿工的孩子们玩，可是等到放学回来，她头发里已有了虱卵。

玛丽不得不很早就戴上眼镜，她的学习很好，十二岁就准备上高中。课余时间她阅读了家里所有的书。"这孩子会弄坏眼睛的。"妈妈隔着餐桌对可怜的爸爸说，爸爸刚从楼上下来，准备匆匆及时用完早餐去看病人，他的眼睛因缺乏睡眠而发肿。那年春天，玛丽读完了八年级，获得了法语、美国史和英语等课的成绩优秀奖，帕森斯小姐特地前来拜访弗伦奇太太，告诉她小玛丽·弗伦奇真是个好学生，而且比起那些不得不容忍的糟糕而无知的外国学生来，她是教师们的极大慰藉。

"亲爱的，"妈妈说，"别以为我不知道这一切。"然后她忽然说："帕森斯小姐，请别说出去，但是我们在秋天要搬到科罗拉多温泉城③去。"

帕森斯小姐叹了口气。"哦，弗伦奇太太，我们很不愿意让你们走，但

① 美国科罗拉多州首府，位于该州中部。
② 美国科罗拉多州南部一煤矿城市。
③ 美国科罗拉多州中部一避暑胜地。

是这样做对孩子最有利。那边的学校环境较好。"帕森斯小姐弯起小指，举起茶杯，然后把它放回茶托上，发出清脆的一声。

玛丽坐在炉旁的小花毯凳子上，从那儿望着她们。"特立尼达不是培养清白可爱的美国小女孩的地方，"帕森斯小姐继续说，"这一点我本不想承认，因为我是在这儿出生长大的。"

威尔金斯外公那年春天在丹佛去世，妈妈是他的人寿保险的受益人，因此办起事情就硬气了。可怜的爸爸不想离开特立尼达，他们两人当着玛丽的面几乎不大开口，总要把她支使走，叫她到书房去看书，然后才在厨房里，坐在那些脏碟子前吵起架来。玛丽手里拿着一本旧的红色拷花皮面的《艾凡赫》坐在那儿，倾听板壁那边传来他们尖厉的口角声。"你毁了我的一生，现在我可不想让你再毁掉孩子的一生啦。"妈妈那刻薄的喊声使玛丽感到可怕，于是把头伏在书上哭起来，哭过了又开始看书，看了两页，就除了穿林肯绿色衣裳的自由民、马背上的骑士和城堡①以外，把其他一切都忘得一干二净了。那年夏天，他们没有按爸爸的计划去黄石公园过野营生活，而是搬到了科罗拉多温泉城。

在科罗拉多温泉城，他们起先住在一家寄膳宿舍里，然后等家具运来了，搬进一所盖木瓦的绿色平房居住，它位于离红色砂砾路较远的高大的白杨树丛中的一片稀稀落落的草地上。

玛丽在高高的青草丛中发现了一套破旧的槌球球棒和几只球。爸爸和妈妈正忙着把工人从大车上搬下来的家具、摆设安放好，她却拿着一根破木槌跑来跑去，敲打那几只有裂缝的旧球，球上红、绿、黄、蓝等彩色条纹几乎已脱落殆尽。爸爸前额上披着花白的头发，满面倦容地从屋子里走出来，她挥着木槌跑上前去，邀他一起玩槌球。"此刻不是玩的时候。"他说。

玛丽哇的一声哭了，他就把她举起来放在肩上，把她背到后廊上，指给她看，如果爬上厨房门后面的小工具房的屋顶，就能看到方山，而在方山的另一边，在一片疾驰的干酪包布般的白云的破碎边缘的后面，有一道蓝色的锯齿状的山脉，只见山峦重叠，一直延绵到一簇高耸平滑的山边，那儿坐落着派克斯峰。"等有天我们坐爬山火车到那儿去。"他用他那热切而叫人感到舒坦的声音凑着她的耳朵说。那些山看来离得很远，那白云跑得太快，使她感到头昏。"就你和我两个，"他说，"但是你千万别哭……学校里的同学会取笑你的，玛丽。"

---

① 这些都是司各特的著名历史小说《艾凡赫》中写到的。

九月里她得进高中。进一家没有熟朋友的新学校去上学是很可怕的。一年级的女生们看来都衣着讲究，态度傲慢。玛丽从过道走过，听见其他女孩子谈论宴会、乡间俱乐部、网球赛、夏日旅馆、汽车以及在东部精修学校①上学的朋友们，而她自己却脸上长着雀斑，戴着眼镜，牙齿由她母亲叫牙医生给装上了矫正器，因而讲话有些口齿不清，她的头发既不是红色的，也不是金色的，而是砂黄色，她感到自己是个可怜巴巴的外国人，就像特立尼达的矿工们的带有臭气、大声喊叫的孩子们一样。

她比较喜欢男生。有个红头发的男生有时对她露齿微笑。至少他们不来跟她啰嗦。她在班上功课好，认为个个老师都很可爱。在英文课上，他们读《蕾蒙娜》，有一天，玛丽独自一人吓得要死地去看海伦·亨特·杰克逊②的坟墓。那个春日的午后，常青墓地美丽而凄凉。她决定长大后一定要做一个像海伦·亨特·杰克逊那样的人。

他们雇了一个名叫安娜的瑞典姑娘料理家务。她放学回到家，很少见到妈妈和爸爸在家。爸爸在闹市区的一幢新的办公楼里开了一家诊所，妈妈老是忙着干教会工作，或者在图书馆里阅读，准备写她要在妇女俱乐部发表的讲演稿。十天总有四五天，玛丽独自一人看书，做家庭作业，吃晚饭。饭后她便去厨房帮助安娜拾掇拾掇，竭力不让她就回家，免得丢下她孤独一人。她听见开前门的声音，就会上气不接下气地跑出去。通常开门的只是妈妈，但有时是爸爸，只见他抽着雪茄，满脸倦容，衣服上散发着烟草、碘仿和石炭酸的味儿。她也许能让他在她入睡前坐在她的床上，给她讲有关往日、矿工、勘探者以及牧羊人与牧场主之间的斗争的情事。

玛丽在高中时的好友是艾达·科恩，她的父亲是芝加哥一位卓越的律师，他到科罗拉多温泉城来是为了治病。妈妈千方百计地阻止她到科恩家去，老是跟爸爸争论不休，说就是因为他无能，她的独生女才落得跟犹太人和一些不三不四的人来往，他为什么不去参加乡间俱乐部呢？而且，如果他继续光是当穷人的医生，并和弹子房或更糟的场所（谁知道是什么场所）的所有那帮下流坏子四处转悠而不愿在这个有那么多有钱病人的城市里好好行医，那么她通过教会活动、为妇女俱乐部和募集救济金工作而为他在上层人

---

① 为已受过普通教育的青年女子进入社交界作准备的一种私立学校。

② 海伦·亨特·杰克逊（1830—1885），美国诗人、小说家。1883年任调查加利福尼亚州信基督教的印第安人情况的特别专员，第二年发表以早期西班牙殖民时期印第安人遭遇为题材的爱情小说《蕾蒙娜》。

士中找一个位置的奋斗又有什么用呢？难道不是为了摆脱过去的一切，他们才离开特立尼达的吗？

"但是，希尔达，"爸爸会说，"放聪明点。正因为玛丽是科恩家的朋友，他们才让我给他们看病的。他们是大好人，待人很和气。"

妈妈这时会直瞪瞪地望着他，咬牙切齿地说："嘿，你要有一丁点儿雄心就好了。"

玛丽于是噙着眼泪从桌旁跑开，拿了一本书，往床上一倒，躺在那儿听他们提高嗓门对嚷，然后爸爸踏着沉重而缓慢的步子走出去，砰的一声关上门，传来用曲柄发动汽车的声音，他又去探望病人了。她常常躺在那儿，咬紧了牙关，希望妈妈死去，好让她和爸爸安安静静地单独过活。一想到这种思想真可怕，她浑身一阵冷战，于是看起书来。起初透过泪水，她几乎无法看清纸上印的字，但是渐渐沉浸在书中的故事里，完全忘了自己。

有一件事母亲和爸爸的意见是完全一致的，那就是要玛丽到东部一所真正出色的大学去念书。她在高中毕业的前一年，通过了高校入学考试，只有立体几何一门不及格。她巴不得去东部上大学。

她不喜欢住在科罗拉多温泉城，只有每年夏天和爸爸一起野营的那几天以及在他的诊所度过的那一个月是例外。在这个月里，她利用暑假帮着接电话、填写病历卡、记账并送账单。她唯一的男朋友是个名叫乔·丹尼的年轻人，长着畸形脚，是科罗拉多市①一个酒吧老板的儿子。他一面工作，一面念科罗拉多学院。他长着亚麻色头发和尖下巴，讲话迟缓而尖刻，是个数学奇才。他最憎恶的是酒和约翰·戴·洛克菲勒。她跟乔和艾达星期天常到诸神花园、奥斯丁峭壁或某个峡谷去野餐，一起朗读诗歌。他们最喜爱的诗篇是《天国猎犬》②和《恐怖夜之城》③。乔站在架在一堆小火上用来煎咸猪肉的一块平板石上背诵《扶锄者》④，使姑娘们激动不已。她们最初还以为那是他自己写的哩。

他们在野外度过了愉快的一天，晒黑了皮肤回城时，玛丽真希望能像艾达那样把自己的朋友请到家里去。尽管科恩先生病得很重，他一家人却是待

---

① 在美国得克萨斯州西部。
② 英国诗人弗朗西斯·汤普森（1859—1907）的名作，写诗人背离上帝，被追逐、捕获。
③ 英国诗人詹姆斯·汤姆森（1834—1882）的代表作。
④ 美国诗人埃德温·马卡姆（1852—1910）的代表作，从法国画家米勒的同名名作得到启发，描写农夫的疾苦。

人和气、兴致勃勃，总是让大家留下来吃晚饭的。玛丽却不敢带任何人回家，怕妈妈会粗鲁无礼，或者正巧碰上妈妈和爸爸在大吵大嚷，这是经常会发生的。在她去瓦萨学院①之前的那个夏天，妈妈和爸爸由于一次可怕的争论而彼此根本不讲话了。原来是爸爸有一天在晚餐时说他十一月份要投票选举尤金·维·德布斯。②

在瓦萨学院，她认识的姑娘都比她穿得好，而且带有精修学校学生的那种傲慢风度，但她一生中第一次受到了人们的欢迎。教师们喜欢她，因为她整洁、严肃而且对一切问题都态度鲜明，而姑娘们说她土里土气，但很可爱。

第二年，艾达来到瓦萨，把一切都弄糟了。艾达是她的老朋友，玛丽非常喜欢她，因此当她发现自己希望艾达没有来，她感到这想法很可怕。艾达变得穿着花哨，带有犹太人习气，喋喋不休，她的衣服花钱多，但总是不相称。她们俩同住一间房，艾达代玛丽购买她大部分的衣服和书籍，因为玛丽的零用钱太少。艾达来后，玛丽不像原先那么受人欢迎了，成绩好的姑娘们都避开她。玛丽和艾达主修社会学，说她们要当社会福利工作人员。

玛丽三年级时，妈妈到雷诺③去和爸爸离了婚，她提出的理由是酗酒和对妻子进行精神摧残。玛丽从没想到可怜的爸爸会喝酒。某一个仅表示良好祝愿而未署名的人从科罗拉多温泉城寄来了一份剪报，上面用红色铅笔划出，玛丽读到了这则消息，哭了又哭。为了不让艾达看到剪报，她把它扔在壁炉里烧了。等艾达问她为什么眼睛那么红时，她说因为读到那么多可怜的士兵在欧洲战死，禁不住哭了。向艾达撒谎使她感到不是滋味，她为这事烦恼，整夜不能入睡。

第二年夏天，她们两人找到了工作，在芝加哥的赫尔大楼④干贫民区的社会福利工作。芝加哥的情况令人不寒而栗，可怜的艾达·科恩工作不下去了，她得了精神崩溃症到密执安州去了。穷人的生活真是糟糕，洗衣妇的手

---

① 指著名的瓦萨女子学院，在纽约州东南部波基普西市。
② 美国社会党领袖德布斯（1855—1926）曾先后于1904年、1908年、1912年三次当选为该党总统候选人，此处指1912年的那一次。
③ 美国内华达州西部一城市。当地的法律对离婚较宽大，并容许开设公开赌场，所以吸引很多要离婚的人和赌客上那儿去。
④ 由美国社会福利工作者、作家简·亚当斯（1860—1935）于1889年在芝加哥创办的社会福利工作中心的所在地，她本人一直住在那儿，直到去世。

指关节裂开了红口子，小孩子头上长满了疥癣，南霍尔斯特德街上车声轧轧，风卷砂石呼啸而过，还有那屠宰场的阵阵臭味。不过对玛丽来说，这一切只不过使她回忆起她在特立尼达度过的童年以及她在爸爸的诊所里工作的那个夏天的感受。

在瓦萨开学前，她回科罗拉多温泉城去住了两周，发现母亲豪华地住在布罗德摩尔旅馆的一个小套间里。亨利舅舅在丹佛的一次有轨电车车祸中身亡，母亲因此继承了美国熔炼公司的大批股票而获得两万美元的年收入。她成了桥牌迷，并到各地的妇女俱乐部去演讲，反对妇女有选举权①。她用一种甜蜜而冷嘲的声音称爸爸为"你那可怜的亲爱的父亲"，吩咐玛丽应该穿得讲究些，别再戴那讨厌的眼镜了。玛丽不愿拿她母亲的钱，因为她说谁也没有权利享受并不是自己挣来的钱，但她却让母亲给自己做了一套由男装裁缝做的粗花呢衣服和一件午后穿的素色连衣裙，领口和袖口都饰有花边。如今她跟母亲相处得比较好，但在她们之间总是有一种别扭的冷漠感。

妈妈说她不知道爸爸住在哪儿，所以玛丽只好到他的诊所去看他。诊所比以前还要脏，里面挤满了病人，大多是穷苦人，她等了一个小时他才抽出身来带她去吃午饭。

他们在隔壁一家小饭馆的柜台旁的凳子上坐下来用餐。爸爸的头发几乎全白了，脸上满是皱纹，下眼皮松垂，成为灰色的大肉囊。玛丽每次看着他，总感到喉头哽住了。

"唉，爸爸，你该休息一下啊。"

"我知道……我应该从这高原地带下来一会儿。老机器没以前那么好使啦。"

"爸爸，你为什么不到东部来过圣诞节呢？"

"如果我能弄到钱，并且有人顶替我工作一个月的话，也许我会去的。"

她实在喜欢他那深沉的男低音。"这样会对你大有好处的……我们有好久没一起旅行了。"

时候不早了。小饭馆里只剩下在后部一张桌子旁吃午饭的那位沉默不语的女招待了。当爸爸慢悠悠的声音停下来的时候，咖啡壶上方那座形容疲惫的大挂钟正滴答滴答地响着。

"我从没想到我竟会忘记我自己的小女儿……你知道是怎么回事……我

---

① 美国的妇女争取选举权运动发展得很慢，从1869年怀俄明州先在州内给予妇女选举权开始，到本故事发生时仅发展到十二个州（1918年），直到1920年国会通过美国宪法第十九修正案时，才推广到全国。

都把你忘了……你母亲好吗？"

"哦，母亲好极了。"她笑着说，那笑声在她听来显得细微无力。她想设法使爸爸感到舒坦，好像她是在做一项救济工作似的。

"得了，这一切都过去了……我从来就不是她的合意的丈夫。"爸爸说。

玛丽感到眼睛里涌满了泪水。"爸爸，等我毕了业，你肯让我来管你的诊所吗？那个讨厌的海兰小姐工作太马虎……"

"哦，你有更好的工作可做啊。我一直觉得奇怪，竟然没有多少人照账单付款的……我也并不付自己的账。"

"爸爸，看来我必须来管管你啦。"

"我想你会的，女儿……你的社会福利工作只是改造老年人的一种训练吗，呃？"她感到脸红了。

她还没有机会跟他好好儿待在一起，他又得匆匆去看望一个妇女了。这个产妇发作已有五天了，但孩子还没生下来。她不想回布罗德摩尔旅馆，不想去见那些穿紧身短上衣的小郎和坐在休息室里的衣着过分华丽的老太婆，但是没有别法。那天晚上，乔·丹尼打电话来，问她要不要坐汽车出去兜兜风。母亲正忙着打桥牌，因此她什么话也没讲便溜了出去，在旅馆的大门口和乔·丹尼会面。她穿着母亲给她做的新衣服，并且摘掉了眼镜，把它放在小皮包里。在她看来，乔只是模糊的一片，但是她能看出他样子不错，也很阔绰，还开着一辆崭新的福特牌双人座小敞篷汽车。

"嘿，玛丽·弗伦奇，"他说，"嘿，但愿你没离开本地，背着我出落得这么漂亮……我看像我这样的家伙现在是没指望了。"

他们绕着公园慢慢地兜了一阵，然后他把汽车停在一道涵洞上面的一摊月光中。沿着一条小沟望过去，在一排颤杨的另一边，可以看见微光熠熠的黑色平原一直延伸到月光照耀的地平线。"多秀丽呀。"她说。

他把那长着尖下巴的严肃的面孔转向她的面孔，稍带口吃地说："玛丽，我非说出来不可……我希望你和我订婚……我要进科内尔大学去读工科……靠奖学金……等我毕业后，不出两年，我应该可以赚相当多的钱来养活一个妻子……我将非常幸福……如果你说也许……如果到那时候……没有别的人……"他的声音慢慢消失了。

玛丽向月光下他那瘦削严肃的面庞瞥了一眼。她不愿正视他。

"乔，我一直感到我们是朋友，像我和艾达一样。你这一讲就把什么都毁了……等我毕了业，我要干社会福利工作，而且还要照料爸爸……请不要……这类事真叫我难过。"

他伸出四方的手，他们便在仪表盘上方庄严地握握手。"好吧，妹妹，你说了算。"他说罢，默默无言地开车把她送回旅馆。她在门廊上坐了好一会儿，眺望着九月的月光，感到很不好受。

几天后，当她离家返校时，乔开车送她到车站去搭东去的火车，因为妈妈要去参加一个重要的会议而爸爸必须待在医院里。他们握手道别时，他两次神经紧张地拍拍她的肩膀，而且作出喉咙发干的样子，但他再没讲订婚之类的话。玛丽感到如释重负。

在火车上，玛丽看了欧内斯特·普尔的《港口》[1]，重读了《屠场》[2]，那一夜躺在普尔曼卧车铺位上，由于过分激动而不能入睡，只顾听着车轮在铁轨上滚动的轧轧声、交叉路口的咔嗒声和远处火车头的怪叫声，回想起那些衣着过于讲究的女人在化妆室里神气活现地把她从镜子前挤开，听着肥头胖耳的商人在卧铺上鼾声大作，同时想到为了使国家像样而必须进行的工作，想到目前的社会情况、贫民窟、棚屋以及屋后面的肮脏破烂的厕所，矿工的孩子们穿着沾上煤灰的过大的衣服，劳累过度的妇女们弯腰烧饭，小伙子们竭力想进夜校念书，挨饿、失业和酗酒，而警察、律师和法官总是拿弱者来出气，她多么希望能让这卧车上的人都了解这是怎么回事啊；如果她像爸爸日夜照料病人那样，愿意牺牲自己的优越生活，也许就能像亚当斯小姐那样……

她巴不得马上就动手干。她不能待在铺位上不动。她起身走到化妆室，里面空无一人，她激动地坐在那儿试图阅读《美国生活的前途》[3]。她读了几页，但却无法理解其意；各种思绪在她脑际奔驰，就像无数零碎的云片涌过家乡的山隘，越过家乡的大片黑黝黝的山脉一样。她感到冷，哆嗦起来，便回到铺位上。

穿过芝加哥的时候，她突然叫出租汽车司机把车开到赫尔大楼。她一定要把自己的感想告诉亚当斯小姐。但是当汽车在她所熟悉的肮脏的南霍尔斯

---

① 该小说为美国作家欧内斯特·普尔（1880—1950）的主要作品，出版于1915年，以纽约港为背景，从主人公的童年写起，写他读大学后参加工人运动，立志为人类的自由而奋斗。

② 这是美国作家厄普顿·辛克莱（1878—1968）的代表作，出版于1906年，本书暴露芝加哥屠宰场的内幕，在促进改善工人待遇方面起到了作用。

③ 这是美国期刊编辑、社会问题评论家赫伯特·克罗利（1869—1930）的作品，阐述在美国经济和社会环境不断变化的过程中有关民主原则的问题。

特德街边停下时，她看见她认识的两个姑娘站在石砌门廊里交谈着，忽然失去了勇气，叫司机把汽车一直开到火车站。

回瓦萨后的那个冬天，似乎一切都糟透了。艾达学起音乐来了。她学拉小提琴，除了去纽约参加音乐会，别的什么都不考虑。她说她和波士顿交响乐团的默克先生相爱，不愿谈大战、和平主义或社会福利工作之类的事。外界——潜艇战、战局、总统大选——是如此生气勃勃，以至玛丽无法把思想集中在功课上，也无心听艾达喋喋不休地谈音乐界的名流。凡是有关当前时事和社会情况的演讲她都去听。

那年冬天最使她激动的一次演讲是乔·亨·巴罗先生作的《和平的前途》。他是个瘦高个儿，长着浓密的灰发、红脸膛、突出的喉结和一双好像要多少从眼眶里绽出一点儿来的明亮的眼睛。他讲话时带点热情而机密的神情，略有点口吃。他看来是个很好的人，不知怎的玛丽感到他肯定当过工人。他的红手上长着疙瘩，手指很长。他踏着刚劲有力的步伐在屋里走来走去，把玳瑁边眼镜摘下又戴上。演讲完毕后，他到哈德威克先生家做客，哈德威克太太端出柠檬水、可可茶和三明治，姑娘们都围过来请教各种问题。他比在讲台上时羞怯，但是关于工方对威尔逊总统先生的信任、工方如何会要求和平以及墨西哥革命（他刚去过墨西哥，在那儿有过种种遭遇）如何仅仅刚开始等问题，他谈得很出色。全世界的工人阶级将要站起来，着手清除旧制度所造成的混乱，不是用暴力而是用和平的方法，威尔逊的方法。当晚玛丽上床时，她仍然能感到巴罗先生的声音有时因神经紧张、情绪激动而发抖，很是感人。这使她非常急于跳出这令人窒息的学院生活圈子，出去见见世面。她感到时间从来没有像那年冬天那样缓慢难熬。

二月里解冻后的一个泥泞的日子，她在课间回房去换下潮湿的套鞋，发现门下面有一份黄色的电报：

> 最好回来一下，你妈妈身体欠佳。

下面署名爸爸。她着急死了，但是能借此离开学院一下也是一件快事。她随身带了许多书，但是在火车上看不下去。她坐在那蒙着绿色平绒的普尔曼卧车车厢里，膝上放着一本书，感到太热，便眺望着窗外那覆盖着白雪的平展展的田野，四周围着光秃秃的紫色树木，还有新筑的混凝土公路旁的广告牌、棚屋和红砖砌的有假门面的商店以及市镇上被工厂的煤烟熏得黑乎乎的破败的木板房。当火车穿过中西部时，棚屋、马厩和户外厕所都缓缓地转动着。她望着这一切，茫然无所思。

爸爸到车站来接她。他的衣服看上去比平时更皱，大衣上掉了一颗纽扣。他笑起来脸上又增添了一些细小的纹路。他眼圈发红，好像一连几夜没睡觉似的。

"玛丽啊，没什么事，"他说，"我不应该打电报叫你来的……就因为姑息自己……年纪老了，感到寂寞。"他从茶房手里一把抢过她的手提包，在走出车站时继续说道："你母亲复原得很快……我使她脱离了险境……幸亏我听说她病了。再迟一天，那个该死的驻旅馆医生就会要了她的命。西班牙流行性感冒这玩意儿可不好对付哩。"

"这儿情况很糟吗，爸爸？"

"很糟……我希望你要十分注意，别感染上……坐进去，我开车带你去。"他用曲柄发动那辆旧游览车，示意她坐到前面去。"你也知道你母亲对酒的态度吧？……嘿，我却让她醉了四天。"

他走进车子，坐在她旁边，开动汽车，一面开车，一面说话。在有尘土的、令人气闷而带有坐垫套的气息的卧车待过后，她感到这儿的凛冽空气很舒适。"从我认识她以来，她从未像现在这么美好。天啊，我几乎重新爱上她了……你一定得注意，等她能下床后，不要让她多干活……你知道她这人……这病如果复发就没救了。"

玛丽忽然感到很快活。红色、黄色和紫色的光秃秃的嫩枝，在宽阔安静的街道上的蓝色天空的背景上伸展开来。一片片草坪上积着一摊摊冻雪。天空高得出奇，满是一片黄色的日光。寒冷使她鼻孔里的细毛都冻硬了。

她来到布罗德摩尔旅馆，见妈妈正躺在床上，房间干净而阳光灿烂。她睡袍外面罩了一件粉红色的短上衣，梳得整整齐齐的黑发上戴着一顶带花边的睡帽。她面色苍白，但显得年轻、漂亮，还有点傻相，以至玛丽感到仿佛自己和爸爸是成年人而妈妈倒是他们的女儿了。妈妈一下子就兴致勃勃地谈起战争、德国佬、潜艇战以及威尔逊先生不愿给墨西哥人一点教训，他脑子里究竟是怎么想的。她肯定相信如果休斯先生当选，情况就不会是这样了；事实上她相信他已合法地当选，但民主党通过种种阴谋诡计窃取了选票。而那个可怕的布赖恩正在使我们的国家成为笑柄。"亲爱的，布赖恩是个叛徒，应该枪毙。"

爸爸对玛丽咧嘴笑笑，耸耸肩，一面走出去，一面说："听着，希尔达，就待在床上吧，酒也请你不要喝得过多。"

爸爸走后，妈妈陡地哭起来。玛丽问她怎么回事，她不肯说。"我看是这流感影响了我的脑子，"她说，"亲爱的，多亏了上帝的仁慈我才没有死呀。"

玛丽不愿整天坐着听她妈妈谈美国备战的情况，那样会使她感到太难受了；因此她第二天上午便去爸爸的诊所，看看能否见到他。候诊室里挤满了人。她朝诊室里瞄了一下，一眼便看出他整夜没有睡觉。原来是海兰小姐上一天生病回家去了。玛丽说由她来顶替，但爸爸不让。"哪儿的话，"玛丽说，"我可以帮你接接电话，而且不比那讨厌的海兰小姐差。"最后他还是给了她一只口罩，让她留下。

看完最后一个病人后，他们到小饭馆去吃点东西。这时已是三点钟了。"你最好去看看你母亲，"他说，"我得去巡视我的病人。得了这种病很容易死去。我还从未见过这种情况哩。"

"我得先回去把办公桌整理一下。"玛丽说，口气很坚定。

"如果有谁打电话来，只要他们认为是流感，就告诉他们立即叫病人卧床，用热水壶和大量的酒使他们保持暖和。送医院没有用，因为方圆一百英里内找不到一张病床啦。"

玛丽回到诊所，在办公桌旁坐下了。看来新病号真是不少；海兰小姐最后一天离开时已把空白的病历卡全用完了，因此新病号的名字都写在便条纸上。全都是得的流感。她坐在那儿时，电话铃响个不停。玛丽指头很冷，在电话上听到那些男男女女用焦虑的声音找弗伦奇医生时，感到全身发抖。她离开诊所时已经五点钟了。她乘有轨电车到布罗德摩尔旅馆。

她听见旅馆的游乐场里乐队在为茶舞奏乐，看见彩色灯光，觉察到过道上的宁静和温暖以及母亲房里的整洁和豪华，感到非常惊讶。母亲很生气，她说如果女儿像这样把她丢下不管，那又何必请假回家呢。玛丽只得说："我得帮爸爸办点事。"然后母亲开始连珠炮似的谈到她为把德裔妇女赶出"妇女周二午餐俱乐部"而开展的运动。吃晚餐时，她始终谈着这件事。晚餐后，她们玩纸牌，玩到母亲开始感到瞌睡为止。

第二天，妈妈说她感到好些了，想起身坐在椅子里。玛丽试图打电话问爸爸行不行，但诊所里没人接。于是她想起他曾说过九点钟到诊所的，便连忙赶到闹市区去。她到那里已十一点了，在爸爸到来以前候诊室里已挤满了病人。显然他刚去理发店刮过脸，但是样子仍疲惫不堪。

"唉，爸爸，我敢说你又没睡觉。"

"不，确实睡过的，在医院里一个实习医生房间里睡了两个小时。昨晚又有两个病人没了。"

整个那一周，玛丽坐在爸爸诊所候诊室的办公桌边，戴着口罩接电话，对坐在那儿的那些感到背脊开始疼痛、体温增高而脸上发烧、感到惊慌的男女病人说不要发愁，弗伦奇医生就会回来的。她五点钟下班，到旅馆去吃晚饭，听她母亲聊天，而爸爸的工作那时才开始哩。她竭力想叫他每隔一晚睡一个好觉。

"但是怎么成呢？麦格思里也病倒了，除了我的病人外，还得看他的病人……这该死的流行病不会无限期地流行下去……等它松动一点，我们到海边去过上两个星期怎么样？"他得了猛烈的干咳，下眼皮下肤色发灰，但他硬是说他身子骨结实，感觉良好。

星期日上午，她去诊所比较晚，因为得陪妈妈去教堂，她发现爸爸蜷缩在椅子里打盹。她走进诊所时，他内疚地一跃而起，她发现他满脸通红。

"去过教堂了，呃，你和你母亲？"他用一种奇怪的粗哑声音说，"得了，我得着手工作了。"他把软毡帽低低地拉到眼睛上，走出门去，玛丽蓦然想起，他也许喝了酒。

那个星期日电话不多，因此到了下午，她来得及赶回去陪母亲出去兜风。弗伦奇太太感觉身体不错，兴致勃勃地对玛丽说应该准备在秋天初次进入社交界。"亲爱的，你毕竟应该保持你父母的社会地位，来报答我们的养育之恩啊。"这一类话使玛丽感到内心很不舒服。回到旅馆后，她说她感到累，便回到自己的房间，躺在床上读《有闲阶级的理论》。

第二天上午，她在出门前写了一封信给亚当斯小姐，告诉她流感流行的情况，说世上存在着那么多苦难，她简直无法回学院去，能不能在赫尔大楼给她找个什么工作？她感到自己必须真正干点什么具体的工作。乘有轨电车去诊所的路上，她为自己下定了决心而感到轻松愉快；她看到在那些街道的尽头处，那道白雪皑皑的山脉在冬天灿烂的阳光照耀下，好像大块大块的白糖。她希望此刻正和乔·丹尼在一起作徒步旅行。当她把钥匙插进诊所门上的锁眼时，石炭酸、碘仿和酒精的气味直呛喉咙。爸爸的衣帽都挂在衣架上。奇怪，她没注意到他停放在路旁的汽车。诊室的毛玻璃门关着。她轻轻敲敲。"爸爸。"她喊道。没有回答。她把门推开。嗬，他睡着了。他躺在长沙发上，膝上盖着一条车毯。一个想法掠过她的脑际，如果他喝得烂醉了多可怕呀。她踮着脚走过去。他的脑袋仰起着，挤在枕头和墙壁之间。他下巴下垂，大张着嘴。长着粗糙的灰色短髭的面孔歪扭着，窒息了，眼睛张着。他死了。

玛丽发现自己静静地走到电话机旁，挂急诊医院，说弗伦奇医生垮了。等到救护车的铃声在门外响起，她依旧坐在电话机旁。一位身穿白大褂的实习医生走了进来。她想必是昏了过去，因为她后来只记得被一辆大汽车送到了布罗德摩尔旅馆。她径直回到自己的房间，把自己反锁在里面。她躺在床上哭起来。夜里有个时候，她打电话到母亲房里。"对不起，妈妈，我不想见任何人。我不想参加葬礼。我想立即回学院去。"

母亲大吵了一场，但是玛丽不肯听她说的话，第二天上午，母亲终于给了她一百元，同意她走了。她记不清离开时有没有吻她母亲。她独自一人去车站，在候车室坐了两个小时，因为往东部去的列车误点了。她什么感想也没有，只好像对眼前的一切看得特别清晰：这阳光和煦的冬日、候车室里坐着的人的那些轮廓分明的面孔以及报摊上那些五颜六色的杂志封面。茶房来叫她上车。她坐在普尔曼卧车里，眺望着窗外的白雪、黄色的枯草、红色的荒原、铁丝编的栅栏、在雪地里显得很鲜明的铁轨沿线的灰色和淡黄色的畜栏，还有蓄水槽、小火车站、起卸机谷仓以及戴着护耳套和防护手套的红脸乘务员。清晨，当火车穿过不到芝加哥的工业区时，她看见窗外拎着饭盒的老老少少的工人，被早上的寒气弄得脸色通红，皱起了眉头，挤在月台上等着去上班。她仔细地端详他们的面孔，琢磨他们的表情；这些正是她希望了解的人，因为她要待在芝加哥而不回学院去了。

摄影机眼（45）[①]

狭长的黄色房间低低的天花板下话语喧嚣缭绕着波浪形的卷须似的香烟雾呈一片蓝色而后消失在鼻子周围耳朵后面妇女的帽檐下样子调皮地改

[①] 这一节似乎是描写作者复员后遇见留在美国后方的显得稀奇古怪的同代青年人时的感受。

变着嘴唇的姿势前刘海的抖动四周布满了智慧的我早知道的皱纹的眼睛借助口红胭脂修面膏剃刀刀片经过一番擦洗抚摩修剪刀刮而使之成为某种模式它意味着

这声音热情的女人带着沙哑的笑声走来走去脑袋微微向后仰带着捉弄人的神情分配那部五点钟戏剧中的各个角色

人人各就各位

必须使面部仔细地表现出性格

为了便于识别她给我们每人别上一块标牌

今天传给明天

谢谢你但为什么谢我？感到拘束？是啊再见吧

那褐色的旧帽子噗的一声乖乖地落在成功地抓过来的门边椅子上

外面鸡尾酒杯叮当作响人声逐渐消逝

甚至在这较老的用绿漆重漆过的砖砌住房里点着橘黄色蜡烛白色墙粉也染上了一点色泽变成

格林尼治村式的样子

楼梯也上下延伸

穿过一条过道那些排列整齐的金属钟和人名使人联想到种种一般性的生活纠葛

通向雨淋淋的双向的街道那儿出租汽车蜿蜒滑行溅着污泥的脚砰砰地落在地面上斜射的灯光闪烁地射在一个给淋湿的弧形面颊上一对刚涂口红的嘴唇上一截饱经风霜而多皱褶的颈项上一只多疙瘩的肮脏的手上一个老年人的充血的眼睛上

双向的街道通向喧闹的大街的拐角那儿在有节奏的雨声和从四方传来的噪声中

（我们这片人海中的盐分原生质在细胞中悸动生长分裂迅速发展成亿万个各不相同的尚未标明的尚未命名的

总是把握不住的

千变万化的众多的生命）

使罗盘昏头昏脑地转动

玛丽·弗伦奇

几星期来，当玛丽急匆匆地走过赫尔大楼的布告牌时，一个演讲会的通知一直引起她的注意："五月十五日，乔·亨·巴罗先生讲——欧洲：战后重建问题。"这人的名字一直困扰着她的记忆，但是要直等到她真正看见他走进演讲厅时，才记起他就是那年冬天在瓦萨作过演讲的那个高尚的红脸膛的瘦子，当时他谈到工人阶级将如何使本国不致卷入大战。他的声音还是那么真诚、迟疑，每句话的开头有时带点口吃，他仍旧那么不拘形式地在演讲厅里来回走着，并交叉着腿坐在桌子上的水罐旁。在会后接见时，她没透露以前见过他。等别人介绍他们彼此认识后，他表示希望知道芝加哥地区退伍军人寻找工作的机会怎样，她为能告诉他这方面的某些情况而感到高兴。第二天上午，玛丽·弗伦奇接到他的电话，更是感到激动不已。巴罗先生在电话里问她下午能否挤出一个小时，因为华盛顿要求他为某个局收集些非官方情报。"你知道，我想你能告诉我真实情况，因为你每天都接触具体的人民。"她说她很乐意，于是他请她下午五点在大礼堂的休息室里等他。

她四点钟就在自己房间里卷头发，考虑穿什么衣服，要不要戴眼镜。她感到巴罗先生真好。

他们对前景一点也不光明的就业问题进行了十分有意思的谈话，以至当巴罗先生请她同去他知道的一家在中环①的意大利饭馆进晚餐时，她竟毫不犹豫地答应了，尽管自从三年前父亲去世后离开科罗拉多温泉城以来，她还没有同男人在外面吃过饭。她感到不知怎的好像已认识巴罗先生多年了。

但是看到他带她去的那地方一副粗俗的样子，她不免感到几分惊讶。那儿地板上铺着锯屑，而且卖酒，而他似乎希望她喝一杯鸡尾酒。他自己喝了几杯鸡尾酒，还要了红葡萄酒。她不要鸡尾酒，但呷了一点儿红葡萄酒，为了不致显得太守旧。"我承认，"他说，"到了我这种年龄，我不得不喝点酒来把工作从头脑里赶走，让自己放松一下……在大洋对面就是这一点

---

① 芝加哥闹市区。

了不起……吃饭时喝葡萄酒……他们才真正懂得生活的艺术哩。"

他们吃过了多层冰淇淋，巴罗先生给自己要了一杯白兰地，她则喝苦味的纯咖啡，两人坐在这闷热，嘈杂，散发着大蒜、酸酒、番茄酱和锯屑味的饭馆里，谈着谈着，忘记了时间。她说她为了接触些实际的东西而参加了社会福利工作，但是她现在开始感到这样圈子太小，社会事业性太强，以至她常常想如果像其他许多姑娘那样参加海外红十字会或"教友派重建小队"，是否会更好些，但是她十分憎恨战争，不愿以任何方式，哪怕是和平的方式，做任何事来帮助它。如果她是个男人，她会成为一个拒服兵役者，这她知道。

巴罗先生皱起眉头，清了一下嗓子说："我当然认为他们是真诚的，但是他们大错特错了，而且也许是自作自受。"

"你仍旧这么想吗?"

"是的，亲爱的姑娘，我是这么想的……现在我们可以提出任何要求了，谁也没法拒绝我们，比如加工资、只雇用工会会员、八小时工作日。但是和老朋友们持不同意见是很难的……我在某些方面的态度被大大误解了……"

"但是你总不至于认为给他们判这么重的徒刑是正确的吧。"

"那只不过是为了吓唬别人……你会看到等情况平静下来以后，他们就会出狱的……德布斯的赦免①指日可待。"

"但愿如此。"玛丽说。

"可怜的德布斯，"巴罗先生说，"犯了一次错误，就毁了一生的工作，但是他勇气不小，是世界上最勇敢的人。"然后他继续说，过去他当过铁路人员，当过南芝加哥的货运管理员，人家还让他做当地工会的业务代理人，还为铁路工人兄弟会工作过。他好容易才受了一点儿教育，到三十出头，在纽约市为《环球晚报》写一系列文章时，忽然省悟到他的生活里没有女人，并且对那些欧洲人以及现在的墨西哥人习以为常的生活艺术那一套一无所知。他轻率地跟一个群舞女郎结了婚，陷入了困境，还有一个女人使他受了五年罪，但是现在他已摆脱了这一切，一年年老去，感到孤独，除了出差去墨西哥、意大利、法国和英国途中搭上个把女人以外，他抿着嘴笑着说这是些小小的国际艳遇，他还需要些更实在的东西，而这些艳遇在当时固然不错，但不过是一场春梦而已。当然，他并不相信资产阶级道德观念，但是他

---

① 德布斯因反对第一次世界大战，于1918年被判十年监禁，1921年被提前释放。

需要从某个女人那里获得理解和热烈的友谊。

他讲话时，有时从上排牙齿中间的宽大缺口中露出舌尖来。她从他眼睛里可以看出他吃过不少苦。"当然我也不相信传统的结婚。"玛丽说。于是巴罗先生脱口而出地说她如此年轻、娇嫩、热切、可爱，正是他生活中所需要的，讲着讲着，变得有点口齿不清、语无伦次了。玛丽想她该回赫尔大楼了，因为她得早起。他用出租汽车送她回去，她离他远远地坐在座位的一角，但是他非常规矩，只是在道别时似乎有点蹒跚。

那次晚餐后，赫尔大楼的工作愈来愈成为一种负担了，尤其是因为乔治·巴罗每周要给她写好几封信，他这时正在作全国旅行演讲，为总统的政策辩护。她也给他写有趣的回信，嘲笑赫尔大楼的那帮老处女，说她确信很快就要从那儿毕业了，就像她从瓦萨学院毕业一样。她的赫尔大楼的朋友们说她现在卷起了头发，变得多么漂亮了。

那年六月休假，玛丽·弗伦奇原打算跟科恩一家同去密执安州，但是等假期到了，她却决定确实必须换个工作；因此便乘"北国"号轮船绕道前往克利夫兰，在车站附近湖滨大道上的尤里卡自助食堂找了一份站柜台的工作。

这生活相当棘手。经理是个胖胖的希腊人，他沿着柜台从女招待身后走过时总要拧她们的屁股。姑娘们抹胭脂，涂口红，对玛丽很不客气，她们在角落里嘻嘻哈哈谈论她们约会的男朋友，或者跟干杂活的小伙子们说下流的笑话。到了晚上，她的脚背因为站的时间过长而感到刺痛，她还因为高峰时间那许多面孔、询问的嘴和探索的眼睛像串珠一般在她眼前晃动而给弄得头昏眼花。她回到出租单间房的黄砖大公寓（是她在船上交谈过的一个姑娘指引她到这里来的），躺在嘎嘎响的铜床上不能入睡，鼻子里老是摆脱不了冷油脂和洗碟子水的气味；她提心吊胆而冷冷清清地躺着，听到别的房客在薄薄的板壁外走动，踏着沉重的步子去洗澡间，砰地关上通过道的门。

她在自助食堂工作了两周，感到再也不能忍受了，便放弃那工作，到位于非商业区的基督教女青年会找到一个房间。那儿的人听说她是从赫尔大楼来的，对她非常客气，便给她看社会福利工作一览表，任她挑选其中一种试试看。但是她不干，这次她一定要进一家企业去干点实实在在的工作，于是便搭火车去匹兹堡，那儿有个她认识的姑娘，在卡内基研究所当助理图书管理员。

一个夏日的下午，快近傍晚时分，她来到匹兹堡，在通过大桥时，只见烟囱林立，和河边那些由波纹铁皮和钢梁组成的巨大厂房并列，斜阳穿过从这些烟囱里冒出的铁灰色的大片烟雾，展现出粉红色和橘黄色的绚丽色彩。接着她便走出列车的普通车厢，沉重的衣箱紧扣在手指上，步入那带褐色的黑暗阴沉的车站。她从一间带着雪茄烟味的邋遢的电话亭里打电话给她的朋友。

"玛丽·弗伦奇，太好了！"她听见洛伊斯·斯派尔的滑稽的格格的笑声。"我给你就在这儿甘斯迈耶太太家订一个房间，你来吃晚饭。这是家寄膳宿舍。等你看到了就知道了……不过我实在想不到会有人到匹兹堡来度假的。"

玛丽发现自己就在这电话亭里涨红了脸，神经紧张起来。"我想从非社会福利工作的角度来观察一些问题。"

"噢，能有人谈谈真不错，可我希望这并不意味着你已经丧失理智……你知道人家在平炉上是不愿雇用瓦萨学院毕业生的。"

"我不是瓦萨学院毕业生。"玛丽·弗伦奇对着话筒大声地说，感到泪水涌出，眼睛发痛。"我和别的女工没有什么两样……你要是能看到我在克利夫兰那家自助食堂里干活就好啦。"

"好，你来吧，亲爱的玛丽。我给你留点晚饭。"

乘有轨电车去那儿好一会儿才到。匹兹堡确实很冷酷无情。

第二天，她跑了几家钢铁公司的就业办事处。她说起曾做过社会福利工作，他们都古怪地望着她。不行，眼下不需要搞文书或做秘书工作的人。她看了报上的招聘广告，花了几天时间去应征。

当玛丽不得已而接受一项写通讯报道的工作时，洛伊斯·斯派尔确乎以她特有的方式，拉长了面孔讥诮地笑笑，这工作是洛伊斯介绍的，因为她认识一个为《时代哨兵报》写社交专栏的姑娘。

匹兹堡的夏日进入八月，天气又热又闷，从高炉、铁坯厂和轧钢厂升起的煤气和烟，塞满了那狭窄的三叉形河谷，令人感到窒息。这时办公室里开始传说红色鼓动分子已经打进了工厂。常常有人看见有个戈尔曼先生在总编辑室内抽雪茄，据说他是谢尔曼服务社的一名主要侦探。报纸上开始满载关于外国发生的骚乱、俄国布尔什维克、妇女的归化问题以及列宁和托洛茨基失败的消息。

接着，在九月初的一天下午，希利先生把玛丽·弗伦奇叫到他的专用办公室，叫她坐下。然后他走过去把门关严，玛丽一时还以为他会向她提出不正当的要求，但是他却以父亲般的厌倦语气说："听着，弗伦奇小姐，我要给你一项采访任务，但除非你真正想干，我希望你不必勉强接受它。我也有一个女儿，我希望等她长大了也能像你一样，成为一个有教养的、纯朴的好姑娘。因此，说老实话，如果我认为它有失身份的话，我是不会叫你去做的……这你知道。我们的报纸是一份严格以家庭为对象的报纸……我们让别人去登那些粗俗的东西……你知道我审阅这儿的每一条新闻时无不想到我自己的妻子和女儿，希望使她们读它。"

特德·希利是个圆滚滚的大个子，长着一头黑发，一双像鳕鱼眼睛那样的灰色眼睛滴溜溜地转。

"要报道什么事，希利先生？"玛丽上劲地问道；她相信一定是关于贩卖白种女人为娼的问题。

"嘿，这些该死的煽动分子，你知道他们正想发动一场罢工……嗬，他们在闹市区已经开辟了一个宣传办事处。我不敢派小伙子到那里去……可能跟那帮暴徒惹出麻烦来……我不希望记者呜呼哀哉的消息出现在我的报纸的头版上……可是派你去……你知道你并不是一家报纸的工作人员，你是个社会福利工作者，你想了解事情的两个方面……一位外表天真可爱的姑娘不可能受到什么伤害……好吧，我想知道在那儿工作的人的底细……他们出生在俄国的哪一部分，首先，他们是怎样来到我国的……经费是从哪儿来的……有没有前科，你知道……收集你可能收集的一切内部情况。可以写成一篇精彩的供星期日刊出的特写。"

"我对劳资关系非常感兴趣……这是一项了不起的任务……但是，希利先生，难道工厂里的情况不是相当糟吗？"

希利先生一跃而起，开始在办公室里大踏步地踱来踱去。"关于这方面的底细，我全收集到了。……那帮该死的外国佬一辈子从没赚过这么多钱，他们买进股票，为他们的老婆购买洗衣机和丝袜，并且寄钱给在家乡的老人。当我们的小伙子冒着生命的危险在战壕里战斗时，他们捞到了全部好职务，而且他们大部分是敌侨。你别忘了这帮外国佬都很富裕。他们唯一收买不了的是头脑。因此就让鼓动分子来做工作。他们使用他们的语言，在工人们的脑子里塞满了许多奇怪的想法，似乎他们只要停止干活就能占有这个国家，这个由我们建立的世界上最伟大的国家……我并不反对那些外国穷鬼，他们不过是愚昧无知罢了，但是那帮赤色分子，他们受到我们国家的殷勤接待，然后却去到处散布他们那套可恶的宣传……我的上帝，如果他们是诚心诚意的，我倒也可以原谅他们，但是他们从事这工作，也像别人一样，只是为了钱，我们有绝对可靠的证据证明俄国的赤色分子用他们在国内偷来的金钱和珠宝支付他们；但是这些人还不满足，他们还到处勒索那些穷苦而无知的外国佬……哼，我只能说，枪毙对他们来说还太宽大了。"特德·希利满脸通红。这时一个戴着绿色眼罩的小伙子拿着一大捆新闻电稿的薄纸副本闯了进来。

玛丽·弗伦奇站起身来。"我马上去进行工作，希利先生。"她说。

她下车时弄错了站，只好蹒跚地顺着一条鹅卵石铺的陡峭崎岖的大街走去，街道两旁是卖小玩意儿的店铺、弹子房、理发店和意大利面馆。一阵大风卷起了尘土、细刨花和旧报纸的碎片。在一家没有上漆的大门外，有些长得像外国人模样的男子正三五成群地低声交谈着。在她鼓起勇气走上那道又脏又窄的长长陡梯之前，她先朝下面照相馆的橱窗里看了一会儿，橱窗里摆着脸颊红得厉害的婴儿、合家欢和姿势僵硬的新婚夫妇的着色放大照。到了楼上，她在遍地垃圾的过道上停了一会儿。从两边办公室里传来打字和争论的声音。

在黑暗中，她和一个年轻人撞个满怀。"你好，"他用她听来喜欢的粗哑声音说，"你是那位从纽约来的女士吗？"

"不完全对，我是从科罗拉多来的。"

"有一位纽约来的女士要来帮我们搞点宣传工作。我还以为也许你就是哩。"

"我就是为这事来的。"

"请进，我就叫格斯·莫斯科斯基。我只好算是个办公室的勤杂员。"他打开一扇门，把她让进一间满是灰尘的小办公室，里面堆着一摞摞报纸，还放着一张大桌子，有两位没穿上衣的戴眼镜的年轻人正坐在桌旁，桌上放满了剪报。"这是些可信赖的家伙。"玛丽和别人谈话时，眼睛老是离不开他。他蓄着金色的短发，眼睛极蓝，穿着一身廉价的哔叽西服，肘部和膝盖处已磨得锃亮，那样子就像一只大熊仔。那两个年轻人在回答她的问题时彬彬有礼，使她不禁告诉他们，她要为《时代哨兵报》写一篇特写。他们大笑不已。

"但是希利先生说他要求作出公正而全面的描述。他总认为工人被人领错了路。"玛丽发现自己也大笑了。

"格斯，"年纪较大的一个说，"你带这位年轻的女士四处走走，让她看看实际情况……说穿了，特德·希利看来失去理智了。首先，看看特德·希利的朋友们是怎样对待范妮·塞勒斯的吧。"

他拿一张照片放在她鼻子下面，但她不忍心看。"她干了什么？"

"试图组织工人阶级，这是这个国家中最严重的罪过。"

玛丽感到重新来到外面大街上心情轻松多了，她急急忙忙往前走，格斯·莫斯科斯基笑嘻嘻地在她旁边迈着拖沓的步子。"嗯，我想最好先带你去看看那些每小时拿四十二分钱工资的老百姓是如何生活的。可惜你不会讲波兰语。我自己可是个波兰人。"

"你一定是在这个国家中出生的。"

"当然，我是高中毕业生。如果我能弄到钱，我想进卡内基工学院去学工程学……我不知道为什么跟这帮该死的波兰佬厮混在一起。"他说着咧嘴笑了，直视着她的面孔。

她也回他一笑。"我知道是为什么。"她说。

他们拐了一个弯，经过一群穿得破破烂烂、正在捏泥饼玩的孩子，他用手肘做了一个姿势。这是些面色苍白、肌肉松弛、下眼皮肿起的脏小孩。玛丽把目光转向别处，但是已经看见他们了，正像她不忍看但却看清了那张照片上有个头颅给击破的死去的女人一样。

"看一看这个多的是发财机会的国家的臭水坑胡同吧。"格斯·莫斯科斯基用低沉的嗓音说。

那天晚上，她在最靠近甘斯迈耶太太办的宿舍的街角走下有轨电车时，腿儿发抖，腰背酸痛。她立即上楼走进自己的房里，匆匆忙忙地上了床。她太累了，不想吃饭，也不想坐在那儿听洛伊斯·斯派尔的那种讥诮的闲聊。她睡不着。她躺在那床垫下陷的床上，聆听坐在下面门廊上的摇椅上的房客们的话音、下面河谷里火车头的吼叫和货车转轨时的叮当声，又看见那些破得不成形的鞋子，交叉地按在脏围兜上的憔悴的手和女人们锐利、焦虑而固执的眼神，感到脚下摇摇晃晃的楼梯在抖动，这些楼梯沿着熔渣堆般光秃秃、黑乎乎的小山上上下下，钢铁工人就住在这些山坡上杂乱无章的棚屋和一大排一大排被煤烟熏黑的木板房里。她鼻子里还嗅到从那些歪歪倒倒的厕所和厨房里发出的气味，厨房里正在烧白菜、煮衣服、烘尿布，还待着不洗澡的孩子们。她睡睡醒醒，醒来时脑子里还听到格斯·莫斯科斯基的热情而粗犷的声音，周身感到激动，感到他的手臂擦过她的手臂或者在走到木板走道的一个缺口处、她差一点在脚下松散的页岩层上滑一跤、他伸出大手来搀扶她时，他那熊仔般强壮而毛茸茸的接触所引起的激动。等她终于熟睡了，她继续梦见他。清晨醒来，她感到很快乐，因为一吃过早饭又可以见到他了。

那天下午，她回到办公室去写这篇东西。她完全按照特德·希利先生说的那样，把了解到的有关宣传处的那些小伙子的情况都写了进去。他们的老家离俄国最近的是长岛的卡纳西区①。她尽量做到不偏不倚，甚至说他们"可能是被引上了歧途"。

她把稿子送给星期日版编辑后约莫一分钟，就被叫到本市新闻采访部。特德·希利正戴着绿色眼罩低头看一卷校样。玛丽看见她的稿子就在他肘下一堆纸的上面。稿纸上有人用红铅笔写着几个潦草的字："为什么把它强加给我？"

"嗯，年轻的女士，"他头也不抬地说，"你给《民族》周刊或纽约别的某家空谈的激进派报纸写了一篇头等的宣传稿，但是你看它对我们有什么屁用呢？这儿是匹兹堡啊。"他站起身来，伸出右手。"再见了，弗伦奇小姐，我希望能有什么办法来雇用你，因为你是一位挺伶俐的姑娘……而伶俐的女记者是不多的……我已经把你的薪水单交给了出纳员……"玛丽·弗伦奇还没喘过一口气来，已经到了外面人行道上，皮夹子里装着一周的额外薪水，这说明老特德·希利毕竟还是很正直的。

那天晚上，玛丽告诉洛伊斯·斯派尔她已被解雇，洛伊斯显出一副惊呆的样子，但玛丽又说已在闹市区找到一份工作，为钢铁工人联合工会搞宣传，洛伊斯突然哇地哭起来。"我说你发痴了，果然是这样……我们俩不是我就是你得搬出这个宿舍……而且我也不能像过去那样陪着你到处跑了。"

"这太可笑啦，洛伊斯。"

"亲爱的，你不了解匹兹堡的情况。我才不在乎这些可怜巴巴的罢工者哪，但是我绝对必须保住我自己的职位……你知道我必须寄钱回家……唉，我们刚开始过得满开心，你却又得走开，把一切都弄糟了。"

"如果你见到了我见到的一切，你就不会这么讲了。"玛丽·弗伦奇冷淡地说。这事以后，她们再也没有恢复以前的友谊。

格斯·莫斯科斯基在一个开店的波兰人、他父亲的表兄弟的住宅里给玛丽租到一间房，窗子上挂着厚厚的网织窗帘。晚上，每逢他们工作到很晚，他就郑重其事地送她回那儿去。他们老是工作到很晚。

玛丽·弗伦奇从来没有这么努力地工作过。她撰写新闻稿，收集有关肺

---

① 在纽约市南部，此处指他们都是地道的美国人，不大可能是赤色分子。

痨、儿童的营养不良、卫生条件和犯罪情况的统计资料，乘坐城郊间的有轨电车或短程慢车到兰金、布拉多克、霍姆斯特德、贝塞默，甚至远至扬斯敦、斯托本维尔和加里，记下福斯特[①]和菲茨帕特里克的演讲词，目睹会议被驱散，身穿深灰色制服的州警察排列成单行走在一片片公司房屋之间的没铺路面的弄堂里，用棍子殴打男人和妇女，用脚踢开挡道的孩子们，把待在大门口台阶上的老人们赶跑。"想想看，"格斯在谈到这些州警察时说，"这帮狗娘养的自己又大多是卑鄙的波兰佬呢。你说，他们那样子不是真像波兰佬吗？"

她会见大城市的新闻工作者，一连几小时找美联社和合众社的记者谈话，劝说他们把真实可靠的报道发出去，还为英语传单修改语法错误。秋天在不知不觉中飞逝。钢铁工人联合工会只能支付极少的开支，她的衣服弄得不像样子，头发也不卷曲了，晚上因为想到白天看到的一切而不能入睡：有人被监禁，有人被打得头破血流，州警察搜查的结果，某个家庭的客厅被捣毁，沙发被划破，椅子给砸烂，瓷器柜被斧子劈碎。早晨，她在洗脸架上的那面沾着绿色斑点的金边镜子前匆匆穿衣时，几乎认不出镜中的影子就是自己了。镜子里的她神色憔悴，一副绝望的样子。她本人也开始变得像个罢工者了。

在她和格斯交往时，她也变得几乎认不出自己来了。他的声音会使她浑身冷战，而且她一天的高兴与否竟取决于他跟她谈话时微笑次数的多寡；每当她思想上松弛一会儿，她就开始想象他走到她身旁，用他的手臂、嘴唇和他那双坚强的大手贴近她。当这种感觉袭上心头时，她只好闭起眼睛，就会感到头脑发晕，天旋地转。这时她就会强迫自己睁开眼睛，拼命打字，过了一会儿，才恢复冷静清醒了。

在玛丽·弗伦奇第一次默认高工资工人没有参加罢工，而低工资工人的罢工就要失败这一事实的那一天，当格斯前来送她回家时，她不敢正视他的脸。那是个不合时令的十一月的夜晚，天气闷热，细雨蒙蒙。他们默默无语地沿着街道往前走，只见工厂那边的雾气突然发出红光。

"他们开始了。"格斯说。红光愈来愈大，由粉红变成橘红。玛丽点点头，没有吱声。"工人阶级不肯团结在一起，你又有什么办法！五花八门的

---

① 威廉·泽·福斯特（1881—1961），美国共产党领导人。二十世纪一十年代，领导罢工及组织工会的斗争。1921年加入美共，1929年起历任党中央主席、全国委员会主席及名誉主席。

该死的外国佬都认为别人是懒汉，而美国人也认为别人都是懒汉，除了你和我不这样想。不多久以前我们还都是这个国家中的外国佬。天呀，我不知道我为什么跟他们搞在一起。"

"格斯，如果罢工失败，你怎么办？我指的是你个人。"

"我肯定会上黑名单。这就意味着我在钢铁工业系统再也找不到工作了，即使地球上只剩下我一个人也罢……见鬼，我不知道该怎么办。也许取个假名字去参加海军。据说在海军里能受到真正好的教育。"

"我看我们还是不谈这个的好……我，我不知我该干什么。"

"你可以随便到哪儿去，在一家报馆里找份工作，像你做过的那样……我希望我像你那样上过大学……我肯定你对离开这帮东欧人一定感到高兴。"

"格斯，他们是工人阶级啊。"

"当然，如果我们这该死的脑子再聪明点……你知道我有个哥哥至今一直不参加罢工。"

"也许他为妻子儿女担心吧。"

"如果我能抓到他，我要缠住他不放……工人就是不该有妻子儿女。"

"他可以有一个女朋友……"她说不下去了。她感到心跳得厉害，担心他会听见，这时他们正并肩走在凹凸不平的人行道上。

"女朋友有的是，"格斯笑着说，"她们怪随便的，波兰姑娘就是这样。这倒是件好事。"

"我希望……"玛丽听见自己在说。

"好，再见吧。你看来很累，好好休息吧。"他在她肩上拍了一下，便转过身去，迈着蹒跚的大步走了。这时她站在房子的大门口。她走进自己的房间，就倒在床上哭了。

几周以后，格斯·莫斯科斯基因为在布拉多克散发传单而被捕。她在挤满了穿灰色制服的州警察的肮脏的法院里看见他被带到法官的面前，被判处五年徒刑。他一条手臂用吊带悬在胸前，脑后落绒般的短发上有一块血疤。他那双蓝眼睛和人群中的她目光相接，他向她咧嘴笑笑，起劲地挥挥大手。

"原来是这样，是吗？"她身边有个声音怒气冲冲地说。"嘿，你今后可没法再跟这妞儿胡搞啦。"

她的两旁各有一个穿灰色制服的高大的州警察。他们强逼她离开法庭，陪她一起开步走到城郊间的有轨电车站。她一声不响，但是眼泪不禁夺眶而出。她从没想到男人会对妇女讲这种下流话。"得了，别装正经啦，我和史蒂夫可是一顶俩的男子汉哩……你不该那么糊涂，竟和那小流氓睡觉。"

最后匹兹堡的电车来了，他们让她上车，并警告她说，如果再在这一带看见她，就要当她妓女把她监禁起来。电车开动后，她看见他们两人相互拍着背脊，大笑不已。她蜷起身子，坐在电车的后座上，板起了脸，感到胃里很难受。回到办公室后，她只说镇压罢工的警察把她赶出了法院。

她听说乔治·巴罗和参议院组成的调查委员会一起在城里，就立即去找他。她在申利旅馆的休息室里等他。寂静的冬晚又黑又冷，像一大块铁。她大衣太薄，直打冷战。她感到累极了，似乎好几个星期没有睡过觉。这旅馆的安静的大休息室里很是暖和，她透过薄薄的鞋底能感觉到地毯上绒毛很厚。看来旅馆的什么地方有人聚在一起在打桥牌，因为一群群衣着讲究的中年妇女不断地穿过休息室，她们使她想起自己的母亲。她在靠近散热器的一张高背椅子里坐下来，立刻打起瞌睡来了。

"你这可怜的小姑娘，看来你又在工作了……我敢肯定不是社会福利工作。"她睁开眼睛。乔治穿着一件裘皮里子、裘皮衣领的大衣，他那截细脖子和一张有疙瘩的马脸像秃鹳的头一样可笑地从领子里伸出着。

她站起身来。"噢，巴罗先生……我是说乔治。"他用左手握住她的手，用右手轻轻地拍拍。"我如今可知道待在前线的战壕里是什么滋味了。"她说时冲着他那和善滑稽的面孔笑了。

"你在笑我的裘皮大衣……如果我得了肺炎就帮不了联合工会的忙了，是不？……你为什么不穿一件暖和的大衣？……可爱的小玛丽·弗伦奇……你正是我想见的人……我们去楼上的房间好吗？我不想在这儿谈话，偷听的人太多。"

他们来到楼上一间四方形的暖和的房间，粉红色的灯光映射在粉红色的窗帘上。他帮她脱下大衣，站在那儿皱着眉头用手掂掂它的分量。"你该去买一件暖和的大衣。"他说。他替她向茶房要了一杯茶，然后故意让通往过道的房门敞开着。他们坐在床脚旁一张小桌子的两侧，桌上零乱地放着报纸和打字机打印的材料。"好，好，好，"他说，"对我这样一个孤独的怪癖老头来说，这真是桩大快事。你愿意和参议员共进晚餐吗？……看看那另一半人如何生活。"

他们谈了又谈。他不时在她的茶里偷偷地倒一点威士忌。他非常和善，说他相信等罢工问题一解决（实际上可以说已经解决了），所有的小伙子全都可以出狱。他新近到扬斯敦去跟菲茨帕特里克谈过，认为已差不多说服了他，使他明白唯一的出路是让工人回去工作。加里法官已私下向他保证决不歧视任何人，而且有些专家正在研究八小时工作日的问题。一旦技术性的困难被克服，钢铁工人生活的整个情况将大大改观。他当时当场聘请玛丽·弗伦奇当他的秘书。他说她对实际情况的了解将对影响立法极有价值。若要使拿不足额工资的钢铁工人的巨大努力不致白费，必须使它体现于立法之中。斗争的中心正移到华盛顿。他认为在参议院讨论它的时间已经成熟。她说她必须首先对罢工委员会负责。"但是，我可爱的好孩子，"乔治·巴罗说，轻轻地拍拍她的手背，"再过几天就不存在任何罢工委员会了。"

那位参议员是个长着铁灰色头发、穿着白色鞋罩的南方人。他进房时瞅着玛丽·弗伦奇的那副神情就好像以为她要把一颗炸弹塞进他那奶白色背心和撅出的大肚子之间似的，但是他父亲般的尊重纤弱的女性精英的态度是令人快慰的。他们吩咐把晚餐送到乔治在楼上的房间里。参议员一副老于世故的样子，嗓音洪亮地和乔治说笑，说他有许多危险的布尔什维克朋友。他们喝掉了许多黑麦威士忌，乔治的烟雾弥漫的房间里酒味甚浓。她离开他们回办公室去时，他们在谈去看一场脱衣舞表演。

办公室的那一伙人显得憔悴而闷闷不乐。她告诉他们乔·亨·巴罗先生要她当秘书，他们都劝她赶快答应下来；她能在华盛顿为他们工作，那真是太好了，再说，反正他们连她的开支也支付不了啦。她写完了新闻稿，阴郁地道了晚安。那天晚上她睡得很好，有几个星期都没睡得这么好了，虽然在她回家的路上，格斯·莫斯科斯基的蓝眼睛、他的一头金发、带血疤的脸以及在法庭上他们目光相接时他笑嘻嘻的样子一直萦回在她脑际。她作出结论，要使小伙子们出狱，最好的办法是同乔治一起去华盛顿。

翌晨，乔治一到办公室就打电话给她，问她拿定主意没有。她说她决定接受。他说五十美元一周怎么样；说不定今后可以增加到七十五美元。她说她一生还没挣过这么多钱哩。他说希望她立即到申利旅馆去；他有些重要的事要她做。等她到了旅馆，他在休息室里迎接她，手里拿着一张一百元的美钞。"我要你做的第一件事，可爱的姑娘，是去给你自己买一件暖和的大衣。这是两个星期的预付工资……如果你头一天就得了致命的肺炎，你就当不成我的秘书了。"

在去华盛顿的豪华的铁路客车上，他递给她两只方方正正的大黑箱子，里面装满了证明材料。

"千万别以为秘书这职务无事可干。"他说，一面摸出一只只马尼拉纸信封，里面装满了用打字机在葱皮纸上打出的密密麻麻的速记材料。"你原来的工作更富于浪漫色彩，"他一边削铅笔一边说，"但是这个工作从长远来说更为有益。"

"我不敢说。"玛丽说。

"亲爱的玛丽，你非常年轻……而且非常可爱。"他仰坐在绿色平绒的扶手椅里，用他那双暴眼睛久久地注视着她，这时带有绿色条纹和黑色花边的雪山在窗外列队而过，那绿色条纹是生满地衣的岩石，那黑色花边是光秃秃的树枝。然后他脱口而出地说，如果到了华盛顿他们就结婚，那才开心哩。她摇摇头，又回到为罢工者辩护的问题上，但是当她说目前还不想结婚时，她禁不住向他莞尔一笑；他多么和善呀。她感到他是一个真正的朋友。

到了华盛顿，她安顿在H街一幢房子的一套小公寓里，那些准备迁出的民主党官员把它廉价地转租给她。她常在这里给乔治做晚饭。以前除了出去野营时，她从未烧过饭，但是乔治可真是个行家，他会做意大利实心面、墨西哥辣椒烧肉、炖牡蛎和地道的法国式浓味炖鱼。他从罗马尼亚大使馆弄来了葡萄酒，在办公室整整工作一天后，他们在一起吃一顿非常惬意的晚饭。他老是谈爱情和男女间健康的性生活的重要性，因此她终于依了他。他非常温柔多情，以至她一时认为也许真的爱上他了。他对种种避孕方法都懂，用非常细心和幽默的态度来对待。和男人同房并不像她想象的那样给生活带来很大的变化。

哈定总统就职的翌日，两个神情沮丧、戴着不像样的灰色鸭舌帽的人拖着脚步向她走来，这时她在乔治办公室的所在地，G街上一幢小楼房的门厅里。其中之一是格斯·莫斯科斯基。他面颊下陷，看上去疲倦而邋遢。

"你好，弗伦奇小姐，"他说，"这是我的小弟弟……可不是不参加罢工的那个，这个是好样的……你气色真好。"

"哦，格斯，他们把你放了。"

他点点头。"又审了一次，案件给撤销了……可是在监狱里，那味道可不好受。"

她把他们带到乔治在楼上的办公室。"我相信巴罗先生会希望得到有关钢铁工人情况的第一手材料的。"

格斯用手做了个推开什么东西的姿势。"我们不是钢铁工人，我们是无业游民……你那些参议员朋友可真把我们给出卖啦。凡是跟罢工者一起在街上走过的倒霉蛋都上了黑名单。老爹在神父让他发誓不参加工会后，又恢复了工作，但工资大大降低，由一块一减到了五毛……许多人回祖国去了。我和小弟弟出走了，到了巴尔的摩，想找个船上的工作，但聚在码头上待雇的海员成百上千……因此我们想何不去观光一下总统的就职仪式，看看那些阔佬是什么样子的。"

玛丽竭力要他们接受一点钱，但是他们摇摇头说："我们不想要别人的施舍，我们能工作。"

他们刚要走时，乔治走了进来。他似乎不大高兴见到他们，竟就暴力问题开口讲了一通：假如罢工者没有以暴力相威胁，并听任自己被一帮布尔什维克煽动分子引入歧途的话，那些在内部真正进行调解工作的人就可能为他们争取到优越得多的条件。

"我不想跟你争论，巴罗先生。我看你认为卡津斯基神父是个赤色分子，而且是范妮·塞勒斯把州警察的脑袋给砸破的吧。亏你还说你站在工人一边。"

"而且，乔治，就连参议院委员会也承认是厂方的代理人和州警察使用了暴力……毕竟我曾亲眼见过。"玛丽插嘴说。

"当然啦，小伙子们……我知道你们所面临的问题……我不是在替钢铁托拉斯辩护……但是，玛丽，我想向这些小伙子强调的是，在这类事情上，工人常常是他自己最凶恶的敌人。"

"不管你怎么看，工人反正受骗了，"格斯说，"我不知道究竟是他的朋友还是他的敌人骗得更凶……好吧，我们得走啦。"

"小伙子们，很抱歉，我有许许多多急事要处理。否则我倒是想听听你们的经历的。也许等下次再说吧。"乔治说着在办公桌旁坐了下来。

他们离开时，玛丽把他们送到门口，对格斯小声说："上卡内基工学院的事怎么样了？"

他的眼睛不像他坐牢以前那么湛蓝了。"哼，怎么样了？"格斯说，看也不看她一眼，就随手关上身后的毛玻璃门。

那天晚上吃饭时，玛丽忽然站起来说："乔治，我们也和别人一样，对出卖钢铁工人负有责任。"

"胡说，玛丽，要怪头头们选择了错误的罢工时间，后来又让大老板们把一大套疯狂的革命思想硬算在他们账上。工会组织一卷进政治就要遭殃。冈珀斯①是懂得这一点的。我们都为他们尽了最大的努力。"

---

① 塞缪尔·冈珀斯（1850—1924），美国工人领袖，美国劳工联合会的第一任主席。

玛丽·弗伦奇开始在房间里走来走去。她突然感到悲愤万分，怒不可遏。"在科罗拉多温泉城时他们就老是这么说的。我还不如回家去跟母亲同住，做做慈善工作。总比靠工人阶级供养好吧。"

她走来走去。他却继续坐在她用鲜花和白台布细心布置好的餐桌旁，一小口一小口地呷着酒，在一块薄脆饼干的一角先涂上一点儿黄油，再放上一小片法国干酪，然后咬下，又涂上一点儿黄油，放上一片干酪，始终慢慢地咀嚼着。她感觉到他用那双暴眼睛扫视着她的全身。"我们不过是劳工骗子罢了。"她冲着他的脸大叫一声，奔进卧室去。

他俯身站在她面前，不安地拍拍她的背脊，嘴里仍然在嚼着干酪和饼干。"怎么讲出这么恶毒的话来……我的孩子，可别这样歇斯底里……罢工失败，这也并不是头一回啊……就是这一回也还是有所收获的。全国公正人士都对那些钢铁大王的残忍的暴力感到震惊。这将会影响立法……坐起来喝一杯酒吧……听着，玛丽，我们为什么不结婚呢？这样生活下去太愚蠢了。我有几小笔投资。有天我在乔治城见有一幢漂亮的小住宅要出售。现在价格下跌，各个部都在裁人，正是买房子的好时机……说起来我也到了定居下来成家养孩子的年龄了……我不想再等了，再等就太晚了。"

玛丽坐起来抽泣。"哦，乔治，你有的是时间……我不知为什么害怕结婚……今晚上什么事都叫我害怕。"

"可怜的小姑娘，也许是月经来了。"乔治说着，吻了吻她的前额。他回旅馆去后，她决定回科罗拉多温泉城，陪母亲住一阵子，然后再设法去找个报馆的工作。

一个月过去了，她还是没能动身到西部去。她开始担心已经怀孕了。她不想把这事告诉乔治，因为她知道他会坚持结婚的。事情不能再等了。她不认识一位可以信赖的医生。一天深夜，她走进小厨房，把头伸进煤气炉，伸手去拧开关，但不知怎的似乎不大方便，而且双脚踩在漆布上又很凉，便回到床上去了。

翌日，她收到艾达·科恩的信，从头到尾都讲她在纽约过得很快活，住在漂亮非凡的公寓里，勤奋地练习小提琴，希望下一季度能在卡内基大厅举行音乐会。玛丽·弗伦奇不等看完信就开始收拾东西。她来到车站，正好赶上十点钟开往纽约的火车。她从车站上给乔治发了一份电报：

友病命去纽约将去信

114

她打了个电报给艾达，艾达在纽约市宾夕法尼亚车站接她，她的样子既漂亮，又阔绰。玛丽在出租汽车里告诉她，得借钱给她，让她好去打胎。艾达大哭了一阵说，当然愿意借钱给她，但是到底去找哪位医生呢？老实说，她不敢去请教柯尔斯坦医生，因为他是她父母亲的好朋友，一定会为这事感到不安的。"我不要孩子。我不要孩子。"玛丽喃喃地说。

　　艾达住在麦迪逊大街上一幢楼房后部的一套出色的三间公寓里，里面铺着一条褐色的薄地毯，摆着一架巨大的三角钢琴，还有许多盆植物和许多瓶鲜花。她们在那里吃了晚饭，然后就在起居室里踱来踱去，整整一晚试图想出个办法来。艾达在钢琴前坐下了，弹奏巴赫的序曲来恢复镇静，她这么说，但是她太心烦意乱了，竟然弹不下去。最后，玛丽给乔治写了一封特快信，问他该怎么办。第二天晚上，她收到复信。乔治感到伤心极了，但是在信中附上了一位医生的住址。

　　玛丽把信递给艾达。艾达看过信说："信写得多好哇！我一点也不怪他。读他的信，感到他这人秉性善良，通情达理。"

　　"我恨他。"玛丽说，把指甲掐进了掌心。"我恨他。"

　　翌晨，她独自去医生那儿动了手术。然后乘出租汽车回家，艾达扶她上了床。艾达老是皱眉蹙额，蹑手蹑脚地在卧室里走进走出，这使她感到心惊肉跳。大约一个星期后，玛丽·弗伦奇就下床了。她看样子还不错，便开始在纽约跑来跑去找工作了。

摄影机眼（46）[①]

　　在街头漫步呀在街头漫步从可口可乐招牌乐根牌香烟广告商店橱窗内的价格标签偶尔听到的只言片语零落的报纸碎片撅出在垃圾箱外的昨日的新闻标题探索

---

① 这一节描写作者在考虑他作为小说家和政治记者的使命时所面临的诱惑和怀疑。在考虑到美国民主的前途时，作者想起了美国著名诗人惠特曼。

一批数字一种行动方式一个你不大熟悉的地址你已忘掉了门牌号码忘掉了在哪条街上也许是在布鲁克林一列火车离站驶往某地一艘汽轮响起汽笛刺痛了你的双耳在某职业介绍所门前黑板上写着有个职位要招聘人

去干去做生活不单是在街头不顾死活地漫步啊赶快倒霉蛋干　作

一篇报告敦促采取行动在那人头济济的大厅里鼓过掌后讲台上的其他人来拍拍肩背并微笑一片挪动椅子的嚓嚓声有所期待的寂静在结结巴巴地刚开始讲老实话时的几声咳嗽要抓住一句口号真是准啊他们在聆听然后提出一句口号又一句口号轻易地一步步引出一片喝彩声（怀疑你头脑里是否有个人在说你是个骗子而且在联合广场

那一回你站在一只肥皂箱上望着下面的那些面孔　渴求知识的年轻人固执己见的老年人和因过度劳累而变得麻木不仁因多读报纸而两眼昏花的中年人　企图告诉他们真实的内情

使他们大笑告诉他们他们想要听话挥动一面旗帜你身子里的那个煽动者这样悄悄地说巴不得获得成功）

你突然羞红了脸急出了汗讲不下去了　为什么不告诉这些在风中跺脚的人们我们正站在一片流沙上呢？　怀疑能促进理解这话令人难过而并不感到鼓舞　派纠察队去对付约翰·戴·洛克菲勒这个孬种如果警察毒打你们那完全是为了促进人类进步　而我呢回家去喝酒吃顿热饭并阅读（有点困难地通过洛布丛书版逐字译本）马提阿利斯①的警句诗思考历史的进程以及用什么力量才能剥夺财富的主人的权力并重新带来（我也这样想啊沃尔特·惠特曼）我们故事书中所写到的民主

而在这期间我口袋里一直藏着那个大学生的来信要求我解释为什么我是对的而他是承认这一点的　那帮激进派在私生活中都是卑鄙小人　躺在床上你这倒霉蛋（一层层地剥怀疑这洋葱的皮吧）手中拿着没读的书在跷跷板上摇晃也许毕竟也许大人物　赚

钱　你懂得他讲的是什么意思在那胡桃木办公室的光洁的写字台上的水晶玻璃墨水瓶旁的那个白胡子老头他的声音里响彻着童年时所有牧师的声音和女唱诗班唱赞美诗时的走调的尖叫声　你讲的都非常正确但存在着大贱卖这么一种办法　而且我有几个女儿　我相信你最终会改变看法

---

① 马提阿利斯（约40—约104），古罗马讽刺诗人。主要作品《警句诗集》收录了一千多首短诗。

赚

钱在纽约（吻一个衣着时髦的女郎而沾上了口红她五点钟便香喷喷地坐上出租汽车沿着公园大街歪歪斜斜地疾驶这时每条横穿城市的街道的西端被金色的光芒照亮离港的轮船烟囱里冒着滚滚白烟而天空中衬着绿色美钞

铆工安静了制造商的卡车被弄到边沿地区的街道上

赢得的钱在每条街的拐角上歌唱

在汽车发火装置中噼噼啪啪地响在滚珠轴承中滑溜溜地嗖嗖响在商店橱窗里亮起的灯光里闪烁在百万富翁的那些金光锃亮的进口大轿车的电喇叭声中嘟嘟地叫

美元使她的头发光滑使她的衣服柔软在你亲吻的精心制作的玫瑰花瓣中生长在非法酒店的晚餐中变得辛辣刺鼻发出嘎吱嘎吱的声音在饮料中给人强烈的刺激

使姑娘们的音乐剧响亮在有歌舞表演的餐馆里让大家大笑一阵在踏着曳步舞舞步的乐队中摇摆在衣帽间女郎的再见声中清脆地嗒嗒响）

如果不赚钱那为什么不呢？　在街头漫步在你床上滚动眼睛因一层层地剥怀疑这思绪万千的洋葱的皮而感到刺痛怀疑你头脑里是否有个人　大人物？　倒霉蛋？　没有（而且在联合广场）说你是个骗子

新闻短片 LII

为亲爱的死者集会举行悼念仪式，最后半小时的效忠并回忆已完成的业绩和未了的工作；回忆友谊和爱；回忆发生过的和可能发生的事情。为何不好好利用这最后半小时，为何不把这最后的仪式举行得极出色，就像弗兰克·E.坎贝尔在举行葬礼的教堂（不属于任何教派的）中举行的那样

发现捆在提包里的尸体在水上漂浮

唐人街啊我的唐人街那儿灯光昏暗
　　不知他乡异土的心儿呀
　　　　在来回漂荡

妻子给他读书时他中风死去

哈定夫人正用抚慰的低声读书给他听，希望在这声音的影响之下他能入睡

多尔蒂①任负责人

独自一人
　　在电话旁
　　　　等待铃响

---

① 哈里·多尔蒂（1860—1911），美国律师，政治家，为哈定总统知友，对哈定提名为总统候选人起到主要作用，哈定上台后，他出任司法部长。

118

两具女尸藏在谋杀者的行李里

工人向德国议会大厦进军

城市陷入一片黑暗

乘出租汽车全速前进去阻止自杀
结果在贝尔蒙特饭店归于失败

潘兴元帅在阿根廷跳探戈舞

哈定的列车爬行五十英里穿过密集的芝加哥人群

失业女郎服毒而死

见柯立芝者甚众但闻其富者寥寥

如果你了解苏茜

像我了解她那样

啊啊啊多好的姑娘[①]

艺术与伊莎多拉

    1878年，在旧金山，伊莎多拉·奥戈尔曼·邓肯太太，一位喜爱弹钢琴的情绪颇高的女士，正着手与她丈夫——著名的邓肯先生离婚，这位先生的行为据说极不文雅；这整个事件使她十分激动，以至向孩子们宣布，她的胃除了一点儿香槟和牡蛎外不能承受任何东西；在这家庭纠纷的怨恨和相互

---

① 引自当时的流行歌曲《如果你了解苏茜》。

指责中，

在那具有由破落的南方美女们开办的、用煤气灯照明的寄膳宿舍，铁路大王，旅馆的转门，一点点地啃着丁香来冲淡嘴里的威士忌酒味的大胡子男人，黄铜痰盂，四轮出租马车，女式紧身上衣，裙撑和打褶裥的曳地长裙的天地里（那儿的讲演厅和音乐厅，由有文化修养的女士们占据着支配的地位，是人们心向往之的中心），

她生了一个女儿，按照自己的名字取名为伊莎多拉。

和邓肯先生决裂并发现他的两面派行径，使邓肯太太变成一个偏执的女权运动者和无神论者，成为鲍勃·英格索尔①的演讲和著作的热烈的信徒；上帝应改为自然；义务应改为美，而且只有男人是卑鄙的。②

邓肯太太历经千辛万苦才把孩子们抚养成人，使他们爱美，憎恶紧身胸衣、传统观念和男人制定的法律。她教人弹钢琴，做刺绣活，代人编织围巾和手套。

邓肯一家老是负债。

老是拖欠房租。

小伊莎多拉最早的记忆涉及哄骗人的杂货商、屠户、房东以及走街串户地兜售她母亲制作的一些小东西，

当他们在奥克兰和旧金山的郊区因付不起账单而不得不从一家又一家穷摆阔的寄膳宿舍逃跑时，帮着把旅行包从后窗递出来。

邓肯家的这些孩子和他们的母亲自成一族；他们是对抗粗俗而利欲熏心的世界的邓肯一家。他们不再是天主教徒或长老会信徒或贵格会信徒或浸礼会信徒了；他们是艺人。

当孩子们还十分年轻时，他们在一座仓库里演戏，激发了邻居们的兴趣；她姐姐伊丽莎白教人跳交际舞；他们是西部人，而世界上的情况就像是一场淘金热；他们不怕当众表演，受到公众的注意。伊莎多拉有双绿色的眼睛和一头带红色的头发，颈项和手臂都长得美。她没钱去学传统舞蹈，因此

---

① 即罗伯特·格林·英格索尔（1833—1899），美国律师、演讲家及无神论者。
② 引自英国主教雷金纳德·希伯（1783—1823）所作的赞美诗《教会颂》第二节。

便编演自己的舞蹈。

他们搬到芝加哥，伊莎多拉找到了一份工作，在共济会会堂的屋顶花园给华盛顿邮报社表演跳舞，每周可拿五十美元。她在各家俱乐部跳舞。她去拜访奥古斯丁·戴利[1]，告诉他她已发现了
自己的舞蹈
并在纽约继续活动，在以艾达·里恩[2]为主角的《仲夏夜之梦》的演出中扮演穿粗布衣的仙女。

全家随她迁往纽约。他们在卡内基音乐厅租了一个大房间，把褥垫放在墙角里，在墙上挂上帷帘，于是建立了第一个格林尼治村式的艺术家工作室。

他们总是差一点就被警长逮住，他们老是蒙骗生意人，不付账单，让房东太太白等房租，向有钱的市侩们讲好话，获得施舍。

伊莎多拉安排了和埃塞尔伯特·内文[3]一起演出的音乐会

在新港为上流社会妇女参加的奥马尔·哈亚姆诗歌朗诵会伴舞。温莎旅馆失火后，他们失去了所有的行李箱和那张长长的欠账单，于是乘坐运牲口的船去伦敦，来逃避他们的祖国，美国的实利主义。

在伦敦的不列颠博物馆
他们发现了古希腊人；
舞蹈原来是希腊人的。

在伦敦的烟雾腾腾的烟囱下，在烟灰覆盖的广场上，她们穿着薄纱束腰外衣跳舞，她们模仿希腊陶瓶上的舞姿，去报告会、美术画廊、音乐会、剧场，在一个冬天就吸取了维多利亚王朝整整五十年的文化。

---

① 奥古斯丁·戴利（Augustin Daly, 1839—1899），美国戏剧家，从写剧评发展到改编剧本，后来在纽约和伦敦都开办剧院，成为戏剧家巨子。

② 艾达·里恩（Ada Rehan, 1860—1916），生于爱尔兰的美国女演员，1879年应戴利之邀，加入他的剧团当主角。

③ 埃塞尔伯特·内文（Ethelbert Nevin, 1862—1901），美国作曲家、钢琴家，曾创作钢琴曲及广为流行的歌曲多首。

回到希腊人那里。

每当他们因为付不起房租而被赶出他们的住所时，伊莎多拉就把他们领到最好的旅馆，订一个套间，吩咐服务员赶快去拿龙虾、香槟和不当令的水果来；对于艺人、邓肯一家和希腊人来说，无论怎样好吃的东西都不嫌过分；

九十年代的伦敦喜欢她的胆识。

在肯辛顿，甚至在五月集区①，她在私人宅邸的宴会上跳舞，

自爱德华王子一直到普通的不列颠人

被她那拉斐尔前派肖像画式的美、

她那朝气蓬勃的美国式的天真

和加州口音所倾倒。

在伦敦居留后，又于1900年博览会期间来到巴黎。她和洛伊·富勒②一起跳舞。她还是个处女，十分羞怯，不知如何回敬雕刻大师罗丹献的殷勤，对洛伊·富勒那帮古怪的搞同性恋的美人儿的奇特行为则感到完全迷惑不解。邓肯一家人是素食者，对粗俗行为、男人和实利主义怀着戒心。雷蒙德给大家编制凉鞋。

伊莎多拉与她母亲和哥哥雷蒙德踏着凉鞋，系上束发带，穿着希腊式束腰外衣，在欧洲到处旅行，

住最好的旅馆，过希腊人处身自然的生活，但却为那些拖欠的账单感到心绪不宁。

伊莎多拉的首次个人演出会是在布达佩斯的一家剧院里举行的；

此后，她成为红角儿，和男主角搞过一场恋爱；在慕尼黑，学生们牵走了她马车的马匹。尽是鲜花、掌声和香槟晚宴。在柏林，她风靡一时。

---

① 该两地为伦敦的高等住宅区。
② 洛伊·富勒（Loie Fuller, 1862—1928），美国女舞蹈家，以表演独创的蛇舞而成名。

她用她德国之行赚来的钱把邓肯一家全带到了希腊。他们乘从伊萨卡①开出的渔船到达雅典。他们在巴台农神庙摆正姿势照相，在酒神剧场跳舞，训练一群孩童唱《乞援人》②中古老的合唱曲，并在一座能俯瞰古雅典废墟的小山上建立了一座庙宇来居住，但是山上没有水，而且在庙建成之前他们的钱就用光了。

因此他们只好住在英国旅馆里，在那儿累起债台。等到赊欠无门的时候，他们便带着合唱队回到柏林，上演了用古希腊语演出的《乞援人》。当伊莎多拉穿着古希腊披肩式外衣率领着她那些身穿希腊式束腰外衣的希腊小伙子列队穿过动物园时，德国皇后的马儿惊跳起来，

把皇后殿下扔在地上。

伊莎多拉风靡一时。

她到达圣彼得堡时，正赶上为1905年在冬宫前被击毙的游行示威者举行夜间葬礼。这事使她难过。她是一个沃尔特·惠特曼式的美国人；世界上那些杀人如麻的统治者不是她拥护的人；游行示威者才是她拥护的人；艺术家不会站在机关枪的那一边；她是个穿着希腊束腰外衣的美国人；她拥护老百姓。

在圣彼得堡，人们仍然迷恋着十八世纪太阳王③宫廷中的芭蕾舞，

当局认为她的舞蹈是危险的。

在德国，她创办了一所舞蹈学校，她姐姐伊丽莎白帮她进行组织工作，她与戈登·克雷格④生了一个婴儿。

她按照一向的计划，得意洋洋地回到美国，到各地巡回演出，存心折磨本国的市侩；她的追随者们因为穿着希腊束腰外衣而总是受到钳制；她在美国找不到艺术自由。

回到巴黎后，登上了世界的顶峰；艺术就是伊莎多拉。在波利尼亚克亲王的葬礼上，她结识了神话中人般的百万富翁（缝纫机大王），他将做她的

---

① 希腊西部一岛屿。
② 为古希腊著名悲剧家埃斯库罗斯所作。
③ 指法国国王路易十四。
④ 戈登·克雷格（Gordon Craig，1872—1966），英国著名舞台美术家，邓肯曾与之同居，于1905年生一孩子。

赞助人，资助她的学校。她陪他一起乘坐他的游艇离去（伊莎多拉无论做什么都是艺术），

到帕斯特姆①的庙宇去跳舞，

只是为了他，

但是忽然下起雨来，乐师们都淋湿了，于是只好停止了去喝个醉。

艺术是百万富翁的生活。伊莎多拉所干的一切都是艺术。当她带着与百万富翁生的孩子第二次到美国作巡回演出时，她引起了妇女俱乐部的老太太会员和老处女艺术爱好者们极大的反感；

她养成喝酒喝得过多的习惯，喜欢走到舞台的脚光前痛斥包厢客。

伊莎多拉达到了荣誉和丑闻、权力和财富的顶峰，她的学校已经开办起来，她的百万富翁即将为她在巴黎建一座剧院，邓肯一家人成为一种狂热崇拜的祭司（艺术就是伊莎多拉所干的一切），

就在这时，那辆从巴黎的另一边接两个孩子回家的汽车在横跨塞纳河的桥上卡住了。汽车司机忘记了汽车仍挂着挡，跑出车来用摇把去发动。汽车开动了，撞倒了司机，从桥上扎进了塞纳河。

两个孩子和他们的保姆都淹死了。

她此后的生活绝望地打发

在诽谤者的饶舌、记者们嘲笑的面孔、法警的威胁和送来过期账单的旅馆经理的规劝之中。

伊莎多拉喝酒过多，她无法放过年轻漂亮的男子，她把头发染成不同深浅的鲜红色，她从不费心去给自己的面容好好化妆，不注意衣着，也不愿为保持体型美而伤脑筋，花起钱来从不知道记账，

但是当她那长着一双美丽出色的手臂的梨形身子踏着沉重的脚步从舞台后部慢慢向前走的时候，

一种伟大的健康感

弥漫着大厅。

她无所畏惧；她是个伟大的舞蹈家。

---

① 在今意大利南部卢卡尼亚省，为公元前古希腊人所建，至今仍保留着古希腊人的庙宇的废墟。

在她自己的家乡旧金山，政客们不许她在希腊剧院跳舞，那是他们在她的影响下建立的剧院。无论她走到哪里，总会得罪那里的市侩们。大战爆发后，她就着《马赛曲》起舞，但这样做似乎并不十分值得尊敬，而且她因不愿放弃瓦格纳[1]的作品，也不愿对这场大屠杀适当地表示尊重而得罪人。

在她的南美之行中，

她到处结识男人，

一位西班牙画家、两名职业拳击家、船上的一名司炉、一位巴西诗人，

在探戈舞厅中大闹，拿阿根廷人当黑鬼而在舞台上的脚光前痛斥他们，在蒙得维的亚和巴西获得大大的成功；但是她赚到了钱，就禁不住要以容易引起非议的方式把它花在探戈舞蹈家身上，花在施舍和演出后的夜宵上，她总是摆出慷慨的姿态说，不，全记在我账上得了。经理们欺骗她。她无所畏惧，在公开场合从不为诽谤者的饶舌或晚报上的大字标题感到脸红。

当十月剥去旧世界的外壳时[2]，她想起了圣彼得堡，想起了那夜在圣彼得堡蹒跚地穿过寂静的街道的灵柩、苍白的人脸、紧握的拳头，于是跳起了舞蹈《斯拉夫进行曲》[3]，

并在波士顿交响乐厅的老太太们的鼻子底下挥动红色粗布，

但是当她满怀着办一所学校，开始工作并享受自由的新生活的希望而来到俄国时，发现事情太繁重，太困难了：寒冷，伏特加，虱子，旅馆里没人服待，新事物和旧事物乱七八糟地交织在一起，好比苗床和废物堆；弄得她没有耐心，她的生活可一向是很随便的；

她结识了一个黄发诗人[4]，

便把他带回

---

[1] 这位德国著名作曲家的歌剧大多以日耳曼民族的神话为题材，有宣扬"超人"思想的倾向。第一次世界大战中，出于对德国侵略者的痛恨，西方国家中发生排斥演出他的作品的情况。

[2] 指苏联十月革命的胜利。

[3] 这是以柴可夫斯基的同名乐曲为伴奏而编成的舞蹈。

[4] 即下文提到的苏联青年诗人叶赛宁（1895—1925），他和邓肯过了几年短暂的结婚生活，于1925年自杀。

欧洲，住在大饭店里。

叶赛宁在一次酗酒宴会上捣毁了柏林的艾德朗旅馆的整整一层楼，在巴黎他打烂了大陆旅馆的一个套间。他回到俄国后便自杀了。事情太繁重，太困难了。

伊莎多拉不可能再为艺术，为在旅馆套间聚众吃喝，为付罗尔斯·罗伊斯牌高级轿车的租赁费和她的学生弟子们的膳食费集资聚财了，

便到里维埃拉海岸去写回忆录，以便从美国公众头上搜刮点现金，他们在战后已觉悟到实利主义的俗不可耐，向往古希腊人，对丑闻和艺术感到兴趣，并且还有钱可花。

她在尼斯①租了一间工作室，但她根本付不起房租。她已和那个百万富翁闹翻。她的首饰，那著名的绿宝石，貂皮大衣和艺术家们奉送的艺术珍品都进了当铺或被旅馆老板拿走了。她剩下的只有目睹过她的伟大成就的那些蓝色旧帷帘、一只红皮手提包和一件背后已裂开的旧裘皮大衣。

她无法不喝酒，不向接近她的青年男子表示亲热；如果有点钱，她便请客或把它给人。

她企图淹死自杀，但一个英国海军军官把她从月光皎洁的地中海里拖了上来。

一天，她在胡安湾一家小饭馆里结识了一个年轻漂亮的意大利人，他经营着一家汽车修理厂，自己驾驶一辆布加蒂牌小跑车。

她说她可能要买他的车，便让他到她的工作室去接她出去兜一次风；

她的朋友们不希望她去，说他不过是个维修工，但她坚持要去；她喝过了一点酒（这世界上除了酒和漂亮青年以外，已没什么让她留恋的了）；

她上了车，坐在他旁边，

把她那缀有很多流苏的围巾使劲一甩，围在脖子上，

回过身去用

始终带着很重的加利福尼亚口音的法语说，

---

① 法国东南部里维埃拉海岸东部一避暑胜地。

再见啦，朋友们，我走向光荣。

维修工把车子挂上挡便开车了。

那条拖得长长的厚围巾卡在一个车轮上，愈卷愈紧。她的头被扭向车子的一边。车子立即刹车；她的脖子断了，鼻子被压烂，伊莎多拉死去了。

新闻短片 LIII

再会吧黑鸟

你是纽约最美的女速记员吗？

这儿没有人爱我并了解我
唉，他们都传给我多么苦命的故事

不列颠决定单干

你也可以没有音乐和舞伴而在家中迅速学会跳舞……产生的结果与有经验的按摩师产生的一样，只不过更迅速、更容易并更省钱。记住了，只有完全具有异乎寻常的体力的适合于结婚的男子才会被接受当《写真报》的健美男性

给我铺好床并点亮灯
今夜我将来得迟

妇女在家中被当作破门贼挨枪击

大公爵在此作乐

日食迟了四秒钟

观测者在闹市区见到日冕

其他人穿着更讲究，是用富丽堂皇的土耳其丝绸、厚缎子、绉绸或凸纹绸缝制而成的，也许还缀饰有鸵鸟毛

疯狗在宾夕法尼亚火车站引起惊慌

不幸的妻子试图自杀

成品的里里外外带着一份瑰丽地交融在一起的美，这只能是出自一个为某种理想而工作的艺术家之手。用优良、正常而结实的肌肉组织替代那损害外形的肥肉。他触及人类需要这整个领域的每一个点。把它印刷出来也许显得有点儿愚蠢，但他能向你表明如何使脑子发达。如果你因身体有病而受苦，他能使你解除痛苦。他能告诉你如何解决婚姻的或夫妻间种种问题。他是有关性问题方面的专家

再会吧黑鸟

一座座摩天大楼在空旷的街道上眨眼

这是十分漂亮的粉红和白色的闺房中的十分倦怠的和十分漂亮的粉红和白色的佩吉·乔伊斯，她伸出了一只小白手

玛戈·道林

玛吉①长得稍大后，常常在黑黝黝的冬夜拎着手提灯，跨过马路到车站去接弗雷德，他一般总是乘九点十四分的一班火车从城里回家来。艾格尼丝常说，玛吉的个子看上去比她的年龄小好多，但是她那红色绒面

---

① 玛吉和玛戈都是玛杰里的昵称。

布的外衣却比她的个子还小，外衣上的羊毛绒衣领擦得她耳朵痒痒的，但是当寒风裹着雨雪从车站的拐角席卷过来，当沉重的手提灯的铁丝提环冷冰冰地紧扣着她的小手时，那衣袖却遮不住她皲裂的手腕。由于担心弗雷德会身心不正常，会像有时表现的那样走路歪歪斜斜，跌跌绊绊，满脸通红，讲话可怕，她去时总是感到一股凉意从脊骨一直传到两手两脚。那弯腰曲背的车站站长比米斯先生就常和那路段组工人，那个在火车到站时常在车站一带溜达的大个子乔·海因斯嘲笑地谈到弗雷德，而玛吉这时便站在外面，不想听他们说什么"嘿，我敢打赌今晚弗雷德·道林又会酒气熏人地回来"。他在这种情况下，正需要玛吉和手提灯，因为通往房子的那条木板道既窄又滑。她很小的时候，常常以为他在城里的工作十分辛苦劳累，下火车后才走得这么怪，但是在她八九岁时，艾格尼丝把情况全告诉了她，说男人就是喜欢喝醉酒，但他们不应该那样干。因此每晚当她看见从清新空气公园隔着长栈桥向她驶来的火车的灯光时，她总是感到同样的不安。

有时他根本不回来，她便哭着回家，但是碰上好时光，他会轻快地跳下火车，穿着他那带着板烟味的宽大外衣，身子宽阔方正，像鹰一样扑向她，把她连同手提灯一起抱起来。"爹爹的乖小姑娘好吗？"他会吻她，她骑在他背上，从高处望着那讨厌的比米斯老先生，感到自豪而高兴，而弗雷德会用他那发自胸腔深处的声音透过围巾洪亮地说一声"晚安，头儿"，于是闪着黄光的火车车窗会移动起来，当火车跨过栈桥消失在去汉默尔斯的方向时，它尾部的两只红色的毛毛虫眼睛变得愈来愈小，并拢在一起。她在他肩背上上下跳动，感到他那像桨一样坚硬的手臂把她挟得更紧了，他背着她顺着木板路跑，向艾格尼丝喊道："留下了晚饭吗，姑娘？"于是艾格尼丝便含笑来到门口，在围裙上擦着手，有一大锅汤在炉子上冒着热气，这时厨房里是那么舒适、温暖而整洁，他们让玛吉坐在那儿，直到她打起瞌睡，眼睛模糊了，于是睡魔走进门来，听弗雷德谈城里的落袋弹子戏、抽彩赌博、跑马赛和可怕的拳击赛。然后艾格尼丝把她抱到那寒冷房间的床上，弗雷德站在她面前，抽着板烟，跟她讲当他在海岸警卫队时火岛①边船只失事事件，直到从门缝里射过来的厨房的灯光愈来愈模糊，而玛吉尽管因为喜欢听弗雷德的粗喉音而一直

---

① 在纽约东长岛南的海上，为一旅游胜地。

130

硬撑着，那个她自以为已误了火车的睡魔又来到弗雷德身后，于是她终于睡着了。

她稍大后在罗卡威公园镇的一所小学读书时，像这样的情况就不多了。他醉醺醺地走下火车的次数愈来愈多，或者根本就不回来。于是艾格尼丝便讲起过去的事，说那时多么有趣，有时她会讲到一半便停下来啼哭，说她本人和玛吉的母亲是很要好的朋友，两人都是西格尔·库珀百货公司人造花柜台的女售货员，常常在星期天去曼哈顿海滩，那儿比康尼岛高雅得多，当然并不去东方旅馆，那儿太贵了，而是到靠近它的小海滩去，弗雷德在那儿当救生员。

"你能看到那时的他才好啊，他有强壮的晒黑的四肢，是最俊的男人……"

"但是他现在也很俊呀，不是吗，艾格尼丝?"玛吉急切地插嘴道。

"当然，宝贝儿，但是你能看到他那时的样子才好呢。"

然后艾格尼丝会继续讲他买赛马票如何走运，从水里救起过多少人，那些获得特许开办这海滨浴场的人如何集资，给他每年发奖金，说他口袋里老是有好多好多钱，笑声爽朗，兴致极高。"这正是他的祸根，"艾格尼丝说，"他永远不会说不字。"然后艾格尼丝又讲起在婚礼上戴橘花，吃蛋糕，说玛吉的母亲玛杰里在生她时死去。"她为了你的生命而牺牲了自己的生命，这一点永远不要忘记。"艾格尼丝讲的这话使玛吉感到害怕，好像她不是她自己似的。

后来有一天，艾格尼丝下班出来，他穿着一身黑，戴着圆顶礼帽，站在人行道上，开口要求她嫁给他，因为她是玛杰里·瑞安最要好的朋友，于是他们就结了婚，但弗雷德永远忘不了以前的事，而且永远不会说不字，因此就爱上了酒，丢掉了在霍兰海滨浴场的工作，因为他喜欢打架酗酒，那些海滨浴场上再没人肯雇用他，于是他们便搬到布罗德海峡，但是靠卖鱼饵、出租划艇和偶尔卖一顿海鲜大餐也赚不了几个钱，所以弗雷德便在贾梅卡①一家酒店里找到一个工作，管理酒吧，由于他笑声爽朗，长得漂亮，大家都很喜欢他。但这工作是个更为糟糕的祸根。

"但是当弗雷德·道林正常的时候，世界上没有比他更好的人了……这一点永远不要忘记，玛吉。"于是她们两个都啼哭起来，艾格尼丝问玛吉是否像爱自己的母亲一样爱她，玛吉便哭着说："是的，亲爱的艾格尼丝。"

_____

① 纽约市东部昆斯区一小镇。

"你必须永远爱我，"艾格尼丝便说，"因为天主似乎不打算让我有自己的小宝宝。"

玛吉每天得乘火车去罗卡威公园镇上学。她在小学的学习不错，而且喜欢老师、书本和唱歌，但是孩子们嘲笑她，因为她的衣服全是家里做的，土里土气，还因为她是爱尔兰人、天主教徒，而且住在一所建在桩柱上的住房里。有一次圣诞，学校里演戏时她扮演了戈迪洛克丝①，此后情况就大变了，她开始在学校比在家里过得更快活。

在家里总有那么多家务事要做，艾格尼丝老是洗呀、烫呀、擦呀，忙个没完，因为弗雷德几乎不再带什么钱回来了。他常常弄得醉醺醺，脏乎乎，歪歪斜斜地走进屋来，散发着啤酒和威士忌的隔宿味儿，骂骂咧咧地抱怨伙食不好、为什么艾格尼丝不像过去他从城里回来时经常做的那样，给他煎好一块好牛排，于是艾格尼丝情不自禁地落下了泪，哭诉着说："哪来的钱呢？"接着他便骂她，玛吉便奔进她的卧室，砰地关上了门，有时甚至把五斗橱拉过来把门堵住，然后上床躺在那儿直哆嗦。艾格尼丝因为怕玛吉误了去上学的火车，老是手忙脚乱地把早饭放在桌上，有时，看得出她被打得眼青脸肿，而且带有一副玛吉所憎恶的低三下四而自艾自怜的表情。而艾格尼丝看着炉子上在热可可茶和炼乳时，嘴里会不断地咕哝着："天知道我为了他已尽了最大的努力，干活干得手指都只剩下骨头了……天主的圣徒们呀，事情可不能老这样下去啊。"玛吉的一切梦想看来都要落空了。

要不是老是担心弗雷德会拿走太多的钱，在夏天，有时还是过得很开心的。弗雷德在春天的第一个晴天便把一条条划艇从艇库里划出来，拼死拼活地干了起来，填塞漏缝，把它们用绿漆油漆一新，一边工作一边吹着口哨，或者天不亮就起床去挖蛤，或撒网捕捉当鱼饵的小银鱼，于是手头有了钱，炉子后部炖着大锅大锅的长岛式和新英格兰式杂烩，艾格尼丝高兴地唱着歌，总是忙着准备海鲜大餐或为渔夫做三明治，而玛吉有时则陪钓鱼的游客们一起出海，弗雷德教她在清澈的海峡里游泳，一直游到铁路桥的下面，带着她赤脚走在泥滩上，去挖蛤并找软壳蟹，穿着花哨背心的运动员来租船时常常会给她一个两毛五的硬币。弗雷德神志清醒的那段时期，夏日是可爱

---

① 英国诗人罗伯特·骚塞（1774—1843）的童话故事《戈迪洛克丝和三只熊》中的女主人公，该名字意为"金发小姑娘"。

的，沼泽地的青草散发着暖烘烘的气息，从小湾里流进来的潮水给人以清新之感，海水和日晒令人发痒，但是弗雷德一攒下了一点钱，便会去酗酒，于是艾格尼丝又老是哭红了眼睛，生意也泡汤了。玛吉讨厌艾格尼丝哭时把脸弄得又红又丑的样子；她暗自思忖，等她长大成人，无论发生什么事也决不啼哭。

在情况好的时候，弗雷德偶尔会说他要招待全家一下，于是他们便打扮一番，把他们的房子托付给乔·海因斯的爸爸老海因斯，一个有一只木腿，长着一大丛雪白的大胡子的老头，然后乘火车到海边，沿着海滨木板道走到霍兰海滨浴场的游乐场。

场内人太多了，玛吉怕弄脏了她的漂亮衣服，而且阳光强烈，晒黑了手臂和腿的男男女女蓬头散发地躺在烈日下，身上盖着沙，弗雷德和艾格尼丝也像别人一样穿着游泳衣蹦跳嬉闹。玛吉害怕那在她头顶上碎裂开来的泛着泡沫的拍岸巨浪，即使弗雷德用手臂抱住了她，她也害怕，而且他游出那么远也怪吓人的。

后来，他们痒痒地穿上衣服，沿着海滨木板道散步，道上小旅行车吱吱叫，散发着爆玉米、咸味太妃糖、小红肠面包、芥末和啤酒的气味，这一切又与拍岸浪、滑行铁道车的当啷啷的喧嚣声和旋转木马上的气笛风琴声混合在一起，还有那么多推推搡搡，踩你脚趾的讨厌的人群。她个子太小，无法看到他们背后的东西。当弗雷德把她举在他肩上时，情况要好一些；不过她这时已经年纪太大，不好再骑在她爸爸背上了，尽管就她的年纪来说，个子很小，而且老是把她那漂亮的淡蓝色外衣往下拉，不让它往上缩，露出膝盖来。

在海滩上她最喜欢的是一种游戏，把一个小球在干净窄长光洁的木板上滚，让它落入标有数字的小洞中；有一个身穿干净而浆硬的白色上衣的日本人，还有一货架又一货架的小巧玲珑的物品作为奖品：茶壶、会点头的小瓷人、花瓶、一排排漂亮非凡的日本小玩偶，有些还有真正的睫毛，还有坛子、罐子和水罐。有一次，玛吉赢到一把形状像大象的小茶壶，她把它保存了好几年。弗雷德和艾格尼丝似乎不拿那发奖品的日本人当一回事，玛吉却认为他很可爱，他的脸很滑溜，声音细小而古怪，嘴唇和眼皮像那些玩偶的一样轮廓清晰，而且也有长长的黑睫毛。

玛吉常想她很高兴把他当个玩具娃娃一样带上床去睡觉。她这么说了，艾格尼丝和弗雷德一再地笑她，使她感到很不好意思。

但是在霍兰海滨浴场她最喜欢的是那个杂耍剧场。他们走进去，那两扇蒙着衬垫的大门在他们背后关上了，外面的人群就看不见了，笑声和喧闹也听不见了。他们进去时正在放电影。这她并不怎么喜欢，但她最喜欢的是放电影后的有图像做背景的歌唱表演：一幅幅画面上的可爱的女士和先生们，面色微红，像淡雅的花朵，身穿美丽非凡的服装，头戴大帽子，还有周围画有三色紫罗兰和勿忘我花的歌词，而那位女士和那位先生对着黑乎乎的观众厅唱这些歌词。在微波涟漪的河上，总是有衣着漂亮的女士被搀扶着走下船来，但是和布罗德海峡的情况不同，那儿阳光刺眼，但等潮水退了下去，就只有泥滩、泥泞发臭的木桩和躺在软泥地上的船码头。这儿可只有可爱的微波涟漪的蓝色河面，杨柳树在可爱的绿色河岸上垂下枝条。这以后是杂耍表演。有杂技、受过训练的海豹、讲笑话的头戴草帽的男子、跳舞的女士们。有一次是"风流寡妇姑娘队"的表演，她们的黑色大帽子神气活现地歪戴着，身穿紧身衣和蓝绿紫黄橙红等色的裙裾，有个英俊少年穿着常礼服和她们一个个轮流跳华尔兹。

到霍兰海滨浴场去有个麻烦：弗雷德会在那儿遇见朋友，于是不停地在弹簧门中进进出出，回来时目光闪闪，满嘴威士忌和腌洋葱味。他们玩到半中间，玛吉会发现艾格尼丝的脸上显露出焦虑和逆来顺受的神情，于是她知道这一天再也快活不起来了。他们最后一次一起去海边时，弗雷德不见了，她俩到处找也没找着，只好自行回来。艾格尼丝的哭泣声是那么响，以至火车上的人都向她注目，车掌埃德·奥蒂斯是弗雷德的朋友，他走过来劝她别那么悲伤，但这一来只使她哭得更厉害了。玛吉感到羞死了，决定一回家就出走或自杀，这样就用不着在火车上再面对这些人了。

那一次弗雷德没有像通常那样在第二天露面。乔·海因斯来到她们家，说有个家伙告诉他，曾见到弗雷德在布鲁克林酗酒胡闹，认为他这一阵子不会回来，艾格尼丝叫玛吉去睡觉，她听见艾格尼丝和乔·海因斯在厨房里低声谈了几个钟头。玛吉突然惊醒，发现艾格尼丝穿着睡衣正上床和她同睡。

她双颊火热，她不停地说："他好大胆啊，只不过是个可怜的护路工罢了……玛吉……我们再也不能受这份罪了，小姑娘，对不对？"

"我敢说他是来胡闹的，这讨厌的老东西。"玛吉说。

"可不是……唉，真可怕啊，我再也受不了啦。天知道我的手指已劳累得只剩下骨头了。"

玛吉突然脱口而出地说:"嘿,猫儿走了,老鼠逍遥自在。"她惊讶地发现艾格尼丝笑了好久,尽管她同时也在哭。

九月中,正当艾格尼丝为迎接开学而给玛吉补衣服时,收房租的人来收下一季度的房租了。她们只收到过弗雷德一封信,内附五块钱的汇款。他说他跟人打架被逮捕,在牢里待了两周,但是他如今已有工作,等他把事情稍稍安顿一下就立即回家。然而玛吉知道扣除了这五块钱,他们还欠杂货食品店十二块钱。艾格尼丝跟收房租的人谈过话回到厨房,脸上因为哭过而泪水淋漓,非常难看,她告诉玛吉,她们将搬到城里去住。"我一直跟弗雷德·道林说,总有一天我会受不了的。好,自此以后他可以搭他自己的家了。"

那天天气不好,乔·海因斯帮着把她们的两个手提包和一只给潮气弄坏的极旧的箱子搬到了车站,弗雷德不在时他常给艾格尼丝干些零活,然后母女俩便搭火车来到布鲁克林。她们到艾格尼丝的父母家去,他们住在富尔顿街高架铁路下面的一家小裱糊店的后部。老费希尔先生是个裱糊工人兼泥水匠,整幢房子散发着糨糊、松节油和灰泥的气味。他是个头发花白的小个子,费希尔太太和他完全一模一样,只不过他留着两端下垂的灰色胡子而她却没有。他们在客厅里给玛吉安放了一只小床,但是她看得出他们拿她当讨厌的累赘。她也不喜欢他们并且讨厌布鲁克林这地方。

一天晚饭前,艾格尼丝穿着她进城出客的衣服回来(玛吉认为她那样子很时髦),说她找到了一个当厨娘的工作,那家人住在布鲁克林高地,并说她这年冬天要送玛吉去修女会学习,这叫玛吉觉得宽慰。

自从玛吉走进修道院那有一尊白色大理石人像竖立在中央的灰石门厅以后,她在那儿学习的期间一直感到有点儿胆怯。玛吉以前没有受过多少宗教教育,而修女们令人害怕,她们穿着看上去湿淋淋的黑衣,面孔和双手那么苍白,脖子和手腕上老是围着浆硬的白布玩意儿。那阴暗的教堂里到处是蜡烛,还有教义问答班,忏悔,做弥撒时,小铃铛一响,每个人都闭上眼睛,这时救世主由天使和鸽子伴随着,在一片琥珀色的强光中降临在圣坛上。艾格尼丝曾让她一丝不挂地满屋子乱跑,而这里真是滑稽,每周一次洗澡时,修女让她在浴缸里披上一条被单,然后竟在被单里往身上擦肥皂。

那年冬天是个缓缓地爬向圣诞节的漫长的过程。听过了所有的姑娘喋喋不休地谈论圣诞节要干些什么后,玛吉感到她的圣诞节过得真寒碜:跟艾格尼丝和两位老人吃了一顿凄惨的迟开的晚餐，只拿到了一两件礼物。艾格尼丝脸色苍白，她为她服务的那家人家准备圣诞晚餐，弄得十分疲劳。她的确带回来了一网眼袜子的糖果和一个漂亮的眼睛会张闭的金发洋娃娃，但是玛吉觉得想哭。连一棵圣诞树都没有。坐上饭桌后，她心里还在忙着编造些话去讲给女同学们听。

艾格尼丝正吻她，和她道晚安，准备穿上那件穿旧了的小裘皮外衣回布鲁克林高地去时，弗雷德醉醺醺地走进来了，要带她们一起出去参加聚会。她们当然不肯去，他便生气地走了，艾格尼丝也哭着走了。玛吉躺在为她在老人的客厅里搭的那张小床上，有半夜没睡着，只顾想到自己贫穷而又有那么一位爸爸，真是倒霉。

假期里逗留在老人的房子里闲荡，也是很凄惨的。没有可玩耍的地方，而且他们往往为了一点点小事就斥责她。回到修道院却很好，那儿有个健身房，可以打打篮球，休息的时候和其他女同学一起嬉笑。冬季学期日子过得越来越快，眼看快到复活节了。就在这时候，她第一次领圣餐。艾格尼丝给她做了一件白衣服，所有的修女都把眼珠朝上转，说凭她那头金色的鬈发和天使般的蓝眼睛，看上去多么漂亮而纯洁啊，于是一个比她年长的塌鼻子姑娘米内特·哈代迷恋上了她，常常在操场上递给她用小纸头包着的巧克力薄荷糖，纸上涂写着简短的话，像"给戈迪洛克丝，爱你的亲亲米内特赠"这一类话。

结业典礼到来了，她觉得讨厌，她没什么如何度夏的打算可以向别的女同学讲。那年夏天，她成长得很快，变得腼腆，乳房开始显露出来了。在费希尔家，闷热恼人的日子拖延得好像没完没了。跟两位老人束缚在一起，真是糟糕。费希尔老太太总是不让她忘记她并不真正是艾格尼丝的孩子，而且她认为她女儿要养活弗雷德这样不三不四的人的孩子真太傻了。他们尽力让她多做些家务来支付她的生活费，而且每天总免不了斥骂、流眼泪并发脾气。

有一天，艾格尼丝回来说她找到了份新工作，要和玛吉搬到河对面的纽约市区去，听到这些玛吉真是高兴极了。她跳来跳去地喊："太好啦，太好啦……啊，艾格尼丝，我们要富起来了。"

"这机会大高而不妙，"艾格尼丝说，"但是不管怎样，总比当用人强。"

她们把箱子和手提包交给了捷运公司的人，便乘高架铁路车来到曼哈顿岛，再乘地铁到该岛北部。北部的西区的街道在玛吉看来出奇地宽大而且阳光灿烂。她们将住在弗朗西尼夫妇住的小公寓里，它在那街区的拐角，和他们家在阿姆斯特丹大街上开设的一家面包店在同一街区，她母亲就将在那里工作。他们给母女俩准备了一间房，但是房里有一只鸟笼养着金丝鸟，窗台上还有许多花草，弗朗西尼夫妇两人都肥胖而快乐，每餐都吃上有糖衣的蛋糕。弗朗西尼太太是费希尔外婆的姐妹。

他们不让玛吉跟同街区的其他孩子玩耍；弗朗西尼夫妇说这街区对小姑娘来说不安全。她每周只外出一次，那是在星期日的晚上，大家都到河滨大道去，步行到格兰特陵墓①再返回。像弗朗西尼夫妇那样慢吞吞地在拥挤的街道上走使她感到腿儿酸痛。整个夏天她都指望有一双四轮溜冰鞋，但是弗朗西尼夫妇和修女们谈到种种危险时的神情使她害怕单独上街。她可不十分了解到底怕的是什么。然而她喜欢在面包店里帮艾格尼丝和弗朗西尼夫妇忙活。

那年秋天，她回到修道院。她圣诞节休假后回修道院不久的一天下午，艾格尼丝跑来看她；玛吉一走进会客室的门就发现艾格尼丝的眼睛红着，便问她怎么回事。面包店里的情况发生了可怕的变化。可怜的弗朗西尼先生在烤面包时因为中风而死去，弗朗西尼太太将搬到乡下去，住在乔·费希尔舅舅家。

"此外还有一件事。"艾格尼丝说，不禁微笑并涨红了脸。"但是我现在还不能告诉你。你不该以为可怜的艾格尼丝不好或者很坏，只是我太寂寞，实在受不了啦。"

玛吉上上下下地跳着。"啊，太好了，弗雷德回来了。"

"不，宝贝儿，不是这么回事。"艾格尼丝说，吻吻她便走了。

那年复活节，玛吉不得不在假日期间待在修道院里。艾格尼丝来信说当时没地方可以接她去。好在院里还有别的女同学，结果很好玩。后来有一天，艾格尼丝前来接她出去，从商店里直接带来一只盒子，里面是一件深蓝色的新衣和一顶缀有粉红色花朵的小草帽。她打开盒子时，包装纸发出动听的沙沙声。玛吉跑到楼上的寝室去穿上新衣，心怦怦地跳着，因为这是她穿过的衣服中最漂亮而最大人气的一件。她还只十二岁，但是从修女们允许她们使用的小镜子中所能看到的自己来说，这身打扮使她十分像个成年人。她奔下那空荡荡的灰石楼梯，绊了一下，倒在修女伊丽莎白的怀里。

"干吗这么匆忙啊？"

---

① 美国南北战争期间的联邦军总司令、战后任第十八任总统的尤利塞斯·格兰特（1822—1885）和他妻子的石棺，被安放在曼哈顿岛东北部河滨大道边的花岗石建筑的格兰特将军国家纪念馆内。

"我母亲来接我出去和我父亲一起参加一个聚会，这是我的新衣。"

"多好看呀，"修女伊丽莎白说，"但是你不能……"

玛吉这时已从过道上一直跑进会客室，在母亲面前跳上跳下，又是搂，又是吻。"这是我有过的最漂亮的衣服了。"在乘高架铁路车前往曼哈顿岛的途中，玛吉谈来谈去尽谈着这衣服。

艾格尼丝说她们要去戏剧界人士常去的一家餐馆吃午饭。"多妙啊！我从没在一家地道的餐馆里吃过午饭……他一定挣了许多钱，发了财。"

"他挣许多钱。"艾格尼丝说，结结巴巴得很可笑，这时她们正从高架铁路车站出来沿着三十八街朝西走。

那人不是弗雷德，却是个很有气派的黝黑的高个子男人，鼻子又长又直，他从桌旁立起来迎接她们。"玛吉，"艾格尼丝说，"这是弗兰克·曼德维尔。"玛吉一点也没流露出她始终没想到竟会是这么回事。

那演员和她握手，鞠了一躬，好像她是个已成年的年轻小姐似的。"艾吉[1]从没告诉过我她竟是这么一个美人儿……那眼睛……那头发多漂亮啊！"他用他庄重的声气说。

他们吃了美美的一顿午餐，然后到基思剧院，坐在正厅前排的座位上。玛吉因为跟一个真正的演员在一起而激动得喘不过气来。他说他第二天就要出去作十二星期的巡回演出，表演歌唱加钢琴伴奏，艾格尼丝要陪他同去。"然后我们将回来为我的小姑娘安个家。"艾格尼丝说。玛吉太激动了，以至直到回修道院后躺在那空荡荡的宿舍的床上时，才推测到这意味着整个夏天她都得待在修女会里。

到了秋天，她就此彻底离开了修道院，跟曼德维尔先生和太太（他们是这样称呼自己的）一起住在向一位脊柱按摩医师转租的两间前房里。那是一所褐石砌的古老的大房子，在七十九街的西头，有高大的门廊和台阶。玛吉很喜欢那地方，和住在楼上套房里的戏剧界人士处得很好。他们都穿得好，一副城里人的派头。艾格尼丝说她一定要当心别被宠坏了，因为每个人都指出她的蓝眼睛和鬈发像玛丽·璧克馥[2]的一样，还有她会淘气地摆出一副冷若冰霜的表情来讲滑稽可笑的话。

弗兰克·曼德维尔总要睡到十二点钟，艾格尼丝和玛吉便相当早地单独

---

① 艾格尼丝的昵称。
② 玛丽·璧克馥（1893—1979）为美国无声电影时代的著名女明星，被誉为"美国大众情人"。

吃早饭，为了不致吵醒他而低声说着话，看着窗外的卡车、出租汽车和搬场汽车在街上通过。艾格尼丝会向玛吉谈到杂耍表演剧院和演了一夜便到别处去的演出。她还说她现在多么快活，过着多么自由随便的生活，和在布罗德海峡的日复一日的操劳生活是多么不同。她说她最初结识弗兰克·曼德维尔时他不名一文，心情忧郁，几乎想开煤气自杀算了。他经常在下午两点钟当别的顾客刚走后到面包店来吃早点。他住在拐角另一面的一百零四街上。他完全一文不名后，艾格尼丝让他吃饭赊欠，并且因为他如此富有绅士气度却没有工作而为他感到难过。后来他得了肋膜炎，还有患肺病的危险，那时她又寂寞又可怜，便不管别人怎么想，搬去和他同住，照料他，就此跟他长期待在一起，如今对人人都自称为曼德维尔先生和太太，靠他推出的"曼德维尔音乐家庭"的节目，正在赚大钱。玛吉问起弗兰克·曼德维尔的舞伴佛罗里达·施瓦茨，一个头发棕红色、讲起话来粗声粗气的大个子女人。"当然她的头发是染的，"艾格尼丝说，"用散沫花染的。"还有她的儿子，一个十八岁的讨厌的细腰青年，他根本不把玛吉放在眼里。楼下那位脊柱按摩医师，每个人都叫他印第安人，和佛罗里达是亲戚关系，因此他们都搬到他的房子里来住。"演戏的人很怪，但是我认为他们都有金子一般的心肠。"艾格尼丝会这样说。

"曼德维尔音乐家庭"通常是每天下午在前房里排演的，那里有一架钢琴。他们演奏各种乐器，唱歌，那位艺名为埃迪·凯利的曼尼①则表演怪诞的舞蹈并模仿黑兹尔·道恩的表演。玛吉认为这一切真是妙极了。有一天，他们大家正吃着从熟食店买来的晚餐，曼德维尔先生忽然说玛吉应该去上歌唱和舞蹈课，使这小姑娘如此激动，以至自以为要乐死了。

"你会白白浪费钱的，弗兰克。"曼尼啃着鸡骨头说。

"曼尼，你讲话太不合时宜。"佛罗里达喝道。

"她父亲过去在唱歌和舞蹈方面都很有一手。"艾格尼丝喘吁吁、怯生生地插嘴说。

在纽约，人人都有一份专业，玛吉也决定要有。她每天顺着百老汇大街走到林肯广场剧院所在的那幢大楼中的音乐室去上课。十月中，"曼德维尔音乐家庭"在那剧院演出了两个星期。艾格尼丝几乎每天都在下课后来接她，她们在乳品店吃一客三明治，喝一杯牛奶，然后去看演出。艾格尼丝永

---

① 即那个十八岁的青年。

远忘不了施瓦茨太太在舞台上显得多么年轻俏丽，弗兰克披着黑色大氅上场时又多么悲伤而气宇轩昂。

冬天，艾格尼丝也找到了工作，在离百老汇大街不远的七十二街上经营一家艺术茶室，和她一起的还有富兰克林小姐，一位红发女士，通神论者，她正参加投放资本。大家都很辛苦，只在晚上才见面，那时弗兰克、佛罗里达和曼尼会在去剧院之前急急忙忙吃一点东西。

"曼德维尔音乐家庭"在纽瓦克①演出的那天晚上，玛吉第一次登台了。她将在"人人都在这样做"这一节目的中途上场，滚一个大铁环，穿一件蓝色薄纱的连衣裙，但她并不喜欢这衣服，因为它使她看起来只有六岁光景，而她认为既然上台表演，便应该像个大人。她还要跳几步拉格泰姆舞，然后像在修道院里教的那样，行一个屈膝礼，然后带着大铁环奔下台去。弗兰克教她反复排演。在排演时，由于曼尼讲的一些难听的话，她常常会放声大哭。

她等着上台的提示时，惊慌极了，心怦怦地乱跳，但是不等她明白过来就表演完毕了。她从肮脏的台侧跑到温暖的灯光闪耀的台上。他们曾吩咐她不要冲观众座望。有过一次，她向那大山洞般的由一排排白脸所构成的模糊一片而微微发亮的场子窥视了一下。她就此忘记了部分歌词，马马虎虎敷衍过去了，等表演完了在化妆室里哭开了。但是艾格尼丝跑到后台来说她演得很可爱，弗兰克也满面笑容，连曼尼也似乎想不出什么难听的话来说了；因此第二次上台时，她的心就不再跳得那么厉害了。她表演的每一个微小的动作都从那一大片朦胧的人脸那里得到反响。到了周末，她博得热烈鼓掌，以至弗兰克决定把这个节目放在压台戏的前面演出。

佛罗里达·施瓦茨说玛杰里这名字作为艺名太俗气了，因此她在海报上被称作小玛戈。

整个冬天和第二年夏天，他们参加各地的基思剧院的巡回演出，睡在普尔曼卧车和各种各样的旅馆里，到了芝加哥、密尔沃基、堪萨斯城和许许多多城市，它们的名字玛吉已记不住了。艾格尼丝也去了，负责管理戏服、张罗交通并给大家打杂。她总是在洗烫，在酒精炉上热罐头汤。玛吉看到艾格尼丝在街上走在佛罗里达·施瓦茨身边显得多么寒酸，感到羞愧。每当她碰到别的儿童演员问她谁是最受女观众欢迎的明星时，她总回答说是弗兰克·

---

① 在纽约西，新泽西州境内。

曼德维尔。

大战爆发时，"曼德维尔音乐家庭"回到了纽约，又开始接受观众的预订票。有一晚，弗兰克正在解释他打算如何把那个节目发展成一出轻松的小型歌剧，使它成为挂头排的剧目，忽然和施瓦茨母子关于战争争吵起来。弗兰克说曼德维尔一家是渊源久长的法国贵族世家的后代，而德国人是野蛮的猪猡，根本不懂艺术。施瓦茨母子大发雷霆，说法国人都是蜕化堕落分子，关于财务不能信赖他们，还说弗兰克向他们隐瞒了进款。他们吵的声音很大，以致其他房客砰砰地敲着墙，一个长着骆驼脸的女士穿着一件印着红蓝罂粟花的晨衣，头上系着卷发纸，从地下室走上来，叫他们保持安静。艾格尼丝哭了，弗兰克声音响亮地命令施瓦茨母子离开他的房间，再也不要进他的门，而玛吉则吃吃地笑个不停。艾格尼丝愈是斥责她，她笑得愈厉害。直到穿着裁制花哨的方格呢套装的弗兰克把她抱在怀里，抚摩她的头发和前额，她才安静下来。当晚上床时，她仍觉得好笑，而且因为刚才紧靠在弗兰克胸前，闻到了刺鼻的剃须后用的桂油香水和恩纳金香水和埃及香烟味，这时胸中还有点透不过气来。

那年秋天，情况又很艰难，杂耍歌舞表演的预售票推销不了，而弗兰克的舞伴也没有了。艾格尼丝回到富兰克林小姐的茶室去工作，玛吉只好放弃她的歌唱舞蹈课程。他们搬到一间房子里去居住，用帷帘给玛吉隔了一间小卧室。

那年的十月天气非常暖和。玛吉整天在房子里闲着没事干，感到很难受，暖气总是不能完全关上，即使开着窗子也热得慌。她一天到晚觉得疲乏。房子里散发着烫头发、美容霜和剃须皂的气味。所有的房间都租给了剧院的人员，不管你什么时候去浴室，总会在楼梯上遇见身穿浴衣或晨衣的睡眼惺忪的人。玛吉在过道上和那些男人擦身而过时，他们看她的眼神中带着某种热辣辣而不自然的神情，使她感到好笑极了。

她最喜欢的是弗兰克。艾格尼丝总是脾气别扭，不是急着去上班便是下班刚回来累得要死，但弗兰克总是一本正经地跟她谈话，好像当她是个已成年的年轻小姐。在难得在家的几个下午，他教她如何朗诵，向她讲起他和理查德·曼斯菲尔德①一起旅行演出的日子。他有时让她学着朗诵某些角色的

---

① 理查德·曼斯菲尔德（1854—1907），美国演员，擅演莎士比亚、易卜生和萧伯纳的剧本中的角色。

短段对白，等他回来后她得背给他听。如果背不出，他便变得非常冷淡，大踏步地走来走去，说："好吧，这取决于你，亲爱的，如果你想干一行，你就得下功夫……你有上帝赐予的天资……但是不下苦功，天资也是白搭……我看你大概希望像可怜的艾格尼丝那样一辈子在茶室里工作吧。"

于是她便奔到他面前，用双臂搂住他的脖子，吻他并说："真的，弗兰克，我要拼命用功。"她这样说了，或者把他的头发弄乱了，他会非常激动地说"嘿，孩子，不要放肆"，然后建议到百老汇大街去溜达一下。等他手头有了点儿钱，他们有时会去圣尼古拉斯溜冰场溜冰。他们谈到艾格尼丝时，总是称她为可怜的艾格尼丝，好像她智力上有点儿缺陷似的。艾格尼丝身上似乎带着点儿土气。

但是大部分时间玛吉就那么游荡，要不，躲在房里看杂志，或者躺在床上，感到时间一点点流逝，过得非常慢。她梦想有小伙子们带她去剧院和餐馆，想象等她成为伟大的女演员后要住什么样的房子，戴什么样的首饰，或者回忆到那个脊柱按摩医师，那个印第安人，怎样揉捏她的背部来治好她的头痛病。他皮肤褐色，身强力壮，没穿上衣，只穿着衬衫，显得很精悍，用指关节粗大的双手在她背部按摩着。只是他的眼睛使她感到古怪；当她在百老汇大街走的时候，有双印第安人般的眼睛会猝然注视着她，她便急急忙忙地赶路，不敢回过头去看这双眼睛是否还在看，到家后还吓得上气不接下气。

晚秋的一个暖和的下午，玛吉正躺在床上看一份《时髦人士》①，那是弗兰克买来而艾格尼丝要她答应不看的。她听到了皮鞋的嘎吱声，便跳起身来，把杂志塞在枕头底下。

弗兰克正站在门洞里看着她。她一眼就看出他喝了酒。他的眼睛有些特别，而且那张通常泛白的面孔上带着红晕。"哈哈，这次可抓住你了，小玛戈。"他说。

"我敢说你一定以为我没记住台词。"玛吉说。

"我希望我忘了自己的，"他说，"我刚签订了一份我这辈子签过的最糟糕的合同……世人即将看到弗兰克·曼德维尔在一家粗俗歌舞剧院的肮脏舞台上演出啦。"他在床上坐下来，头上仍旧戴着呢帽，伸出一只手蒙住了眼

---

① 高级文学月刊，创办于1890年，美国著名评论家亨·路·门肯于1914年至1924年期间任该刊编辑，当时的英美名作家都为之撰文。因鼓吹新思想，被保守人士认为要不得。

睛。"上帝呀,我累了……"然后他用一双充血的眼睛凝视着她,"小玛戈,你还不知道跟这世界对抗是什么滋味哩。"

玛吉微微傻笑着说她懂得许多,在他身边坐下了,摘下他的帽子,把他汗湿头发从前额抹向脑后。她内心有某种东西使她对这样做感到害怕,但她却不能自禁。

"我们去溜冰吧,弗兰克,整天待在家里,真是可怕。"

"什么都是可怕的。"他说,猛地把她拉过去,吻她的嘴唇。她闻到他身上的剃须后用香水、香烟、威士忌、丁香和腋窝的气味,感到头昏。她从他怀中挣脱出来。"弗兰克,别,别。"他紧紧地抱住她。她感觉到他的手在发抖,心脏隔着背心怦怦地跳动。他是用一条手臂抱住她的,这时用另一只手拉扯她的衣服。他的声音完全不像弗兰克原来的声音了。"我不会伤害你。我不会伤害你,孩子。忘了吧。这没什么要紧。我再也忍不住啦。"这声音在她耳朵里不断哀鸣着。"求求你。求求你。"

她不敢喊叫,因为怕屋里的人会跑来。她咬紧了牙关,猛击猛抓向她紧迫过来的那张口水淋漓的大脸盘。她感到精疲力竭,好像在梦中一样。他用一个膝头在把她的腿儿分开。

事后她没有哭。她不敢哭。他正呜咽着在房里踱来踱去。她站起身来,把衣服整理好。

他走过来,摇晃着她的双肩。"如果你告诉任何人,我就杀了你,你这该死的小家伙……你在流血吗?"她摇摇头。

他走到洗脸架前洗了脸。

"我情不自禁。我不是圣人嘛……我近来精神负担重极了。"

玛吉听到艾格尼丝在上楼来了,传来她吱吱嘎嘎的脚步声。艾格尼丝摸索着门把手,气喘吁吁。

"咦,出了什么事啊?"她说,上气不接下气地走进房来。

"艾格尼丝,我不得不训责你的孩子,"弗兰克用他演悲剧的声音说,"我累得要死地走进来,发现这孩子在看那本下流杂志……我不容许这样……只要你在我的保护下,我就不容许。"

"唉,玛吉,你答应过你不……但是你的脸怎么了?"

弗兰克走到房间中央,用毛巾轻轻拍着整个脸盘。"艾格尼丝,我要向你坦白……我在闹市区跟人口角过。我在闹市区度过了十分艰苦的一天。我的神经全部崩溃了。如果我告诉你我和一家粗俗歌舞剧院签了合同,你会怎么想呢?"

"噢,那很好嘛,"艾格尼丝说,"我们确实需要钱……你能赚多少?"

"说来丢人……二十元一周。"

"啊,我感到轻松多了……我还以为发生了什么可怕的事呢。也许玛吉又可以去上课了。"

"如果她做个乖姑娘,不浪费时间去看那些无聊的杂志的话。"

玛吉感到身子里像果子冻般颤抖起来。她感到自己直冒冷汗。她奔到楼上的浴室里,把门上了两道锁,跌跌绊绊地走到抽水马桶前,呕吐起来。接着她在浴缸边上坐了好一会儿。她尽想着要出走。

但是她似乎无从着手出走。圣诞节时,弗兰克的有些朋友给她找到一个参加儿童剧表演的工作。她每次演出可以拿到二十五元,成为上流社会太太小姐们的宠儿。这使她非常高傲自大。有一次排演时,剧院里黑乎乎的,她和那个扮演骑士的男孩在几块旧布景片后面干那事时几乎被抓住。

跟弗兰克和艾格尼丝同住在一间房里,真糟糕透了。她如今恨他们俩。夜间,她躺在那闷热的小隔间里睡不着,感到两眼发热,听他们的动静。她明知道他们竭力想不弄出声音来,怕她听见,但是当他们睡的那张摇摇晃晃的旧铁床的弹簧开始发出轻微的声响时,她忍不住竖起了耳朵,屏住了呼吸。熬过了这种夜晚之后,她睡得很沉,醒得很迟,简直不想再醒过来了。她对艾格尼丝唐突无礼,心怀恶意,而且从不听她的吩咐做事。叫艾格尼丝哭是很容易的。"这鬼孩子,"她抹着眼睛说,"我实在拿她没办法。她小有成就就头脑发热。"

那年冬天,她从印第安人的会诊室前走过时,看见他站在门口,脸色棕红,穿着白大褂,显得精壮,他呢,总是想跟她搭腔或者给她看看照片什么的。他甚至表示愿意免费给她治病,但是她却目不转睛地望着他那双怪样的蓝黑色眼睛,跟他开玩笑。后来有一天,诊所里没有病人,她走进,二话不说便坐在他的膝盖上。

但是这所房子里她最喜欢的小伙子是个叫托尼·加里多的古巴人,他为在百老汇大街一家餐馆里表演巴西舞的两个南美人弹吉他伴奏。她常在楼梯上走过他的身边,知道上述这些情况,在他们讲话之前好久就自以为迷上他了。他看上去年轻极了,长着双褐色的大眼睛,光滑的鹅蛋脸呈极淡的咖啡色,又高又长的颧骨下的腮帮上有一抹红晕。她常常纳闷,不知道他的全身是否是同一个色调。他对人腼腆有礼,用成年人的声音小声讲话。有一个春天的傍晚，她正站在门前台阶上绝望地思忖如何能不上楼回自己的房去，他第一次跟她讲话了，那时她就知道他会迷上她。她跟他说笑话，问他在眼睫毛上抹了什么东西使它那么黑。他说那东西和使她的头发如此金黄漂亮的东西是一样的，并请她一起去喝冰淇淋苏打。

后来，他们在河滨大道上散步。他英语讲得很好，但是带一点外国口音，玛吉认为这倒很别致。他们很快就不再开玩笑了，他告诉她他多么思念家乡哈瓦那，巴不得离开纽约，她告诉他她的生活多么可怕，那幢房子里的男人都老是在楼梯上拧她，把她推推搡搡，还说如果一直跟艾格尼丝和弗兰克·曼德维尔同住一室，她就要去跳河了。至于那个印第安人，她决不让他碰她一下，即使世界上就剩下他这么一个男人也罢。

直到托尼要去闹市区那家餐馆时，玛吉才回家去。他们没有吃晚饭，只再喝了几客冰淇淋苏打。玛吉回家时快活得像云雀一样。走出卖冷饮的药店时，她听见一个女人对她的朋友说："乖乖，多么漂亮的一对年轻人啊。"

当然，弗兰克和艾格尼丝大大地反对。艾格尼丝哭了，弗兰克大发雷霆，说他要把那古巴人的脑袋揍扁，如果他敢用一个指头碰一碰这美丽纯洁的美国姑娘的话。玛吉大喊大叫说真见鬼，她想干什么就干什么，还讲了她能想到的种种难听的话。她认定她该做的事便是和托尼结婚，跟他一起逃往古巴。

托尼似乎不大喜欢结婚这个主意，但是弗兰克中午一走出屋子，她便上楼到托尼在过道边的小卧室去把他弄醒，逗他并跟他亲热一番。他想跟她做爱，但她不让。她第一次使劲推开他，他忍不住哭了，说这是侮辱，在古巴男人是不允许女人这样做的。"这是有生以来第一次有个女人拒绝我的爱。"

玛吉说她不管，要等他们结了婚，离开这可怕的地方后再说。后来有一天下午，她逗他，使他终于同意了。她把头发盘在头顶上，穿上她最大人气的服装，然后一起乘地铁去结婚登记处。当他们不得不去见那办事员时，两人都吓得要死；他二十一岁了，没问题，她呢，只得说自己已十九岁了，才蒙混了过去。为了付钱领结婚证，她从艾格尼丝的钱包里偷了钱。

托尼的合同还有几个星期才期满，在这期间，她几乎急得快发疯了。直到五月中的有一天，她敲敲他寝室的门，他给她看他攒下的两百元钞票，说："今天我们去结婚……明天就乘船去哈瓦那。我们在那儿可以赚许多钱。你跳舞，我唱歌并弹吉他。"他用一只小手的又细又尖的手指做出弹吉他的姿势。她的心激烈地跳动起来。她奔下楼去。弗兰克已经出去了。她拿起洗衣房送回的一件弗兰克的前身浆硬的衬衫上插着的硬纸卡，在上面草草地给艾格尼丝写了张便条：

> 亲爱的艾格尼丝：
>
> 别发火。托尼和我今天结了婚，我们将去古巴的哈瓦那生活。如果父亲回来，请告诉他。我会常常写信的。向弗兰克致意。
>
> 你感恩的女儿，
> 玛杰里

　　然后她把自己的衣服扔进弗兰克刚从当铺里赎回的一只英国猪皮手提箱内，就三级并作一级地奔下楼去。托尼在门廊上等她，他面色苍白，身子发抖，身边是他的吉他盒和手提箱。"我不在乎钱。我们乘出租汽车吧。"他说。

　　在出租汽车里，她一把抓住他的手，发觉它冰凉。到了市政府大厦，他心慌意乱极了，竟把英语忘得一干二净，只好由她来应付一切。他们向治安官借了一只戒指。事情一分钟就办妥了，于是他们又坐进出租汽车，开到远离闹市的一家旅馆。玛吉此后再也记不起是哪一家旅馆了，只记得他们显得如此慌乱，以至账台上的人不相信他们结过婚，她只得给他看结婚证，一大张四周印着勿忘我花图案的纸。他们走进楼上的房间，便匆匆亲吻，梳洗好了去看戏。他们先到香利餐馆吃晚饭，托尼叫了很昂贵的香槟酒，他们俩都喝得吃吃痴笑。

　　他一个劲地跟她讲哈瓦那是个多么富饶的城市，艺术家在那儿如何受到真正的赏识，他在有钱人的晚会上演奏一次，他们会给他五十或一百元；"如果和你，亲爱的玛戈一起演出，那报酬会两倍、三倍、六倍那么多……我们将在一个十分幽静的地区贝达多租一幢好房子，那儿雇用仆人很便宜，你将过皇后般的生活。你将看到我在那儿有许多朋友，许多有钱人很喜欢我。"玛吉靠在椅背上，望着这餐馆、衣着讲究的女士先生们、毕恭毕敬的侍者们、端上来的每样菜肴装的银盘子以及托尼的碰着粉红面颊的长睫毛，这时他正在讲那儿多么暖和，海上吹来凉爽的微风，还有棕榈、玫瑰、鹦鹉和笼子里的会唱歌的鸟，还讲到哈瓦那的人如何个个会花钱。这似乎是她有生以来最快乐的一天。

他们第二天搭船的时候，托尼的钱只够买二等票了。为了省出租汽车费，他们乘高架铁路车去布鲁克林。玛吉得把两人的手提箱都拎上阶梯，因为托尼说他头痛，怕把吉他盒摔在地上。

新闻短片 LIV

上午的交易没什么重大活动。第一个小时是一般性买卖以结清账目，但是在十一点钟以后不久价格便不大波动而逐渐稳定下来

时报广场诸位顾客胡子刮了一半被搁下

将让庄稼烂在生产者手中除非价格下跌

俄国男爵夫人在迈阿密自杀

……那种姑娘男人可记不住
只是供暂时消遣的玩物

柯立芝想象靠他的政策使国家繁荣

在泽西林区追猎流窜的豹子

女警察目睹谋杀行为

这事必须做而我把它做了，埃德利小姐[1]说

在佛罗里达交易中四十二人被控告

---

[1]　葛屈鲁德·埃德利为美国女游泳名将，1926年首先横渡英吉利海峡，打破男子纪录。

新见证人说：看见一个像霍尔太太的女人在
谋杀地点附近训斥一对夫妇

野营者在前街南俯临亨普斯特德港的一座小山上搭的好几百个帐篷和其他轻便住所在龙卷风袭击下成排地倒塌，就像青草在镰刀下倒下一样

他们奏《新娘来了》时
你要站到外面去

发现三千个英国人在巴黎一文不名

我是个可怜的姑娘
我的命运一直悲哀
向我求爱的总是
赶大车人的小子

本州北部洪水中淹死九人

情圣[①]病情恶化

著名电影明星鲁道夫·范伦铁诺昨天在大使旅馆他的公寓里猝然病倒。几小时后他经受

[①] 情圣原文为 Sheik，原意为阿拉伯酋长。美国无声片时期的大明星鲁道夫·范伦铁诺（1895—1926）曾在同名影片中扮演酋长一角，其热情洋溢的表演深受观众尤其是女观众的爱戴，才以此作为他的外号，而英语中这个词就具有"情圣"的含义了。

慢板舞蹈家

意大利南部卡斯特拉内塔的一位兽医的十九岁的儿子，像其他许多难以管教的意大利青年在父母不愿再管教他们后那样，由轮船送到美国，让他自谋出路，或许还能通过国际邮政汇票寄几个钱回家。家里再也不管他了。但是鲁道尔福·古列尔米想取得成功。

他在纽约中央公园找到一个助理园丁的职位，但这种工作是他最最不喜欢的；他想在灿烂的光照下取得成功；钱在他的口袋里留不住。

他在那些有歌舞助兴的餐馆内转悠，做些零活，帮侍者打扫，擦洗汽车；他生性懒惰相貌英俊身子结实腰身苗条性情温和爱好虚荣；他是个天生的探戈舞蹈家。

对爱情感到饥渴的女人认为他是个宝贝儿。开始有人约他去舞厅和餐馆表演探戈舞；他和一个名叫简·阿克的姑娘搭档，参加杂耍表演巡回演出，改名为鲁道夫·范伦铁诺。

他流落在太平洋海岸，来到好莱坞，长期当参加群众场面拍摄的临时演员，每天赚五美元，导演开始发现他很上照。

他在《四骑士》[1]中崭露头角

成为每个妇女梦想的舞伴。

范伦铁诺在摄影棚里的弧光灯的洁白无色的强光下，在摆满古玩、东方地毯、虎皮的灰泥别墅里，在旅馆的新婚套房里，穿着丝绸浴衣在私人汽车里，度过他的一生。

他总是坐进高级轿车或从高级轿车里出来，

或者轻轻拍着骏马的脖子。

无论他到哪里，骑摩托车的警察的警报器总在他前面尖叫开道，

一只只闪光灯突然闪亮，

---

[1] 该片全名为《启示录中的四骑士》，原作出自西班牙名作家布拉斯科·伊巴涅斯（1867—1928）之手，出版于1916年，以第一次世界大战为背景。

街上挤满了歇斯底里的人脸、挥动的手臂、疯狂的眼睛；他们伸出他们的签名纪念册，把他的纽子猛力拉下来，割下他那裁制精美的大礼服的一条燕尾；他们抢掉他的帽子，拉扯他的领带；他的贴身男仆从他床底下拖出年轻女人；在夜总会和有歌舞助兴的餐馆里，渴望成为明星的女演员整夜用她们那涂有睫毛油的眼睛向他频频送来含羞的秋波。

他想在黄金国

百万美元的探照灯的强光下获得成功。

情圣，情圣之子[1]；

亲自登台亮相。

他娶了他昔日的杂耍表演舞伴，跟她离了，再娶一位百万富翁的养女，和那些降低电影艺术水平的制片人打官司，为一次欧洲旅游花去了一百万；

他想在灿烂的光照下取得成功。

芝加哥《论坛报》称他为粉红色的机灵的拳击手，

而且大家都摇头，不赞成他戴着一只奴隶戴的手镯，但他说那是妻子给他的，还不赞成他爱好软绵绵的诗，这样的诗集他出了小小的一本，名叫《白日梦》，而人们的暗中议论日益增多，责怪他在离婚案证词中竟说和他的第一个妻子从未一起睡过，

这些事伤了他的心。

他试图向芝加哥《论坛报》挑战，作一次决斗，

他想取得成功，

在这富有男性气概、孔武有力、爱烈马、爱打扑克和爱耍股票把戏的美国（他是个相当好的拳击师，马上功夫也不赖，他像阿拉伯酋长一样喜欢沙漠，被棕榈泉的阳光晒黑了皮肤）。他在纽约市大使旅馆的套间里突然病倒：胃溃疡。

当医生切开他那塑造得十分雅致的身体时，他们发现腹膜炎已开始发作，腹腔里含有大量的液体和食物颗粒；脏腑上罩着一层灰绿色的薄膜；胃脏的前壁有一个直径一厘米的圆洞；穿孔四周一厘米半的胃壁组织已经坏死。阑尾已发炎，扭曲地紧贴着小肠。

---

① 由于《情圣》一片大获成功，后来又拍了《情圣之子》一片。

他吸了乙醚醒过来后讲的第一句话就是："喂，我刚才的举动像个粉红色的机灵的拳击手吗？"

他那花了大量钱财请人经常按摩的演员的身躯和腹膜炎战斗了六天。

医院的交换台接收到许许多多电话，所有的过道上都堆满了鲜花，外面街道上挤满了人，有些自称和他订过婚的电影明星乘火车前来纽约。

下午近黄昏时有一辆高级轿车在医院门口停下（那儿有些指甲很脏的记者和摄影师十分厌烦疲劳地站着，眼睛迷迷糊糊的，抽了过多支香烟，跑到最近的非法酒店去交换俏皮话和内部秘闻，等他死了好及时把消息登上晚报）。有个女人，自称是范伦铁诺的第一个妻子，那位舞蹈家，雇用过的女仆，走下车来。她把一只写着这位电影明星的名字和"简托"的信封和一包东西交给侍从。包裹里是一条有荷叶边的白色床罩，四角都绣着"鲁迪"①两字。此外还有一只配套的枕头套，里面是个蓝色丝绸的有香味的枕头。

鲁道夫·范伦铁诺去世时，年仅三十一岁。

他的那些经纪人打算把他那已广为宣传的葬礼大大操办一下，但是街上的人们太疯狂了。

当他盖着一块金色的料子，躺在棺材里任人凭吊时，数以万计的男女和孩子把外面的街道挤得满满的。有几百人被践踏，他们的脚被警察的马踩伤。在闷热的雨中，警察失去了自制。拥挤的人群在警棍和用后腿立起的马儿的蹄下四散惊逃。举行葬礼的教堂内部设备被捣毁，男男女女为了一朵花、一片墙纸、一块击碎的窗玻璃而你抢我夺。商店橱窗被挤碎。停放的汽车被推翻砸烂。骑警一再冲刺，终于把人群赶出了百老汇大街，那儿交通曾堵塞达两小时之久。人群散去后，警察捡起了二十八只单只的鞋子，雨伞、纸张、帽子和扯掉的袖子装满了一卡车。那个城区的救护车都忙着运送昏倒的妇女和被践踏的姑娘。癫痫病患者大发作。警察收罗到一群群迷失的孩子。

法西斯分子派来了一个仪仗队，反法西斯分子把他们赶走。更多的骚乱，砸破的头颅和被践踏的脚。等公众被挡在殡仪馆的外面，几百名被大字新闻标题弄得昏头昏脑的妇人进去瞻仰遗体，

她们自称是死者从前的舞伴、昔日的游伴、祖国意大利来的亲戚、电影

---

① 为鲁道夫的昵称。

明星；每隔几分钟，就有一个姑娘昏倒在灵柩前，被记者弄得苏醒过来，他们记下她的姓名地址，说是要在报上公布。弗兰克·E.坎贝尔殡仪馆的殡葬人员和抬灵柩的人，穿着庄重的黑色毛葛礼服和佩戴黑纱的人们，都差一点忍不住哭起来。连殡仪馆的老板这一次也名声大振。

过了两天，警察才能把街上的人群驱散，让从好莱坞运来的花圈通过，在各家晚报上报道出来。

教堂里的葬仪比较成功。警官把公众阻挡在四个街区之外。

许多社会名流出席了这次仪式。

美国大众情人①头戴黑色小草帽，帽上有道黑带，帽后系着个黑蝴蝶结，身穿带白饰边衣领和白饰边袖口的黑衣服，衣服上罩着黑色的乔其纱，沉痛地哭泣着，跟在灵柩后面，灵柩上

盖满了一层粉红色玫瑰花，

送这些花的是一个戴着重重面纱出现在葬仪上的电影明星，她昏倒后被送回大使旅馆她的套间之前，曾向记者出示一张据称为一位医生所写的条子，声称鲁道夫·范伦铁诺临终前曾说她

将是他的新娘。

一位年轻妇女在伦敦自杀。

从欧洲来的亲戚受到警察后备队的迎接，意大利的国旗披上了黑纱。前重量级拳击冠军吉姆·杰弗里斯说："嘿，他获得了成功。"冠军本人容许别人引用他的话，即那小伙子喜爱拳击而且非常敬慕这位冠军。

送葬的列车离开纽约驶往好莱坞。

在芝加哥，更多的人因想瞻仰灵柩而受伤，但是这新闻只在报纸的内页上刊出。

送葬的列车到达好莱坞的情况见《纽约时报》第23版。

---

① 指美国红女星玛丽·璧克馥。

153

新闻短片 LV

街上挤满了人群

疯子炸毁匹兹堡银行

克里希纳穆尔蒂^①在此说他提出的信息是世界幸福

关上门儿
他们正从
窗里进来

美海军陆战队在尼加拉瓜登陆以保护外侨

潘加洛斯^②被捕；雅典阶下囚

关上窗子
他们正从门里进来

另一人说见过女警察但是两人都认不出被告

资金积累在纽约

---

① 吉杜·克里希纳穆尔蒂（1895—1986），印度神秘主义者，诗人。英国政治激进派、通神论者安妮·贝赞特夫人（1847—1933）长期侨居印度，于1937年和他接触，以她领导的通神论学会的名义，封他为弥赛亚（救世主）。他创立了国际宗教组织"星会"，到国外作讲座，最后他自动解散了"星会"，遣散门徒，否定了一切关于他的论点。

② 塞奥佐罗斯·潘加洛斯（1878—1952），希腊军人、政治家。1925年6月发动政变，自任总理。1926年4月就任总统，同年6月被自己的共和军推翻。1930年因舞弊被判刑2年。

追求利润和更多利润的欲望在继续增长，而寻求易于到手的钱的活动已变得近于十分普遍。这一切意味着不做相应的服务而占有别人所有物的企图

在范伦铁诺葬礼中占显著地位的"大夫"
被揭发是过去的囚犯

经理说从未见过他

关了门儿他们正从窗里进来
我的上帝他们正穿过地板进来

摄影机眼（47）①

雾中的海港频频响起汽笛声　各种色彩的雾角各种形状的哨子的声音从河面上升起还有螺旋桨的搅动声和引擎的震颤声　钟声

波浪被船头划破不断发出阵阵嗖嗖声　从看不见的震动中歪歪斜斜的天线杆穿过窗户伸展出去叮叮作响

以便放松弹簧

今夜船舶起航在某地参加在虚线上签名入伍成为一个

当掉"无把握"这件旧雨衣（你独自弯身披着它　从视网膜上的倒像吃力地逸出记忆中的色彩形状词语光明和黑暗使劲对抗

去重建昨天　剪出一个个纸人以刺激增长　把新闻纸扭曲成一张张在几乎感觉不到的不同时速中时而光滑时而布满皱纹的面孔）

---

① 这一段叙述作者被自己的探索和写作所吸引的情况以及他在投入现实斗争前的紧张思索。

而今夜　　房间里一片别离时的震颤和喧哗声　　那探险者把几件必需品拿来放在一起训练自己来一个开始

还是街道上好　首先得散散步　非闹市区　　闹市区

沿着码头在高架铁路下瞅着出租汽车里的人脸卡车司机在快餐馆里咀嚼食物的老人淌着口水在巷子里呕吐的喝醉的流浪汉那报贩在读什么？　　那卖栗子的上了年纪的意大利佬对腌菜坛后的胖女人在低声讲些什么？那个戴红帽子的容貌平凡的姑娘要去哪儿？她正沿着地铁台阶往上跑还有那个跟街对面另一警察开玩笑的警察？　　褐石房屋的门廊下两个影子接吻时哑的一声还有街道拐角上那些爱发脾气的面孔突然大叫大张着嘴怒气冲冲　　在砰的一击之后响起警哨逃跑的脚步声　什么事？

而今晚

但是你却发现了你自己（如果自己是那个肚子痛的装病逃跑者往往就是那毫无目标地散步的伙伴）忘了找工作　　忘了看那广告栏上用粉笔潦草地书写着的前程

在塞利亚饭店细咬细嚼的中国人中间

外国锣的敲击声拨浪鼓的格格声难以理解的长笛的声音不解其意的粗厉的话声和它的节奏把耳朵都弄蒙了　　另一个世界的音乐滑稽动作姿势服装

一个身份不明的外乡人

目的地不明

帽子拉下来遮住了　他是否有？　　脸

·

查利·安德森

那是正月里一个金灿灿的日子，查利到闹市区去和纳特·本顿共进午餐。他到达这经纪人办公室的时间早了些，便坐在空荡荡的办公室里等待，透过宽大的钢框玻璃窗，眺望北河①、自由女神像以及南面更远处闪耀着的被西北风吹皱的绿色海湾，上面点缀着从拖轮上冒出的小团白烟，逆风而行的货轮所剧烈搅起的一条条尾波给猫爪风吹动，还有纵横交错地行驶着的驳船、平底船、车辆轮渡、大游艇和一端平直的红色运客渡轮。一艘张着灰色帆的纵帆船正顺风疾驶出港。

查利坐在纳特·本顿办公桌后面抽着香烟，小心使烟灰全部都落入桌旁那光亮的铜烟灰缸里。电话铃响了。是交换台的女接线员。"安德森先生……本顿先生叫我请你再等他几分钟。他已经从汽车出来到了楼里。他马上就过来。"过了不多一会儿，本顿从门缝里伸进他那长在小鸡般的长脖子上的消瘦而苍白的脸。"你好，查利……马上就来。"查利又抽了一支烟，本顿才回来，"我肯定你饿了。"

"没什么，纳特，我正观赏风景哩。"

"风景？……不错……嘿，我不相信从一个周末到另一周末我曾往窗外望过……不过范德比尔特②正是在这该死的某条红色渡轮上开始发迹的……我想如果我偶尔把鼻子从这股票行情收录器上移开一下，光景会更好……来吧，我们去吃点什么。"乘电梯下楼时，纳特·本顿还是讲个不停。"嘿，你真是个难以找到的家伙。"

"这是一年来我第一次脱下工作服。"查利笑着说。

他们走出转门，外面寒气刺骨。"你知道，查利，外边对你们这些人很有些议论哪……艾斯丘-梅里特的股票昨天上涨五点。前几天有个从底特律来的家伙，是个顶呱呱的家伙……你知道，那是特恩公司的人员……在到处

---

① 赫德森河近出海口那一段的旧名。
② 科尼利厄斯·范德比尔特（1794—1877），美国金融家、运输业巨子。最早当过渡手，在纽约和斯塔腾岛之间驾渡船，后来经营轮船业，再转向铁路。

找你。下次他来城里，我们去一起吃午饭。"

等他们走到高架铁路下的拐角，一股冰冷的劲风抽打着他们的脸，使他们疼得涌出了泪水。街上行人拥挤；男人、跑腿的小厮、漂亮的女速记员，都像纳特·本顿一样噘着嘴唇，愁容满面。"今天挺冷啊，"本顿拉着大衣领子，喘着气说，"这些用水汀取暖的办公室使人变得软弱了。"他们躲进一幢楼房，向下走进充满热面包卷的暖烘烘的香味的地下餐室。他们坐下来看菜单时，他们的脸仍因为寒冷而感到刺痛。

"你知道吗，"本顿说，"我有一种看法，你们这帮人在那儿妨碍人家赚到点儿钱。"

"确实是费了好大力气才把它搞起来的。"查利把汤匙放在一盆豌豆汤里说。他感到饿了。"每次你背过身去，总有什么机器发生故障了，而且什么东西都会变得不对头。但是现在我有了一个了不起的人当工头。他是个德国佬，过去为福克公司①工作。"

纳特·本顿在吃生烤牛肉三明治和酸乳。"我的消化力还不及……"

"不及约翰·戴·洛克菲勒。"查利插话说。两人哈哈大笑。

本顿又讲开了。"不过正如我刚才说的，我一点也不懂制造业，但是我一直有这么一种想法，就是干这一行要赚钱的秘密在于发现适当的人为你工作。不是他们为你工作，就是你为他们工作。事情大体上就是这样。说到底，你们这帮人在长岛城制造产品，但如果想赚钱的活，就得到这儿来赚……不是这么回事吗？"

查利正要动手切他那多汁的牛腰肉，抬起头来。他忍不住笑了。"我看是这样吧，"他说，"一个人一辈子总把鼻子对着绘图板，那真是个该死的傻瓜。"

他们谈了一会儿高尔夫球，然后在喝咖啡时，纳特·本顿说："查利，考虑到你是老奥利和汉弗莱斯家的老朋友以及诸如此类的情况，我只想传给你一句话……你们这帮小伙子千万不要出售你们的任何股票。如果我是你，我会把能弄到手的钱都积攒起来做保证金，把任何在外的股份都买下来。你的机会很快就会到来。"

"你认为行情会继续看涨？"

①　由诞生在荷兰的安东尼·福克（1890—1939）创办的德国一大飞机制造公司，第一次世界大战期间供应德军大量军用飞机，战后在荷兰设厂制造民用飞机。1922年，福克赴美，入美国籍，在新泽西州成立福克飞机制造公司。

"这事你自己知道就成，不要对别人讲……梅里特和他们那帮人在发愁。他们在抛售，因此你可以指望行情会下跌。这正是底特律特恩公司的那帮人所等待的，可以低价收购，明白吧，他们喜欢你们这家小公司现在的光景……他们认为你们的发动机呱呱叫……如果你觉得合意的话，我愿意替你掌管你的股票经纪业务账目，只是看在老交情的面上，你知道。"

查利哈哈大笑。"哎呀，我可没想到我会有股票经纪业务账目啊……但是，见鬼，也许你的话是对的。"

"我不想看到你哪天早上醒来发现你被撵出了大门，正躺在冰冷冰冷的人行道上，你明白吗，查利？"

他们吃过饭后，纳特·本顿问查利是否见过股票交易所的活动情况。"没有看过的人看一看是很有趣的。"他说着领查利跨过寒风抽打着面孔的百老汇大街，顺着一条被高层建筑挡着风的狭窄街道，走进一个人头济济的门厅。

"天啊，这寒风刮得耳朵好痛。"他说。

"你应该到我的家乡去试试才是。"查利说。

他们乘电梯上楼，走进一个小房间，那儿有些穿着制服的长者相当尊敬地向本顿先生致意。纳特在一个本子上签了名，他们便由一个小门进入参观游廊，站在那儿向下俯视了一会儿，只见一个像火车站一样的淡绿色的大厅里人头攒动，有的穿着制服，有的佩着白色徽章，围着那些交易站慢慢地转来转去。有时人群密集在一个窗口，有时又拥到另一窗口。一片脚步移动的嚓嚓声和商业用器材的低低的嗒嗒声，淹没了交谈声。

"看起来并不怎么样，"纳特说，"但是这儿正是一切东西转手的地方。"纳特指着不同类别的股票交易的窗口。

"我看他们并不怎么重视飞机制造业的股票。"查利说。

"是的，这儿买卖的全是钢铁、石油和汽车工业的。"纳特说。

"等几年再瞧吧……你说呢，纳特？"查利兴致勃勃地说。

查利乘二马路上的高架铁路车朝北，跨越昆斯博罗桥。他在昆斯广场下了车，步行到汽车行，他买的一辆施图茨牌旧双座敞篷汽车就存放在那儿。交通很拥挤，不等他下了车来到工厂，已是疲惫不堪、满腹牢骚了。天空变得阴暗起来，干巴巴的雪花迎风飞扬。他拐进去，在办公室前面的院子里嘎吱作响的灰碴上刹住了汽车，然后脱下有衬垫的飞行员防护帽，关掉发动机，在车里坐了一会儿，听着工厂里机器运转的营营声和咔嗒声。"这些狗娘养的在磨洋工。"他低声咕哝道。

他把头伸进乔的办公室看了一会儿，乔正忙着跟一个穿着浣熊皮大衣、貌似债券推销员的家伙谈话。因此他穿过过道来到自己的办公室。"你好埃拉，给我把斯托奇先生找来。"他说着便在办公桌前坐下来，桌上摊满了在蓝色和黄色纸条上写的便条。"便条见鬼去吧，"他想道，"让一个小伙子一辈子钉在办公桌上！"

斯托奇严肃而苍白的方脸上端戴着一个绿色眼罩，眼罩下撅出一抹简直无色可言的头发，他把脸凑了过来。

"坐吧，朱利叶斯，"查利说，"你好吗？……抛光室没问题吧？"

"哦，不错，但是我们一天内把两部冲压机弄坏了。"

"真糟糕。我们去看看吧。"

查利再回到办公室时，鼻子上多了一条油污。他手中仍拿着一支外面涂着油的千分尺。已经六点钟了。他打电话找乔。"喂，乔，要回家了吗？"

"是呀，我在等你哩，有什么事吗？"

"像往常一样，趴在地上在油污里爬来爬去嘛。"

查利在厕所间洗了手和脸，快步跑下铺着橡胶踏垫的台阶。

乔正在入口处等他。"查利，我妻子用了我的车，让我坐你的车吧。"乔说。

"我的车可有点透风，乔。"

"我们受得住。"

"晚上好，艾斯丘先生，晚上好，安德森先生。"看门老头说，他戴着有耳扇的蓝色帽子，等他们走出去，把门关上。

"听着，查利，"当他们在巷口拐进川流不息的车流中时，乔说，"你为什么不让斯托奇多做些日常工作呢？他看来能力很强。"

"比我懂得的多得多。"查利斜视着那结霜的挡风玻璃窗外说。

迎面驶来的汽车的前灯光在纷飞的雪花中形成一大朵一大朵亮光光的花朵。桥上的钢梁被积雪勾勒出一条条整齐的白色线条。放眼所见的河流和城市像是一团影影绰绰的涡流，时而变暗，时而闪亮。查利竭尽全力才没有让车子在桥上的结冰处打滑。

当他们沿着坡道滑溜地驶上金光闪耀的跨市区的大街时，乔不禁说："好样的，查利。"

跨越五十九街时，他们的速度像蜗牛在爬行。他们手脚冻僵了，直到七点三十分才驶到河滨大道的公寓楼门口。整个冬天查利和艾斯丘一家就住在这儿。艾斯丘太太和两个黄发小女孩在门口迎接他们。

格雷丝·艾斯丘是个面色好像漂白过的女人，头发颜色极浅，眼角和颈侧的细微皱纹使她具有可爱的好像受到挫折而在抱怨的神情。"我刚才还在担心，"她说，"这大风雪天你的车子不在身边。"

大女儿简正一边跳去跳来一边唱着："雪呀雪，雪呀雪，快要下雪啦。"

他们走进会客室，那儿带有正在煮的晚饭菜的暖烘烘的香味，他们在煤气暖炉上摊开双手，这时格雷丝说："还有，查利，说起她打电话来，差不多有一二十次了。她一定以为我不让你和她来往哩。"

"谁……多丽丝？"

格雷丝噘着嘴点点头。"但是，查利，你最好留在家里吃晚饭。我准备了一只鲜美的羔羊腿，还有甜薯。要知道，你喜欢我们这儿的晚餐要胜过他们那边的那一套奇特的配料……"

查利已溜到了电话机前。"噢，查利，"传来多丽丝口齿不清的甜美的声音，"我担心你在长岛那边被雪困住了。我往那儿打电话，但没人接……我有一个席位等你来……我请了一些人来吃晚饭，都是你喜欢会见的……有一个曾是沙皇手下的工程师。我们都在等你。"

"但是不骗你，多丽丝，我可累垮了。"

"你来可以散散心。母亲到南方去了，整幢房子就我们这几个人。我们要等……"

"又是那些讨厌的俄国佬。"查利咕噜着，跑进他的房间，匆匆穿上晚礼服。

"嘿，看这个讨女人喜欢的小白脸。"乔开玩笑说，他正把两腿伸向煤气暖炉，坐在安乐椅上看晚报。

"爹，小白脸是什么意思？"简有板有眼地问。

"格雷丝，你不介意吧？"查利涨红了脸走到艾斯丘太太面前说，他的黑领结的两端从衣领上垂下来。

"嘿，真是一往情深呀，"格雷丝说着站起身来——为了帮他打领结，她得把舌尖伸出嘴角——"这样的晚上还要出去。"

"叫我说这叫痴呆症。"乔说。

"爹，痴呆症是什么意思？"简应声问道，但这时查利已穿上大衣，在人造大理石的过道上等电梯了，过道上弥漫着从这一层楼上所有公寓套间里散发出的一缕缕不同的晚饭菜的香味。

查利走进汽车时，戴上呢手套。花园里的积雪在车轮下嘶嘶作响。汽车从车道拐上五十九街时滑到一边，把车头拨正后，又一次打滑。车轮碰到人行道上，紧贴着一名警察，他正站在拐角上，用双臂在捶打胸部。警察怒目而视。查利忙把手举到额前，俏皮的一个敬礼。警察笑了。"调皮蛋，调皮蛋。"他说着继续挥动他的手臂。

当汉弗莱斯家的公寓大门打开后，查利的脚立即陷入一条俾路支地毯的厚绒毛层中。多丽丝出来迎接他。"啊，你真是个可爱的人儿，这么坏的天气还赶来了。"她情意绵绵地说。他吻她。他希望她没抹那么多油乎乎的唇膏就好了。她身穿淡绿色的夜礼服，显得十分苗条。他把她搂在怀里，耳语道："你才是可爱的人儿哩。"

他听得到客厅里有带着外国口音的谈话声和鸡尾酒调制器中冰块发出的铿锵声。"但愿我们能单独在一起就好了。"他声音沙哑地说。

"我知道，查利，但是这些人我必须接待。也许他们会早早回去的。"她整整他的领结，朝下捋捋平他的头发，然后把他推在前面走进客厅。

等多丽丝的最后一位客人走了，他们俩面对面地站在过道上。查利深深地吸了一口气。他喝了许多鸡尾酒和香槟酒。他巴不得要她。"天啊，多丽丝，这些人真难缠。"

"查利，你来了真好。"

查利感到身子里涌起一团痛苦的郁积着的怒火。"听着，多丽丝，我们来谈谈……"

"啊，现在我们要正儿八经的了。"她扮了个鬼脸，在长沙发上一屁股坐下了。

"听着，多丽丝……我巴不得要你，这你知道……"

"啊，但是，查利，我们在一起玩得很开心……我们此刻还不想破坏这一切……你知道结婚生活并不总是很开心的……我那些结了婚的朋友大多日子过得挺糟。"

"如果是钱的问题，不必担心。公司会大大发展的……我不想对你撒谎。去问纳特·本顿好了。今天下午他还跟我解释怎样可以马上赚大钱。"

多丽丝站起来，走到他面前，吻他。"是啊，他是个可怜的老笨蛋……你一定认为我是个要不得的贪财的坏女人。如果你这样认为，我就不知道你为什么还要和我结婚了。说实话，查利，如果我能豁出去自己谋生，我会再高兴不过的。我讨厌这种华而不实的生活。"

他把她拉到身边。她却把他推开。"要花钱买的是我的衣服，亲亲，不是我……现在你回家去乖乖地上床睡觉吧。你看上去累极了。"

他来到街上，发现雪花已飘进了汽车，落在车座上。发动机简直无法运转，根本无法开动汽车。他打电话到汽车行，叫他们派个人来解决。既然身在电话亭里，他索性打个电话给达玲太太。"亲爱的，这夜晚天气真糟啊。好吧，既然是查利先生，也许我们能做些什么安排，但是你通知得太晚了，而且又快到周末了。嗯……大约过一小时告诉你。"

查利在公寓楼前面的雪地上走来走去，等汽车行派人来。他心中的怒火仍在高涨。他们终于来了，开动了汽车，他便叫机修工把它开回汽车行，然后步行到他知道的一家卖私酒的酒馆。

街上空荡荡的。干雪嗖嗖地飘打在他的脸上。他沿着台阶往下走到地下室门口。酒吧里挤满了半醉的男男女女，在大声吼叫，吃吃傻笑。查利真想扭断他们的天杀的脖子。他一连喝了四杯威士忌，然后去达玲太太处。上了电梯，他开始感到醉了。他给开电梯的黑种小伙子一块钱，从凵斜着的眼睛见他惊喜地笑着把钞票塞进口袋。一走进房里，他就高兴地大叫起来。"喂，查利先生，"为他开门的那黑种姑娘说，她戴着浆硬的帽子，系着围裙，"你知道太太不喜欢吵闹……你是一个讲话文明的年轻绅士啊。"

"你好，宝贝儿。"他几乎看也不看那姑娘一眼。"把灯关掉，"他说，"记住你的名字叫多丽丝。到浴室里去脱掉衣服，别忘了涂口红，很多口红。"他把灯关了，脱去衣服。黑暗中他难以解开礼服衬衫前胸的饰纽。他两手抓住衬衫，撕破了扣眼。"哼，快进来，你这该死的。我爱你，你这坏女人多丽丝。"那姑娘直哆嗦。他一把拉她到身边时，她号啕大哭。

为了让她高兴，他只好去叫些酒来，于是他又大喝起来。第二天，他很晚才醒来，感到难受死了，没有去工厂，也不想出去，只想喝酒，因此整天待在达玲太太那帷幔重重的会客室里喝杜松子酒和苦啤酒。下午，达玲太太进来和他玩俄罗斯银行双人牌戏，告诉他一位歌剧演员如何毁了她的一生，她还要求他逐步减少喝啤酒的量。当晚，他请她把那姑娘又召了来。她来了，他设法向她解释他并没有发疯。醒来时他独自一人在床上，感到清醒而腻味。

星期日早晨，他回到家中，艾斯丘夫妇正在吃早饭。两个小女孩正躺在地板上看连环画报。所有的椅子上都摆着星期日的报纸。

乔正披着浴衣坐着在抽雪茄，面前是最后一杯咖啡。"正赶上喝一杯可口的刚煮好的咖啡。"他说。

"想必是一顿很丰盛的晚宴吧。"格雷丝吃吃地笑着说。

"我给卷进了一场扑克戏。"查利咕哝道。

他坐了下来，大衣敞开了，他们看见他衬衫前胸被撕破了。"我敢说你们的扑克打得挺来劲吧。"乔说。

"一切都糟不堪言，"查利说，"我要去洗个脸。"

等他换上了浴衣，趿着拖鞋回来，他感到好过起来。

格雷丝给他拿了些猪肉香肠和热玉米面包来。

"嘿，我听说过这些公园大街的大宴会，但从来不曾有哪一次延续两天的。"

"噢，别说了，格雷丝。"

"喂，查利，你看了昨天《晚邮报》金融消息栏的那篇文章吗？它透露说飞机制造业股票要大涨。"

"没有……但是我跟纳特·本顿交谈过，你可记得，我告诉过你，他是个股票经纪人，是奥利·泰勒的朋友……噢，他说……"

格雷丝立起身来说，"现在听清楚了，如果你们要在星期天谈生意，我就离开这房间。"乔抓住妻子的胳臂，轻轻地拉她又坐到她椅子里。"让我们再讲一件事，然后就闭嘴不谈……我希望我们至少五年不要和那帮投机商打交道。我很抱歉，这倒霉的东西已给列为上市证券。但愿我能像信赖你我一样信赖梅里特那伙人就好了。"

"这我们以后再谈吧。"查利说。

乔递给他一支雪茄。"好了，格雷丝，"他说，"开留声机放一段唱片怎么样？"

整个冬天，查利一直在打算等他把一架试制的飞机飞到华盛顿去向陆军部的专家们显示一下他的某项专利产品时，带多丽丝一起去，但是她和她母亲在一周前却乘船去欧洲了。这使他在一个颇有春意的星期六晚上无事可做，于是便打电话给约翰逊夫妇。冬天，他曾在地铁见到过保罗，保罗带着伤心的神气问他为什么再也不去他家了。查利老老实实地回答说他已有好几个月不过问厂外的事了。他如今给他们家打电话，听到电话铃在响，然后是伊夫琳那听来总是略带嘲弄的逗人的声音，使他感到很怪。她说，多有劲呀，他必须立即去并留下来吃晚饭，她那儿有一大帮有趣的人啊。

保罗为他开的门。保罗脸色萎黄，这是查利从未注意到过的。"欢迎，陌生人。"他用勉强的欢快声音说，在他背上拍了两下，和他一起走进高朋满座的房间。那儿有些非常标致的姑娘，还有些不同体形、不同身材的青年，杯子里装着鸡尾酒，盘子里放着涂在薄脆饼上的吃的东西，屋里烟雾缭绕。大家都在讲话或尖叫，像车间里的许多车床一样。

伊夫琳在房间的里端，看上去高大、白皙、秀丽，坐在一张镶着大理石桌面的桌子旁，身边是一位小个子男人，生着个黄色的长鼻子，眼睛下有下垂的肉囊。"嗨，查利，你看上去多飞黄腾达呀……这位是查尔斯·爱德华·霍尔登……霍尔迪①，这位是查利·安德森；他正在从事飞机制造……嘿，查利，你真是一副财主相。"

"还不到时候哪。"查利说。他竭力克制住，不让笑出来。

"那么，你为什么显得这么开心呀？今天下午大家对一切都感到太忧郁了。"

"我并不忧郁，"霍尔登说，"可别说我忧郁之类的话。"

"当然，霍尔迪，你从不忧郁，但是你喜欢谈谋杀和自杀。"

大家都哈哈大笑。查利发现自己被人从伊夫琳身边推开，因为他们想要听查尔斯·爱德华·霍尔登在讲什么。他发现自己正向一个长相平凡的年轻妇女说话，她戴着顶有光泽的灰色帽子，上面镶着一颗像矿工照明灯般的大扣子。

"请告诉我你是干什么的。"她说。

"这话是什么意思？"

"哦，我的意思是说这儿的人几乎都干点儿什么：写作、绘画或其他什么的。"

"我？不，我不干这一类工作……我是搞飞机发动机的。"

"飞行员，乖乖，多么令人激动呀……我老是喜欢上伊夫琳家来，你说不准会碰上谁哪……喏，上次我来这儿时，霍迪尼②刚离开。她特别善于结交知名人士。但是我想这可把保罗害苦了，你说呢？……保罗是个挺可爱的小伙子。她跟霍尔登先生……这事已尽人皆知了。他总是在他的专栏里写她……当然，我这人非常守旧。大多数人可不把这当回事……当然，能够真诚坦白是很了不起的……当然，他也是个知名人士……我的确认为人们对自己的性

---

① 霍尔登的昵称。
② 哈里·霍迪尼（1874—1926），美国著名魔术师，以能从手铐、脚镣、捆绑和各种封闭容器中脱身而出的遁术而闻名于世。

生活应该真诚坦白，你说对不？这样可以免得产生那些可怕的变态心理什么的……但是这对保罗来说实在太糟了，这么个体态优美的好小伙子……"

等客人走掉了一些，有个讲法语的黑女仆端上晚饭菜：咖喱鸡饭和许多小配菜。只有霍尔登先生和伊夫琳两人在讲话。谈到的全是查利从未听到过的人物。他想打断他们的谈话，说他那次在那酒吧里被人当作查尔斯·爱德华·霍尔登，但是没人听他讲，他也就随它去了。刚端上色拉时，霍尔登站起来说："我亲爱的，我唯一的道德准则是上剧院决不迟到，我们必须快跑了。"他和伊夫琳匆忙地走出去，撇下查利和保罗去跟一个爱吵架的中年男子和他的妻子谈话，这一对夫妇根本没人向查利做过介绍。但是要和他们谈话也没有用，因为那男的已醉得听不清任何人说的话，那女的老是要跟他私下争吵什么而没法使她摆脱。等他们摇摇晃晃地走出去后，就剩下保罗和查利了。他们去一家电影院坐了一会儿，但是影片糟透了，查利便闷闷不乐地回家，倒在床上。

翌日，查利很早就去找安迪·梅里特，只见他正在耶鲁俱乐部的异常整洁的大餐厅里用早餐，便在他身旁坐下。

他劈口就问："会气流多变吗？"

"昨天预报天晴。"

"乔怎么说？"

"他说叫我们闭上我们的臭嘴，让别人说话。"

梅里特正一小口一小口地呷着他最后一杯咖啡。"你知道，乔有时有点儿过于谨慎……他想自个儿办家小小的工厂，把它传给他的孙子们。这过去在纽约州北部地区是很行得通的……可如今要是不扩展企业，就会完蛋。"

"哦，我们正扩展得满不错哩。"查利说着站起身来，跟在身穿阔肩膀的粗花呢西装的梅里特后面，来到餐厅门口。"假如我们不是正在扩展中，我们根本就不会存在了。"

他们在盥洗室洗手时，梅里特问查利带了些什么衣服。查利笑着说，也许带了一件干净衬衫和一把牙刷吧。

梅里特把他那严肃的方脸转向他说："但是我们可能要出去会客……我已给我们两人在沃尔德曼公园订了一个小套间。你知道在华盛顿，这一套东西很重要。"

"如果万不得已，我可以去租一套晚礼服。"

茶房把梅里特的猪皮大手提箱和帽盒放在汽车的敞开的后座上。梅里特皱着眉头，担心地问查利是否东西太重。"哪儿的话，不多，加十多倍也行。"查利说着，一脚踩在油门上。他们迅速驶过空荡荡的街道，跨过桥梁，顺着宽阔的大街朝贾梅卡的方向行驶。大街两旁是低矮的华而不实的房子。比尔·塞尔麦克已经把飞机推出了机库，做好了飞行前的准备。

查利把手按在比尔油污的紧身皮上衣的背部上。"总是很准时，比尔，"他说，"这位是梅里特先生……听着，安迪……比尔跟我们一起去，如果你不介意的话……如果出了什么岔儿，他能毫不费劲地把发动器翻新。"

比尔已把梅里特的手提箱拎进飞机的尾部。梅里特正在穿上一件很大的皮革上衣，戴上风镜，如同查利在艾伯克龙比与菲奇体育用品公司的橱窗中看到的一样。

"你看气流会多变吗？"梅里特又问道。

查利为他打气说："也许在宾夕法尼亚州上空会有点儿颠簸……但是我们应该及时赶到那儿吃一顿美美的午餐……嘿，先生们，这是我第一次去首都。"

"我也是。"比尔说。

"比尔可从没离开过布鲁克林。"查利说着大笑了。

他爬上驾驶座，心情极佳，他戴上风镜，回头向梅里特大声说："你是坐在观察员的位子上，安迪。"

艾斯丘－梅里特公司的启动机非常管用。发动机的声音又平稳又轻，像缝纫机一样。"你看它怎么样，比尔？"查利一个劲地对坐在他背后的机修工喊道。飞机在初春阳光普照下的柔软的场地上平稳地滑行，跳动了两三次，升入空中，越过布鲁克林的一片片石板色的广场作倾斜飞行。微微的西北风把暗绿色的纽约湾吹起无数的皱纹。然后他们飞越新泽西州的贝荣和伊丽莎白的巷子狭窄的工厂区。在黄褐色盐碱牧草地的西边，伸展着大片大片四方的平地，它们有的呈黄色，有的呈红色，有的披着未收的绿色庄稼，像蒙着迷雾似的。

在特拉华河西面，一排排大片的白色积云被阳光照射着。飞机有点儿颠簸，查利把飞机升到七千英尺的高空，那儿空气寒冷而清澈，刮着时速五十英里的西北风。等他下降时已是正午，只见萨斯奎哈纳河在云朵的一道缝隙中闪耀着蓝色的光芒。即使在两千英尺的高度，他也能感觉到被犁过的土地上冒出的春天的暖气。在低低地掠过农场上空时，他能看清一团团白色绒毛般的鲜花盛开的果园。为了避免碰上切萨皮克湾上空的一场严重的暴风雪，他朝南拐，但是太过分了，以至不得不沿着波托马克河往北朝那隐约闪现的国会大厦的白色圆顶和那闪闪发亮的长条形华盛顿纪念碑飞去。华盛顿上空没有烟雾。他盘旋了半小时才找到飞机场。那儿遍地绿茵，处处都像飞机场。

"嘿，安迪，"他们在草皮上舒舒腿儿时，查利说，"等那些专家见到那启动机，他们的眼睛肯定会从头上暴出来。"

梅里特看上去脸色发白，走起路来有点儿摇晃。"听不见，"他大声说，"我要去撒尿。"

查利陪他来到飞机库，让比尔去检查发动机。梅里特打电话叫出租汽车。"全能的上帝呀，我可饿坏啦。"查利大声吼道。

梅里特畏缩了一下，说："我得先喝一杯，使我的胃安定下来。"

他们坐进出租汽车，把脚放在梅里特的巨大的猪皮手提箱上。梅里特说："我跟你说呀，查利，我们得为这启动机建立一个单独的公司……也许需要单独的生产工厂和其他的一切。用标准飞机零件公司这名字听起来倒满不错。"

他们在那家高大的新旅馆里订的那个套间包括两个房间和一间宽大的客厅，客厅里面摆着几张粉红色的安乐椅。在窗前可以俯视岩溪公园新披上绿装的草木。梅里特相当满意地环顾四周说："我喜欢在星期日到达一个地方，这样就可以在开始工作前好好安顿下来。"他又说在星期天他不会在餐厅里遇见熟人。但结果他们花了好一会儿工夫才在餐桌前坐下。一路上梅里特向查利介绍了一位参议员、一位公司法律顾问，众议院里最年轻的成员和海军部部长的侄子。"你知道，"梅里特解释说，"我的老爷子曾当过参议员。"

午餐后，查利又到飞机场去看看飞机。比尔·塞尔麦克把一切收拾得像首饰店橱窗一样锃亮。查利把比尔带到旅馆里去请他喝一杯。在套间外面的过道上站立着几名茶房，雪茄烟雾和响亮的应酬话声从开着的门里涌出来。比尔把一只粗大的手指放在他的鹰钩鼻上说也许最好还是溜。

"咦，听起来真像社交界名人大集会。这样吧，我让你到我卧室里去，如果你愿意等一等，我给你去拿杯酒来。"

"好吧，对我说怎么都行，老板。"

查利洗了手，整整领带，然后像跳入冷水游泳池一样匆匆地冲进客厅。安迪·梅里特正用淡味的马丁尼酒、仔鸡色拉、三明治、一碗鱼子酱和长条熏鱼片举行鸡尾酒会。来宾中有两位满头银丝的老先生，三位嗓音沙哑、浓妆艳抹的南方美人，一位肥胖的参议员，一位戴着高硬领的清瘦异常的参议员，几位带哈佛口音的白净的年轻人，一个镶着只金牙的面色灰黄的人，他所写的"国会大厦闲谈"专栏通过报业辛迪加同时在各报上发表。还有一个姓萨维奇的搞广告宣传工作的青年，他曾在伊夫琳家见过。查利被一一介绍给众人，站在那里，把身子的重量一会儿放在这只脚上，一会儿放在那只脚上，最后总算瞅了个空当，悄悄地带着两大杯半满的黑麦威士忌和一盘三明治溜进卧室。"哎呀，那儿真是可怕。我嘴也不敢张，怕卷了进去出不来。"

查利和比尔坐在床上吃着三明治，听隔壁房间传来的音调铿锵的嘈杂的话声。比尔喝了威士忌，站起身来，用手背抹了下嘴巴，问查利要他早上什么时候去办公室。

"九点钟好了。你真的不想再待一会儿？……我不知道对那帮家伙说些什么……也许我们能把你介绍给一位南方美人。"

比尔说他是个喜欢平静生活的有家室的人，他只想找个过夜的地方去睡觉。等他走了，查利只得回去参加鸡尾酒会。

查利回到梅里特的房间，发现那位胖参议员正用他那双黑眼睛从两个美女的逗人喜爱的正在浮动的帽子之间盯着他。查利跟她们说再见。那褐色眼睛的姑娘头发是金黄色的，而那蓝眼睛姑娘的头发黑极了。她们离去后还留下淡淡的香水味和小山羊皮手套的气息。

"你看她们哪一位更漂亮，年轻人？"那胖参议员说时站在他身旁，带着过于推心置腹的微笑仰望着他。

查利感到喉咙绷紧了，他不知这是为什么。"她们是一对美人儿。"他说。

"她们把你像驴子一样撇下在两捆干草之间。"胖参议员说，一抹淡淡的笑意滑溜地出没在他下巴的皱褶中。

"比里当的驴子死于思念①，参议员。"那瘦参议员说着，把一个信封放回自己的口袋，他和安迪·梅里特刚才曾在那信封上核算过某种数字。

"我也一样，参议员。"那胖子说，把一绺掉在前额上的头发抹向脑后，松弛的下巴颤动着。"我每天都死去……参议员，你愿意跟我和这几位年轻人一起用餐吗？我相信老霍拉斯正在给我们做一道小甲鱼哩。"他把一只肉嘟嘟的小手放在瘦参议员的肩膀上，把另一只放在查利肩上。

"对不起，参议员，太太有几位朋友在狩猎俱乐部要我去陪。"

---

① 法国唯名论者哲学家让·比里当（死于1358年之后）是一位著名的逻辑学家，据说他曾提出一个诡辩论点：一头驴子处在两捆在同样距离之外的同样有吸引力的干草之间，因为无法决定应朝哪一捆走而终于活活饿死。该论点被称为"比里当的驴子"。此处两人在说俏皮话，意为两个姑娘同样美丽，所以他们无所适从以至将死于思念。

"这么说我想这几位小伙子只好好歹跟一对老守旧派一起用餐啰。我原希望你来弥补我们之间的代沟的……希克斯将军会来的。"

查利看见安迪·梅里特的表情严肃而教养良好的面孔上微微显出高兴的神情。胖参议员继续用他在法庭上用的流畅而沉重的声音说:"或许我们还是上路的好……他七点钟到,而那些老战马往往是准时的。"

一辆黑色林肯牌大轿车刚在旅馆的入口处悄没声儿地停下来,这时,查利、安迪·梅里特、萨维奇和胖参议员等四人从旅馆走出来,步入华盛顿之夜,夜色里带着沥青地上的油迹的气味、汽车的尾气味以及嫩叶和紫藤花的香味。参议员的宅第是他的汽车的延伸:庞大,乌黑,微微闪亮而且悄没声儿。他们在大黑皮椅里坐下,伸开了手脚,有个白发的混血儿老仆人用雕花的银盘给他们拿来了曼哈顿鸡尾酒。

参议员分别带他们到盥洗的地方去。查利被引进一间老大浴室,里面有只镶在墙里的大理石浴缸,但他不大喜欢这时参议员用厚墩墩的小手在他背上轻轻拍打。等他洗完手回来,通餐厅的折门已被拉开了,一位蓄着白胡子、脚有点跛、气色健康的老先生正不耐烦地在他们面前走来走去。"我能闻到甲鱼香了,鲍伊,"他正在说,"老霍拉斯还是着实有一手啊。"

他们喝着汤和雪利酒,将军开始在桌子的上首讲话了。"当然,制造飞机的这一切工作对科学的发展是很有意义的……我告诉你,鲍伊,在本市,只有寥寥几个人能够像模像样地摆出可口的菜肴,你便是其中的一个……或许这表明在遥远的将来将有巨大的可能性……但是我要以一个军人的身份来讲,先生们,你们知道我们有些人并不认为它们是富有价值的……甲鱼真好极了,鲍伊……我的意思是说我们并不像海军那些人那样对这种飞机富有信心……鲍伊,没有什么比一杯上好的勃艮第葡萄酒更叫我喜欢的了……实验是很重要的,先生们,因此我不否认或许在遥远的将来……"

"在遥远的将来。"萨维奇大笑着,学着他的腔调说,这时他跟在梅里特和查利背后,从参议员普兰尼特宅第的石砌门廊走出来。一辆出租汽车正等着他。"我可以顺便把你们带走,你们在什么地方下来,先生们?……我们的困难是我们正处身在遥远的将来但却不知道。"

"在华盛顿的人们看来确实不知道。"他们坐进出租汽车时,梅里特说。

萨维奇格格地笑了。"参议员和将军是无价之宝的老古董……像是从地下发掘出来的……但是别为将军担忧……一旦他明白也与之打交道的是……你知道……体面人士,他就会像圣诞老人那样和气……他相信的不是民有、民治、民享的政府，而是大人先生们有、大人先生们治、大人先生们享的政府。

"嘿，难道我们大家不都相信吗？"梅里特逼问道。

萨维奇发出一声轻蔑的笑声。"得天独厚的大人先生们……多少年来一直在寻找这样一个政府。"他把因喝酒过度而暴出的眼睛和笑哈哈的哈巴狗式的脸转向查利。"参议员认为你是幸运儿……他叫我带你来见他……参议员是很容易受影响的，你知道。"他又发出一阵笑声。

查利心想，这家伙一定是相当醉了。他自己也感到有点眩晕，因为吃饭时最后用气球形圆杯喝了些拿破仑白兰地。萨维奇让他们在沃尔德曼公园外面下车，出租车继续朝前开去。"嘿，那家伙是谁，安迪？"

"他是个野人①，"梅里特说，"他是摩尔豪斯手下的一个聪明的年轻人。他固然聪明，但关于他的那些传闻我却并不喜欢。他要签艾斯丘－梅里特合同，但是我们还高攀不上。这些搞公共关系的人会把你弄得倾家荡产。"

他们乘电梯上楼时，查利打着呵欠说："噫，我希望那些美人儿跟我们一起吃饭就好了。"

"参议员普兰尼特从不请女人吃饭……人们都说他古怪……本城是有一些古怪的人。"

"我想是有的。"查利说。他累极了，几乎还没脱完衣服就睡着了。

周末，查利和比尔飞回纽约，只留下安迪·梅里特去和政府的专家们商讨签订合同的事。他们把飞机驶入飞机库，查利说他要用自己的汽车把比尔送回在贾梅卡的家。他们在途中停下，进一家德国式啤酒店喝了杯啤酒。他们觉得饿，比尔想他妻子一定吃过晚饭了，所以两人吃了汤面和德式煎肉排。查利发现店里有几种冒牌莱茵白葡萄酒，便叫了一些。他们喝了酒，又叫了两客煎肉排。查利告诉比尔，安迪·梅里特说政府的合同已谈妥了，安迪·梅里特讲的话总是对的，他说过投资进行大规模生产是一项爱国主义任务。"比尔，说真的，我们就要有很多钱了。再来一瓶怎么样？……我的好比尔啊，飞行员没有机修工不行，推销商没有产品不行……你和我，比尔我们已经投入生产了，而且上帝在上，我要保证不让我们失败。如果他们想敲诈我们，我们就跟他们斗。已经有人向我出价了，底特律的人出了很大的价钱……再过五年，我们就会有大钱了，我一定要让你也赚大钱。"

他们吃了苹果饼，然后店主人拿出一瓶德国茴香甜酒。查利把它买了下

----

① 萨维奇（Savage）一词在英语中意为"野人"。

来。"比一杯杯地买来喝便宜，你说呢，比尔？"比尔又开始说他是个有家室的人，最好早点回家。"我呢，"查利说着在大杯子里又倒了些茴香甜酒，"我无家可归……如果她愿意她可以有个家。我会给她一个美妙的家。"

查利发现比尔·塞尔麦克已经走了，听他讲这番话的是个年龄难以捉摸的健壮的金发女人，她带有很重的德国口音。他称她为哈特曼大婶，告诉她，如果他有了家，一定请她当管家。他们喝完了茴香甜酒，又开始喝啤酒。她抚摸他的头，称他为她的流浪归来的孩子。店里有一个穿着巴伐利亚人服装的乐队在演奏，还有一个粗脖子的男人在唱歌。查利想为乐队用真假嗓混用的唱法唱一曲，但是她把他拉回桌旁。她身强力壮，当他企图跟她亲热时，被她用红润的粗胳膊推开，但是当他拧她的屁股时，她不禁低头望着啤酒杯，吃吃地痴笑了。他不断对她说，这一切很像往常在家乡的样子，只不过更热闹更好玩，后来直闹到他们俩坐进了汽车，她把头枕在他的肩上，称他为心肝宝贝，长长的鬈发散开，挂在驾驶盘上。他好歹还是把车子朝前开。

次晨，他在康尼岛一家破旧旅馆里醒来，已经九点钟了。他感到剧烈的头痛。哈特曼大婶春风满面地坐在床上，身宽体壮，开口要吃咖啡和掼奶油。他带她到一家维也纳面包店去吃早餐。她吃了好多，哭了好久，说他可千万别以为她是个坏女人，因为她只不过是个失业的可怜虫，因见他是个无家可归的小伙子而感到难过。他说如果他不回办公室去就要完全成为无家可归的可怜小伙子了。他把口袋里全部的零钱和一个假地址给了她，撇下她一个人在维也纳面包店哭哭啼啼地喝第三杯咖啡，便开车前往长岛城。在新鲜空气公园附近，他不得不停下车来在路旁呕吐。他设法用剩下的一点儿汽油把车开进了工厂的院子。他溜进办公室。这时是十二点十分。

他的办公桌上堆满了用回形针夹着的便条和来信，还有些标着"立即过目"的蓝色文件。他怕鲁宾逊小姐或乔·艾斯丘发现他回来了。接着他想起他抽屉里有一只银瓶子装着陈威士忌，那是多丽丝在乘轮船去欧洲的头天晚上给他的，她当时开玩笑说，他可以用它来忘却她。他刚仰起头来，准备喝一大口，发现乔·艾斯丘正站在他的办公桌前。

乔两腿叉开，双眉紧锁，面带倦容。"嘿，圣彼得在上，你究竟上哪儿去了？我们为你担心死了……格雷丝等你吃晚饭等了一个小时。"

"你为什么不打电话到飞机库去？"

"大家都回家了……斯托奇病了。一切工作都停顿了。"

"梅里特没有跟你们联系吗？"

"当然……但是这意味着我们得重新组织生产……而且坦率地说，查利，这将为雇员们树立一个糟糕透顶的榜样……在办公室里酗酒。上次我默不作声，但是我的上帝……"

查利向冷水缸走去，扭开龙头，放了两满纸杯的水。"我要祝贺昨晚华盛顿之行……乔，这些合同将会使我们出名……喝一点怎么样？"

乔皱皱眉说："看起来你喝得太多了……而且上办公室来以前是否可以把胡子刮一刮？我们希望职员这样做，我们自己也应该这样做……看在老天分上，查利，请记住战争已经结束了。"乔转身回他自己的办公室。

查利拿起酒瓶，又喝了一大口。他生气了。"我不吃这一套，"他咕哝道，"不管是他的还是别人的。"接着电话铃响了。装配车间的工头站在门口。"安德森先生，有请。"他说。

工作就此开始了。从这以后事情好像全乱了套。到当晚八时，查利还没捞上刮胡子。他和机修组的技工们围着一台损坏的机器吃三明治，从硬纸盒里喝咖啡。已是午夜了，不等回到公寓他已累坏了。他急于对乔谈谈自己的看法，但艾斯丘家一个人也不在。

次晨早餐时，格雷丝一面倒咖啡，一面把眉梢扬了扬。"嗬，走失的军队回来了。"她说。

乔·艾斯丘清了清嗓子。"查利，"他不安地说，"我昨天没必要那样责备你……我想是因为年老而变得脾气急躁了。这一周工厂的工作很顺利。"

两个小女孩吃吃地笑起来。

"啊，由它去吧。"查利说。

"别当着小孩子的面讲，"格雷丝说，拍着桌子叫他们住口，"我想我们大家都需要休息休息了。说起来，今年夏天，乔，你要拿一个假期。我本人也非常需要假期，尤其是因为不想再招待乔的那些游民了。自从你走后他没人说话，查利，这房子里便满是游民。"

"那不过是我想给他们安排工作的两三个工人。因为他们不善于讲社交的应酬话，格雷丝便认为他们要不得。"

"我不是认为，而是知道他们是游民。"格雷丝说。两个小女孩又吃吃地笑起来。

查利站起身来，把椅子朝后一推。

"去吗，乔？"他说，"我得回抢修组去了。"

有两个星期，查利除了睡觉以外一直在厂里忙活。两周后，斯托奇回来了，他那副安安静静、深表歉意的样子真像是医院手术室中的助理医生，这以后情况就开始好转了。有一天，斯托奇终于来到查利办公室门口说："生产又很顺利了，安德森先生。"这时查利决定中午休息一下。他打电话给纳特·本顿，叫他等着一起吃午饭，然后从职工入口处溜了出去，以免被乔撞见。

他们在纳特的办公室喝了两杯才出去吃中饭。到饭馆点了菜后，他说："哦，纳特，你这个情报服务公司进行得怎么样？"

"你买了多少股呀？"

"五百。"

"还有其他股本没有，任何你可以拿来当保证金的东西？"

"有一点儿……我有两千美元的现金。"

"现金，"纳特嗤之以鼻地说，"以防急需之用……真是胡说八道……为什么不拿出来让它发挥作用？"

"我正想谈这事哩。"

"为了取得经验不妨在奥伯恩的股票上冒一冒险试试。"

"但是梅里特的股票怎么样？"

"别急……我想让你弄到一点儿资本，这样你就可以站在平等的地位上跟这帮家伙斗了……否则他们肯定会把你挤掉。"

"乔不会的。"查利说。

"我和这人没有个人接触，但我了解一般人，不首先考虑自己利益的人是少得可怜的。"

"我想他们只要有可能都会欺骗你的。"

"我不想确切地这样讲，查利。在实业界也有些了不起的标准美国男子汉啊。"

当天晚上，查利在五十街那一带的一家卖私酒的小店里独自一人喝酒，结果喝醉了。

等到多丽丝在秋季从欧洲返回时，查利在奥伯恩股票上已赚了两大票钱，正用一切可能买进艾斯丘-梅里特股票。同时他发现他存款充足，可以买一辆新汽车，到布鲁克斯兄弟男装公司买几套服装，到卖私酒的饭店去吃饭。他买的是辆派克牌敞篷跑车，定制的车身长而低，车座上蒙着红色皮革。他驱车前往码头去接乘"海上巨兽"号回国的多丽丝和汉弗莱斯太太。等查利到达霍博肯，船已靠码头了。查利把车停放好后，匆匆穿过三等舱的衣裳破旧的人群，走到码头建筑的中央部分，那儿一大群衣着考究的人士正圈着一堆堆猪皮手提箱、漆皮帽盒、贴有里茨旅馆标签的衣箱在交谈。在一个大H下面，他见到了汉弗莱斯太太。她那露在裘皮大衣领口上的脸看上去像是多丽丝那张脸姿色衰退后的模样，他可从未留意到她俩竟如此相似。

她一时没有就认出是他。"嗨，查尔斯·安德森，你真好。"她脸上没有一丝笑意，向他伸出手来。"真累人啊。多丽丝竟把她的珠宝箱留在船舱里了……你是来接什么人的吧，我想。"

查利脸红了。"我想也许我能让你们搭个便车……我现在有一辆大汽车了。我想它比出租汽车好，可以装得下你们的行李。"

汉弗莱斯太太没有好好注意听。"你看她在那儿……"她挥挥拎着一只鳄鱼皮提包的戴着手套的手说，"我在这儿哪。"

多丽丝穿过人群奔过来。她的脸涨红了，嘴唇也很红。她戴的小帽子跟她的裘皮大衣和她头发的颜色完全相同。"母亲，我找到了……我真是个傻姑娘。"

"每次碰到这种事，"汉弗莱斯太太叹口气说，"我总打定主意再也不到国外去了。"

多丽丝弯过身子，把一个黄色的什么东西塞进一只已打开的手提包。

"安德森先生来了，多丽丝。"汉弗莱斯太太说。

多丽丝跳着转过身，奔到他跟前，双臂搂住他的脖子，吻他的脸颊。"你来接我，真好。"然后她介绍他认识一个穿英国方格呢大衣的红脸膛的年轻英国人，他带一大袋高尔夫球棒。"我知道你们会喜欢对方的。"

"你是第一次来美国吗？"查利问。

"正相反，"那英国人说，微笑时露出了一口黄牙，"我出生在怀俄明州。"

码头上很凉。汉弗莱斯太太便走进有暖气的候船室，坐下了。

等那带着高尔夫球棒的年轻人去照看自己的行李了，多丽丝说："你喜欢乔治·迪凯纳吗？他生在美国，在英国长大。他母亲的祖先的姓名曾被列入《英格兰土地调查清册》[①]。我曾到他们那个十分美丽的老教堂里待过……在英国，我享受一生中从未享受过的乐趣。我认为乔治是个宝贝儿。迪凯纳家族拥有铜矿股权。他们跟古根海姆家族几乎差不多，当然只有一点不同，他们不是犹太人……噢，查利，我想你有些妒忌吧……真傻……乔治

---

① 英国国王威廉一世在1036年入主英国后，曾举行一次土地普查，编成《英格兰土地调查清册》两卷，完成于1086年。

跟我只不过像是兄妹，真的……完全不像你跟我，但是他真好玩。"

汉弗莱斯母女俩花了两个小时才通过海关的检查。她们有许许多多提包，多丽丝不得不为某些服装缴税。等汉弗莱斯太太发现要坐一辆把车顶放下的敞篷汽车驶往住宅区时，她面色可难看了，尽管是一辆像蛇一样的派克牌也无济于事。

"嘀，这是一辆地道的游览车哩，"多丽丝说，"母亲，这真好玩……查利会指着所有的高大建筑物作介绍的。"

汉弗莱斯太太在后座的手提箱堆中间落了座，一面咕哝道："多丽丝，你亲爱的父亲从来不赞成大家闺秀坐敞篷马车，更不要说敞篷汽车啦。"

查利把她们送回住宅区后没有回工厂去。他把那天下班前的其余时间消磨在从艾斯丘的公寓向本顿的办公室打电话上。自从标准飞机零件公司的股票列入上市股票的价目表以来，艾斯丘-梅里特的股票大大下跌。他当掉了所有的东西，准备等它降到最低点后才买进。他不时电话给本顿问："你认为怎么样，纳特?"

直到近傍晚时纳特还是没给他消息，他便旋转硬币来决定：人头朝上。他打电话到办公室，叫他们按下一天的开盘价开始买进。然后他换了衣服，在格雷丝把两个女儿从学校接回之前便走出去；这些日子他几乎不大跟艾斯丘夫妇讲话。他在工厂感到厌烦，他知道乔认为他是个工作吊儿郎当的人。

他把票夹从一件茄克衫换放到另一件时，把它打开，数数有多少现金。他有四张一百元的美钞和一些零钱。钞票是崭新的，是银行刚发放的。他把钞票凑近鼻子，闻闻那可人心意的强烈的新鲜油墨味。他情不自禁地吻吻它们。他大声笑了，把钞票放回票夹。天哪，他很开心。他的蓝色新西服非常合身。他的皮鞋闪光锃亮。他穿着的是干净的短袜。他给皮带裹住的腹部硬邦邦的。他吹着口哨等电梯。

到了多丽丝家里，乔治·迪凯纳正在说五马路上的那些新建筑真是棒极了。

"哦，查利，等你喝到乔治调的亚历山大鸡尾酒，你就知道真是棒极了。"多丽丝说，"战后他在君士坦丁堡学会调制它的……你知道，他当时在英国军队里……查利是我们的王牌飞行员之一，乔治。"

查利把乔治和多丽丝带到广场饭店去吃饭，然后去看戏，去夜总会。他不停地给乔治灌烈酒，希望他会醉倒，但乔治只不过脸愈来愈红，话愈来愈少，而且从一开始他就没有什么话好讲。已经三点了，查利很困，在他把乔治送到他耽搁的圣里吉斯旅馆之前，他本人也相当醉了。

"现在我们干什么呢?"

"但是,亲爱的,我得回家啊。"

"我一直没机会跟你谈话……嘿,自从你上岸以来,我连好好地搂搂你的机会都没有。"最后他们俩来到哥伦布圆广场的蔡尔兹饭店吃炒鸡蛋和熏猪肉。

多丽丝说应该给恋人们提供优美的地方,使他们能在优美的环境中有自己的小天地和床。查利说他知道许多这样的地方,但并不十分优美。

"要不是怕那儿脏而把一切都弄糟了,我会愿意去的,查利,真的。"

查利紧紧地握了一下她的手。"在和你结婚前,妞儿,我没有权利要求你这样做。"

他们在街上朝他停车的地方走去时,她把头倚在他的肩上。"你需要我吗,查利?"她小声地问道,"我也需要你……但是我必须回家,否则母亲大清早会大闹一场。"

下一个星期六,查利花了一下午找一套没有电梯但有家具陈设的公寓。他从一位身穿轻飘飘的蜡染花布衣裙的棕红色头发的女画家手里租到一间起居室、一间小厨房和浴室,这三间全是一律的灰色色调。这女画家说要去意大利的卡普里岛过六个月完全沉浸在美里的生活。他给一家介绍所挂了个电话,雇用一名日本管家来照看房子。第二天早餐时,他告诉艾斯丘夫妇他要搬走了。

乔最初没有吱声,但是等到喝完了最后一口咖啡,他皱着眉头站起来,在起居室里来回走了两三次。然后他走到窗前,平心静气地说:"过来,查利,我有些东西要给你看。"他把手放在查利的肩上……"听我说,小伙子,是不是因为我总是发脾气?你知道我是为那该死的企业担心……在我看来,我们快要没顶了……但是你知道,格雷丝和我都很看重你……我只是感到你把太多的时间花在交易所上了……这当然不关我的事……不管怎么说,我们过去是一个部队的,应该扭成一团。"

"当然,乔,当然……老实告诉你吧,我租这天杀的公寓的原因和你说的一点也没关系……你是个有妻室儿女的人,用不着操心那种事了……但是我,我要解决女人问题。"

乔哈哈大笑起来。"你这狗娘养的老兵,但是我的乖乖,你为什么不结婚呢?"

"真该死,我正要这样做哩。"查利说。他和乔都笑了。

"嗨，你们笑什么呀？"格雷丝从咖啡壶后面问。

查利冲两个小姑娘的方向点点头说："脏笑话。"

"嘿，我知道你们不正经。"

圣诞节前一个下雪的午后，查利搬进公寓后两周，他早早地返回城里，在比尔特摩旅馆和多丽丝会面。她说："我们去什么地方喝一杯吧。"于是他说他已准备好了饮料，她应该到那儿去看看立木做的五颜六色的怪好玩儿的小三明治。她问那日本人这时在不在。他咧嘴笑着摇摇头。出租汽车只消两分钟便拐了弯把他们送到那翻建过的褐色沙石公寓。

"嘿，多舒适呀！"多丽丝爬了楼梯，有点喘不过气来，她呼地把裘皮大衣解开。"现在我真感到要做坏事了。"

"但是这和同你不认识或者不喜欢的家伙在一起是不一样的。"查利说。她让他吻她。然后她脱去外衣和帽子，在被暖气烤热的窗台上坐下来，就坐在他的身旁。

"谁也不知道这儿的地址和电话号码。"查利说。当他把手臂搭在她的瘦肩上，把她拉到身边时，她古怪地微微战栗了一下，向他让步，任他把她抱在他膝上。他们吻了很长时间，然后她挣出身来说："查利宝贝儿，你请我到这儿来是来喝酒的啊。"

小厨房里有用威士忌调制鸡尾酒的各种配料，还有一盘三明治。他把它们拿进房来，放在柳条圆桌上。

多丽丝把好几块三明治都咬了一口，才决定她最喜欢哪一块。"嘿，你那位日本佬一定是个满不错的艺术家，查利。"她说。

"他们是个聪明的矮小民族。"查利说。

"这儿的一切都可爱，查利，只是这灯光伤我的眼睛。"

他把灯拧熄后，窗户呈一片明亮的蓝色。在积雪的街上往来行驶的出租汽车的光和影以及对面商店眩目的灯光，在天花板上投射出一块块长方形的移动着的橘红色。

"啊，这儿真美妙，"多丽丝说，"看那雪地上的一道道车辙，这街道显得多么古色古香啊。"

查利不断地在鸡尾酒里掺威士忌。他叫她脱去衣服。"你知道，你曾说过衣服要花钱去买的。"

"嘿，你这大傻瓜……查利，你有点喜欢我吗？"

"那还用说吗……我为你彻头彻尾地发狂了……你知道我希望我们永远

在一起。我希望我们结……"

"别败坏我们的兴致，这一切是那么可爱，我从没想到会是这样的……查利，你要采取预防措施，对吧？"

"那当然。"查利咬紧牙齿说，到抽屉里去取避孕套。

七点钟时，她匆匆穿好衣服，说有人约好她吃晚饭，再不走就太迟了。查利陪她下楼，把她送进出租汽车。"听着，亲爱的，"他说，"我说过的话，我们以后不必谈了。我们只管干好了。"他返身登上那陡峭的嘎吱作响的楼梯，嘴里仍旧带着吻她的嘴和头发时的滋味，头脑里充满了她使用的香水味。他打了一个寒噤，感到难过，像晕船的感觉一样。"天啊。"他出声地说，合扑卧倒在窗台上。

那套公寓、雇用的立木、购进的私酒、付汽车的欠款以及每天送给多丽丝的花，这些开销使查利每月入不敷出。他在银行刚存进钱，不久就又取了出来。他有许多股票，但还拿不到红利。圣诞节他得向乔·艾斯丘借五百美元买礼物送多丽丝。她告诉他别送她珠宝，因此他问立木给一位非常有钱而年轻貌美的小姐送什么东西较合适，立木说送一件丝绸晨衣很合适，于是查利便出去给她买了一件中国官服式的晨衣。多丽丝见了扮了个滑稽相，但是她尖起嘴来在他嘴边倏地吻了一下，因为他们这时在她母亲家里，她还声音呆板地说："哦，多么可爱的小伙子。"

汉弗莱斯太太邀请他来吃圣诞晚餐。房子里可以嗅到装饰用的金属丝和青枝绿叶的气息，椅子上摊着许多绉纹纸和乱七八糟的东西。鸡尾酒很淡，大家全站着。有纳特和萨利·本顿、汉弗莱斯太太的侄儿侄女、她那已经很聋的姐姐埃利萨，只谈冬季运动的乔治·迪凯纳，大家全等着在三四点钟举行的正餐宣布入席。人们显得不快而困窘，只有刚从意大利回来的奥利·泰勒洋溢着节日的兴致。他把大部分时间消磨在食品室，脱去了外衣在那儿调制他所谓的老式的圣诞五味酒。他如此忙碌，以至很难拉他入席。查利得把全部时间花来照顾他，结果整天没捞上和多丽丝讲一句话。吃过饭，喝了圣诞五味酒，他又得送奥利回俱乐部。奥利已经完全烂醉了，脸色煞白，胖胖的身体缩成一团，坐在出租汽车里，一再咕哝着"该死的好圣诞节"。

查利把奥利交给看门人后，无法决定是回到汉弗莱斯家去，还是照他答应过的去艾斯丘家。如果去汉弗莱斯家，他一定会发现多丽丝和乔治正把头紧挨在一起玩什么傻瓜游戏。比尔·塞尔麦克曾请他去贾梅卡看看那些欧洲裔非技术工人，但是他说，这种人不解决问题。查利说他一定去，只要能离

179

开这帮自命不凡的有钱人，去什么地方都行。他在宾夕法尼亚车站打电报给艾斯丘夫妇，祝他们圣诞快乐。艾斯丘夫妇一定能谅解，他得陪多丽丝欢度节日啊。在去贾梅卡的空荡荡的火车上，他为多丽丝担心起来，也许他不应该让她和那英国人在一起。

到了贾梅卡，比尔·塞尔麦克和他妻子以及他俩的上了年纪的姻亲和朋友都为查利的到来感到高兴死了，多少有点激动。那是一所绿色纸瓦屋顶的木屋，周围是红绿屋顶相间的同一式样的小屋。塞尔麦克太太是位强壮的金发女人，因为多吃了丰盛的饭菜，喝了葡萄酒而有些醉，脸颊上泛着红晕。她让查利吃了些刚从饭桌上撤下来的火鸡片和葡萄干布丁。然后他们制作放有丁香的热酒，而比尔则演奏有键盘的手风琴，别的人跳舞，孩子们喊叫，打鼓，趴在地上，妨碍跳舞的人。

等查利说他得走了，比尔便陪他走到车站。"嘿，老板，你来我们真的衷心感激。"比尔开腔了。

"见鬼，我是什么老板啊。"查利说，"我跟技工们是一伙的……不是吗，比尔？你和我，比尔，技工们一起对抗这个世界……等我结婚时，你要来给我在婚礼上演奏你那该死的手风琴……明白了吗，比尔……也许要不了多久啦。"

比尔皱起面孔，擦擦他那长鹰钩鼻。"你一旦把女人制服了，她们才乖乖的，制服不了，她们就是祸水。"

"我已经把她制服，我确实把她制服了，因此她非嫁给我不可，使我成为一个规矩男人。"

"好小伙子。"比尔·塞尔麦克说。他们站在那寒风阵阵的火车月台上笑着，直到去曼哈顿的火车开来才握手告别。

汽车展览会期间，纳特有一天打电话来，说经营特恩装备公司的法雷尔在纽约，想见见查利。查利告诉纳特午后带他来喝鸡尾酒。这次他把立木留下来照应。

詹姆斯·亚德利·法雷尔长着圆圆的脸，圆圆的秃顶，灰黄的头发。他一进门就喊："他在哪儿？他在哪儿？"

"他在这儿哪。"纳特·本顿笑着说。

法雷尔紧拉着查利的手上下摇动着。"原来这就是懂行的那个人，是不？这几个月来一直想找到你……纳特知道，我为了找你而使他不得安宁……听着，去底特律怎么样……长岛城这地方不适合像你这样的人。我

180

们那儿需要你的技术知识……而且对我们需要的东西我们准备出钱。"

查利脸红了。"法雷尔先生，我待在这儿满不错啊。"

"你挣多少钱?"

"哦，够一个年轻人花的。"

"这以后再谈……但是可别忘记，在我们这种新兴工业中，装置的更新是很快的……我们必须张大眼睛，否则就会落伍……好吧，眼下且不谈这个……但是我要告诉你一件事，安德森，我不会听任这一工业被许许多多互相卡脖子的简陋的小厂所破坏、肢解。你不认为我们最好围桌而坐，以友好和互助的精神瓜分蛋糕吗? 而且不骗你，年轻人，这将是一块无比巨大的蛋糕。"他把声音压低成耳语。

立木在黄脸上带着淡淡的外交家式的微笑，用盘子端来巴卡迪鸡尾酒。

"不，谢谢，我不喝酒，"法雷尔说，"你是单身汉吗，安德森先生?"

"哦，差不离……我想不会老是如此的吧。"

"你会喜欢底特律的，真的……本顿告诉我，你是明尼苏达人。"

"嗯，我是在北达科他州出生的。"查利转过脸去对日本仆人说，"立木，本顿先生想再来一杯。"

"我们在那边的人很喜欢交朋友。"法雷尔说。

两人走后，查利打电话给多丽丝，直截了当地问她，等他们结婚后，她愿不愿意住在底特律。她在电话线的那一头小声地叫起来:"多么可怕的主意……而且谁提起过那个可怕的……你知道，州呀……我甚至不想提这个可怕的名字……难道你不以为今年冬天在纽约会很好玩吗?"

"当然，"查利回答说，"我想在这儿也不错，如果情况不是这样的话……我原想也许你想换个环境，就这么回事……那边有个公司想让我去，懂吗?"

"嘿，查利，你必须答应我，再也不要提这样的傻事了。"

"一定……如果你明天晚上陪我一起吃晚饭的话。"

"亲爱的，明天我不行。"

"那么星期六怎么样?"

"好吧，我取消一个约会得了。也许你可以在音乐会之后到卡内基音乐厅来接我。"

"如果你高兴，我甚至愿意去参加那次该死的音乐会。"

"噢，不，母亲请了许多老太婆。"她讲得很快，声音在听筒里听起来带着鼻音，"包厢里不会有空位子。你在小茶室里等我，就是你上次等我而弄得很生气的那间俄罗斯茶室。"

"行啊，什么地方都可以……听着，你不知道当你不在我身边的时候，我多想你。"

"真的？啊，查利，你真是个亲人儿。"她挂断了电话。

查利放下听筒，身子倒在椅子里。刚才在电话里跟她谈话时，他不由自主地感到浑身发抖。"喂，立木，给我把那瓶苏格兰威士忌拿来……喂，告诉我，立木，"查利给自己倒了一杯烈酒，继续说，"在你们国家，男人要结婚真这么困难吗？"

日本仆人笑笑，稍微弯弯身子。"在我们国家，什么事情都要困难得多。"

第二天，查利从工厂回来，发现多丽丝打来一份电报，说星期六完全不可能会面了。"该死的荡妇。"他骂出口来。整个晚上，他不断给她打电话，留话，但她始终不在家。他开始讨厌那该死的话筒贴在嘴唇上的不舒服的感觉。星期六，他也没能和她通上话。星期日上午，汉弗莱斯太太接了电话。这老太婆冷冰冰的声音嘎嘎叫着说，多丽丝突然去南安普敦度周末了。"我知道她会患重感冒回来的，"汉弗莱斯太太又加了一句，"这种天气还度周末。"

"好吧，再会，汉弗莱斯太太。"查利说着挂断了电话。

星期一上午，立木给他拿来一个带着多丽丝的香水味和两面都有她的笔迹的蓝色大信封，他打开信封还没有读，就知道内容是什么。

亲爱的查利：

　　你那么可爱，我那么喜欢你，并希望你做我的朋友（两字下划了横线）。你知道我过着多么愚蠢的生活，眼下正在过一次荒唐透顶的周末，我对大家说我头痛欲裂，已经上床睡觉了，实在是为了给你写信。但是，查利，请完全忘掉婚礼之类的事吧。一想到这事就使我浑身不舒服，再说，我已经答应乔治要在六月里嫁给他，而迪凯纳家族有一位公共关系法律顾问——这不是很可笑吗——但他的任务就是使迪凯纳家族在公众中有个好名声，而他已把此事原原本本地告诉了新闻界，即我在苏格兰荒原和古老的中世纪修道院式庄屋中被他追求等详情。因此我必须赶紧写信给你，查利亲爱的，因为你是我最好的朋友（两字下划了两道横线），而且是我朋友中唯一生活在实业、生产和劳工等现实世界中的，而这也是我很想归属的世界，因此我希望你立即知道。啊，查利亲爱的，关于我请别胡思乱想。

你亲爱的朋友（两字下加了三道横线）

多

做个乖孩子，把这封信烧掉，好吗？

门铃营营地响了。是汽车间的小伙子开了查利的汽车来了。查利戴上帽子，穿上外衣下楼。他坐上汽车，驶往长岛城，跨上有橡皮踏板的台阶，走进办公室，在办公桌后坐下来，把文件翻得沙沙响，在电话里和斯托奇交谈，到职工餐厅与乔·艾斯丘共进午餐，向淡黄色头发的新来的速记员口授几封信稿，不觉忽然已是六点了，便驱车穿过来往车辆回家。

过桥的时候，他感到一阵冲动，想猛扭驾驶盘，加大油门，但是这该死的汽车无论如何是不会越过栏杆扎入河中的，只会使来往的卡车撞成一堆难看的废铁。

他不想回家，也不想去那卖私酒的小馆子，整个冬天他每周曾多次和多丽丝去那儿吃饭，因此他便拐上三马路。也许他能在朱利叶斯饭店碰到什么熟人。他站在酒吧前。他不想喝醉酒了，同样也不想干什么别的事。但喝了几口不掺水的黑麦威士忌，他感到好过些了。让她见鬼去吧。什么也比不上喝几口酒。他现在孤单一人，身上有钱，世界上任什么事他都能干。

在酒吧前靠近查利站着两个稍微偏胖、看起来邋里邋遢的女人。她们陪着一位已喝得相当醉的红脸膛男人。两个女人正谈论服装，那男的则在谈贝洛森林[1]。他和查利马上认出彼此都是美国远征军的老战友。"姓德夫里斯。职业……乐天派。"那人说，用手拉拉那两个女人，使她俩转过脸来冲着查利。他做了一个用双臂搂住她们的戏剧性动作，大声说："请会见我的妻子。"

他们为贝洛森林、阿尔贡森林、圣米耶尔阵地突出部、巴黎之战干杯。女人们说，天啊，她们多么想去霍博肯的那家啤酒店。查利说他愿用车子送他们大家去。在路上，他们稍微清醒了些，在乘汽车渡船过河时他们很安静。霍博肯黑暗寒冷的街道上的那家饭馆里，只能买到啤酒。吃过晚饭后，德夫里斯说他知道一个地方能买到真正的酒。他们绕过一个又一个街区，最后在联合城的垃圾场里停下来。等他们喝足了酒，想跳方舞时，女人们说去

---

[1] 位于巴黎东北马恩河之北，1918年6月初至7月初，美国远征军在那里打了一场漂亮仗。后来在战场遗址上建立贝洛森林美国战争纪念馆。

哈莱姆黑人区才带劲哩。这一次乘渡船也无法使他们清醒，因为他们随身带着一瓶苏格兰威士忌。在哈莱姆区，他们被一家舞厅撵出来，最后来到一家夜总会。那个乐天派从铺着红地毯的楼梯上摔下来，惹得查利和管理人员大笑了一阵。他们吃了油炸仔鸡，喝了些黑人侍者在外面买来的蹩脚的杜松子酒，便跳起舞来。查利不停地想着自己跳得多么优美啊。他弄不清为什么他就是没有碰上任何浅肤色混血姑娘的福分。

次晨，他在一家旅馆的客房里睁开眼来。他望望周围。不，床上没有任何女人。除了头疼和耳根发烧外，他感觉良好。胃没问题。他一时以为自己刚从法国乘轮船上岸。后来才想起那辆派克牌汽车，见鬼，他把它丢在哪儿了？他伸手到电话机上。"喂，这是什么旅馆？""是麦卡尔平旅馆，早上好。"他想起了乔·特宾诺的电话号码，便打电话问他什么东西解除宿醉最好。打完电话后，他感觉不那么好了。他嘴里的味道就像养鸡棚的地面那么臭。他又入睡了。电话铃把他弄醒。"有位先生要见你。"这时他想起了关于多丽丝的那些事。特宾诺派人给他送来一瓶苏格兰威士忌。查利喝了一口纯酒，然后喝了许多冰水，洗了个澡，吩咐送早餐上来。但这时已是外出吃中饭的时间。他把那瓶酒藏在大衣口袋里，弯到弗兰克和乔合营酒店去喝鸡尾酒。

当天晚上，他乘出租汽车来到哈莱姆区。他从一个舞厅到另一个舞厅，和那些浅肤色混血姑娘跳舞。他在早餐俱乐部跟人打了一架。等他发现自己正乘着另一辆出租汽车驶往闹市区达玲太太家，天已经亮了。他没有钱付给出租汽车司机，那人坚持要和他一起乘电梯上去拿钱。公寓里只有黑种女仆一个人，她代他付了五美元。她设法让查利躺下，但他要给她开一张支票。他尚能签自己的名字，但却无法签在支票上。女仆设法使他洗了澡上床睡觉。她说他衬衫上全是血。

他感到好过了，浑身干净爽快，当理发师在他发青的眼睛上放了个冰袋，给他刮胡子时，他在理发椅上睡了一会儿，后来他回弗兰克和乔的酒店去碰碰熟人，正好遇见纳特·本顿。好心的老纳特为他担心，询问他被打青的眼睛如何了，他把打那家伙时擦破皮的指关节伸给纳特看，但是纳特老是谈生意经，谈艾斯丘-梅里特和标准飞机零件公司的股票。他说要不是有了他，查利现在怕已经被撵到人行道上过夜了。他们喝了些酒，但纳特老是谈该喝酸乳，并要求查利到旅馆去会见法雷尔。法雷尔认为查利可算是世上最好的人了，而法雷尔是工业界即将崭露头角的人物，你可以把所有的钱都押在法雷尔身上。说着说着法雷尔来了，查利又把他擦破皮的指关节伸给他看，对他说，如果不是有人用灌满沙的袜子打他的耳根，他会让他们全输个精光。底特律，是啊。他准备随时去底特律，底特律或别的地方。见鬼，谁也不想待在这可以把人打倒在地再搜尽身上财物的鬼地方了。而且那该死的浅肤色混血姑娘拿走了他的皮夹子，里面有他的全部通讯录。文件？当然。你们爱签就签吧，就照纳特说的办。股票，当然。全部换掉，一股不留。在这个城市，你在敲竹杠的舞厅酒馆可以任人把身上的东西搜得精光，那你拿了这个城市的一家工厂的股票又有什么用！底特律，对，马上就走。纳特，叫一辆出租汽车，我们去底特律。

后来他们一起回到公寓，立木正唠叨个没完，纳特料理着一切事务，法雷尔说了："我不愿见到他鼻青眼肿的样子。"查利现在能签字了。他先在桌面上试试，然后签在合同上。纳特谈妥了把艾斯丘-梅里特股票换成特恩股票的事。然后纳特和法雷尔说查利一定困了，而立木一个劲地叽叽喳喳地说他必须立即去洗个热水澡。

次晨查利醒来时，感到神志清醒，但是有气无力，像具等待殡葬的死尸。立木给他喝橘子汁，但是他很快就吐掉了。他又倒在枕头上。他吩咐立木谁也不让进，但是床脚边却站立着乔·艾斯丘。乔的脸色比平时更苍白，像在办公室时一样，焦虑地紧锁着双眉，捋着他稀疏的淡黄色小胡子。他没有笑意。"怎么样了？"他说。

"还好。"查利说。

"特恩装备公司也一样，是吗？"

"乔，我现在在纽约不能再待下去了。我和这个城市一刀两断了。"

"也和其他许多东西一刀两断了，在我看来似乎是这样。"

"乔，不骗你，如果不是因为我得离开这儿，我是不会这样干的……我为这番事业付出的精力和你一样多，有人认为比你还多一点儿。"

乔薄薄的嘴唇紧闭着。他想开口说什么，却止住了，步子僵硬地走出房去。

"立木，"查利喊道，"拿半只葡萄柚给我去挤汁，行吗？"

新闻短片LVI

他的第一步行动是乘快车到迈阿密去看看由他的公司资助的建设项目的修建者是否在尽其可能加快工作并了解一下一般情况

珍珠贝色泽的清晨

路德教信徒们不再用Hell而用Hades①

啊，欢乐
感到船只在摇晃
啊，小伙子
看黑人成群结帮
汽笛鸣叫是何意
大家上船嘟嘟

战舰遭殃归咎于排气装置

千真万确你正在肯塔基

邮船着火

大队警察包围抢劫航空邮件的强盗

在夏日大海之滨

---

① Hell（地狱）一词源出古高地德语，在美国的路德教信徒一直沿用此词，现在决定采用源自希腊神话的Hades一词。

沿着迈阿密海岸边

有人独自等着我

沿着迈阿密海岸边

自昨天此刻以来近两千人改抽吉士牌香烟

漂亮娘儿们逃遁随身没带多少衣服

在商店见到玫瑰花蕾一个

为寻找更多花蕾我四处奔波

再会吧心中的忧郁

　　和他在一起的三个白人似乎属于原始北欧血统。就体格而言，他们是出色的生物。他们长着漂亮的亚麻色头发、蓝绿色的眼睛和白皙的皮肤，男人身上覆盖有一层绒毛般的汗毛

让我在卡罗来纳州躺下入睡

把疲倦的头放在安宁的枕上

像我这样的流浪儿这样再好不过

上帝啊在卡罗来纳州

听蚊母鸟啁啾

多么令人激动

摄影机眼（48）[①]

　　从桑坦德[②]向西开往哈瓦那、墨西哥港和加尔维斯顿（那平静如镜的海

---

① 　这一节写作者于1923年去西班牙旅行后返美途中在海轮上的见闻。
② 　位于西班牙北部，濒比斯开湾。

口感到山丘团团围住了湿漉漉的夜色偶尔有颗流星从雨蒙蒙冷冰冰的天空往下坠一排灯光从沉寂的岸边撒落）反向旋转的双推进器隆隆地响

终于西去摆脱了那些能鉴赏水彩画的领养老金的老处女以及把血淋淋的爪子藏在整洁的线手套里的长着鳄鱼眼睛的老头儿离开了那被文学破坏了的景色　西去

> 就老人说他已老迈
> 就老人说他已花白
> **但是年轻人的心充满了爱**
> 滚开老人滚开

在西去的船上灯火辉煌的大厅的餐桌边那胸脯丰满臀部宽大的古巴美女身穿领口开得很低的黄色夜礼服用小指头的尖尖的红指甲调皮地指向

那些从毕尔巴鄂[①]来的鬈发的花花公子（嗓音比别人大讲的话更滑稽）他们身穿冰淇淋色的紧身西服绸衬衫打着斜条纹领带（西去哈瓦那因为那儿蔗糖丰收）其中最有钱的一个戴着钻石戒指　一些过于明亮的眼睛冲着她小指头指点的方向望去

但是年轻人的心充满了爱

她低语说　在我去浴室途中他从她房舱里走出来　她方才为什么在六十六号房舱里吃吃地傻笑？那从毕尔巴鄂来的阔少叫了香槟酒

使长桌上像礼炮一样响的拔出酒瓶软木塞的噗噗声又增添了回响长桌旁坐着高大庄严留着黑色小胡子的墨西哥将军和五个高大庄严腮帮呈蓝色的儿子一名肥胖的大管家和不多几位没有表情的母鸡般身材的女士我们一拐过灯塔下的海角她们便用手帕掩着嘴窸窸窣窣地摆动着黑绸衣匆匆走出去

西去（从旧世界进入新世界新得过分新得无法辨认）在夏日里朝南横渡大西洋（朝着重大事件前去）耳中听见惊涛骇浪深蓝色的海起伏不定烈日热辣辣地照耀在手背上摸到栏杆上润湿的盐粒闻到铜光洁剂和高压水蒸气的气味数目繁多的点点闪烁的亮光

---

① 在西班牙东北部，桑坦德东，为一避暑胜地。

188

每天中午我们总是吃太多的冷盘小吃喝太多的酒而那美人转动着眼珠吃吃笑着用尖尖的小指头指指戳戳指出谁同谁睡过觉

嬉闹一场

令人悲叹的是那个从毕尔巴鄂来的花花公子就是戴钻石戒指的那一个在船的中部被（向西去时古代的复仇三女神跟在我们后面）爱神维纳斯用可怕的脚趾踢了一下　　回到床上休息去了　　我们在他的房舱而不在吸烟室里喝咖啡　女士们对他的境况感到关切

两个西班牙来的口没遮拦脖子像青蛙的流浪歌唱家被从统舱里请来伴着吉他歌唱（维希矿泉水和深沉的歌声argyrol和Rusiñol[①]押韵）

> 如果你想让大车歌唱
> 你该把它在河里弄弄潮
> 等它把水吸了个饱
> 就会歌唱像口哨[②]

并且讲述有趣的故事一千零一只哈瓦那之夜数百万人的舞蹈　　美丽的古巴女人她们喜欢黑人

但是从舱里走到甲板上吸一口午后的带咸味的空气除了那艘在靛青色的海水中颠簸的生锈的货轮以外还有更多的景致可看　　那个金发男子　　那个没戴钻石戒指的从毕尔巴鄂来的花花公子被大声吆喝的古巴人团团围住那美女胸脯起伏领着一个蓄灰色长鬃角的小个子男人把他推向那金发男子人们从后面推他　　打起来了

打的双方交替地跟那些企图把他们拉开的朋友争辩　　挣脱开　双方挥动着手臂扑向对方　又被抓住了　被拉开

船上的高级船员们从中调停

面色苍白浑身发抖的勇士们被带走了　　蓄着长鬃角的那被领到女士们的客厅　　那金发男子被领到船尾的吸烟室

在那儿我们细细琢磨所受的侮辱　这一切意味着什么？

不先生不　　那金发男子抓住一张横渡大西洋总公司的信笺但是指头不

听使唤抓不住钢笔　　当他把指头缠绕在他长长的鬈发中一位卷入这场争端的未经认可的观察家听他的口授敏捷地写出一份有拼法错误的

挑战书

并板着面孔把它带给女士客厅中的那帮人　他妈的

然后我们陪同这金发男子在颤动着的船尾走来走去讨论短剑手枪斗剑练习

如今吃饭时只有那西去的观察家露面了　　那金发男子在他那害淋病的朋友的床头郁郁不乐等待灾祸临头　　船上兴奋地谈论着决斗直到我的司令官一位红脸的法国布列塔尼人访问有关各方解释说在横渡大西洋总公司的规章中这类无聊事是明令禁止的而那两个西班牙歌唱家必须回到他们原来的统舱去

失望

我的将军用军人的步伐走进来他说对涉及荣誉的事很内行一名军人　他妈的　　我们去吧也许他能使双方和解

都到吸烟室去那儿已有四瓶香槟酒给冰镇在白铁桶里舒服地排在一起

他妈的三明治给端上来了　　我的将军打消了误会那是从毕尔巴鄂来的花花公子们的房舱里偷听到有关黑人和古巴美人的某些话而引起的　　我们去吧　　通过通风孔可听到许多不讲更好的事但是无论如何由通风孔隔离的荣誉是完整无损的两个勇士小心翼翼地握住对方的手　他妈的棕榈宽边帽乐曲　　我的将军的话大家乐于倾听

在统舱里西班牙人在唱歌弹琴

那金发男子靠在酒吧上秘密地告诉我　　正是通过那个有指指戳戳的粉红色手指头和在通风孔偷听的漂亮耳朵的美人戴钻石戒指的他才收到　　而他本人怀着疑惧　他妈的一个下流的娼妓　　到达哈瓦那　　一位服装华丽戴巴拿马草帽的做丈夫的来搂那美女　　从毕尔巴鄂来的花花公子们前去塞维利亚-比尔特摩旅馆而我

百万富翁或不短钱花者的舞蹈习以为常地跳起来像签证一样不可避免

在蔗糖价格上涨的旋涡中在八月骄阳下鄙人游览全市和那似糖的夜晚裤袋中的二十元一角五减少到八元五角为了找能赚钱的事

以及如何到墨西哥

或任何地方去

玛戈·道林

　　玛戈·道林和托尼结婚时才十六岁。她喜欢去哈瓦那的船上之行。沿途风浪很大，但她一点儿也不晕船。托尼却不舒服，他脸色蜡黄，老是躺在铺位上。她极力想让他到甲板上去呼吸点新鲜空气，他却只是呻吟。等她好歹帮他穿好衣服时，海岛已在望了。他虚弱得很，她得拿他当婴儿一样帮他穿衣。她给他扣鞋扣时，他两颊深陷，闭着双眼躺在铺位上。然后她跑上甲板去看古巴的哈瓦那。海水仍旧汹涌澎湃。海浪把一道道水花溅到灯塔下的巨大岩石上。船上那脸容瘦削的年轻三副一路上对她好极了，这时指给她看灯塔后面的莫罗城堡以及那些在城堡外的大浪里上下颠簸的小渔船，里面有小小的黑色或褐色的人影。城堡另一面，那些浅酱色的房屋好像就耸立在岸边的碎浪中。她问他贝达多在哪儿，他指指远处拍岸浪上方的烟雾弥漫处。"那儿便是优美的住宅区。"他说。阳光明媚极了，天空中布满了大块白云。

　　这时他们已进入港中的平静的水面，正驶过一排停靠在那些阳光灿烂的堡垒和城堡下的陡峭山丘前的大纵帆船，她不得不下到他们那气闷而有船底污水臭味的房舱去帮助托尼起床，收拾好他们的行李。他仍旧很虚弱，不断地说他脑袋发晕。她不得不扶着他走下跳板。

　　草率建成的码头上挤满了圆睁着眼睛的穿白色和茶色衣服的人，他们吵吵闹闹，叽叽咕咕。他们好像都是来接托尼的。他们中有身披披巾的老太太、戴着草帽的脸有粉刺的年轻人和一位戴巴拿马草帽的长着一大部浓密的白色连鬓胡子的老先生。眼圈发黑的孩童到处挡道。人们大多是黄色或咖啡色皮肤，长着黑眼珠，还有一个穿粉红色连衣裙的头发花白的黑种老妇人。大家喊叫着，伸出双臂，拥抱并亲吻托尼，弄得过了好一阵才有人注意到玛戈。这时所有的老妇人都团团围着她，吻她，呆瞪着她，用西班牙语对她的头发和眼睛表示赞叹。她感到自己真像个呆子，一个字也听不懂，便一个劲地问托尼哪一位是他的母亲。但是托尼一时把英语忘掉了。最后他指着一位结实的披着披巾的老太太，说那就是他的妈妈，玛戈见她不是那个黑人而感到大大的宽慰。

有轨电车在人声喧嚷的有马车和骡车的一条条街道上行驶了好长一程，沿街的石砌建筑尘土飞扬，有股油腻味儿，然后在烈日当空下，大家在一条铺着鹅卵石的巷子下了车，玛戈想如果这便是优美住宅区的话，我就是百万美元的女继承人了。

一堵灰泥斑驳而有些剥落的粉红色墙上开着一扇扇钉有铁栅的狭长落地窗，他们从墙上的高大的门洞子走进去，进入一个阴凉而有腥臭味的门厅，里面摆着柳条椅和花木。一只鹦鹉在笼里粗厉地叫着，一条胖得像猪的小白狗冲着玛戈汪汪叫，托尼称之为妈妈的那个老太太走上前来，用一条手臂搂住她的双肩，用西班牙语讲了许多话。玛戈站在那儿，把身子的重量时而放在左脚上，时而放在右脚上。门洞子里挤满了邻居，他们用猴子般的眼睛盯着她。

"嗨，托尼，你至少该告诉我她在说些什么吧。"玛戈生气地哀诉道。

"母亲说这是你的家，欢迎你，诸如此类的话。现在你该说 muchas gracias，mamá①。"

玛戈什么话也说不出来。她感到喉头塞住了，便放声大哭起来。

等她看见了他俩的房间，她又哭了。那是一大间黑乎乎的凹室，外面挂着撕破的网织门帘，一张大铁床占去了凹室的大部分空间，床上摆着一床黄色的被子，上面布满褐色的污迹。当她看见床下露出一只上有玫瑰色图案的破裂的大夜壶时，不禁破涕为笑了。

托尼面有愠色。"现在你必须十分注意自己的言行，"他说，"我的家人说你非常漂亮，但是没有很好的教养。"

"嘿，去你的吧。"她说。

她在哈瓦那的期间，一直住在这间凹室里，它那通庭院的玻璃门前只遮了一道屏风。托尼和别的小伙子们总在外面跑。他们从来不带她出去。最糟的是她发现自己已怀孕了。日复一日，她独自躺在床上，呆望着有裂缝的白色灰泥天花板，听着庭院和门厅里妇女们尖声的谈话、鹦鹉的叫声和那条名叫基基的小白狗的狂吠。蟑螂在墙上爬来爬去，凡是没有被放进箱柜的衣服都被它们咬了洞。

每天下午，火辣辣的阳光透过庭院上的玻璃屋顶挤进房来，一摊四方形的阳光沿着床边，在砖砌地上向前移动，使这间凹室耀眼而气闷。

---

① 西班牙语，意为"多谢多谢，妈妈"。

托尼的家人从来不让她出去,除非由一个老妇人陪着,而且通常总是去菜场或教堂。她讨厌去菜场,那儿污秽不堪,恶臭难闻,挤满了汗流浃背、推推撞撞的黑人和中国佬,他们越过鸡仔笼和黏溚溚的鱼摊大声叫卖。妈妈和费利西亚娜姐姐和那黑种老太婆卡娜似乎很喜欢去那儿。教堂要好一些,至少人们去那儿穿得好些,华美的圣坛上常常供满了鲜花,因此她经常去那儿忏悔,尽管神父听不懂她刚学来的几句东拼西凑的西班牙语,而她也不懂他的回答。不管怎么说,去教堂胜似整天坐在炎热而有腐臭味的门厅里。她试图和那些老妇人谈话,她们什么也不干,只顾摇扇子和闲谈,而那只小白狗则睡在一只破的镀金椅子的脏坐垫上,偶尔抓捕一只苍蝇。

托尼不再把她放在心上了,但她也不能怪他,因为她老是哭得眼红脸肿。托尼总是跟一个娃娃脸的中年胖子在一起,此人身穿一色西服,一根粗大的双料金表链垂在大肚皮上,呈一条弧线。大家都尊称他为曼弗雷多先生。他是个蔗糖商,准备送托尼到巴黎去学音乐。他有时也来坐在门厅的柳条椅上,肥胖的双膝夹住他的金头手杖。玛戈老是觉得曼弗雷多先生有点儿可笑,但她尽可能地对他友善。他也不大注意她。他的目光从未离开过托尼的长而黑的睫毛。

有一次,她感到再也无法忍受下去了,便独自跑到中央公园边的一家美国药房,她是在那些老妇人有天晚上带她去看军乐队演奏时发现这家店铺的。过路人全都注视她。她拼命地跑到药房,把身上的钱全买了蓖麻油和奎宁。回家的路上,她不免遭到某些男人钉梢,伸手企图拉她的臂膀。"你见鬼去吧。"她用英语对他们说,加快了脚步。她迷了路,几乎被一辆汽车轧死,最后上气不接下气地回到家。那些老妇人都回来了,为此大吵大闹。

托尼回来后,听说此事,大发雷霆,动手打她,但是她比他力气大反把他的一只眼睛打青了。随后他扑在床上哭泣,她把冷敷布放在他眼睛上,使它消肿,爱抚他,双方都感到快乐,自从到哈瓦那以来,他们还是第一次这样融洽。麻烦的是那些老太婆弄清了她打青他眼睛的经过,大家就此拿这来取笑他。整条街上的人似乎都知道了,大家都说托尼是个女人气十足的男人。他的妈妈绝不宽恕玛戈,自此以后对她总是刻薄刁难,怀恨在心。

要不是怀了孕,玛戈早就会出走了。蓖麻油没起什么作用,只不过使她腹痛如绞,而奎宁则使她耳鸣。她从厨房里偷了一把尖刀,打算用它来自杀,但是却没勇气把它扎进身子。她想到用床单来上吊,但是这件事她似乎也干不来。她把刀子放在床垫下面,整天躺在床上梦想,如果有朝一日回到美国，她将干些什么。她还想到艾格尼丝、弗兰克、歌舞杂耍表演、基思巡回演出和圣尼古拉斯溜冰场。有时她竭力使自己相信这一切只是长夜梦魇，她会在家乡的床上醒过来的。

她每周都给艾格尼丝去信，艾格尼丝有时会在回信中捎给她两美元。她省下了十五美元，放在一只鳄鱼皮小钱包里，这是他俩刚到哈瓦那时他送给她的。有一天，他偶然看看钱包里面，就把钱装进自己的口袋，出去参加晚会了。她感到沮丧极了，等他在伦巴舞厅过了一夜，带着黑眼圈回家来，她竟不想责骂他了。那些日子，她感到很不舒服，也不想骂任何人了。

她开始阵痛时，谁也没想到要送她上医院。那些老太婆说她们知道该怎么做，慈善事业修女会的两名修女顶着蝴蝶形的白色大帽子，端着脸盆和热水壶跑进跑出。肚子痛了一天一夜并延续到第二天。她肯定自己就要死了。后来她大叫大喊，要请医生来，他们只得出去找来了一个老头，他的一双黄手因为患风湿症而指关节肿大，胡子上沾着烟草迹，她们说他是医生。他的金边眼镜上系着一根丝带，不断地从他那扭曲的长鼻子上滑下来。他对她进行检查后说一切均好，站在他身后附近的老妇人们笑着直点头。接着阵痛又攫住了她，除了痛她什么也不知道了。

等一切完毕后，她如此虚弱地躺倒着，以至自以为一定已经死了。他们把婴儿抱来给她看，但她不想看。次日，她醒过来，听到身旁有阵有气无力的哭声，却想不出这是什么。她难过极了，无法转过头去看，那些老妇人低头看着什么东西，只是摇头，但是她不在意。她们说她身体不好，不能给她喂奶，只得用奶瓶来喂她，这时她也不在意。

两天在茫然无知的虚弱中度过了。然后她能够喝一点橘子汁和热牛奶，能够用臂肘撑着抬起头看看她们抱给她的小宝宝了。她小得可怕，是个小女孩。那可怜的小脸上满是皱纹，像只老猴子的头。眼睛有点什么毛病。

她让她们把那老医生请来，他在她的床沿坐下来，一副一本正经的样子，用一块干净的大绸手帕把他的眼镜擦了又擦。他一个劲地称她为可怜的小宝贝，终于使她明白那婴儿的眼睛是瞎的，而她丈夫患有一种暗疾，等她身体好些，她也应该立即去诊所治疗。她听了没有哭，也没有说什么，只是躺着呆望着他，双眼火热而手脚冰凉。她不希望他走，这是她唯一的想法。她让他详细地谈这种病及其治疗法，假装她懂得的西班牙语比实际懂得的还少，只为了可以使他多待些时候。

两天后，老妇人们披上她们最好的黑绸披巾，把婴儿抱到教堂去受洗。

她们把她包在网眼织物中，她的小脸显出可怕的青紫色。当天晚上小脸几乎变成了黑色。到早上她便死了。托尼哭了，老妇人们也歇斯底里大发作。他们花了不少钱，买来一口有银制把手的白色小棺材，雇了枢车，并请一名神父来举行葬礼。然后慈善事业修女会的修女们来家在她床边祈祷，神父也来了，和老妇人们谈话，声音悲切优美，像弗兰克·曼德维尔穿晨衣时讲话的声音，但是玛戈只顾闭上了眼睛，抿紧了嘴巴，躺在床上，巴望自己也死了才好。不论谁跟她讲什么，她都不回答，也不睁眼。

等她好一些能坐起来后，她不肯像托尼那样去诊所。她不愿跟他或老妇人们说话。她假装听不懂她们说的话。妈妈常常用她那副恶狠狠的表情注视她的脸，摇着头说了声"Loca"，意思是神经错乱了。

玛戈向艾格尼丝写了些告急信：她必须卖掉点东西，看在上帝的分上，快寄五十美元来，好让她回国去。只要能赶到佛罗里达州就行了。她可以找个工作。只要能回到天府之国，干什么她都不在乎。她在信中只说托尼是个二流子，她不喜欢待在哈瓦那。关于婴儿和生病的事她只字未提。

后来有一天，她忽然想起：自己是个美国公民，不是吗？她要去找领事，看看他们能否送她回国。又过了几个星期，她才捞上机会独自外出。她穿上一身好衫裙，打扮停当，来到领事馆，却发现它的门关着。第二次是一个上午，趁老妇人们去菜场了，她到那儿见到了一位办事员，他是个长着亚麻色头发的美国大学生。天啊，又能讲美国话了，多好哇。

她看得出他认为她是个绝色美人。她也喜欢他，但她不让他看出来。她告诉他她病了，必须回美国，又说她是因为人家答应让她在阿尔汉布拉剧院演出而把她骗到这儿来的。

"阿尔汉布拉剧院，"那办事员说，"哟，你可不像那种姑娘啊。"

"我不是。"她说。

他名叫乔治。他说如果她已嫁给了古巴人，他爱莫能助，因为一嫁给外国人就不再是美国公民了。她说如果她并没真正结婚呢。他说，她不是说过她不是那种姑娘吗！她开始哭诉，说她不管自己是什么样的姑娘，一定得回去。他说明天再来吧，他要问问领事能帮什么忙，不管怎么说，她是否愿意当天下午陪他一起到迈阿密饭店去喝茶。

她说了声好，就这样约定了，便急忙赶回住所，觉得好长时期以来心情没这么好过。等到凹室里只有她一个人时，她立即从提包里拿出结婚证，把它撕成碎片，扔进庭院后部那个老厕所的污秽而发黄的抽水马桶里。那链条这次总算起了作用，于是上面有勿忘我花图案的碎纸片全被冲进了下水道。

当天下午，她收到艾格尼丝的一封来信，内附国家城市银行的一张五十美元的汇票。她激动极了，心脏几乎停止了跳动。托尼陪那蔗糖商到什么地方游荡去了。她给他留了一张条子，说不用找她，她回国去了。她把它别在床上的枕头的底部，然后等老妇人们午睡时睡着了，才奔出去。

她不打算回去了。她只有身上穿的那身衣服，手提包中有几件刚结婚时托尼给她的廉价首饰。她到了迈阿密饭店，用英语叫了一客冰淇淋苏打，以便让大家知道她是个美国姑娘，然后等待乔治。

她害怕死了，每分钟都认为就要昏倒了。如果乔治不来怎么办呢。但是他的确来了，并且看到了汇票高兴死了，因为他说像她这样的情况领事馆拿不出钱来。他说他明天上午会帮她把汇票兑成现款，帮她买船票等等。她说他是个大好人，然后突然探过身去，把一只戴着白色小山羊皮手套的手放在他的胳臂上，直视着他那双和她同样的蓝眼睛，悄声说："乔治，你还得帮我个忙。你得帮我藏起来……我很害怕那古巴人。你知道他们忌妒起来是怪可怕的。"

乔治脸红了，有些支吾起来。于是玛戈告诉他她那条街上有天发生的一桩事：一个男的，是位军官，回到家一看，嘿，他的心上人竟跟另一个男人在一起——好吧，她想，不如就按实际情况讲吧，反正乔治不会轻易被吓倒的——他们竟同床睡在一起，那军官就把他左轮里的子弹全部射进那人的身子，然后拿起一把切肉刀沿街追赶那女人，并在广场上扎了她五下。讲到这里，她吃吃地笑了，乔治也大笑起来。"我知道你听起来会觉得可笑……可是对她说来却并不那么可笑。她当即死去了，在众人面前一丝不挂。"

"哦，我想我们得看看能做点什么，"乔治说，"来使你避开那把切肉刀。"

他们结果做的是乘赫尔希线的电车到马坦萨斯①，在一家旅馆里找了一间房间，他们在那儿吃晚饭，喝了许多杜松子汽酒。乔治原说让她一人留下，明天再赶来送她上船，但喝着酒，望着月光，听着狗吠和公鸡叫，却变得罗曼蒂克起来。他们用手臂相互搂着腰肢，沿着那些安静的、白垩色的、洒满月光的街道漫步，于是他错过了回哈瓦那的最后一班车。玛戈只要不让她独自待在那令人毛骨悚然的、空荡荡的、月明墙白的旅馆里，其他什么她

---

① 古巴北部一海港，位于哈瓦那东。

都不在乎。不管怎么说，她喜欢乔治啊。

第二天早餐时，他说她得让他也借给她五十美元，以便她可以乘头等舱回国。她说真的，等她在纽约一找到工作便还给他并说他必须天天给她写信。

他乘早班车赶回哈瓦那，因为他必须去办公室上班，而她则迟一些独自乘车穿过那耀眼的、充满一片昆虫尖叫声的绿色田野，从渡口直接乘出租汽车去轮船码头。乔治拿着她的船票和一小束龙舌兰在码头上等她，这是她第一次收到别人送的龙舌兰。他还给了她一卷钞票，她数也没数便塞进钱包里。茶房见她没带行李，显得非常惊讶，因此她让乔治告诉他们，她接通知后五分钟就不得不离开家，因为她的父亲，一位很有钱的阔佬，在纽约病了。她和乔治一起径直走进甲板下她的房舱，他对她的离去非常难过，说她是他见过的最可爱的姑娘，他要天天给她写信。但是她没听懂他说的话，因为她很害怕托尼会到船上来找她。

最后锣响了，乔治拼命用力地吻她，就上岸去了。她不敢上甲板去，终于听到轮机房响起铃声，感到船离开码头时在震动。当船离岸而去时，她从舷舱口瞥见一个衣冠楚楚、面色黝黑、身穿白色套装的男人，可能就是托尼，只见他摆脱了警察的阻拦，挥动着双臂，大声吆喝着，一直跑到码头的尽头。

也许是由于那束龙舌兰，或者她的容貌，或者关于她父亲生病的胡诌，船长竟请她同桌吃饭，船上的高级职员也都向她献殷勤，所以她一路上过得十分愉快。唯一的麻烦是她只能在午后上甲板，因为她只有身上的那套衣服。

她早给了乔治一份电报的电文，要他发出，因此船到纽约时，艾格尼丝在码头上接她。时值深秋，玛戈身上只穿了一袭薄薄的夏衣，因此她说要让艾格尼丝坐出租汽车回家。直到坐进车里，她才发现艾格尼丝穿着黑丧服。她询问原因，艾格尼丝说弗雷德于两周前在贝尔维尤医院去世了。他烂醉如泥，倒在二十三街上，被人发现了，送到那里，没有苏醒过来就死了。

"唉，艾格尼丝，我早知道了……我在船上就有预感。"玛戈抽泣着说。

她擦干了眼睛，转过头来望着艾格尼丝。"嘿，亲爱的艾格尼丝，你气色真好啊，"她说，"你这身衣服真漂亮。弗兰克找到工作了吗？"

"哦，没有，"艾格尼丝说，"你知道，富兰克林小姐的茶室经营得很好。她开设了分店，让我担任三十四街上新开张的分店的女经理，每周工资七十五元。你等着瞧吧，我们在离河滨大道不远的地方租到了新公寓……唉，玛吉，你一定受苦了吧。"

"嘿，"玛戈说，"相当糟糕。他的家人相当富裕，也有相当地位什么的，但是我很难适应他们的生活习惯。托尼是个二流子，这世上我最恨的就是他。但毕竟这次遭遇也使人增长见识……我并不想错过这次机会。"

弗兰克在公寓门口迎接她们。他比玛戈上次见他时胖些，两鬓都有一簇簇银发，使他增添了几分显要的神气，看上去像个部长或大使。"小玛戈……欢迎你回家来，我的孩子……你出落成多么美丽的一位年轻妇女了。"他用双臂搂着她，吻她的额头时，她又嗅到他身上的剃须后用香水和恩纳金香水味，这味道她还记得。"艾格尼丝是否告诉过你，我要和菲斯克太太一起跑码头演出了……亲爱的米尼·马登和我是小时候一起长大的。"

公寓内较暗，但是它有一间客厅、一间餐室、两间卧室、一间漂亮的大浴室和厨房。"我要干的第一件事，"玛戈说，"是洗个热水澡……我想自从离开纽约以来还没有洗过热水澡。"

艾格尼丝那天下午向茶室请了假，为了准备晚餐出去买小菜了。玛戈走进她那墙上挂有擦光印花棉布帷帘的整洁的小卧室，脱下她凉丝丝、皱巴巴的夏衣，换上艾格尼丝的有衬填的晨衣，然后坐在客厅中的莫里斯安乐椅里，对弗兰克所问及的她在哈瓦那的生活情况信口胡编。

他鬼鬼祟祟地一点点挨近她椅子的扶手，对她说她变得非常迷人。然后他突然伸手去抓她。她早料到了这一着，便站起身来，给他一记响亮的耳光。当他喘着气跨过房间再向她进逼时，她感到自己变得歇斯底里了。

"滚开，你这老混蛋，"她大声喝斥道，"滚开，否则我要把你的作为全告诉艾格尼丝，艾格尼丝和我会把你头朝下地扔出去。"她想闭嘴不讲下去，但却不能止住喊叫。"滚开。我在那边得了一种病，如果你不肯不来碰我，你也会染上这种病的。"

弗兰克感到如此震惊，以至浑身发料。他一下子颓倒在莫里斯安乐椅中，把他的长手指插入他滑溜溜的夹有银丝的黑发中，朝后捋着。她冲着他砰地关上卧室的门，把它锁上了。她独自坐在床上，开始想她就此见不到弗雷德了，她当初告诉船上人说她父亲患病时，会不会是一种预感。泪水涌上她的眼睛。她的确得到了预感。暖气令人舒服地嘶嘶响着。她躺倒在那安着干净枕头和丝绸盖被的床上，觉得怪舒服的，没有停止哭泣便睡着了。

新闻短片LVII

那巫师在哈佛大学的降神会前即脱去所有的衣着。电筒、电铃、大话筒、篓子上都蒙上一层磷光的色彩，这一切组成了巫师用的设备

我的兄弟来喽
手持波罗
看马戏表演开锣

愿意接受探测器的检验

那教授的裤腿被拉扯的时候，巫师的脚并不靠近教授的脚。天花板上一个电灯泡忽明忽暗。蜂鸣器响了。一条由灵媒放出的物质所操纵的手臂抓住桌上的物体并拉扯B博士的头发。B博士把他的鼻子伸进炸面包圈，鼓励沃尔特拼命拉。他的鼻子被拉开了。

尽管我们双方都同意分离
但却在我心中留下悲凄

不幸的妻子想寻死

阿拉伯酋长与牙医和解

筹措资金乃唯一问题

我原以为会混得不错
而现今
我发现我的想法不对

不知怎的

上流社会妇女欲当皇后侍女未成

尼姑愿嫁水兵

我已心碎

皇后给无名战士以荣誉

警察在暴民群中保卫皇后

在一轮梦幻般的中国月亮下
爱情像支萦绕在耳的曲调

教授折磨竞争对手

皇后在其火车离开时入睡

社会冲突在酝酿中

柯立芝总统鼓励广告业

我发现她正在落日下
当白天告终的时候

警察用阔新娘留下的五百美元饲养金丝鸟

当暮色染深
上面的天空
我告诉我的情人
在古——老的马——尼——拉

被抛弃的美男子仍然希望阔新娘返回

玛戈·道林

　　艾格尼丝是个可爱的人。丹尼森医生说为了使玛戈的健康不致受到严重的伤害，对她动手术是绝对必要的。艾格尼丝为此设法通过莫里斯计划筹集了钱，事后精心护理她，就像她小时候得了麻疹时艾格尼丝也护理她那样。他们对玛戈说她再也无法怀孕了，她听了不大在意，但艾格尼丝却哭了又哭。

　　玛戈开始复原，想找个工作时，感到似乎她和艾格尼丝是一直生活在一起的。老南方华夫饼干商店的生意非常好，艾格尼丝每周能赚进七十五元；幸亏她有这项收入，因为弗兰克·曼德维尔似乎再也找不到演出机会了，他说战争结束以来不需要真正的娱乐了。自从他和艾格尼丝在街角的小礼拜堂举行结婚仪式以来，他变得多愁善感和讲究体面了，把大部分时间花在兰姆士俱乐部①玩桥牌，讲述他过去与理查德·曼斯菲尔德一起巡回演出的那些日子的情况。玛戈下床之后，把整整一个凄凉的冬天消磨在跑职业介绍所和轻歌舞剧的聘用演员办公室，直到歌舞大王弗洛·齐格飞一天下午碰巧见到她和一长排别的姑娘坐在外间办公室里。她偶然引起了他的注意，趁能从身边走过时稍微扮了个鬼脸；他站住了，扫视了她一眼；第二天，赫尔曼先生挑选她在新戏中参加前排的群舞演员。排练是她一生中最艰苦的工作。

　　艾格尼丝从一开始就说，她要设法不让玛戈自暴自弃，跟那些一文不值的群舞演员混在一起；因此尽管艾格尼丝每天上午九时整就得上班，她总是每晚在玛戈排练得很晚或者夜场演出后到剧院来接她回家。只有在玛戈结识塔德·惠特尔西之后，她才错过一个晚上。塔德是耶鲁大学足球队的中卫，在足球季节过去后，总是到纽约来度周末。在塔德去接玛戈的那些晚上，艾格尼丝总待在家里。她曾经仔细观察过塔德，有个星期日，请他到公寓吃晚饭，她认为作为一位百万富翁的儿子，他还是相当笃实可靠的，而且让他为

---

① 纽约一俱乐部，成立于十九世纪七十年代，会员都是戏剧界人士。

玛戈的安全承担点责任也是有好处的。

这些夜晚，玛戈常常匆匆拍拍她蓝丝绒无边帽下露出的金黄色鬈发，披上裘皮披肩，它虽非银狐，但远看起来却有点像，然后离开那多尘土而气闷的化妆室，离开烫发钳、可可脂、姑娘们的腋窝和舞台布景片发出的各种气味，奔下那道寒风袭人的水泥楼梯，走过那脸色灰白的看门老头卢克面前，他正在那小玻璃房间里穿大衣，自己也准备回家了。她步入街上的冷空气时，深深地吸了一口气。她决不能让塔德和其他那些给女演员捧场的男人一起在后台门口等她。她情愿见到他在阿斯特旅馆的门厅里和那些穿晚礼服的人站在一起，穿着擦得锃亮的棕黄色皮鞋的双脚大大地叉开着，浣熊皮大衣敞开着，让人看到他的斜条纹领带和柔软的前胸有皱褶的衬衫。

塔德是个单纯的红脸膛的小伙子，他从不多讲话。他把玛戈一扶进开往夜总会的出租汽车，谈话就全由她包了。她讲述关于其他女演员、女戏装管理员和男群舞演员的情况，使他大笑不止。有时，他会让她把某段故事再讲一遍，以便记住了去告诉大学里的朋友们。有一个故事说的是那些男群舞演员（他们多是同性恋者）把母狗的经血涂在梅茜·德·马尔的年轻朋友的身上，使他也变成同性恋者，这故事使塔德吓得半死。

"有许多人们闻所未闻的事情确实在发生哩。"他说。

玛戈皱起鼻子说："其中你知道的还不到半数，亲爱的。"

"但是它一定只是个故事而已。"

"不，说老实话，塔德，正是那样发生的……我们听见他们像他们在化妆室里常做的那样，嘀嘀地大叫。他们围成一圈，把母狗的经血涂在他身上。说真的，我们都吓坏了。"

当天晚上，他们到哥伦布圆广场蔡尔兹饭店吃了些火腿蛋。

"咦，玛戈，"塔德说，他快吃完第二客奶油蛋糕，嘴里塞得满满的，"我认为这生活对你不合适……你是我遇见过的最伶俐的姑娘，而且非常文雅。"

"别担心，塔德，小玛戈不会一辈子待在歌舞剧团里的。"

在坐出租汽车回家的路上，塔德开始对她动手动脚。这使玛戈感到惊讶，因为他并不是那种放肆无礼的小伙子。他也没有喝醉，他只喝了一瓶加拿大浓啤酒。

"哎呀，玛戈，你真好……你又不喝酒，又不让人搂搂抱抱。"

她匆匆地在他脸颊上吻了一下。　　.

"你应该理解，塔德，"她说，"我必须把我的心思放在工作上。"

"我看你认为我是个哑巴笨蛋吧。"

"你是个好小伙子，塔德，但是我最喜欢的是你把手放在自己口袋里的时候。"

"啊，你真了不起。"塔德感叹地说，坐在他那边的车座上，从他那翻起来的裘皮衣领上方，圆睁着两眼望着她。

"只不过是个男人们经常忘记的女人罢了。"她说。

请塔德于星期日来吃晚饭成为经常化的事了。他常早些来，帮艾格尼丝摆桌上的餐具，然后脱去上衣，卷起衬衫袖子，帮着烧菜，然后他们叫人坐下玩纸牌，每人喝一杯从药房买来的增强铁质的牛肉汁健身酒。玛戈讨厌这些星期日下午，但弗兰克和艾格尼丝却似乎很喜欢，而塔德常待到最后一分钟，才匆匆赶到大都会俱乐部去找他的父亲，他说过一辈子从没这么快活过。

一个下雪的星期日下午，玛戈说觉得头痛，从牌桌上溜掉了，整个下午躺在床上，听着暖气的嘶嘶声，由于心烦和无聊，几乎哭起来。艾格尼丝于塔德走后穿着长睡袍走进来，目光闪闪地说："玛戈，你该嫁给他。他是个可爱之极的小伙子。他告诉我们这地方使他一生中第一次有了家庭的感觉。他是由仆人和骑术教练之类的人教养大的……我从没想到一位百万富翁能如此可爱。我实在认为他是个可爱的人。"

"他可不是百万富翁啊。"玛戈噘着嘴说。

"他的老爹是证券交易所的一个成员，"弗兰克从另一间房向她喊道，"你用雪茄铺子的供应券是买不到这席位的，我的好孩子。"

"嘿，"玛戈伸伸懒腰，打着呵欠说，"我当然不想找个爱挥霍的人做丈夫啊……"然后她坐起身来，对艾格尼丝摇晃着指头说："现在我可以告诉你，为什么他喜欢星期天到这儿来。他可以不花一分钱白吃一顿。"

杰里·赫尔曼，那黄脸、秃头、萎缩的小个子聘用演员的负责人，是个令全体姑娘怕得要命的人。里贾纳·里格斯说起她见到玛戈陪他在星期六两场演出之间在基恩小饭馆吃饭，姑娘们就此对这事谈个没完。听到她们在化妆室里背着她吃吃地笑并低声耳语，玛戈感到生气，觉得心窝里有一种不舒服的感觉。

里贾纳·里格斯是个大脸盘的俄克拉何马姑娘，她真正的教名是奎妮，当百老汇大街上还行驶着有轨马车时，已经在齐格飞歌舞团当群舞演员了。一次上午排练后，她和玛戈并排走下楼梯，拉住了玛戈的胳膊说："听着，小姑娘，我只是想要叫你当心那家伙，懂吗？你是了解我的，我吃过苦头，对他们不管哪一个都不放在眼里……但是我有些话要跟你说。这儿的姑娘就是跟这骗子手睡过觉也捞不上一句台词。许多人试过。也许我本人也试过。你搞不过这家伙，而在这个城市里，美丽洁白的肉体是最不值钱的……看你的样子活泼天真，因此我想让你放聪明些。"

玛戈张大了蓝色的大眼睛。"呵唷，亏你想得出……是什么使你认为我会……"她像小学生一样地傻笑起来。

"好吧，宝贝儿，随它去吧……我想你会洁身自好，坚持到举行婚礼的那天的。"她俩都笑了。自此以后她们一直是好朋友。

但有件事连奎妮也不知道。一个星期六的深夜，在长时间令人疲倦地排练一个准备在星期一上演的新节目之后，玛戈不由自主地跨上杰里·赫尔曼的双座敞篷汽车。他说要送她回家，但是开到了哥伦布圆广场，他请她一同到他在康涅狄格州的农场去好好儿休息一下。玛戈跑进一家药房，打电话给艾格尼丝，说星期天要全天排练，她准备在奎妮·里格斯的公寓住一宿，那儿离剧院近些。

杰里一面开车出城，一面不停地向玛戈问她的情况。"你有点与人不同之处，小姑娘，"他说，"我敢说你没有把你的全部情况讲出来……你有秘密。"

一路上，玛戈谈起她早年在古巴一个甘蔗种植园的生活和她父亲在哈瓦那郊区韦德多的巨大住宅，还谈起古巴的音乐和舞蹈，以及她父亲如何被糖业托拉斯弄得破了产，她只得在英国的圣诞哑剧中当一名儿童演员来赡养家庭，还谈起自己早年和一个西班牙贵族的不幸的婚姻，而如今这一切都已过去，她所关心的只是自己的工作。①

"嘿，这故事将成为宣传的好材料。"杰里·赫尔曼听了这样说。

当他在一座位于许多高大树木下的亮着灯的庄屋前停车时，两人在车里坐了一会儿，由于什么地方的溪流里传来的寒气而微微战栗。他在黑暗中向她转过身来，似乎试图仔细看她的脸。"你知道三只猴子的故事吗，亲爱的？"

"当然知道，"玛戈说，"非礼勿视，非礼勿听，非礼勿言。"

"对了。"他说。然后她让他吻她。

庄屋内部漂亮极了，炉火熊熊，有两位穿伐木工格子衬衫的男人和一对穿着巴黎时装、用纽约公园大街阔太太腔调讲话、样子很可笑的女人，她们

---

① 这一番经历是玛戈胡编的，用来提高自己的身价。

原来是从事室内装修业的。那两个男的是布景师。杰里在厨房里给大家做了火腿蛋，他们喝高浓度的苹果酒，过得挺开心，只不过玛戈有点手脚无措。为了找点事情做，她拿下了挂在墙上的一把吉他，弹奏了《西波涅》和托尼教给她的其他古巴歌曲。

一位女客说什么她应该表演一个古巴特别节目，她听了心脏几乎停止了跳动。他们上床睡觉前，青色的晨光已透过窗外的雾霭射了进来。然后他们全都穿着晨衣，笑笑闹闹地吃了顿美美的乡下早餐，到了星期日下午，杰里驱车带她进城，让她在七十九街附近的河滨大道上下车。

她回到家里时，弗兰克和艾格尼丝正十分着急。塔德整天往这里打电话。他说他去过剧院，发现那儿并不在进行什么排练。玛戈气恼地说她排练了一个小小的特别节目，如果任何年轻大学生自以为能干涉她的事业，那就请他三思而行。下个周末，他又打电话来，她根本不愿见他。

但是一周以后，当她在星期日下午两点左右从自己房里出来，刚好来得及参加艾格尼丝的星期日盛餐时，发现塔德正低头坐在那儿，一双乡巴佬似的手垂在双膝之间。他身旁的椅子上有一只花店的绿色纸盒，她一看就知道那里面是美国美人月季花。

他跳起身来："哦，玛戈……别生气……没有你在一起我就是不开心。"

"我没有生气，塔德，"她说，"我只是想使大家懂得，我不能让我的生活影响我的工作。"

"当然，我懂得你的意思。"塔德说。

艾格尼丝满面笑容地走上前来，把月季花插在水里。

"哎哟，我忘了。"塔德说着，从口袋里掏出一个红皮小盒。他结结巴巴地说："你知道爸……爸……爸给……给……给我一些股……股……股票玩玩，我上周赚了一大笔钱，就买了这东西，只是你没法戴它们，除非我们一起出去玩，不是吗？"原来是一串珍珠，颗粒小而不大整齐，但的确是珍珠。

"除了你还有谁带我去用得着戴这东西的场所呢，你这傻瓜蛋？"玛戈说。玛戈感到自己的脸都红了。"它们不是特克拉斯珍珠吧？"塔德摇摇头。她用双臂抱住他的脖子，吻他。

"哎哟，你真的喜欢它们，"塔德讲得很快，"噢，还有一件事……爸爸让我使用'安托万内特'号——就是他的游艇，你知道——在夏天同我自己的朋友们去航行两周。我想请你和曼德维尔太太都去。我也想请曼德维尔先生，但是……"

205

"别说了，"艾格尼丝说，"我相信没有我你们也会很好地有人监护的……我只会弄得晕船……可怜的弗雷德从前带我出去打鱼时，我真难过死了。"

"弗雷德是我的父亲，"玛戈说，"他喜爱水上生活……驾游艇……这一类玩意儿……我想就因为这样我才成了一名好水手。"

"这太好了。"塔德说。

这时，弗兰克·曼德维尔穿着晨礼服，手拿银头手杖，在他星期日的散步后，走回家来，艾格尼丝跑到小厨房内，把烤塞馅小牛肉、几色蔬菜和草莓馅饼装盘端上桌来，这些食物发出的暖烘烘的香味已有好一会儿掺入这小公寓的空气中了。

"哎呀，我真喜欢这儿。"等大家坐下就餐后，塔德靠在椅背上说。

那个春天的余下的日子里，玛戈忙于使塔德和杰里不要彼此撞见。她从来不跟杰里在剧院里见面；他们相交之初，她对他说过她绝对不想让她的生活影响她的工作，他就用他那双机灵而似乎醉醺醺的眼睛锐利地看了她一眼说："嘿……但愿我们这些年轻姑娘中能有更多的人有你这种想法就好了……我要花我大部分时间来摆脱她们的纠缠哪。"

"这对你真太糟了，"玛戈说，"你这聘用演员办公室的大情人。"

她相当喜欢杰里·赫尔曼。他知道戏剧界许多内情。唯一令人讨厌的是等他们的关系相当密切后，他开始让玛戈付自己的那份用餐费，并把他在新罗歇尔的妻子儿女的照片拿给她看。她努力排练古巴歌曲，但这个特别节目并没搞出什么名堂来。

五月里剧团要进行巡回演出。她很长时间决定不了去还是不去。奎妮·里格斯说绝对不要去。这对她来说是完全合适的，因为她除了在某个小镇结识个旅行推销员，趁他醒酒之前跟他结婚以外，别无其他野心，但是对于具有事业心的玛戈来说却不行。与其当一个旅行演出的群舞演员，不如歇一夏再说。

当她说不愿签订旅行演出合同时，杰里·赫尔曼气得不得了。他当着办公室全体工作人员和排队等工作的姑娘们的面发火了。

"好吧，我知道会有这么一天的……现在她的头脑冲昏了，自以为就是佩吉·乔伊斯哩……好吧，我不干了。"

玛戈直勾勾地望着他的眼睛："你一定把我和别的什么人搞混了，赫尔曼先生。我相信我绝对没有做什么事可以让你不干了。"

她走出去时，姑娘们都偷偷地笑了，而杰里·赫尔曼望着她的神情就像恨不得要把她掐死似的。这意味着在他负责聘用演员的任何剧团里她再也找不到工作了。

她无所事事地在艾格尼丝的公寓里闲荡，度过了这炎热城市的夏天。弗兰克老是伺机对她动手动脚，因此她上床时得把门锁上。她常常整天躺在那可怕而气闷的小房间里，墙上糊着的绿色墙纸沾有水垢，窗户已很久没擦洗过了，窗外是个有不少煤渣的后院，两棵臭椿树上牵着的绳子上老是晾着洗过的衣物。塔德等学校一放假便到加拿大去了。为了打发日子，她看杂志，摆弄自己的头发，修指甲并幻想着如何摆脱这种悲惨的污秽生活。污秽一词是她刚刚学来的。它老是逗留在她脑中，污秽，污秽，污秽。她认定自己热爱上了塔德·惠特尔西。

八月到来时，塔德从新港来信说他母亲病了，乘游艇出游的事要等到冬天再说。玛戈拿信给艾格尼丝看，艾格尼丝哭了。"嘿，海里还有别的鱼嘛。"玛戈说。

奎妮因和舞台监督吵了一场，也退出了旅行演出。玛戈和她又一起去跑一家家聘用演员的办公室。她们为一出戏排练了四个星期，可是首次上演就失败了，后来她们在格林尼治村歌舞团找到了工作。导演给玛戈机会表演她的古巴节目，还为她特地做了一套服装什么的，结果却在彩排前把这节目删掉了，因为这台戏已经太长了。

如果不是塔德在感恩节后到来，每个星期六晚上带她出去玩，她准会感到很难受的。他谈了许多关于寒假期间乘游艇出游的事。一切将取决于什么时候举行期终考试。

圣诞节后，她又没有工作了。弗兰克肾脏有病，卧床不起。玛戈得照料弗兰克并为艾格尼丝做家务，艾格尼丝常常到夜里十点或十一点才回家。玛戈巴不得离开这闷气的公寓并摆脱这些杂务。弗兰克躺在床上，绷紧了脸，脸色发黄，脾气乖戾，整天要人照料。艾格尼丝从不抱怨，但玛戈在纽约已闲得不耐烦了，便签了一份去迈阿密一家餐馆表演歌舞的合同，尽管奎妮和艾格尼丝都和她吵，说这会毁掉她的前程。

她和介绍人为去南方的旅费由谁支付这问题争吵起来，问题尚未解决，艾格尼丝在二月的一个早晨忽然来把她叫醒。

玛戈看出一定有什么好事，因为艾格尼丝满面春风。原来是塔德打电话找她。他患了支气管炎，准备向学院请一个月的假，和一位导师乘他爸爸的游艇去西印度群岛。游艇正停在杰克逊维尔。在那导师到达之前，他可以带他愿意带的任何人去作一次短期航行。玛戈是否愿去，并且带上一个朋友？不要太放荡的。他希望艾格尼丝能去，他说，如果因为曼德维尔先生生病而她不行，那么能带什么别的人去吗？玛戈激动得厉害，几乎喘不过气来。

"塔德，真太好了，"她说，"反正我正计划本星期去南方。你一定是能猜出别人的心思的。"

奎妮·里格斯准备陪她同去，尽管她说从没乘过游艇，担心自己会手足无措。

"嘿，我小时候曾花过许多时间划船……那还不是一回事吗？"玛戈说。

等她们在宾夕法尼亚车站走下出租汽车时，塔德和一个头发光滑的瘦小青年正等着接她们。大家都很激动，而小伙子们呼出的气带有很浓的杜松子酒味儿。

"你们两位姑娘自己去买票吧。"塔德说着，拉住玛戈的胳膊，把几张钞票塞进她的裘皮大衣口袋。"预订的车票是用你们的名字的。你们有一间起坐间，我们也有一间。"

"两个聪明的小伙子。"她们排队站在售票处窗口，奎妮凑着她耳朵悄声说。

另一个小伙子名叫迪克·罗杰斯。玛戈一眼就看出他认为奎妮年纪太大并且不够文雅。玛戈也为她俩的行李犯愁，她们的手提包搁在小伙子们的猪皮衣箱旁边，显得那么寒伧。火车开出车站时，她感到相当沮丧。她想，自己一开头就做了桩可笑的错事。奎妮呢，正昂着头，露出她那颗金牙，已经在大喊大叫了，好像她是在参加救火员的野餐会似的。

他们四人在姑娘们的包间里坐下来，中间隔着一张小桌，喝了一小杯杜松子酒，感到松快些了。火车开出隧道后，灯光开始在车外黑暗中闪过，奎妮拉下了窗帘。"啊，这儿真舒服。"她说。

"现在我得操心的第一件事是如何把你们两个姑娘送上游艇。如果爹以为我们是在杰克逊维尔遇见你们的，就不会介意的，但是如果他知道我们把你们从纽约一路带来，他会大发雷霆的。"

"我想我们已经有了一位伴娘，正在杰克逊维尔整装待发。"年轻的罗杰斯说，"她是个活宝，又聋又瞎，而且不会讲英语。"

"我真希望艾格尼丝能陪我们同行，"塔德说，"她是玛戈的继母。嘿，她可是个怪讨人喜欢的人哩。"

"喂，姑娘们，"年轻的罗杰斯说着，从酒瓶里咕嘟嘟地喝了一大口，

"什么时候动手搂抱接吻呀？"

他们在餐车吃了饭，蹒跚地回到起坐间，再喝了些杜松子酒。年轻的罗杰斯要大家来打脱衣扑克①，但是玛戈不肯。

"啊，好好玩吧。"奎妮吃吃地笑着说。奎妮已相当醉了。

玛戈穿上皮大衣。"我希望塔德早点就寝，"她说，"他病刚好。"

她抓住塔德的手，把他拉到过道上。"得了，给这两个孩子一个机会吧……你们年轻大学生的毛病就在于总把不保守的姑娘当作容易到手的货色。"

"啊，玛戈……"塔德隔着裘皮大衣搂住她，走进瞭望平台的令人打寒战的冷空气中，"你真了不起。"

当晚，他们换上睡衣后，年轻的罗杰斯穿着浴衣来到姑娘们的包间，说另外那间包间里有人请玛戈去。

她和塔德睡同一间包间，但是不让他跟她一起睡在她的铺位上。"说真的，塔德，我很喜欢你，"她说，从上铺的盖被下投来一瞥，"但是你知道……一个职业女性如果不保护自己，上天也不会保护她……在我们家，我们是先结婚后相爱而不是相反。"

塔德叹了口气，在下铺上翻了个身，把脸转向墙壁。"嘿，真见鬼……我也想到过这一点。"

她扭熄了灯。"但是，塔德，难道你不要吻吻我说声晚安吗？"

半夜有人敲门。年轻的罗杰斯身上浴衣弄得很皱，走进房来。"该换班了，"他说，"我怕车掌会发现我们。"

"车掌会管好他自己的该死的事儿的。"塔德粗暴地说，但是玛戈已经溜出去，回她自己的包间了。

第二天在餐车吃早餐时，玛戈不断拿另两个人眼睛下的黑圈开玩笑。年轻的罗杰斯叫了一盘牡蛎，他们吃吃地笑，心想这下子怕停不了啦。快到杰克逊维尔时，塔德又把玛戈带到瞭望平台，对她说他们到底为何不结婚，他未婚，是白人，二十一岁，不是吗？玛戈哭起来了，接着破涕为笑地说，她想他俩不结婚的原因多着呢。

"我的天啊，"他们从火车上下来，步入车站上的阳光中时，塔德说，"不管怎么说，我们去买订婚戒指吧。"

---

① 打牌者每输一局，须脱掉一件衣服。

他们乘出租汽车去旅馆途中的第一件事便是去一家首饰店，塔德给她买了一只镶着独粒钻石的白金戒指，用支票付了账。"哎哟，他老子准是个地道的百万富翁啊。"奎妮用在教堂里使用的耳语对玛戈说。

从首饰店出来后，小伙子们把姑娘们用车送往五月花旅馆。他们订了一间房间，她们便上楼梳洗去了。姑娘们洗了她们的衬里衣服，洗了个热水澡，把她们的衫裙摊在床上。

"要听我的意见吗，"奎妮一面帮玛戈洗头一面说，"这两个精力充沛的小子在害怕了……我一直想乘游艇去玩一下，可如今我们又一点也没希望了……哦，玛戈，我希望该不是我把事情弄糟的吧。"

"随我说什么，塔德都会照办。"玛戈生气地说。

"你等着瞧吧，"奎妮说，"但是我们这时候应该是开心的，却争吵起来了……难道这不是佛罗里达州杰克逊维尔最漂亮的旅馆里最漂亮的房间吗？"

玛戈忍不住笑了。"嗯，是谁的过错呢？"

"算你说对了。"奎妮说着，陡地走出她们在洗头发的浴室，那儿弥漫着洗发水的味儿和水汽，冲着玛戈砰地关上了门。"说过算数吧。"

下午一点，小伙子们前来接她们，让她们收拾好东西，退了房间离开旅馆。他们乘塔德雇的一辆林肯牌汽车到码头去。这天风和日丽。"安托万内特"号游艇在圣约翰河中抛了锚，因此他们得乘小快艇上船。

艇上的水手是个漂亮小伙子，穿了一身白制服；他举手在帽檐上行了个礼，伸出胳膊扶姑娘们上船。玛戈把手放在他胳膊上跨进快艇时，感觉到他白帆布袖子里坚实的肌肉，注意到阳光在他褐色手背上的金色汗毛上闪亮。她坐在深蓝色的软垫上，抬眼看见塔德把一只只手提包递给水手。塔德病后面色苍白，大脸庞上带着一种可笑而单纯的神情，但他毕竟是个壮健结实的棒小伙子。她突然想要搂抱他。

塔德掌舵，快艇在水上行驶极快，弄得姑娘们透不过气来，她们害怕浪花会弄坏她们首次穿上的运动服。"唉，多漂亮呀。"她俩看见那巨大洁白的"安托万内特"号和甲板上的桃花心木舱面室以及宽大的黄色烟囱，都感叹地说。

"啊，我不知道它竟是艘蒸汽游艇哩，"奎妮低声哼哼道，"嘿，老天爷，你简直可以坐着它远渡重洋呀。"

"它是用内燃机发动的。"塔德说。

"我们不都是这样的吗？"玛戈说。

塔德开得太快，以至大家的身子撞在上船用的桃花心木小梯子上，它嘎吱嘎吱地响了一秒钟，好像要掉下去似的，但是水手们好歹拉住了它。

"扶住它，纽特。"年轻的罗杰斯叫道，格格地笑着。

"见鬼。"他们登上游艇时，塔德十分不快地说。

姑娘们离开这摇摇晃晃的小快艇，登上那漂亮的游艇，觉得很高兴，她们再也不用担心溅湿自己的衣服了。

游艇上有些身穿白色制服，长相很好看的高级船员，甲板上天篷下供应午餐的餐桌已准备就绪，有名菲律宾男仆站在桌旁，托着一盘鸡尾酒和切成各种奇怪形状的各式小块三明治。他们急忙坐下来吃午饭，因为小伙子们说他们饿了。他们吃着浇有粉红色酱汁的烤佛罗里达龙虾、冷仔鸡和色拉，喝着香槟酒。玛戈一生从没这么快活过。

他们吃饭时，游艇开始慢慢地向河流的下游驶去，离开了那些破旧的码头和邋遢相的旧轮船，进入褐色河流的广阔水域，水面上点缀着一摊摊漂浮着的绿色水葫芦。一排枝蔓缠绕的树遮住了河岸，从那边随风飘来一股古怪的湿漉漉的沼泽气味。有一次，他们看见十来只长颈的白色大鸟朝天飞去，塔德说那是白鹭。"我敢说它们一定很珍贵。"奎妮说。"它们是受联邦政府保护的。"年轻的罗杰斯说。

他们喝咖啡时又喝了几小杯白兰地。等他们从桌边站起来时，已相当醉了。玛戈认为塔德是她认识的小伙子中最出色的，她决定再也不拒绝他了，不管发生什么事。

午餐后，塔德带他们到游艇的各处去参观。餐厅美极了，所有的镜子都镶着白色和金色的框子，房舱十分舒适。姑娘们住的那间房舱简直像一间老式的客厅。她们吃饭时，有人把她们的衣物全挂在衣橱里了。

在她们观赏游艇时，年轻的罗杰斯和奎妮在什么地方失踪了，玛戈刚醒悟过来，就发现自己和塔德单独在一间房舱里，观看着他父亲在百慕大划船比赛中获胜的那条帆船的照片。看照片时，他的脸颊紧挨着她，他俩就在那儿亲吻起来。

"嘻，你真了不起，"塔德说，"对这种事我有点儿笨拙……没经验，你知道。"

她紧挨在他身上。"我敢说你经验多得很。"他用另一只手正在把门闩上。"你能按戒指上的字样说的办吗，塔德？"

事后他们来到甲板上，塔德的样子有些古怪；他不肯正视她，而且老是跟年轻的罗杰斯说话。奎妮满脸通红，衣服皱巴巴的，好像给绞衣机绞过一样，而且走路摇摇晃晃的。玛戈让她整理好衣服并梳好头。她真心希望没有带奎妮来就好了。玛戈本人却容光焕发，像一朵鲜花，她望着楼上餐厅里的大镜子时这样认为。

船已停下了。塔德去和船长谈话，回来时满脸乌云。

"我们不得不回杰克逊维尔去，油泵上烧坏了一个轴承，"他说，"情况糟透了。"

"这真太好了，"年轻的罗杰斯说，"我们可以领略一下当地的夜生活啦。"

"而我想知道的是，"奎妮说，"你们这两个小伙子说起的那位伴媪在哪儿呢？"

"天啊，"塔德说，"我们把文顿太太忘了……我敢打赌她一定整天在码头上干等。"

"现在吃后悔药已晚了。"玛戈说后大家都笑了，只有塔德显得更加不快了。

他们到达杰克逊维尔时天已经黑了。他们又得把行李整理好，换上不同的衣服。

换衣服时，奎妮又讲傻话了。"你记住我的话，玛戈，那小伙子想娶你。"

"别谈这事吧。"玛戈好几次这么说。

"你把他看得一钱不值。"

玛戈声音刻薄地嘀咕道："那怪谁呢？"

奎妮脸红了，继续整理行装。玛戈看出她不高兴了。

他们脾气暴躁地在旅馆吃了晚饭。晚饭后，年轻的罗杰斯带他们去他发现的一家非法秘密酒店。玛戈不想去，推说她头痛，但是别人都说好好玩玩吧，于是她便去了。那是个不够正派的地方，圆桌上铺着油布，地板上撒着锯屑。在那儿有些外国人，意大利佬或古巴人什么的，正靠在另一间房里的酒吧边。奎妮说她认为她这母亲的宝贝女儿不该在这种地方抛头露面。

"见鬼，谁会看见我们啊？"塔德说，他还在生气。

"我们不是要观光一下生活吗？"罗杰斯说，竭力想让大家高兴起来。

玛戈没听清他们在说些什么。她正把目光穿过门洞注视着另一间。站在酒吧旁的外国人中有一个是托尼，他显得比以前老些，脸有点儿虚胖，但肯定正是托尼。他的样子令人讨厌。

他穿着套皱巴巴的白色衣服，裤腿翻边有磨损，而且他和人谈话时像女人一样扭着屁股。玛戈首先想到的是她怎么竟会爱上过这么一个柴火把子。她斜眼望去，看见塔德阴沉的脸、紊乱的漂亮的浅色头发以及他那身剪裁优美的有大学生风度的服装。她必须赶快采取行动。她正准备张口说她真的得回旅馆去时，接触到了托尼的黑色大眼睛和黑色睫毛。他正伸出双手，扭扭捏捏地朝桌边走来。"我的宝贝儿……你怎么在这儿?"

她介绍说他名叫安东尼奥①·德·加里多，是她在基思巡回演出剧院表演的古巴舞蹈节目的舞伴，但是他却称她为他亲爱的妻子，当即泄露了秘密。她看出塔德听后大吃一惊。然后塔德突然为托尼张罗起来，为他叫了一些酒。他和罗杰斯不断交头接耳地议论着什么事，并一起大笑。然后塔德请托尼和他们一起去乘船游览。

她看得出塔德有意装出醉态，实在可并没有这么醉。当小伙子们立起来要走时，她已有了思想准备。塔德的脸红得像糖萝卜。

"我们得去找船长讨论发动机的毛病，"他说，"也许德·加里多先生愿意送你们姑娘们回旅馆……请不要做我不愿做的事。"

"明儿早上见，两位美人儿。"年轻的罗杰斯附和着说。

他们走后，玛戈站起身来。"好吧，用不着在这鬼地方等下去了……你当真把事情搞糟了，托尼。"

托尼噙着眼泪说："我件件事都不顺心。我原以为也许我的小玛戈还记得……你知道我们曾经爱得很深。堂曼弗雷多，你记得他是我的庇护人，玛戈，他不得不突然离开哈瓦那。我原希望他会带我去巴黎，但他却把我和他一起带到了迈阿密。如今我们已不再是朋友。我们玩轮盘赌没碰上好运……他现在的钱只够他一人花。"

"你为什么不找个工作呢?"

"穿着这身衣服……我羞于见人……也许你的朋友们……"

"你别管他们，听到吗?"玛戈大声喊道。

奎妮哭诉着说："你早该给我们买到纽约的回程票。下一次你可要记住。没有来回票决不要离开本垒。"

托尼叫了一辆出租汽车送她们回旅馆，坚持要付车费。他大叫大嚷地跟她们道别。"小玛戈，如果你再也看不见我，请记住我爱过你……我会自杀的。"她们乘电梯上楼时，看见他仍然站立在刚才在人行道上分手的地方。

---

① 托尼为安东尼奥的爱称。

早上，旅馆里的小郎用银盘端着一封信把她们叫醒了。那是塔德写给玛戈的。字迹很潦草。信中仅仅说这次旅游结束了，因为那位助教来了，他们得去棕榈海滩接他的爹。信里附有二十元一张的美钞五张。

奎妮见到钱，在床上坐起来，大声说："啊，太好了，太好了。如果走回去，路可长着哩……说实话，那小伙子是个大好人。"

"是个该死的乡巴佬，"玛戈说，"你拿五十，我拿五十……幸好我订了个合同，到迈阿密去演出。"

当奎妮说她要乘头班火车返回亲爱的纽约时，玛戈感到如释重负。她再也不想看到那帮人中的任何一个了。

她们还没收拾好行李，托尼就上门来了。他看上去确实有病。玛戈十分激动，对他吆喝起来："见鬼，谁让你进来的？"

托尼颓唐地倒在椅子里，闭上眼睛，把头倚在椅背上。奎妮关上旅行包，走过来看看他。"嘿，这家伙看来饿个半死了。还是我来叫点咖啡什么的来吧……他果真是像他所说的你的丈夫吗？"

玛戈点点头。

"那你得帮帮他。可怜的人，他看上去确实潦倒不堪。"

"我想你说得对。"玛戈说，用灼人的目光紧盯着他们两个。

那天她没有南行到迈阿密去。托尼病了，把吃的东西全吐了。原来他有一个星期没有吃过东西，但却喝了许多酒。"我敢说这小伙子一定是吸毒的。"奎妮悄悄地凑着玛戈的耳朵说。

奎妮要去赶火车的时候，她俩都哭了。"我得感谢你让我过了一段愉快的时光，当时是满开心的。"她说。

奎妮去赶火车了，玛戈让托尼躺在床上。当楼下账台上的人表示反对时，她说他是她丈夫。他们不得不重新登记。得在旅客簿上写上安东尼奥·德·加里多先生和太太使她感到讨厌。然而一经写下了，也并不显得那么糟。

三天后托尼才能起床。她不得不为他找个医生。医生给他服了镇静剂和热牛奶。房间每天七元五角，三餐要送上来，还有医生和药，样样得花钱。看样子她得把塔德给她的戒指送进当铺了。

和托尼再次一起生活，使她感到像是在演戏。她毕竟有点儿喜欢他，但这确实并不是她计划中的。等他感到好些了，开始满怀信心地和她谈他俩可以一起演一台绝顶精彩的节目。也许他们能在她签了合同的那家迈阿密的餐馆里演出，他们可以把这节目卖给餐馆。托尼毕竟是个性情可爱的小伙子啊。

问题是每当出去烫发什么的，她总发现旅馆里的一名小郎，一个看来也是墨西哥佬的有些油腻相的黑发小伙子，和托尼一起待在房间里。她问起托尼是怎么回事，他笑笑说："没什么。我们在一块儿讲西班牙语。没别的。他很关怀我。"

"是啊，是啊。"玛戈说。她对一切都感到非常厌烦，对这事也反正无所谓。

一天早上她醒来时，托尼已经走了。她皮夹子里的那叠钞票不见了，还有所有的珠宝，只余下她戴在手指上的那只独粒钻石戒指。她打电话到账台问他是否付过账，他们说他仅仅留下话，等十二点去叫她。谁也没见他出去。那个墨西哥小郎也走了。

玛戈只剩下她的皮大衣和十五美分。她没有要账单，但她知道一定总计达五六十元左右。她思忖着，仔细地穿好衣服，决定到一家快餐店去喝杯咖啡。她的钱也只够付这样的早餐了。

外面是温暖的春日。阳光在一排排停放的汽车上闪烁。街道、商店和报摊都显得清新欢快，阳光明媚。玛戈在杰克逊维尔的主要大街上走来走去，心窝里特别感到空洞洞的。她看看男装用品商店和廉价首饰店的橱窗，看看那些当铺，仔细看电影院列出的新片片名。她来到一个公共汽车站门前。她看看汽车开往迈阿密、新奥尔良、塔拉哈西、奥兰多、坦帕、乔治亚州的亚特兰大、得克萨斯州的休斯敦和加利福尼亚州的洛杉矶的车费和时间。汽车站里有家快餐店。她走进去花她的十五美分。她在柜台前坐下来，叫了一杯咖啡和一客三明治，心想，如果不是碰上她正空着肚子，她上当铺去当掉戒指，可以得到更多的钱。

新闻短片 LVIII

在梦中我总似乎
听见你柔声叫我
巴伦西亚！
那儿的橘林永远使
海滨的和风香气袭人①

这事本身就象征着我们今天见到的迈阿密的伟大的戏剧场面。仅仅二十年前，当比斯开湾银行的地基还是农民拴牲口的院子，第一国家银行的地基还是公共野宴场地的时候，现在这幢超现代化的旅馆和俱乐部的所在地当时还是一片与外界隔绝的原始森林呢。我父亲和我本人当时正在森林周围开垦小片菜地，我还把蔬菜卖给皇家棕榈旅馆，当时它是位于荒芜边疆上的一家豪华旅馆。即使在八年前，我还在栽培番茄

巴伦西亚！

寻找丢失的赃物

女人指挥拦路抢劫

懒洋洋的河水流向南方
那儿是我渴望前去的地方

镭放射线受害者嘴里斜插着牙刷

---

① 引自西班牙歌曲《巴伦西亚》。其词曲作者为西班牙作曲家阿塞·帕迪利亚（1889 — 1960），本曲发表于1928年。

这个半岛每个月一直是白色的，尽管有几个月佛罗里达州西部被说成是晴朗的

传播福音的姑娘们在纽约等待基督降临

当红红的知更鸟
　身子一上一下一上一下地一路跳来跳来

我们希望你们尽最大可能利用我们的信贷系统。只需付一小笔首次分期付款，余额也可随你的方便而分小额偿还。

将不再有哭泣
　当他开始颤声唱出

鼓动罢工被称为罪大恶极

当他开始颤声唱出
　他那支往日的甜歌
当红红的知更鸟

那天一大早，他一点也不流露出任何疲劳的样子或刚结束了长途旅行后的任何通常应有的迹象。他那身漂亮的丝质套装上没有一点儿皱褶，这衣料的织法、质地和色彩都十分适合于热带夏日穿着。他的领带、领带上插着的镶珠宝的装饰别针以及他手上的戒指，无不在细节上完全与他一无缺点的服装相协调。尽管身材短小，态度谦逊，他在处理价值千万美元的建筑交易时却毫不慌张忙乱，恰似有轨电车乘客把一个镍币交给卖票员时那样镇定自若。

基蒂霍克的宿营者

1903年12月17日,联合教友会的赖特主教,一度任《宗教望远镜》的编辑,在俄亥俄州代顿市霍桑街他的第一所木房子里收到他儿子威尔伯和奥维尔拍来的电报,他俩异想天开,决定在北卡罗来纳州海滨的沙丘上的一间小帐篷里度假,摆弄一架他们拼拼凑凑地自造的滑翔机。电文如下:

> 星期四晨四次飞行成功全部逆风飞行风速二十一英里单靠引擎动力从平地起飞穿过空中平均速度三十一英里最长一次飞行五十七秒通知报界回家过圣诞节

其中的数字略有出入,因为报务员把奥维尔用铅笔匆匆写下的潦草字体看错了

但是事实不可更改

即:俄亥俄州代顿市的两位年轻的自行车修理工

首次设计、制造并试飞了

一架实用的飞机。

为使发动机发热而让它开动几分钟后,我解开了那使飞机固定于跑道上的金属丝,于是飞机便逆风向前行驶。威尔伯在飞机旁跑着,用手握住机翼,使它在跑道上保持平衡。和十四日那次在无风天气中起飞不同,这次飞机面对二十七英里风速的风,起飞很慢……威尔伯一直在飞机旁跑着,直到跑了四十英尺后,飞机离开跑道升空。一名救生员在飞机刚到达跑道终点、上升到离地面大约两英尺时,扳动照相机,给我们拍了一张照片……上下飞行的行程极不稳定,一部分由于气流不正常,一部分由于缺乏操纵这架飞机的经验。从升空的地点朝前飞了一百二十英尺多一点时,突然一个急冲,终止了这次飞行……这次飞行只持续了十二秒钟,然而这

却是世界史上第一次有一架载着一个人的飞机凭借自身的动力升入
空中作全速飞行，它向前飞时没有减速，最后的着陆点与它的起飞
点位于同等高度。

当天稍晚时分，飞机遇到一阵狂风，翻身坠毁，几乎使那名想拖住它的
海岸巡逻队队员丧生；
真太可惜了，
但是赖特兄弟太高兴了，不在乎这些；
他们证明了这鬼东西能飞。

等起飞点和着落点得到明确确定后，我们立即收拾我们的东西
回家，知道飞行器时代终于来临了。

他们回到俄亥俄州代顿市老家过圣诞节，他们于七十年代出生在这家庭
中，这家庭从1814年起就在阿勒格尼山脉西面定居下来；在俄亥俄州代顿
市，他们上小学和中学，参加父亲所在的教会，打棒球和曲棍球，在双杠和
秋千上锻炼身体，卖报，用从废物堆上弄来的零星部件自己修建了一台印刷
机，放风筝，摆弄机械装置并在市里各处干点零活挣些老实钱。
主教有一次带回来一只直升飞行器，那是个五角钱的机械玩具，由两片
扇叶组成，用牛皮筋做动力，据说能在空中盘旋。人们说自从主教带它回来
后，他这两个最小的孩子便迷上了飞行，
因此他们没有像别的小伙子那样去结婚，而是待在家中，整天在屋里忙
着印刷零星印件，
修理自行车以谋生，
晚上则阅读有关空气动力学的书籍，直到深夜。
但他们是真诚的教徒，他们的自行车业务很赚钱，他们的话可以让人信
赖。他们在代顿很受人欢迎。
在那些日子里，飞行器是一切高谈阔论的哲学家嘴里的大笑料。从东海
岸到西海岸，人们用"我早说过来着"这句话来嘲笑兰利和查纽特的不成功
的实验。赖特兄弟的最大问题是找一个隐蔽地方来进行实验，以便不致引
起村民哄笑。再说，他们没有钱；
他们是务实的技工；当他们需要什么时，他们就自己动手做。

他们忽然想到了基蒂霍克①

它坐落在一直向南伸展到哈塔勒斯角的一连串大沙丘和沙岸上，在阿尔贝马尔海湾外的大西洋中，

一大片伸展的海滩，

除了一个海岸警卫队的驻地，几座渔民的小棚屋以及沙丘后面马唐草丛中的一群群蚊子、扁虱和沙蚤外，空寂无人，

在上空有海鸥和突然猛扑下来的燕鸥，晚间还有鱼鹰和苍鹭，拍着翅膀飞过盐沼地，偶尔出现苍鹰，

赖特兄弟用目光跟踪它们翱翔，

正像若干世纪以前列奥纳多②那样，

死劲用他敏锐的目光观察它们，以便弄懂

飞行的规律。

赖特兄弟在距离那片零零落落的小棚屋四英里的散沙上，自己动手建造了一个营地和一座安放他们的滑翔机的小棚。得赶好长一段路，才能把他们的食物、工具以及用得着的一切东西运到这里；夏天热得似火焰，蚊子讨厌死了；

但是在这儿没有别人，

而且他们计划好了，这散沙最软不过，跌上去也不打紧。

他们的滑翔机由两片机翼和一个尾翼构成，他们合扑躺在机内，用摆动臀部来控制机翼的偏倾，整天一次次地从一个叫做斩魔山的大沙丘上起飞，

他们学着飞行。

一旦他们设法飞翔了几秒钟

并乘一股上升的气流升高了那么一点儿，

他们就认定为他们的双翼机

装上发动机的时机已到。

回到俄亥俄州代顿市的车间中，他们建造了一条风隧道，这是他们对飞

---

① 位于美国北卡罗来纳州东北部一系列狭长的和本土平行的沙质岛屿上，当时是个小村。

② 指意大利文艺复兴时期的大画家列奥纳多·达·芬奇。他是多方面的奇才，在机械工程方面造诣很深，曾留下飞行装置的设计图。

行科学做出的第一个伟大贡献，他们把飞机模型在这风隧道中试验。

他们无法使汽油发动机制造商感兴趣，和他们合作，因此只得由自己来制造。

发动机能行了，自1903年那个圣诞节之后，赖特兄弟不再为好玩而干这事了，他们放弃了自行车行当，使用当地一位银行家的大片旧奶牛牧场进行试飞，把制造飞机之外的时间全部用来做宣传，为专利权、侵犯权利的行为、来刺探消息的侦探等感到担忧，竭力使政府官员对他们的工作发生兴趣，并想法弄明白那些律师的圆滑、难懂而令人心碎的话语究竟是什么意思。

不出两年，他们造成了一架可以绕奶牛牧场一连飞行二十四英里的飞机。乘坐市际交通车的人在经过这片牧场的边缘时，被赖特兄弟的老发动机响亮的噗噗声所惊动，常常翘首窗外，看见那架白色双翼飞机，好像两块熨衣板，一块架在另一块上面，在离地五十英尺的空中嚓嘎嚓嘎地朝前飞。那些奶牛不久便习以为常了。

航程变得越来越长后，

赖特兄弟获得了支持者，

参加诉讼，

在不眠之夜躺在床上，听到尚是幻影的百万金元在呜呜叫，比基蒂霍克的蚊子更可怕。

1907年，他们到了巴黎，

身不由主地穿上大礼服，戴上大礼帽，打扮得漂漂亮亮，

学会了给侍者小费

和政府专家们商谈，习惯了金色穗带、拖延、范戴克式短而尖的胡子和政客们张开的掌心。为了娱乐，

他们在杜伊勒里公园玩扯铃。

他们在迈尔斯堡①进行了几次广为宣传的飞行，在那里发生了第一次不幸的坠毁事件，接着去圣彼得堡、巴黎、柏林进行了表演，在波城②他们成了风行一时的人物，

---

① 位于美国佛罗里达州南部。
② 位于法国西南部，比利牛斯山北麓，有名胜古迹，为一旅游胜地。

他们如此引人注意，以至旅馆老板

不要他们付住宿费。

西班牙国王阿方索和他们握手。坐在飞机里拍了一张照片。

英王爱德华观看了一次飞行表演，

王储坚决要求坐飞机上去，

奖章像下雨一样纷至沓来。

向他们祝贺的有沙皇、

意大利国王、一些业余体育爱好者、巴结上司向上爬的社会人士和天主教的头面人物，

并被一争取世界和平团体授予勋章。

航空学变成了时髦玩意儿。

赖特兄弟似乎对富丽的室内陈设、穗带、金质勋章和衣着豪华的人士没有留下很深刻的印象；

他们仍旧是脚踏实地的技工，

并且坚持自己的活儿自己干，

甚至包括给油箱里添满汽油。

1911年，他们带着一架新的滑翔机

回到基蒂霍克的沙丘上。

奥维尔在空中待了九分半钟，这在很长时期中一直是无发动机飞行的最高纪录。

同年①，威尔伯因患伤寒于代顿逝世。

新的名字一个个涌现：法尔曼、布莱里奥、柯蒂兹、费伯、埃斯诺·佩尔特里、德拉格朗热；

炸弹嗖嗖地砰地着地爆炸，榴霰弹的弹片发出嘘嘘声和咔嗒声，在上空的发动机关掉后，机枪突然结结巴巴地开了腔②，

于是我们平卧在泥地里，

---

① 应为1912年。
② 指第一次世界大战中利用了飞机来作战，屠杀人民。

把身子缩成一团，躲在残垣断壁的角落里，

这期间赖特兄弟从报纸的大字标题中消失了；

但是就连大字标题或报纸上的尖刻的诬蔑或令人窒息的烟幕和毒气或证券交易所的经纪人喋喋不休的讲话或无形的百万之众的叫骂或向新的纪念碑献花圈的高级军官雄辩的讲演，

都不能使人淡忘

那寒冷的十一月中的那一天，

俄亥俄州代顿市的两名冷得发抖的自行车修理工

第一次感到他们在家中

用山核桃木棍削制而成的，

用阿恩斯坦牌自行车胶粘合在一起的，

用在俄亥俄州代顿市霍桑街他们自己的后院中他们姐姐的缝纫机缝好的薄纱蒙上的飞行器

腾空而起，

在基蒂霍克的沙丘和

广阔的海滩上空翱翔。

新闻短片 LIX

第一次来到底特律的外地人，如果他对现代生活中繁忙的经济活动方面感兴趣的话，会发现它像一个奇妙的工业蜂窝；如果他喜爱大自然的话，他会注意到该市的市址由于那道赋予它名字的伟大海峡的水域而使它永远引人瞩目，如果他是个爱好浪漫文学和历史的学者，他将发现种种传奇和记载，与本大陆所能提供的同样令人愉悦，给人教益

> 我思念我的故乡奥马哈
> 我渴望到那儿去定居

底特律的汽车制造在世界领先

> 我想见我的爸
> 我想见我的妈
> 我想去亲爱的老奥马哈

底特律在下列产品中居第一

医药用品
　炉灶　电炉　熔炉
　　加算机
　　　油漆和凡立水
　　　　船用发动机
　　　　　工装裤

苏打和盐类产品

运动鞋

麻花钻头

玻璃陈列柜

妇女紧身胸褡

汽油喷炬

卡车

广播员先生你可愿尽你所能去干

因为我寂寞异常

请吩咐我妈咪回家转

我的广播员先生

能动的底特律在下列产品中名列前茅

铸造和金工车间的产品

黄铜和黄铜产品

烟草和雪茄

铝件铸造

铁和钢

润滑器具

可锻铸铁

金属床

回到那生我的故乡

上帝的绿色地球上最伟大的地方

加利福尼亚！那是我该住的地方。

"底特律那值得生活的地方"

查利·安德森

查利从操纵装置前爬下飞机时，首先听到的是法雷尔的喊叫声："查利·安德森，你这懂行的小伙子。欢迎你到亲爱的底特律来！"接着便看见法雷尔的那张圆脸在飞机场的绿色草坪上朝这边走来，大嘴张开着。"气流有些变化不定，是吗？"

"天气冷得够呛，"查利说，"你们把这叫做飞机场吗？"

"我们正想让商会对修建的事热心一些，你可以对他们吹吹风，也许。"

"我确实曾为这事跟他们周旋过。哎呀，我来时太匆忙，连牙刷也没带。"

查利脱去还在滴油的手套，因为飞机飞过山丘颠簸时，出了点毛病，发生了油漏。他感到背痛。有比尔·塞尔麦克在场，可以把飞机送进机库，这使他感到轻松。

"好，我们走吧。"他说。

"好样的，"法雷尔大声说着，把手放在查利的肩上，"我们到我家停一下，看能不能让你换一身衣服。"

这时有辆出租汽车开进飞机场，立木从车中走出来。他拎着查利的衣箱奔过来，到达汽车前时已上气不接下气。"祝你旅途愉快，先生。"

"行了，"查利说，"你给我找到一家没电梯的公寓了吗？"

"很好的，不贵的，有电梯的公寓，就在市立美术博物馆对面。"立木用他那叽叽叫的声音喘着气说。

"行，你帮了很大的忙。"法雷尔说，把脚踩在他浅灰色林肯牌大轿车的起动器上。汽车发出柔和的呜呜声。

立木把衣箱放在后座，查利跳进车去，坐在法雷尔身边。"立木以为我们缺乏教养哩。"查利哈哈大笑说。法雷尔眨眨眼睛。

查利深陷在衣着考究的法雷尔身旁的车座里，在柔和地呜呜叫的大发动机后面，感到很惬意，他们顺着宽阔笔直的林荫大道直驶，路旁不时出现一片建筑工地，传来新砖、未加工的枞木板和新拌水泥的气味，这时，他感到有点睡意蒙眬。一阵带有一丝丝沼地暖意的阴冷的风从田野和房后地基送来一股早春气息。

"这儿便是我们的小屋。"法雷尔说,把汽车转上一条有坡度的弯曲车道,在一座长长的灰石房屋末端刹住了车,这房屋像大教堂一样有狭长的尖窗和哥特式尖塔。他们下了车,查利跟着法雷尔跨过平台,沿着两旁有盆栽黄杨树的大道走去,穿过一扇落地长窗,走进一间天花板上有许多雕花的弹子房。

"这是我的游乐室,"法雷尔说,"一个人毕竟得有个游乐的地方啊……这儿是浴室,你可以在里面更衣。过十分钟我再来接你。"

这是一间大浴室,全部漆成绿玉色,里面摆着一张长沙发、一把安乐椅、一盏落地灯、墙角里摆着一套练胸肌的拉力器和瓶状木棒。查利脱去衣服,洗了个热水淋浴,换上了衣服。

他正系上他最漂亮的斜纹领带,法雷尔在门外问道:"一切就绪了吗?"

"好了,"查利一边往外走,一边说,"我感到精神棒极了。"

法雷尔古怪地望着他的眼睛,哈哈大笑。"为什么不呢?"他说。

办公室位于大马戏场公园周围那一圈未完工的办公大楼群中的一幢未完工的办公大楼里。

"如果我先带你去宣传科看看,你不会介意吧,查利,"法雷尔说,"埃迪·索耶是个了不起的小伙子。然后我们再在我的办公室会齐,吃点东西。"

"行。"查利说。

"喂,埃迪,这位是你们的飞行员。"法雷尔大声说着,把查利推进一大间挂着橘红色窗帘的明亮的办公室。"索耶先生,见见安德森先生……查利·安德森,我们的顾问工程师……你让他经过一番考查手续后给我打个电话。"

法雷尔匆匆走了,查利单独留下与一个黄脸的小个子男人在一起,此人头大,头发淡黄,谈吐和风度像个养成了抽烟习惯的高中生。埃迪·索耶狠狠地握了一下查利的手,问他是否喜欢这些新办公室,向他说明橘红色代表乐观,问他开飞机是否头晕过,说他本人晕得很厉害,就他所从事的职业来说,这真是极大的不幸,说着从他办公桌下面拿出一瓶威士忌。"我肯定詹姆斯·亚德利没请你喝过什么……这家伙靠空气生活,是条地道的火蛇。"

查利说他愿意喝一小杯,埃迪·索耶便拿出两只里面已放好冰块的玻璃酒杯和一只苏打水瓶。"需要时说一声。"查利喝了一大口,然后埃迪仰靠在转椅的椅背上,一饮而尽后说:"听着,安德森先生,如果你不介意,我们来听你谈谈你的生活经历,或者适合印发出去的任何部分……请注意,我们并不马上就用，但是我们希望了解情况，如果情况需要，就提供给电台去发表。"

查利涨红了脸。"哦，"他说，"没多少好说的嘛。"

"好样的，"埃迪·索耶说着，又倒了两杯酒，把威士忌酒瓶收起来，"最好的生活史都是这样开头的。"他揿了一下嗡声器，一位长着秀丽的粉红色娃娃脸的鬈发速记员走进来，拿着笔记本坐在桌子的另一边。

查利慢吞吞地讲着自己的经历，在头脑深处不停地反复嘀咕："嘿，老弟，不要在第一天就当傻瓜呀。"他们还没结束，法雷尔便在门口伸进头来叫他们快去，说大家都在等了。

"嘿，你们都安排好了吗？……查利，我想让你见见我们的销售经理……乔·斯通，这位是查利·安德森。还有弗兰克先生和奥布赖恩先生，他们是处理法律事务的天才，还有布莱索先生，他负责处理成品……就是你隶属的那一科。"

查理和众人握了手，其中有一个头发从中间分的油光光的黑色脑瓜，两个秃头和一个头发像鞋刷毛一样竖起的钢灰色脑瓜，还有夹鼻眼镜，玳瑁边眼镜，两撇小胡子。"真的，迈克，"埃迪·索耶神经质地结结巴巴说，"我从他嘴里搞到了不少材料，今后任何时候都可以向他敲诈一笔钱，就此退休了。"

"这是个很好的开端，年轻人，"那个灰色头发的赛勒斯·布莱索粗暴地说，"我希望你脑袋深处还剩下一点主意。"

"好。"查利说。

布莱索咆哮着说他从不吃午餐，除他以外，所有的人都和查利一起来到体育俱乐部，那儿有一间幽静的餐室，鸡尾酒已经摆好。乘电梯上去时，他背后传来一个声音："小伙子怎么样，查利？"查利转身，和安迪·梅里特打了个照面。安迪·梅里特的深灰色西服显得比平时更加合身了。他的苦笑不同寻常地淡薄。

"嘿，你在这儿干什么？"查利不假思索地说。

"底特律这城市哪，"安迪·梅里特说，"一直令我非常感兴趣。"

"嘿，乔混得怎么样？"

安迪·梅里特显出痛苦的样子，查利感到他应该闭口不谈此事。"我上次见到乔的时候他身体很好。"安迪说。原来安迪也是来和他们一起用餐的。

他们吃煎里脊小牛排时，法雷尔站起来讲话，说这次午餐是飞机零件和发动机制造业中一种新的精神的开端，时候到了，飞机不应再把自己拴在汽车业的裙带上了，因为飞机很快便会使汽车制造商沦为一帮自行车制造商。一个百万元的企业必须按百万元的方式来经营。于是大家都喝彩鼓掌，法雷尔举手让大家安静，然后描述查利·安德森作为战时空中英雄和发明家的生涯，并说这是非常令人高兴的一天，长期以来他一直盼着有这么一天，能欢迎他参加特恩公司。接着埃迪·索耶带头为安德森欢呼，于是查利只得站起来，说他到这儿来，回到这个国家制造业的真正中心的开阔空间来，感到多么高兴，而当你说这个国家制造业的中心时，你所指的正是这天杀的全世界制造业的中心。埃迪·索耶又带头欢呼，然后大家才安定下来吃桃子冰淇淋圣代。

等到他们从楼下衣帽间取回帽子时，安迪·梅里特拍拍查利的肩膀说："一篇非常之好的演说……你知道，我已有好一阵子感到我们应该有出头的机会……你不能用小市镇的观念去办第一流的企业。这正是可怜的老乔的毛病，不过他可是个好人……小市镇的观念……"

查利绕道去看了看公寓。立木把一切整理得井井有条，瓶子里插上了花以及诸如此类的事都办妥了。

"嘿，真不赖，"查利说，"你喜欢底特律吗？"

"非常有趣，"立木说，"福特先生允许人去参观高原公园城①。"

"哟，你时间倒抓得很紧啊……你们国家没有流水线吧，是吗？"

立木笑着点点头。"非常有趣。"他更加着重地说。

查利脱去外衣和鞋子，躺在起坐间的长沙发上打个盹，但是好像他刚闭上眼，立木便笑着在门口向他鞠躬。

"很对不起，先生，本顿先生打来长途。"

"好。"查利说。

立木拿来拖鞋，让他把脚伸进去，并谨慎地把他的睡袍放在长沙发旁的椅子上。接电话时，查利发现天色已晚，街灯刚亮。

"喂，纳特。"

"嗨，查利，你进行得怎么样？"

"很好。"查利说。

"喂，我打电话是想告诉你，在下一次特恩公司的股东会上，将选你和安迪·梅里特当副董事长。"

---

① 位于底特律市北郊，1920年前为福特汽车公司所在地。

"你怎么知道的?"纳特对着电话机哈哈大笑。"有人提供情报服务。"查利说。

"嘿,我们在这儿的任务就是提供服务嘛,"纳特说,"还有,查利,这儿有笔小生意……我就要跳进去,我想也许你想参加……在电话里我不能详谈,但是今天下午我已给你写了信。"

"我没有现钱啊。"

"你可以提供大约一万美元的股票来补偿。股票不久就可以随意出手的。"

"好,"查利说,"乘黑夜逃债……这是我走运的一年。"

这工厂很大。第二天上午,他驾着从经销处直接买来的别克牌轿车去那儿。那经销人似乎对他了解得一清二楚,甚至不要他交分期付款的首次付款。"你如果在这儿记账,我们会感到高兴的,安德森先生。"他说。

老布莱索似乎正在找他,便带他四处去看看。每样设备都由天窗的光照亮。那儿竟没有一条传动皮带。每台机器都附有发动机。"法雷尔认为我是个老保守,因为我不爱整天价高谈财政金融,但是见鬼去吧,如果在什么地方能找到比这儿更新式的工厂,我愿吃掉一台该死的发电机。"

"咦,我原以为我们在长岛城的厂已经满像样了……但这个厂把什么都盖下去了。"

"这正是我们的初衷。"布莱索咆哮着说。

最后布莱索介绍查利与工程人员见面,然后带他去制图室旁边的那间办公室,它将归他使用。他们关上了毛玻璃门,面对面地坐在从天窗透进的银白色光线下。布莱索抽出一支细长的低级雪茄,也递一支给查利。"吸过这种烟吗?……它们使人头脑清醒。"

查利说他什么都愿试一下。他们点着了雪茄,布莱索开始说话,狠狠地吐着触鼻的蓝色烟雾,吐一口说几句。"现在你听着,安德森,我希望你到这儿来是来和我们一起工作,而不是来捣弄你那些该死的股票的……我知道你是个战时空中英雄什么的,而且注定要自我炫耀的,但是在我看来,你脑子里似乎还有些什么玩意儿……我这话只说一次,以后绝对不再说了……如果你为我们工作,你就为我们工作,否则,你还是留在你自己的经纪人事务所的好。"

"可是,布莱索先生,这是我一直巴望的机会啊,"查利结结巴巴地说,"见鬼,我是名技工,就这么回事。这我知道。"

"哦,我希望正是这样……如果你是技工而不是天杀的股票经纪人,你就该知道我们的发动机很差劲，装上这种发动机的飞机也很差劲。在飞行方面我们较世界上的其他国家落后十年，我们必须赶上去。只要有了设计图纸，我们就有生产设备能把人家全都压倒。现在我希望你回家去喝醉酒或者嫖女人或者做你发愁时想做的任何事，然后考虑考虑我们这项工作。"

"我再也不干那种事了，"查利说，"我在纽约已经干够了。"

布莱索猛地站起来，让雪茄烟灰落在他羊驼呢的背心上。"好吧，如果这样你还是结婚的好。"

"这事我一直在考虑……但是还找不到另一个姓名可以写在结婚证上。"查利说着哈哈大笑。

布莱索笑了。"你给我设计一个像样的轻便可靠的十六汽缸风冷发动机，我便叫我小女儿介绍你见见底特律最好看的姑娘们。她全都认识……如果你想要的是钱，她们会榨取到钱的。"

电话铃响了。布莱索接了电话，低声地嘀咕着什么，跺着脚走出办公室去了。

中午时分，法雷尔过来接查利出去吃午饭。"老布莱索狠狠地训了你一顿吧？"他问。查利点点头。"嘿，别让他弄得你生气。他只会叫，不会咬人。如果他不是全国最好的工厂经理，他是不会在这里工作的。"

法雷尔和他的妻子———一位面容憔悴、性格乖戾、挂着大串钻石、身材清瘦而略带老态的金发女人，带着查利去参加乡间俱乐部的舞会，正是在那儿，他遇见了老布莱索的女儿安妮。她是个穿着粉红色衫裙的方肩膀姑娘，一张大嘴笑起来挺讨人喜欢，握起手来挺有力。查利一下子就对她发生了好感。他们合着《只不过是个男人们遗忘的姑娘》这支歌的节拍跳舞，她说她迷上了飞行，为了取得飞行员的执照已飞过五小时。查利说，如果她并不不屑乘一架柯蒂兹-罗宾飞机的话，他随时可以带她起飞。她说，如果他并不打算这样做的话，还是不要作出许诺的好，因为她总是说到就要做到的。后来她又谈到高尔夫球，他没有向她透露他一辈子从未握过高尔夫球棒。

晚饭时，他端了两盘鸡肉色拉回来，发现她和一个肤色苍白的年轻人坐在一张圆桌旁，桌上吊着一盏日本灯笼，那年轻人原来是她的哥哥哈里，还有一个长着漂亮的灰黄头发、带着点儿亚拉巴马州口音的姑娘，她名叫葛蕾迪丝·惠特利。她似乎与哈里·布莱索订过婚什么的。他拿着一只银制长颈瓶，正不停地往果汁五味酒里倒杜松子酒，并且抓住了她的手，称她为葛蕾德。他们都比查利年轻，但是他们老是为他忙这忙那，不停地说底特律是个多么可怕的城市。查利肚子里装进了一些杜松子酒后，生平第一次谈起战争故事来了。

他开车把安妮送回家，老布莱索拿着一份《工程杂志》走出来说："你们已经认识了，是吗？"

"哦，是的，我们是老朋友了，爹，"她说，"查利将教我飞行。"

"哼。"布莱索说。他冲着查利关上了门，一面咆哮道："你回去想想那发动机的事吧。"

那年整个夏天，大家都认为查利与安妮已订婚了。在不刮大风的下午，他总抽一两个小时离开工厂，到飞机场去开一架飞机上天，让她有机会增加飞行的小时数，星期天他们一起玩高尔夫球。查利星期天很早起床，到向阳俱乐部找高尔夫球教练练球，这个俱乐部里他一个人也不认识。星期六晚上，他们常在布莱索家吃饭，然后去乡间俱乐部跳舞。葛蕾迪丝·惠特利和哈里通常陪他们一起去，那帮年轻人都称他们为四人小组。老布莱索似乎很高兴见到查利和自己的孩子们交往密切，并且开始把他看作家庭的一员。查利很高兴，他喜欢自己的工作；在纽约混过多年后，到底特律来，好像回到了家里一样。他和纳特在交易所赚了几大笔钱。作为特恩公司的副董事长和工程顾问，他一年能挣两万五千美元。

老布莱索抱怨说一个年轻工程师拿这些钱真太多了，但是令他高兴的是查利把大部分钱花在一个小实验车间上，他和比尔·塞尔麦克在那里试制他们自己的新发动机。比尔·塞尔麦克已把他的家从长岛搬来，他对机器的改进颇有预感。查利忙得没时间想女人或喝酒，只偶尔为了社交而喝一杯。他认为安妮是个逗人的漂亮姑娘，喜欢和她在一起，但他从不把她看作那种可以与之同床的女人。

法雷尔夫妇邀请布莱索兄妹和葛蕾迪丝·惠特利乘游艇出航，共度劳动节周末。查利受到邀请时，感到他终于要见一见上等的生活了，便建议带立木去调制饮料，负责膳食。他用他的别克牌汽车把布莱索兄妹带到游艇俱乐部。

安妮弄不懂他为什么那么高兴。"三天无所事事，光是坐在那闷气的老船上让蚊虫咬，"她用她父亲那种粗暴的音调抱怨说，"爹说他为工作操劳毫不在乎，但是如果为玩而操劳可要烦死人了，他这话是对的。"

"但是请看看我们不得不结交的这些伙伴吧，安妮。"查利说着，伸出胳膊把她的肩膀勾住了一会儿，因为她就坐在他身旁的前排车座上。

单独坐在后座的哈里吃吃地笑了。"嘿，你用不着装得那么洒脱，先生，"安妮头也不回地说，"你和葛蕾迪丝当众亲热也够叫人作呕的了。"

"一本正经的飞行员在软化下来了。"哈里说。

查利满脸通红。"好。"他说。

他们已经到了游艇俱乐部，有两个身穿水手服的青年正从汽车的后部把手提包拿出来。法雷尔的船是一条五十英尺长的游艇，甲板上有餐厅，放有不少柳条椅、许多新漆的桃花心木家具和擦亮的铜器。法雷尔戴着游艇帽，当船用头部迎着湿热的微风探路前进时，他神色焦虑地在狭窄的甲板上走来走去。河流在下午四五点后带有一股码头和杂草丛生的沼泽地的气息。

"离开陆地到水上来，使我感到舒服，你也一样吧，查利？……这地方谁也抓不到你。"

与此同时，法雷尔夫人正为房舱太挤向女宾们表示歉意。"我一直让亚德利去弄条宽敞点的船，但在我看来，他搞到的船一条比一条挤。"

查利在倾听从食品舱传来的轻轻的叮当声。当立木用盘子托着曼哈顿鸡尾酒出现时，大家都感到高兴。查利看立木端着盘子在葛蕾迪丝面前行礼时，他想她穿着一身白，用白色绸手绢把茂密的浅色头发扎了起来，那样子实在好看。

安妮在他身旁露出了笑容，船快速前进时产生的风吹得她的棕色头发蒙住了眼睛。发动机的噪音和双轴推进器搅动那么多水的声响使她和他的谈话能不被别人听见。

"安妮，"他忽然说，"我想该是我结婚的时候了。"

"啊哟，查利，你还只是个孩子哪。"

查利觉得周身热乎乎的。他一下子感到他十分需要一个女人。他几乎无法控制自己的声音。

"嗯，我想我们都到了懂事的年龄，但是你对我的提议怎么想呢？在钱的方面，我今年相当走运。"

安妮抿一口鸡尾酒，望着他，哈哈大笑，任头发在她脸上吹拂。"你要我做什么，难道要叫你报告你的银行存款？"

"但我的意思是问你啊。"

"好。"她说。

法雷尔这时正对他们喊话："晚饭前玩玩小赌注扑克怎么样？……这儿风越来越大了。我们还是去大厅吧。"

"是，是，船长。"安妮说。

晚饭前，他们玩扑克喝曼哈顿鸡尾酒，晚饭后，法雷尔夫妇和布莱索兄妹坐下来打拍卖桥牌。葛蕾迪丝说她头痛，查利看了一会儿牌，走到甲板上，把他吸的雪茄的臭气从肺里呼出来。

游艇停泊在一个小海湾内，靠近从岸上伸出的一个灯光辉煌的码头。半轮月亮正向一个岩石嶙峋的山峰后面落下去，峰上有棵高大的松树，主干从一团缠结的黑色枝丫中向上延伸，树下是一大片迎风抖索的白桦树。码头尽头处有幢类似俱乐部的房子，从它那些大窗里溢出一片波动；悸动着的舞曲声从屋内传到水面上，随即消失。查利坐在船头。为法雷尔开船的小伙子们已经上床去睡了。他能从船室前面的小舱口听见他们低低的讲话声，并闻到香烟味。他弯下身去看灰色小波浪拍打着船头。"老兄，这是第一流的生活。"他自言自语。

他转过身来，发现葛蕾迪丝在他身边。"我以为你已上床了，年轻的小姐。"他说。

"以为这一夜可以摆脱我吗？"她说时并没有笑。

"你看这夜色不是挺美吗，葛蕾德？"

他握住她的手；那手冰冷而且在发抖。"你不希望着凉吧，葛蕾德？"他说。

她把她的长指甲掐进他的手心。"你要和安妮结婚吗？"

"也许吧……怎么啦？你要和哈里结婚，不是吗？"

"世界上任何力量都不能使我嫁给他。"

查利伸出两条手臂搂住她。"你这可怜的小姑娘，你身上很冷。你应该上床。"她把头倚在他胸前，哭泣起来。他隔着衬衫能感到她的泪珠暖烘烘的。他不知道说什么好。他站在那儿搂着她，她头发的香气钻进他的鼻孔，使他晕眩，正像多丽丝的头发香气当初常常使他晕眩一样。

"但愿我们不在这该死的船上。"他低声说。她那张溜圆的白脸正仰起着，对着他。他吻她的嘴唇，她也回吻他。他把她紧紧搂在怀里。如今他能感到她那对小乳房贴在自己的胸膛上了。有一秒钟，她让他把舌头伸进她双唇之间，然后把他推开。

"查利，我们不应该这样做，但是我忽然感到很寂寞。"

查利说话时嗓音很粗。"我决不让你再有这样的感觉……永远不，真的……永远不……""唉，亲爱的查利。"她又有意候地吻了他一下，就离开他沿甲板走去了。

他独自走来走去，不知干什么好。他现在迷上葛蕾迪丝了。他无法回去和别人谈话。他也无法上床去睡觉。他从前舱口溜下去，穿过厨房，立木正穿着一件白上衣，泰然自若地坐在那儿看一本厚书，他然后走进他铺位所在的那间小房舱，换上了游泳衣，跑上甲板，从船侧扎下水去。水不像他想象的那么冷。他在月光下游了一会儿。他拉着船尾的梯子上来时，感到冷，身上起了鸡皮疙瘩。法雷尔用牙齿叼着雪茄，弯下身子，一把抓住他的手，把他拉到甲板上。

"哈，哈，你这铁人，"他喊道，"姑娘们赢了我们两局，带着赢的钱去睡了。你披上浴衣来喝一杯，然后在上床前我们玩半小时红狗①什么的可好。"

"好。"查利说，他正在甲板上上下跳动，把水抖掉。

查利在下面舱内用毛巾用力擦身子时，听到姑娘们在卧舱里叽叽呱呱地谈话并吃吃地笑。等他在有点喝醉了以至变得傻乎乎的哈里身旁坐下时，他感到很尴尬，竟一口喝下半大杯黑麦威士忌，输掉了八十美元。他见哈里赢了钱感到很高兴。他上床后不断地自言自语："打牌走运，爱情不幸。"

一周后，葛蕾迪丝在查利的公寓里和他一起喝茶，立木在旁边咧嘴笑着，黑发的脑袋颠啊颠的，起着监护人的作用，过后，她带查利去见她的父母。霍顿·B.惠特利，正如法雷尔所说，是安全信托公司中的一个权威人士，他红脸膛，花白头发，蓄着两撮银色小胡子。惠特利太太是个带着动听的亚拉巴马州口音的无精打采的女人，脸色憔悴，脸颊下垂，皮肤萎缩，像个走了气的玩具气球。

惠特利先生不等葛蕾迪丝介绍完毕就开始讲话。"好啊，先生，我们一直盼望着这样的事情发生。当然，事情来得太快，我们大家还来不及打定主意，但是我忍不住要告诉你，我的孩子，我宁肯看到我的女儿嫁给像你这样自己打天下的小伙子，尽管我们对你还不大了解，而不愿让她嫁给像哈里那样的青年，就他本人而言，他是个满好的孩子，但是除了接受他父亲所提供的教育外，他一生还没干过一件事。我的孩子，我和我的妻子感到非常自豪，能认识你并让你和我们的小女儿……她是我们唯一的骨肉，因此她对我们是非常宝贵的……"

"你的父母……已奉召归天了，我想，安德森先生。"惠特利太太插进来说。查利点点头。"啊，我很抱歉……他们是圣保罗人，听葛蕾迪丝说……"

---

① 一种纸牌游戏。

惠特利先生又开腔了。"孩子她妈，安德森先生是我们最卓越的战时空中英雄之一；他为祖国赢得了荣誉，孩子她妈，而且在我看来，他整个生活历程是一个好榜样……哦，我要使你脸红了，我的孩子……说明美国的民主发挥着最好的作用，把最富有才智和最适合的人推向成功，而把弱者清除掉……安德森先生，我想请你马上做一件事。我想请你下星期天和我们一起去教堂，对我的主日学校作演讲。我相信让你对那儿的年轻人说几句有启发性和指导性的话，你是不会介意的。"

查利红着脸点点头。"哦，爹，"葛蕾迪丝唱歌似的说，把两条手臂放在她双亲的脖子上，"别让他干这个。这可怜的孩子只有星期天才能打高尔夫球啊……你知道，我一向说我决不嫁一个主日学校的老师。"

惠特利先生哈哈大笑，惠特利太太却目光向下，叹了口气："讲一次不会伤着他的，是不，查利？"

"当然不会，"查利不由自主地说，"那将给我神灵的启示。"

次日，查利和惠特利先生单独在大学俱乐部午餐。"好吧，儿子，我想事已成事了。"两人在门厅相会时，惠特利说。"惠特利家的妇女们已下了决心，我们只好服从决定。我确实希望你们俩幸福，儿子……"他们吃饭时，惠特利先生谈到银行和特恩公司的股份，还说起等它和艾斯丘-梅里特公司合并后，这个新的特恩航空公司的资金将增长一倍多一点。"我知道得这么多，你感到奇怪吧，查利……我一直在想，这小伙子在机械方面是个天才，但是他对金融那一方面不知情……他不了解他在公司中拥有的股份对他、对金融界意味着什么。"

"哦，我认识一些很好的人，他们告诉我内情。"查利说。

"很好，很好，"惠特利先生说，"但既然我们是一家人了，我有二十年银行工作的经验，先是在老家伯明翰，后来在这个令人眼花缭乱的伟大的新城市底特律，也许我的某些忠告……"

"嗯，我当然乐于接受，惠特利先生。"查利结结巴巴地说。

惠特利接着谈到位于格罗斯角的一块享有河岸所有权的滨水区土地，他打算把它作为结婚礼物送给孩子们，还说他们应该马上在上面盖房子，如果只为了使它成为全美利坚合众国最高级住宅区的一笔投资的话，也该这么做。"还有，儿子，如果你午饭后到我的办公室来，你可以看到可建筑在那片土地上的房子的设计图，那是你从没见过的最漂亮的英国式小别墅。我让奥德韦与奥德韦公司把它画好了，准备让孩子她妈和葛蕾迪丝大吃一惊……

他们称它为半露木都铎式。我想把这屋子全交给你们年轻人使用，因为如今葛蕾迪丝要出嫁了，那房子对我和孩子她妈来说太大了。我提供土地，你提供房子，我们将通过法律手续把一切归在葛蕾迪丝名下，以便传给孩子们。"

他们吃好了中饭，站立起来，惠特利先生拉着查利的手，握了一下。"我真诚地希望并祝祷你们生儿育女，儿子。"

感恩节刚过，底特律的所有报纸的社交栏全都登满了霍顿·B.惠特利夫妇举行晚宴及舞会的启事，宣布他们的女儿葛蕾迪丝即将与发明家、战时空中英雄、规模宏大的特恩飞机工厂研究部主任查尔斯·安德森先生结婚。

自宣布订婚之日起，老布莱索便不和查利说话了，但是在万圣节前夕的乡间俱乐部舞会上，安妮却走到查利和葛蕾迪丝面前，说她完全理解他们，祝他们幸福无疆。

举行婚礼的前几天，立木提出辞职。"但是我原以为你会待下去的……我相信，我妻子也喜欢你留下的。也许我们可以给你加些工资。"

立木咧嘴一笑，鞠了个躬。"很抱歉，"他说，"我只有为单身汉住宅工作的经验……但是我祝你今后万事如意。"

最叫查利伤心的是，在他写信给乔·艾斯丘请他做男傧相后，乔只拍回一个字的电报："不。"

婚礼在以马内利浸礼会教堂举行。查利穿了一件前下摆向后斜裁的燕尾服和一双挤脚的新黑皮鞋，他老是提醒自己不要抬手去搞自己的领结。纳特·本顿给了他很大的帮助。当他们在教堂圣衣室等候举行婚礼时，纳特从裤袋里拿出一只扁酒瓶，要查利喝一口。"你看上去脸色有点儿阴郁，查利。"查利摇摇头，用大拇指指指传来风琴声的方向。"你肯定带了戒指来吧？"纳特咧嘴笑笑，喝了一口酒。他清清嗓子说："哦，查利，你应该祝贺我选中了头马……如果我也能像识别有前途的青年那样认清市场的行情，我马上就能发大财了。"

查利十分紧张，以至有些口吃。"别……别担心，纳特，我会照顾你的。"两人都笑起来，情绪变得好些了。一名招待员从圣衣室门口向他们拼命招手。

葛蕾迪丝穿着缀有许许多多褶边的白缎子礼服，披着网织面纱，戴着香橙花，由一个身穿白缎子衣服的小男孩在后面托起她的裙裾，看样子像一个查利从没见过的人了。他们俩用相当大的声音说"我愿意"，但都没看对方。在随后的招待会上，由于惠特利夫妇的关系，没有在五味酒中放含酒精的饮料。鲜花和女人的裘皮服装的气味使查利感到气闷，还得设法对那些被介绍的、衣着过分讲究的老太婆多少讲些话，她们都说这婚礼多漂亮呀之类的同样的话。他刚脱身想上楼去更衣，忽见奥利·泰勒喝得烂醉了，在过道的波斯地毯上绊了一跤，全身跌倒在惠特利太太的脚下，她刚从接待室出来，穿着淡紫色服装，戴着龙舌兰，显得苍白而想哭的样子。查利径直向楼上走去。

虽然婚礼上没有供应酒，纳特和法雷尔却确实喝了点什么，因为当他们走进查利正在换上一套棕色服装准备旅游的房间时，他们的眼睛亮闪闪的，嘴巴四周显得有点湿润。

"这两个幸运的小子，"他说，"你们在哪儿弄到酒的？……哎呀，你们原该不让奥利·泰勒喝的。"

"他已走了。"纳特说。两人又异口同声地说："我们对一切事都关照到了。"

"啊唷，"查利说，"我刚才在想，幸亏我给我那在明尼阿波利斯的哥哥和他那帮人的请帖寄迟了，他们来不及赶来。否则我那个老沃格尔伯伯会到处跑着去拧那些有钱的寡妇的屁股，大叫妙极了。"

"奥利这样真太可怜了，"纳特说，"他可是世界上最好心的人之一。"

"可怜的老奥利，"查利应和着说，"他失去控制了。"

有人敲门。是葛蕾迪丝，一张小脸很苍白，头发金黄，陷在偌大的灰鼠毛皮衣领中，显得好看极了。"查利，我们得走了。你这淘气的孩子，我想你还没看过我们的礼物吧。"

她把他们领到楼上的起坐室，里面放满了玻璃器皿、银质餐具、鲜花、成套的抽烟用具、成套的梳妆用品和鸡尾酒调酒器等等，琳琅满目，好似百货商店。"它们不是很可爱吗？"她说。

"我一辈子也不曾见过。"查利说。他们看见又有些客人从另一端进来，就逃回后厅去。

"他们请了多少名侦探？"查利问。

"四名。"葛蕾迪丝说。

"嗯，现在，"查利说，"我们开路吧。"

"好，是时候了，我们应该退出了。"法雷尔应和着说，而纳特忽然笑得弯下了身子。"或者我们可以吻一下新娘吧。"

"好，"查利说，"请为我谢谢所有的招待员。"

葛蕾迪丝挥着手说："你们都怪可爱的……快走吧。"

查利想把她搂在怀里，但是她把他推开了。"爹已把手提包全从厨房门口拿出去了……我们赶快走吧……啊，我简直要发疯了。"

他们从后楼梯奔下去，拿着他们的行李一起上了出租汽车。他的手提包是猪皮的，她的是闪亮的黑皮。这些全新的昂贵手提包有一股子气息。查利看见法雷尔和纳特从高大的殖民时期式游廊的圆柱之间走出来，但是不等他们撒出五彩纸屑，出租汽车司机便踩上油门，他们就此上路了。

车站上除了惠特利夫妇外，什么人也没有。惠特利太太穿着宽松下垂的貂皮大衣在哭，惠特利先生不管是否有人在听，发表了一通有关建立美国家庭的宏论。等到火车离开时，葛蕾迪丝也哭了，查利坐在她的对面，感到很难受，不知开口讲什么好。

"但愿我们乘飞机就好了。"

"你知道在这样的天气，这是不可能的。"葛蕾迪丝说，然后又哇地哭起来。

查利想找些事做，便到餐车去叫了些饭菜，打发黑种茶房去拿一桶冰来镇香槟酒。

"唉，我神经太紧张了。"葛蕾迪丝一边呻吟，一边用戴着手套的双手蒙在眼睛上。

"姑娘，这儿毕竟没有外人啊……只有你和我。"查利轻柔地说。

她嗤嗤地笑起来。"嘿，我想，我有点儿傻气哩。"

等那茶房咧嘴笑着，用尊敬而关怀的态度把香槟酒瓶打开后，她只用酒润润嘴唇，查利喝完了一杯，又把它斟满了。"祝你身体健康，葛蕾德，这便是生活啊。"茶房走后，查利问她为什么不喝酒。"在乡间俱乐部的时候，你曾是个相当能喝的酒鬼呀。"

"我希望你也不要喝了。"

"为什么？"

她的脸红得不得了。"母亲说如果做父母的喝醉了，生下的孩子会是痴呆的。"

"啊，你这可怜的宝贝。"查利眼睛里噙着泪水说。他们长时间四目相视地坐着，杯子里的香槟酒的气泡跑光，随着车子的颠簸，酒溅到了桌子上，烤鸡端上来了，葛蕾迪丝一点也不想吃。查利把两份都吃了，喝光了香槟酒，感到自己的行为像口猪。

在那风雪之夜，他们耳朵里老是响着火车的当啷声和轰隆声。茶房拿走了晚餐的盘子后，查利脱去他的外衣，坐在她身边，企图和她做爱。她像他们结婚前一样，只让他吻她和搂她。他动手解开她的衣服时，她把他推开了。"等一等，等一等。"

她到盥洗室去换睡衣。他嫌她磨蹭的时间太长，急得快发疯了。他穿着睡衣，坐在从窗缝里钻进来的凛冽的带沙砾的风中，牙齿冷得打战。终于他在盥洗室的门上敲起来。"出了什么事吗，葛蕾德？怎么回事，亲爱的？"

她穿着松软的缀有花边的睡袍走出来。她涂脂抹粉得太过分。涂了油滋滋的口红的嘴唇在颤抖着。"啊，查利，今晚在火车上就别干了，像这样已经够糟的了。"

查利突然感到怒气直冒，难以控制。"可你是我的妻子。我是你的丈夫，真该死。"他拧熄了电灯。他握住她的双手，觉得冰凉。他把她拉到身边时，感到自己胳膊上的肌肉在她纤细的腰背后有力地膨胀起来。他双手扯开缀有花边的绸睡衣，感到很开心。

事后她让他下床去，裹着毯子睡在长沙发上。她出了不少血，两人都睡不着。第二天，她脸色苍白，血仍不止，他们担心不得不在什么地方停下来去看医生。到了傍晚，她感到好些了，但仍不能吃什么。整个下午，她半醒半睡地躺在长沙发上，查利坐在她旁边，握着她的手，腿上放着一叠没阅读的杂志。

他们在棕榈海滩下火车时，感到像是走出监狱一样。他们眼前是绿色的草地、棕榈树和盛开鲜花的木槿树篱。他们前往皇家波因西亚纳旅馆，她要去那儿是因为她的父母旅行结婚时在那边待过。葛蕾迪丝一看到那套在拐角上的宽大房间以及朋友们送来的放满了会客室的鲜花，就不等最后一名小郎离去，张开双臂，搂住他的脖子吻他。"啊，查利，请原谅我这么不顾体统。"第二天早上吃过早饭后，他俩幸福地并排躺在床上，望着窗外棕榈树之外的大海，嗅到拍岸浪的清新气息，聆听拍击海滩的声音。"啊，查利，"葛蕾德说，"愿我们万事顺畅，永远像现在这样。"

十二月，他们生了第一个孩子，是个男孩。他们给他取名为惠特利。葛蕾迪丝从医院出来后，没有回公寓去，而是去在格罗斯角的新屋，那里还散发着油漆和刺鼻的灰泥味。住院的费用、新屋中的家具和圣诞节的支出使查利不得不向银行贷款两万元。他从没像现在这样花那么多时间往纳特·本顿的纽约办事处打电活。葛蕾迪丝买了许多新衣服，在屋里到处摆上满放着苍兰和水仙的闪色玻璃碗。甚至在浴室的梳妆台上，她也经常摆着花。惠特利太太说她对花的爱好得自她的外祖母伦道夫，因为惠特利家的人从来分不清这种花和那种花。他们的第二个孩子是女儿。葛蕾迪丝当时躺在医院里，靠在白色枕头上的脸蛋显得扭曲而蜡黄，身旁摆着一大束耀眼的白色龙舌兰，那是查利以每朵五美元的价格从花商那儿买来的。她说她希望给孩子取名为龙舌兰。结果为了纪念葛蕾迪丝的外祖母伦道夫，他们决定叫她玛格丽特①。

葛蕾迪丝在小女儿出生后恢复得不太好，不得不动了几次小手术，因而卧床三个月。等她下床后，她叫人把婴儿室和孩子们的保姆的房间隔壁那间大房间重新装修成白色和金色，作为自己的卧室。查利为此大发牢骚，因为那房间与他的房间分属房子的两厢。当他于就寝前披着浴袍过来想跟她同睡时，她冷笑着让他走开，如果他还坚持，她便匆匆吻他几下，叫他别作声，以免吵醒婴儿。有时他恼怒得泪水涌上眼眶。"天呀，葛蕾德，难道你根本不爱我吗？"于是她回答说，如果他真爱她，她请史密斯·珀金斯夫妇来吃饭的那天晚上就该回家来，而不会在最后关头打电话来说他得待在办公室。

"但是，天呀，葛蕾德，如果我不工作赚钱，我哪能付账呢？"

"如果你爱我，就会更加体贴些，就这么回事。"她说着，脸上从鼻孔到嘴角显出两条曲线，像她母亲脸上的线条一样。于是查利便温柔地吻吻她，说了声可怜的小姑娘，回到自己的房间，感到像个不受欢迎的人。有时她同意他留下，但她十分冷淡而僵硬地躺着，说他把她弄得好痛，因此他回到自己房里那张有华盖的大床上时，总感到精神紧张，心惊肉跳，要喝上好几杯烈性威士忌才能好好入睡。

有一夜，他带了比尔·塞尔麦克到温泽的另一边的一家路旁小客栈去，比尔如今在弗林特的分厂当工头，查利原想和他谈铸工和制模工的事，但喝过两杯威士忌之后，他却不由问起比尔的婚后生活。"喂，比尔，你和你妻子曾经有过什么麻烦吗？"

"当然有啊，老板，"比尔笑呵呵地说，"我碰到了许多麻烦。但是我的老伴挺不错，你知道她，生了几个好孩子，是个好厨娘，老是要我上教堂。"

"比尔，你什么时候想起叫我老板的？快别这样叫了。"

"太有钱了。"比尔说。

---

① 这是那位外祖母的名字。

"见鬼，再来一杯威士忌吧。"查利把自己的一杯喝干了。"再来点啤酒当酒后的清淡饮料，像过去一样……还记得那次在长岛城的圣诞宴会和在啤酒店的那个金发女郎吗？……天呀，我常想我对女人多少有一手……但是我妻子她似乎不了解这一点。"

"你已经有两个孩子了；怎么回事，也许你要求本高吧。"

"你哪会相信……自小宝宝出世后只有过一次。"

"大部分女人刚结婚时越来越热火……因此小伙子们对你那位该死的要求最高效率的专家感到恼火。"

"斯托奇？斯托奇是管理生产部门的天才。"

"也许是吧，但是他不让小伙子们有再生产①的机会。"比尔哈哈大笑，抹去嘴上的啤酒沫。

"好老比尔呀，"查利说，"上帝在上，我早晚要让你进入董事会的。"

比尔不再笑了。"说真的，不是开玩笑。那该死的德国佬让小伙子们拼命干活，弄得他们上床后一点劲儿也没有，他们的老婆就跟他们大吵大闹。我是个工头助手，他们也认为我是个狗娘养的，但他们是对的。"

查利笑呵呵地说："你也是个德国佬呀，比尔，而且我也不知道该怎么办，我本人只是公司的一名雇员啊……我们必须讲究高效率的生产，否则人家就会把我们淘汰。福特公司现在在生产飞机啦。"

"你会失去你最好的工人的……驱策工人像奴隶一样拼命干活在汽车工业里也许行得通，但是制造飞机发动机需要熟练工人。"

"天啊，但愿我现在仍在修理发动机就好了，用不着老为钱焦心！……比尔，我没钱了……我们再来一杯威士忌吧。"

"还是吃饭吧。"

"好，叫一客牛排……喜欢什么就叫什么吧。我们去撒尿吧。只有这一样人家是不收费的……嗨，比尔，你是否感到我长出一个大肚子来了？……没有钱，大肚子加上老婆不愿同我睡觉……你认为我是个醉鬼吗，比尔。有时我想还是就此歇手不干的好。我当初喝酒的时候，从没落空过。"

"见鬼，你这个精明的年轻人，最精明的人中间的一个，你拿手三点着陆和打扑克……我的天哪。"

"这管什么用，如果你老婆不愿跟你睡觉？"

---

① 此处原文为reproduction，可作"生殖"解。比尔在讲俏皮话。

查利什么也不想吃。比尔把两客牛排都吃了。查利不断地从放在桌子下的一个瓶子里倒威士忌来喝，然后拿啤酒当酒后的清淡饮料。"但是告诉我……你的妻子，当你需要的时候她总答应你吗？……工厂里的那些家伙，他们的妻子缠住他们不放，呃？"

比尔也有点醉了。"我的妻子百依百顺。"

最后比尔不得不驾驶查利的派克牌新汽车回到渡口。到了底特律，比尔让查利在一家药房里喝了不少苏打水，但是回到车子里，他就瘫倒在驾驶盘上了。他让比尔开车把他送回在格罗斯角的家中。查利听得出比尔一路上在和警卫人员争辩，他们每一个都要实在看清安德森先生昏倒在车子的后座上才肯放比尔过去，但他毫不在乎，感到怪好玩的，竟吃吃地笑起来。最好笑的是那男仆不得不帮着比尔把他扶到他楼上的卧室里去。"老板有点不舒服，知道吗，工作过度，"比尔连连这么说，然后他一本正经地拍拍脑袋，"用脑过度。"

查利在楼上的卧室里清醒过来，能醉醺醺地讲出口来："比尔，你是个大好人……乔治，叫一辆出租汽车送塞尔麦克先生回家……幸运的龟儿子回家去见他妻子啦。"然后他四肢伸开躺在床上，一只脚脱了鞋，另一只脚还穿着鞋，便静静地入睡了。

他第二次去纽约和华盛顿出差回来，往工厂打电话给比尔。"嗨，比尔，你好吗？你的妻子还是百依百顺吗？哈，哈，我吗，够呛，出差旅行累极了，懂吧……一辈子从没喝过那么多酒，而且跟那么多该死的骗子手在一起。喂，比尔，如果你被解雇不要焦心，你已列入我私人的雇用名单，懂吗……我们要把全套人马全部解雇……见鬼，如果他们不喜欢为我们工作，那就让他们试试看，喜欢不喜欢为其他什么人工作……这是个自由国家啊。我不愿违反一个人的意愿而让他留下来……听着，你要花多久才能把那架飞蛾式小飞机调节好，你知道，就是编号16的那架……鄙人的蚊式飞机？……对……嗯，如果你能早点把它搞好，他们就可以在他们申请专利的说明书中把它作为一个型号，知道吧……天呀，比尔，如果能做到这一个……我们就日子好过了……你用不着担心你的孩子们能否上大学了……该死的，你太太和你自己就都能上大学了……对。"

查利把电话听筒放回桌上。他的秘书芬尼根小姐正站在门口。她满头红发，肤色美丽，小小的尖鼻子附近有几颗雀斑。她穿着得满漂亮。当查利通过电话颁布他的法规时，她用她那双淡棕色的水灵灵的大眼睛望着他。查利感到他的胸脯挺起了一点儿。他尽量收缩腹部。"哎哟，"他在头脑深处说，"也许我可以和埃尔西·芬尼根睡一觉。"有人把一盆蓝色的风信子放在他的办公桌上，它们散发出的春天气息使他立刻想起了法国的巴勒杜克①和在红河钓鳟鱼的情景。

又是一个花香馥郁的春天的早上，查利驱车从办公室去工厂，去试飞安德森蚊式飞机。他曾第一次设法吻了埃尔西·芬尼根，撇下她瘫坐在办公桌后，浑身发抖。比尔·塞尔麦克在电话中说过小飞机已调节好，情况良好。两个小时来，他一直心神不安地设法给纳特·本顿的办公室挂电话，要跟他谈他曾划给他们提取红利的一批股票的事，现在离开办公室，他感到轻松愉快。他吻过埃尔西·芬尼根后，叫她把他的电话转到试飞场去。他洋洋自得地驱车穿过这个才建成了一半的城市，穿过挤满了运输建筑材料的卡车的大道，在这些卡车中，他驾驶着自己那辆离合器运转完美、排挡反应灵活的汽车，感到光彩有劲。看门人告诉他有人从纽约打电话给他。电话声音很清楚。纳特已为他在银行里存了一万三千美元。他挂起听筒时，心想，这可怜的小埃尔西，他得给她买点真正像样的东西才是。"这是个大好的日子，乔，是不?"他对着看门人说。

比尔正站在飞机库入口处的那架新飞机旁边等他，正用一团废棉花头擦去他粗手指上的油污。

查利拍拍他的背。"好老比尔……今天不是那一类的大好日子吗?"比尔感到迷惑不解。"什么类，老板?"

"人类，你这笨蛋……听着，比尔，"他一面脱下手套和他那精工缝制的大衣，一面说下去，"不瞒你说，我今天感到开心极了……昨天在交易所赚了一万三千美元……像从圆木上滚下来一样容易。"

当查利套上工作服的时候，技工们把新飞机推到草地上，让比尔进行总检查。"天呀，它真漂亮。"这架铝制小飞机像珠宝商橱窗中的展品一样在绿茵茵的草地上闪耀。草地上有蒲公英和三叶草，比尔回到查利身边站停时，从他那黑色大头皮鞋飞起一群盘旋飞舞的白色小蝴蝶。

比尔·塞尔麦克穿着蓝色工作服站在查利身旁，眼睛呆头呆脑地望着自己的脚。查利对他眨眨眼。"笑吧，你这龟儿子，"他说，"难道这天气不使你感到惬意吗?"

---

① 位于法国东北部。

比尔把一张工人大老粗的四方脸转向查利。"哦，我说给你听，安德森先生，你一直待我很好……从我们以前在长岛一起工作的时候起。你是了解我的，我工作，回家，闷声不响。"

"你有什么心事呀，比尔？……要我想方设法再使你提一次工资吗？好。"

比尔摇摇他厚实的四方脸，用黑黑的食指擦擦鼻子。"特恩公司一向是个工作的好地方——良好的工作、优厚的工资。你是了解我的，安德森先生，我不是布尔什维克……但也不是警察局的密探。"

"但是见鬼，比尔，你为什么不能吩咐这帮家伙再耐心一点儿……我们正在制订一个分享利润的计划。我本人就在车床上干过……我在这该死的国家的不少地方当过技工……我知道工人们面临着什么困难，但是我也知道资方面临什么困难……天，这事情还是刚起步，我们一直在往厂里投入更多的资金……我们对我们的投资者负有责任。你想我要把昨天赚的钱投放在什么地方呢？当然是投放在这企业上啰。旧式的车间很好，每个人开玩笑，抽烟，讲猥亵故事，但是如今压力太大了。如果每个部门不是像机器一样运转正常，我们就寸步难行。如果小伙子们想组织工会，我们就给他们一个工会。你召集大家开一次会把我们的想法告诉他们，但是得告诉他们我们得有点爱国主义。告诉他们工业是国防的第一线。我们将派艾迪·索耶去给他们讲话……使他们了解我们面临的种种问题。"

比尔·塞尔麦克摇摇头。"别的许多家伙都是这样做的。"

查利皱皱眉头。"好，我们来看看这飞机行不行，"他不耐烦地打断他的话，"哟，它真可爱啊。"

发动机的轰鸣使他们不再谈下去了。那技工从飞机的操纵装置前走下来，查利爬了进去。比尔·塞尔麦克也爬进去，坐在他的后面，飞机在绿色机场上迅速滑行。查利使它迎风飞行，加大了油门。在第一次腾飞时它突然一阵颠簸。查利向前倾时，关掉了发火装置。

他们用一个担架抬着他穿过机场。抬担架的人每走一步，他腿中有两个凹凸不平的东西就磨蹭一下。他试图告诉他们他的胁部有一块什么东西的碎片，但是他的声音细小而沙哑。在飞机库的阴影里，他竭力用手肘撑着抬起身来。"到底发生了什么事？比尔没问题吧？"那些人摇摇头。然后他又昏了过去，就像汽车断了油一样。

在救护车里，他试图向那穿白大褂的人打听比尔·塞尔麦克的情况，竭力追忆到底发生了什么事，但是他的腿很疼，使他只顾拼命不喊出声来。

'嗨，医生，"他设法用他那嘶哑的声音说，"你难道不能把我胁部的那些铝片取出来吗？"那该死的飞机想必来了个鹞子翻身。也许是机翼支撑不住了，但该是人家把发动机从我腿上搬开的时候了。"嗨，医生，他们为什么不能走动啊？"

他一嗅到医院里的气味，便有好些穿白大褂的人在他周围跑来跑去，低声耳语。医院里散发着很浓的乙醚气味。问题是他无法呼吸。一定有谁把那该死的乙醚瓶打翻了。不，不要溅在我的脸上。发动机轰轰地响。他想必是产生幻觉了。发动机的轰鸣变成了一阵轻松单调的声音。当然，它运转得很好，像一架那种老的大轰炸机一样平稳。等他醒来时，一名护士正帮着他往一只碗里呕吐。

他又一次醒来时，真谢天谢地，不再有乙醚气味了，不，只有鲜花，葛蕾迪丝正一只手里拿着一大束香豌豆花，站立在床边。她脸上带着一副苦恼的表情。

"喂，葛蕾德，你好吗？"

"唉，我真急死了，查利。你感觉怎么样？唉，查利，像你这种地位的人，竟在试飞中拿生命去冒险……我说，你为什么不让主管这事的人去干。"

查利想要问什么。他害怕会出什么事。"喂，孩子们都好吗？"

"惠特利的膝盖擦破了一点皮，我怕小宝宝有点儿发热。我已打电话给汤普森医生了。但我认为没什么关系。"

"比尔·塞尔麦克好吗？"

葛蕾迪丝的嘴哆嗦起来。"哦，好。"她说，突然打断了话头，"嘿，看来我们的晚宴舞会要告吹了……埃德塞尔·福特[①]夫妇本来要来的。"

"见鬼，何不照样举行呢？鄙人可以坐着轮椅出席呀。唉，他们确乎给我裹上了石膏紧身衣……我想我弄断了几根肋骨。"

葛蕾迪丝点点头；她的嘴变得小而薄。然后她突然哭起来了。

护士走进来，用责备的口吻说："嘿，安德森太太。"

葛蕾迪丝走了，撇下他和护士单独在一起，这使他很高兴。"喂，护士，去找医生来，好吗？告诉他我感觉良好，想了解一下受伤的程度。"

"安德森先生，你一定不要思考任何问题。"

---

① 埃德塞尔·福特（1899—1943），美国汽车大王亨利·福特之子，1918年起任福特汽车公司总裁，直至逝世。

"我知道，告诉安德森太太我希望她和办公室取得联系。"

"可今天是星期日呀，安德森先生。楼下来了许许多多人，但是我想医生还不会让他们上来。"这护士是个容光焕发的姑娘，讲起话来略带苏格兰语调。

"我敢说你一定是加拿大人。"查利说。

"这次你说对了。"护士说。

"我过去认识一位了不起的护士，她是加拿大人。如果我不糊涂，我早和她结婚了。"

住院医生是个圆脸的汉子，态度和气圆滑，像家大旅馆的侍者领班。

"嗨，医生，难道我的腿必须得这么痛吗？"

"你知道我们还没把它接好呢。你想刺穿肺部，但不大成功。我们得取出几小片碎肋骨。"

"它们没进入肺里吧……"

"幸而没有。"

"但是你究竟为什么不同时把腿骨接起来呢？"

"啊，我们在等罗伯茨医生从纽约赶来……安德森太太坚持要请他来。当然，我们大家都很高兴，因为他是他那一行最卓越的专家之一……等他来了，又得动一次小手术。"

直到他第二次手术后恢复了知觉，他们才告诉他，比尔·塞尔麦克已因颅骨碎裂而死去了。

查利的腿给挂在吊架上，在医院里住了三个月。破裂的肋骨愈合得很快，但是呼吸起来还老是不舒服。葛蕾迪丝处理家里的所有账单，每天下午来待一会儿。她总是急急忙忙的，总是十分焦虑。他只好交给他的律师莫·弗兰克一份授权书，这人经常每周来看他两次，与他商谈一些事情。查利不能多说话，他对谁都不能多讲话，他痛得厉害。

他最高兴的是葛蕾迪丝带惠特利来看他。惠特利现在已经三岁了，他认为医院里怪有趣的。他喜欢看护士移动那固定腿的吊架上的小铁锤和滑轮。"爸爸住在飞机里。"每谈起这事他便这样说。他的头发亚麻色，鼻子开始往上翘，查利认为他长得很像自己。

玛格丽特还太小，不大好玩。葛蕾迪丝叫保姆带她来的那次，她看见那样子吓人的吊架便大声哭了，只好把她送回家去。葛蕾迪丝再也不愿让她来了。葛蕾迪丝和查利为了要不要让惠特利来的事狠狠地吵了一通，因为她说她不想让孩子记住他父亲在医院的样子。

"但是，葛蕾德啊，他会有充分时间忘掉它的，要比我忘掉它的时间短得多。"

葛蕾迪丝噘起了嘴，一声不响。等她走了，查利躺着，恨犹未消，感到奇怪，他们怎么会在一起生孩子的。

他开始看清他们都认为他后半辈子要成为跛子了，但正当这时候，他却开始康复，可是直到冬天他才能拄着拐杖回家。有时他仍感到神经性的呼吸困难。当他拖着腿儿在房子里走来走去时，它显得很陌生。他不在的时候，葛蕾迪丝把每间房子都重新装修过，而且所有的仆人都换过了。查利丝毫也感觉不到这是他自己的家。他最喜欢的是每周三次的按摩。他每天同孩子们嬉戏，和那上了年纪的拘谨的英国保姆维斯小姐谈话，以此打发时日。等他们都就寝后，他坐在自己的起居室喝威士忌苏打，感到气急，心神不安。见鬼，他长得太胖啦。这些日子里，葛蕾迪丝总是十分冷静；即使他一再发脾气，咒骂她，她也只站在那儿冷眼望着他，细心打扮的面孔上带着厌恶的表情。她经常请客，但却让仆人们明白安德森先生身体不太好，不能下楼来。他开始感到在自己家中像一个外来的穷亲戚。有一次，法雷尔夫妇来了，他穿上了常礼服，拄着拐杖蹒跚地下楼来参加晚宴。餐桌上没有留下他的席位，而且大家都诧异地望着他，好像他是个幽灵一样。

"好哇！"法雷尔拉开嗓门喊道，"我原想饭后上楼去和你唠叨一番哩。"原来法雷尔想跟他谈的是某个该死的讼棍唆使塞尔麦克的寡妇和公司打官司，要求五十万美元的赔偿费。法雷尔有一个想法，如果查利去看看她，可以劝她通情达理些，以一笔小额年金了结这事。查利说他才不愿去干这事哪。查利在席上喝醉了，用拐杖打翻了饭后送上来的咖啡杯，怒冲冲地上楼了。

除了和孩子们嬉戏外，他喜欢的另一件事便是通过长途电话出售股票并和纳特谈话。纳特老是对他说他对证券市场的动向越来越敏感了。纳特警告他，查利自己也清楚地知道，他在特恩公司的地位正在下降，如果不采取什么行动，就会被赶出去，但是他心情很不舒服，不想去参加董事会；他真正做的事是把他的股票的大约半数分小批抛出。纳特不断地告诉他，只消他赶快行动，就可以在安迪·梅里特实现改组之前控制全部企业，但是他感到过于紧张而忧郁，不愿作出努力。看来他能做的事只是抱怨，打电话给朱利叶斯·斯托奇，就一些具体小事大吵大闹。斯托奇已接替他制造新单翼飞机的工作，造出了一架成功地通过各种试验的小飞机。查利放下了电话听筒，给自己倒一小杯苏格兰威士忌，倒身安坐在他窗前的长沙发里喃喃自语着："嘿，这下你可被挫败了。"

一天晚上，法雷尔前来和他长谈，他说查利需要作一次钓鱼旅游，如果他继续这样生活下去，他永远也好不了。他说曾和汤普森医生谈过，医生说如果查利想扔掉拐杖，他建议他出去三个月，多多运动。

葛蕾迪丝不能同去，因为惠特利老太太病了，因此查利便独自坐进林肯牌轿车的后座，由司机开车，有许多条毯子让他保暖，还有一瓶威士忌和一只装满热咖啡的暖水瓶，让他一个人前往迈阿密。

到了辛辛那提，他感到无所事事，便把整整一天消磨在旅馆的床上。他叫司机到旅行社去买了些介绍佛罗里达州的小册子，最后打电报给纳特·本顿，请他到拉戈岛①的钓鱼营地和他共度一个星期。次日他很早就出发了。他一夜睡得很好，感到精神多了，开始欣赏旅途的快乐。但是他坐在车中，像老太婆似的裹着毯子，由别人来开车，感到真像个大傻瓜。而且他感到孤独，因为那司机并不是那种可以与之交谈的人。他是个脸带愠色的祖籍法国的加拿大人，葛蕾迪丝雇用他是因为她认为在通话管里用法语发布她的命令很有派头；查利确信这狗杂种在汽油和润滑油的价格上以及沿途的修理费上骗了他的钱；这该死的林肯牌汽车变成了喝汽油和润滑油的无底洞。

到达杰克逊维尔时阳光灿烂。等汽车一开到旅馆门口，他便把司机解雇了，这使他感到心满意足。然后他拿着小郎卖给他的一品脱廉价威士忌上了床，不久就熟睡了。

第二天早上，他醒得迟，感到口渴，但很是愉快。早餐后，他结了账离开旅馆，开车在城里转悠了一会儿。自己收拾好了行李，坐在前座上，开自己的车，使他感到很惬意。

城市在蓝天、大片白云和阳光下显得愉快而破败。他在公共汽车站隔壁的快餐店停下来，打算喝一杯饮料。他感到高兴极了，索性丢下拐杖下了车，蹒跚地跨过暖烘烘的人行道。风吹拂着快餐店窗外书报摊上的杂志的扉页以及粉红和淡绿色的报纸的纸页。查利费了好大的劲才在柜台前的凳子上落了座，累得喘不过气来了。"来一杯柠檬水，别加什么精料。"他对苏打水

---

① 位于佛罗里达州南端，迈阿密南。

龙头边的一个耗子脸小伙子说。

这冷饮柜侍者不予理睬，他正朝另一边张望。查利感到脸红了。他的第一个想法，我要想法让他被解雇。然后他冲他张望的那边望去。一个金发女郎正在柜台的另一端吃着三明治。她的确很标致。她戴着顶小黑帽，穿着一身整洁的蓝灰色套装，领口和袖口缀有白色小花边。她脸上带着惊讶的神情，好像刚听到什么特别好笑的事情一样。查利忘了照顾自己的跛腿，溜着身子，朝她那边挪过了几个座位。

"喂，小伙子，柠檬水怎么样了？"他兴致勃勃地对冷饮柜台侍者喊道。

那姑娘正看着查利。她的眼睛确乎是一种百分之百的纯蓝色。她向他讲话了。"先生，也许你知道乘公共汽车去迈阿密需要多长时间。这小伙子自以为是个机灵鬼，所以我从他嘴里什么消息也得不到。"

"我们何不去试试看呢？"查利说。

"佛罗里达州的人确乎是怪……有一位幽默家。"

"不，我说到做到。如果你肯让我开车送你去，你就为一位病人办了一桩大好事啰。"

"当然这不会意味着比死更糟糕吧？"

"你和我在一起是完全安全的，年轻的女士。我几乎是个瘸子。我可以把我汽车里的拐杖拿给你看。"

"是什么毛病？"

"飞机失事。"

"你是飞行员？"

查利点点头。

"比起林白①来，你还嫌胖些。"她上下打量着查利说。

查利脸红了。"我的体重是偏重了一些。因为这倒霉的腿把我困在房子里，不能出来走动。"

"好吧，我想我可以试一试。如果我跨进了你的汽车，醒来时却到了布宜诺斯艾利斯，那是我的运气不好。"

查利提出为她的咖啡和三明治会钞，但是她不让。她态度中有某种神态使他老是笑个不停。

---

① 查尔斯·林白（1902—1974），美国飞行家。1927年5月20日，单人驾机从纽约直飞巴黎，第一次成功地作横渡大西洋的飞行，6月回美，成为红极一时的英雄人物。

他站起来后，她发现他走路一瘸一拐的，便把嘴噘了起来。"唷，真太可惜了。"等她看到了汽车，便突然站住了。"嗬，"她说，"我们真是不折不扣的大富翁啊。"

他们坐进车里，哈哈大笑。她讲话的方式中有某种腔调使他发笑。她不肯说出她的姓名。"就叫我X夫人吧。"她说。

"那你就称我为A先生啰。"查利说。

他们在去德托纳海滩城①的途中，一路哈哈哈、吃吃吃地笑个不停，他们在那里停了车，在拍岸浪里洗了个海水浴。她穿着蓝色泳衣，皮肤红棕色，模样整洁漂亮。查利陪她一起顺着海滩走，为自己的大肚子、白皮肤和跛腿感到害臊。她体态优美，虽然臀部稍大。

"不管怎么说，经过这次失事，总算没弄得一条腿短，一条腿长。医生说如果我好好锻炼，可以完全没问题。"

"当然，你很快就会非常好的。我还以为你是那边杂货店里的一位爱在少女身上乱花钱的老色迷哩。"

"我以为你是个呱呱叫的人物，X夫人。"

"当心，可不要想当然呀，A先生。"

查利从水里出来时，那条腿痛得火烧火燎似的，但是这并不妨碍他几个月来首次感到胃口奇佳。吃过丰盛的鱼餐后，他们又出发了。在汽车里，她把她那整洁的小脑袋依在他肩上睡着了。虽然他已感到困倦，但他在这笔直平滑的水泥公路上驱车前进，觉得非常快活。当夜他们驶进迈阿密，她让他把她送到铁轨附近的一家小旅馆，但是不让他一起进去。"但是我的天，难道我们就此不见面了吗?"

"当然可以见面，任何晚上你在棕榈旅馆都可以见到我。我在那儿表演。"

"说老实话……我早看出你是从事表演的，但我不知道你是专职的。"

"你的确为我做了一件好事，A先生。现在我可以告诉你了……我除了付那客火腿三明治的钱外，一文钱也没有了，如果不是你用车子送我来，我会失去这儿的工作机会……详细情况我以后再告诉你。"

"请告诉我你的名字。我希望打电话找你。"

"你告诉我你叫什么吧。"

"查利·安德森。我将待在迈阿密-比尔特摩旅馆，无聊得要命。"

---

① 位于佛罗里达州东部，是大西洋边的一个旅游城市。

"这么说你真是A先生了……好吧，再见了，A先生，多谢多谢。"她奔进旅馆去了。

查利已经迷上她了。他累得慌，勉强开到了旅馆。他上楼走进房间，倒在床上，几个月以来第一次不用先喝醉就睡着了。

一周后，纳特·本顿来了，他惊讶地发现查利的情况大大好转了。"什么也比不上改变一下环境啊。"查利笑着说。他们一块儿驱车南行前往本州南端的那些小岛。查利的口袋里装着玛戈·道林[1]的小照，那是张穿着西班牙服装表演舞蹈的照片。他每晚都去棕榈旅馆，但还没能请她陪他一起出去玩过。每当他提出什么邀请，她总是摇摇头，扮了个鬼脸说："详细情况我以后再告诉你。"但是昨天晚上她已把电话号码告诉了他。

纳特不停口地谈交易所的情况以及梅里特正在策划的把特恩公司和艾斯丘-梅里特公司改组的事，但查利总是说一句"啊，见鬼，谈点别的什么吧"，来堵住他的嘴。

钓鱼营地满不错，但蚊子多得厉害。他们在礁盘上钓梭子鱼和红鳍，度过了愉快的一天。他们带了一壶古巴甜烧酒上汽艇，一面钓鱼，一面喝酒并吃三明治。查利向纳特谈到那次飞机失事的全部经过。"说老实话，我不认为是我的错。这是桩无法避免的该死的事情……如今我感到似乎我已失去了这地球上的最后一位朋友。真的，如果比尔能免遭不幸，我情愿舍弃我在这世上的任何东西。"

"说到底，"纳特说，"他不过是名技工啊。"

有一天，他们钓了鱼回来，已有些醉了，手和裤子上都带着鱼腥味，脸被耀眼的日光晒黑了，发动机的声响和气味以及船只的摇晃，使他们头昏目眩，这时他们发现有封从本顿的办公室打来的电报正等待着他们：

不知谁倾销特恩。下跌四点半。来电指示。

"指示个屁，"本顿说着，把他的东西塞进衣箱，"我们去看看。我们到迈阿密去包架飞机吧。"

"你坐飞机，"查利冷静地说，"我要乘火车。"

到纽约后，他整天坐在纳特·本顿的办公室的里间，抽了过多的雪茄，

---

[1] 原来这就是他结识的金发女郎。

望着股票行情自动收录器，感到烦躁、恼火，坐在出租汽车里在城里跑来跑去，从纳特和莫·弗兰克的脸色灰黄的朋友们那了解内情。到周末时，他已蚀去四十万美元，而且抛出了他的全部飞机公司股票。

当他坐在那儿装出一副在办公的一本正经的样子时，他像昔日的小学生那样，苦熬着时间过去，盼望一等交易所收盘，便离开闹市区到五十二街一家卖私酒的酒店去，和一个名叫萨利·霍根的棕红色头发的姑娘会面，他是在和纳特一起外出时在多佛俱乐部结识她的。她是他到纽约后结交的第一个姑娘。他并不把她当一回事。但是他好歹得有个女人呀。他俩在旅馆登记时写的是史密斯夫妇。

一天早上，他们正在床上吃早饭，有人轻轻地敲门。"进来。"查利大声说，以为来的是茶房。两个寒酸相的人冲进来，后面跟着奥希金斯，此人是个恶讼师，他以前在底特律曾见过两次。萨利一声尖叫，用枕头把头盖了起来。

"你好，查利，"奥希金斯说，"我很抱歉这样做，但此事在我的职责范围内。你不否认你是查尔斯·安德森，对吧？好，我想你与其光看法律条文，还不如听我说给你听吧。安德森太太正在密执安州控告你，要求离婚……好了，走吧，小伙子们。"

那两个寒酸相的家伙温顺地鞠了一躬，退出门去。

"最卑鄙肮脏的诡计……"

"自从你在杰克逊维尔把安德森太太的司机解雇以后，她便派侦探跟踪你啦。"

查利由于宿醉而感到头痛欲裂，身子虚弱得抬不起头来。他巴不得站起来，狠狠地揍这个狗杂种奥希金斯，但是没法动弹，只能躺在那儿忍受。"但是她在信中从未提到过此事。她一直给我写信的。我们之间从来没有过任何麻烦。"

奥希金斯摇摇他那长着鬈发的头。"太糟了，"他说，"也许如果你能见到她，你们俩可以就此事作出安排。你知道，对于这号事，我总是劝别人不要闹到上法院。唉，使得你和你这迷人的朋友感到尴尬，我衷心感到抱歉，老伙计……希望你别往心里去，查利，老朋友……我想如果我这次来，如果照你所说，能见到一张友好的面孔，事情会比较愉快些，会开诚布公些。我相信这一切都会友好地解决的。"他站了一会儿，搓搓双手，点点头，然后踮着脚走到门口。他站在那儿，一手握着门把手，冲床上挥挥另一只大手。

"好吧，再见，萨利……想来我会在办公室见到你的。"

接着他走出去，轻轻地关上门。萨利已跳下床，脸上带着惊恐的神情，向门口奔去。查利尽管头痛欲裂，还是大笑起来。"嘿，别放在心上，小妞儿，"他说，"我上了当，真是自作自受……我知道我们都得生活下去……还是回到床上来吧。"

新闻短片LX

是塞利娜的错吗？对年轻的斯科蒂来说，结婚生活似乎只是一场嬉耍，是名正言顺的放荡时期。但是当塞利娜开始要求金钱和他无力提供的奢侈品时，她是否能够对他采取折中态度？抑或对"妻子"这一神圣字眼的意义置之不顾？

歹徒染指债券不成说出谋杀计划

撤销有关铸铁管的决议

在一个西班牙小镇上
就在像今夜一样的晚上

本周开始时，投机的情绪由于前景较为明朗而受到鼓舞。有利的气候大大有助于消除几个行业最近所流露出的犹豫不决

我又陷入了爱河
春天正在到来
我又陷入了爱河
听我的心弦乱弹

一夜之间止痒

成千上万工作顺利的心情愉快的妇女立刻开始挣得两倍或三倍于她们以前的工资而且有时甚至还要多

是的先生那是我的婴孩
那是我的婴孩噫——呀！

猴子案[①] 替罪羊将与律师们交换意见

神秘的Y先生将出庭作证

仿照罗纳河畔一座阳光灿烂的法国乡间别墅而大胆地建造在落日山脊的顶峰上的具体而微的精彩复制的房子，俯瞰着新泽西州最美丽的湖泊区，该房子的每扇窗户都像一只镜框，展示出一幅美得出奇的画面

还有我正在哼着的曲调
我不会再像孩子般到处流浪
我要待在家里又把孩子当

邻居们禁止人们夜间在蒸汽浴室中喊叫

全市警察出动追捕大盗

刚果莱姆越狱事件故事片上映

连续六周，我国的货车装载量超过百万吨大关，表明普遍繁荣，到处都在创记录并突破记录

再见吧东部再见吧西部
再见吧北方和其他地方
哈啰斯旺——尼哈啰

---

① 指1925年7月在美国田纳西州对宣传达尔文主义的达顿市中学教师斯科普斯提出的公诉。

玛戈·道林

当玛戈在迈阿密度过春天回到城里时，每个人都嚷着说她给晒红的皮肤、蓝色的眼睛和那被佛罗里达州的阳光晒淡了的头发真是漂亮。但她确乎发现自己的工作都给排定了。曼德维尔夫妇的境况不好。弗兰克在医院里住了三个月，动手术摘除了一只肾脏。他回家后，仍然病得厉害，因此艾格尼丝只好放弃工作，留在家里服侍他；她和弗兰克已经开始钻研基督教科学派^①的教诲而不愿再找医生了。他们老是谈应有正确的思想，说詹金斯小姐如何救了弗兰克的性命，那是艾格尼丝在茶室里结识的一位该教派的开业医生。他们付不起医生的账单和住院费用，欠下五百美元，他们经常谈到上帝。幸运的是玛戈这位新男朋友安德森先生是个很有钱的人。

A先生，玛戈是这样称呼他的，老是建议让她住进公园大街上的一套公寓，但她总说不行，他把她当成什么人，一个姘妇吗？她让他为她搞一点股票交易，给她买衣服和首饰，带她到大西洋城和长滩去度周末。他原是个飞行驾驶员，在大战中曾被授予勋章，在飞行公司有大量投资。他喝酒太多，对他健康不利；他体格结实，脸色红润，看起来比实际的年龄要大些，非常健谈，喝酒后很难对付，但是他很慷慨，心情好的时候，喜欢笑和讲笑话。玛戈认为他是一个相当好的人。

"不管怎么说，当一个人拿起电话来就能给你赚一千美元时，你该待他怎么样呢？"每逢艾格尼丝逗她时，她这么说。

"玛吉，亲爱的，你不能这么说，"艾格尼丝会这么说，"这话听起来太唯利是图了。"

这些日子来，艾格尼丝总是大谈爱、正确的思想和为人真诚善良。玛戈宁愿听安德森先生吹他在交易所大赚其钱，还有他设计的飞机以及他将如何建成一个航空线网，它将使宾夕法尼亚铁路相形之下只不过是条市郊的公共

---

① 美国基督教新教中一个主张信仰疗法的派别，由玛丽·贝克·埃迪（1821—1910）于1866年创立。

汽车线。

一晚又一晚，她得陪他坐在五十街到五十九街的非法秘密酒店里，喝着威士忌，听他谈东说西，讲在华尔街搞的大宗股票交易以及他将设法对那些想把他排挤出标准飞机构件公司的底特律帮进行报复，还谈到他的离婚和这事使他破费很大。有一天晚上，在斯托克俱乐部，他把两个孩子的照片拿给她看，竟再也控制不住，哭泣起来。法庭刚刚宣判把他的孩子们交给他妻子监护。

A先生的确有他的麻烦。其中最糟的一桩是他和一位红发姑娘在旅馆里被他妻子雇用的侦探当场抓获，他们利用此事对他敲诈，威胁要控告他破坏婚约，并把这事交赫斯特报系的报纸发表。

"唉，真可怕啊。"艾格尼丝听了玛戈的叙述，不断地这么说，她俩是在午间喝咖啡时谈这事的。"如果他有正确的思想就好了……你必须找他谈谈，使他设法懂得……只要他明白过来，我知道一切就会不同了……一个那样出人头地的人应该满脑子都是正确的思想。"

"满脑子尽想着加拿大俱乐部牌威士忌，他的毛病就在这里……你不知道我每晚送他回家有多困难。""你是他唯一的朋友，"艾格尼丝眼珠一转说，"我认为你这样忠实于他是很高尚的。"

玛戈把在公寓所有拖欠的账单都付清了，还在波威里储蓄银行开了一个小户头，只为了以备不时之需。她认为自己也懂得一点儿交易所的诀窍了。然而没有工作她仍感到没有意思，在夏日的午后坐在公寓里，尽听着艾格尼丝用单调的声音给弗兰克念《科学与健康》[1]，使她不寒而栗。因此她开始到服装商店去跑跑，看能否找到一份当模特儿的工作。

"我想再多学点关于服装的知识……我自己穿的看上去就像是用旧面粉袋做的一样。"她向艾格尼丝解释说。

"你肯定安德森先生不会介意吗？"

"如果他不赞成，也只能忍着。"玛戈说着把头向后一仰。

秋天到了，五十七街上新开的法国服装商店皮夸特公司最终录用了她。这是项累人的工作，但晚上的时间是她自己的。她悄悄地对艾格尼丝说，如果她晚上不盯住A先生，那么不定哪个小娼妇肯定会把他勾去。

---

[1] 基督教科学派的权威著作，由玛丽·贝克·埃迪亲自撰写，于1875年初版发行，后屡经修订，并出了多种外国语译本，影响不小。

艾格尼丝感到很高兴，玛戈不再从事演出工作了。"你做那种工作我总感到不对头，但现在你可以成为促使安德森先生改善的真正动力了。"艾格尼丝说。每逢玛戈告诉艾格尼丝和弗兰克，说安德森先生正在交易所做一笔新的投机交易时，他们便不谈对他的看法了。

朱尔斯·皮夸特是个中年法国人，他长着张圆脸，走路时可笑地左右摇摆，像鸭子一样，他自以为所有的姑娘都为他着迷。他十分喜欢玛戈，或者没准他从什么地方得知他所说的她的保护人是一位百万富翁。他说她必须一直保持美丽的金红肤色，并要她让头发平滑地垂下，不要鬈发，而她自从在齐格飞歌舞团里当群舞演员以来一直是鬈发的。"如果美国女人都像刚挤过牛奶的女郎那样健康，又有什么必要给她们做美丽的服装呢？"他用发音不标准的英语说。"你需要使衣服有味儿的地方是在这儿，"他把戴着戒指的手握成圆滚滚的拳头，敲敲自己那打褶的绸衬衫的前胸说，"这是富有戏剧性的地方……在美国，你们最关心的是完美的三十六英寸胸围。"

"嘿，我看你认为我们很不文雅吧。"玛戈说。

"如果我有一点资本，"皮夸特咕噜道，摇着头朝他办公室走回去，这办公室位于二层与底层之间的夹层楼面上，全部用玻璃和蛋壳白色的墙壁组成，安有不少铝配件，"我能使纽约成为世界上最时髦的城市。"

玛戈喜欢穿着巴黎时装和皮夸特自己设计的线条优美的新装在油灰色的厚地毯上走来走去。这比在歌舞团里扭屁股好得多。她可以很晚才到楼下的服装展览室去。服装展览室里很是暖和，一尘不染，空气里散发着新料子、染料和樟脑丸的微微刺鼻的气味，还夹杂着一股埃及香烟的味儿。服装模特儿在展览室后面有一个小房间，没有顾客时她们可以坐在那儿看杂志，谈论美容法、剧院上演的新戏和足球季节的情况。另外只有两个经常来的姑娘，反正来的顾客也不太多。姑娘们说皮夸特快要破产了。

在他举办圣诞节后大贱卖时，玛戈于星期一上午带艾格尼丝去，给她买了三件极其漂亮的长裙服，每件三十美元；她暗暗指示艾格尼丝该买什么，然后装作不认识她，跳跳蹦蹦地前去展览新的春装了。

皮夸特快要破产已确定无疑了。来收欠款的人涌进夹层楼面的办公室，每个人的工资都拖欠了三周，皮夸特的满月脸显露出一条条松弛下垂的小皱纹。玛戈决定还是出去另找工作的好，特别是因为A先生的酗酒愈来愈难对付了。她每天早上细读交易所的行情报告。自从她买了辛克莱公司的股票，弄得不得不补进差额，从而亏空三百美元以来，她不像当初那样相信A先生关于行情的预测了。

有一个星期六，皮夸特公司大大地热闹起来。皮夸特本人不断地挥动一双短胳膊，从办公室里冲出来，有时气咻咻，有时咯咯叫，有时笑吟吟，像鸡圈里来了只新公鸡，把女售货员和服装模特儿赶出来。有人要来给《时装》杂志拍照。终于到来的那位摄影师是个脸蛋瘦削的犹太小伙子，肤色苍白，眼睛下有黑圈。他有一架摄影家用的标准大摄影机和许许多多闪光灯泡，里面全是银色皱箔，皮夸特一次次地把它们捡起，小心翼翼地把玩着，惊叹不已。"奇异的发明……我从来不肯拍照，因为怕爆炸，然后引起火灾。"

那是二月中的一个暖和的日子，开着暖气的服装展览室里很是闷热。那个前来拍照的年轻人从黑布下钻出来，弄得满头大汗，浑身湿透。皮夸特一刻也不放过他。他得拍皮夸特在办公室，皮夸特在绘图板上设计，皮夸特站在一排新装前。姑娘们以为永远也轮不到她们了。摄影师老是说："你放开我，皮夸特先生……我想搞点艺术照嘛。"姑娘们都吃吃地笑了。最后皮夸特走开去，气呼呼地把自己反锁在办公室里。他们透过板壁上的玻璃窗，看见他在里面，双手托着脑袋，坐在办公桌前。此后事情就平静下来了。玛戈和那摄影师很谈得来。他不断地对她耳语，叫她设法别让那老头参加一起拍照。等他走开了，到楼上缝制服装的阁楼去时，摄影师递给她一张名片，问她是否愿意让他于哪个星期日在他的工作室为她拍照。这对他意义重大，而且不需要她花一个钱。他相信一定能拍出些艺术性特强的作品。她收下了他的名片，说第二天下午就去。名片上印着"马戈利斯，艺术摄影师"等字样。

那个星期天，A先生带她去宾夕法尼亚旅馆吃午饭，饭后她设法让他驱车送她去马戈利斯的工作室。她料想这犹太小伙子境况不怎么好，不如让A先生为这套照片付钱。A先生并不高兴去，因为他这次把他的那辆大汽车开了出来，原打算带她顺着赫德森河朝北去兜风的。不管怎么说，他还是去了。马戈利斯的工作室很怪。每样东西上都挂着黑丝绒，而且在那肮脏的天窗下的多尘埃的大房间里，到处竖立着大小不一的黑色、白色、黄色、绿色和银色的屏风。那年轻人的举止也很怪，好像他没想到他们会来。

"这一切已经过去，"他说，"这是我兄弟李的工作室。他出国后由我来照顾他的顾客……我的兴趣是旨在创造未来的真正艺术。"

"那是什么呀？"A先生问道，粗暴地捏断雪茄的一端，寻找一个可以坐的地方。

"电影。你知道我是萨姆·马戈利斯……如果你还没听说过，你以后会听到的。"

A先生气呼呼地在一个蒙着灰尘的给模特儿坐的丝绒座位上坐下来。"好吧，快一点……我们想开车去兜风呢。"

因为玛戈穿了上街的衣服来，萨姆·马戈利斯似乎很不开心。他用带着怒气的灰眼睛打量了她好一会儿。"也许我什么也拍不成……如果急急忙忙我就无法搞创作……我曾见你庄严高贵地穿过西班牙黑色服装。"

玛戈哈哈笑了。"我不完全是那种类型。"

"是委拉斯开兹①画上的小公主那种类型。"他热切地说，不由带有明显的外国口音。

"嗯，我曾经嫁给一位西班牙人……这使我这一辈子都不想见西班牙显贵以及诸如此类的人啦。"

"等一等，"萨姆·马戈利斯绕着她走了一圈说，"有了，先拍穿着上街服装，然后……"他奔出房去，拿着一件黑色网织披肩回来。"古代西班牙宫廷内的一位公主。"

"你不知道嫁给一个西班牙人是什么滋味，"玛戈说，"而且住在一座满是显贵的拉美亲戚的房子里。"

当萨姆·马戈利斯让她穿着上街服装摆姿势时，A先生不安地叼着雪茄来回走着。想必外面天空中云多起来了，因为头顶上的天窗愈来愈黑了。当萨姆·马戈利斯把泛光灯转向她时，天窗变成蓝色的了，像在舞台上一样。然后，他让她披上西班牙披肩摆姿势，要她把衣服脱了，把内裤褪下，这样，除了腰以上的披肩外一丝不挂。这时，她注意到A先生听任雪茄熄掉，只顾专注地观看着。泛光灯的反光使他的眼睛闪闪发亮。

摄影师拍完后，他们俩从工作室出来，顺着粗糙的木楼梯走下去，A先生说："我不喜欢那家伙……让我想起拉皮条的人。"

"啊，不，他不过是很有艺术修养罢了，"玛戈说，"他说这些照片要多少钱？"

"要很多。"A先生说。

在那从某处地方冒出煮卷心菜味道的没开灯的门厅里，他把她拉到身边，吻她。她透过镶有玻璃的前门可以看到路灯下空旷的街道上雪花在飞舞。

---

① 委拉斯开兹（1599—1660），西班牙画家，受意大利文艺复兴时期诸大师的影响，创作了大量肖像画、风俗画和历史画。

"哼，让他见鬼去吧，"他说，搓开手指搂住她的腰，"你是个很好的小姑娘，你知道吗？哎哟，我喜欢这房子。它使我想到往日的时光。"

玛戈摇摇头，眨眨眼。"我们开车出游的事泡汤了，"她说，"在下雪啦。"

"开车出游见鬼去吧，"A先生说，"你和我至少今夜做出相互喜爱的样子吧……首先让我们去草地小溪饭店吃点喝点吧……天呀，但愿在我发财之前，当我还住在陋巷并处于贫穷之中时就遇见你，那才好哩。"

她把脑袋在他胸前倚了一会儿。"查利，你真呱呱叫。"她低声说。

当天晚上，他让玛戈答应他，如果艾格尼丝按她的计划把弗兰克带到他在新泽西州的姐妹家中，去试试看乡村的空气是否对他有益，她便来和他同住。

"你哪知道我对这种糟糕透顶的生活多么厌烦啊。"他对她说。

她直勾勾地抬眼望着他带着醉意的蓝眼睛。"你以为我喜欢吗，A先生？"那天晚上，她喜欢上了查利·安德森先生。

那个星期天过去后，萨姆·马戈利斯几乎每天打电话到公寓或皮夸特公司找玛戈，并捎给她许多她本人的照片，全部装上了镜框，可以挂起来，但是她绝对不愿见他。她要考虑的事情已经够多了，一方面由于一位开业医生的帮助并由于阅读了好久《科学与健康》一书，艾格尼丝终于把弗兰克带到乡下去了，弄得她如今单独一人住在公寓里，得交付全部账单；另一方面托尼每天写信来，他弄到了她的地址，来信说他病了，向她要钱，并希望让他来找她。

后来，有个星期一的上午，她迟迟来到皮夸特公司，发现大门锁着，有一群姑娘尖声叫着在门前打转。可怜的皮夸特服了氰化钾，被人发现死在浴缸里，没有人来把拖欠的工资付给她们。

皮夸特的死使玛戈吓得起鸡皮疙瘩，她因而不敢回家。她去奥尔特曼公司买了点东西，中午打电话到A先生的办公室，告诉他皮夸特的事，问他是否愿意和她一起吃中饭。如今可怜的老皮夸特死了，她的工作也丢了，她除了敲A先生一大笔钱外没有别的办法了。大约有两千美元就可以解决问题了，她还可以把塔德送给她的那个独粒钻石戒指从当铺里赎出来。也许对他发发嗲，他会指点她在股票市场做笔好交易。她打电话去，对方说安德森先生要到下午三点才去办公室。她去施拉夫特饭店，在叽叽呱呱讲个不停的购物妇女群中，独自一人吃鸡肉馅饼当午餐。

她早已和A先生约好当天晚上在五十二街一家法国非法酒店里见面，他们常常在那儿吃晚餐。她洗好头烫好发回家时，离换衣服的时间还早，但是

262

没有别人在的公寓内静寂极了，她又没有别的事要做，便开始慢吞吞地摆弄起自己的衣服来。她花了很长时间修指甲，然后试穿一件件衣服。她的床上堆满了弄乱的服装。每件上似乎都有些污点。她几乎要哭了，最后总算把一件皮大衣套在一件淡黄色的夜礼服上，这衣服是在皮夸特公司买来的，但是否合适不大有把握。于是她乘破旧的电梯下楼，走上公寓房子的有气味的过道。开电梯的小伙子给她叫来一辆出租汽车。

这家由老式富豪宅邸改建的饭店的门厅里有些白色的圆柱，还有一片带罩的灯光的温暖华贵而略带淡红色的光辉。她踏上那厚厚的地毯，感到这一天从未这样舒适过。侍者领班向她鞠了一躬，把她领到一张餐桌前，她坐下来，呷着用威士忌调成的鸡尾酒，感到室内的男人都在望着她。她想起皮夸特公司的姑娘们对于一个提前赴男友约会的女人会说些什么，觉得暗自有些好笑。她巴望他赶快到来，这样她便可以把情况告诉他，用不着老是想象可怜的老皮夸特死于氰化钾，颓然倒在浴缸中，那样子有多么可怜。话都在舌尖上，就等着讲出来了。

A先生没有来，倒是有一位长着沙黄色头发、马脸和尖下巴的生气勃勃的年轻人来到她餐桌前，弯下腰来。她在椅子里坐直了身子，狠狠地瞪了他一眼。但是当他用布鲁克林区口音亲密地说话时，她对他抬头微笑了。他说的是："道林小姐……这事请原谅……我是安德森先生的秘书。他有要事必须飞往底特律。他知道你很喜欢去看八音盒剧院的开幕演出①，因此叫我去买了票。喏，这就是，我几乎得狠揍一个家伙才给你买到的。老板说也许你想带曼德维尔太太一起去。"他讲得很快，好像怕她会叫他住嘴似的；他深深地吸了一口气，笑了。

玛戈接过这两张绿色戏票，把它们在桌布上生气地轻轻拍打着。"真可惜……我不知道现在能找谁一起去，已经不早了。她在乡下。"

"哎呀，太不巧了……由我来临时代替老板行不行？"

"好大的胆……"她说到这里，突然不由自主地笑了，"但是你没有穿礼服啊。"

"这事交给我吧，道林小姐……你吃你的晚饭，等我穿着礼服回来，陪你去看演出。"

他于八时整赶回来，头发油光光的，身穿一件褪色的无尾晚礼服，袖子

① 该剧院于1921年9月22日开幕，演出一台歌舞杂剧。

嫌短。他们坐进出租汽车后，她问他的衣服是不是从一名侍者身上硬剥下来的，他用手罩住嘴说："别告诉别人，道林小姐……是租来的。"

在幕间休息时，他把所有的知名人士都指给她看，其中也包括他自己。他告诉她他的姓名是克利夫顿·韦格曼，大家都叫他克利夫，他二十三岁，会弹曼陀林，打起落袋台球来很神。

"啊，克利夫，你是一个有希望的小伙子。"她说。

"有发迹的希望？"

"一点也不错。"

"纽约商业学校的一个受人欢迎的毕业生……待聘。"

他们在一起过得很愉快。演出结束后，克利夫说他饿死了，因为忙于搞戏票晚礼服什么的，他没顾上吃晚饭。于是她把他带到多佛俱乐部去吃点东西。他的确胃口奇佳。看到他把一客蘑菇煎牛排吃个精光真让人高兴。他们在那儿喝了点酒，看余兴节目笑得前仰后合，然后，坐进了出租汽车，他想对她动手动脚，她打了他一记耳光，但不很重。这小伙子真能三言两语使自己摆脱任何窘境。

他们到达她门口时，他问她能否上去，她脱口而出地说可以，只要他的举止像个正人君子。他说对她这样的姑娘要做到这一点可不容易，但是他要努力做到。他们在她门口笑着闹着，弄得她把钥匙掉在地上了。两人都弯下身去捡。她直起身来，脸上由于他吻了她而泛着红晕，这时她发现那个弓身坐在电梯旁的楼梯上的人竟是托尼。

"好吧，晚安，克利夫，谢谢你把一个可怜的小女工送回了家。"玛戈兴致勃勃地说。

托尼站起身来，踉踉跄跄地朝公寓套间开着的门口走来。他面带菜色，衣服很脏，像在明沟里躺过一整夜似的。

"这位是托尼，"玛戈说，"他是……我的一个亲戚……病后没怎么复原。"

克利夫望望玛戈，再望望托尼，低声吹了一声口哨，便走下楼梯。

"嘿，现在你可以告诉我你在我的住处转悠是什么意思了……我真想把你当窃贼抓起来。"

托尼几乎说不出话来。他嘴唇上有血而且全肿了起来。"无处可去啊，"他说，"一帮歹徒揍了我。"他站立不稳，因此她不得不抓住他脏大衣的袖子，使他不致跌倒。

"唉，托尼，"她说，"你真是一团糟。进来吧，但是如果你还像上次那

264

样要诡计……我对上帝起誓，我一定要敲断你的每根骨头。"

她让他上了床。第二天早上，他颤抖得厉害，她不得不去请个医生。那外科医生说他的病是由于吸毒和曝晒造成的，建议去疗养院治疗。托尼躺在床上，面色发白，浑身战栗。他哭了好久，但却像羔羊一般温顺，他说行，他愿意一切遵照医生的吩咐去做。有一次他抓住了她的手亲吻，请她原谅他偷了她的钱，以便让他可以宽慰地死去。

"你不会死的，才不会呢，"玛戈说，用另一只手拂开披在他前额上的黑色硬发，"不会有这份好福气吧。"她到河滨大道去散了一会儿步，想考虑一下该怎么办。医生给托尼作镇静剂用的三聚乙醛的滞留不散的令人头晕的气味使她感到恶心。

周末到了，查利·安德森从底特律回来，在五十二街他们常去吃饭的那地方和她会面，显得焦虑而面色憔悴。她把她的悲惨情况讲出来时，他没怎么听进去。他说他手头拮据，没有现钞，他的妻子对他所有的一切都控制在手，他在交易所亏损很大，他可以给她筹集五百美元，但必须拿证券出去作抵押。然后她说看来她又得去迈阿密的棕榈旅馆重操旧业，干歌舞表演了，他说很好，如果她不当心，他会去那儿让她养活他的。

"我不知道为什么大家都认为我是个糟糕的百万富翁。我所要求的只不过是摆脱这一切，留下足够的钱，让我专心致力于发动机制造。要不是由于这该死的离婚，我早就摆脱出来了。我预期今年冬天能把事情了结，脱出身来。反正我只不过是个埋头干活的技工啊。"

"你想出来而我倒想进去。"玛戈直勾勾地望着他的眼睛说。两人都哈哈笑了。

"啊，我们去你那儿吧，既然你家里的人都外出了。我对这号非法酒店已感到厌烦了。"

她摇摇头，仍旧哈哈笑着。"那儿挤满了西班牙亲戚，"她说，"我们不能去。"

他们到他的旅馆去拿了手提包，乘出租汽车过河到布鲁克林区的一家旅馆，那儿的人都知道他们是道林夫妇。在出租汽车里，她设法把他将给她的款子提高到一千元。

第二天，她把托尼送到卡茨基尔山①中的一家疗养院。他真像个乖孩

---

① 就在纽约市西北，赫德森河右岸。

子，对她讲的话百依百顺，并且说等出院后去找个工作，又谈到了什么荣誉和大丈夫气概。她回到纽约，便打电话到办公室，得悉A先生已回底特律，但是留下话来，叫秘书给她包一间卧铺，并把她去迈阿密的一切事务都安排好。她封闭了公寓套间，他的办公室照料了存放家具、包扎行李等一切事务。

她到达火车站时，克利夫正在那儿等她，咧嘴笑着，一副自以为是的模样，一顶帽子扣在瘦削的长脑袋的后脑勺上。

"啊，他确实干得漂亮。"她说，把克利夫带给她的几朵铃兰花别在她的裘皮大衣上，这时两名红帽子跑过来拿她的手提包。

"谁干得漂亮？"克利夫低声说，"讲的是老板还是我？"

卧铺单间里供着玫瑰花，克利夫还给她买了《戏剧》《综艺》《齐特周刊》《城市话题》和《阴影乡》等杂志。"乖乖，真棒。"她说。

他眨眨眼。"老板说过给你送行要尽可能气派大些。"他从自己的大衣口袋里拿出一只瓶子。"这是教师牌海兰霜……好吧，再见了。"他微微一鞠躬便顺着过道走了。

玛戈在单间中安坐下来，几乎有点希望克利夫没有这么快就离开。他至少可以多待一会儿再告别嘛。嘿，这小伙子太放肆。火车刚开动他又回来了，双手插在裤袋里，样子很焦急，高速度地嚼着胶姆糖。

"噢，"她蹙眉说，"现在又怎么啦？"

"我买了一张去里士满的车票……我不大旅行……可以摆脱办公室的种种烦恼。"

"你会被解雇的。"

"不会……今天是星期六。星期一一大早我就回去。"

"但是他会发现的。"

克利夫脱去上衣，小心地把它折好，放在架子上，然后在她对面坐下来，并把单间的门拉上。"除非你告诉他，他是不会知道的。"

她立即站起身来。"哼，真没见过像你这样放肆的。"

他用同样的腔调说下去："你不会告诉他，我也不会告诉他关于……哦……"

"可是，你这大傻瓜，那不过是我以前的丈夫啊。"

"喏，我倒盼望能成为你以前的男朋友……不，说真的，我知道你会喜欢我的……因为大家都喜欢我的。"他弯过身来抓住她的手。他的手冰冷。"不，说真的，玛戈，为什么那夜可以，今夜就不可以呢？谁也不会知道的。

这事包在我身上，你放心好了。"

玛戈开始吃吃地笑了。"听着，克利夫，你应该在身上挂上一块牌子。"

"上面写些什么？"

"油漆未干。"

她走过去，在他身边坐下了。隆隆作响的火车摇晃着，她感觉到他在颤抖。"嘿，你这可笑的孩子，"她说，"原来你一直怕得要死哩。"

新闻短片 LXI

高高地高高地

在群山之中

看云朵飘过

运用天才、艰苦的努力、巨大的资源以及这样一种力量和意志，来力图取得较形成今天的科拉尔盖布尔斯[①]的那些事物更优异，更美丽，更能吸引优秀人士的趣味和明智评价的某种成就，并使明天有可能成为更美好，更博大，更迷人的美丽

高高地高高地在群山之中

巨大的飞艇在飞行途中裂为两截

在这里，青年与老年将聚集在一起，在凉爽而强身的咸水里嬉戏，或者在那俯瞰亮闪闪的游泳池的凉廊里相互闲聊，夜间，叮叮咚咚的音乐声会诱使你借跳舞来消度时光。

与苍穹把手握

只有早期的投资人能最大限度地分享随着如此具有特色的发展所带来的种种价值的巨大而迅猛的增长

谁是那嘴里有金牙的老胖？

---

① 位于佛罗里达州南部迈阿密市的西南郊，为冬季旅游胜地，迈阿密大学所在地，有著名的费尔柴尔德热带植物园。

他从哪里来？他来自南方

朱庇特的城址卖了一千万美元

像拥有神灯的阿拉丁一样，资本家、投资人和建筑师把昔日荒凉的沼泽地变成了用耀眼的林荫大道网连成一片的奇妙的城市

> 瞌睡的脑袋
> 睁开你的眼
> 太阳当空照
> 别打呵欠了
> 已是早晨了

坦帕①附近发现大片产金地

像一件华丽非凡的蓝宝石和玉石的披肩，上面镶着不可计数的五彩缤纷的宝石，北大西洋南部的艳丽的海水构成了一股持久不衰的魔力。这地方保证能使你在未来得到欢乐、满足和幸福，如果背弃它便是放过你一生中难得的机会

丈夫跟随妻子跳窗

与嗜毒的杀人犯格斗

> 露露总是喜欢做
> 我们这些小伙子不要她做的事

一队骑摩托车的警察是游行队伍的前导，为穿白服装的几列纵队开路。警察后面矗立着市警察局长A. P. 施奈德。他后面是斯帕罗先生的乐队和油

---

① 佛罗里达州西部一海港。

漆工工会的会员们。再其次是电影放映员和雪茄工人，装玻璃工人、乐师、写招牌广告的和铁路乘务员兄弟会的会员们依次排列在后面。第一大队的最后是屠夫。

第二大队由三千五百多名木匠组成。第三大队由小丑乐队领头，队员包括电工、铁匠、泥水匠、排字工、印刷工、造电梯的技师、邮务人员、铅管工和蒸汽管装配工。

第四大队由铁器工人为前导，包括砖瓦工、火车司机兄弟会成员、蒸汽机车操作者、排印工人工会成员、钉板条工人、盖组合屋顶的工人、金属板材工、裁缝和汽车修理工

> 别带露露
> 我会亲自把她带

查利·安德森

"你等着瞧吧，克利夫……我们能把他们打得落花流水。"查利对他的秘书说，当时他们俩正从拥挤的电梯出来，走进伍尔沃思大楼的熙熙攘攘的门厅。"一点不假。"克利夫说时，懂事地点点头。他长着一张马脸，从棕色的呢帽以下，包括高高的颧骨和瘦削的鼻子，都紧紧地绷着一层薄如羊皮纸的皮。在尖瘦的下巴上方的那张双唇薄薄的嘴从来不张得很大。他从嘴角重复地说："一点不假……落花流水。"

他们穿过旋转门，走进百老汇大街南段五点钟下班的人群，人多得把整条人行道都挤满了，阴冷二月天的蒙蒙细雨与灰尘一起洒落在他们身上。

查利从他的英国雨衣口袋里拿出许多鼓鼓囊囊的信封，交给克利夫。"把这些拿到办公室去，一定要把它们放进纳特·本顿的私人保险柜。可以在明天上午把它们转交给银行……那时你就完事了。九点钟打电话给我，知道吗？你昨天打得迟了一点……在那以前我不想为任何事烦心。"

"是的，先生，祝你睡一夜好觉，先生。"克利夫说罢，便消失在人群

中了。

查利叫住了一辆在兜客的出租汽车，颓然倒在车座里。在这种天气，他的腿仍然发痛。他想叹口气，却咽下了一口唾沫；到底门牌号码是多少呀？"朝北开往公园大街。"他对司机喊道。他想不起那鬼地方的门牌号码了……"开往东五十二街。我会把那房子指给你看的。"他倒身靠在靠垫上。天，我累了。他低声自语。他就这样朝后深陷在座位里，当车子在车流中开开停停地颠簸时，感到裤带紧勒着肚皮，便把它放松了一个孔，觉得舒服些，于是从前胸口袋里拿出一支雪茄，把一头咬去。

他花了一会儿工夫才把雪茄点着。每次刚划好火柴，不是碰上开车就是停车。总算点着了，但味道并不好。"见鬼，我今天抽得太多了……我需要的是喝一杯酒。"他喃喃地说出声来。

出租汽车一路颠簸，朝北行驶。他偶尔从眼角瞥见其他出租汽车和私人汽车里的人的灰色的轮廓。他刚看清一批人的面貌，另一批人就替代了他们的位置。在拉斐特街上，交通比较流畅。一长串的金属、玻璃、车内座垫、大衣、男子服饰用品和血肉之躯在离开闹市区，朝北移动。汽车行动一致地停下，开动，换挡，好像它们是由一套车铃统一指挥的。查利颓坐在车座上，感到腹部的一层肥肉紧顶着裤腰，还感到下颏上的肥肉紧顶着硬领。真见鬼，他为什么就记不起那门牌号码呢？一个月来，他不是每夜都去那儿的吗？他左眼的眼睑上有一根血管在不停地悸动。

"日安，先生。"身着便服的门房说。"你好吗，我的上尉？"长着尖牙的老板弗雷迪一边说，一边点着他那黑发油光光的脑袋。"今晚先生和小姐一起用餐吗？"

查利摇摇头。"有个朋友七点来和我一起吃饭。"

"好，先生。"

"在我等客人来的时候，给我来杯威士忌苏打，可不要你昨天拿来糊弄我的那种孬酒。"

弗雷迪淡淡地一笑。"那是弄错了，安德森先生。我们有货真价实的凹瓶原装酒①。你看这包装。上面沾的海水还没干哩。"查利哼了一声，一屁股坐进酒吧一角的一把安乐椅。

他把纯威士忌一饮而尽，然后啜饮苏打水。"嗨，莫里斯，再来一杯，"

---

① 指圆瓶子侧面有三个椭圆形凹处的那种名牌威士忌。

他对那头发花白而满面皱纹的瑞士老侍者喊道，"再来一杯，要双份的，懂吗？……放在一只标准的威士忌苏打杯子里。我今晚累了。"

威士忌喝下去后，他觉得肚子里暖烘烘的。他身子坐直了些，朝侍者咧嘴笑着。"哦，莫里斯，你还没告诉我你对今天证券市场行情的看法哩。"

"我说不好，先生……但是你知道，安德森先生……如果你愿意你可以告诉我嘛。"

查利伸开两腿，哈哈大笑。"飞得比风筝还高，呃……嘿，见鬼，事情真难办死了。我希望把它忘掉。"

等他见到埃迪·索耶正从酒吧前一大片人脸、西装和握着酒杯的手中间夺路向他走来时，他感到很高兴。

他站起身来。"你好，埃迪？老底特律的情况怎么样？他们都认为我简直是个狗娘养的，不是吗？谈谈你知道的内情吧，埃迪。"

埃迪叹了口气，在他身边的圈手椅里坐下来。"哦，说来话长啊，查利。"

"来一杯掺点苦艾酒的古巴甜酒怎么样？……好，来两杯吧，莫里斯。"

埃迪脸色发黄，有些皱纹，像一只在树上挂了太长时间的夏日的苹果。他笑的时候，加深的皱纹从嘴角和眼角扩散到两颊上。"哦，查利，老朋友，见到你真高兴……你可知道人家都称你为搞航空业投资的小能人吗？"

"他们没有叫我别的什么吗？"查利拿已熄灭的雪茄轻轻敲着烟灰缸的铜边，"我听到过比这难听的称呼哪。"

等他们喝了三杯后，查利不能自制了，就不停地讲起话来。"嘿，你尽可以向詹·亚①传我的话，就说有一次我本可以使他破产而没有那么干。为什么不呢？因为我根本不在乎。我确实拥有我自己的股份。他们把一切都抛出了，但还是没法轧平，懂吗……我当时想，不行，他们是我的朋友。我这老朋友好詹·亚啊。当纳特·本顿在结算有利时叫我结算了事，我对他说，不行……他们是我的朋友。让他们和我们一起搞下去吧。如今你看他们却和葛蕾迪丝联合起来反对我。你可知道法院判给她的赡养费是多少吗？一个月四千美元，法官是她老子的好朋友……兴许还拿佣金哪。把我的孩子剥夺了……还把我所有的一切都冻结起来了……很狡猾，不是吗，把一个人的孩子都夺走了？嗯，埃迪，我知道你跟这事全不相干，但是等你回到底特律，见到这帮胆小的孬种，他们只好躲在女人的裙子后面向我进攻，因

---

① 詹姆斯·亚德利·法雷尔的名字的缩写。

为没有别的办法来战胜我……你去向他们传我的话，说我要让他们一个个输得精光……我还是刚开始懂得这玩意儿的门道。我已经干得还不错……小能人，呃？……好吧，你就告诉他们，好看的还在后头哪。他们以为我只不过是个不吱声的笨蛋发明家……不过是像那可怜的老比尔·塞尔麦克那样的技工……见鬼，我们来吃吧。"

他们坐在餐桌边，侍者正把五颜六色的冷菜放在查利的盘子上。"拿走……我吃一块牛排，别的都不要。"

埃迪正忙着吃。他抬头望望查利，眉头一蹙，想起了一句俏皮话。"我看这次又说明了女人总得付出代价吧。"

查利并不笑。"葛蕾迪丝一辈子没为任何东西付过代价。葛蕾迪丝是个什么货色，你和我知道得一样清楚。惠特利一家子全是吝啬鬼。她就像她老子……嘿，我算是得到教训了……再也别找有钱的母狗……哼，一个该死的娼妓也不会像这条母狗那样行事……好吧，等你回到底特律的雇主们那儿，跟他们直说得了……我知道他们为什么派你来……看看这老家伙是否还能喝酒……扬言他喝得烂醉，死于非命了，是吧？嘿，我仍然可以跟你比酒，把你灌醉，好埃迪，难道不是吗？你就告诉他们，埃迪，说那老家伙还跟从前一样硬朗，比以前聪明得多了哪……他们以为只消一离婚，就能把他光着屁股赶出去，是吧？哼，你叫他们等着瞧吧。而且你去告诉葛蕾迪丝，如果她稍不检点……只需一次，她可不要以为我没有派我的私人侦探去监视她……告诉她我要努力把孩子们弄回来，并剥夺她所拥有的一切……让她滚到大街上去，我才不在乎哩。"

埃迪拍拍他的背。"哦，老朋友，我得走了……看到你依旧无忧无虑、充满自信，我的确高兴。"

"落花流水。"查利大声喊道，哈哈大笑起来。埃迪走了。老莫里斯设法劝他把重新热过的牛排吃下去。查利吃不下。"把它拿回家去给你妻子和孩子们吃吧。"他对莫里斯说。在剧院演出时，这非法酒店已没什么人了。"给我拿一瓶香槟来，莫里斯，老朋友，然后也许能把这牛排吃下去。在你们祖国就是这么做的，呃？别说我喝多了……我知道……当你信任的每个人一直在骗你，你就什么也不在乎了，对不，莫里斯？"

一位黑头发剪得短短的、黑色小胡子也修得短短的男人一面俯身在酒吧上一杯鸡尾酒前，一面望着查利。查利与那人的目光相遇时大声说："我说你就什么也不在乎了，对不？"

"对，见鬼，有关这方面，你有什么话要说吗？"那人说着，摆好架势朝查利的桌子走过来。

"莫里斯，给这位先生拿杯酒来。"查利站起身来，前后摇晃着，朝桌子对面恭恭敬敬地鞠了一躬。那旅馆雇来撵走捣乱分子的大汉，在围裙上擦着一双红手，从屋子后部的一扇门里走了进来，见此情景又退了出去。"安德森是我的姓……幸会，贵姓……"

"布德凯维支。"那黑发的人说时，愁眉苦脸地向前走，身子稍稍摇晃着，走向桌子的另一边。

查利指着一张椅子让他坐下。"我醉了……许多香槟酒……喝一杯吧。"

"如果这么说，我乐于奉陪……喝酒总比打架好嘛……我们来为彩虹师①的往日干一杯吧。"

"你也去过大洋彼岸？"

"当然。来握手吧，老弟。"

"那是难忘的好日子。"

"如今回来了，可在这里只有一大帮骗人的孬种。"

"生意人……让他们见鬼去吧……我把他们叫做骗人的孬种。"

布德凯维支先生站起身来，又愁眉苦脸地问道："你指的是哪种生意？"

"什么也不是。别那么顶真，老弟。"布德凯维支又坐下来。"噢，见鬼，再来一瓶，莫里斯，要冷的。可曾喝过索米尔②的酒吗，布德多事鬼先生？"

"我喝过索米尔的酒？我为什么没喝过？在那儿受训达三个月之久。"

"我正是这么想的。这个小伙子去过海外。"查利说。

"千真万确。"

"你是干什么的，布坎南先生③？"

"我是个发明家。"

"正和我志同道合。听说过艾斯丘-梅里特启动器吗？"

对方从未听说过艾斯丘-梅里特启动器，查利也从未听说过自动漂洗洗衣机，但是他们很快就彼此称呼查利和保罗了。保罗也跟他妻子不和，说他宁肯去坐牢也不愿再给她赡养费了。查利说他也愿意去坐牢。

---

① 显然是第一次世界大战中美国派往欧洲的某个师的外号。
② 位于法国西部，卢瓦尔河南岸，为一酿酒业中心。
③ 查利已醉，把对方的姓氏一再念错。

但他们却去了夜总会，在那儿结识了两个迷人的姑娘。查利告诉这两个迷人的姑娘他将如何资助保罗，让善良的老保罗搞起他的生意，制造洗衣机的生意。他们带着姑娘们乘出租汽车从高架铁路下面穿行去跑各家酒店。他们去了格林尼治村的一家酒店。查利打算给所有的姑娘，那些可爱美丽的小姑娘，找到歌舞团的工作。查利解释他将如何把底特律的那帮孬种剥夺得精光。他要给姑娘们找到歌舞团的工作，这样她们就能把他们剥夺得精光了。这一切都有趣极了。

在晨光中，他发现自己独自坐在一家窗帘给扯破的酒店里。善良的老保罗不在了，姑娘们也不在了，他正坐在一张撒满香烟头和劣质红酒的桌子边，望着从窗帘破孔中射进来的刺眼的阳光。这地方不是旅馆，也不是妓院，而是一家摆着几张桌子的什么小酒馆，它散发着常年的雪茄烟味和上一夜的实心面条、番茄酱以及劣质红酒混在一起的气味。

有人在摇撼他。"什么时间了?"

一个肥胖的意大利佬和一个头发油亮的年轻意大利佬，没穿上衣，光穿着肮脏的衬衫，正在摇撼他。"时间不早了，付了账走吧。这是你的账单。"

一张卡片上草草地写着许多字样。查利只能一忽儿用一只眼睛，一忽儿用另一只眼睛来看它。总数是七十五美元。两名意大利佬看上去带有威胁的神气。

"你吩咐过我们给每个姑娘二十五美元，记在账上。"

查利伸手去拿他的钞票。只有一美元了。见鬼，他的钱包哪里去了? 那年轻的意大利佬正摆弄着他从后裤袋里拿出的一根包着皮的铅头短棍。

"你的吃喝加上花在姑娘们身上的钱等等算一百美元也不过分……如果你再胡闹，可要你付更多的钱啦……你还有只表，不是吗? 这儿可不是向顾客敲竹杠的场所啊。"

"什么时间了?"

"什么时间了，乔?"

"让我打电话到办公室去。我要叫我的秘书来。"

"号码多少? 他叫什么名字?"那年轻的意大利佬把皮棍朝上一抛，然后把它接住，"我来跟他谈。我们不要你多少钱，就会放你过去的。我们不想伤感情。"

他们给办公室挂了电话，说安德森先生病了，吩咐马上来人，然后给了他一杯加朗姆酒的咖啡，它使他更加难过了。终于克利夫来到面前，他衣着整洁，脸上刮得干干净净。"唉，克利夫，我的酒量不像过去那么好了。"

在出租汽车里，他干脆昏了过去。

到得旅馆的床上，他睁开眼睛。"那咖啡里一定放了迷药。"他对坐在窗前看报的克利夫说。

"唉，安德森先生，你真让我们担心。幸亏那个敲诈顾客的场所不知道他们捞到手的这个人是谁。如果他们知道了，就得花一万美元才出得来啊。"

"克利夫，你是个好小伙子。在这以后给你加工资。"

"这一套好像以前也说过了，安德森先生。"

"本顿知道了吗？"

"我多少得告诉他些。我说你吃了点腐败的鱼，食物中毒。"

"你这小伙子可真不赖。天呀，我不知道我是否会变成个酒鬼……交易所的情况怎么样？"

"糟透了。本顿先生昨天急疯了似的要和你通话。"

"天呀，我头痛得厉害……喂，克利夫，你不认为我会变成个酒鬼，是吗？"

"这儿是医生留下的一些药。"

"今天是星期几？"

"星期六。"

"天呀，我还以为是星期五哩。"

电话铃响了。克利夫跑过去接。"是按摩师。"

"叫他上来……喂，本顿住本城吗？"

"肯定在，安德森先生，他想要抓住梅里特，看他是否能停止亏本抛出……梅里特……"

"嘿，见鬼，我很快就会知道的。吩咐按摩师进来。"

按摩真是叫人痛苦，尤其是这个看上去像个门房的大个子鬈发瑞典人的关于天气和曲棍球赛的愉快而带有德国口音的谈话更使他痛苦。但按摩后，查利感到好过些，可以自己走进盥洗室，呕出一些绿色的胆汁来。然后他洗了个冷水淋浴，回到床上，大声叫唤正在起坐室里用打字机写信的克利夫，要他揿铃叫小郎给放在他头上的橡皮冰垫拿点碎冰来。

他倒身靠在枕头上躺着，感到稍稍好过些。

"嗨，克利夫，把阳光放进来好吗？什么时间了？"

"大约中午吧。"

"天呀……喂，克利夫，有什么女人打电话来吗?"克利夫摇摇头。"感谢上帝。"

"有个男人打过电话来，说他是出租汽车司机，说你讲好要给他在飞机制造厂找个工作……我告诉他你已去迈阿密了。"

查利开始感到好过一些。他安卧在柔软舒适的床上，靠在新洗烫过的枕头上，环顾旅馆内这一大间洁净的卧室。房间很高敞。一片银光从宽阔的窗户外倾泻进来。通过窗帘间的A字形缝隙，他见到一片天空，像马利筋属植物分泌的丝状物一样明亮洁白。查利依稀感到有一种功德圆满的感觉，就像一个人经过长途跋涉或危险的爬山后恢复了疲劳一样。

"喂，克利夫，来一小杯加药酒的杜松子酒，里面多放些冰，你说怎么样? ……我想那也许能救我的命。"

"安德森先生，医生叫你发誓戒酒，并要你在想喝酒时服些这种药。"

"我每次服它，那东西就叫我呕吐。他把我当成了什么人，一个吸毒鬼吗?"

"好吧，安德森先生，你是老板嘛。"克利夫说罢，闭紧了薄薄的嘴唇。

"好样的，克利夫……那我就来点葡萄柚汁吧，如果不吐出来，就好好吃顿早餐，然后让他们见鬼去吧……为什么报纸还不来?"

"在这儿，安德森先生……我已把它们都翻到金融版啦。"

查利翻阅证券交易的报道。他的眼睛仍旧不能很好地看清东西。他仍然需要闭上一只眼睛才能看得清楚些。《新闻与评论报》上有一段话使他坐直了身子。

"嗨，克利夫，"他吆喝道，"你看过这一段吗?"

"当然，"克利夫说，"我说过情况不妙嘛。"

"但是如果他们还在进行，这就说明梅里特和法雷尔肯定得到他们那些代理人的委托书了。"

克利夫理会地点点他那微微偏向一边的头。

"本顿到底在哪儿?"

"他刚才打过电话来，安德森先生，他正从闹市区赶来。"

"趁他还没到，快把那饮料给我，然后把那些东西都拿开，给我要一份早餐。"

本顿跟在端着早餐盘子的茶房背后走进卧室。他穿着一套褐色西服，戴着圆顶帽。虽然他衣着时髦，他的脸却像一块用旧了的洗碟布。

查利先开口:"喂,本顿,我是否被一脚踢到了街上?"

本顿小心地、慢吞吞地脱下手套、帽子和大衣,把它们放在窗前的桃花心木桌子上。

"人行道铺得相当软嘛。"他说。

"好吧,克利夫……你去把那封信写完,好吗?"克利夫走出去,随手把门带上。"梅里特战胜了我们?"

"他现在跟法雷尔混在一起了。你只好认输,准备下一个回合了。"

"但是真该死,本顿……"

本顿站起身来,沿着床脚在室内来回走着……"别对我咒骂啦。今天该骂人的是我。一个家伙在此关键时刻竟喝得酩酊大醉,你对他怎么看?胆小鬼,我就这样称呼他……你是自作自受,活该……我为了保全自己,日子也不好过,我可以告诉你。嘿,我当初看中你,认为你大有前途,安德森,而且我仍然认为你在十年之内能赚大钱,如果你肯革除那可笑的恶习。现在我要给你说正经的,年轻人,你凭着那光荣的海外履历,已经跑得够远的了,确实大大胜过大多数人了。至于搞发明这号玩艺……你跟我一样,都明知道除非你有推销所必需的天才,你从中是捞不到钱的。你开头取得了很大的成功,自以为是个小能人,能随心所欲地完成任何计划了。"

"嘿,纳特,我的天,难道你以为我笨得不明白这些道理吗?……这该死的离婚和长久的住院使我泄气了,就这么回事。"

"托辞。"

"你认为我该怎么办?"

"你应该暂时离开这城市……你哥哥在明尼苏达州的营业怎么样了?"

"回乡下去卖小汽车……那倒是大有前途啊!"

"你说亨利·福特在什么东西上赚的钱?"

"我知道,但是他老是使他的经销商们破产……我需要的是使身体恢复健康。我在佛罗里达州一直过得很开心。我也许去那儿,在阳光中躺上一个月。"

"行呀,如果你不参加土地投机买卖的话。"

"当然不,纳特,我连扑克也不打……我是去那儿休养的。让我的腿真正好起来。然后,等我回来了,我们来大干一场。毕竟还有那些标准飞机部件公司的股票呀。"

"不再包括在行情表内啦。"

"行。"

"好吧，乐天派，我妻子在等我吃中饭……祝你一路顺风。"

本顿走出去了。"嗨，克利夫，"查利向门外喊道，"叫他们来把这该死的早餐盘子端走。做得不怎么好。打电话给帕克叫他把车子准备好。要保证轮胎全部完好。我星期一要开往佛罗里达。"

克利夫立即把他的头伸进门来。他涨红了脸。"你要……你需要我一起去吗，先生？"

"不，我将需要你留在此地，留神闹市区的那帮小伙子……我此地必须有一个信得过的人……不过，我会告诉你要你干什么的……你去特伦顿，陪道林小姐一直到诺福克。我将在那儿接她。她正在特伦顿看望她的家人。她的老子看来刚过世。这事你尽快去办，好吗？你可以作一次小小的旅行。"

查利正注视着克利夫的脸。克利夫把嘴扭向一边，像男仆一样鞠了一躬。"很好，先生。"他说。

查利重又仰靠在枕头上。他的头阵阵抽痛，胃里还是结成了疙瘩。他一闭上眼睛，眼前就直冒叫人头晕的红色火花。他开始想起哥哥杰姆，想起杰姆至今没有把他投放在他的企业上的他妈妈遗产的那一份钱付给查利。不管怎么说，杰姆可没有一架飞机、两辆汽车、比尔特摩旅馆的一套房间、一名愿为他干任何事的秘书和一个像玛戈这样的姑娘啊。他竭力回忆她面孔的样子以及她想说俏皮话时眼睛睁得老大的滑稽而惊讶的神情。但他什么也记不起了，只感到浑身不舒服，眼前冒出一个个小红圆点。不一会儿他便睡着了。

等他动身去南方时，他仍然感到很虚弱，因此带了帕克一起去，叫他开车。他穿着新的驼毛大衣，阴郁地坐在车座上，双手垂在双膝之间，目光透过轧辘辘、黑茫茫的霍兰隧道①向前看，心中想着玛戈和比尔·爱德华兹，那是一位处理专利问题的律师，他得为了一场官司去华盛顿找他。他还想起了克利夫办公桌抽屉里的那些账单，寻思着哪来钱去打这场控告艾斯丘-梅里特公司的专利官司啊。他口袋里有一千元美钞，这毕竟使他感到高兴。天，钱真是样好东西啊，他对自己说。

出了隧道，迎接他们的是阴雨的早晨和穿越泽西城的那些卡车的喧闹声和砰砰声。然后车辆渐渐稀少，他们跨越新泽西州冬天景象中的黄色和红色的平展展的农田。到了费城，他叫帕克把车开到布罗德街。"我没有耐心开

---

① 从纽约市中心曼哈顿岛西南端穿过赫德森河，西通新泽西州的泽西城，专供汽车使用，于1917年通车，以设计者的姓氏命名。

车，我要乘下午的火车。你到达后在沃尔德曼公园等我。"

他订了特等豪华车厢的一间单间，进去后就躺下来，想睡一觉。但是火车的咔嗒声和隆隆声太响，而且那灰色的天空、浅紫色的田野、黄色的牧草地以及那些开始显露出红色、绿色和淡黄色的树枝，使人预感到春天的到来，这一切都使他郁郁不快，巴不得像狗一样大声吼叫，因而对被关在这天杀的单间里感到腻味，便到后面的交谊车厢去抽雪茄。

他颓坐在皮椅里，正往背心口袋里摸着雪茄头夹子，这时他旁边椅子上有个胖子从他正在钻研的一扎蓝封皮的法律文件上抬起头来。查利紧盯着那双黑眼睛、发蓝的下颏、光洁的脸和那仍然整齐地紧贴着一摊鸟翼状的黑发的秃头，却没有立即认出他是谁。

"喂，查利，我的孩子，我猜你一定在恋爱。"

查利挺起身来，伸出一只手。"你好，参议员，"他说，像当初一样有点口吃，"前往国家的首都吗？"

"这正是我不幸的命运啊。"普兰尼特参议员用目光上下打量他，"查利，我听说你出了次事故。"

"是一系列事故。"查利说着，脸涨红了。

普兰尼特参议员会意地点点头，用舌头发出嗒嗒的响声。"真可惜……真可惜……唉，先生，自从你跟年轻的梅里特和我那晚在华盛顿一起吃饭以来，时光已逝去了不少啦……嘿，我们谁也没有变得更年轻啊。"

查利感觉到参议员相当满意地用一双黑眼睛扫视着他的脖子和硬领相会的地方松弛的纹路和顶住他背心的鼓鼓囊囊的大肚子。"嘿，我们谁也没有变得更年轻啊。"参议员又说了一遍。

"你可变得年轻了，参议员。我敢说你比我上次见到你时年轻些。"

参议员微笑了。"唉，我希望你原谅我这么说……但你这番事业正是我在多年的公众生活中有幸目睹的最耸人听闻的之一。"

"嗯，这是种新工业嘛。事情发展得很快。"

"史无前例，"参议员说，"我们生活在史无前例的突飞猛进的时代……每个地方，除了华盛顿……你应该更经常地到我们那安静的小村庄①来……那儿有你的许多朋友。正如杜利先生常说的，我从报纸上见到你们底特律那伙人做了相当大的改组工作。需要更大的资本做基础吧，我想。"

----

① 这句话和下文中的"波托马克河上的小村庄"，都指美国首都华盛顿。

"在更大的资本做基础这方面，许许多多人被撺出去了。"查利说。

他以为参议员会笑个没完没了。参议员抽出一块有名字缩写首字母的丝织大手帕，擦去眼睛上的泪水，然后把一只粗而短的小手放在查利的膝上。"全能的上帝呀，我们应该为此干一杯。"

参议员向茶房要了白石牌威士忌，从他的格拉德斯通式皮包里拿出一个瓶子，神秘地倒了两口上好的黑麦威士忌进去。查利开始感到好过些。参议员说在航空线的开辟方面将获得有趣的进展。如果要使我们这个伟大国家的落后的空运赶上去，相当多的人都一致认为需要给予津贴。问题当然是要看在相互竞争的各公司中谁能得到政府当局的信任。开辟航空线的事业的前途比提供飞机和配备的还要宽广。"这是政府当局信任与否的问题，我的孩子。"在说到"信任"二字的时候，参议员普兰尼特的黑眼珠闪闪发亮了，"因此我很高兴在这里见到你，我的孩子。紧紧靠拢我们这在波托马克河上的小村庄吧，我的孩子。"

"好。"查利说。

"你到了迈阿密，去找我的老朋友霍默·卡西迪吧……他有一条漂亮的船……他会带你去钓鱼的……我会写信给他的，查利。如果我能脱身，也许下个月我本人也会到那边去消磨一个星期。人们在那边眼下正在发大财哩。"

"我一定照办，参议员，你太客气了，参议员。"

等火车开进联邦车站时，查利和参议员都得意洋洋。他们在谈论干线和连接线，飞机场和房地产。查利弄不清他在拉拢参议员普兰尼特在议会里进行疏通呢，还是参议员普兰尼特在拉拢他。他们在出租汽车站着实亲热地分了手。

第二天下午，他坐汽车朝南穿过弗吉尼亚州。那是个美好的、阳光明媚的下午。在背阴的山坡上，紫荆树上开始绽出红花。他身上有参议员普兰尼特着人给他送到旅馆来的两瓶上好的黑麦威士忌。他在途中开始对司机帕克感到恼火。这狗杂种只会在购买汽车备件、汽油和润滑油时拿回扣。上个月，他就报销了八只新轮胎；他究竟要那么多轮胎干什么，吃吗？等他们跨过纳税桥进入诺福克时，查利生气极了。他极力克制自己，才没有伸手朝这狗杂种奴才相的光溜溜的脸上的灰黄色下颌上捆上一下。在旅馆前面，他大发雷霆了。

"帕克，你被解雇了。这是你本月的工资和你回纽约的旅费。如果我明天还看见你待在本城，我就把你当窃贼抓起来。你和我一样，都明白这是指什么。你们这帮该死的汽车司机自以为精明死了。我懂得你们那一套，知道吗……我和你一样，得拼命干活来挣钱。为了证明这一点，从现在起我亲自来开车。"他恨死了这家伙无动于衷的光溜溜的脸。

"好极了，先生，"帕克冷冷地说，"要不要把制服还给你？"

"你可以把制服拿去塞进你的……"查利说到这里住了口。他正红着脸在旅馆入口处的车道上来回顿足，有一群黑种小郎围着他痴笑。"听着，小伙子，把这些行李拿进去，把汽车开到汽车房去……得了，帕克，你的事我已说过了。"

他大步流星地走进旅馆，订下了全旅馆最大的双人套间。他用他的真名实姓登了记。"安德森太太马上就到。"然后他打电话到其他旅馆，打听玛戈到底在哪儿。"喂，小姐，"他终于听到电话那头她的声音时说，"搬过来住吧。你是安德森太太，没有引起任何疑问。啊，让他们见鬼去吧，谁也不能命令我干什么、见什么人或者怎样处置我自己的钱。这一切都结束了。马上来吧。我真想见你……"

等她后面跟着拿行李的小郎走进房来时，她确乎显得比以前任何时候更漂亮。

"嘿，查利，"等小郎出去后她说，"这房间确实是精华中的精华……你一定发了大财。"她把所有的房间看过一遍后，走回来依偎着他说："我敢说你又在证券市场上给人家大吃苦头了。"

"他们想捉弄我，但是哪能行啊！你信我的话吧……来一杯，玛戈……我们来稍微醉一醉，你和我，玛戈……天，我还怕你不肯来哪。"

她对着镜子往脸上扑粉。"我？唉，我不过是个容易上手的女子啊。"她用粗哑低沉的声音说，使他听得背脊骨上一阵发麻。

"喂，克利夫在哪儿？"

"这位好心地陪伴我来跟主公相会的长着马脸的年轻朋友吗？他乘六点钟的火车走了。"

"走了，真该死。我还有话吩咐他哩。"

"他说你叫他星期二上午到达办公室，即使要他飞去他也要办到这一点的。嘿，查利，如果他是你的雇员的一个标本，那么想必他们对你都佩服得五体投地。他一个劲地讲你是个多么了不起的人。"

"嗯，他们知道我这人可靠，自己也经过患难……了解他们的观点。不久前我还亲自在车床上操作哪。"

查利感到很惬意。他又给他俩各倒了一杯酒。玛戈拿起他的那一杯，把黑麦威士忌的一半倒回瓶里。"不要喝得太醉，A先生。"她用一种前所未有的抚爱的口气小声说。

查利把她拉到身边，用力地吻她的嘴。"天，你不知道我多么希望有个整个儿属于自己的确实美好的女人。我有过几个可怕的坏女人……葛蕾迪丝，天，她是个多要不得的坏女人呀！她几乎毁了我……企图夺去我在这世上拥有的每一分钱……跟一些我自以为是我朋友的人联合起来整我……但是你等着瞧吧，小妞，我要让他们看看。不出五年，他们就会爬着来找我。我不知道会发生什么情况，但是我感觉到会赚大钱……纳特·本顿说我有这能耐……我知道我有这能耐。我能凭预感行事，知道吧。这些孬种都是一开始有钱的啊。"

他们叫了晚饭，喝着一小杯酒等候时，玛戈从手提包里拿出一些账单来。

"好，我马上就来处理。"查利看也不看，就把它们塞进口袋里。

"你知道，A先生，如果我有自己名下的户头，就不必来麻烦你了。"

"等我们到了迈阿密，给你在第一国家银行存一万美元怎么样？"

"随你便，查利……我除了每个星期的工资外，从来不会处理更多的钱，这你是知道的。一个地道的歌舞演员就懂得这么多。我为了安顿在特伦顿的亲人，把钱都花光了。在这个国家，人死确实要花不少钱啊。"

查利眼睛里噙着泪水。"是你的爹吗，玛杰里？"

她扮了一个鬼脸。"哦，不。我还是个背后披着头发的小丫头时，我老子就因为过多地接受了基利治疗法①而死去了……这是我后母的第二个丈夫。我很喜欢我的后母，信不信由你……她是我在这世界上的唯一的朋友。等什么时候我再把她的情况讲给你听。真是说来话长哩。"

"花了多少钱？让我来付吧。"

玛戈摇摇头。"我从不把亲戚的负担压在别人肩上。"她说。

一名侍者用盘子托着几大银碟的菜肴来了，后面跟着另一名侍者，他把摆好餐具的桌子推了进来。这时玛戈立即从查利身边挪开去。"啊，这才叫生活哩！"她低声讲这话的腔调使他哈哈笑了起来。

开车旅行是件轻松愉快的事。天气很好。当他们进一步南行时，林子上

---

① 莱斯利·E.基利（1832—1900），美国医生，曾为治疗嗜酒嗜毒患者开办疗养院，采用他发明的以二氯化金为主药的治疗法。

开始出现春天的绿色茸毛。长着松林的沙地上开出了花朵。鸟儿在歌唱。汽车好似在梦幻中行驶。查利让它在混凝土公路上保持每小时六十英里的速度。他小心地开着车，享受着开车的乐趣，欣赏它那四轮制动器和引擎罩下的发动机的轻快的呼呼声。玛戈是个伶俐的姑娘，热恋着他，不停地讲令人好笑的俏皮话。他们喝的酒不多不少，恰好使他们感到惬意。他们当天深夜到达萨凡纳，兴致好极了，竟喝了个大醉，以至经理威胁说要把他们赶出那家历史悠久的大旅馆。这事发生在玛戈把烟灰缸从气窗里扔出去之后。

他们喝得太醉，当夜在床上也没有得到多大的乐趣，第二天醒来，嘴里带着铜味，头也痛得厉害。玛戈面色憔悴灰暗，眼睛下皮肉松弛，后来便进浴室去洗澡了。查利给她做了一份"草原牡蛎"①当早餐，他说在大洋彼岸英国飞行员经常做这种蛋吃，而她连蛋黄也没捣碎就把它倒掉了。她把他叫到抽水马桶边，要他看着，这才拉动链条用水冲掉。那团生蛋黄像刚从壳里倒出来的样子，望着他们。他们虽然头疼，还是忍不住哈哈大笑。

到十一点他们才开车出发。查利一路上开得比较平稳，沿着弯曲的道路穿过乔治亚州南部的林地，林地间夹着一些小港湾和盐碱滩，从那儿飞起一些鹤，有一回还飞起一群白鹭。他们到达杰克逊维尔时，感到相当疲乏，两人都不想吃什么，仅仅用一些劣质杜松子酒把一份羊排送下肚去。他们付给黑人小郎八美元才弄到了一夸脱这种酒，他还坚持说这是上一晚刚从拿骚运到的最好的英国杜松子酒哪。他们喝了加药酒的杜松子酒，便上床了。

从贾克斯一路到迈阿密，太阳真热。查利为了让空气流通，要把车篷放下来，但是玛戈不让。她使他觉得这事好笑。"姑娘家愿意为男人牺牲一切，除了她的白皮肤。"他们在旅途中没法吃东西，然而查利不停地喝大量的杜松子酒。他们到了迈阿密，直接去玛戈经常在那儿表演的老棕榈旅馆，受到乔·坎特、埃迪·帕勒莫和乐队的成员们的热烈欢迎。他们都说真像是蜜月旅行，开玩笑说要看看他们的结婚证书。"不过是偶然相识罢了……我在贾克斯公共汽车站上结识的。"玛戈不停地说。查利订了饭店里最好的饭菜，请大家喝了香槟酒。大家都跳舞，跳了一个通宵，尽管他腿不好使。等

---

① 用一只生鸡蛋加调料、醋或甚至加白兰地做成，作为兴奋剂食用。

他昏倒了，他们把他抬上楼去，躺在乔·坎特夫妇自己的房间里。等他醒过来时，玛戈正坐在床沿上，全身穿戴整齐，鲜艳得像一朵雏菊。上午已过去大半了。她亲自给他用盘子端了早餐上来。

"听着，Ａ先生，"她说，"你是来这儿休息的。暂时别去夜总会了。我给我们在海滩上租了一幢有凉台的小平房，我们要让你住在旅馆里，免得别人说闲话，这你会喜欢的。我们需要的是家庭气氛……而你和我，Ａ先生，我们都在戒酒。"

那有凉台的平房是按西班牙在美洲传教时期的风格建造的，租费很高。但他们在迈阿密海滩的确过得很愉快。他们赌赛狗和轮盘赌，查利通过参议员普兰尼特的朋友霍默·卡西迪，结识了一批整夜打扑克的牌友。霍默是个穿着套宽松的亚麻布西装的笑容可掬而富有教养的白发大个子南方人，他到旅馆来找查利。两人东扯西拉地闲聊了一阵，他才言归正传，说他正在买进在一定期限内按规定价格买卖那片拟建新飞机场的土地的优先权。由于查利在航空界有熟人，他愿让查利参加进来，但他必须马上付现金。查利打扑克运气很好，他总是能赢一大叠钞票放在身上，但他的银行存款却是另一种情况。他开始狂热地给纳特·本顿在纽约的办公室打电话。

玛戈想让他戒酒；只有在和卡西迪出去钓鱼时，他才能喝个够。玛戈不愿去钓鱼，她说她不喜欢鱼离开水时望着她的样子。一天，他去码头和卡西迪一起钓鱼，但发现当天早上开始刮的北风刮得太厉害了。真是事有凑巧，正当查利离开码头时，西部联合公司一名送电报的小伙子骑着自行车来了。风愈刮愈烈了，在查利看电报时，把寒冷的尘土刮到他的脸上。电报是参议员拍来的：

政府当局准备给缪斯神的飞马喂燕麦

查利一回到海滩，便通过长途电话和本顿谈。第二天，当电报传来消息说已提出津贴航空线的提案时，飞机公司股票猛涨了。查利在涨到最高点时全部抛出，补进了差额，等到晚报上否认有这一消息时，他处在极为有利的地位。

一周后，他开始以低二十点的价格重新买进。无论如何，他会拥有现金再提供贷款，并参加卡西迪的购买优先买卖权的交易。他告诉卡西迪他准备参与其事，两人便乘船出去进行商谈。有个黑种小伙子给他们配制薄荷威士忌饮料。他们握着钓鱼竿坐在船尾，头上戴着大草帽，不让阳光射在眼睛上，背后的桌子上放着饮料。等他们到达蓝色海水边，就开始用转轮钓竿钓旗鱼。

那天蓝色的天空中有大片柔和的白云在阳光中飘浮，白云的上层略带淡红色，下层呈紫色。在外面墨西哥湾流中，不大不小的风逆着海流的方向刮着，激起轮廓分明的滚滚波涛，波峰呈绿色，波谷呈蓝紫色。他们跟踪长条长条的芥末黄色的海藻，但是见不到任何旗鱼。卡西迪捕到了一条鲯鳅，查利丢了一条。船颠簸得厉害，查利不断地喝薄荷威士忌来稳住他的胃。

那天上午大部分时间，他们在迈阿密河河口来回巡航。越过那片险恶的黑浪，他们可以望见阳光灿烂的平静的褐色海湾，而在地平线上，那些新建筑在一片红色的梁柱构架中闪烁着白光。

"建筑，那是我喜欢看到的东西。"霍默·卡西迪说，把一只戴着只古老的金质大印章戒指的青筋绽露的手向城市挥挥，"而且这不过是刚开始哩……嘿，小伙子，我还记得当初迈阿密是个穷乡僻壤，不过是铁路和河流之间的一小簇破旧的棚屋，而且说真的，那时蚊子多凶啊。那时有一些穷白人在这儿种早番茄，他们有一半的时间躺在床上打摆子……而现在你看……可人家在纽约却想告诉你这繁荣不可靠。"查利点点头，没吱声。他正和他渔线上的一条鱼进行剧烈的争斗。他的脸涨红了，他的手因为收绕钓丝而感到痉挛。"只不过是条小鲣鱼罢了，"卡西迪说，"……人家竟说什么在这儿钓鱼不行……那只不过是为了西海岸的利益作宣传……小伙子，我必须承认，好多年前，我为老弗拉格勒[①]工作时，就看出这一天会到来。他是个有远见的人物……我和他一起乘向墨西哥湾延伸的铁路线的第一列火车到达基韦斯特……那时我是那条铁路的法律代理人之一。他从私人汽车走到车厢时，小学生们一路上把玫瑰花瓣撒在他的脚下……在这条铁路线建成前，我们有近千人在飓风中丧命……而如今这个新迈阿密……和迈阿密海滩，你觉得迈阿密海滩怎么样？那是弗拉格勒的梦想成了现实。"

"哦，我想做的……"查利讲到这里住了口，把那黑种小伙子刚递给他的又一杯薄荷威士忌喝了一大口。轻微的晕船感觉已消失了，他开始感到惬意。卡西迪的钓鱼指导已把查利的钓竿拿到船头，装上一个新的钓钩，因此

---

① 亨利·莫里森·弗拉格勒（1830—1913），美国石油巨子，率先修铁路，建旅馆，开发佛罗里达州。

查利坐在汽轮的尾部，感到阳光钻进他的背部，溅在脸上的浪花在干成小粒的盐花，除了呷薄荷威士忌外无事可干，也没什么事可操心。"卡西迪，这才好算生活啊……为什么一个人不能随自己的意愿处置自己的生活呢？我刚才想说我想做的事是摆脱这整个行当……投资，所有这一套劳什子……我想能拿到一小笔钱后脱身出来，弄一幢房子，安顿下来，捣弄发动机、飞机设计以及诸如此类的事……我一直想如果能弄到足够的钱后脱身出来，我就给自己修建一个风隧……你知道，人家就是在它里面试验飞机模型的。"

"当然，"卡西迪说，"将来使迈阿密繁荣的还得靠航空……想想看，十八、十四、十小时从纽约……这我用不着跟你说了……而你和我和参议员……我们是属于那片飞机场的创始人的行列的……嘿，小伙子，我一辈子都等着真正地大捞一把。我一辈子都在为别人服务……当法官、铁路公司律师以及诸如此类……看来现在该为我自己赚一大笔钱啦。"

"如果他们选择别的地方，我们就要落空了。这样的事毕竟以前也发生过啊。"查利说。

"小伙子，他们不会这样做的。你自己也知道那是个理想的地点，而且……这我不应该告诉你，但反正你很快就会发现的……哦，你知道我们那个在华盛顿的朋友，哦，他是我国最向前看的人之一……我拿出来的那些钱并不出自我霍默·卡西迪的账号，因为霍默·卡西迪一个钱也没有了。这正是此刻我担忧的事。我不过是他的代理人罢了。而在我和普兰尼特参议员交往的这许多年中，我敢发誓说，除非他确有把握，我从未见过他拿出一分钱来。"

查利咧嘴笑起来。"嘿，这老混蛋。"

卡西迪哈哈大笑。"你知道那句老话：对于盲骡来说，点头或是眨眼没什么两样。来一客上好的弗吉尼亚火腿三明治怎么样？"

他们吃三明治时又喝了一杯。查利想好好谈谈了。这天天气很好。卡西迪是个好人。他感到很开心。"奇怪，"查利说，"我第一次看见迈阿密时，也像这次一样，是从海上望见的。我哪里想得到会来这儿赚大钱……那时还没有这些高大的楼房。当时我乘沿海航船去纽约。我还是个孩子，刚去新奥尔良度过四旬斋前狂欢节的最后一日，不骗你，身上一个钱也没有。我乘船去纽约，在船上跟一个佛罗里达州的南方白人交上了朋友……他是个有趣的家伙……我们一块儿去纽约。他说应该漂洋过海去看看大战，因此他和我像一对该死的傻瓜那样参加了一个志愿救护队，后来我转向空军。我的事业就是这样开始的。那时迈阿密和我毫无关系。"

"嗯，是弗拉格勒帮助我开始的，"卡西迪说，"而且我并不羞于承认这一点……买进佛罗里达州东部海岸的筑路权……弗拉格勒使我、也使迈阿密有了出头之日。"

当晚，当他们在墨西哥湾流中度过了一天，晒黑了皮肤，微微有些醉意地回到岸上时，他们把那些优先买卖权的文件全部塞进卡西迪法官办公室的保险柜，到棕榈旅馆去松弛一下，不再去想生意上的烦恼。玛戈穿上银色礼服，看上去的确漂亮极了。那儿还有个像爱尔兰人的又瘦又黑的姑娘，名叫艾琳，她似乎老早就认识卡西迪了。他们四人一起吃晚饭，卡西迪喝醉了，像红鳍鱼般张大了嘴，大谈那大飞机场的事，说他要让姑娘们在这交易中也插上一手。查利醉了，但是还没有醉到不觉得卡西迪应该闭上嘴的地步。他和艾琳跳舞的时候，认真地凑着她耳朵说，她应该让她的男朋友闭上嘴，等事情经有关方面宣布后再说。玛戈看见他们俩头靠在一起，不由得醋性大发，便格外讨好卡西迪。等到查利请她跳舞时，她不予理睬，他和她讲话时，她也不回答。

他把她撇下在桌旁，自个儿去酒吧喝酒。他在那儿与一个南方白人模样的瘦子争吵起来。埃迪·帕勒莫，他那形状和色彩都像油橄榄的脸上带着奉承的笑容，跑过来进行劝阻。"你不能跟这位先生打架，安德森先生，他是我县的检察官……我知道你二位会喜欢对方的……帕比先生，安德森先生是我国的头号战时空中英雄之一。"

他们松开了拳头，站在那里，彼此冷眼相觑，而那小个子意大利佬便在两人中间点头微笑。查利伸出手来。"好了，拉拉手吧，朋友。"他说。县检察官瞪了他一眼，把双手插进口袋。"县检察官，见鬼。"查利说。他身子在摇晃。他不得不扶住了墙壁才能稳住身子。他转身走出门去。到了门外，他看见艾琳刚从女盥洗室出来，正在衣帽间柜台旁的镜子前轻轻朝后捋平柔滑的头发。威士忌和雪茄烟味以及乐队的音响和人脚的磨蹭声使他感到窒息。他必须到户外去。"来吧，姑娘，我们去兜风，呼吸点新鲜空气吧。"不等那姑娘开口，他便把她拉到外面停车场上。

"啊，我可以为我们不应该丢下别人不管。"她不断地这么说。

"他们都醉得厉害，什么也不知道。我五分钟内就把你带回来。吸点新鲜空气对一个小姑娘有好处，尤其是像你这样美丽的小姑娘。"

排挡吱吱作响，因为他没有把离合器推出。车子陡地停下了；他又开动发动机，立即转向高速。发动机爆响了一会儿，但是开始加速。"你看，"

他说，"这小汽车可不赖啊。"他一面开车，一面从嘴角对艾琳讲话。"这是我最后一次去那个鬼地方……那帮刚从北卡罗来纳州来的南方白人政客不能对我放肆。我可以轻易地收买他们，像买一袋花生一样。就说那个孬种法雷尔吧。我早晚要收买他的。你不认识他，但你只要知道他是个无赖就得，是我国最大的无赖之一，而且他自以为，他们那帮该死的家伙都自以为他们可以像排挤乔·艾斯丘那样排挤我。但是我这个懂行的人，设计出那些新机件的人，他们是无法排挤的。而且玩他们那一套我也能比他们强。我们正在这儿从事他们从来梦想不到的大买卖。而且跟政府当局已经都谈妥了。这将是桩大买卖，小姑娘，是你从未见过的大买卖，而且我会让你参加的。从现在起我们就能过优裕的生活了。等你过上了优裕生活，你就会忘记这告诉你内情的朋友，这可怜的老查利·安德森了。"

"唉，天真冷啊，"艾琳呻吟道，"我们回去吧，我在发抖哪。"查利弯过身去，把手臂搂住她的肩膀。当他转身时，车子突然转向了。他把汽车扭回到混凝土公路上。"啊，请小心点，安德森先生……你现在加速到八十五码了……啊，请别吓我。"

查利哈哈笑了。"天，多可爱的小姑娘呀！瞧，我们已减速到四十码，就开四十码，欢快而平稳。现在我们要掉头开回去，是小鸡仔上床睡觉的时候了。但是有我开车，你就绝对不必害怕。要说我能干什么的话，那就是开汽车。但是我不喜欢开汽车。但愿我自己的飞机在这儿就好了。你喜欢乘飞机好好儿地作一次飞行吗？我本可以把飞机早弄到这里来的，但是为了支付修理费我把它当掉了。得装个新的发动机。但是现在我生活富裕了。我要叫一个小伙子去把它飞到这儿来。那时我们就可以乐一阵子了。你和我和玛戈。玛戈是个好姑娘，但脾气可大哪。我懂得如何挑选女人，这事我错不了。"

他们朝迈阿密返回的时候，看见广阔的荒地的另一边出现一道道长长的曙光，荒地上点缀着死松树、半建成的拉毛水泥房屋、尚未开门的加油站和卖热狗的摊子。

"现在是顺风，我们一眨眼就到。"他们正沿着一道铁轨行驶。他们追上两盏红灯。"我不知道这是不是开往纽约的班车。"他们赶上了它，超过有灯光的观光车厢，超过一节节卧车，卧车没有灯光，只有车厢尾部的盥洗室的毛玻璃窗透出光来。他们一步步往前赶上行李车、邮车和火车头，火车头在黑暗中显得高大乌黑，查利的汽车头灯在它上面投出一点儿弧形的反光。火车已把黎明的一线红光挡住了。"嘿，这列车开不快。"他们超过司机室时，汽笛拉响了。"嘿，我能赶在它前面过道口。"道口的灯光就在他们和火车头头灯的一长道强光的前面，这道强光使云彩边缘的一道道红色和黄色的曙光显得异常苍白而遥远。道口的横杠已经放下。查利加大油门。他们撞断了横杠前进，把两盏头灯都撞碎了。汽车向一边偏斜。他们眼睛里一片火车头头灯的强烈灯光，耳边只听得汽笛的尖叫声。"别害怕，我们穿过来了！"查利对姑娘喊道。汽车在轨道上一个急转弯，停下了。

他用脚猛踩启动器。这次撞车没什么了不起。等他苏醒过来，立即知道自己正躺在医院里。首先，他开始考虑是否就会感到酒醉后的头痛和恶心。他动弹不得。什么都是黑乎乎的。好像从一个深坑里他望见了天花板。然后他看见了一顶护士帽的帽尖和一名护士弯腰看着他。他一直在讲话。他无法住嘴。

"嗯，我看我们是完蛋了。喂，护士，我们是在什么地方出事的？是在飞机场吗？如果我能想起来，我会感到好受些。是这么回事，护士……我带那小姑娘去体会一下那架新的波音飞机……你知道，就是那该死的玩意儿……我对什么人感到恼火，想必是我的妻子，可怜的葛蕾迪丝，她待我可真恶劣啊！但是现在只等这笔飞机场交易做成了，我就要把他们这一帮全买下来再卖出去。喂，护士，出了什么事？是在飞机场出的事吗？"

护士白帽子下的脸蛋和头发都是黄色的。她消瘦的脸上不见嘴唇，一双消瘦的手掠过他的眼前，去将平他下巴下的单被。

"你必须试着安睡，"她说，"否则我又得给你打一针啦。"

"喂，护士，你是加拿大人吗？我敢说你是加拿大人。"

"不，我是田纳西州人……怎么啦？"

"我搞错了。你知道，从前我每次住院，护士总是加拿大人。这儿是不是暗了些？但愿我能告诉你这事怎么发生的。他们给办公室挂电话了吗？我看也许喝得太多了。今后我要严格地办好正事。说真的，对这种事一定要全神贯注……喂，可以给我弄点水来吗？"

"我是夜班护士。现在还没天亮。你试着睡一会儿吧。"

"我想他们给办公室挂过电话了。我希望斯托奇在没人动过之前先去看看飞机。真怪，护士。我不大觉得痛，但是很不舒服。"

"那是因为打过针的关系，"护士用她轻快的低声说，"现在你静静地安睡吧，到早晨醒来就会感到好得多。你只能用这漱漱口。"

"好。"

他无法住嘴。"你知道是这么回事。我和一个家伙发生了某种争执。你在听吗，护士？我想我脾气有点儿急躁，因为他们联合起来对付我。过去我常认为大家都是我的朋友，明白吧。现在我才知道他们全是骗子……连葛蕾迪丝也在内，结果她成了这帮人中最大的骗子……我想是宿醉使我感到这么口渴吧。"

那护士又站到他面前来。"恐怕我得给你注射一点安眠药，兄弟……现在放松放松吧。想想开心的事。做个乖孩子。"

他感到她用什么又冷又湿的东西轻轻擦他的胳膊，他感到针头的刺痛。他醒着躺在上面的硬板床逐渐地在他身下崩裂了。他在下沉，并不感到有什么睡眠的甜蜜，而是逐渐沉入黑暗。

这次居高临下地站在他面前的是一个古板的胖女人。天已亮了。物影不同了。她正把一些表格放在他鼻子下面。她的声音刺耳而却令人愉快。"早上好，安德森先生，有什么事要我帮忙吗？"

查利感到仍在深深的井底。这房间、这古板的胖女人和这些表格都在他上空什么很远的地方。他眼睛周围感到刺痛发热。

"喂，我并不觉得神志十分清醒，护士。"

"我是负责人。如果你不介意，有几项正式手续……如果你感到身体还可以的话。"

"你有没有感到好像这事以前都发生过？……喂，在哪儿呀，我是说在哪个城市？……算了，别告诉我，我全记起来了。"

"我是负责人。如果你不介意，办公室希望要一张预付第一星期住院费的支票，以后还有其他的费用。"

"别着急。我有钱……看在上帝分上，给我喝一点什么吧。"

"这是规定。"

"在我上衣里面该有本支票簿……或者去找克利夫……韦格曼先生，我的秘书……他能给你开张支票。"

"你什么也不用烦神了，安德森先生……办公室已准备好空白支票。我来填上银行名称。你来签名。这样就可预付二百五十元。"

"银行家托拉斯，纽约……唔，我签个名还行吧。"

"这调查表以后让护士填写吧……供记录用的……好，再见，安德森先生，我希望你待在我们医院里会感到愉快，祝你早日康复。"那古板的胖女人走了。

"嗨，护士。"查利喊道。他突然感到害怕。"这究竟是什么鬼地方啊？我在哪儿呀？喂，护士，护士。"他拼命地喊。脸上和脖子上处处冒出汗来，汗水流进他的耳朵和眼睛。他能够移动头和手臂，但心窝处就不行。他的两腿没有一点感觉。他的嘴由于口渴而发干。

一名粉红脸蛋的漂亮护士弯身对着他。"我能为你做什么吗，先生？"她给他擦掉脸上的汗，告诉他叫人的铃就在他的手边。

"护士，我口渴得厉害。"他有气无力地说。

"现在你只能漱漱口。医生在完成引流之前不让你吃喝。"

"这医生在哪儿？……为什么他现在不来？……他为什么不一直待在这儿？如果他不当心，我会解雇他，然后另请别人。"

"斯奈德医生现在就在这儿。"护士用敬畏的声音小声说。

"嘿，安德森，你确实是死里逃生啊。你也许还自以为一直坐在飞机里吧……说来也怪，我从未见过一个能开汽车的飞机驾驶员。我姓斯奈德。纽约的里奇利·斯奈德医生。这儿的住院医生布思打电话叫我来会诊。我们可能要给你的内脏缝上两针。你知道当人们找到你的时候，据我了解，那汽车的大部分压在你的腰部……真是万幸，它没有让你当场完蛋……我讲的你懂吗？"

斯奈德医生是个颊部扁平、胡子刮得精光的大个子男人，四方的手上长着四方的指甲。查利眼看这位魁梧结实、大腹便便的医生穿着白大褂站在那儿，虚弱的脑子里响起了沃格尔老头经常唱的一支歌：他模样像屠夫德皇威廉，但彼此并不认识。

"我想是麻醉剂的缘故吧，我的脑子不怎么好使……你尽力治吧，医生……而且不要省钱。我新近做成一小笔生意，它会叫他们大为头疼哩……喂，医生，那小姑娘怎么样了？汽车里不是还有个小姑娘吗？"

"啊，你别为她担心。她很好。她被抛出了汽车。轻微的脑震荡，还有几处挫伤，她会恢复得很好的。"

"起先我还不敢问她的情况哩。"

"我们得动一点小手术……缝合肠子，一个很有趣的问题。我不希望你现在有什么思想负担，安德森先生……不过是这儿缝一针，那儿缝一针罢了……我们将考虑怎么办。我这一阵本该休假，但是我当然一向乐于参加处理急症的。"

"唉，不论你能做什么，我都感谢你，医生……我想我不该喝那么多酒……喂，他们为什么不让我喝点水呢？……真好笑，我在这儿第一次苏醒过来时，还以为又在一个对顾客敲竹杠的场所哩。说起来，多丽丝，她不喜欢我这么讲话的，你知道，语法不通，与军官和绅士的身份不相称。但是，你知道，医生，当你富得足以把人家像一袋花生、一袋陈年的落花生那样买进卖出时，你就根本不在乎他们如何想哪。你知道，医生，这样病倒也许对我来说是件大好事，使我有机会戒酒，思考问题……可曾思考过问题吗，医生？"

"我此刻思考的，安德森先生，是要你保持绝对安静。"

"好，你干你的事情吧，医生……你让那漂亮护士进来，我来跟她谈谈。我想谈谈老比尔·塞尔麦克……他是我认识的唯一正直的人，他和乔·艾斯丘……我不知道他死时感觉怎么样……你知道上一次我……嘿，就叫它身体上受损伤吧……他和我乘坐的飞机崩了……那架新的蚊式飞机……如今它值好几百万，但是那帮孬种把我的股票都搞光了……喂，医生，我想你没死过，是吗？"

他的上空除了白色的天花板以外，什么也没有，被窗外射进来的天光照到的地方显得更为明亮。查利想起了手边的电铃。他把它拉了又拉。没人来。接着他使劲地拉，直到感到这条线在什么地方给拉了出来。那漂亮护士的粉红脸蛋像电影中的特写镜头一样显现在他的上空。她那张难得有人亲吻的年轻的嘴在动。他看出它在发出格格的声音，但他耳中有一种长途电话似的声音使他听不到她在说些什么。只有当他说话时他才不感到害怕。"听着，年轻的女人……"他能听见自己在这样讲。他高兴地听着自己讲话。"我付账给这家医院，我要一切完全照我的意愿……我要你坐在这儿听我讲，懂吗？让我想想看，我跟那家伙讲过什么来着？他也许是个医生，但在我看来他真像屠夫德皇威廉。你太年轻，还不知道那支歌哩。"

"有人来看你，安德森先生。你可要让我来给你梳洗一下吗？"

查利掉过目光，只见纱门被推开了。在这灰色的长方形门洞子里站着玛戈。她身穿黄色服装，正像鸟一样圆睁着眼睛对他望。

"你没有发火吧，玛杰里？"

"我比发火还要糟，我担忧。"

"一切都会好的，玛戈。我从纽约请来了一位出色的外科医生。他会把我缝补好的。他看上去很像屠夫德皇威廉，除了小胡子以外……你想怪不怪，我竟忘了他的小胡子了……别这么怪样地望着我。我没事儿，懂吗？我讲话的时候就觉得好过些，懂吗？我敢说我是这家医院里最爱讲话的病人了……玛戈，你知道如果我继续那样喝下去，我会成为酒鬼的。这样一下子停止也好。"

"喂，查利，你身体怎样，能签张支票吗？我必须弄到点钱。你知道，你打算在那笔飞机场交易上给我一笔佣金的。而且我得给你请位律师。艾琳的家属要控告你。那位县检察官已通过宣誓控告使法院发出逮捕状。我给你把纽约的支票簿带来了。"

"天呀，玛戈，我是赚了一笔相当数目的钱，可我不是英格兰银行啊。"

"但是，查利，你说过给我开个户头的。"

"让我出了医院再说吧。"

"查利，你这可怜而不幸的A先生……你别以为我在这种时候来要你操心是什么好玩的事……但是我跟别人一样，也得吃饭啊……而且如果我有了些钱，就可以跟那位县检察官私了……免得这事在报纸上宣扬出去等等……你也知道人家会编造些什么出来……我可必须快点弄到钱啊。"

"好吧，签一张五千美元的支票……对你说来也真幸运，我的手臂没有折断。"

那位粉红脸蛋的漂亮护士回来了。她的声调冷淡而尖厉。"对不起，时间到了。"她说。

玛戈弯过身去，吻了吻他的前额。查利感到自己好像在一只玻璃盒内。明明有唇部的接触、她穿的衣服和头发的气息、她使用的香水，但他就是感觉不到。像看一幕电影镜头那样，他看见她走出去，臀部在紧紧的衣服里扭摆着，看见她有点紧张地把支票放在下巴下挥动，使上面的墨水迹快干。

"嗨，护士，这真像银行里的挤兑……我想他们认为这老机构不像它应该的那样健全可靠了……我现在要发布命令了，懂吗？告诉楼下的接待人员，我不再见客了，懂吗？你和我，还有那位德皇威廉医生，有这些人就行了，懂吧。"

"反正已是到过道上去作一次短途旅行的时候了。"那粉红脸蛋的漂亮护士说，声音愉快得好像他们是去看戏或棒球赛似的。

一名勤杂工走进房来。于是房间开始从病床边朝后退却，灰色的过道在两旁移动，但是这一动使他的两腿感到一阵阵令人头晕目眩的抽痛。他又陷入了可憎的、令人呕吐的黑暗中。等他又见到光亮时，这光亮显得非常遥远。他嘴里的舌头发干，口渴极了。一切东西上都蒙上了一片淡红色的雾。他在讲话，但声音却在远处的什么地方。他感到那些话发自他的喉部，但却听不见。他听见的是医生在讲腹膜炎，好像那是在世界上最美好的地方，在讲圣诞快乐一样。还有别人的声音。他张开着眼睛，还有别人的声音。他想必是神志昏迷了。只见哥哥杰姆坐在那儿，脸上带着迷惑不解而郁郁不乐的神色，小时候在星期天下午温习功课时，查利经常见到他这副样子。

"是你吗，杰姆？你怎么到这儿来的？"

"我们乘飞机来的。"杰姆答道。人们能听见他讲的话，这倒使查利感到惊讶，因为他的声音是那么遥远。"一切都没问题，查利……你必须一点儿也不要操心。我会关照一切的。"

"你听得见我讲的话吗，杰姆？真像通过糟糕的长途电话线路在讲话。"

"没问题，查利……我们会照料一切的。你只管安静地休息。喂，查利，为了以防万一—我想问问你，你写过遗嘱没有？"

"喂，我是否听到有人说腹膜炎？那就糟了，是不？"

杰姆脸色煞白，脸拉得很长。"只是……只是一次小手术罢了。我想你还是给我一份委托书较好，取代所有以前的那些，这样你就用不着考虑任何问题了，懂吧。我已准备好了文件，并请这位格雷法官来当见证人，海德维格过一分钟就到……告诉我，你跟那女人结婚了吗？"

"我结婚？没有再婚……好杰姆啊，老是要人签什么文件。真可惜我没有折断胳膊。哦，你现在对飞机怎么看法，杰姆？还不够实用……呃？但已经够实用了，可以赚到比你卖小汽车所曾赚到的钱更多……别生气，杰姆……听着，杰姆，一定要多请些好医生……我病得厉害，你知道吗？……它使我的声音嘶哑极了……叫他们让我喝点水吧，杰姆。怕花钱请医生不行……我想像过去那样谈谈，当时我们，你知道，在红河边钓鱼，但实在并没有鱼。我们在这儿钓鱼试看吧……就在这儿迈阿密海滨钓鱼可棒哪……我感到又要昏过去了。让那医生再给我点什么。刚才打过一针。谢谢你，护士，使我感觉好些，一切都看得清楚些。说真的，杰姆，空中有什么在哼哼作响……邮件津贴……飞机场……所有那些新航空线……我们将成为这一切的创始人……他们还自以为把我排挤出来了，但是我糊弄了他们……天呀，杰姆，但愿我能停止讲话，睡上一觉。但是这种昏迷不像是入睡，它像……什么虚假的事儿。"

他必须不停地讲话，但这也没有什么用。他声音太嘶哑了。他的声音成为微弱的呻吟，他渴死了。他们听不清他的话。他必须让他们听清。他太虚弱了。他在下坠，旋转，给朝下吸进

新闻短片 LXII

星相预示柯立芝凶多吉少

> 如果你不能告诉世人
> 　她是个善良的小姑娘
> 那就什么也不用说

　　那个年龄较大的韦依有好几年设法把一种芹菜杀虫喷雾液拿到市场上去推销。有人提出指控，说他遭人殴打，调查后发现韦依曾被人警告过，要他不再写信，但同时也出现一种说法，即一些主要的芹菜种植者在使用一种含有剧毒的喷雾液

> 只要她感到难过
> 　她就需要同情

矿工们细说死亡坑的恐怖

　　由于佛罗里达州的那些银行此刻碰到了麻烦，支票不能如期兑现。为了避免延误，请给我们送特快汇票而不要送保付支票

> 恰似一只雨中的蝴蝶
> 　渴望着找到花朵
> 　思念着那美好时光
> 在当年阳光抚吻的小巷里

旅游者抢劫加油站

296

有钱可赚时抛售股票没能制止股票上涨

那里的气候使人产生乐观主义，而在明媚的阳光以及从墨西哥湾和大西洋吹来的和风中，悲观主义是难以存在下去的

哦，就此不会再下雨了

飓风横扫佛罗里达州南部

佛罗里达州南部遭破坏

一千人丧生，三万八千人缺衣少食

百老汇美人败阵

狐狸它的尾巴粗又大
负鼠的尾巴光秃秃
兔子根本就没尾巴
只有短毛一小簇

佛罗里达州救济基金远远不足

戒严令赫然即将执行

就此不会再下雨了

据警方讲，那帮人在贝尔维尔市的一家游乐场，山坡公园，度过了星期六的晚上，大约在午夜时分来到那座凉台平房。巴格利家的姑娘们对警察讲，她们去就寝了，当那些人进入她们的房间时，一个姑娘从窗子里跳了出去

但是那些老人如何能知道
就此不会再下雨了？

玛戈·道林

从头到脚披着黑纱①的艾格尼丝走下卧铺车厢。她长胖了，脸色发灰，多了些皱纹，这是玛戈从未注意到的。玛戈把头倚在艾格尼丝肩上，就在那阳光明媚、人头济济的迈阿密车站上号啕大哭起来。她们上了别克牌汽车前往海滩。艾格尼丝对这汽车、穿制服的司机等等根本没有注意。她拉着玛戈的手，两人避开彼此的目光，望着车外阳光和煦的街道，有不少身穿浅色服装的人在街上款款而行。玛戈正用她的网织手帕轻轻擦着眼睛。

"难道你不该穿黑色服装吗？"艾格尼丝说，"如果你穿了丧服，你不是会感到好受些吗？"

直到这辆蓝色别克牌汽车在凉台平房门口停下来，那脸蛋瘦削的黑白混血儿司机雷蒙德笑吟吟地跳出车来，恭恭敬敬地去拿手提包时，艾格尼丝才开始发觉。她叫嚷起来："啊，多可爱的汽车呀。"

玛戈带她到屋内到处看看，然后走上棕榈树下装有纱门纱窗的游廊，这游廊面对着蓝紫色的大海以及岸边的绿水和白色的碎浪。"啊，真太美了。"艾格尼丝说着，一屁股坐在一张格洛斯特式吊床上，叹了口气。"唉，我真累啊。"然后她又哭起来了。玛戈走到门厅里一面高大的镜子前打扮自己的面容。"哦，"她回来后说，刚抹过粉的脸蛋红扑扑的，"你喜欢这房子吗？满好的一座小棚屋，不是吗？"

"唉，我们不能在这儿再待下去了……我们现在该怎么办？"艾格尼丝带着哭诉的声调说，"我知道这事很恶劣，是一场幻梦……唉，如果他有循规蹈矩的思想就好了。"

"反正下个月的房租已经付了。"玛戈说。

"噢，但是还有日常的开支哪。"艾格尼丝抽抽搭搭地说。

玛戈正透过纱门望着地平线上一条巨大的黑色运油船。她扭过头来，气咻咻地朝着肩后说："嘿，没什么力量来阻止我转让几份优先买卖权，不是

---

① 她丈夫弗兰克刚刚去世。

298

吗？说真的，他们在此地正面临大繁荣的形势。兴许我们能赚些钱。这个城市里稍微有点名气的人我全认识。你等着瞧吧，艾格尼丝。"

黑种女仆埃利萨用银盘托着一套银质咖啡茶具、几只杯子和一碟烤面包片走了进来，银盘上盖着花边布巾。艾格尼丝揭开面纱，一小口一小口地喝了些咖啡，开始啃一片烤面包片。

"涂点果酱吧，"玛戈说，点了一支香烟，"我原以为你和弗兰克不相信服丧那一套呢。"

"我这也是不得已。可以使我感到好过些。唉，玛戈，你想过没有，如果不是由于我们可怕地不信神，他们也许今天还和我们在一起哩。"她擦干了眼泪，继续喝咖啡和吃烤面包片了，"葬礼什么时候举行？"

"葬礼将在明尼苏达州举行。他的家属已把一切事情承担起来。他们把我当洪水猛兽。"

"可怜的安德森先生①……你一定累坏了吧，你这可怜的孩子。"

"你看到他们就明白了。他哥哥杰姆见了死人眼睛上放的铜币也要去拿。他威胁说要提起诉讼，把他认为属于查利的一些证券夺回去。嘿，让他提起诉讼吧。霍默·卡西迪是我的律师，他说的话在本城是算数的……艾格尼丝，你得脱去这寡妇的丧服，行为举止要通人情。如果弗兰克还在世上会怎么想呢？"

"他就在这儿啊！"艾格尼丝大声叫道，精神彻底垮了。又哭泣起来。"他正监视着我们，这我知道！"她擦干了眼泪，用鼻吸了口气。"唉，玛吉，在来这里的火车上，我一直在想兴许你和安德森先生已秘密结婚了。他一定留下大笔财产吧。"

"大部分已冻结……但是查利不错，我们在一起的时候他就安顿好了我的生活。"

"但是想想看，一个冬天竟发生了两桩这样可怕的事。"

"艾格尼丝，"玛戈站起来说，"如果你再这么讲，我可要马上送你回纽约啦……难道我不是已经够难过了？你的鼻子通红。这简直可怕……听着，你就把这儿当成你的家吧。我要出去办点事。"

"哦，我不能待在这儿。我感到太陌生。"艾格尼丝抽抽搭搭地说。

"好吧，如果你肯拿掉这可怕的面纱，你就可以陪我一道去。快点，我

_____

① 查利因汽车失事受重伤，终于抢救无效而死亡。

得会见一个人。"

她让艾格尼丝梳好头，穿上一件白上衣。那件黑色衫裙与她的确很相称。玛戈还让她抹上一点化妆品。"好了，亲爱的。现在你看上去很可爱了。"她说罢，吻了吻她。

"这真的是你的汽车吗?"艾格尼丝仰靠在蓝色别克牌轿车的车座上，叹口气说，"我无法相信。"

"想看登记卡吗?"玛戈说，"好吧，雷蒙德，你知道经纪人的办公室在哪儿。"

"我当然知道，小姐，"雷蒙德说，伸手碰碰他制帽上亮闪的护目镜，这时发动机在一无伤痕的车罩子下开始发出嗡嗡的声音。

经纪人的办公室里还是像往常一样，有一群衣着体面的上了年纪的人，身穿时髦服装，把那些长椅坐得满满的，男的手拿巴拿马草帽放在穿着棕榈滩薄毛料套装或亚麻布灯笼裤的膝盖上，女的穿着凉爽的粉红、绿色、淡褐色和白色的服装。到这儿来总是使玛戈感到像是进了教堂一样，那低低的耳语、那恭敬的态度、敏捷而专注地站在写有一排排符号的长黑板前的小伙子们、嗒嗒作响的电报机、在房间深处一张写字台边念着自动收录机上的股票行情的坚定的声音，都给她这种感觉。她们走进去时，艾格尼丝用敬畏的声音对玛戈耳语，问她是否在汽车里等她办完事比较好。"不，跟着我，"玛戈说，"你看，这些小伙子正在那些黑板上把证券市场的一笔笔交易写下来……我还是刚开始懂得这一行呢。"房间深处一条长椅上，两位上了年纪的长着犹太人的宽翼鼻子的白发绅士笑吟吟地给她们让出位子。几个人转过身来盯着玛戈看。她听见一个女人用嘶嘶的声音对她身边的一个男人讲了句有关安德森的话。传来一小阵耳语声，人们用手肘彼此推推。玛戈知道自己穿得体面，感到不在乎。

"喂，我亲爱的小姐，"卡西迪法官在她背后愉快地说，"今天是买进还是抛出?"

玛戈转过头去。只见一张堆着微笑的红红的大脸，一只金牙，闪出一道金光，脸部上方粗密的银发和身上的灰色亚麻布套装色调相仿，衣服上也有一道金光，那是横挂在法官饱鼓鼓的背心上构成两道弧线的金表链。玛戈摇摇头。"今天不准备做多少交易。"她说。卡西迪法官把头一扭就朝门口走去。玛戈站起身来，一把拖着艾格尼丝，跟着他走。等他们走到外面通海滨浴场的短街上，玛戈在微风和阳光中把艾格尼丝介绍为她的守护天使。

"我希望你不要像昨天那样使我们失望，我亲爱的小姐，"卡西迪法官开口说，"也许你能劝说曼德维尔太太……"

"恐怕不行，"玛戈插嘴说，"你知道，这可怜的人儿很累了……她刚从纽约来……你知道，亲爱的艾格妮丝，我们要去看些地基。雷蒙德会送你回家的，午餐等等已给你订好了……你就好好休息一下吧。"

"哦，当然我很需要休息。"艾格妮丝满脸绯红地说。玛戈把她扶上雷蒙德刚从停车场开过来的别克牌汽车，和她吻别，然后陪法官沿着街区走到他那辆皮尔斯·阿罗牌游览车在正午的烈日下金光锃亮地停着的地方。

法官自己开车。玛戈和他一起坐在前座上。他刚把车子开动，她便说："哦，那张支票怎么样？"

"啊，我亲爱的小姐，恐怕说没有存款就真的没有存款吧……我想我们可以从他的资产中得到弥补。"

"这样刚好来得及为他的墓地交出第一次付款。"

"哦，处理这类事情需要时间……看来这可怜的孩子留下的财务相当混乱。"

"可怜的人，"玛戈说，透过一排排棕榈树眺望着比斯坎湾①边的褐色海岬。一座座绿色岛屿上，新建的拉毛水泥建筑处处可见，它们生硬地崛起着，像大白天搁在人行道上的舞台布景。"说真的，我曾经竭尽全力地替他清理过。"

"当然……当然他有相当多的股票证券……是由于那疯狂的纽约生活造成的。在这里我们过得比较懒散，我们知道怎样让树上的水果成熟。"

"橘子，"玛戈说，"和柠檬。"她哈哈大笑起来，但法官没附和。

有一会儿，两个人都不讲话。他们已开到了堤道的终点，便转弯经过码头边的黄色木结构建筑，到达迈阿密滨水区的交通拥挤地段。从脚手架和建筑垃圾堆中到处竖立起新的高大楼房，它们好像涂着糖霜的多层蛋糕。

汽车在混凝土搅拌机的隆隆声中，穿过建筑工地刮来的尘土，轧辘辘地行驶在迈阿密河上的临时木桥上时，玛戈圆睁着两眼，脸上没有一丝表情，转向法官说："嘿，我看得当掉我那些钻石首饰了。"

法官笑笑说："我可以让你放心，银行将为你提供一切方便……你这漂亮的小脑袋就别为此操心了。你现在掌握着相当多的优先买卖权状，如果我

---

① 位于佛罗里达州东南部，迈阿密即在该海湾的西北岸上。

没弄错的话。"

"我想你不会凭它们而借给我两千美元派派用场吧，法官。"

他们正穿过浓密的热带灌木丛行驶在一条宽阔的混凝土新路上。"我亲爱的小姐，"卡西迪法官和善地拖长了声音说，"我不能为了你的缘故那么做……试想别人会怎样瞎猜测……无聊的流言蜚语。我们这儿南方有点守旧。我们悠闲自在，但是如果一旦传出丑闻……嘿，就连跟这么一个迷人的乘客开车通过迈阿密的街道也是在干蠢事—— 一种十分愉快的蠢事。但是你必须明白，我亲爱的小姐……在我这种地位犯不着……别误解我的动机，我亲爱的小姐。我这辈子还没拒绝过一个朋友……但是很不幸，以我的地位人们不会这样看待我。只有做丈夫的或……"

"你是在求婚吗，法官？"她言词锋利地打断他的话。她的眼睛感到刺痛。她实在难以控制自己的泪水了。

"只是对顾客的一点小小的忠告而已……"法官叹着气说，"很不幸，我是个有家室的人。"

"目前的繁荣能持续多久？"

"我不需要提醒你，每小时都在诞生的是哪种类型的动物。"

"根本不需要。"玛戈粗暴地说。

他们正把汽车驶入那家巨大的酱色新旅馆后面的停车场。

玛戈走出汽车时说："嗯，我想他们中有些人是输得起钱的，但是我们输不起，对不，法官？"

"我亲爱的小姐，在青年的光辉词典里是没有这个词的。"法官摆出父亲的样子，领她走进餐厅。"哦，小伙子们就在那儿。"

拥挤的餐厅中央摆着一张圆桌，桌旁坐着两个年轻人，他们胖脸大嘴，穿着粉红色条纹衬衫，系着浅绿色淡彩领带，外面是白色套装。他们嘴还在咀嚼便站起身来，法官作了介绍，他们和玛戈使劲地握手。他们是双胞胎。他们重新坐下来，其中的一个眨眨眼，挥着圆滚滚的食指说："我们常在棕榈旅馆看见你，妞儿，真哆呀真哆。"

"嗨，小伙子们，"法官说，"你们好吗？"

"好得不能再好了。"他们中的一个说，嘴里塞得满满的。

"你们知道，小伙子们，"法官说，"这位小姐想做点周转快的小额投资……"孪生兄弟哼了一声，继续咀嚼。

饭后，法官开车把他们一起送到威尼斯游泳池，威廉·詹宁斯·布赖恩正坐在条纹天篷下一条平板船上的安乐椅里，在向人群讲话。从他们站的地方，听不出他在讲些什么，只听见他每次停顿时在人群中爆发出来的笑声和鼓掌声。"你知道吗，法官，"他们从池边人群的外围夺路前进时，孪生兄弟中的一个说，"如果这老家伙没把时间浪费在政治上，他早成为个大拍卖商了。"

玛戈开始感到疲倦和衰弱。她跟着双胞胎走进房地产办公室，那里挤满了大汗淋漓的没穿上装的男人。法官给她找来一把椅子。她坐在那儿，用一只穿着白色小山羊皮皮鞋的脚叩击着铺有花砖的地面，膝上堆满了说明书。价格都很高。她感到这买卖她不甚了了，真希望A先生能在此为她购买，他是肯定知道该买什么的。外面草地上的长椅上都坐满了人。到处都可听见大声的喊叫。拍卖开始了。站在台上的孪生兄弟正在挥动手臂，用锤子猛击桌面。法官在玛戈的椅子后面大步地走来走去，只要有人愿意听，他便大谈目前的繁荣。

趁他停下来吸气的时候，她抬头望着他说："卡西迪法官，你能给我叫一辆出租汽车吗？"

"我亲爱的小姐，我要亲自开车送你回家。那是桩使人愉快的事。"

"很好。"玛戈说。

"你非常精明。"卡西迪法官凑着她耳朵说。

他们沿着人群外围行走时，和他们一起吃饭的孪生兄弟之一离开了拍卖台，穿过人群蹿到他们后面来。"道林小姐，"他说，"我和艾尔能来看你吗？"

"当然可以，"玛戈莞尔一笑说，"电话簿里道林后面有我的名字。"

"我们会来的。"他奔回拍卖台去，他的兄弟正用锤子在猛敲桌子。她原来还担心没有引起这对孪生兄弟的兴趣哩。现在她感到脸上疲惫的纹路渐渐消失了。

"哦，你对科拉尔盖布尔斯城的伟大发展怎么看？"法官扶她上车时说。

"一定又有谁在赚钱吧。"玛戈干巴巴地说。

一回到家里，她脱去帽子，吩咐雷蒙德（他下午兼任男仆）调些马丁尼鸡尾酒，给法官找了一支雪茄，然后借故退出来一会儿。她上了楼，发现艾格尼丝穿着浅紫色睡袍坐在她房里的梳妆台前修指甲。玛戈什么也不说，就倒在床上哭起来。

艾格尼丝站起身来，样子显得高大，皮肤松弛，态度和蔼，她走到床边来。"啊，玛吉，你是从来不哭的……"

"我知道，"玛戈抽泣着说，"但是这一切多么糟糕啊……卡西迪法官就在下面，你去跟他谈谈吧……"

"可怜的小姑娘。我一定下去，但是他要见的是你啊……你苦头吃得太多了。"

"我不想再回歌舞团去了……我不去。"玛戈哭泣着说。

"哦，不，我也不赞成这样……不过我来下去吧……几个月来，我还是第一次感到真正得了休息。"艾格尼丝说。

只剩下玛戈独自一人时，她立即停止了号哭。"嘿，我像艾格尼丝一样糟了。"她站起身来，自言自语地说。她扭开水龙头，准备洗个澡。等她穿好午后服下楼时，时间已不早了。法官看上去相当沮丧。他坐在那儿吸雪茄烟蒂，呷着鸡尾酒，听艾格尼丝对他讲宗教信仰。

他见到玛戈下楼来，便振作起来。她在留声机上放了一张舞蹈音乐唱片。

"我来到了你的房子里，就像那位著名的古希腊圣人来到海妖的家里一样……我忘记了家庭关系、社交约会和一切。"法官说，踏着狐步舞的舞步向她走近。

他们跳起舞来。艾格尼丝又上楼去了。玛戈看得出法官正准备对她动手动脚。她正不知该如何应付时，克利夫·韦格曼突然被人领了进来。法官向那年轻人投去惊吓而怀疑的目光。玛戈看得出他以为要被人诬陷了。

"啊，韦格曼先生，我不知道你在迈阿密。"她挪开唱片上的唱头，关掉了唱机，"卡西迪法官，这位是韦格曼先生。"

"幸会，法官。安德森先生过去常常谈到你。我是他的私人秘书。"克利夫看上去憔悴而不安。"我刚来到这个城市，"他说，"我希望没有打扰你们。"他向玛戈咧嘴笑笑。"哦，我现在正为查尔斯·安德森的遗产工作。"

"可怜的人呀，"卡西迪法官说着站起身来，"我有幸是安德森中尉的一个好朋友……"他摇着头，在梅红色的柔软的地毯上向玛戈走去。"哦，我亲爱的小姐，少陪了。我还有工作。今天过得实在愉快。"

玛戈陪他走到他的汽车前。玫瑰色的暮色正变得幽暗。一只百舌鸟在屋旁一棵秘鲁乳香树上歌唱。"我什么时候把首饰拿过来？"玛戈隔着前座向法官弯过身去说。

"或许你最好明天中午到我办公室来。我们一起去银行。估价费当然得由借贷者付啰。"

"行啊，到那时候我希望你已想好了使这笔钱快点周转的办法。如果你不能从中得到好处，繁荣又有什么用呢？"法官弯身来吻她。她扭过头去，

304

他湿漉漉的嘴唇擦着她的耳朵。"别忘了自己的身份，法官。"她说。

在起居室里，克利夫正来回踱步并大发脾气。一见到她，他当即停止踱步，握紧了拳头向她走来，好像要动手打她似的。他正嚼着胶姆糖；瘦削的额部左右运动着，使他的脸看上去像羊脸。"哼，老板确实没亏待孤女小安妮呀。"

"好啊，如果你到这里来就只为了告诉我这个，那你可以马上坐火车回家。"

"跟你说，玛戈，我是来跟你谈正经事的。"

"正经事？"玛戈说着，一屁股坐进一张有厚厚的软垫的粉红色椅子里。"坐下吧，克利夫……但你不必像个送传票的司法人员那样直闯进来。是有关查利的遗产的问题吗？"

"遗产，见鬼……我要你嫁给我啊。我目前的外快比较少，但是我有远大的前程。"

玛戈大叫一声，让脑袋倒在椅背上。她大笑不止。"不，真的，克利夫，"她唾沫飞溅地说，"但是此刻我不想嫁给任何人……哦，克利夫，你这可爱的孩子。我可以吻你啊。"他走过来，伸手搂她。她站起身来，把他推开。"我也不想让这码事妨碍我的事业。"

克利夫皱着眉头说："我不想跟女演员结婚……你必须停止那工作。"

玛戈又哈哈大笑。"连电影女演员也不行？"

"嘿，见鬼，你只知道开玩笑，可我正爱得你发了疯。"他在长沙发上坐下来，双手捧着他那扭动着的头。

她走过去，在他身旁坐下了。"忘掉这个吧，克利夫。"克利夫又跳起身来。"我有一点可以告诉你，你跟那老浑蛋卡西迪胡调是不会有什么好处的。他是有妻室的，而且心术不正，仿佛身子都扭歪了，只有斜着身子才能从门里走过去。在那笔飞机场交易中，他诈骗得老板好苦啊。见鬼……这对你也许不是什么新闻。你也许跟他合伙，首先分得了一份……然后当一个人路远迢迢地赶到这偏僻的地方来向你求婚以保护你的名声时，你却把这当成天大的玩笑。得了，我讲完了。再……见。"他走出去，把通过道的玻璃门砰地关上，由于用力过猛，一块玻璃碎裂了，叮叮当当掉了一地。

艾格尼丝从餐室冲进来。"唉，真可怕啊，"她说，"我都听到了。我还以为可怜的安德森先生给你留下了一笔信托财产哩。"

"那小伙子真是异想天开。"玛戈说。

一分钟后，电话铃响了。是克利夫带着哭腔的声音，他道了歉，问能否回来好好找她谈谈。"绝对不行，"玛戈说罢就挂断了电话。"嘿，艾格尼丝，"玛戈从电话机边走过来说，"这事就这么定了……我们得把这些事情琢磨琢磨……克利夫关于那老笨蛋卡西迪说的话是对的。反正他原是全不相干的。"

"多高贵的男人啊。"艾格尼丝说，用舌头发出嗒嗒的响声。

雷蒙德来禀报晚饭好了。只有玛戈和艾格尼丝两人用餐，两人各坐在桃花心木长饭桌的一端，桌上放着小布垫和银制餐具。汤是凉的，而且太咸。"我对那该死的厨娘讲过一百次了，只消打开罐头倒出来，热一热就成，什么也别加添，"玛戈气咻咻地说，"哦，艾格尼丝，请你来管家吧……我没法叫他们把哪件事干得像样。"

"哦，我很高兴干，"艾格尼丝说，"当然啰，我还没有管过这样规模的家。"

"我们的规模也不会大的，"玛戈说，"我们得紧缩。"

"我想最好还是给富兰克林小姐写封信，看她能否再给我一份工作。"

"你先等一等，"玛戈说，"我们可以在这儿再待两个月。我有一个主意，如果让托尼到这里来对他有好处。我们给他捎车票叫他来怎么样？你想他又会把它拿去卖掉再去吸毒吗？"

"但是他已得到治疗啦。他亲自告诉我他已完全改好了。"艾格尼丝低头望着盘子，哭诉起来，"唉，玛戈，你是个多么慷慨的姑娘呀……正像你可怜的妈妈……老是想着别人。"

托尼到迈阿密来了，看上去苍白得像米虫一样，但是躺在海滩上晒晒太阳，在激浪中浸浸，很快就使他健壮起来。他很规矩，显得非常感激，等辞退女仆后，他帮助艾格尼丝搞家务。艾格尼丝说她拿这些女仆毫无办法，宁肯自己动手干。当玛戈熟识的男人来家时，她介绍说托尼是她的古巴亲戚。但是当她有客人时，他和艾格尼丝一般总不露面。玛戈建议他学习开车，他高兴死了。他很快就开得很好，因此他们就让雷蒙德走了。有一天，他准备开车送她到椰子林郊区去见一些大房地产经纪人，玛戈开玩笑地建议托尼试试看雷蒙德的旧制服是否合身。他穿上后显得很精神。她建议他开车时穿上它，他听了大发雷霆，谈到什么荣誉和男子气概。她说这完全是开开玩笑，从而使他冷静下来。他说好吧，如果只不过是开开玩笑，那就穿吧。玛戈看得出他有点儿喜欢这制服，因为她看见他在门厅里的穿衣镜前对着自己的影子望。

迈阿密的房地产买卖在走下坡路，但玛戈设法靠她掌握的优先买卖权获得了十万美元的收益；在纸面上。麻烦的是她无法从这些收益获得任何现金。

她在科拉尔盖布尔斯结识的孪生兄弟给了她许多忠告，但是她很机警，而他们给她的也仅仅是忠告。他们总是在晚上和星期天来，把艾格尼丝放在冰箱里的东西全部吃掉，把酒喝个精光，并大谈他们要给她们带来种种好处。艾格尼丝开玩笑说她每次抖掉拖鞋里的海滩上的沙子，总会发现里面有他们兄弟俩中的一个。而且他们每次来从不带别人，连偶尔带瓶苏格兰威士忌来也没有过。艾格尼丝对他们较和气，因为艾尔对她大献殷勤而埃德则竭力讨好玛戈。一个星期天，他们全都躺在海滩上的阳光里，整个下午不停地喝着鸡尾酒，后来回到屋里换掉游泳衣时，埃德闯进玛戈的房间，动手扯掉她身上披的晨衣。她给了他一拳，但是他醉得像个傻瓜，竟更加凶狠地向她扑来。她只好大声叫托尼进来扮演丈夫这个重要的角色。托尼气得脸色煞白，浑身哆嗦，但是他好歹抓起一把椅子，正准备劈头盖脑地向埃德打去，这时艾尔和艾格尼丝走进来看看这样吵闹是怎么回事。艾尔支持埃德，给了托尼一拳，并大声吆喝说他是个拉皮条的，而她们两个都是该死的婊子。玛戈急坏了。如果不是艾格尼丝走到电话前，威胁说要喊警察的话，她们是绝对没法把这两个人赶出屋去的。孪生兄弟还说什么不行，警察来了只会把她们这号娘儿们赶出城去，但他们还是穿好衣服走了，玛戈就此再也没有见到过他们。

等他们走了，托尼大哭了一场，说他不是拉皮条的，这种生活再也过不下去了，如果她不资助他回哈瓦那，他就要自杀。为了让托尼留下来，她们只好答应尽快离开迈阿密。"喏，托尼，你也知道你很想去加利福尼亚。"艾格尼丝一个劲地说，当他是小宝宝一样宠他。"反正海滩上的白蛉虫也变得叫人受不了啦。"玛戈。她下楼到起居室里给大家再调些鸡尾酒。"这地方靠不住了。是该走的时候了，"她说，"我讲完了。"

一个大热天，他们把行李堆在别克牌汽车里，沿着美国一号公路朝北开。托尼没有穿制服，而是穿着一套新的蜂腰式白色亚麻布套装，坐在驾驶盘后面。别克牌汽车里堆满了行李包和家用什物，艾格尼丝在后座上几乎找不到坐的地方了。托尼的吉他挂在车内的顶上。玛戈的大行头箱系在车后。"我的天哪，"艾格尼丝说，那时她正从西棕榈滩的加油站的休息室走回来，他们正停在那儿加油，"我们简直像旅行剧团了。"

他们三人合在一起大约有一百美元现金，玛戈把它交给艾格尼丝，保管在她的黑色手提包里。第一天，托尼尽谈他将在电影界大获成功。"如果范伦铁诺能办到，那对我来说也不会难。"他说，伸长了脖子去看自己在挡风玻璃顶端的狭长的反射镜里轮廓清晰的肤色褐色的侧影。

晚上，他们在旅游者营地停下，为了节省钱。合住在一间房里，吃罐头食品。艾格尼丝喜爱这种生活。她说这很像早先的日子，那时他们参加基思剧团巡回演出，玛戈当儿童演员。玛戈说，儿童演员，真见鬼，这使她感到现在像个干瘪老太婆了。中午快过时，托尼会诉说手腕一阵阵抽痛，于是玛戈得代他开车。

阿拉巴马、密西西比和路易斯安那三州沿墨西哥湾的公路很糟。等他们开进了得克萨斯州，他们感到松了一口气，尽管那儿常下阵雨。然而他们以为恐怕永远开不出得克萨斯州了。艾格尼丝说她不知道世界上有那么多的苜蓿。到了埃尔伯索①，他们不得不买两个新轮胎，把刹车修好。艾格尼丝数了数钱包里的钞票，显出焦虑的样子。他们横跨沙漠到尤马②的最后两天中，只吃了一罐头煮豆子和一串小红肠。天气酷热，但是艾格尼丝竟不让他们到那些开了好一程才到的小镇上的灰蒙蒙的杂货店里去喝一杯可口可乐，因为她说如果要在到达洛杉矶时不至于一文不名的话，他们就得节省每一分钱。当他们在尤马城外未完工的公路上穿过阵阵尘埃颠簸地前进时，一列锃光闪亮的南太平洋铁路公司的快车从他们旁边开过：高大宽肩的新火车头、豪华的卧车车厢、餐车、交谊车，还有身穿轻便服装的男女乘客在瞭望台上游逛。火车慢慢地驶过，那些黑种茶房从豪华的卧车窗口探出身来，笑嘻嘻地向他们挥手。玛戈回想起她乘单间卧车到佛罗里达州的那几次旅行，不禁叹了口气。

"别发愁，玛吉，"坐在后座上的艾格尼丝呆板地说，"我们差不多到了。"

"但是到哪儿呀？到哪儿呀？我想知道的正是这一点。"玛戈说，眼睛里开始涌出泪水来。汽车开过一个土包，几乎弄断了钢板。

"别难过，"托尼说，"等我弄清了奋斗的方向，我每周能挣上好几千块，我们就能乘包车旅行了。"

到了尤马，因为营地都住满了，他们只好住旅馆，这一来得多花不少钱。他们三人都累极了，玛戈夜间醒来，由于天热、尘大和劳累而发起高烧

---

① 得克萨斯州最西端一城市，位于美国和墨西哥之间的格朗德河畔。
② 亚利桑那州西南端一城市，跨过科罗拉多河即进入加利福尼亚州。

来。早上烧退了，但她眼睛红肿，看上去很怪。她的头发好久不洗了，看上去又黏又干，像一把亚麻。

第二天，他们越过那分芳的高山，进入圣贝纳迪诺山谷，但他们太累了，无心欣赏山谷里遍地都是的精心培植的果树、还挂着几朵花儿的橘林和那些沁人心脾的灌溉渠。到了圣贝纳迪诺城，玛戈说她非洗头发不可，如果这是她在世上干的最后一桩事，也得干。他们还剩下二十五美元，这是艾格尼丝在迈阿密时从家用中省下来的，她一直没有提起过。玛戈和艾格尼丝去美容厅时，给了托尼两美元，让他去逛逛并把汽车洗一洗。那天晚上他们在餐馆里花五十美分吃了一顿像样的晚餐，并去看了一场电影。晚上，他们根据美容厅一位女人的指点，在去帕萨迪纳的路上的一个营地的一间干净宽敞的房间里过夜，次日，不等湿漉漉的白雾消散，就早早地出发了。

道路很好，穿过好几英里的大片橘林。等他们到达帕萨迪纳时，太阳出来了，艾格尼丝和玛戈声称这儿是她们一生中见到的最美的地方。每当他们经过一所特别漂亮的住宅的时候，托尼便会指着它说，一等他的工作定下来，他们便要住进这种地方。

他们见到了指向好莱坞的路标，但却不知怎的进了城没有留意到，终于在圣莫尼卡①的一家小租赁办事处前停下车来。那边列入表内的有陈设的凉台平房都太贵，而且那人坚持要预付一个月的房租，因此他们只好再往前开。最后他们在威尼斯②郊区的一幢灰蒙蒙的拉毛水泥凉台平房前的院子中停下来，那儿出租房屋的人似乎对那蓝色的别克牌汽车和行头箱留下了深刻的印象，让他们只预付一周租金便租下了一个住处。玛戈认为那地方很糟，但是艾格尼丝很高兴。她说威尼斯使她想起过去在霍兰度过的时光。"正是那一切使我厌恶。"玛戈说。托尼走进屋，瘫倒在长沙发上，玛戈只得请邻人帮着把行李包和行头箱搬进去。他们在那所凉台平房中居住的时间远远超出了玛戈当初的预料。

玛戈以玛戈·德·加里多的姓名在职业介绍所登了记。凭着她的好行头以及从老皮夸特的公司中学来的穿衣方式，她很快就当上临时演员，出现在影片中的社交场面中。托尼头戴从一家服装店买来的科尔多瓦宽边帽，身穿紧身裤，有时还穿上佩有踢马刺的牛仔靴，闲坐在职业介绍所或者在要挑选

---

① 好莱坞在洛杉矶城北部，圣莫尼卡在该城西郊，濒太平洋。
② 位于圣莫尼卡东南的一小镇，濒太平洋。

演员拍摄以西班牙或拉丁美洲为背景的影片的任何电影制片厂大门外走来走去，但似乎每次不短少的总是拉丁民族类型的演员。他变得闷闷不乐，容易发火，而且喜欢把他偶然结识的一些吃吃傻笑的年轻人装满一车，开着汽车到处跑，以致玛戈坚决反对，说这是她的汽车而不是别的什么人的，并且也不准他把那帮朋友带回家来。他对此感到恼火，竟出走了，但是负责管家的艾格尼丝掌握着玛戈拿回来的所有的钱，她要他道了歉才肯给他零花钱。托尼出走了两天又回来了，样子显得饥饿而惭愧。

自此以后，玛戈让他在送她去电影制片厂时又穿上那套旧司机制服。她知道他穿上了这个，把她送到后就不会到什么地方去，除非回家去换衣服，这样艾格尼丝便可以把汽车的钥匙拿到手。玛戈在制片厂劳累了一天后回到家，发现他整天待在房子里，在吉他上乱弹《就此不会再下雨了》，在每一张床上睡一会儿，打打呵欠，把香烟灰到处乱撒。他说玛戈毁了他的前程。她最讨厌他的是他打呵欠的样子。

他们在洛杉矶郊区住了三年，从一幢凉台平房搬到另一幢。玛戈总算还能时常当临时演员，但从未引起任何导演的注意。她设法挪出一部分钱来付息，但从未攒下过大笔的钱，足以把她的首饰从迈阿密银行中赎出来。有个星期天，他们于下午驱车去阿尔塔德纳，在回家的路上，他们在一家汽车行停下，换掉一只走了气的轮胎；汽车行门前有一些旧车出售。为了在等待时消磨时间，玛戈走来走去地看这些旧车。

"你想要一辆罗尔斯·罗伊斯牌汽车，是吗，女士？"汽车行的服务员以略带开玩笑意味的口吻说，一面把千斤顶从车下抽出来。玛戈爬上这车门上有个红色纹章的大型黑色高级轿车，坐在位子上试试。的确很舒适。她把头伸到窗外说："要多少钱？"

"一千美元……这个价钱等于是白送啊。"

"便宜一半吧。"玛戈说。

艾格尼丝已从别克牌汽车上下来，这时走过来。"你疯了吗，玛吉？"

"也许吧。"玛戈说。她问如果她把别克牌汽车搭上，还需多少钱。服务员叫来了老板，一个绸衬衫上缀有姓名首字母图案的长着癞蛤蟆脸的年轻人。他和玛戈讨价还价了一个小时。托尼试开一下，说它贵便极了。他想到能开一辆罗尔斯，即使是辆旧的，也感到劲头十足。结果那人同意除别克牌汽车外再给五百美元，每周付十美元。他们当即就地签订了合同。玛戈写上卡西迪法官和塔德·惠特尔西作她的证明人；他们交换了汽车牌照，当天晚上就开着这罗尔斯·罗伊斯牌汽车去他们当时居住的圣莫尼卡。当他们在贝弗利希尔斯拐上圣莫尼卡林荫大道时，玛戈不在意地说："托尼，车门上那只持剑的披铠甲的手不是非常像加里多伯爵家的纹章吗？"

"这儿的人很无知，他们看不出两者的差别的。"托尼说。

"我们就别动它吧。"玛戈说。

"当然，"托尼说，"它挺好看。"

翌日，托尼穿着整洁的灰色制服驱车送玛戈到制片厂时，其他临时演员可当真瞠目而视，但是玛戈却脸色木然，没一丝表情。"这是辆老的家用车，"当一个姑娘问玛戈时，她说，"刚从当铺取出来。"

"她是你母亲吗？"那姑娘用大拇指指着艾格尼丝，又问。这时艾格尼丝正穿着她最好的黑色服装，坐在那正在开走的亮闪闪的大汽车的后座上，鼻子向上翘着。

"哦，不，"玛戈冷静地说，"她是我的女伴。"

许多男人企图和玛戈约会，但他们大多是临时演员或摄影师或道具管理员或木匠，她和艾格尼丝都认为跟他们交往对她没什么好处。当初在迈阿密时，多的是朋友，男人们都为她着迷，她还从事种种交易什么的，目前的生活可显得寂寞了。晚上，她大多和艾格尼丝玩俄罗斯银行双人牌戏或者等托尼在家而且脾气随和的时候，一起打三人桥牌。有时他们去看电影，在天气相当暖和时则去海滩。当格劳曼氏中国戏院举行首映式时，他们在晚上驱车穿过好莱坞林荫大道上的人群前去。罗尔斯牌汽车看上去华贵极了，而玛戈仍然有一件尚不太过时的好晚礼服，因此大家都以为他们是电影明星。

仲冬的一个多尘的星期六下午，玛戈感到特别无计可施，因为衣服的式样已变，她不能再穿她那些旧衣服了，但她没钱做新的；她从座位上跳起来，把在玩单人纸牌戏的那副牌扔到地上，对艾格尼丝大声说，她得吃顿丰盛的晚餐，否则她会发疯。艾格尼丝说他们何不驱车去棕榈泉①去看看那家新的旅游饭店。如果花费不太大，他们可以在那儿吃饭，然后到南边索尔顿湖附近的旅游者营地过夜。这样他们可以有机会把洛杉矶的雾的寒气从他们的骨头里驱散掉。

他们到达棕榈泉后，艾格尼丝认为一切东西看上去都太豪华，便主张继续往前开，但是玛戈却立即感到如鱼得水。托尼穿着司机制服，只好在车子

---

① 洛杉矶东南一城市，是一片沙漠绿洲，为著名的旅游胜地。

里等她们。她叫他去卖热狗的小吃店给自己弄点晚饭吃，他一听，气得脸色发黑，玛戈认为他就要发作了，但是他不敢回嘴，因为守门人就在旁边。

她们到女盥洗室去把脸蛋重新打扮了一番，然后在高大的枣椰树下走来走去，望望来往的行人，看看是否有哪位认识的电影演员。这时玛戈听到一个熟悉的声音。一个穿着白哗叽套装的皮肤黝黑、脸蛋瘦削的男人正睁大眼睛望着她，他正在和一个样子很了不起的秃头犹太绅士聊天。他撇下他的朋友，走上前来。他走路的样子很僵硬，就像一位军官在检阅一支立正的连队一样。

"道林小姐，"他说，"何等幸会呀。"

玛戈微笑着，仔细望着这张眼睛下有隆起的黑色小块的抽搐着的灰黄色面孔。"你是摄影师。"她说。

他目不转睛地盯着她。"萨姆·马戈利斯，"他说，"说起来，我在美国和欧洲到处寻找过你……请于明天早上十点到我办公室来试镜头……欧文会告诉你具体事项的。"他把手懒洋洋地向一个胖子挥了一下。"这位是哈里斯先生……这位是道林小姐……对不起，我是从来不担负介绍别人的责任的……但是我希望欧文会见你……这位是美国最美丽的女人之一，欧文。"他把一只手在离玛戈的面孔大约两英寸的地方移下来，扭动起指头，仿佛在用泥捏什么东西似的。"一般说来，把她拍摄得好是不可能的。只有我能把这张脸搬上银幕……"

玛戈感到心凉了半截。她听见艾格尼丝在她背后张嘴喘了一口气。她让嘴角慢慢地流露出嘲弄的微笑。

"你瞧，欧文，"马戈利斯大声说，一把抓住那胖子的肩膀，"这是喜剧的气质……但是你为什么没来找我呢？"他讲的话带有某种很重的外国口音。"我有什么对不住你的，使你对我那么冷淡？"

玛戈显出厌烦的样子。"这位是曼德维尔太太，我的……女伴……我们正在加利福尼亚州观光观光。"

"此处除了电影制片厂还有什么可看的？"

"也许你愿意带曼德维尔太太去参观一家电影制片厂。她很想去看看，可在这一带我一个人也不认识……一个人也不认识。"

"当然可以，我明天叫个人来陪你去看看你想看的所有地方。除了单调和庸俗之外，什么也看不到。欧文，这正是我一直在寻找的能演那金发小姑娘的那张脸……你记得……你跟我谈职业介绍所、临时演员，废话，我可不需要男演员……但是，道林小姐，你一向在哪儿呀？去年夏天，我有几分相信会在巴登-巴登①遇见你……你这种类型很适合于巴登-巴登。那是个可笑的地方，但人总得去什么地方走走啊……你一向在哪儿呀？"

"佛罗里达……哈瓦那……等等。"玛戈心中暗想，上次见到他时，他的开音节 a 音没有发得这么重。

"你放弃舞台生涯了？"

玛戈稍微耸耸肩。"家里人对我登台演出感到非常震惊。"

"嘿，我就从来不赞成她登台表演。"艾格尼丝大声说，她一直在等待着能插上一句。

"你会喜欢参加拍电影的。"那胖子用安慰的口气说。

"我亲爱的玛戈，"马戈利斯说，"这角色戏不太多，但由你来演再好不过，再好不过。我能把你潜在的秘密发掘出来……我不是跟你说过，欧文，应该走出制片厂去见见世面……打开生活之书？……在这可笑的旅游队伍中我们发现了需要的面孔、喜剧的气质、蒙娜丽莎式的微笑……那是在巴黎展出的一幅名画，据说值五百万美元……别问我怎么知道她会在这儿出现的……但是我知道。当然，要等试镜头后才能确切地说……我从不事先作出保证……"

"但是，马戈利斯先生，我不知道是否能行，"玛戈说时心怦怦地跳，"我们很忙……我们在迈阿密还有要紧事情要办……家庭间的事务，你知道。"

"这无关紧要。我来给你找个代理……我们会打发人去的……细枝末节的事儿对我来说无关紧要。我想是房地产生意吧。"

玛戈含糊地点点头。

"我们一直住的房子在两年前被冲到海里去了，它是那么可爱啊。"艾格尼丝上气不接下气地说。

"你们能弄到一幢更好的房子的……马利布海滩、贝弗利希尔斯②……我讨厌谈房子……但是我很冒失，耽误你们的时间了……不过你们会忘记迈阿密的。我们这儿什么都有……你记得吗，最亲爱的玛戈，那次我跟你说过电影有伟大的未来……你和……你知道，那位汽车业巨子，我忘记了他的名字……我告诉过你，你将在电影界听到我的名字……我极少预言未来，

---

① 欧洲著名温泉旅游城市，在今德国西南部。
② 两地都是洛杉矶附近的高等住宅区，多的是电影界名流的豪华宅邸。

但是我的预言从未错过，它们是以相信第六感觉为基础的。"

"哦，对呀，"艾格尼丝插进来说，"这话不假，假如你相信你会成功你就不会失败，我正是这样对玛吉说的……"

"这话说得很漂亮，亲爱的女士……道林小姐亲爱的，十点钟在大陆巨片公司会面……我要派人在大门口站岗，这样，他们可以让你的司机直接开到我办公室前。通过电话来找我是根本不可能的。在我拍电影的时候，连欧文也无法和我接触。在我工作时来看看，会增长你的见识。"

"嗯，如果我安排得过来而我的司机又能找到的话。"

"你一定来。"马戈利斯说，拉着欧文·哈里斯的一条裹在白色法兰绒上装里的短手臂走进餐厅。他们进去时，衣着考究的人们睁大了眼睛望着他们的背影。然后人们盯住玛戈和艾格尼丝。

"我们到卖热狗的小吃店去告诉托尼吧。他们只会拿我们当怪人看待，"玛戈对艾格尼丝耳语道，"我敢说我绝对没想到他就是当初的马戈利斯。"

"啊，这不是很妙吗?"艾格尼丝说。

她们激动得连饭也吃不下去了。他们当夜驱车返回圣莫尼卡，玛戈为了次日上午有事，立即上床去休息了。

第二天上午，他们于十点差一刻来到制片厂，得悉马戈利斯先生并没来通知。谁也没听说有什么约会。他们等了半个小对。艾格尼丝花了很大的力气，才没让眼泪往外流。玛戈却哈哈大笑。"我敢说那家伙多服了麻醉品什么的胡说一通，后来把这事忘得一干二净。"但她内心感到很不舒服。

托尼正启动发动机准备开走，因为玛戈不愿叫人看见她这样在大门口等，这时，一辆定造的白色皮尔斯·阿罗牌大轿车驶到他们的汽车边来，车内后座上坐着马戈利斯一个人，他身穿白色法兰绒套装，头戴白色贝雷帽。他向罗尔斯·罗伊斯牌汽车里探视，她看得出当他认出她时他吃了一惊。他用带瓷头的手杖敲敲他车中的隔窗。然后他走出汽车，伸手进来握住玛戈的手。"我从不道歉……我常常不得不使人等待。你跟我一起走。也许你的朋友可以在五点钟来接你……我有许多话要跟你说，有许多东西要指给你看。"

他们走进一幢长长的外表朴素的楼房，乘电梯上楼。他领她穿过几间办公室，有些没穿上装的年轻人正在绘图板前制图。速记员们在打字，演员们坐在长椅上等待。"弗里达，请马上给道林小姐试镜头。"他在最后一间房子里走过一张大办公桌时对秘书说。然后他把她引进他自己的办公室，里面挂着些中国画，一张哥特式雕花大办公桌对面孤零零地搁着一张哥特式雕花大椅子，给置于一盏小聚光灯的强光之中。"请在那儿坐下……玛戈亲爱的，我如何向你解释见到一张未被摄影机糟蹋过的面孔有多么快乐？我看得出你并不紧张……你并不在乎。凯尔特人①的勃勃生气和高贵的西班牙的漫不经心相结合……我看得出你从来未在摄影机前站过……请等一会儿。"他一屁股坐进办公桌后的那张深深的椅子，开始打电话。速记员不时进来记下他低声讲述的话。玛戈闷坐着。她想马戈利斯已把她忘了。这房间暖和而气闷，使她感到有些困了。她正竭力不让眼皮合起来，这时马戈利斯忽然从桌旁跳起身来说："来吧，亲爱的，我们现在下楼去。"

玛戈在地下室一间带有灰泥味的房间里的几台摄影机前站了一会儿，然后马戈利斯带她去制片厂坐满了人的餐厅吃午餐。她感觉到每个人都从自己的餐盘上抬头来望马戈利斯带来吃午餐的这位新来的姑娘是谁。他们吃饭的时候，他询问她在古巴一个大甘蔗种植园里的生活情况以及她在纽约初入社交界的少女时期。然后他们谈到卡尔斯巴德、巴登-巴登和马里安巴德②以及加利福尼亚州南部正如何克服它早期可笑的庸俗。"凡是在别的地方你能找到的，我们这儿都有。"他说。

午饭后，他们去放映室看样片。哈里斯先生抽着雪茄也来了。大家一声不响地看着银幕上出现的玛戈的那张又灰又白的脸，看到她咧嘴笑、转身、傻笑，张嘴、闭嘴、头往后仰、眼球转动等样子。玛戈看得感到很不舒服，然而她喜爱自己的那些呆照。尺寸真大，她不习惯。哈里斯先生偶尔会哼上一声，他的雪茄烟头有时红光一闪。当影片放完大家又坐在黑暗中时，玛戈感到一阵轻松。然后电灯亮了，他们经过放映员面前一个个地走出放映室。这放映员长着张红脸，没穿上装，他把摆放映机的小黑房的门打开，在玛戈走过时朝她看了一眼。玛戈捉摸不出他到底认为她演得好还是不好。

来到外面的楼梯平台上，马戈利斯冷淡地伸出他的手说："再见，最亲爱的玛戈……还有上百个人在等着我。"玛戈认为一切都完了。然后他继续说："你跟欧文去作事务上的安排吧……对那些事我不大懂……我相信你下午会过得非常愉快的。"

他转身返回放映室，一边走一边挥着手杖。哈里斯先生解释说马戈利斯先生需要她时会通知她的，同时他们将签个合同。她有代理人吗？如果没

① 散居在今爱尔兰、威尔士、苏格兰等地的一个古老民族的后裔。
② 卡尔斯巴德即今捷克西部的卡罗维发利，马里安巴德在前者的西南，两地都是温泉休养城市。

有，他建议把他的朋友哈德巴恩先生叫来保护她的权益。

她来到一间办公室，哈里斯先生坐在桌子一边，她和哈德巴恩先生坐在另一边。哈德巴恩先生两颊下陷，带着一副很会哄骗人的样子。她面前是一份周薪三百美元的三年期的合同。"好家伙，"她说，"我怕时间这么长我会厌烦死的……我可不可以找我的女伴曼德维尔太太来一下？……对这种事我一点也不懂。"然后她打电话给艾格尼丝，在她到来前，他们随便谈谈天气来消磨时间。

艾格尼丝真有一手。她谈到承担着种种义务，有重大的交易在进行，还得照管巨大的遗产，说这个数字不值得道林小姐放弃周游世界的旅行，对不，亲爱的。反正如果她拍这部影片的话，也仅仅是为了讨好老朋友马戈利斯先生，当然，道林小姐总是为了工作作出牺牲的，而且她本人也为此作出过牺牲，而且如果必要，她愿意累断筋骨来使道林小姐有机会获得她相信的那种成功，她知道她会取得成功，因为如果你竭诚相信，上帝自会使诸事顺遂的。艾格尼丝继续谈到不信上帝是多么可怕。等到五点钟，办公室要关门了，她们才走出来，来到汽车前，这时艾格尼丝的手提包里藏有一张周薪五百美元的三个月为期的合同。"我希望商店还没有打烊，"玛戈说，"我得买点衣服。"

有个样子粗犷、脸色灰白、头发淡亚麻色、身穿马装的男子正坐在托尼身旁的前座上。玛戈和艾格尼丝走进汽车，对他扁平的后脑勺瞪了一眼。

"送我们去好莱坞林荫大道上的塔斯克与哈丁公司……那家巴黎服装商店，"艾格尼丝说，"哦，太好了，让你能添置些新衣服真令人高兴。"她对着玛戈的耳朵低声说。

托尼让那生人在好莱坞与落日这两条林荫大道的拐角下车，那人僵硬地鞠了一躬，顺着宽阔的人行道走去。"托尼，我不知道跟你说过多少次了，你不能在我的车子里让你的朋友搭车。"玛戈说开了头。

她和艾格尼丝责骂他，唠叨个没完，弄得他到家后大为生气，说第二天就要搬走。"你什么也没有给我好处，只是剥削我并妨碍我的前程。他叫马克斯·赫希。是一位奥地利伯爵和著名的马球运动员。"第二天，托尼果真卷起铺盖走了。

每周五百美元可并不像艾格尼丝和玛戈想象得那么经花。首先，代理人哈德巴恩拿走了百分之十，而且艾格尼丝坚持要存掉五十元，用来偿付迈阿密的债务，以便玛戈可以赎回她的首饰。再说，搬进圣莫尼卡的高级住宅区的一所新房子又花去了许多钱。还得付厨娘和女仆的工钱，而且托尼走了，她们还得雇一个汽车司机。再说，还要置备服装并雇用广告宣传的人员，还有制片厂里无法推却的那些救济和施舍同人的费用。艾格尼丝真有一手。她照料这一切。每当有任何具体事务要办的时候，玛戈总是用指头按住前额的两边，把眼睛闭上一会儿，发出呻吟声。"真糟糕，我就是没有长个办事的脑袋。"

那新居是艾格尼丝挑选的，一幢波多黎各式的别墅，有几个十分逗人喜爱的阳台，塞满了古式的西班牙家具。晚上，玛戈坐在一大间起居室内壁炉前的安乐椅里，和艾格尼丝玩俄罗斯银行双人牌戏。玛戈在制片厂里结识的演员和其他人对她们发出几次邀请，但是玛戈说在她对本城的面目有所了解之前不想出去交际。

"你一不小心的话，我们就会和一群无赖来往，他们对我们有害而无益。"

"这话不假，"艾格尼丝叹口气说，"譬如说迈阿密那可怕的孪生兄弟吧。"

他们一直没见到托尼，直到有个星期天傍晚，萨姆·马戈利斯将第一次来她们家，托尼在六点钟左右醉醺醺地出现了，说他和马克斯·赫希打算开办一家马球学校，他立即要一千美元。

"但是托尼，"艾格尼丝说，"玛吉到哪儿去搞到这笔钱呀？……你跟我一样，都明知道我们的开销多大。"

托尼大吵大闹，又发脾气又是喊叫，说艾格尼丝和玛戈毁了他的舞台生涯，现在又要毁掉他在电影界的前程了。"我太忍让了，"他大声说，捶击着自己的胸膛，"我听任娘儿们来毁掉我。"

玛戈不断地看看壁炉架上的台钟。快七点了。她最后给了他二十五美元，叫他在一周内再来。"他又在注射麻醉药了，"他走后玛戈说，"他早晚会发疯的。"

"可怜的小伙子，"艾格尼丝叹息地说，"他人并不坏，只是太软弱了。"

"我怕的是那德国佬①会控制他并给我们大找麻烦……看这家伙的脸相，像是从州立监狱里放出来的……想来最好的办法是找个律师办离婚。"

"但是想想看大家会怎样议论。"艾格尼丝悲叹道。

"不管怎么说，"玛戈说，"托尼必须和我们脱离关系。我对这墨西哥佬

---

① 指马克斯·赫希。奥地利和德国都是日耳曼民族的国家，用的语言也都是德语，所以美国人常常误称奥地利人为德国人。

已经受够了。"

萨姆·马戈利斯迟到了一小时。"多么安静呀,"他说,"你如何能在这发狂似的好莱坞办到这一点的?"

"啊,玛吉只不过是个文静的小女士呀!"艾格尼丝说,拿起她的针线篮,悄悄地走出去。

他在安乐椅上坐下,并不脱下白色贝雷帽,把一双弓形腿向炉火前伸去。"我讨厌本城的矫揉造作。"

"难道你现在不这样吗?"艾格尼丝在门口说。

玛戈请他喝一杯鸡尾酒,但他说他不喝。当女仆把艾格尼丝忙活了一整天才做好的晚饭菜端来时,他除了烤面包和莴苣叶外什么也不肯吃。"我从不在吃饭的时候吃东西或喝酒。我只是来看看,谈谈。"

"因此你才这么瘦呀。"玛戈开玩笑说。

"你还记得我过去的作风吗?我是说在纽约的那个时期。我们还是别谈它吧。我没有回忆。我只生活在现在。我眼下正在考虑你要成为明星的那部片子。我从不出席宴会,但是今天晚上你必须和我一起去参加欧文·哈里斯的宴会。在那儿你会遇见一些你必须认识的人。让我看看你的晚礼服。我来给你挑选一件你该穿的衣服。今后你每次买衣服一定要叫我同去。"他跟随她走上嘎吱作响的楼梯,走进她的房间,他说:"我们一定要给你换个环境。这儿不行。这儿是郊区。"

玛戈坐在萨姆·马戈利斯身旁驱车穿过贝弗利希尔斯的两旁有棕榈树的林荫大道,感到很异样。他让她穿上了一件旧的黄色晚礼服,那还是她好几年前在皮夸特公司买的,艾格尼丝新近曾请她在洛杉矶找到的一个法国小女装裁缝把它修改并加长。她双手冰凉,担心马戈利斯会听到她的心脏撞击肋骨的声音。她设法讲点笑话,但有什么用呢,马戈利斯听了根本不笑。她真想知道他在想些什么。她能看清他的面孔:那披着黑色短发的狭窄的前额、那噘起的嘴唇、被街灯的灯光衬托得成深黑色的长着钩形鼻的侧影。他双手放在膝上,正僵硬地坐在她的身旁。他仍然穿着白色法兰绒套装,佩着一条白色的老式宽领巾,上面别着一支高尔夫球棒形的钻石别针。当汽车拐上一条穿过树木的车道,朝一排明亮高大的落地长窗驶去时,他转身对她说:"你担心会感到无聊吧……但你会大吃一惊的。你会发现我们这儿有某种东西堪与你所习惯的外国和纽约的社交界媲美。"当他把他的脸转向她时,灯光反射在他的眼白、眼睛下面下垂的肉囊和湿润宽大的嘴唇上。他扶她走出汽车时，紧紧握住她的一只手，继续对她耳语道："你将是那边最仪态万方的女士，但就像是较其他明星更明亮的一颗明星。"

在经过管家面前走进门洞时，玛戈及时忍住了，没有吃吃地笑起来。"你怎么回事，"她说，"你讲起话来像个……像个天才啦。"

"人家就是这样称呼我的。"马戈利斯大声地说，收肩挺胸，直挺挺地一个立正，让她通过巨大的玻璃门进入前厅。

最叫人难受的是去化妆室脱掉大衣。在里面梳妆打扮的女客们全都回过头来，倏地朝她打量一下，从她下面的便鞋开始，向上移到她的长筒袜子，看清她服装上的每颗纽扣，绕着她的颈部观看，看看是否有皱纹，再朝上看她的头发是否染过。她立即领悟到她应该有一件貂皮大衣。在厕所门口有位站着吸烟的老妇人，她的衣服好像是用碎冰做成的，她的目光好像X射线，玛戈感到她能看到她内裤上的价格标签。当玛戈把大衣放在一个黑种女仆的手臂上时，她对玛戈报以露齿的微笑，使她觉得好过些了。她走出化妆室时，感到那些人的视线都集中在她的背部，逗留在那儿，像狗尾巴上挂着的白铁罐。当化妆室的门在她身后关上时，她告诫自己，千万别开口，她们不会吃掉你的。她希望艾格尼丝在这儿，能给她说说这些人有多么好。

马戈利斯正在挂满着闪光的枝形吊灯的前厅等她。有一支乐队在演奏，人们在一个大房间里跳舞。他把她带到房间另一端的壁炉前。欧文·哈里斯和哈德巴恩先生走过来说晚上好，他们俩穿着紧身的大礼服，像两只鸡蛋那样彼此相似。马戈利斯和他们一一握手，但眼睛并不朝他们看，然后背对人群在一张大雕花椅里坐下来，这椅子与他办公室里的那张很相像。哈里斯先生请她跳舞。这以后就是这类衣冠楚楚的人士的聚会照例的那一套。至少在她和罗德尼·卡思卡特跳舞之前是这样。

因为在电影上见过，她立刻便认出他来，但发现他脸色红润，而且在他那潇洒的晚礼服里有血有肉，还是使她感到惊讶。他是个皮肤晒黑的高个子青年，头发金黄，说话像英国人那样带点嗫嚅，在她和他跳舞之前，她一直感到冷而且哆嗦。他和她跳过一次后，再次邀请她。在两支舞曲之间，他把她带到房间一端的冷餐柜前，竭力劝她喝酒。她每次把装着苏格兰威士忌苏打的蓝色大酒杯拿在手中，只呷上一口，但他却喝下了两杯纯苏格兰威士忌，吃了一大盘鸡肉色拉。他看来有点醉了，但并没有越来越醉。他闷声不响，因此她也闷声不响。她喜欢同他跳舞。

他们每次跳到房间的一端时，她可以从壁炉上的大镜子里看见整个房间。有一回，她的视角恰到好处，她自以为发觉坐在熊熊柴火对面的雕花高背椅上的马戈利斯正盯着她看。他似乎正专注地望着她。在他脸上跳动的火光使他的脸带有她从未见过的温暖而富有生气的表情。那些金发脑袋、鬈发脑袋、秃头、裸露的肩膀、穿黑礼服的肩膀很快地挡住了她的视线，她便看不见房间的那一角了。

大概在十二点时，她发现他站在放着苏格兰威士忌的餐桌旁。

"你好，萨姆，"罗德尼·卡思卡特说，"一切都好吧?"

"我们必须走了，这可怜的孩子在这闹声中感到累了……罗德尼，你现在就得让道林小姐走。"

"行啊，伙计。"罗德尼·卡思卡特说，背过身去给自己又倒了一杯苏格兰威士忌。

等玛戈拿了大衣回来，她发现哈德巴恩先生在前厅等着她。他鞠着躬和她紧紧握手。"嘿，我可以告诉你，道林小姐，你引起了轰动。姑娘们都在问你是用什么东西染你的头发的。"他宽阔的背心内部响起一阵深沉的笑声。"你愿意有便到我的办公室去吗? 我们可以吃顿中饭，谈点事儿。"

玛戈感到一阵战栗。"谢谢你的美意，哈德巴恩先生，但是我从来不去办公室……我不懂生意经……你有事打电话，好吗?"

她来到美洲殖民时期建筑式样的门廊时，罗德尼·卡思卡特和马戈利斯正并排坐在长长的白色小汽车里。玛戈咧嘴笑笑，上车坐在他们中间，态度很冷静，好像她一直盼望罗德尼·卡思卡特会在那儿似的。汽车开动了。谁也不吱一声。她说不上他们在往哪儿开，两旁有棕榈树的大道和一排排的街灯看上去都是一样的。他们在一家大餐馆前面停下车来。

"我想最好还是来点小吃……你一整晚什么也没有吃。"马戈利斯说，在扶她下车时紧紧地握了一下她的手。

"这主意妙极了，"罗德尼·卡思卡特说，他第一个跳下车来，"跳舞使人饿得慌。"

侍者领班深深地鞠了一躬，领他们在餐厅内众目睽睽之下来到舞池边一张为他们保留的桌子前。马戈利斯吃浇牛奶的捣碎的麦饼，罗德尼·卡思卡特吃一客牛排，而玛戈则用叉子吃几个龙虾馅饼。

"一个人吃了这东西后需要喝一杯。"罗德尼·卡思卡特咕哝道，吃光了最后一片炸土豆，把盘子推开。

马戈利斯举起两个指头示意叫他别讲。"这儿禁止喝酒……我们这个国家的人多愚蠢啊！……他们多愚蠢啊！"他把眼珠转向玛戈。她及时止住眨眼，使之成为眼皮的一下抽动，并向他慢慢地笑了一下就收住，他在棕榈泉曾对她这种笑大肆赞扬过。

马戈利斯站起身来。"走吧，亲爱的玛戈……我有点东西要给你看。"她和罗德尼·卡思卡特跟在他背后在红地毯上走过去，感觉到餐厅的客人中掀起一阵阵激动的波动，正像查利·安德森死后她在迈阿密上什么公共场所去时感到的那样。

马戈利斯开车把他们带到一幢奶油色的公寓大楼前。他们乘电梯上去。他用弹簧锁钥匙开了门，请他们进去。"这就是我的单身汉小公寓。"他说。

这是一间光线暗淡的大房间，一端的阳台前挂着绣花帷帘。墙上挂着各式各样的油画，每幅画的上方各有一盏小灯照明。地板上有些摞成一堆的东方地毯，靠在几面墙上的长沙发上铺着斑马皮和狮皮。

"啊，多美妙的地方！"玛戈说。

马戈利斯微笑着转向她。"有点男爵派头，呃？这是在卡斯蒂利亚①贵族的城堡中常见的那一套。"

"确实如此。"玛戈说。

罗德尼·卡思卡特全身躺倒在一张长沙发上。"喂，萨姆老兄，"他说，"你有没有那种上等的加拿大淡色啤酒呀？在里面放一点吉尼斯牌黑啤酒怎么样？"

马戈利斯走出房间到食品贮藏室去，弹簧门在他身后关上了。玛戈在屋里走来走去，看看那些色彩鲜艳的油画和书架上放着的身子扭曲的中国人像。这使她感到不可思议。

"嗨，我说，"罗德尼·卡思卡特在长沙发上喊道，"你到这边来，玛戈……我喜欢你……你得叫我西……我的朋友都这么称呼我。这样更美国化。"

"我没意见。"玛戈说着向长沙发漫步过去。

罗德尼·卡思卡特伸出手来。"把手放在这儿，伙计。"他说。她把手放在他手中，他紧紧握住了，动手把她朝躺在长沙发上的他自己的身边拉。"你不想吻我吗，玛戈？"他握力惊人。她感觉得出他有多强壮。

马戈利斯用托盘拿着酒瓶和酒杯回来，把托盘放在长沙发旁的乌木茶几上。"这里便是我工作的地方，"他说，"没有适当的工作环境，天才也是无能

---

① 西班牙古王国及地区名，在该国北部及中部。

为力的……坐在那儿吧。"他指指卡思卡特躺在上面的那张长沙发。"我亲手射死了那只狮子……请等一会儿。"他上楼走上阳台，那儿亮起了一盏灯。然后一扇门关上了，灯光便被挡住了。房间里只有照明那些油画的灯光。

罗德尼·卡思卡特在长沙发边沿上坐起身来。"看在上帝分上，妹子，喝点什么吧……"

玛戈开始傻笑。"好吧，西，你可以给我一点杜松子酒。"她说，在他身旁坐下来。

他富有诱惑力。她不由自主地让他亲吻，但是他的手立即顺着她的腿摸上去，她只好站起来，走到房间的另一边，再看起那些油画来。"哦，别傻了。"他叹了口气，又倒在长沙发上。

楼上没有声响。玛戈开始担心，不知马戈利斯在上面干些什么。她回到长沙发边，又喝了少许杜松子酒，猛不防罗德尼·卡思卡特跳起身来，用胳膊从后面搂住她，咬她的耳朵。

"别来洞穴野人那一套。"她一动不动地站着说。她不想跟他扭打，因为怕他弄乱她的礼服。

"我就是洞穴野人，"他凑着她的耳朵低语，"我发现你非常令人激动。"

马戈利斯手上拿着一叠纸正站在他们面前。玛戈不知道他在那儿已经站了多久。罗德尼·卡思卡特又倒在长沙发上，闭上了眼睛。

"现在坐下来吧，亲爱的玛戈，"马戈利斯声调平稳地说，"我来给你讲个故事。看看它是否能唤醒你身子里的什么情感。"玛戈感到自己脸红了。罗德尼·卡思卡特在她身后又长又深地喘着气，好像已睡着了。

"你对欧洲各国首都令人眼花缭乱的社交活动感到厌倦了，"马戈利斯说，"你是一位老军官的女儿。你的母亲已经去世了。你到处跑，跳舞，赴宴，跟人搞恋爱。不少人向你求婚。你父亲是个法国或者也许是西班牙将军。他的国家召唤他。他将前往非洲去击退野蛮的摩尔人。他想把你送进修道院，而你坚持要陪他同行。我讲的你听清楚没有？"

"哦，听清楚了，"玛戈急切地说，"她会偷偷上船和他一起去打仗。"

"在同一条船上，有一个年轻的美国大学生，他从家里出走，去参加法国外籍军团。个中原因以后再告诉你。你的朋友西将扮演这角色。你们相遇了……你们之间的一切进行得很顺利。你父亲病得厉害。这时你们被土人、哇哇乱叫、嗜血成性的野蛮人包围在一个土筑的堡垒中。西突破了封锁，去取得挽救你父亲生命所必需的药品……他回来后，被当作逃兵而被捕。你赶往丹吉尔①，请求美国领事进行干预。你父亲的命保住了。你骑马赶回来，正好及时制止了行刑队执行处决。西是美国公民，被授予勋章。将军吻他的双颊，把他可爱的女儿交给这胳膊粗壮的青年……我不希望你现在就谈论它……让它深深印在你的脑中。当然，这只是个初步的梗概。故事没什么意义，但它给导演提供一定的发挥机会。我看得出你能表演不惜牺牲一切，包括名誉和生命本身，去拯救你心爱的男人。现在我要送你回家去……瞧，西已经睡着了。他不过是个动物，一只金发野兽。"

马戈利斯给她披上大衣时，把他的双手在她肩上搁了一会儿。"还有一件事我希望你牢记在心中……不是脑中……是你心中……此刻别回答我。跟你那迷人的女伴好好谈谈。稍些时候，等这部片子拍好了，我希望你嫁给我。我单身一人。多年前，在另一世界中我有过一个妻子，正像男人都有妻子一样，但是我们同意如果互不理解，便各走各的路。目前我太忙。你想象不到拍片子要涉及多少具体的工作。当我导演一部电影时，别的什么我都无法考虑，但是等这创造性的工作结束后，大概要三个月的时间吧，我希望你嫁给我……现在别回答。"

他坐在她身旁，开车慢慢地穿过湿漉漉的又浓又白的晨雾，返回圣莫尼卡，两人都一声不响。等到车子开到她家门口，她弯过身去，拍拍他的面颊。"萨姆，"她说，"你使我度过了一个最愉快的夜晚。"

艾格尼丝喊喊喳喳地讲个没完，问她在哪儿待得这么晚，她披着晨衣走来走去，把房子里的灯全扭亮了。"你走了以后，玛吉，我有一种模糊的想法。因此我打电话给埃丝特夫人②，问她怎么想。她有弗兰克给我的信息。你知道，她说过上一次他正设法突破种种不祥的势力。"

"啊，艾格尼丝，那信息怎么说？"

"它说你的成功在握，要坚定。哦，玛吉，你就是必须嫁给他……弗兰克想要讲的就是这一点。"

"天哪，"玛戈一上楼就躺倒在床上说，"我累死了。行行好，把我的衣服挂起来吧，艾格尼丝。"

玛戈兴奋得睡不着。室内太亮了。她老是透过眼皮见到红色的亮光。她

---

① 今摩洛哥西北部一港口城市，位于直布罗陀海峡南岸，1923年起曾划为国际共管城市，1955年才并入独立的摩洛哥王国。
② 她是个女巫，在家中召开降神会，能使已故的人的灵魂附在她身上开口讲话，传达死者对生者的意愿。

必须入睡，否则明天就样子难看了。她叫艾格尼丝给她拿一片阿司匹林来。

艾格尼丝用一只手扶她起来，用另一只手递给她一杯水，让她把药片吞下去，就像她小时生了病，艾格尼丝常给她吃药那样。然后玛戈突然梦见自己刚演完那"人人都干这回事"的节目，满是粉红色人脸的洞穴般的大厅里响彻着喝彩的声音，她跑到舞台的一侧，弗兰克·曼德维尔披着黑色大氅，正大张着双臂在那儿等她，她投入他的怀抱，那大氅便把她包了起来，那大氅使她窒息，她倒下去了，他便从上面抓住她的衣服，而她越过他的肩头望见托尼在大笑。托尼穿着一身白，头戴白色贝雷帽，老式宽领巾上别着的高尔夫球棒形的钻石别针在上下跃动，他在鼓着掌。一定是她在大喊大叫，把艾格尼丝引来了。不，艾格尼丝正在告诉她什么事哪。她浑身哆嗦地在床上坐起身来。

艾格尼丝激动极了。"唉，真可怕啊。托尼正在楼下。他一定要见你，玛吉。他看到了报上的报道。你知道报纸上都登满了你将和罗德尼·卡思卡特主演马戈利斯先生的下一部电影的消息。托尼气疯了。他说他是你的丈夫，他应该替你处理你的事务。他说他有合法权利。"

"这小混蛋，"玛戈说，"把他带上楼来……什么时候了？"她从床上跳下来，跑到梳妆前把脸上打扮一下。等她听见他们在上楼来时，就披上一件缀有花边的粉红色薄上衣，一纵身回到床上。托尼走进房来时，她显得十分困的样子。"怎么回事，托尼？"她问。

"我要饿死了，而你却每周挣三千美元……昨天马克斯和我没钱吃饭了。我们就要被人撵出公寓了。按法律讲，你赚的钱都是属于我的……我太好说话了……我让人骗了。"

玛戈打了个呵欠。"我们不是在古巴啊，亲爱的。"她在床上坐起身来，"听着，托尼，让我们像朋友一样分手吧。合同还没有签订。如果签订了，我会给你些钱，这样你和你的朋友便可以到哈瓦那去开办你的马球学校了。你这人有个毛病，就是老想家。"

"这样不是满好吗！"艾格尼丝附和着说，"古巴这地方正合适……有那么多旅游者去那儿以及其他条件等等。"

托尼挺直了身子。"玛戈，我们是教徒。我们信神。我们知道教会是禁止离婚的……艾格尼丝，她不懂得。"

"我是一个比你好得多的教徒……这你知道，你……"艾格尼丝尖声地开口说。

"得了，艾格尼丝，在早餐之前我们不能争论宗教问题。"玛戈坐起来，把双膝在被子里弓起，顶住了下巴。"艾格尼丝和我相信玛丽·贝克·埃迪教导的是真理，懂吧，托尼。在这儿坐下，托尼……你长得太胖了，托尼，如果你失去了你女孩子般的体形，小伙子们就不会喜欢你了……跟你说，你和我曾经共过患难。"他在床沿上坐下，点燃一支香烟。她把他钉子般硬的黑发从前额上朝后捋。"在我一生中最走运的时候，你别企图把事情搞糟了。"

"我是个讨厌鬼。我一无是处。"托尼说，"每个月一千美元怎么样？这不过是你挣的三分之一。你只会把钱瞎花掉。女人不需要钱。"

"见鬼，她们才需要哪。你知道在这一行要花了钱才能挣到钱。"

"行啰……那就五百吧。我对数字不精通，这你是知道的。你知道我不过是个孩子。"

"嘿，我也不精通。你和艾格尼丝下楼去好好谈谈这事，让我洗个澡，穿好衣服。有个女裁缝要来，我还得做头发。今天下午我大约有上百个约会……乖孩子，托尼。"她拍拍他的面颊，他便像绵羊一样跟着艾格尼丝走了。

艾格尼丝等玛戈洗完澡后再上楼来，生气地说："玛吉，你老早就该跟托尼离婚了。那个缠住了他不放的德国佬是个坏蛋。你知道海斯先生[①]对丑闻是很反感的。"

"我知道我做了该死的傻瓜。"

"这事我得问问弗兰克。我和埃丝特夫人约好了今天下午去她那儿。弗兰克也许能告诉我们哪一位律师可靠。"

"我们不能去找瓦达曼。他是哈德巴恩先生的律师，也是萨姆的律师。一个姑娘如果把什么事在白纸上写上了黑字，那她肯定是个傻瓜。"

电话铃响了。是哈德巴恩先生打电话来问合同的事。玛戈叫艾格尼丝到办公室去找他面谈。整个下午，她站在长穿衣镜前，让嘴里衔满大头针的女裁缝绕着她忙来忙去，心里在考虑该怎么干。当萨姆在五点钟来看新衣服时，她的头发还给罩在烘干器里。

"你的头伸在这玩意儿里，多迷人呀，"萨姆说，"还有这身花边睡袍和双膝间那小三角形的布鲁塞尔花边……我将记住它。我有完好的记忆力。我

---

① 1920年，好莱坞发生喜剧明星"胖子"阿巴克尔被控奸杀一女演员的丑闻，舆论界对电影界人士不道德行为为之哗然，电影界才于1922年建立一个自我协调的机构"美国电影制片人与发行人协会"，由政治家威尔·海斯（1879—1951）出任主席，制订审查影片的制片法规。

从不忘记我见到的东西。这就是视觉想象力的秘密。"

当艾格尼丝乘罗尔斯牌汽车回来接她时，她感到难于摆脱萨姆。他想用他自己的汽车送她们去她们想去的随便什么地方。"你必须对我一点儿也不保密，亲爱的玛戈，"他柔声地说，"你会明白无论什么事都是瞒不过我的……无论什么事……我比你自己更了解你。因此我知道能指导你。我研究过你脸容的每个方面以及你那充满着欲望的美丽的小姑娘的心灵……你做的无论什么事都不会使我奇怪或震惊。"

"这敢情好。"玛戈说。

他恼火地走了。

"唉，玛吉，你不应该这样对待马戈利斯先生。"艾格尼丝哀诉道。

"我没有他不要紧，可是他少不了我，"玛戈说，"他必须有一位新明星。听人说反正他快要走下坡路了。"

"哈德巴恩先生说那完全是因为他把做广告宣传的人给解雇了。"艾格尼丝说。

她们出发时已不早了。埃丝特夫人的房子在洛杉矶闹市区南部的一个破败的区域内。她们吩咐司机在离房子还有两个街区的地方让她们下车，然后顺着一条小巷走过去，巷两旁都是带院子的灰蒙蒙的凉台平房，她们刚到西海岸来时便住在这样的院落里。

玛戈用肘子推推艾格尼丝："使你想起什么吗？"

艾格尼丝皱着眉头转向她说："我们应该只记住愉快和美好的事情，玛吉。"

埃丝特夫人的房子是一所大的旧木屋，有宽敞的门廊和破裂的木瓦屋顶。污秽的窗户上的遮帘都拉下了。艾格尼丝在屋后的一扇镶有毛玻璃的小门上敲了敲。一个留着花白短发的老处女式的瘦女人立即开了门。"你来迟了，"她悄声道，"夫人正处在灵魂出窍的状态中。那些幽灵不喜欢人家要他们等。这样会难于摆脱羁绊。"

"她得到弗兰克的什么信息了吗？"艾格尼丝悄声说。

"他非常恼怒。我怕他不肯再回答了……让我拉住你的手。"

那女人拉住了艾格尼丝的一只手，艾格尼丝拉住了玛戈的一只手，她们鱼贯地走进一条黑暗的通道，里面只有一只红色的小灯泡在发光，然后穿过一道门，走进一间完全黑暗的房间，许多人在里面出声呼吸，挪动脚步。

"我还以为这是在少数几个人中进行的呢。"玛戈悄声道。

"嘘。"艾格尼丝凑着她耳朵咝咝地说。

等她的眼睛对黑暗习惯后,她看清埃丝特那张肿胀的大脸正在一张大圆桌的对面晃动着,桌子周围还有另外一些模模糊糊的人脸。他们给艾格尼丝和玛戈让出一条路,玛戈发现她坐下时手里正握着一个什么人的湿漉漉的手。埃丝特夫人面前的桌子上放着许多白色拍纸簿。除了她旁边的艾格尼丝的沉重的呼吸声外,一切都很安静。

好像过了几个小时才有什么动静。玛戈看见埃丝特夫人的眼睛张开了,但是她能见到的只是眼白。她嘴唇间发出一阵低沉的男中音,讲着一种玛戈听不懂的语言。人圈中有人以同样的语言应和,显然是在提问。

"那是印度教教徒西迪·哈桑,"艾格尼丝悄声说,"他曾预言过一些有关交易所的重要内情。"

"肃静!"埃丝特夫人用女人的尖声喊道,那声音使玛戈吓得差一点六神无主。"弗兰克在等着。不,他被叫走了。他留下话说一切都会好的。他留下话说明天将透露有关方面想知道的信息,还说他的小姑娘在没有和她亲爱的艾格尼丝商量之前决不要采取任何行动。"

艾格尼丝歇斯底里地抽泣起来,有一只手拍拍玛戈的肩膀。那个头发花白的女人把她们领到后门口。她让艾格尼丝嗅了嗅她带着的一些嗅盐。她在打开毛玻璃门之前说:"请付五十美元。每人二十五美元……而且夫人说那美丽的姑娘一定不要再来,可能对她有危险,因为我们处在敌对势力的包围之中。但是曼德维尔太太一定得来了解信息。夫人说什么也伤害不了她,因为她有孩提之心。"

她们出门踏上黑暗的巷子时,才发现已经是夜间了,四周都是灯光。玛戈把裘皮衣领拉起来挡住自己的脸,免得别人会认出她来。

"你看,玛吉,"她们在那辆罗尔斯牌旧汽车的深深的车座上落了座,艾格尼丝说,"有亲爱的弗兰克在冥冥之中护卫着我们,一切都会好起来的。他认为你一定要勇往直前,立即和马戈利斯先生结婚。"

"嗯,我想这比签三年合同坏不到哪里去。"玛戈说。她叫司机尽量开得快点,因为萨姆要带她去格劳曼中国剧院参加当夜的首映式。

他们从车道上绕过去开到屋门口时,首先看到的便是托尼和马克斯·赫希坐在院子里的大理石长椅上。

"我来跟他们谈。"艾格尼丝说。

玛戈赶紧上楼,着手换装。她正穿着内裤,对着镜子看时,托尼冲进房

327

来。他走进梳妆台上方的灯的光圈中，她发现他一只眼睛被打青了。"又干起文雅的行当了，呃，托尼？"她头也不回地说。

托尼上气不接下气地说："马克斯打青了我的眼睛，因为我不肯来。玛戈，如果你不给我一千美元，他会把我宰了。你要是不给我们支票，我们就不离开这房子，而且我们还得要一些现金，因为马克斯今天晚上要请客，违禁卖私酒的商人拿不到现金不肯给酒。马克斯说你在申请办离婚。你怎能这样呢？在教会中是不能离婚的。这是种罪孽，我的心灵不愿承受它。你是离不成婚的。"

玛戈站起来，转身面对着他。"把床上那件睡袍拿给我……犯不着伤风死去……喂，托尼，你看我是不是变得太胖了？我上星期长了两磅……我说，托尼，那德国佬会毁了你。你最好跟他一刀两断，去什么地方再治治毒瘾，我真不希望联邦侦探逮住你，控告你吸毒。他们昨天还在圣佩德罗进行过大搜捕。"

托尼号啕大哭起来。"你必须给我钱。否则他会打断我的每根骨头。"

玛戈看看她摆在梳妆台上粉盒旁的手表。八点钟。萨姆任何一分钟都可能到达。

"好吧。"她说。"不过下一回这所房子将有侦探守卫……听清楚，"她说，"再搞什么鬼把戏，你们这帮家伙就得坐牢。如果你们认为萨姆·马戈利斯不能让它不见报，那你们就该再好好想想。下楼去，叫艾格尼丝给你签一张支票，把她手头的现金都给你。"玛戈又继续穿衣了。

几分钟后，艾格尼丝哭喊着上楼来。"我们怎么办？我给了他们支票和两百美元……唉，真可怕啊。弗兰克为什么不事先告诫我们一声？我知道他在冥冥之中护卫着我们，但是他本该告诉我们如何对付这可怕的家伙的啊。"

玛戈走进她放衣服的小间，套上一件崭新的夜礼服。"我们明天早上第一件事便是让银行停止兑现那张支票。你打电话给家庭保护办公室，叫他们马上派两名侦探来日夜值班。我的话完了，就这些。"

玛戈气坏了，她穿着这件缀有亮片并饰有鸵鸟毛的白色新衣在屋内大踏步地走来走去。她瞥见自己在两张床之间竖立着的大三面镜中的影子。她走过去，站在镜子前。她看见自己穿着这缀有亮片的白色礼服的三个不同侧面的影子。她两眼闪着蓝光，双颊绯红。艾格尼丝拿着她要戴在头发上的水钻箍带，从她背后走上前来。"啊，玛吉，"她嚷道，"你从来没有这么漂亮过。"

女仆跑上楼来，说马戈利斯先生在等了。玛戈吻吻艾格尼丝说："你不会害怕侦探吧，亲爱的?"玛戈把那天下午送来试穿的貂皮大衣披在肩上，就朝屋外的汽车走去。罗德尼·卡思卡特也在，正穿着礼服懒洋洋地坐在后座上。他向她微笑时，棕色的马脸上露出一排整齐的牙齿。

萨姆已经下了车，来扶她上车。"玛戈亲爱的，你使我们目瞪口呆，我早知道这身衣服准合适。"他说。他的眼睛比平常更亮。"今夜是非常重要的一夜。这是明星的法令。我以后再跟你细说。我请人用天宫图给我们算过命了。"

他们穿过耀眼的灯光和人们的目光往休息厅走去时，玛戈和罗德尼·卡思卡特不得不在人头济济、群情激动的门厅里停下来，在麦克风前就他们俩的新片和他们与萨姆·马戈利斯的合作讲几句话。当司仪设法让马戈利斯讲话时，他生气地转过身去，既不左顾也不右盼地走进剧场，好像它是空的一样。等演出完毕后，他们去一家饭馆，围着一张餐桌坐了一会儿。罗德尼·卡思卡特叫了牛腰排。

"你千万别吃得太多，西，"马戈利斯说，"主菜要到我的寓所去吃。"

的确，等餐馆的顾客快走空了，他们回到马戈利斯的寓所时，那儿的一张大桌子上摆好了鲑鱼冷盘和龙虾色拉，还有一名菲律宾仆人给他们三个人开香槟酒。这一回玛戈放松了自己，尽情吃喝了。罗德尼·卡思卡特几乎把整条鲑鱼吃个精光，喃喃地说它挺好吃，连萨姆也吃了一盘龙虾色拉，虽然他说他准会给撑死的。

玛戈醉得头昏眼花，吃吃傻笑，这时发现那菲律宾人和萨姆·马戈利斯已经不在了，只剩她和西一起坐在那张铺着狮皮的长沙发上。

"原来你要嫁给萨姆了。"西说，一口喝下一杯香槟酒。她点点头。"好姑娘。"西脱下他的上衣和背心，小心地把它们挂在椅背上。"我讨厌衣服，"他说，"你一定得到我的牧场去……满有趣的地方。"

"但是你穿着它们很漂亮。"玛戈说。

"对。"西说。

他伸手过去，把她抱起来，放在自己的膝盖上。

"但是，西，我们不应该这样，不应该在萨姆的狮皮上。"

西把嘴贴在她的嘴上，吻她。"你觉得我令人兴奋吗? 你应该看到我一丝不挂的样子。"

"别，别。"玛戈说。她没有办法，他力气太大了，他的双手在她衣服里面摸个遍。

"嘿，见鬼，我才不在乎哪。"她说。他走过去，给她又斟了一杯香槟酒，他给自己在一只放过碎冰的碗中倒满了酒。

"至于那头狮子，真该死，全是胡说。萨姆把它射死了，但这家伙是在动物园中射死的。有家该死的狮子饲养场要卖掉一些老狮子，他们举行了一次射击比赛。哪会射不中啊。真是该死的罪过。"他喝下了香槟酒，突然扑到她身上。她倒在长沙发上，他的两臂紧搂着她。

她觉得头昏眼花。她在房间里走来走去，想歇口气，让呼吸恢复正常。"再会吧，骚姐儿。"西说，小心地穿上上衣和背心，走出门去了。她觉得头昏眼花。

萨姆回来了，把一张写有许许多多计算数字的纸给她看。她好歹看起来，他凸出的眼睛闪闪发亮，盯着她的脸。他的双手在哆嗦。"正是今夜，"他一个劲地说，"正是今夜我们的生命线相交了……我们结婚了，不管我们是否希望这样。我不相信自由意志。你呢，亲爱的玛戈？"

玛戈觉得头昏眼花。她说不出话来。"来吧，好孩子，你累了。"马戈利斯模糊不清的声音抚慰着她的耳官。她让他把自己领进寝室，小心地脱去她的衣服，躺在四柱大床上的黑色绸单被中间。

等到萨姆用汽车送她回家，已经是大白天了。他们拐进车道时，房外的侦探碰碰帽檐向他们行礼，那人站在那儿看守她的房子，她看到他的哈巴狗般的大脸盘，感到开心。艾格尼丝已经起来了，穿着有衬里的印花晨衣在起居室里走来走去，手里拿着一张报纸。

"你到哪儿去了？"她大声说，"唉，玛吉，如果你老这样下去，你会毁了自己的容貌的，而且你事业才刚刚开始……看看这个……可别震惊呀……记住这只会产生好的结果。"

她把那份《时报》递给玛戈，用她食指的修剪涂染过的粉红色尖指甲指着一条大字标题。"我不是说过弗兰克在冥冥之中护卫着我们吗？"

好莱坞临时演员在宴会上被杀

著名马球运动员失踪

两名水兵被拘留

战列舰"凯内索"号上两名穿制服的水兵乔治·库克和弗雷

330

德·科斯特洛被拘留受审。他们被发现在圣佩德罗的希格拉斯大道2234号一家公寓大楼的地下室里由于酒醉或吸毒而不省人事。居民们确认在那里进行过通宵酒宴。在他们附近发现了一个青年的尸体，其头骨已被钝器击碎，他被认出是古巴人安东尼奥·加里多，曾在几家著名电影制片厂当过临时演员。当警察应邻人的电话申诉破门而入时，他还在呼吸。这帮人中的第四名成员是个名叫马克斯·赫希的德国人，也有人认为他是个奥地利贵族，他和那英俊的古巴青年在米莫萨的一座时髦的凉台平房中合住一间房间，他在警察到达惨剧现场前便逃跑了。今天凌晨他尚未被警察找到。

玛戈感到房间绕着她的头部在打着大圈子旋转。"我的上帝啊！"她说。她上楼时不得不紧紧握住栏杆以免倒下。她猛力扯下衣服，放水洗热水浴，闭上了眼睛仰躺在浴缸里。

"唉，玛吉，"艾格尼丝在隔壁房间哀叫道，"你的可爱的新夜礼服完蛋啦。"

玛戈和萨姆·马戈利斯飞往塔克森①结婚。参加婚礼的只有艾格尼丝和罗德尼·卡思卡特。婚礼后，马戈利斯递给治安官一张一百美元的新钞票。返回的旅途中气流相当不稳，那架格格作响的三发动机福特大飞机在飞越沙漠时使他们颠簸了好一阵。马戈利斯白色贝雷帽下的脸上又是红又是白，但是他说他感到很愉快，罗德尼·卡思卡特和艾格尼丝公然往硬纸袋里呕吐。玛戈感到她美丽的微笑由于肌肉抽紧而变成了无可奈何的露齿笑，但是她好歹没有把婚礼前吃的早餐吐出来。飞机终于降落在飞机场上了，但他们让那些摄影师等了半个小时，才放下心来，红光满面地带着微笑从舷梯走下，走进随行人员撒下的阵雨般的彩色纸卷和纸屑中，电影摄影机则呼呼地转动。罗德尼·卡思卡特不得不几乎喝光了一品脱苏格兰威士忌才使两腿不致垮倒在地上。玛戈面带微笑，手捧一人束一直放在飞机场的冰箱里等她的黄色龙舌兰，艾格尼丝可看上去乐死了，因为马戈利斯也给她买了龙舌兰，那是浅紫色的，并坚持要她陪他们一起走下舷梯，让人摄进镜头。

在沙漠的强烈日照和空中气井中颠簸之后，回到制片厂的安静的化妆室，真感到轻松愉快。到三点钟时，他们就化好了妆。马戈利斯在底层一间

---

① 位于亚利桑那州南部，为该州的商业中心及休养城市。

小房间里立即开始工作，他给玛戈和罗德尼·卡思卡特拍了一些特写镜头，以一座土堡垒的一角为背景，两人拥抱在一起。西光着上身，胸前交叉地挂着两条子弹带，头戴一顶法国外籍军团的圆顶军帽，玛戈则穿着白色夜礼服和缎子高跟鞋。由于子弹带的缘故，他们的拥抱有些困难。马戈利斯把他那瓷把手的手杖在面前挥动着，不断地在他站立的位于摄影机后面的小箱子和弧光灯的耀眼光圈之间大摇大摆地走来走去，玛戈和西正在灯光下拥抱又松开了十二次才找到使他认为合适的姿势。

"我亲爱的西，"他说，"你必须让观众感觉得到。你肌肉的每个细微的波动必须使人们感觉到激情……而你却生硬得像个木头娃娃。人们都爱她，一个纤弱、美丽而心脏卜卜跳的女性，准备为她所爱的人献出一切……玛戈，亲爱的，你要晕倒，你要投进他的怀抱，忘乎所以。如果他的坚强的胳膊未能抓住你，你就跌倒在地上。西，我的好伙计，你不是一位教年轻女士游泳的体育教练，而是面对死亡的铤而走险的情人……人们都感到他们就是你，你是在替他们爱她，那需要爱情、美和刺激的百万之众，但是要忘掉他们，放松自己，我的好伙计，忘掉有我在这儿，有摄影机在这儿，你们正单独在一起，攫住了不顾死活的片刻，除了你们这两颗跃动的心外，你们完全单独在一起，你和这个世上最美丽的姑娘，美国最新的大众情人……好了……别动……开拍。"

新闻短片LXIII

但是几分钟后这片虚幻的土地像它出现时一样迅速而神秘地消失了于是我发现我面前展现着大片静静的海洋其中不见一丝生命的迹象

夜鹰在鸣叫
黄昏正临近
我急忙赶回……我的蓝色安乐窝①

林白处于危险中因被海浪困于巡洋舰舰首

在田纳西州的群山中
远离世上的种种罪恶
老丹·凯利的儿子倚着他的枪
思念着泽布·特尼的女儿

受到街上巨大人群欢呼

从令人昏眩的帆桁顶端拍快照

丹是个热血青年
他爹使他长得壮实而善良

被勇敢的行为所迷住
城市从它心灵深处发出欢呼

---

① 引自美国流行歌曲《我的蓝色安乐窝》。

333

飞行员在空中嬉戏

他因爱那姑娘而心乱如麻
他把他那双筒枪装上子弹

公共生活的领袖们见到飞行员
纷纷乱叫

旅馆内一片混乱

汽车从人群中的空隙一跃而过
飞机驾驶员几乎从车中摔出

他在山间到处漫步
这田纳西州人的儿子
眼中闪着火身旁挂着枪
寻找泽布·特尼的家族

圣地派① 教徒在滂沱大雨中游行

雪片般落下的纸片充塞百老汇大街

枪声响彻山谷处处
枪声在微风中震响

林迪② 将出任大航空公司首脑

---

① 全名为神秘圣地会，为一秘密互助会组织，只吸收圣骑士团及第三十二级共济会会员
为其成员。
② 美国飞行家林白的昵称。

关于丹·凯利的痴心妄想

　　传播到天涯海角

说丹开枪杀得那家族只留一个

　　夺回了老泽布·特尼的女儿

　　一个头发已秃掉一部分的矮子，情绪紧张，板着脸从他原来隐身其中的人群中奔出，迅速爬上飞机，好像怕被人阻止似的。他穿着普通服装，没穿上装，却穿着件皮背心。他头上没戴帽子。他在钱伯林身旁挤身坐下，眼睛既不看人群，也不看那站在飞机前不远处略为靠一边的妻子，她眼睛因为惊讶而张得大大的。发动机轰鸣起来，飞机开始顺着跑道行驶，停顿了一下，向后倒，然后准确无误地起飞

建筑师

　　1887年晚春的一个闷热的日子，一个十八岁的高大青年，眉清目秀，气宇轩昂，来到芝加哥，在买了从麦迪逊①来的车票后口袋里只剩下了七美元，那笔钱是他当掉了普卢塔克的《名人传》、吉朋的《罗马帝国衰亡史》②和一件旧的皮领大衣得来的。

　　在离家去进一家建筑事务所为自己争取前程之前（威斯康星州没有那种使他的脑子里塞满巴黎美术学院那一套陈陈相因的设计的建筑学课程），这青年亲眼看见麦迪逊的新州议会大厦的圆顶倒塌下来，那是由于柱子的毛石工程质量低劣，某些承包商为了省下钱来给政客们回扣而偷工减料，也许还因为建筑师的设计图上有一些虽然微小而却致命的错误；

　　他永远忘不了那砖石建筑崩裂时的轰隆声、四溅的灰泥、像云朵一样冲天升起的粉尘、被抬走的死者和垂死者的被压碎的身体、被灰泥细屑呛得发青的一张张人脸。

---

① 位于威斯康星州南部，为该州首府。
② 这两部历史巨著篇幅较长，一般为精装本，故比较值钱。

在芝加哥的闹市区一带走着，一次次跨过芝加哥河上的一座座桥，在往来车辆的叮当声和咔嗒声中，在大篷车和满载的货车的嘎嘎声中，在大运货马车的马儿的嘚嘚蹄声中，在拖着驳船的拖轮的汽笛声中，在等待拉开吊桥的湖上汽轮的嘟嘟声中，

他想到这片向东向南向北伸展一千英里，向西伸展三千英里的大陆，而在各处地方，在矿井口、在新疏浚的港湾边、在河道的沿岸、在铁路的交叉口，雨后春笋般崛起

棚屋圆形机车修理房筛煤场起卸机谷仓店铺货栈租房、坐落在树木成荫的宽阔草坪上的为有钱人修建的宅邸、山上的圆顶州议会大厦、旅馆教堂歌剧院大礼堂。

他急切地大踏步走着，

走向那在四面八方为一个青年敞开着的不受限制的未来，这青年双手不离工作，才思敏捷，善于发明创造。

就在那一天，他在一家建筑事务所弄到了一份工作。

弗兰克·劳埃德·赖特是个威尔士帽商和传教士的孙子，后者定居在威斯康星州一个富饶的河谷，斯普林河谷，在那儿养育了一大家人，其中有农民、传教士和教师。赖特的父亲也是传教士，是个不肯安定而不适应环境的新英格兰人；他学过医学，在马萨诸塞州韦茅斯的一座浸礼会教堂传道，后来又以上帝一位论派信徒的身份在中西部传道，教过音乐，阅读梵文，最后离家出走。

小赖特出生在他祖父的农场上，在韦茅斯和麦迪逊先后上学，夏天在威斯康星州他叔父的农场上干活。

他在建筑学方面的修养来自阅读崇尚十三世纪建筑风格及纯正的哥特式砖石建筑的结构数学的维奥莱-勒-杜克[1]的著作，还来自在芝加哥的艾德勒与沙利文建筑事务所与路易·沙利文一起工作的那七年。（正是路易·沙利文继理查森[2]之后发明了十九世纪美国建筑学上所发明的一切。）

等到弗兰克·劳埃德·赖特离开沙利文时，他已开创了一种与众不同的风格，草原建筑风格[3]。在橡树园镇他为有钱人修建了宽敞的郊区住宅，它

---

① 维奥莱-勒-杜克（1814—1879），法国建筑师，在意大利研究中世纪古建筑，归国后，致力于从事巴黎圣母院等古建筑的修复工作，著有建筑理论书籍多种。

② 亨利·霍布森·理查森（1838—1886），美国建筑学家。

③ 赖特于1893年自设事务所，致力于开创适合于美国中西部的住宅建筑风格，形成"草原学派"。

们是打破美国建筑师心目中几个世纪的陈规的束缚的首批建筑，抛弃了从古雅典卫城延续几十个世纪传下来的老掉牙的柱头、柱基和山墙，罗马砖石建筑的令人发腻的传统的镂花型板，以及那已半被湮没的帕拉迪奥①建筑型式的抄本。

弗兰克·劳埃德·赖特正在开辟一条通向用玻璃砖和钢材进行快速建筑的新的康庄大道，

预示着今天的光景。

他愉快地寻求新的材料：预应钢、玻璃、混凝土、百万种新的金属和合金。

他这位传教士的儿子和孙子变成了用蓝图说教的人，

为美国的未来而不是为欧洲的过去进行建筑设计。

这位建筑规划的发明者，

明天的大梁工程语言的设计者，

他向年轻人说教，他们在受压迫的时代长大成人，被由金融常规支配下的纸板墙禁锢起来，生活和计划都被对每一种进步行动横加勒索以取得股息的封建性地征收买路钱的行为弄得贫乏不堪，对这些年轻人他说：

> 那种相当城市化的公民已变成一个经纪人，主要拿人类的种种弱点或其他人的思想和发明来做交易，拉一下横杠，按一下行使代理人权力的电钮，这权力是凭借机器的功能而使他拥有的……在他的上面、旁边、下面，甚至当他睡着时在他心中，到处是租金自动计算器，它以某种形式刺激这心怀渴望的消费者为争取或反对多少有几分仁慈或无情的金钱增长而不停地奋斗。

对那些为竖立在坚硬的铺石道上的新的小租房群落而日夜设计的年轻人他宣讲

他少年时代的种种远见，

这种未来，不是上百种精选的股票上涨几个点或车辆负荷增长或银行信贷倍增或活期贷款利率提高，

---

① 安德烈亚·帕拉迪奥（1518—1580），意大利建筑学家，在威尼斯等地建有不少宗教建筑及王公大臣的宅邸。

而是从头开始，在效用和需要的基础上建造一种新的建筑，

向着美国的未来而不是向着欧洲和亚洲的沾染着痛苦的过去。他把这个横跨大西洋与太平洋之间的辽阔大陆的广大而富饶的新国家称为尤索尼亚。他宣讲尤索尼亚这一方案：

> 错综复杂的粗糙的实用主义建筑，在我国成长过程的机械化初期，像某些高贵的建筑的粗糙的脚手架一样，粗暴地破坏了环境的风貌，要认识这一点是并不难的……拓荒时期的粗糙的目标已经达到了。脚手架可以被拆除，而真正的成绩，一种文明之教化，可能显示出来。

像许多传教士、预言家、倡导者一样，弗兰克·劳埃德·赖特的生活是风波迭起的。他养育了子女，和几个妻子都争吵过，超越了生活中的界限，陷入了触犯法律的麻烦，为离婚上法院，破产，造谣生事的报刊老在他脚后跟狂吠，他的不幸以大字标题刊登在晚报上：与女人的纠葛，在威斯康星州的房子着火所引起的梦魇般的恐怖。

出于命运的奇特的嘲弄

那最不折不扣地出于他之手的建筑竟是东京的帝国旅馆，它是一九二三年大地震中几座未受损坏的建筑之一（他写道，他从电报得知那建筑屹立不动、拯救了许多人命的那天，是他最幸福的一天）

而大部分美国人通过阅读德文著作[①]才第一次了解他的作品。

他的生活里充满了未完成的雄心勃勃的计划。（多么频繁啊，这位传教士听见自己的声音在空荡荡的礼堂中发出空洞的回声，这位制图员眼见那些精心设计的平面图被灰尘弄得模糊，这位建筑师看见卷起来的蓝图在档案柜里卷缩变黄变脆。）

在必然会使大多数人永远一蹶不振的那几场大火和灾祸之后，他两次重建位于威斯康星州他祖父的河谷里的他在其中工作的房子。

他在威斯康星州工作，

这个身子挺拔而消瘦的白发男子，他的几个儿子都是建筑师，他的弟子

---

① 赖特1909年赴欧，在德国出版两部有大量建筑图例和照片的专著。他的作品先受到欧洲人的赏识，然后在本国获得声誉。

们从世界各地前来和他一起工作，

　　规划设计一座新城（他称之为广袤城）。

　　四面八方都是老路（要想象这个新城，你必须抹去过去的一切根深蒂固的习惯，用新的工具从头开始建造一个国家）。建筑师考虑的只是效用：

　　金属的难以置信的众多的功用、强度和张力，

　　发电机、线圈、收音机、光电管、内燃机，

　　玻璃

　　混凝土；

　　和需要。（告诉我们，哲学博士们，一个人的需要是什么。一个人至少需要不被监禁不害怕不挨饿不挨冷不缺少爱，不为他从未见过的

　　不关心男人或女人或孩子的效用和需要的权力工作。）

　　建造一座建筑就是建筑工人和建筑中的居住者们的生活。

　　建筑物的质量决定文明，正如蜂房中的那些小巢室的质量决定蜜蜂的作用一样。

　　也许那雄心勃勃的制图员，那使用混凝土的半瓶醋的涉猎者，那为愿意出钱使她们的住宅令人惊叹地装修精致来提高身价的有钱的太太小姐们效劳的放荡不羁的艺术家，因受效用与需要之逻辑所左右，并由于与传统势力中之金钱阻力进行过毕生的斗争而不由自主地

　　绘制了需要创造了新的生活才能完成的设计图；

　　只有在自由的环境中我们才能建成尤索尼亚的城市。他的计划正在实现。他的蓝图，正如过去的沃尔特·惠特曼的诗句一样，激励着年轻人——

　　弗兰克·劳埃德·赖特，

　　新式建筑的创始者，

　　并非没有享受到荣誉，但除了在他的祖国。

新闻短片LXIV

从马尾藻海捕到怪鱼

到了夜间，当工厂的其他部分已安静时，戴着防毒面具显得很丑的模糊的人影在研究实验室背后那一长排低房子里工作

朗姆酒走私集团联系国民

在水槽的四周
等待火车

女的被杀男的被拘留

实业界人士对即将到来的选举
并不感到惊讶

严重的征兆使莫斯科不安

劳工领袖们被取消上台讲演权

莫斯科传来的报道使人难以想象。这些谋杀者已使他们自己越出了合法的范围。他们已表明他们是世界上的一帮疯狗

当红利滚滚而来时华尔街老板们
打消了圣诞节的忧虑

把我的姑娘留在山里
我离去时她正站在雨中

我国的空中优势受到赞扬

这层峦叠嶂的土地上山连着山

我碰上了麻烦
枪杀一名县警长

在静悄悄的夜晚，你曾否听到穿软鞋的脚向你偷偷走来？

托洛茨基向斯大林展开攻击

勒死的人横陈街头

低沉地呻吟……
我亲爱的男人要走了

搜捕职业女杀手因其袭击社交界女名流

紧握英雄们的手
姑娘神秘地投身河中濒临死亡

他是那种需要像我这样的女人的男人

完全消失在墨西哥上空的雾中

断言俄国将勃兴

我呀，噙着眼泪在跳舞

因为我怀中的姑娘并不是你

在广州一次处死六百人

见到繁荣之年在前头

我们在投资者咨询服务项目下为你做这种核查，我们分析你拥有的每个个别的担保品，并给你一份公允的报告和对它的估价。在全年中，我们定期使你了解重大的发展情况。如果突然显示出危险的信号，我们及时对你提出忠告

摄影机眼（49）[①]

穿过马萨诸塞湾那阴冷的空气从普利茅斯步行到北普利茅斯[②]透过一只鞋子的鞋底感到每一步踩在一小团冰冷的烂泥上

目光从四月的知更鸟蛋色天空下的灰色木屋看过去越过那些停泊在清澈的浅水中的白色平底小渔船越过那些黄色的沙洲和粼波荡漾通向蓝色海洋的石板色海湾一直向东

这儿正是当年移民登陆的地方那些清教派分子城堡的掠夺者弑君者和憎恨压迫的人们这儿正是他们从那条带着船底污水臭的人头济济的船上登陆后站在一起的地方　在那不属于任何人的海滩上　在不属于任何人的海洋和不属于任何人的大森林之间这片大森林伸展在有麇鹿足迹的群山上沿着印第安人种植一片片高大的玉米的绿色河谷延伸不断地向那不可思议的西方延伸

---

① 摄影机眼（49）和（50）表达作者对萨柯-樊塞蒂案件的思考。

② 普利茅斯为马萨诸塞州东部一海港，在波士顿东南。1620年，第一批英国清教徒在这里登陆，开辟殖民地，北普利茅斯在该港的西北。

三百年来移民们辛勤劳动向西方发展

而今天

从普利茅斯走到北普利茅斯突然在路上拐一个弯越过一个小池塘和长着黄色嫩枝的绿茸茸的柳树你可以见到那移民村巨大的棚屋楼房商号房屋全都同样大小全都被尘垢染成同样的色彩一个巨大的方烟囱长长的屋顶排列整齐的方形和长方形的建筑遮住了大海　这普利茅斯移民村　这儿是另一个移民工作的地方这憎恨压迫的人希望建立一个没有栅栏的天地他被人们从移民村解雇后便去卖鱼　黑暗的木房里的移民们认识他　买他的鱼听他讲话跟着他的手推车从一家走到另一家　你问他们　他长得怎么样?　他们为什么怕谈到巴特之所以怕是因为他们看到他惊慌失措的眼睛因害怕而眯成了两道黑缝?　一名理发师小杂货店里的那个男人他寄宿的那家的女人　他们用惊吓的声音问为什么他们不相信?我们知道他　我们每天看见他在我们买到黄鳝的那天他们为什么不相信?

只那男孩不害怕

铅笔在我的笔记本上潦草地写着回忆的片断零碎的片言只语把一个字和另一个字交织在一起使子句与子句相吻合从支离破碎的记忆中不可动摇地(老本丢·彼拉多①)重述事实真相

那男孩长着棕色的眼睛在我身旁羞涩地走向车站谈到巴特如何帮助他完成他的家庭作业他想获得成功　他为什么竟为认识巴特而感到痛心?想进波士顿大学　我们握别别让他们吓住你

使自己习惯于吸烟车厢　习惯于混杂在一起的那些面孔像在家中一样舒适地穿过越来越浓的夜色轧辘辘地向波士顿驶去　我如何能使他们领悟我们的父亲叔伯那些憎恨压迫的人是怎样来到这个海岸的　如何讲　别让他们吓住你　让他们领悟谁是你的压迫者美国啊

把那些在律师地方检察官大学校长法官们的嘴里给玷污并糟蹋的词儿恢复一新　如果没有移民们那些憎恨压迫的人所带来的老词儿你如何知道谁是你的背叛者呢美国啊

再说如何知道你们关在查尔斯城监狱里的这个鱼贩子②就是你们的马萨诸塞州的创始人之一呢?

---

① 本丢·彼拉多，公元一世纪审判耶稣并下令将耶稣钉死在十字架上的罗马驻犹太总督。

② 指樊塞蒂，详见下文。

新闻短片 LXV

暴风雨使地铁受阻；
洪水与闪电使城市陷入黑暗

爱情啊爱情啊随随便便的爱情
像小偷一样于夜间来临

当和平鸽停落时旁观者高呼哈利路亚；
据说已分摊到十万美元

股票猛跌使交易所陷入混乱

芝加哥橡皮乳头生产不景气使场外市场交易受打击

给我可怜的脑袋拿个枕头来
拿把槌子来敲出我的脑浆
因为威士忌已把我的身体摧毁
而红红的灯光弄得我发狂

对橡皮艇寄予信心

但是我会爱我的宝贝儿直至大海干涸

这种巨型的新的探照灯在两英里之外能把你晒黑

直至岩石全都被阳光融化

哦这不难吗？

　　根据申请，斯迈思于一九二四年七月十二日被公司在奥克马尔吉[①]的工厂雇用来测试润滑油的黏性。他的任务之一是把苯倒入一只热缸后把它煮沸，浓缩到只剩下余渣以便能作试验。日复一日，他吸着那缸里冒出的并不令人觉得不舒服的烟。

　　大约一年后的一个上午，斯迈思在刮胡子时划破了脸，他发现从那个小伤口一连几个小时流出大量的血，他刷牙时牙齿也开始出血，过了几天出血还是不止，他便去找医生。诊断说苯的烟气已破坏了他血管的管壁。

　　斯迈思在床上躺了十八个月，只有借助服用鸦片酊才能入睡。他给切除了脾脏和扁桃腺，同时采用给他定期输血的办法，使他的血液供应量接近正常。

　　总共从他的手臂输入了三十六品脱多的血，后来静脉给扎烂了，不得不切开皮肤刺入深层的静脉。在这整个期间直到他去世前八小时，控告书说，他神志清楚，始终感到痛苦。

玛丽·弗伦奇

　　玛丽·弗伦奇通过艾达的一个朋友找到了她在纽约的第一份工作。地点在八街的一家美术馆，那儿正举行雕塑展览，她整天坐在那儿，回答太太小姐们提出的问题。她们身穿着飘垂的蜡染布衫裙，通常于午后到这儿来，存心让人看见她们在欣赏美术。两星期后，玛丽顶替的那位姑娘回来了，由于她一直想干点实际工作，便到布卢明代尔百货公司去，在妇女服装部找到了份工作。夏日淡季来了，她被解雇，回到家里，给《自由人》[②]周刊写了一篇关于百货公司职工的文章，靠了这篇文章，她找到了一份工作：为国际妇女服装工人联合会就服装业的工资、生活费用以及批发价与零售价之间的差

---

① 美国俄克拉荷马州东部石油和天然气产区一炼油业中心。
② 政治和文艺评论刊物，于1920年至1924年刊行。

距等问题进行调查研究。她喜欢为发掘统计资料而进行一连好几个小时的工作和谈话，谈话的对象有工会组织者、爱说俏皮话的激进分子和到她办公室来的男女工人，那办公室又挤又脏，由她和另外两三位研究工作者共同使用。她终于感到自己确是在干实际工作了。

艾达回密执安州老家去了，剩下玛丽一人住在麦迪逊大街的公寓里。艾达走后，玛丽感到松了一口气；她仍然很喜欢艾达，但是她们俩的兴趣迥然不同，常常傻里傻气地争论艺术与社会正义何者更为重要，弄得筋疲力尽，彼此气恼，几天不讲话，而且都讨厌对方的那些朋友。即使如此，玛丽仍然禁不住喜欢艾达。她们是很老的朋友了，而且艾达为罢工者辩护委员会、法德援助基金以及玛丽建议的其他项目——慷慨解囊；她花起钱来非常大方，但她的观点完全是阔人的观点，这已是毫无办法的了，她没有阶级觉悟。这套公寓也使玛丽·弗伦奇心烦，讨厌那些粉画色彩的小摆设、那幅惠司勒①真迹、太厚的地毯、太软的弹簧床垫以及所有窗帘帷幕上的可厌的缎子流苏；但是玛丽挣的钱实在太少，能不付房租住下去，对她是很大的帮助。

有一晚，麦迪逊广场花园里举行盛大集会，欢迎阶级战争中给关进亚特兰大监狱的人们获释归来，那时艾达的公寓很方便地被派上了用场。玛丽·弗伦奇应邀坐在主席台上，听见委员会的某些成员在讲，没有地方可以安顿本·康普顿。他们在找一个安静的藏身之处让他安睡，并摆脱地区法官派出的侦探。自从他到纽约后，他们一直到处跟踪他。玛丽走到他们面前，悄声建议让他住到她那里去。因此会后，她坐在一辆黄色出租汽车里，在二十九街和麦迪逊大街的拐角等着，后来有个顾长而苍白的男人，方格呢鸭舌帽低低地扣在脸上，跨进汽车来，摇摇晃晃地在她身边坐下来。

车子开动后，他又戴上了钢边眼镜。

"看看后面是否有辆灰色的轿车在跟踪我们。"他说。

"什么也没有。"玛丽说。

"你就是看见了也不认得。"他咕哝道。

为了安全起见，他们在中央大车站下了车，默默无言地顺着公园大街朝北走了一程，然后向西拐上一条横街，再拐上麦迪逊大街朝南走。到了家门口，玛丽拉拉他的袖子，叫他停步。等进了公寓，他叫玛丽把门闩上，没有

---

① 詹姆斯·惠司勒（1834—1903），英国画家，其画风受日本画及法国印象派的影响。

脱帽子大衣，便倒在椅子里了。

他什么话也不说，双肩只顾抖动。玛丽不想盯着他看。她不知干什么好，便在客厅里踱来踱去，点燃了原木型煤气壁炉，抽了一支烟，然后到厨房间去煮咖啡。等她回来时，他已脱去衣帽，正伸着指关节粗大的双手，在壁炉前烤火。

"你得原谅我，同志，"他说，声音嘶哑，干巴巴的，"我累极了。"

"哦，不必客气，"玛丽说，"我想也许你想喝点咖啡。"

"不要咖啡……要热牛奶。"他急匆匆地说。他的牙齿直打战，仿佛觉得冷。她端了一杯热牛奶回来。"能不能放点糖?"他说，几乎露出了笑容。

"当然可以，"她说，"你作了一篇很漂亮的演讲，十分克制而略带几分激烈……要算整个会上最精彩的了。"

"你不认为我的样子很激动吗? 我只担心精神垮下来，使我没法讲完……你肯定谁也不知道这儿的地址和电话号码吗? 你肯定我们没被人盯梢?"

"我肯定谁也不会在麦迪逊大街这儿找到你……他们才不会找到这儿来哪。"

"我知道他们在跟踪我。"他说着打了个冷战，又倒在椅子里了。

两人沉默了好一会儿。玛丽能听见煤气壁炉的嘶嘶声和他一小口、一小口地呷牛奶的声音。然后她说："一定很可怕吧。"

他站立起来，摇摇头，好像不愿谈论此事似的。他是个瘦高个儿的年轻人，但是当他在壁炉前走来走去时，却奇怪地像个上了年纪的人一样步履拖沓。他脸色像蘑菇一样苍白，下眼皮松垂，呈淡褐色。

"你知道，"他说，"正像生过一场大病的人，不得不重新开头学习走路一样……别管它算了。"

他喝了几杯热牛奶，然后上床睡觉。她走进另一间卧室，关上门，拿了一摞书和小册子，躺在床上。她要查看一些法律条文。

她刚感到困倦，趴进了被窝里，忽然被敲门声惊醒了。她一把抓起浴衣，跳下床来，把门打开。本·康普顿穿着一件长长的连衫内裤，站在那儿发抖。他没戴眼镜，鼻梁上有一条红色的横道道。他头发蓬乱，多疙瘩的双脚光着。

"同志，"他结结巴巴地说，"你是否介意让我……你是否介意让我……你是否介意让我躺在你的身旁? 我睡不着。我没法一个人待着。"

"你这可怜的孩子……上床吧，你在哆嗦。"她说。她在他身旁躺下了，身上仍然披着浴衣，趿着拖鞋。

"要我关灯吗?"他点点头。"要不要吃些阿司匹林?"他摇摇头。她把被子拉到齐他的下巴，把他当成一个孩子。他仰卧着，睁大了一双黑眼睛凝视着天花板，牙齿紧闭。她伸手放在他额上，摸摸他是否发烧，就像她对付小孩子那样。他战栗了一下，把头朝一边缩。"别碰我。"他说。

玛丽关了灯，上了床，想使自己在他身边安静地入睡。过了一会儿，他一把抓住她一只手，紧紧攥住。他们肩并肩地在黑暗中躺着，瞪眼望着天花板。然后她感到他松开了手，渐渐入睡了。她睁眼躺在他身旁，唯恐任何微小的动作会惊醒他。她每次睡着都梦见有些侦探破门而入，于是便一下子惊醒过来，身子发着抖。

翌晨她去上班时，他仍然熟睡着。她留下一把弹簧锁钥匙和一张条子，告诉他冰箱里有食物和咖啡。当天下午回家，她乘电梯上楼时，心脏跳得很快。

她打开门后第一个想法是以为他已经走了。卧室里空无一人。接着她发现浴室的门关着，里面还传出哼哼的声音。

她轻轻地敲敲门。"是你吗，康普顿同志?"她问。

"马上出来。"他的声音听起来比较坚定，比较像他在会上讲话时使用的深沉圆润的声音了。他笑吟吟地走出来，一双长着直立的黑色短毛的苍白的长腿怪模怪样地伸出在玛丽的淡紫色的浴衣下面。

"你好，我洗了个热水澡，这已是第三次了。医生说洗热水澡有好处……你知道，可以放松放松……"他从腋下抽出一本奥斯卡·王尔德的粉红色封面的《道林·格雷的肖像》，对她晃晃，"读这种劳什子……我感到好过些……你说，同志，这公寓究竟是谁的?"

"是我一个朋友的，她是个小提琴手……她出门了，要到秋天才回来。"

"我希望她在这儿为我们奏一曲。我喜欢听些好音乐……也许你也喜爱音乐。"玛丽摇摇头。

"想吃点晚饭吗? 我带了点吃的回来。"

"我来试试看……不能吃太油腻的……我的消化能力变得非常不好……原来你认为我讲得还可以?"

"我认为好极了。"她说。

"吃了饭我要看看你带回来的报纸……但愿那些御用报纸不要总是窜改我们的讲话。"

她热了一点豌豆汤，给他烤了些面包，煎了些熏猪肉和鸡蛋;他把她给他的东西全吃了。他们吃饭时，就当前的运动进行了亲切的交谈。她向他谈到她在那场钢铁大罢工中的经历。她看出他开始对她感兴趣了。他们还没吃完，他的脸色开始变白。他到浴室里去呕吐。

"本，你这可怜的孩子，"当他样子憔悴而虚弱地走回来时，她说，"真糟糕。"

"奇怪，"他有气无力地说，"上次在河对面新泽西州伯根县的监狱里，我出来时感觉良好……但这次却把我弄垮了。"

"他们虐待你了吗?"

他咬紧牙关，绷紧了颚上的肌肉，但是他摇摇头。他突然一把抓住她的手，眼睛里饱含着泪水。"玛丽·弗伦奇，你待我太好了。"他说。玛丽情不自禁地伸出手臂，紧紧抱住他。"你不知道找到一个……找到一个可爱的女同志是多么可贵，"他说着轻轻地推开她，"现在我来看看这些报纸是如何对待我的讲话的。"

本在公寓里躲藏了大约一个星期后，他们俩在一个星期六的晚上决定彼此相爱了。玛丽感到从未有过的幸福。整个星期天，他们像小孩子般蹦来跳去，傍晚到公园里去散步，听乐队演奏。他们在浴室洗澡时把海绵朝身上抛来抛去，脱衣服时互相嬉闹，睡觉时紧紧地抱在一起。

尽管本只在晚上才出门，但是在接下来的几天内，他脸颊上开始有了点血色，步子也开始带有些弹性了。

"你让我重新感到像个男子汉了，玛丽，"他每天总要这样对她说上十多次，"现在我感到又能做点事情啦。这个国家的革命的劳工运动毕竟才开始啊。潮流要变了，你看着吧。从列宁和托洛茨基在俄国取得胜利就开始了。"玛丽觉得，他说列宁、托洛茨基和俄国这三个字眼时，声音里带有某种使人感动的意味。

两周后，他开始和激进派的头头们一起参加会议，她每次下班回来，总不知道他会不会在家里。有时要到早上三四点钟他才回来，满脸倦容，憔悴不堪。他口袋里老是被文件和传单塞得鼓鼓的。艾达的花哨的会客室里渐渐堆满了印刷得不好的报纸、小册子和油印纸张。壁炉架上，在艾达的德累斯顿制造的那些奏乐小瓷人中间堆放着三卷本的《资本论》，其中有些地方用铅笔划着道道。晚上，他有时把他正在写的小册子读给她听，那是仿列宁的《怎么办?》写的，并皱着眉头问她表达得是否清楚，普通工人是否能懂得他的意思。

八月中的一个星期天，他叫玛丽陪他一起去康尼岛，他和他的亲人约好了在那儿见面，他想在人多的地方会见他们比较方便些。他不想让那些侦探跟踪到他家去，以后再去打扰他的双亲或姐姐。她有一份好差事，正给一位有名的生意人当秘书。他们见面时，康普顿家的人隔了一会儿才注意到玛丽。大家在斯托奇饭店里的圆桌边坐下来喝淡啤酒。当康普顿一家人把目光都转向她的时候，她感到坐立不安。老人们态度温和，非常客气，但是她看得出他们希望她不来才好。本的姐姐葛蕾迪丝狠狠地瞪了她一眼，就再也不理睬她了。本的哥哥萨姆是个身材粗壮、样子阔绰的犹太人，据本说他经营着一家小企业，兴许是家血汗工厂吧；他的态度客气而圆滑。只有最小的弟弟伊西有点儿像工人，但更可能是个流氓团伙中的成员。他对待她亲昵中带有戏弄的意味；她看得出他把她看作本的姘妇。她看得出他们全都喜爱本；他是家中的聪明孩子和学者，但是他们对他的激进思想感到惋惜，好像这是他得的一种不幸的疾病。然而他的名字上了报，在麦迪逊广场花园人们为他喝彩，在演讲中称他为工人阶级的英雄，这一切给他们留下了深刻的印象。

本和玛丽离开他们进入地铁车站后，本悲痛地凑着她的耳朵说："嘿，这就是犹太家庭嘛……你觉得怎么样？像约束疯子的紧身衣……不管我是杀了人还是开着许多家妓院，情况就是一样……即使参加了工人运动，也摆脱不了他们。"

"但是，本，它也有有利的一面啊……他们会为你竭尽全力……可我和我的母亲却真正地相互憎恨。"

本需要添置衣服，玛丽也一样；一周又一周，她的薪水从来没有节余，因此有生以来第一次写信去向母亲要五百元钱。她母亲寄回一张支票和一封颇为友好的信，信中说她已当上共和党的州议会议员，还说她钦佩玛丽的独立自主精神，因为她一向相信女人有和男人一样的权利来挣钱养活自己，女人在政治上的影响可能超过她过去的设想，而玛丽在为自己创立一番事业上，确实表现了勇气，但是她希望玛丽会很快明白过来，假如她回到科罗拉多温泉城，取得根据她母亲的情况她理应享有的社会地位，她同样可以干出一番有意思的事业来。本见到支票高兴极了，没有问她要钱来干什么用。

"我正好需要五百元钱，"他说，"我本不想告诉你，他们要我到贝荣去领导一场罢工……人造丝厂工人……你知道，那家老兵工厂已改为生产人造丝了……是个很难对付的城市，工人穷得连工会会费也交不起……但是那儿有一个很好的激进的工会。在新的企业里弄到一个立足点是很重要的……美国劳工联合会的那些出卖工人的组织正是在这一点上在走下坡路……五百元可以对付印刷费啦。"

"哦，本，你还没休息好哩。我真担心他们又要把你抓去。"

他吻她。"没事儿，别发愁。"

"但是，本，我本想给你买点衣服。"

"这套衣服很好嘛。你看有什么地方不合适？这不是山姆大叔亲自给我的吗？……等事情一搞起来，我们就让你去那边干宣传工作……扩大你对服装业的知识。哦，玛丽，你弄到这笔钱实在太好啦。"

那年秋天艾达回来后，玛丽搬了出去，在格林尼治村西四街找到两间小房子，这样本到纽约来便有个住处。那年冬天她特别辛苦，一方面仍干原来的工作，同时又为本在新泽西州几个城镇领导的罢工搞宣传工作。"这算不上什么，等我们在美国建立了苏维埃，工作还要辛苦哩。"当她问本，如果不同时干那么多工作，不是可以工作得更好时，他会这样说。

她从不知道什么时候本会突然露面。有时接连一星期他天天晚上都在，有时他外出一个月，她只能从关于集会、工人罢工纠察线被突破以及在法庭上反对种种禁令的活动的新闻报道中得到关于他的信息。他们一度决定结婚生孩子，但是同志们叫本到帕塞伊克那一带的城镇去组织工会，他说这样做会分散精力，他们还年轻，等革命成功后有的是时间来处理这些事。现在是进行斗争的时候。如果她要生孩子的话，当然也可以，不过这一来她要有几个月不能参加斗争了，所以他认为此刻不是干这种事的时候。这是他们第一次发生争吵。她说他没心肝。他说他们应该为了工人阶级牺牲个人的感情，说罢怒冲冲地走出屋去。最后她把胎儿打掉了，为了支付这项开支，只得再次写信去向母亲要钱。

她更加积极地投身于罢工委员会的工作。有时接连好几个星期，她每晚只睡四五个小时。她养成大量抽烟的习惯。打字机的一角老是搁着一支香烟，细细的烟灰掉在从轮转印刷机里送出的纸页上。只要她从办公室跑得开，她就到处去向有钱的女士们募捐，劝说著名的开明人士来参加纠察队后被逮捕，诱导新闻记者们写文章，并跑遍全国找慈善人士在保释保证书上签名。当她日夜不停地干着打字、印刷、写信、草拟请愿书这些冗长乏味的办公室工作时，她眼前常像梦幻或戏台上演的戏一样掠过罢工者，那些在纠察线上和在施粥棚等待热汤的男人、女人和孩子的身影，他们因付不起最后一次分期付款而被拿走了家具，只好在空荡荡的凄惨的会客间里接待采访记者，还有那装满了破坏罢工者的一辆辆公共汽车，端着锯短枪筒的猎枪守卫着一座座静悄悄的、伸展面很广的、窗户黑黑的长方形厂房外围的高大栅栏的警察和警官。

她和本根本不再在一起生活了。在会上当他在一阵跺脚和鼓掌声中登上讲台，满面红光、目光炯炯地向每个男女作明确而直接的讲话，鼓舞他们，警告他们并向他们解释经济体制时，她也像工人们一样对他大为激动。工厂的女工都迷恋着他。她们注视他的目光以及某个身材高大、乳房丰满、行为放肆的女工有时在办公室外的过道上拦住了他，一手搭上他的胳膊，迫使他注意她的行为使玛丽·弗伦奇不由自主地在心窝里感到不舒服。玛丽老是坐在办公桌旁工作，因为抽烟太多而感到嘴里发苦发干。她看看自己发黄的手指，捋捋披在前额上的未烫的乱头发，感到自己衣着不好，容颜衰退，毫不引人注目。如果他因为传单没有印好而当着办公室全体人员的面痛骂她之前能先向她笑笑，她一整天都会感到高兴。不过总的说来他似乎已忘记了他们曾经相爱。

劳工联合会的官员从华盛顿来了，他们穿着昂贵的大衣，围着丝围巾，抽着两毛五一支的雪茄，向办公室的地板上吐唾沫，他们从本的手中接过罢工的事务，并进行了调停。有一天深夜，本回到西四街的房子里，这时玛丽刚要上床。由于缺少睡眠，他的眼圈红了，两颊下陷而发灰。"本啊。"她说着哇地哭起来。他感到寒冷、悲痛和绝望。他坐在她床沿一连几个小时，用锐利而单调的声音告诉她被出卖的经过以及左翼分子与老派的社会主义者和工运领导人之间的斗争，而现在一切已经结束，他即将以蔑视法庭的罪名受审判。

"我很难过，要花工人们的钱来为我辩护……我宁肯去坐牢……但这将是一个判例……我们必须打赢每场官司，这也是使用那些自由派律师，那些讨厌的骗子手的一种方式……这事花费很大，工会已破产了，而且我不喜欢让他们为我花钱……但是他们说如果我的官司赢了，那么别的小伙子的官司都不必打了……"

"现在要紧的是，"她掠去他前额上的头发说，"先放松一下。"

"这还用你说？"他说着开始解鞋带。

她花了好长时间才使他上床睡觉。他衣服刚脱了一半，便在黑暗中坐着打战，谈起罢工中所犯的错误。等他最后脱好衣服，站起身来把衣服放到椅子上时，在外面的路灯透过她家窗户送进来的一大片灰蒙蒙的光中，他的样子显得像骷髅一样。看见他那凹下去的胸部和锁骨后面深深陷进去的肌肉，她又一次大哭起来。

"怎么啦，姑娘?"本粗暴地说，"你哭是因为没有美男子跟你睡觉?"

"胡说，本，我只是想你需要养胖起来……你这可怜的孩子，你太辛苦了。"

"要不了多久，你就会跟一个年轻漂亮的债券推销员私奔的，你在科罗拉多温泉城就是经常这样干的……我知道会发生什么情况的……我才不在乎……我可以独自战斗。"

"唉，本，别这么说……你知道我全心全意地……"她把他拉到身边。他突然吻起她来。

翌晨，他们穿衣服时，谈到玛丽的调查研究工作有何价值的问题，发生了激烈的争吵。她说毕竟他不能那么讲，他搞的罢工也不怎么成功嘛。他没吃早饭就出去了，她十分生气地赶到市区的北部，辞掉了她的工作，过了几天，到波士顿参加新组成的委员会，为声援萨柯和樊塞蒂①而工作。

她从未到过波士顿。在这些和煦的冬日，该城的红砖建筑带有一种古色古香的钢板雕刻画的风味，使她很喜爱。她在烽火山后面贫民区的边缘地带租了一个小房间，决定等这场官司打赢了，写一部以波士顿为背景的小说。她在一家老朽的小文具店买了几本学生抄本，马上着手做写小说用的摘记。印有淡淡的蓝色线条的新抄本的气味使她感到精神焕发。她今后要观察生活，再也不要爱上什么男人了。她母亲寄来一张支票，给她过圣诞节用。她用这笔钱买了一些新衣服和一项相当合用的帽子。她又开始卷头发了。

她的工作是和新闻记者们接触，设法使有利的新闻条目上报，这是一项费劲的工作。虽然和此案有关的记者大都认为他们两人被错判了刑，可是他们总爱说他们只不过是两个意大利佬和无政府主义者，因此管它做什么！她到德达姆监狱和查尔斯城去跟萨柯和樊塞蒂分别谈过话后，一位合众社的记者于一个星期六的晚上请她一起去汉诺佛街的一家意大利饭馆用餐，她把自

---

① 萨柯与樊塞蒂为意大利人，于1908年移居美国马萨诸塞州。萨柯是鞋匠，樊塞蒂是散工兼鱼贩，因积极参加工人运动，于1920年被诬告犯有抢劫和谋杀罪而关进牢房。美国当局不顾美国和全世界各界人士的抗议，于1927年7月将他们判处死刑，于8月执行。

己对这两人的看法设法告诉了记者。

她真正感到友好的就这么一位记者。他是个大酒鬼，但他见多识广，态度温和而超然，使她喜欢。他出于某种原因也喜欢她，尽管他无情地嘲笑她的那股子他所谓的年轻人的狂热劲儿。他请她出去吃饭，让她喝了许多红葡萄酒，但她暗忖这实在不好算是在浪费时间，这对她和新闻社保持联系是必要的。这位记者名叫杰里·伯纳姆。

"但是，杰里，你怎么能容忍呢？如果马萨诸塞州当局能不顾全世界的抗议而处死这两位无辜者，那就意味着美国再也不会有正义啦。"

"自开天辟地以来，什么时候曾有过正义？"他一面俯身给她的酒杯斟满酒，一面苦笑着说，"听说过汤姆·穆尼①吗？"他那头卷曲的白发使他那胖乎乎的红脸奇怪地变得年轻起来。

"但他们是那样安静，那样诚实，以至你感到他们真是伟大。说真的，他们是伟大。"

"你讲的一切更加说明他们没有在好几年以前就被处死真是不寻常。"

"但是工人，普通人不容许。"

"然而普通人却从伟人受折磨和被处死中获得最大的欢乐……如果不嫌追溯得太早的话，请问是谁要求处死我们的朋友耶稣基督的？"

是杰里·伯纳姆教会她喝酒的。他整天醉得昏沉沉的，小心谨慎地端着酒杯，那样子就像头上顶着满桌菜肴的走钢丝杂技演员。他已习惯于为新闻社一连工作二十四小时，因而随随便便地处理电报和办公室的工作，就像他付了一家非法酒店的账再上另一家时一样随便。他说因为腰子有病，所以只喝葡萄酒了。但是她走进办公室，往往嗅出他嘴里有威士忌味。他使人非常恼火，因此她每次陪他一起出去时都发誓就这一次，下不为例。现在每分钟都很宝贵，不能再浪费时间啦。但是下一次他请她出去，她马上就软下来，笑吟吟地说好，并再次浪费一个晚上喝葡萄酒并听他拉呱。"这一切只会以失明和猝然死去而告终，"一天晚上，他把她送到她那条街的拐角处，在出租汽车里和她分手时说，"但是谁会关心呢？究竟有谁会关心？……在这个残忍的虱子成灾的地球上，有谁会哪怕有一丁点儿的关心呢？"

---

① 汤姆·穆尼（1882—1942），美国工人领袖。1916年旧金山人民举行反战示威，密探混在人群中抛掷炸弹，威尔逊政府以此为借口逮捕工人领袖穆尼等四人。穆尼被判处死刑，引起国内外的不满，后于1918年改判无期徒刑，1939年被赦出狱。

当法庭的一次次的判决都令人失望，当波士顿腐臭的春天转变为温暖的夏天，当州长的调查委员会作出不利的报告，除了要求州长本人赦免外再也没有其他希望时，玛丽更加不顾一切地努力工作着。她写文章，找政治家和宗教界人士谈话，和编辑们争论，在工会大厅作演讲。她以可怜而屈辱的语调向她母亲写信，以种种借口向她要钱，她把艰难地积攒起来的每一分钱都用在她的委员会的工作上。总是有文具、邮票、电报和电话得付钱。好几天傍晚，她花了不少时间劝说那些共产党人、社会党人、无政府主义者和自由主义者一块儿合作。她匆匆走在那些石砌的街道上，自言自语地低声说："一定要救出他们，一定要救出他们。"等终于上床睡觉后，她尽梦到要完成些无法完成的工作：她正在好歹把一把破碎的茶壶粘合在一起，但一修好了一边，另一边又裂成了碎片；或者梦见正在把裙子上的一道裂缝缝好，但下面刚缝好上面又裂开了；或者梦见正在把一张撕碎的打字纸拼起来，上面打的电文极为重要，她看不清，只见到模糊的一片；那是重要的证据，据此可以迫使他们再开一次庭，但她的眼力不行，刚从那些发肿而在跳动着的字母拼出一个字来，就把先前那个字忘了；或者梦见正在向摇摇晃晃的山坡上爬去，两旁全是东倒西斜的、黑魆魆的、一副破败相的钢铁工人住房，她每走一步都往后滑，山坡太陡了，她一面往后滑，一面大声呼救，接着一个个叫人安心的热情的声音（很像本·康普顿身心健康时的声音）告诉她，舆论决不允许这样，美国人毕竟全都是富有正义感而主张公正的，而工人阶级会起而反抗的；她梦见人头济济的群众集会，标语口号、旗帜、光滑的宣传牌上写着显眼的立体字：**全世界工人联合起来**。她正行进在抗议示威游行的人群中间。**他们不能死。**

她会突然惊醒过来，匆匆洗好澡，穿好衣服，赶到委员会办公室去，半路上抽空喝了一杯橘子水和一杯咖啡。她总是第一个到达办公室，如果她工作一时稍稍松劲，她就会看见他们俩的面孔：那鞋匠轮廓分明、目光炯炯的苍白面孔和那鱼贩子的哲人式的小胡子和沉思而无所畏惧的目光。她会清清楚楚地看见他们背后的电椅，仿佛它就竖立在这间气闷而拥挤的办公室中她自己的办公桌前面。

七月很快逝去，八月接踵而至。愈来愈多的人涌进办公室，他们五花八门，其中有老朋友，有从西海岸沿途搭车来的世界产联的成员，有对意大利人的选票感兴趣的政客，有来建议如何辩护的律师，还有被关于巨额辩护基金的谣传吸引来的作家、失业记者以及各式各样的怪人和骗子。一天下午，她从波特基特的工会大厅讲演回来，发现乔·亨·巴罗正坐在她的办公桌旁。

他以个人身份拟了一大堆给参议员、众议员、部长和工会领袖的电报稿，要求他们以正义、文明和工人阶级的名义参加抗议活动，它们都是得付最高价的特快长篇电报和海底电报。她一份份核查时算了一下它们的价钱。她不知道委员会如何能付得起，但是她把它们都交给了等在外面的信差。她简直不能相信这些电文在几周前曾使她那么激动过。使她震惊的是它们如今竟像丢进一分钱就可以从算命机里得到的一张小卡片那样毫无意义。六个月来，她每天一直在阅读并书写这些同样的词句。

玛丽没时间为遇见乔治·巴罗感到尴尬。他们一起出去到自助饭馆要了一盘汤，光是谈论这件案子，好像以前根本不相识似的。州议会大厦前的示威活动又开始了，他们走出饭馆时，玛丽转身对他说："嗨，乔治，我们也去那儿，让他们逮捕起来，怎么样……还来得及登上下午的报纸。你的大名可以使我们又登上头版哩。"

他的脸变得通红，他身穿淡灰色的漂亮西服，转动着一双暴眼睛，站立在饭馆前午间拥挤的人群中，显得身材高大而心神不安。"可是，我亲爱的姑……姑……姑娘，我……如果我认为能有一丁点儿的好处，我会……我会让自己给逮捕或者被卡车轧死……但是我认为如果那样，我会丧失我仅有的一点儿用处。"

玛丽·弗伦奇气得脸色发白，她瞠目直视着他的眼睛。"我早知道你是不肯去冒险的。"她说，讲一个字向他吐一口唾沫。她转过身去，背对着他，匆匆赶回办公室。

她本人被捕后，反而感到轻快。她原打算不让警察发现，因为人家说她的工作很重要，缺不了她，但是一批新来的示威者没带成套的标语牌就走了，她必须爬上烽火山给他们送去，办公室里没人可派。她正跨过烽火街，倏地来了两名大块头的有礼貌的警察，把她夹在中间。其中一个说："对不起，小姐，请安静地跟我们走。"接着她发现自己坐在黑乎乎的囚车里。在开往警察局去的路上，她宽慰地感到无能为力和被卸去了肩上的担子。多少周以来，她第一次感到轻松。到了欢乐街警察局，他们给她登了记，但并不把她关进牢房。她和两名犹太成衣工以及一个身穿印花夏装、脖子上挂着一串珍珠的衣着讲究的女人一起坐在朝窗子的一张长椅上，眼见那些男性示威者大批地进入牢房。警察们很有礼貌，每个人都很愉快；好像在玩游戏，很难相信真的发生了什么命运攸关的事情。

有一批人刚在警察局外面的陡街上从囚车里走下来，她瞥见其中有个高个子，认出是唐纳德·史蒂文斯，她曾在《日报》上见过他的照片。一名红脸膛的警察抓住了他的两只胳膊，他脖子后面的衬衫被撕破了，领带像条带子，似乎被人使劲拉过。玛丽的第一个印象是这人的模样英俊极了。他长着铁灰色的头发和习惯于户外生活的褐色皮肤，高颧骨上闪着一对明亮的灰眼睛。当他被从办公桌旁引开时，她目送着他宽阔的肩膀进入阴森森的牢房。她身旁那个女人用敬畏的声调悄声说，他跟别人不同，不是由于闲逛，而是由于煽动暴乱而被捕。他的保释金是五千美元。他曾试图在波士顿广场举行集会。

玛丽在那儿待了大约半小时，办公室的小个子的范斯坦先生和一位身穿亚麻布西服的衣着入时的高个子男人一起前来，后者把她保释出来。唐纳德·史蒂文斯也同时被保释出来。他们四人便一起出了警察局向山下走去。到了街角，那位穿亚麻布西服的男子说："你们两位用处太大了，不能让你们整天待在那儿……我们大概可以在贝尔维尤旅馆……二楼套间D会见你们。"然后他挥挥手便走了。玛丽急于跟唐纳德·史蒂文斯交谈，竟忘了请教那男子的姓名。事情发展得太快了，她来不及集中思想来考虑。

玛丽拉拉唐纳德·史蒂文斯的袖子，她和范斯坦先生都得快步走才能赶上他的大步子。"我是玛丽·弗伦奇，"她说，"我们怎么办？……得干点什么呀。"

他满面笑容地向她望望，好像第一次见到她似的。"我听人说起过你，"他说，"你是个勇敢的小姑娘……你不顾你那温和的委员会的反对，进行了真正的战斗。"

"但是他们也尽了最大的努力。"她说。

"我们得让波士顿的整个工人阶级都走上街头。"史蒂文斯用他那深沉而快速的声音说。

"我们让成衣工人进行了示威，但也仅此而已。"

他用拳击了一下手掌。"意大利人怎么样？北区居民怎么样？你的办公室在哪儿？看看我们在纽约干了些什么。为什么你们这儿不能干呢？"他以亲热和机密的神情向她探着身子。她立即感到疲惫和困扰的感觉没有了，便不假思索地伸手搭在他胳膊上。"我们去跟你的委员会谈谈，然后再去跟意大利人的委员会谈谈。然后我们要让工会振作起来。"

"但是，唐，我们只有三十个小时了。"范斯坦先生说，语调疲沓而枯燥乏味。"我比较相信对州长施加政治压力。你知道他想竞选总统，我想州长会减轻判刑的。"

玛丽在办公室见到杰里·伯纳姆在等她。"嗨，圣女贞德①，"他说，"我正想去把你保释出来。但是他们已把你放出来了。"

杰里和唐纳德·史蒂文斯显然以前就相识。"嗨，杰里，"唐纳德·史蒂文斯毫不客气地说，"难道这件事一点儿也没有打掉你那玩世不恭的态度吗？"

"我并不认为应该如此。说大学校长们全是坏蛋，对我来说并不新鲜。"

唐纳德·史蒂文斯退到墙边，似乎想控制住自己，免得出手朝杰里的下巴上揍一下。"我不明白，凡是还有一丁点儿男子气的人，如何能不赤化……即便他是个小资产阶级记者也罢。"

"我亲爱的唐，事到如今，你应该知道在第一次世界大战时，我们把男子汉的气概拿去作抵押，换取微不足道的贿赂……这是说如果我们确曾有过男子汉的气概的话……我想在这点上是有不同看法的。"

唐纳德·史蒂文斯已经大摇大摆地走进里间的办公室。玛丽不由自主地瞠目望着杰里通红的脸，不知说什么好。"嗨，玛丽，如果你在今天某个时候需要一点兴奋剂的话……而我想你是需要的……你可以在老地方找到我。"

"哦，我不会有时间的。"玛丽冷冷地说。她听见里间办公室传来了唐纳德·史蒂文斯的深沉的声音。她匆匆地跟在他后面走进去。

律师们的努力已归于失败。当人们为如何组织最后一分钟的抗议而议论、争吵、辩论时，玛丽感到时间在消逝，代表这两人生命的时间在消逝。她感到每一分钟的消逝都像血液从自己的手腕涓涓外流一样地真切。她感到虚弱难过。她想不出什么办法来。每当走到了街头，她一路小跑，为了赶上唐纳德·史蒂文斯的大步，她感到轻松。他们到各个委员会兜了一圈。时间已近正午，什么事也没干成。

在汉诺佛街，一个脸色苍白的意大利人坐在一辆破旧的福特牌轿车里对他们打招呼。史蒂文斯打开车门说："弗伦奇同志，这位是斯特罗齐同

---

① 贞德（1412—1431），法国民族女英雄，百年战争期间，抗击入侵的英军，立下大功，后被封建主出卖，在教会法庭上被诬为"女巫"，被火刑处死，牺牲时仅十九岁。1920年，被天主教会追谥为圣女。

志……他将开车送我们到各处去。"

"你是美国公民吗？"她忧心忡忡地蹙额问道。

斯特罗齐摇摇头，薄薄的嘴唇含着笑。"也许他们会让我免费返回意大利去。"他说。

玛丽记不清那一天还干了些什么。他们驱车走遍比较贫困的波士顿各郊区。他们要找的人多半不在家。她把许多时间消磨在电话间里，但打的电话号码总是不对头。她似乎什么事也干不好。她用麻木的眼睛从那砂纸一样感觉的眼皮下瞪望着挤进办公室来的男男女女。史蒂文斯已不再有他前一阵的那种容易生气和爱刺人的态度，他以一种超然而带着嘲讽的冷静神态同工会领导人、社会党人、宗教界人士和律师们争辩。"他们毕竟是勇敢的人啊。他们是否获救已不再是一个重要的问题了，应拯救的是工人阶级的力量。"他会这样说。到处都听到同样的意见。再举行示威游行将意味着暴力，会失去州长在最后一刻可能减轻判刑的机会。玛丽已丧失了全部主动性。她忽然变成了唐纳德·史蒂文斯的秘书。她为他的一些小差事奔忙时，才稍微高兴些。

当天深夜，她到汉诺佛街上所有意大利饭馆去找史蒂文斯要见的一个无政府主义者。每家饭馆都是空空的。到处都一片寂静，仿佛在看护临终的病人。人们彼此远避，好像是为了避免细菌感染。在一家开在楼上的非法小酒店的一间房子的后部，她看见杰里·伯纳姆独自坐在桌旁，面前摆着一杯威士忌和一瓶姜汁啤酒。他脸色像餐巾一样白，身子正在椅子里微微摇晃着。他对她瞪目而视却没有看清她。侍者弯下身子推推他。他已烂醉如泥。

她跑回办公室，感到宽慰，史蒂文斯仍在那里设法组织一次总罢工。她进去的时候，他仔细端详着她。"又没找到。"她难过地说。他放下电话听筒，站起身来，大步走到肮脏的黄墙上的一排挂钩前，取下他的帽子和上衣。"玛丽·弗伦奇，你累死了。我来送你回家。"

为了避开保卫州议会大厦的警察警戒线，他们得绕过好几个街区。"可曾玩过拔河？"唐说，"你拼命地拉，但是其他那帮家伙比你笨重，于是你感到自己被他们拉过去了。把你朝前拉的力量比你向后拉的力量更大……别让我用失败主义者的口气讲话……我们可不是一双该死的自由主义者啊！"他说着干笑起来。"你不讨厌那些律师吗？"

他们正站在她住所的前面，这是一幢门面呈凸形的砖房，她在里面租了一间房。

"晚安，唐。"她说。

"晚安，玛丽，设法睡个好觉。"

星期一好像又是一个星期日。她很迟方醒。起床简直是一种巨大的痛苦。穿好衣服，上办公室去面对众人失败的目光，真无异一场战斗。她在街上遇见的人似乎都故意避开她的目光。仿佛在看护临终的病人。街上很安静，连来往的车辆也压低了声音，似乎整个城市那一夜都笼罩着濒死的恐怖。白天在单调乏味的咕哝声、看报上的专栏报道和打电话中度过。仿佛在看护临终的病人。当天夜晚，她和唐出发去查尔斯城参加抗议游行，她一时感到激动异常。她没想到会有那么多人。一阵阵勃发的歌声，《国际歌》的片断，在拥挤的人群的头上此起彼伏，他们正行进在污黑的屋子的空荡荡的窗户之间。仿佛在看护临终的病人。她身旁一边是个戴着眼镜的自称为音乐教师的小个子男人，另一边是个犹太姑娘，是妇女时髦针织品工人联合会的成员，他们三人手挽着手。唐走在前面一点，在队伍的前列，他们跨过一座桥，走在高架铁路下面一条街灯很暗的街道的鹅卵石路面上。火车在上面呼啸而过。"离查尔斯城监狱只有几段街区了。"一个声音喊道。

这一次警察使用了棍棒。马蹄踩在鹅卵石路面上的嘚嘚声、棍棒打人的啪啪声和远处囚车的刺耳的叫声响成一片。玛丽害怕死了。一辆大卡车正向她冲过来，她连忙闪到路边一根桥梁支架的后面。两名警察抓住了她。她紧紧地抱住那积满尘垢的支架不放。一名警察用棍棒猛击她的手。她伤势不重，被抓进了囚车，她的帽子丢了，头发披散下来。她不禁想到，假如她准备多从事这类活动，应该把头发剪短。

"有谁知道唐·史蒂文斯在哪儿吗？"

从前面黑暗中传来唐微微颤抖的声音："是你吗，玛丽？"

"你怎么啦，唐？"

"好，没有问题。只是头部和耳朵受了点轻伤。"

"他正在大出血哪。"另一个男人的声音说。

"同志们，我们来唱歌吧！"唐的声音喊了起来。

玛丽忘记了一切，她的歌声和他的歌声以及那被从桥上赶回来的游行群众的歌声汇合在一起：

　　起来，饥寒交迫的奴隶……

新闻短片 LXVI

霍姆斯拒绝延期执行[1]

要为真理而斗争[2]

从朝鲜引进的小黄蜂与亚洲甲虫决一死战

男孩在下水道中漂了一英里；被冲出来还活着

芝加哥禁止集会

满腔的热血已经沸腾

华盛顿密切注视激进分子

起来，全世界受苦的人

巴黎布鲁塞尔莫斯科日内瓦参加抗议

这是最后的斗争
团结起来到明天

---

[1] 美国联邦最高法院大法官奥利弗·温德尔·霍姆斯（1841—1935）当时拒绝延期处决萨柯和樊塞蒂。
[2] 本节中七句歌词均引自《国际歌》，但次序有所更动。

地质学家在洞里失踪六天

英特纳雄耐尔

萨柯与樊塞蒂必须被处死

就一定要实现

我躺在死牢里老是想到你——操场上传来孩子们的歌声和亲切温柔的声音，那儿是一派生机和自由的欢乐——与墙这边这三个已被埋葬的心灵的已被埋葬的痛苦只隔一步远。这使我常常想到你和你的妹妹，而我希望能经常看见你，但是我聊以自慰的是你不会到这死牢来，这样你就不会看到这三个①等待上电椅的人生活在痛苦中的可怕情景。②

摄影机眼（50）③

他们在街头用棍棒驱散我们　　他们比我们强大　　他们有钱　他们雇用并解雇政客报纸编辑老法官有声望的小人物大学校长拉选票的走卒们（听着商人大学校长法官们　美国不会忘记出卖她的人们）他们雇用枪手　军服警车和囚车行呀你们赢了　　今夜你们准备杀害我们的朋友那两个勇敢的人
　　再也没有什么可做的了　　我们被打败了　　我们这些被打败的人聚集在塞勒姆街上这些破旧暗黑的教室里　在那覆盖着砂砾的嘎吱嘎吱作响的楼梯上拖着脚步跑上跑下弓着背低着头坐在长椅上听着憎恨压迫的人们讲的那老一套字眼　这老一套字眼今夜在血汗和痛苦中获得了新生

---

① 与萨柯和樊塞蒂监禁在一起的还有一名谋杀犯。
② 此段引自萨柯在狱中写的书信。
③ 作者在本段中描述了参加抗议萨柯和樊塞蒂被处死刑而举行的示威游行的情景，以及这些群众的思想情绪。

我们的工作结束了　那些匆忙赶写的词语　一个个夜晚用打字机打出的新闻稿印刷所的油墨味刚印好的传单的刺鼻的气味大家涌向西部联合电报公司把一个个词儿串成电文寻找火辣辣的词儿以便使你知道谁是你的压迫者美国啊

我们美国这个国家已经被异邦人所打败他们把我们的语言弄得面目全非他们把我们祖先用过的干净的字眼拿过来把它们变成卑劣下流的字眼

他们雇用的人坐在法官席上在圆屋顶的州议会大厦里他们把背往后一靠脚翘在桌子上他们不理会我们的信念他们有美元有枪炮有武装部队有发电厂

他们已经造好电椅雇用刽子手来拉电闸

好吧我们的国家已分裂为二

我们美国这个国家已经被异邦人所打败这些人收买了法律圈起一块块牧草地砍伐森林制造纸浆把我们那些可爱的城市变成贫民窟并从我们的人民身上榨取财富而当他们需要的时候雇用刽子手来拉电闸

但是他们是否知道移民们的老一套字眼今夜在血泊和痛苦中获得了新生他们是否知道在匹兹堡来的一位老妇人嘴里在从西海岸偷搭货车一直赶到这里的一位旧金山大个子锅炉制造工嘴里在后湾区①一位社会福利工作者嘴里在一位意大利印刷工人嘴里在阿肯色州来的一名流浪汉嘴里憎恨压迫的人们的老一套字眼今夜获得了新生　今夜我们的耳朵里又响起了战败国的语言

在死牢中的那两个人在死去前把那老一套字眼变成了新的

> 如果不是由于这些事情，我也许能活下去，并终生在街头巷尾和那些蔑视一切的人谈话。我也许会一事无成，默默无闻地死去。这是我们的业绩和胜利。我们终其一生为宽容、为正义、为人对人的理解所做的工作绝对比不上我们通过这一意外事件所作出的贡献。②

如今他们的工作已经结束　这两个移民两个憎恨压迫的人穿着黑色西服安静地躺在北区的那家小殡仪馆里　城里静悄悄　街上看不见战胜国的人他们胜利了为什么不敢在街上露面呢？　街上只见到那些战败者的沮丧的脸容　一直通往那两位移民将火化的基地的所有街道都属于战败国我们

---

① 后湾区为波士顿上层社会住宅区。
② 此段引自樊塞蒂1927年4月9日被判死刑后发表的声明。

在蒙蒙细雨中列队站立在路旁我们挤满了湿漉漉的人行道肘挨着肘默默无言
面色苍白向棺材投以惊恐的目光

我们被战败了美国啊

新闻短片 LXVII

当事情搞糟了，总会出现混乱，福特先生说。工作能创造奇迹，克服混乱状态。等到俄国的群众懂得要得到比他们已有的东西更多，等到他们要白硬领、肥皂，较好的服装、较好的鞋子、较好的住房、较好的生活条件

> 我举起指头说吱吱
> 　　嘘嘘
> 　　　行行
> 　　　　得得

投票赞成共和-特朗布尔钢铁公司合并

> 沿着梦幻般的亚马孙河
> 我们相逢在岸边
> 虽然我过去的爱情已不复存在

小麦卖空达到新的高度

> 梦境萦绕不绝

志愿消防队员们干的第一桩事是打开窗子把烟放出去。这一来产生了气流，而海洋上刮来的时速足足三十英里的大风又火上加油

当交易进行时保险股票成交额创新记录

火场四周不折不扣地一片大乱。衣着讲究的妇女们扭着双手在走来走去，想挽救她们的行李却无能为力，而从高处那几层楼上的窗户里，衣箱、

手提箱和衣服如阵雨般不分青红皂白地往外扔。看热闹的人们从草地上拾起价值几千美元的首饰和古玩，把这些东西塞进他们的上衣便逃之天天

经纪人贷款达到新的高度

改变你全部灰色的天空
把它们变成欢乐的天空
并且不断扫清月亮表面上的蛛网

行市前途乐观

学习水泥的种种新用途。如何开发有利可图的混凝土工业。如何判断材料优劣。如何计算需要多少职工。如何增强混凝土。如何建造模壳、道路、人行道、地坪、地基、涵洞、地窖

而且即使爱尔兰人和荷兰人
说这没什么要紧
五千万法国人不可能都错了

星条匪帮抢劫餐车

谋杀案暴露宾夕法尼亚州异想天开

用拨火棍杀人的凶手受赞扬

可怜的小好莱坞玫瑰
完全孤独一人
在好莱坞无人知晓
她变得多么消沉

五亿美元银行交易

我确实爱你头发中闪烁的亲爱的银丝

和那因忧心忡忡

而布满皱纹的前额

我吻那些为我辛勤操劳的亲爱的指头

碳酸公司买进干冰

百老汇召开关于黄金的马拉松式会议

广泛宣传上涨的行情，推广行情自动收录机服务业，将分支的经纪人办公室装上行情自动收录机，使用透明的卷筒股票价格单放大投影机，其自然结果是引起了对证券市场的全国性的兴趣

可怜的有钱小男孩

威廉·伦道夫·赫斯特是家底厚实的乔治和菲碧·赫斯特的独生子，是他们的安乐窝中唯一的雏鸡。

1850年，乔治·赫斯特离开在密苏里州弗兰克林县的亲人和农场，赶着一组牛拉的车一直到加利福尼亚州。（在1849年，黄金的巨大闪光突然弥漫了西部①

年轻人不再安心于犁地，喂猪食，打麦子

那时黄金热横扫太平洋坡岸。霍乱跟在牛车车辙的后面到来，他们在篝火旁，在迅速建造起来并长满臭虫的木屋里死于霍乱，他们被敌对的印第安人击中而死，他们在争吵中用枪打得彼此脑袋开花。）

---

① 指那一年在加利福尼亚州发现金矿，引起了美洲史上第一次"淘金热"。

乔治·赫斯特是少数成功者之一；

他获得了淘金砂的诀窍；

作为勘探者，他能准确地找到含有黄金的石英矿脉；

七年后，在埃尔多拉多县，他成为百万富翁，这时阿纳康达铜矿刚在开采，他拥有奥斐矿①的六分之一，他参加了康姆斯托克矿脉②的开采。

1861年，他口袋里塞满了天然块金回到密苏里州老家，和菲碧·安德森结婚，然后与她乘船转道巴拿马返回那个百万家私的矿业主的多山的新首府，旧金山，在浓雾弥漫的高大的太平洋岸的金门海峡旁给她购置了一所宅第。

他拥有大片的山脉和牧场，饲养牲口，放牧赛马用的马，在墨西哥进行勘探，在他的矿上，在他的庄园里雇用了五千人，在经营矿业的交易上失去并赢得巨大的财富，他打一个筹码一百美元的扑克，每次出门总带着一袋叮当作响的钱币去分给他那些处于困境的老朋友，

他死在华盛顿，

是个参议员，

一颗未加琢磨的金刚石，一位精力充沛而受人爱戴的白发老人，长着大嘴和鹰眼的开路先锋，帽边耷拉的黑帽子下浓眉突出的

老前辈。

赫斯特太太的孩子于1863年出生。

这独生子要什么给什么。

赫斯特夫妇溺爱他们的孩子；

这瘦长的大个子年轻人在仆人、雇工、家务总管、监工、食客和领取抚恤金的老人们中间长大成人，目光严肃而任性；他的祖父母娇纵他；他总是想干什么就干什么。赫斯特太太的孩子什么东西都得要最好的。

不缺天然块金、二十美元的金币、大银币。

这小伙子伙伴不多；他太富有了，和当时在旧金山成长起来的粗手粗脚的其他平民小伙子合不来。他太怯懦又太骄傲，他没人喜爱。

他母亲老是能用冰淇淋、进口糖果、高价玩具、小马、随时会爆炸的花

---

① 阿纳康达铜矿在蒙大拿州西部，奥斐矿在内华达州。

② 1839年，美国内华达州西部今弗吉尼亚城发现银矿，因地处勘探家亨利·康姆斯托克的私人地产上，故名。该矿脉范围不小，储量丰富。

炮引诱其他孩子来陪他玩耍。对那些能收买的伙伴他瞧不起,他总渴望和其他人做伴。

他拿手玩恶作剧,还会作弄成年人,新落成的王宫旅馆开张的那天为格兰特将军举行了欢迎会,他和一个朋友将一把把鸟枪子弹扔在庭院的玻璃屋顶上,玩得乐不可支,致使下面的大人物和阔佬们惊慌失措。

赫斯特夫妇不管堂堂皇皇地到什么地方去,总是能够通行无阻,

在加利福尼亚州沿岸地区,穿过牧场和矿镇,

在内华达州和墨西哥,

在波菲里奥·迪亚斯①的宫中;

这老人在世界上活了一世,与富人和穷人都有过交往,他吃过做矿工的苦,带着一条驮骡在没道路的地方闯出新路。赫斯特太太的孩子将终生渴望见识见识那个

被百万美元所隐没的世界;

这小伙子有头脑、胃口和傲慢的意志,

但是他永远摆不脱那镀金的裙带;

为猎奇而访问贫民区算是冒险活动。

他被送到新罕布什尔州康科德市的圣保罗寄宿学校。他的恶作剧一直使学校不得安宁,因而被开除。

他由家庭教师教育,后来进了哈佛大学

在那里当上一份出色的供人娱乐的学生刊物《讽刺》的财务管理人而大出风头;他本人喝酒不多,讲话很轻,喜欢沉默;他却让别的小伙子喝醉并代大家付钱,买了烟火庆祝克利夫兰当选总统,出钱雇用铜管乐队,

买了奶油馅饼,从老霍华德剧院的包厢中向演员扔去,

买了大爆竹来炸掉小公共马车的车灯,

并给歌舞女郎们买香槟酒。

他被罚暂时停学,终于被哈佛开除,据说是因为他给不少教授每人送了一把便壶,上面雅致地刻着每位教授的肖像。

他到纽约去。他对报纸着了迷。他曾在波士顿的一些报馆进进出出。在

---

① 波菲里奥·迪亚斯(1830—1915),墨西哥独裁统治者,1877年至1880年之间任总统,1884年再度出任总统,于1911年5月被迫下台。

纽约，他爱上了普利策①的新颖的新闻学。他不想搞创作；他想当新闻记者。（新闻记者是他想看个清楚的这个轮廓分明的世界的一部分，这是他看出已被百万美元的迷雾所歪曲的真实生活的世界，未分等级的民主美国的下层社会世界。）

赫斯特太太的孩子想当新闻记者和民主党人。（新闻记者看到听到吃喝抚摸胡闹逗笑并和真实的人们打交道，玩女人；这就是生活。）

他回到加利福尼亚州的老家，一位安静温柔面带微笑目光严肃的青年穿着伦敦最时髦的服装。

当他父亲问他想干什么生涯时，

他说他想接办《考察家报》，那是旧金山的一份即将倒闭的报纸，因为人家抵债而归他父亲所有的。他这要求算不上什么。老人不了解为什么威利要这不值钱的东西而不要矿山或牧场，但是赫斯特太太的孩子总是可以随心所欲的。

年轻的赫斯特一天来到《考察家报》报馆，

把办公室弄了个底朝天。他善于发现并使用聪明的年轻人，善于利用他自己对一般没有钱的下等社会男女的种种贪欲和妒意的热烈的好奇心（这位访问贫民窟的人只见到了街头拉客的妓女、吸毒窝和脱衣舞表演便回到高等住宅区去说他了解工人阶级的生活区）；利用最低的大众共同趣味；

发掘事业赖以发展的肥料，

以及民主制度的腐败。从中繁茂地生长出一个印刷品的帝国。（也许他喜欢把自己比作那年轻的恺撒，把他的几百万美元抛出去，把种种传统的标志撕毁；对参议员的特权、垄断和办公室中那批自以为是的老顽固做鬼脸；

恺撒的生活像他的一样，是百万富翁玩的恶作剧。也许威·伦曾读过以往那些共和国毁灭的历史；

亚西比德②也是个爱恶作剧的人。）

旧金山的《考察家报》发行量增加，使渴望了解无钱的人的人们感到乐

① 约瑟夫·普利策（1847—1911），美国报界巨子，曾捐款创办哥伦比亚大学新闻学院，设立普利策奖金，他倡导迎合大众趣味的新闻路线。
② 亚西比德（公元前450?—前404），古希腊雅典政治家及将军。

滋滋的，

　　成为**日报**之王。

　　老人死后，赫斯特太太把阿纳康达铜矿所有权卖了七百五十万美元。威·伦从她那儿得到了钱，打进纽约的阵地；他买下了《晨报》，

　　开始跟普利策所属报刊比赛

　　看谁能靠令人目瞪口呆的情绪

　　赚最多的钱。

　　在政治上他是个大众的民主党人；他在1896年挺身而出支持布赖恩竞选总统，在西海岸，他和南太平洋铁路公司、那些公用事业公司以及铁路当局的律师们作斗争，这些人正在从最早的移民手中把加利福尼亚夺过去；在1896年的选举日，他在纽约的三家报纸共发行了一百五十多万份，这一记录

　　迫使《世界报》把它的售价降到一分钱一份。

　　没有新闻时便制造新闻。

　　"你提供照片，让我来提供战争。"据说他曾给在哈瓦那的雷明顿拍过这样内容的电报。在马克·汉纳①把麦金利安置在白宫里以解决国内的政局问题后，古巴发生的麻烦对报纸的发行如同一座金矿。

　　赫斯特命令他的一个聪明的年轻人策划了伊万杰利娜·西斯内罗斯的越狱，这位美丽的古巴革命者是被韦莱尔②送进监狱的，并在麦迪逊广场上为她举行了盛大的欢迎会。

　　牢记"缅因"号。③

　　当麦金利被迫向西班牙宣战时，威·伦已计划好买下一艘英国轮船并把它沉没在苏伊士运河中，

　　但是西班牙舰队并没有走那条路。

　　他租用了"西尔维亚"号和"海盗"号，亲自带着一台手提印刷机和一队拖船来到古巴，

① 马克·汉纳（1837—1904），美国金融家、政治家，为麦金利竞选总统的主要支持者之一。

② 西班牙将军巴莱里亚诺·韦莱尔（1838—1930），曾镇压1868年至1878年的古巴起义，手段暴虐之极。

③ 美国战列舰"缅因"号于1898年2月15日在哈瓦那港被炸沉，成为西班牙对美国战争的导火线，当时一些美国报纸提出这一好战口号，促使美国进行武装干涉。

挥舞着一支六响枪，乘着长艇穿过岸边浪，在海滩上捕获二十六名没有武装的淹得半死的西班牙水兵，强迫他们跪下，吻美国国旗，

在摄影机前。

马尼拉湾的战斗使《晨报》的发行额上升到一百六十万份。

等西班牙人被打败后，需要与之找麻烦的就只剩下摩门教①教徒了。多妻制使公共汽车上拉着吊带站立的普通人感到刺激，还有有钱人的性生活、描绘穿内衣的女人的钢笔画和史前怪兽的四彩套印的插图。他发明了写伤感文章的女记者这一角色，安妮·劳里、多萝西·迪克斯②、比阿特丽斯·费尔法克斯。他在连环漫画上花了大笔的钱：《吵吵嚷嚷的两兄弟》《巴斯特·布朗》和《疯猫》等连环漫画。凡是公众感到激动的事物，他也感到激动。

他的社论如此尖锐地抨击豪富、托拉斯、共和党中的作恶者，抨击马克·汉纳和麦金利，以致在麦金利遭暗杀时，大部分共和党员不知怎地都认为赫斯特对他的死负有责任。

作为反驳，赫斯特把《晨报》改名为《美国人报》

并走进众目睽睽的圈子里，

身穿黑色礼服大衣，头戴大礼帽，富有总统的气质，

成为普通人的百万富翁候选人。

布赖恩使他当上民主党俱乐部全国协会的主席，劝他在芝加哥办一份报纸。

布赖恩第二次竞选总统失败后，赫斯特在纽约和查尔斯·弗·墨菲联合起来，被选进了国会。

他的指挥部设在霍兰大厦；他当选的那天晚上，在麦迪逊广场花园大放烟火，免费招待大众观看；一门臼炮爆炸，使大约一百人丧生或受伤；这是由赫斯特手下人制造出来而并没有在赫斯特系报纸的头版上刊出的唯一的新闻。

在众议院他不受欢迎，就像在学校读书时的日子又重来了。无精打采的握手、紧挨着长鼻子的严肃的眼睛、松弛的轻蔑的微笑，在华盛顿那些以拍背表示友好的人中并不合拍。他雇用的那帮人不在身边时，他感到不安。

---

① 1830 年在美国建立的一个教派，初期实行一夫多妻制。

② 为伊丽莎白·吉尔摩（1870—1951）的笔名，在赫斯特系报纸上主持"迪克斯女士恋爱信箱"专栏多年，大受读者欢迎。

他感到在霍兰大厦款待那些抢看头场演出的人和舞台上的红人更为快活。在那些年月中，当百老汇大街仍然以四十二街为中心时，

米利森特·威尔逊是《从巴黎来的姑娘》　剧中的舞蹈演员；她和她的姐妹同台演出姐妹双档；她在《电讯晨报》的最受欢迎的演员的评选中获奖

并嫁给了

威廉·伦道夫·赫斯特。

1904年，他花了许多钱把他的名字用电灯显示在芝加哥全国代表大会上以便捞到民主党的提名，但是帕克法官靠了华尔街的帮助把它夺走了。

1905年，他提出市政府所有制纲领来竞选纽约市市长。

1906年，他差一点从长着庄重的颊髭的休斯手里夺走了州长的位子。全国各处都有支持赫斯特竞选总统的俱乐部。他在政界正取得成功，在《和我再跳一支华尔兹，威利》这首歌曲的伴奏下，出手花掉几百万美元。

他设法把他的竞争对手詹姆斯·戈登·贝内特由于在纽约《先驱报》上刊登下流广告而送上法庭，被罚款二万五千美元，他这一招并没有增添他在某些圈子里的声望。

1908年，他披露了揭露美孚石油公司的报道，即证实托拉斯正在对政界人士大量行贿的阿奇博尔德信件。他是独立党的总统候选人，据他的政敌说，该党几乎是清一色的赫斯特雇员。

（其他百万富翁认为他是他本阶级的叛徒，但是当别人责备他叛变时，他回答说：

你们知道我相信财产，而且你们知道我关于个人财富的立场，但是在这个国家里，由我来代表不满的人岂不比让别的和房地产没有这种实际关系的人来代表更好？）

到1914年，虽说他是全国最大的报业主，是加利福尼亚州和墨西哥几百平方英里牧场和矿区的所有主，

他的事业却弄得一团糟，以致要筹借一百万美元都有困难，

而在政治上他像是杀鼠药。

他签名付出的所有的几百万美元、

他把自己的思想放进

在公共汽车上拉着吊带站立的普通人头脑中的全部技巧，

都未能沟通业余政治与职业政治之间的微小的界限（也许他太容易忘掉收买一个第一流作家或据说是查理曼的绣花拖鞋或据认为是某国王的情妇曾睡过的镀金大床所感到的失望了）。

有时他能超脱于战斗之上，眼清目明。他把报纸的威力、他作为出版商的才华，全部施展出来，使美国在第一次世界大战中保持清醒和中立；

他反对贷款给协约国，支持布赖恩为使美国国家利益高于摩根家族的诸银行和东部亲英派商人的利益而进行的孤独的斗争，

尽管他辛勤操劳，他被人嘲讽为亲德派，

在美国宣战后，在他管家中安插了侦探，

特工人员搜查他的私人文件，偷偷摸摸地在河滨大道他的餐厅周围走动，调查有关他的窗户里有奇怪的有色灯光的传闻。

他反对《凡尔赛和约》以及胜利国家的联盟，

而最后证明他像任何人一样是爱国的，

这是由于他宣布支持征兵，

把报纸印上红白蓝三色的边框，在日期的两端加上小小的美国国旗，不断努力在格朗德河南边①制造麻烦，

并吹嘘那美国佬的妖魔，

世界上最大的舰队。

纽约市的民众支持赫斯特，选举他提出的候选人，老实人约翰·海兰为市长，

但是艾尔·史密斯②当他还是人行道上的平民的英雄时，在赫斯特想重新爬上民主党的竞选广播车时，狠狠地谴责他。

尽管他花费了大量钱财伪造文件，他还是未能挑起对墨西哥的战争。

虽然向电影制片厂布施了几十万美元，他还是未能把他心爱的电影明星捧为美国大众情人。

这位新闻出版大王愈来愈频繁地隐退到他在太平洋岸上圣西米恩的领地上，他在那儿组建了一个动物园，继续插手电影制作，大量收集帷幕、墨西

---

① 指墨西哥。

② 艾尔弗雷德·史密斯（1873—1944），平民区出身的美国政治家，曾四度担任纽约市市长。

哥马鞍、小摆设、瓷器、锦缎、刺绣品、老式衣柜、桌子、椅子等从死气沉沉的欧洲掠夺来的物品，装满了一个个仓库，

建立了一座安达卢西亚式的宫殿和一间摩尔式的宴会厅，在那儿，在电影明星、广告商、电影编剧、宣传员、专栏作家、百万家私的编辑们的令人轻松的谄媚奉承中度过他的最后几年，

是这个新的埃尔多拉多①的君王，

那儿一切贫民区的种种重新提出的白日梦

被搅成了一片令人沉醉的迷雾，

对没钱的人来说，

较之老赫斯特旧日在埃尔多拉多县创造出的许许多多叮当作响的双鹰金元

更是惊人地令人迷惑，

更能滋生更多的百万美元（印刷品的帝国由于它的庞大所产生的惯性继续保持有力；但这股操纵着

世界上的青少年的梦想的力量

却像癌一般在扩大并毒害），

而从西海岸的这片迷雾中时而传来一个老人爱发牢骚的声音，

主张征收营业税，

咒骂那些维护工人的公民自由的人；

监禁赤色分子，

赞扬在"漂亮的阿道夫"②（赫斯特自己的得意的发明，最低贱的人从民主制度的腐败中成长到掌权）的血腥棍棒统治下，巴登-巴登提供的舒适条件，

抱怨加利福尼亚州的所得税，

尖锐指责大学里的种种危险思想。

驱逐出国，监禁。

在他去世之前

那些出色的不停转动的印刷机一直为他输出印刷品，那呼呼运转的放映机在处处地方为他射出形象，

一位因耗尽精力而变得衰老的恺撒，

永远没有足够的勇气来采取断然行动。

---

① 原文为 El Dorado，西班牙语，意为"黄金国"，为早期西班牙探险家想象能在南美洲找到的盛产黄金的地方。此处为双关语，又指加利福尼亚州的埃尔多拉多县。
② 即阿道夫·希特勒。

理查德·埃尔斯沃思·萨维奇

迪克·萨维奇沿着列克星敦大街走到格雷巴大楼中的办公室。十二月中的这个早晨彻骨地冷,从商店橱窗、路过的行人的眼镜和汽车前灯的镀铬的边缘上反射出的明亮的闪光刺入他的眼睛。他吃不大准是否因宿醉而感到不舒服。在一家珠宝店的橱窗前,他从有黑丝绒背衬的玻璃上望见了自己的脸,只见眼睛下面显得由于喝醉而发肿,就像威尔士亲王在照片上的那种样子。他感到胃中泛酸而软弱无力,像只烂梨。他步入一家药房,要了一杯含溴矿泉水。他站在冷饮柜台前,望望放着瓶装姜汽水的玻璃货架背后的镜子里的影子;不管怎么说,他这件深蓝色的绒面呢新大衣看起来满不错。

冷饮柜台侍者用一双黑眼睛打量着他的眼睛。"昨晚真够呛,呃?"迪克点点头,咧嘴笑笑。侍者用一只指关节发红的瘦手捋捋他漆皮般的黑发。"我弄到一点半才下班,坐地铁回家又是一个小时,哪有机会……"

"我上班迟了。"迪克说,付了钱走出来,打了几个嗝,踏上阳光闪烁的晨街。他深深地吸着气,大步流星地走着。等他和不多几位稍微发胖、四十上下、衣冠楚楚的像他一样上班迟到的管理人员一起站在电梯里的时候,他确实感到头疼得厉害。

他还来不及把腿伸到写字台下面,内线电话铃便响了。是威廉斯小姐的声音:"早上好,萨维奇先生。我们正等着你哩……摩尔豪斯先生说请你到他办公室去,他想在全体职员开会之前和你谈一会儿。"

迪克站起来,噘着嘴站了一会儿,用拇指球抵在地面上,摇晃着身子,往窗外眺望下面那些灰色的街区像一系列铸铁模子般向东伸展到发电厂的烟囱、河上的桥梁,那带状的河流反射着钢青色天空的青色。铆钉枪在正在建筑中的新的巨大建筑上发出尖厉的嗒嗒声,这座建筑正在四十二街的拐角上一根大梁挨着一根大梁地竖起来。这些铆钉枪似乎全像牙医的钻子一样在他的脑袋里响着。他战栗了一下,打了个嗝,连忙沿着过道走进拐角处的大办公室。

约·华①正盯着天花板，长着双下巴的大脸像奶牛的脸一样毫无表情。他把一双浅色的眼睛转向迪克，还是没有一丝笑意。"你知不知道这个国家里有七千五百万人在生病的时候不愿意或无法就医？"迪克把脸谷扭曲成很感兴趣的样子。他想，对方已经跟埃德·格里斯科姆谈过了。"这些人正是宾厄姆公司的产品该服务的对象。它仅仅跟这有巨大潜力的市场沾上一点边而已。"

"它的任务是要使他们感到他们比那些上战役溪②去疗养的大人物来得精明。"迪克说。

约·华沉思地皱着眉。

埃德·格里斯科姆走进来。他是个脸色灰黄的高个子，眼睛里带着一股热烈的闪光，像电灯广告牌那样一明一暗。他甩胳膊的样子就像大学里的啦啦队队长要带领大家喊叫一样。

迪克不冷不热地说了声"你好"。

"好到极点，迪克……我看你有点宿醉吧……太糟了，老朋友，太糟了。"

"我刚才在说，埃德，"约·华用他那慢吞吞的平稳声音继续说，"我们讨论的出发点应该首先是他们还没有触及这个有七千五百万人的潜力的市场的皮毛，而其次，开展适当的宣传活动可以打消许多人对专卖药的偏见并使他们在使用时感到自豪。"

"节约是聪明之举……这一套话。"埃德大声说。

"自我药疗法，"迪克说，"告诉他们今天一般的冷饮柜台侍者要比二十五年前的家庭医生懂得更多的医药知识。"

"他们认为专利药有点儿土里土气，"埃德·格里斯科姆大声说，"我们必须把专利药放在公园大道去卖。"

"是专卖药。"约·华以责备的口吻纠正道。

迪克抹去了脸上的笑容。"我们必须把这整个想法，"他说，"分成若干组成部分。"

"确实如此。"约·华捡起一把象牙雕刻的裁纸刀，放在眼前从不同的角度进行观察。办公室里静极了，能听见外面轧辘辘的车声和风在钢窗框与钢窗间发出的飕飕声。迪克和埃德·格里斯科姆不吱声。约·华开始讲话。"美国的公众越来越要求高了……当我是个青年在匹兹堡时，我们考虑的只

---

① 指约翰·华德·摩尔豪斯。
② 密执安州南部一城市，为历史悠久的饮食学研究中心，战役溪疗养院的所在地，故该城又名"健康城"，以生产早餐食品著称。

是吸引人注意的醒目广告。如今随着要求的提高，我们必须考虑其他类型的吸引力，并且得打消人们的偏见……宾果……这名字过时了，完全不对头。人们在大都会俱乐部吃午饭时，会为桌上放了一瓶宾果而感到羞耻……这必须成为讨论的出发点……昨天，宾厄姆似乎不愿进行下去了。宣传费用那么大，他有点泄气了……"

"不要紧，"埃德·格里斯科姆尖叫道，"我们会使这老财迷就范的。"

"我看得使他的思想慢慢地转过弯来，正像你昨晚说的那样，约·华，"迪克用和蔼的低声说，"他们告诉我哈尔西·奥康纳公司的老板哈尔西因为极力劝说老宾厄姆当机立断，已经弄得精神崩溃而卧床不起了。"

埃德·格里斯科姆嗤嗤地大笑起来。

约·华面带淡淡的笑意站起身来。只要约·华一微笑，迪克也跟着微笑。"我想可以让他认识到和这商品名字相关联的好处……显要的地位……已建立的供销关系……"约·华一边讲话一边带领大家从过道走进一间大房间，房中央摆着一张很长的椭圆形桃花心木桌子，办公室的全体人员都聚集在那里。约·华走在最前面，走路时那相当大的肚子左右微微摇摆着，迪克和埃德·格里斯科姆各捧着一抱淡蓝色封皮的用打字机打好的计划书，跟在他后面一步远处。大家经过一阵咳嗽，撤了一会儿铃，刚刚坐定下来，约·华刚开口说到有七千五百万人时，埃德·格里斯科姆忽然奔出去拿来一张画得整整齐齐的图表，上面用蓝红黄三色字样标明要开展的宣传活动计划。桌子周围发出了喃喃的赞美声。

迪克看见埃德·格里斯科姆洋洋得意地向他投来了一瞥。他从眼角看了约·华一眼。约·华正毫无表情地望着图表。迪克走到埃德·格里斯科姆跟前，拍拍他的肩膀。"这工作干得好啊，埃德老兄。"他悄声说。埃德·格里斯科姆的紧张的唇部松弛了，露出了笑容。"喂，先生们，现在我希望大家展开活跃的讨论。"约·华说，淡蓝色的眼睛狡猾地闪了一下，这一时和他衬衫袖口链扣上的钻石的闪光正好相配。

当别人讲话时，迪克坐着看约·华把手张开来，放在他面前一扎用打字机打好的文件上。上过浆的老式袖口从他那十分合身的灰色双排钮茄克衫的袖子里伸出来，袖口外伸出两只短粗的出奇地像乡巴佬的有褐斑的手。整个讨论期间，迪克一直盯着这双手，同时一直在便笺簿上写下些短句再把它们划去。他什么也不能想。他感到脑子沉醉了。他继续用铅笔写着他看不出有什么意义的短句：在里茨饭店生病……宾厄姆公司的产品可以治惊风。

散会时已经一点多了。大家都祝贺埃德·格里斯科姆的规划图。迪克听见自己的声音说它真出色，但需要作一些小修改。

"好吧，"约·华说，"在周末把如何小修改的意见找出来怎么样？这正是我想对你们大家说的。星期一中午我要和宾厄姆先生一道吃饭。我必须有一份完善的计划可以拿出去。"

迪克·萨维奇回到自己的办公室，把秘书留给他的一叠信稿都签了字。然后他猛想起曾跟雷吉·塔尔博特约好在63号俱乐部一起吃中饭并会见他的女朋友，于是便奔出去，在乘电梯下楼时把蓝色围巾围好。他在一家星期六下午卖私酒的秘密酒店看见他们坐在拥挤的店堂后部的一张桌子边，在缭绕的香烟雾中头靠在一起。

"啊，迪克，你好。"雷吉说着忙带着温和的微笑跳起身来，一把抓住迪克的手，把他朝桌旁拉。"我没有在办公室等你，因为我得会见这位……乔，这位是萨维奇先生。他是纽约唯一满不在乎……你想喝什么？"

那姑娘确实令人倾倒。迪克在她身旁的红皮长靠椅上一屁股坐下来，面对着雷吉那瘦削的长着淡褐色头发的头和好探询的浅棕色大眼睛，感到有点醉意和倦意。

"哦，萨维奇先生，宾厄姆委托的广告搞得怎么样了？这事使我非常激动，雷吉除了这事不愿谈别的。我知道这样打听是不慎重的。"她用一双长着长睫毛的黑眼睛热烈地望着他的脸。他俩确实是漂亮的一对。

"背后议论，呃？"迪克说，拿起一根棍子面包，刷地塞进嘴里。"但是你知道，迪克，乔跟我……我们无话不谈……但只限于我们俩……而且说真的，办公室里所有较年轻的人都认为约·华不采用你的第一份计划书是天大的耻辱……格里斯科姆如果不当心，就要使我们失去这笔广告生意了……它就是不行……我认为那老头的脑子变得糊涂起来了。"

"你知道我最近有几次认为约·华身体不大好……太糟了。他是公共关系界最出色的人物啊。"迪克听出自己的声音里有一种谄媚的调子，感到当着年轻人的面不好意思起来，便突然闭嘴不说下去了。"喂，托尼，"他没好气地对侍者喊道，"来点鸡尾酒怎么样？给我来杯古巴甜烧酒，放点儿苦艾酒在内，你知道的，我的特别……哎哟，我感到老了，有一百岁了。"

"一向在蜡烛两头点吧？"雷吉问。

迪克把脸容扭成一副傻笑的样子。"唉，那支蜡烛，"他说，"它给了我多少麻烦啊。"他们都脸红了。迪克格格地笑了。"上帝呀，这城里再也没哪三个人会像我们这样脸红的。"

他们又叫了鸡尾酒。他们喝酒时，迪克觉得那姑娘正用她那一本正经的黑眼睛注视着他。她向他举杯。"雷吉说你在办公室里待他非常好……他说要不是托你的福，他早被解雇了。"

"谁能不待雷吉好啊？你瞧他。"雷吉脸色涨得通红。

"这小伙子脸相很漂亮，"姑娘说，"但是他有头脑吗？"

迪克在喝洋葱汤和第三杯鸡尾酒时，感到好过些。他开口对他们说，他真羡慕他们这样年轻就要结婚。他答应当他们的男傧相。他们问起他自己为什么不结婚，他不知所措地又喝了几杯，说他的生活一团糟。他一年挣一万五千元，但总是手头没什么钱。他认识的美丽女人有一打，但当他需要时却找不到一个。他讲话时，脑子里一直在考虑那份宣传自我药疗之必要的说明书。他没法不去想那笔为宾厄姆做广告的该死的生意。

他们走出63号俱乐部时，天色开始暗下去。他把这对年轻人送上出租汽车时，一种羡慕感扎进他的心头。由于腹中的食物和酒放射出热力，他感到亲切、多情，精神美妙地振奋。他在麦迪逊大街的拐角上站了一会儿，望着在明亮的橱窗前沿着人行道涌流的圣诞节前的活跃的人群，各种各样的面孔，在彻骨寒冷的夜晚，在斜射的灯光下，一时都显得绯红而健康。然后他叫了一辆出租汽车去十二街。

黑种女仆放他进门，她围着一件漂亮的花边围裙。"喂，辛西娅。""你好，迪克先生。"迪克在不平整的旧镶木地板上走来走去等候时，感到血液不安分地在他的太阳穴里搏动。伊夫琳从里屋内出来时，脸上带着微笑，她匆忙间在脸上抹了过多的粉，以致鼻孔和嘴角之间的两条斜线显得突出，使她的鼻子看上去像撒了面粉似的。

她声音里仍然带着可爱的韵律。"迪克，我以为你把我忘了哪。"

"我忙得不可开交……累得脑子不听使唤了。我想来看看你对我会有好处。"她递给他一只内放香烟的中国瓷盒。两人在一张有点摇晃的老式马鬃沙发上并排坐下来。"杰里米好吗？"迪克声调愉快地说。

她声调平淡地说："他和保罗去西部过圣诞节了。"

"你一定很想念他……我也感到失望。我喜欢那小家伙。"

"保罗和我最后已决定离婚……采取友好的方式。"

"伊夫琳，我很难过。"

"为什么？"

"我不知道……听起来确实显得很蠢……但我是一直喜欢保罗的。"

"这一切就是发展得太叫人感到厌倦了……这样对他会好得多。"她坐在他身旁,身上穿的午后服的表面上卷绒过多了点,态度有儿分冷淡而沉痛。他感到他似乎还是第一次跟她会面。他拿起她一只布满青筋的长手,把它放在他们面前的茶几上,轻轻地拍着。"我更喜欢你……不管怎么说。"这话在他听起来有点虚假,就像他对顾客讲的什么话。他跳起身来。"嗨,伊夫琳,我来打电话给塞蒂纳诺,弄点杜松子酒来怎么样?我一定要喝一杯……我脑子里老是摆脱不了办公室。"

"如果你朝后走到冰箱那儿,你会发现一些已调制好的十全十美的鸡尾酒。是我刚调好的。过一会儿有人要来。"

"过多久?"

"大约七点钟……怎么啦?"他穿过玻璃门朝后走时,她的目光逗弄地望着他的背影。

在食品间里,那黑种女仆正在戴上帽子。"辛西娅,约翰逊太太说这儿有鸡尾酒。"

"是的,迪克先生,我来给你拿些杯子。"

"你是今天下午休假的吧?"

"是,我要去教堂。"

"在星期六下午?"

"是,我们的教堂每星期六下午做礼拜……眼下许多人星期天不放假。"

"现在弄得我哪天也不放假了。"

"真可惜,迪克先生。"

他摇摇晃晃地回到前室,手上端着托盘,上面放着轻轻晃动的调酒器,还有两只叮当响的杯子。

"唉,迪克,我看不得不让你戒酒了。你的手抖得像花白胡子老头的手啦。"

"嘿,我正是个花白胡子老头。我正因不知道那个孬种专利药大王是否会在星期一签字而急得要死哪。"

"别谈这事了……听起来太可怕了。我自己也在忙着……我想推出一出话剧。"

"伊夫琳,这太好啦!谁写的剧本?"

"查尔斯·爱德华·霍尔登……这是部出色非凡的作品。我为它感到非常激动。我想我懂得如何把它搬上舞台……我想你大概不想为它投资两千美元吧，是吗，迪克？"

"伊夫琳，我简直不名一文……他们因为我负债而扣发我的工资，而我的母亲必须按她习惯的方式来供养，再说，我哥哥亨利在亚利桑那州的牧场……他由于抵押贷款而弄得一团糟……我还以为查尔斯·爱德华·霍尔登不过是个专栏作家哩。"

"他这方面的才能从未流露过……我认为他是现代纽约的真正诗人……你等着瞧吧。"

迪克给自己又倒了一杯鸡尾酒。"我们来谈一会儿关于我们自己吧……我感到疲惫极了……唉，伊夫琳，你知道我的意思……我们一直是很好的朋友嘛。"她让他握住她的手，但是没有回敬他的紧握。"你知道，我们总是说我们只是在肉体上相互具有吸引力……啊，难道这不是世上最美好的事吗？"他在长沙发上向她靠拢，在她面颊上吻了一下，想把她的脸扭过来。"难道你一点儿也不喜欢这可怜的罪人吗？"

"迪克，我不能。"她站起身来。她的嘴唇在抽动，看上去好像她就要号啕大哭起来。"有个人我非常喜欢……非常非常喜欢。我已决定要使我的生活过得有些意义。"

"谁？那该死的专栏作家？"

"别管是谁。"

迪克把脸埋在两只手里。等他把手拿开，竟然大笑起来。"嘿，如果我没这福分……只是个可以随叫随到的人，可我在星期六下午在秘密酒店多喝了两杯，自作多情起来。"

"哦，迪克，我相信你不会缺少伴儿的。"

"今天我就缺少……我感到寂寞难过。我的生活弄得一团糟。"

"这话多富有文学味啊！"

"我原以为我生活得相当好，但是不骗你，我的心思乱极了……昨晚我碰上一件可笑的事儿。等你更喜欢我的时候，我再告诉你。"

"迪克，你为什么不到埃莉诺家去？她在宴请所有的沙俄贵族哩。"

"她真的要嫁给那令人讨厌的小亲王吗？"伊夫琳点点头，眼睛里仍带有冷淡和沉痛的神情。"我看贵族头衔对装潢业来说是最最时髦的吧……埃莉诺为什么不出些钱呢？"

"我不愿去问她要。她钱可多的是，这个秋季生意非常好。我想我们老了，都变得贪婪了……可怜的摩尔豪斯对那亲王有什么想法?"

"但愿我能知道他对任何一桩事的想法就好了。我为他工作已好多年了，但还是不知道他究竟是个天才还是个自命不凡的家伙……我不知道他会不会在埃莉诺家。今晚我想找他谈一会儿……这主意很好……伊夫琳，你总是用这种或那种方式帮我的忙。"

"你最好先打个电话去再说……如果你不请自去，她完全可能会不让你进去的，尤其是当她满屋子都是金枝玉叶的俄国流亡者的时候。"

迪克到电话机旁打电话。他等了好久埃莉诺才来接。她的声音尖厉刺耳。起初她说他为什么不等下周再去吃晚饭。

迪克的声音变得充满了劝诱的口气。"请让我见见那位顶呱呱的亲王吧，埃莉诺……而且我还有十分重要的事要问你……你毕竟一向是我的保护天使啊，埃莉诺。如果我困难时不能找你，又能去找谁呢?"

她终于软下来，说他可以去，但是不能多待。"你可以和可怜的约·华谈谈……他看上去有点孤零零的。"她讲到末了，以尖锐刺耳的笑声结束，弄得话筒里传出一阵噪声，使他的耳朵不舒服。

他刚到沙发边，伊夫琳正仰靠在枕头堆里，无声地笑着。"迪克，"她说，"你真是个花言巧语的大师。"迪克对她扮了个鬼脸，亲了一下她的前额就离开屋子。

在埃莉诺的住处，枝形吊灯和刻花玻璃器皿闪闪发亮。她在客厅门口迎接他，狭窄的小脸上显得像一件瓷器那样光滑而易碎，这张脸的上方是一头仔细卷过的头发，下方是一只水钻别针别住的花边衣领。从她背后传来俄国男人的洪亮的声音和俄国女人的尖声，还有茶和木炭的气味。"啊，理查德，你来了，"她用快速的嘶嘶声对他耳语，"别忘了亲女大公的手……她经历过那么可怕的生活。你会愿意千方百计地使她高兴的，不是吗? ……而且，理查德，我还为华德担心……他看上去那么疲劳……我希望他不会垮。你知道，他正是那种会支撑不住的类型……你知道，就是这种大个子、短脖子的金发男子。"

在大理石壁炉前的那张镶嵌木桌上放着一只高大的俄国式银茶炊，它旁边坐着一个上了点年纪的大个子妇人，她身披金银丝织的披肩，头发向后梳拢，疲惫而多斑点的脸上的粉在剥落。她非常优雅，眼中还着实有光。她正把满堆在刻花玻璃碗里的鱼子酱厚厚地抹在一片黑面包上，塞得满满的嘴正在大笑。她周围聚集着一些年龄和衰老情况各不相同的俄国人，有的穿着束腰上衣，有的穿着便宜的西装，还有几个不大整洁的年轻女人和两个头发光亮而长着唱诗班男孩面孔的年轻人。他们都在喝茶或者喝小杯的伏特加。每个人都往外舀着鱼子酱。迪克被介绍给亲王，一位橄榄脸形的年轻人，长着黑眉毛和两撇尖尖的黑色小胡子，穿着黑色的束腰上衣和黑色的软皮靴，腰身出奇地细。他们都兴高采烈，用俄语、法语和英语叽叽呱呱、叫叫嚷嚷地讲着。埃莉诺确实被弄得不知所措了，迪克把匙伸进大堆灰色颗粒的鱼子酱时，不禁这么想。

约·华站在房间的一角，背对着面前燃着三支蜡烛的圣像，看上去苍白而疲劳。迪克记得很清楚，几星期前曾在埃莉诺的橱窗里见过这圣像，后面衬着一幅紫色的锦缎。约·华正和一位神职人员在谈话，那人穿着有紫色饰边的黑色长袍，迪克走到他们跟前，发觉这神职人员带有很重的爱尔兰地方口音。

"这位便是大修道院院长奥唐奈，迪克，"约·华说，"我讲得对吗？"大修道院院长咧嘴笑笑并点点头。"他正对我讲希腊修道院的情况。"

"你是指人们用篮子把你拉上去的地方？"迪克说。

大修道院院长轻轻地上下摇动他那带着微笑而嘴唇裂开的脸。"我将荣幸地介绍亲爱的埃莉诺进入真正的教会的神秘之境。我正告诉摩尔豪斯先生我自己皈依的经过。"迪克发现一双无礼的眼睛正不停地转动着，在上下打量他。"也许你愿哪一天来教堂，萨维奇先生，听听我们的唱诗班。像一块方糖会在热茶中溶化一样，没有信仰的人会被音乐所感化。"

"是啊，我喜欢听俄国的唱诗班。"约·华说。

"你们不认为我们亲爱的埃莉诺由于信教而显得更快乐而年轻吗？"大修道院院长正喜洋洋地冲着这人头济济的房间微笑。约·华怀疑地点点头。"噢，她是个可爱而优雅的小东西，而且又聪明……摩尔豪斯先生和萨维奇先生，也许你们来做礼拜，然后陪我一起吃午餐吧……我有点想法，想把我在阿索斯山①的体验写一本小书……我们可以为此聚一聚。"

迪克惊讶地发现大修道院院长用手指掐了一下他的屁股，便立刻挪开一步，在挪开前瞥见大修道院院长的左眼慢慢地使劲眨了眨。

大房间里一片叮当响和祝酒声，偶尔有只杯子打破的声音。一群较年轻的俄国人正用声如洪钟的嗓音唱着歌，歌声使他们头顶上的水晶枝形吊灯叮

---

① 阿索斯山在希腊东北部一半岛上，有一二十座修道院，自成一个自治区，创建于十世纪。

叮作响。鱼子酱全吃光了，但两名穿制服的女仆正端进一张餐桌，桌面上摆满了餐前小吃，中央是一条煮熟的大鲑鱼。

约·华用手肘碰碰迪克。"我想我们可以去找个地方谈谈了。"

"我正等你开口，约·华。我想我有一个新的独特意见。我认为这次会成功的。"

他们刚设法从拥挤的人群中挤出来到了门口，一位穿一身黑的长着秀丽的黑眼睛和弯弯的眉毛的俄国姑娘从后面追来。"哦，你们不能走。莱奥卡迪娅·巴甫洛芙娜非常喜欢你们。她喜欢这儿，不拘形式……豪放不羁。我们喜欢莉奥诺拉·伊万诺芙娜的正是这一点。她豪放不羁，我们也豪放不羁。我们喜欢她。"

"对不起，我们有个谈生意的约会。"约·华严肃地说。

那俄国姑娘打了个榧子说："嘿，谈生意，真叫人讨厌……美国要是没有生意经该多好哇！"

两人出屋来到街上，约·华叹了口气。"可怜的埃莉诺，我怕她会遭到某种不幸的……这些俄国人会把她吃穷的。你看她真会嫁给这位明格拉齐阿利亲王吗？我打听过他的底细……他关于自己所说的话可全是真的。但是天呀！"

"戴着王冠这一套，"迪克说，"日子已经订好了。"

"说到底，埃莉诺知道该怎么做。她的事业一向很成功，你知道。"

约·华的汽车正在门口。司机手臂上挂着一条供膝部保暖的毯子，从车里走出来，他刚要为约·华关上车门，迪克说："约·华，你有几分钟时间谈谈宾厄姆的那笔广告生意吗？"

"当然，我忘了，"约·华声调疲惫地说，"我们一起去大内克吃晚饭吧……那儿除了孩子们就我一个人。"迪克微笑着跳进汽车，司机把这辆大黑轿车的门关上。

在摩尔豪斯的有色彩鲜艳的意大利护壁板的餐厅里吃饭，男管家和帮手在暗淡的灯光下悄悄地来回走动着，只有迪克、约·华和孩子们那万分优雅的长脸家庭女教师辛普森小姐坐在那点着蜡烛的长餐桌边，令人感到相当阴郁。饭后，他们走进约·华的白色小书房去抽烟并谈宾厄姆的广告生意，迪克感谢他的好运，因为老男管家给他们送来了一瓶苏格兰威士忌、冰块和酒杯。

"你在哪儿找到它的，汤普森？"约·华问。

"还在战前就放在地窖里了，先生……是摩尔豪斯夫人在苏格兰买的那几箱……我知道萨维奇先生喜欢喝一点的。"

迪克笑了。"这是名声不好带来的好处。"他说。

约·华严肃地拉长声音说："这是能弄到的最好的了,这我知道……你知道吧,我喝酒从来没得到过多大的乐趣,因此我把它戒了,甚至在禁酒令之前。"

约·华点燃了一支雪茄。他突然把它扔在火里。"我今晚不想抽了。医生说一天三支对我无害……但是整个星期我都感到不舒服……我应该摆脱证券交易所……我希望你也不要去,迪克。"

"我的债主们留给我的钱还不够买一张抽彩售货券。"

约·华这小房间里摆着一排排书架,架上摆满了一套套崭新的摩洛哥皮封面的著名作家的著作,约·华横跨了两三步,然后把双手放在背后,背靠着佛罗伦萨式壁炉站住。"我老是感到冷。我想我的血液循环不怎么好……也许是因为就要去看葛屈鲁德的缘故……医生已最后宣称她的病已没有希望了。这使我非常震惊。"

迪克站起身来,放下他的酒杯。"我很难过,约·华……不过,脑子里的毛病也有出人意料地给治好的。"

约·华站着,嘴唇紧抿成一条细线,双下巴有点儿哆嗦。"精神分裂症可不行……我已尽力在各方面作出好成绩,只有这件事不行……我是个孤独的人,"他说,"想想看,从前我曾想做一个歌曲作家哩。"他微笑了。

迪克也微笑起来并伸出手去。"握握手吧,约·华,"他说,"和一个失败的小诗人。"

"不管怎么说,"约·华说,"孩子们要比我那时的条件好……我们谈正事之前,上楼去跟他们道声晚安,你不会感到讨厌吧?我希望让你见见他们。"

"当然不,我喜欢小家伙,"迪克说,"事实上我还始终是个大孩子哪。"

辛普森小姐在楼梯的顶端迎接他们,拿一只指头放在唇上说:"小葛屈鲁德睡着了。"他们踮着脚尖从洁白的过道上走去。孩子们都上床了,各自睡在一间像医院那样的小房间里,开着一扇窗,房间里有点冷,只见每个枕头上有一个长着淡黄色头发的头。

"斯坦普尔最大……十二岁了,"约·华悄声说,"下面是葛屈鲁德,再其次是约翰尼。"

斯坦普尔客气地说了声晚安。葛屈鲁德在他们拧亮电灯后没有醒过来。约翰尼在做恶梦,突然坐起来,睁大明亮的蓝眼睛,用受惊的小声音说:

"不，不。"

约·华坐在床沿上，轻轻拍拍他，直到他又睡着为止。"晚安，辛普森小姐。"他们说着，踮着脚尖走下楼梯。"你觉得他们怎么样？"约·华满面笑容地对迪克说。

"他们的确可爱……我羡慕你。"迪克说。

"把你带到这儿来我很高兴……没有你我会感到寂寞的……我要再好好款待你。"约·华说。

他们在炉火前的椅子里坐定下来，开始审阅将送给宾厄姆产品公司的广告版面编排。等到时钟敲了十下，约·华开始打哈欠。

迪克站起身来。"约·华，你想知道我真实的意见吗？"

"讲吧，小伙子，你知道对我你是什么都可以讲的。"

"好吧，那就听着，"迪克把剩下的一点微温而性和的苏格兰威士忌都一仰脖倒在嘴里，"我认为我们不能只见树而不见林……我们被一大堆的细枝末节弄糊涂了。你说那位老先生很顽固……是那种从报童爬上去而当上总统的人物……噢，我认为这东西并没有真正把你一个月前向我们大致谈的那个宣传计划足够地突出出来……"

"说老实话，我对它也不大满意。"

"这房子里有打字机吗？"

"我想汤普森或者莫顿可以从什么地方找到一台。"

"好吧，我想我也许有办法把你的基本设想弄得稍稍显豁些。在我看来，这是商业界推出过的最宏伟的设想之一。"

"当然，这是整个办公室合作的成果。"

"我来试试看，能不能在周末把它拆散后再组合起来。说到底，不会有什么损失的……我们得让那位老先生摆脱困境，否则哈尔西会把他拉过去的。"

"他们像一群狼一样，每分钟都围着他转。"约·华说，打着哈欠站起身来。"好吧，这事就交给你了。"他走到门口，站停了，转过身来。"当然，那些俄国贵族是社交界的最高层。这样对埃莉诺是桩大好的事情……但我希望她不要这样做……你知道，迪克，埃莉诺和我有过一段非常美好的关系……这个小妇人的忠告和同情曾对我来说非常重要……我希望她不要这样做……哦，我要上床了。"

迪克上楼来到一大间挂着英国猎狩景色画的卧室。汤普森给他拿来一台新的无声打字机和一瓶威士忌。迪克穿着睡衣，披着浴衣，工作了整整一宿，并且抽烟，喝威士忌。等到天亮了，窗子开始变蓝时，他还在工作，他从厚窗帘的缝隙中可以看见一片湿透的草地四周的一簇簇黑乎乎的像花哨图案一样的堆满雨凇的树木。他的嘴由于抽烟太多而发苦。他走进画着海豚壁画的浴室，吹着口哨往浴缸里放热水。他感到头昏眼花，但是他完成一个新的广告计划了。

次日正午，当约·华带着孩子们从教堂回来时，迪克已穿好衣服，刮好了脸，正在阴冷的空气中在石板铺的平台上走来走去。迪克感到眼睛下陷，脑袋里血管卜卜跳，但约·华对他的工作感到高兴。

"当然，从一开始我就把自助、独立性、个人主义这些口号交给了小伙子们。这将不仅仅是一场广告宣传，它将是一场宣传美国主义的运动……午饭后，我要派车子去接威廉斯小姐来记录我的一些口授。这里面还大有文章可做哩，迪克。"

"当然，"迪克说时脸红了，"我所做的不过是把你原来的设想复原罢了，约·华。"

吃午饭时，孩子们都坐在餐桌边，迪克跟他们玩得挺开心，让他们跟他交谈，给他们讲他在新泽西州做小男孩时养小兔子的故事。约·华满面笑容。午饭后，迪克在地下室的弹子房跟辛普森小姐、斯坦普尔和小葛屈鲁德打乒乓，约翰尼为他们拾球。约·华回他的小书房去打盹了。

后来，他们俩安排好让威廉斯小姐打字的计划书。当他们三人在炉火前兴致勃勃地工作着时，汤普森出现在门口，恭恭敬敬地问摩尔豪斯先生是否愿意接格里斯科姆先生打来的电话。"好吧，把它接到这儿的这架电话上来。"约·华说。

迪克在椅子里僵住了。他能听见电话另一头激动的鼻音。"埃德，你别着急，"约·华正拖长了声音说，"你好好休息一下，我的孩子，以便明天早晨精力旺盛地在我和威廉斯小姐昨天干了一个通宵而写出的最后一稿上挑毛病……你知道，睡觉出智谋嘛……今天下午打一场手球怎么样？你知道，出出汗对人是大有好处的。如果不是这么潮湿，我真想亲自把高尔夫球打进十八个洞里去。好吧，明日上午再见，埃德。"约·华放下听筒。"你可知道，迪克，"他说，"我以为埃德·格里斯科姆应该请两个星期的假到拿骚①或其他类似的地方去。他有点儿失去自制力了……我想我会向他建议的。他一直

---

① 位于美国东南部佛罗里达州东南的英属巴哈马群岛的首府，为一旅游休养城市。

388

是办公室里不可多得的人手，你知道。"

"是公共关系界最能干的人物之一。"迪克直截了当地说。他们又继续工作。

次日早晨，迪克陪约·华一起驱车去办公室，但在五十七街停下来，绕到五十六街他母亲的公寓去换衬衫。等他赶到办公室时，交换台的接线员在门厅里对他咧嘴大笑。那份宾厄姆的广告计划使这儿的一切都活跃起来。在外间他碰上那无法避开的威廉斯小姐。她那令人乏味的老处女式的有皱纹的脸上竟绽出了一个甜甜的微笑。"萨维奇先生，摩尔豪斯先生问你是否愿意于十二点三十分在广场饭店跟他和宾厄姆先生会面，他将在那儿请宾厄姆先生吃午饭。"

他用上午的时间处理日常工作。十一时左右，伊夫琳·约翰逊打电话来说想见他。他说到周末再说怎么样。"但是我就在这大楼里呀。"她用有伤自尊心的声调说。

"哦，上来吧，但是我很忙……你知道星期一总是忙的。"

伊夫琳在从多云的天空射进窗来的明亮强烈光线下显出一副吃力相。她穿着有点儿破旧的灰色皮领外衣，戴着一顶紧裹在头上的看上去像是去年买的多刺的灰色草帽。从鼻端到嘴角的两条线显得比平常深而硬。

迪克起身拿起她的两只手。"伊夫琳，你看上去累了。"

"我看我得了流感要病倒了。"她讲得很快。"我只是进来看看一张友好的脸。我和约·华约好在十一点一刻见面……你想他肯捐款吗？如果我能筹集到一万美元，舒伯特兄弟就可以把筹集其余款子的任务包了。但是必须马上就到手，因为人家手里的优先购买权明天就期满了……唉，我对无所事事感到十分厌烦……霍尔登关于这次演出有绝妙的设想，而且他要让我来负责布景和服装……如果让百老汇的哪位戏院老板来搞的话，准会毁了它……迪克，我知道它是本了不起的话剧。"

迪克皱皱眉头。"这时候不大合适……我们今天上午都很忙。"

"好吧，我不再打扰你啦。"他们这时正站在窗前。"这铆钉枪一个劲儿地响，你怎么受得了？"

"嘻，伊夫琳，这些铆钉枪在我们听起来像是音乐，它们使我们像金丝雀一样在雷暴雨中歌唱。它们意味着生意经……如果约·华肯采纳我的忠告，那儿将是我们的新办公室的所在地。"

"好吧，再见，"她把一只戴着旧灰色手套的手放在他的手中，"我知道你会为我讲好话的……你是这儿的大红人啊。"

她走出去了，给办公室留下一点儿他所熟悉的淡淡的古龙香水和裘皮的气息。迪克蹙着眉在办公桌前走来走去。他忽然感到神经紧张和不安。他决定在去吃午饭前先出去吸口新鲜空气，也许去喝上一小杯。"如果有人打电话来，"他对他的秘书说，"告诉他们三点以后再打来。我有桩差使，接下来跟摩尔豪斯先生有个约会。"

在电梯里，正碰上约·华穿着一件有很大的皮领的新大衣，戴着一顶新的灰色浅顶软呢帽从上面下来。"迪克，"他说，"如果你去广场饭店迟了，我要拧断你的脖子……你给内定当手执弓矢的爱神丘比特。"

"要射中宾厄姆的心吗？"电梯往下沉，迪克的耳朵里嗡嗡地响。

约·华微笑着点点头。"顺便问一声，但必须严格保密，你觉得约翰逊太太打算上演那出话剧的计划怎么样？……当然，她是个非常可爱的女人……她一直是埃莉诺的好朋友……迪克，我的孩子，你为什么不结婚？"

"跟谁？伊夫琳吗？她已经结婚了。"

"我刚才把心里的话讲出口来了，你别管它。"他们走出电梯，在中午人群的旋涡里一起穿过中央大车站。太阳已经出来了，把一长道一长道斜射的充满尘粒的光线投向头顶上那巨大的蓝色天花板下面的空间。"但是你对这出戏的大胆演出计划是怎么想的？你知道，我的钱都投在证券买卖中了，无法动用……我看我可以到银行去借钱吧。"

"搞戏剧总是有风险的，"迪克说，"伊夫琳是个了不起的姑娘，她还有其他优点而且很有才能，但是我不知道对做生意她懂得多少。上演一出戏是桩担风险的生意。"

"我喜欢帮老朋友解决困难……但是我想如果舒伯特兄弟认为有钱可赚，他们自己会投资的……当然，约翰逊太太是富有文艺修养的。"

"这不用说。"迪克说。

十二点三十分，迪克在广场饭店的休息厅等候约·华，嘴里嚼着口腔去臭片以除去威士忌酒味，原来他在半路上在托尼酒吧喝了三杯。等到十二点四十五分，他看见约·华从衣帽间出来，身子像只大梨，眼睛呈浅蓝色，浅灰黄色的头发光滑发亮，走在他旁边的是一个瘦高个子，蓬乱的白发在耳际卷成一缕缕鸭尾巴式的圈儿。他们一步入休息厅，迪克便听到那高个子在粗声粗气地发表固执的意见，声如洪钟。

"……当不正义的行径控制市场时，这些人谁也不能使我平静。这是一场长期的斗争，我在这地球上已经度过了古代的先知们应允的七十年，从这有利地位来看，我得承认这一斗争大体上已取得了物质的和精神上的胜利。也许因为我早年受过当牧师的训练，我一直有这种看法，摩尔豪斯先生，它在我国的著名商人中并不少见，那就是认为物质的成就不是唯一的……还应具有服务的精神。因此我坦率地对你说，我对这见不得人的阴谋诡计感到难过伤心。谁偷我的钱袋只不过是偷点废物①，但是谁要……怎么了？……我的记忆不如从前了……我的好名声……是啊，你好吗，萨维奇先生？"他握手时那股猛劲使迪克感到惊异。迪克发现站在他面前的是一位瘦瘦的关节松散的老人，一头蓬乱的白发，脑壳上的下颚大而突出，晒黑的皮肤从两颊折皱下垂，像猎犬的下巴一样。约·华在他旁边显得矮小而温顺。

"我认识你很高兴，先生，"伊·R.宾厄姆说，"我常常对我的女儿们说，如果我生长在你们这一代，我会发现公共关系这个圈子内有许多愉快而有用的工作可做。但是很不幸，在我那个时代，对于一个除了具有狂热精神的优良传统以及和母亲的奶汁，如果可以这样说的话，一同吸入的自然宗教外一无所有的年轻人来说，道路要更加困难。那时我们得用我们的双肩去推车轮，而且这是一辆骡子拉的沾着污泥的旧车的车轮，而不是一辆奢侈的汽车车轮。"

伊·R.宾厄姆一路声如洪钟地说着，走进餐厅。一小群脸色苍白的侍者聚拢来，有的拉出椅子，有的摆设桌子，有的拿来菜单。

"小伙子，给我拿菜单来是一无用处的，"伊·R.宾厄姆对侍者领班说，"我是按自然法则生活的。我只吃少量的坚果、蔬菜，喝生牛奶……给我拿点煮菠菜、一盘磨碎的胡萝卜和一杯未经杀菌的牛奶……其结果是，先生们，当我应本市一家大人寿保险公司的要求于几天前去找一位名医时，他检查我后吃惊得目瞪口呆。我对他说我已七十一岁，他简直难以相信我不是在扯一个弥天大谎。'宾厄姆先生，'他说，'你的身体像一个四十五岁的健康的运动员那样棒。'……摸摸看，年轻人。"伊·R.宾厄姆把手臂一弯，凑到迪克的鼻尖下。

迪克用两个指头戳戳他的肌肉。"像大锤一样硬。"他点着头说。伊·R.宾厄姆已经又在往下讲了。"你看，我身体力行我所宣传的主张，摩尔豪斯先生……而且我希望别人也这样做……我可以添加一句，在宾厄姆产品公司和强健体魄股份有限公司所控制的特效药和专卖药一览表中没有一种含有矿

---

① 见莎士比亚的《奥赛罗》第3幕第3场第155行。

物质、麻醉品或其他有害的成分。为了从我的药品一览表中取消一种被戈尔曼医生和我们研究部门中其他出色的男女工作人员认为有害或服后会成瘾的药剂，我一次次地牺牲了好几十万美元。我们的药物和我们的规定饮食与治疗是按照博学之士的传统并根据可靠的医学科学的发现而在遍布地球各处的荒野中收集来的自然的特效药、药草和单味草药。"

"宾厄姆先生，你想现在喝咖啡还是等一下喝？"

"咖啡，先生，是一种致命的毒药，正如酒、茶和烟草一样。如果医学院的短发女人、长发男人和狂暴的怪人，这些企图限制美国人民寻求健康和幸福的种种自由的人们能把他们的活动专注于消灭这类耗竭我们年轻男子的生殖力和我们可爱的美国妇女的生育力的危险的毒药上，我和他们也就不会有什么争论了。事实上，我愿做任何事来帮助他们。早晚有一天，我会把我的全部财产都用来开展这样一场消灭毒药的运动。我知道这个国家的普通人和我的想法一样，因为我就是他们中的一员，在敬畏上帝的普通庄稼人的农场上诞生并成长。美国人民需要保护，使他们免受那些怪人之害。"

"宾厄姆先生，"约·华说，"那将是我们计划开展的运动的主旨。"洗手用的小碗送上来了。"好吧，宾厄姆先生，"约·华站起来说，"这次和你共进午餐的确是件乐事。很不巧，我得离开你去闹市区开一个重要的董事会，但是这位萨维奇先生掌握一切情况，而且我知道他能回答任何进一步的问题。我相信我们将于五点钟会见你们销售部门的人员。"

只剩下他们两人了，伊·R.宾厄姆先生立刻在餐桌上向迪克靠过来说："年轻人，今天下午我非常需要放松一下。也许你可以作为我的客人去看点什么娱乐节目……只工作而不娱乐……你知道这句格言的。芝加哥一直是我的大本营，而每次到纽约来总是忙得没时间到处看看……也许你能建议去看什么戏或豪华的音乐剧。我属于普通人，让我们到普通人去的地方去。"

迪克会意地点点头。"我来想想看，星期一下午……我得给办公室打电话……应该有歌舞杂要表演的……我眼下想不出什么，除了脱衣舞表演。"

"就要这一个，音乐和年轻女人……我对人体高度重视。我的几个女儿，感谢上帝，都是出色非凡的体格标准的美人……见到美丽的女性肉体使人感到放松和舒适。来吧，我来请客。它有助于使我对我们商谈的问题作出决断……你我私下讲讲，摩尔豪斯先生是个极不寻常的人物。我认为他能提供必需的高贵品质……但是我们必须记住我们是对普通人讲话。"

"不过普通人现在也不像他们过去那么普通了，宾厄姆先生。现在他们也喜欢要豪华一点儿。"迪克说，跟着伊·R.宾厄姆大步流星地向衣帽间走去。

"我从不戴帽子或穿大衣，只围这条围巾，年轻的小姐。"伊·R.宾厄姆声如洪钟地说。

"你自己有孩子吗，萨维奇先生?"他们在出租汽车里坐定后，伊·R.宾厄姆问道。

"没有，我眼下没有结婚。"迪克摇晃着说，给自己点燃一支烟。

"你能原谅一个可以做你父亲的老人向你指点一下吗?"伊·R.宾厄姆用两个指关节突出的长手指夹住迪克的烟，把它扔到车窗外面。"我的朋友，你正在用麻醉剂毒害你自己，破坏你的生殖力。我在四十岁左右时，正处身在一场剧烈的经济搏斗中。我那个巨大的机构当时还全处在初创阶段。我的身体垮了。我是烟酒的奴隶。我跟我的第一个妻子分手了，而且即使我有妻子，我也没有能力……对待她像一个男人那样。于是有一天我对自己说:'宾厄姆博士，'——那时我的朋友们都称呼我为博士——'像古时候那个基督徒[1]一样，你正待在毁灭市中，而且等你去世时，你会既没有女子又没有儿女来为你掉一滴眼泪。'我才开始注意适当地锻炼身体……我的心灵，我可以说，由于青年时代就熟悉古典文学并具有堪称惊人的记忆力而得到了发展……其结果是在每方面的努力都获得了成功……有一天你会会见我全家的人，那时你就会懂得一个健康的美国家庭是何等甜蜜而美好。"

他们来到一家脱衣舞剧场，顺着场子中央的过道走到靠前排的位子，这时伊·R.宾厄姆还在讲个不停。一眨眼工夫，迪克就见到一排轻轻摆动着的女人的光腿，腿上因曾种过牛痘而留下了些斑点。乐队发出轰隆隆和嘟嘟嘟的声响，姑娘们扭动着，唱着，在一片灰尘、腋窝、香粉和油彩的气息中，在一盏移动着的聚光灯的强光下，开始脱衣，这灯光也不断地照亮伊·R.宾厄姆的一头白发。当姑娘们中有一个弯下身来，嗲声嗲气地说"嘿，瞧这老爷爷"，并一面冲着他的脸唱歌一面对他扭动她只围着一条腰布的臀部时，他感到特别高兴。伊·R.宾厄姆用手肘碰碰迪克，对他耳语道:"了解一下她的电话号码。"等她走远后，他仍在不断地大声说:"我感到又像个小伙子了。"

在幕间休息时，迪克设法给办公室的威廉斯小姐打了个电话，告诉她向大家建议开会时不要吸烟。"告诉约·华，那老守财奴认为香烟会促人早

---

① 英国作家保罗·班扬（1628—1688）在寓言小说《天路历程》的第一部中，写主人公"基督徒"得悉他所在的那个城市即将被天火焚烧，就离开这个"毁灭市"，一路历尽艰险，终于到达"天国之城"。

死。"他说。

"你啊，萨维奇先生。"威廉斯小姐用责备的口气说。到了五点钟，迪克想叫他离开剧场，但他坚持要等表演结束了再走。"他们会等我的，别担心。"他说。

当他们又乘出租汽车前往办公室时，伊·R.宾厄姆格格地笑了。"我的天，我总是喜欢看出色的大腿戏，欣赏那神圣的人体……我的朋友，也许我们可以使今天下午的事秘而不宣。"他在迪克的膝盖上使劲拍了一下。"逃一次学是满不错的。"

在会议上，宾厄姆产品公司在合同上签了字。宾厄姆先生对一切都赞同，对讨论的问题不闻不问。会议进行到一半时，他说他累了，要回家去睡觉，便打着呵欠离去，撇下戈德马克先生和为宾厄姆产品公司做广告的杰·温恩罗普·赫德森公司的一名代表来审查计划的细节。迪克不禁钦佩约·华对待他们的盛气凌人的安详风度。会议后，迪克喝醉了，设法让他认识的一个姑娘坐进他的出租汽车，但这事并没有什么结果，他又回到他那空空的公寓，感到难过死了。

次日早晨，迪克睡过了头。电话铃把他吵醒。是威廉斯小姐从办公室打来的。请萨维奇先生打好行李，叫人送到火车站，以便陪摩尔豪斯先生乘"国会"号列车去华盛顿好吗？"还有，萨维奇先生，"她加上一句，"原谅我这么说，但我们办公室的同人都一致认为是你使这笔宾厄姆公司的生意成交的。摩尔豪斯先生说你一定把他们迷住了。"

"你真客气，威廉斯小姐。"迪克用最甜的声音说。迪克和约·华在火车上共乘一间特等卧铺车室，威廉斯小姐也来了，他们一路上不停地工作着。迪克整个下午都巴不得喝杯酒，虽然他旅行包里带着一瓶苏格兰威士忌，他却不敢喝，因为威廉斯小姐肯定会发现他把酒瓶拿出来，然后用她特有的略微尖刻而带些歉意的声调提起这件事，而且他也知道约·华认为他喝得太多。他感到很紧张，抽了许多支香烟，以致舌头开始发干，于是便嚼起口香糖来。

迪克让约·华一直忙着考虑些新的看法，直到约·华说他感到有点儿不舒服，要躺下打个盹。迪克于是便带威廉斯小姐上餐车去喝杯茶，讲给她听一些有趣的故事，使她十分高兴。等他们到达巴尔的摩的那些烟雾弥漫的隧道时，他感到快要疯了。他在到达华盛顿之前，会告诉别人他是拿破仑，如果不是趁威廉斯小姐在女厕所而约·华埋头阅读宾厄姆给他的一扎信时喝上了一大口苏格兰威士忌的话。那是宾厄姆产品公司和他们在华盛顿负责疏通议员的贾德森上校的往来信函，谈的是有关即将通过洁净食品法案的问题。

等到迪克终于逃进了肖拉姆旅馆他自己的房间，他倒了好大一杯酒，加了苏打水和冰块，准备独自安安静静地喝。他的房间位于一个在拐角上的套间里，每次约·华到华盛顿来总住在这里。他一面喝酒，一面给约好当晚在殖民地俱乐部一起吃饭的一位姑娘写一份滑稽电报。他刚呷了一口酒，电话铃便响了。是伊·R.宾厄姆的秘书从威拉德旅馆打来的，问迪克是否愿意与宾厄姆先生、太太和小姐们一起用餐。

"一定要去，"当迪克征求约·华的意见时，他说，"首先你应知道，我要使你娶上个宾厄姆的可爱的女儿，来完成这笔交易。"

宾厄姆家的姑娘们是三个高大匀称的年轻女子，名叫海季亚、奥尔瑟亚和迈拉，而宾厄姆太太是一位肥胖、色衰、扁平脸的戴圆形钢边眼镜的金发女人。这一家唯一不戴眼镜也不长着龅牙的是迈拉，她看上去最像她的爸爸。她讲起话来像连珠炮似的。她还是最小的一个，伊·R.宾厄姆呢，敞开着衬衫领口，胸前露出一点红色法兰绒贴身内衣，穿着老式软底便鞋，在大踏步地走来走去。他介绍说，她是家中富有艺术才能的一员。在谈到她将如何去纽约学习绘画时，她痴痴地笑个不停。她对迪克说，他看上去富有艺术家的气质。

他们吃饭时有点乱，因为宾厄姆先生老是吩咐把菜退回去，并且由于卷心菜烧过了头，生胡萝卜没熟而大发雷霆。土豆汤、撒有榛子屑的煮洋葱和涂了花生酱的全麦面包，用可口可乐作饮料。这时全国广播公司的两个年轻人带着扩音器来请伊·R.宾厄姆先生作他八点钟的健康节目讲话。他一下子又变得满脸堆笑，热情洋溢。宾厄姆太太本已双手掩住了耳朵，不要听老头的肮脏语言，哭哭啼啼地退回卧室，这时又露面了。她眼睛发红，手拿一小瓶嗅盐，刚走出房门又被赶了回去。伊·R.宾厄姆吼叫说女人分散他对扩音器讲话时的注意力，但是他让迪克留下听他作关于健康、规定饮食和运动锻炼须知的广播，并听他宣布由宾厄姆产品公司的刊物《强健体魄》主办的从华盛顿至路易斯维尔的每年一度的越野徒步旅行，他将在头三天亲自领队，只为了给年轻人做出榜样，他说。

广播结束后，宾厄姆太太和姑娘们浓妆艳抹地走进来，戴着钻石耳环和珍珠项链，穿着灰鼠皮大衣。她们邀请迪克和广播电台的年轻人一起上基恩剧院去看戏，但是迪克解释说他还有工作要做。宾厄姆太太在离开前，让迪克答应到他们在尤里卡的家中去看他们。

"你来住一个月吧，年轻人。"伊·R.宾厄姆打断她的话，声音洪亮地说。"我们在那儿会使你成为一个男子汉。第一个星期专喝橘子汁，大量饮水，按摩，休息……然后我们用麦片、大量牛奶和奶油，一点拳击或径赛运动，不用穿许多令人窒息的衣服在阳光下作长期的徒步旅行来增强你的体力，这样你回来时就会变成一个男子汉，大自然的最精美的工艺品，'动物中的楷模'……你知道这是那不朽诗人[①]的诗行……你会把那毒害你身体的不健康的纽约生活忘得一干二净。你来吧，年轻人……好，晚安。等我做完深呼吸就该是我上床的时候了。我在华盛顿的时候，每天早晨六点钟起身，在内港里游泳……明天来游游怎么样？百代新闻片公司将去那儿拍片……这对你的工作是有利的。"

迪克连忙表示歉意说："下一次再说吧，宾厄姆先生。"

回到肖拉姆旅馆，他发现约·华与参议员普兰尼特和贾德森上校刚吃完饭，后者是个长着光溜溜的粉红色癞蛤蟆面孔的人，一副和蔼可亲的样子。

参议员站起身来，热烈地紧握迪克的手。"啊，小伙子，我们原盼望你披着虎皮回来哩……那老兄有没有向你显示他发达的胸肌呀？"约·华正在皱眉头。

"这次没有，参议员。"迪克平静地说。

"但是，参议员，"约·华似乎等不及地说，显然想把打断的话题再继续谈下去，"这是个原则问题。一旦政府干预企业开了先例，那就意味着这个国家中的自由和个人进取心的终结。"

"那就意味着赤色俄国布尔什维克专制的开始。"贾德森上校以愤慨的着重语气加上一句。

参议员普兰尼特笑了。"这话未免太难听吧，乔尔？"

"这项法案想干的是剥夺美国人民的自我用药治疗的权利。一批懒惰成性的政府雇员和侨居国外靠国内汇款生活的人将告诉你什么样的通便剂可用，什么样的不可用。像许多类似的事情一样，它将掌握在一些怪人和爱管闲事的人手中。理所当然，美国人民有权选择他们要买什么样的产品。这是对我们公民的智力的侮辱。"

参议员把餐后喝的那杯咖啡倾倒，以便把剩下的全都喝下去。迪克注意

---

① 指莎士比亚。"动物中的楷模"，见《哈姆莱特》第2幕第2场第320行。

到他们在用球形大玻璃杯喝白兰地。"说起来，"参议员慢吞吞地说，"你们讲的可能是对的，但是这法案获得许多人的支持，而且你们诸位先生一定不能忘记我在这件事情上并不完全是个自由人。我得顾及我的选民的愿望……"

"依我看，"贾德森上校打断参议员的话说，"所有这些所谓的洁净食物和药品法案都是有利于医药业的阶级立法。医生们自然希望我们在买一把牙刷或一包甘草粉之前先向他们请教。"

约·华接着他没讲完的话说："用科学的方法研制的专卖药的发展趋势在于使门外汉可自由选择而无须依赖别人，使他们无须找医生就可以治疗许多小毛小病。"

参议员喝完了白兰地，并不作答。

"鲍伊，"贾德森上校一面说，一面伸手去拿酒瓶，又倒了些酒，"你我都知道，你们州的普通百姓不希望他们的选择自由被华盛顿任何喜欢打听和爱管闲事的人所剥夺……我们有大力支持你竞选的金钱和组织。摩尔豪斯先生即将开展我国有史以来最大的教育运动之一，以便让城乡人民都了解专卖药的真实情况。他将掀起一阵国会也不得不加以重视的巨大的舆论浪潮。我看见他这样干过。"

"出色的白兰地，"参议员说，"多少年来，我一直喜欢喝法国阿马涅克产的纯净白兰地。"他清了清嗓子，从桌子中央的一个盒子里拿了一支雪茄，悠闲自在地把它点燃，"我近来一直遭到批评，当然是些不负责任的人，用他们的话来说，是我跟大企业有反动联系。你知道这一套蛊惑人心的说法。"

"尤其是在这样的时刻，一个明智地管理的组织对一个人的公众生活有极大的裨益。"贾德森上校热切地说。

参议员普兰尼特的黑眼珠闪亮了一下，他伸手捋掉在不高的前额上的一绺坚硬的黑发，这一来使他的天灵盖的一部分变得光秃秃的。"我想这要看将提供多大的援助啰，"他说着站起身来，"这是力的平行四边形。"

其他的人也站起来。参议员轻轻地弹掉雪茄上的烟灰。

"舆论的力量，参议员，"约·华自高自大地说，"那是我们必须提供的。"

"好吧，摩尔豪斯先生，你得原谅我，我要去准备一些演讲稿了……今天我们相聚非常愉快……迪克，你在华盛顿的期间，一定请过来吃饭……晚安，乔尔，明天见。"约·华的贴身男仆正给参议员拿着他的裘皮衬里的大衣。

"宾厄姆先生，"约·华说，"是一位非常关心公益的人士，参议员；他愿意花掉相当数量的钱。"

"他必须花嘛。"参议员说。

参议员普兰尼特走后，门关上了，大家都默默地坐了一会儿。迪克给自己倒了一杯阿马涅克白兰地。

"说起来，宾厄姆先生也不必着急，"贾德森上校说，"但他得破费。鲍伊和他的朋友们只是想加大赌注。你知道我对他们了如指掌……说到底，我在本城已混了十五年啦。"

"说来惭愧和可笑，堂堂正正的企业竟不得不屈尊地采取这种手法。"约·华说。

"的确，约·华，你抢先讲了我要讲的话……如果你问我的意见，我要说我们国家需要的是一个强有力的人物，来叫所有这帮政客滚蛋……别以为我不了解他们……不过这场小规模的午宴很可宝贵。你是这情况中的一个新的因素……提供了可贵的高贵的风度，你知道……好，再见了。"

约·华已经站起来伸出了手，脸色像纸一样白。

"好吧，我要走了，"贾德森上校说，"你可以让你的客户放心，那项法案永远不会通过……好好休息一晚，摩尔豪斯先生……再见，萨维奇上尉……"贾德森上校用他的双手以同样的姿势亲热地拍拍约·华和迪克的肩膀。他叼着雪茄，灵巧地走出门去，留下满脸笑容和一团难闻的蓝烟。

迪克转向约·华，他已一屁股坐进一张红色长毛绒椅子里。"你确信你没毛病吗，约·华？"

"只不过有点儿消化不良。"约·华声音微弱地说，他的脸因为痛楚而扭曲，两手紧紧地握住椅子扶手。

"好，我想我们最好都睡觉去吧，"迪克说，"但是，约·华，明天上午请个医生来给你看看怎么样？"

"再说吧，晚安。"约·华闭着眼睛，艰难地说。

迪克刚刚睡着，有人敲门把他惊醒过来。他光着脚走到门口。原来是莫顿，约·华的那个带伦敦土腔的上了年纪的贴身男仆。"请原谅，先生，因为惊醒了你，先生，"他说，"我担心摩尔豪斯先生的身体，先生。格利森医生正在他那儿……我担心是心脏病发作。他感到痛得厉害，先生。"

迪克披上他的紫色绸睡袍，穿上拖鞋，奔到套间的客厅，在那儿他遇见了医生。"这位是萨维奇先生，先生。"男仆说。那医生头发花白，蓄着灰色小胡子，一副自命不凡的样子。他讲话时凶狠地盯着迪克的眼睛。"摩尔豪斯先生必须绝对保持安静一些日子。是轻度的心绞痛……这一次不严重，但必须彻底休息几个月。他应该做一次彻底的体格检查……到早上你说服他去做检查。我相信你是摩尔豪斯先生的事业上的合伙人，不是吗，萨维奇先生？"

迪克脸红了。"我是摩尔豪斯先生的合作者之一。"

"你尽可能减轻他的负担。"

迪克点点头。他回到自己的房间，在床上躺下，但是那晚他再也没能睡着。

早上，迪克进房去看约·华，见他已用枕头撑着在床上坐了起来。他的脸皱巴巴的，显得很白，眼睛下面有紫色阴影。"迪克，我确实让自己吓了一跳。"约·华的声音微弱而发抖，迪克听着感到几乎要哭。

"唉，我们其余的人该怎么办呢？"

"哦，迪克，我恐怕要把伊·R.宾厄姆那笔交易和许多其他事都堆到你肩上了……而且我一直在想，也许我该改变一下公司的整个资本结构。你觉得叫摩尔豪斯、格里斯科姆与萨维奇公司怎么样？"

"我认为改变公司名字将是个错误，约·华。毕竟约·华德·摩尔豪斯公司是个全国性的机构啊。"

约·华的声音抖得更厉害了。他不得不不断地清嗓子。"我想你说得对，迪克，"他说，"我希望能活得长一点，使我的儿子们在生活的旅途中有个好的开端。"

"你敢不敢打赌，约·华，你将戴着大礼帽参加我的葬礼？首先，这次发作很可能如你想的那样，是急性消化不良。我们不能单听医生的意见行事。你看到梅奥诊疗所[①]去跑一次怎么样？你需要的只是一次小规模的检修，磨一磨阀门，调整一下汽化器以及诸如此类的事……顺便说一声，约·华，我们可不愿让宾厄姆先生发现有一个一年只挣一万五千美元的人在处理他那些神圣的专卖药，是不？"

约·华有气无力地笑了。"好吧，这点以后再说……我想你最好今天上午就去纽约把办公室的事务抓起来。由威廉斯小姐和我来坚守这儿的阵地……她像腌菜一样发酸，但可是个宝，真的。"

---

① 由美国外科专家查尔斯·霍拉斯·梅奥（1865—1939）及其哥哥威廉·詹姆斯·梅奥（1861—1939）在明尼苏达州罗彻斯特市他们父亲创办的诊所的基础上发展而成，具有国际威望。

"是不是等我们找个专家给你检查过后我再走更好？"

"格利森医生给我塞满了一肚子什么药，所以我感到相当舒服了。我已打电报给我的妹妹海珊尔，她在威尔明顿教书。自从两老过世后，家里的人只有她常常和我见面……她今天下午就到。现在正是她的圣诞假期。"

"莫顿给你拿来开盘的行情表了吗？"

"猛涨……从未见过这样的情况……但是你可知道，迪克，我打算把股票全卖掉，停下来休息一会儿……说来也怪，这次发病竟使我忧伤过度。"

"你算是说对了。"迪克说。

"也许是因为年老了。"约·华说，把眼睛闭上了一会儿。迪克看着他，感到他的脸似乎在瘪下去，成为一团灰色和紫色的皱纹。

"好，宽点儿心吧，约·华。"迪克说罢，踮着脚走出房去。

他赶上十一点钟去纽约的火车，及时赶到办公室把事情料理好。他告诉大家，约·华得了轻度流感，要卧床休息几天。积压下来的工作多极了，于是他给他的秘书希尔斯小姐一美元，叫她出去吃晚饭，请她八点钟再回办公室。至于他自己，他让熟食店给他送上来一些三明治和一蜡纸筒咖啡。他干完工作已是半夜了。在这阴暗的大楼的空荡荡的过道上，他遇见两个衰老的妇女拿着水桶和擦洗的刷子来打扫办公室，夜班开电梯的是个脸色苍白的老人。外面下了雪，已化成雪水，使列克星敦大街看上去黑乎乎的，一副破败相，像荒凉村庄的一条街。他朝北走去，寒风鞭打着他的面部和耳朵，他想到五十六街的公寓，那里摆满了他母亲的家具，前厅里的金漆椅子，他童年时所熟悉的那许多令人生厌的物品，《牡鹿陷入困境》那幅画和他房间里的那些描绘古罗马广场的金属版画，那些糖槭木床；当他迎风行走时，他能鲜明地看见这一切，就像它们就在眼前一样。他母亲住在那里时，情况很不妙，但等她去了圣奥古斯丁，他又感到骇怕。"真该死，该是我攒点钱重新组织我的生活的时候了。"他暗自说。

他一看见一辆出租汽车，便跳进车去，上63号俱乐部。那儿温暖而舒适。那长着白金色头发的衣帽间女郎给他脱下外衣和围巾时，跟他说着整个冬天都说的那一套玩笑话，那就是他将如何带她去迈阿密，在海利厄①赛马会上发大财。然后他站停了一会儿，从门洞子往里瞧，只见那天花板较低的房间里满是些修饰得光洁整齐的人头、桌子、酒杯和在粉红色灯光前缭绕的

---

① 在迈阿密西北郊住宅区，有海利厄公园跑马场。

400

香烟雾。他瞥见了帕特·杜利特尔的黑色前刘海。她正与雷吉和乔一起坐在小凹室内。

意大利侍者擦着双手跑上前来。"晚上好，萨维奇先生，我们一直想念你咧。"

"我去华盛顿了。"

"那边冷吗？"

"哦，还算适中。"迪克说，身子溜进帕特对面的红皮长靠椅。

"嘿，瞧谁来找我们了，"她说，"我还以为你正在国会的圆屋顶下面忙着毒害美国公众哩。"

"如果我们毒害了某些西部的立法者，那倒不坏。"迪克说。

雷吉伸出手来。"哦，就放在那儿吧，亚历克·博尔吉亚……如果你曾和立法议会的议员们混在一起，我想你一定喝过波旁威士忌①了。"

"当然，我要喝波旁威士忌……小伙子们，我累了……我要吃点东西。我还没吃晚饭。我刚离开办公室。"

雷吉看起来相当醉了，帕特也一样。乔显然比较清醒，而且心情不好。我一定要解决这个问题，迪克想，用胳膊搂住帕特的腰。"喂，你收到我的电报没有？"

"它把我肚子都笑疼了，"帕特说，"哎哟，迪克，你又回到我们喝酒的阶级中来，真是太好了。"

"喂，迪克，"雷吉说，"谣传那面孔像生面团的老头倒下了，有这么回事吗？"

"摩尔豪斯先生患了急性消化不良……我离开时他已好些。"迪克说这话时的声音在他自己听来有点过于严肃。

"不喝酒到头来会受到惩罚。"雷吉说。姑娘们哈哈大笑。迪克快速地一连喝了三杯波旁威士忌，但它们并没有使他感到振奋。他只是感到饥饿和疲惫。他扭过头去，想招呼侍者去看看他要的里脊小牛排怎么样了，这时听见雷吉用拖长的声音说："说到底，约·华德·摩尔豪斯不好算是个人……只是个名字……当名字病了，你不会感到难过的。"

迪克感到升起一股怒火，弄得满脸通红。"他是这个国家六十个最重要的人物中的一个，"他说，"说到底，雷吉，你拿的是他的钱啊……"

---

① 一种用玉米酿制的威士忌，以原产地美国肯塔基州波旁县而得名。

"上帝呀！"雷吉说，"好一个趾高气扬的家伙。"

帕特转向迪克，笑着说："看来他们到华盛顿后就变得神气活现了。"

"不，你们知道我也和大家一样喜欢开玩笑……但是，不管你赞成不赞成约·华的所作所为，在塑造公众思想这方面，他也许比我国任何一个活着的人贡献都大。当这样一个人，不管你赞成不赞成他的所作所为，生病的时候，我认为这种自以为是而实际上幼稚浅薄的俏皮话是该死的低级趣味。"

雷吉醉了。他学着用南方土腔说话。"嘻，老弟，俺哪知道你就是摩尔豪斯先生本人啊。俺还以为你跟咱们这些黑小子一样，是个低贱的工资奴隶哪。"

迪克想闭嘴不讲，但是忍不住。"不管你喜欢不喜欢，塑造公众思想是我国正在发生的最重要的事情之一。要不是这样，美国的实业就会处于相当糟糕的境地……也许你喜欢美国实业的办事方式，也许你不喜欢，但它正如喜马拉雅山脉一样，是个历史事实，不管说多少俏皮话，也改变不了这一点。只有通过公共关系的工作，才使实业免遭思想过激的狂人和蛊惑人心的政客们的破坏，这些人原是随时准备破坏这工业机器的运转的。"

"听呀，听呀。"帕特叫道。

"嘿，等他们削减从你老子的抵押契据所获得的进款时，你将第一个哇哇乱叫。"迪克没好气地说。

"参议员，"雷吉又喝了一杯威士忌鸡尾酒，来了劲儿，用歌唱般的调子说，"请允许俺向你祝贺……拿俺的整个身心，参议员，请允许俺向你祝贺……为了你对这个从伟大的大西洋一直伸展到伟大而光荣的太平洋的伟大的共和国所作的宝贵贡献。"

"住嘴，雷吉，"乔说，"让他安安静静地吃牛排吧。"

"嘿，你确实大大发扬了爱国精神，迪克，"帕特说，"但是说正经的，我认为你是对的。"

"我们不得不采取现实主义的态度啊。"迪克说。

"我相信，"帕特·杜利特尔说，把头往后一甩，哈哈大笑，"他提供了加薪。"

迪克忍不住咧嘴笑笑并点点头。他感觉好些了，因为他吃过东西了。他又叫了一巡酒，谈起要到哈莱姆区的斯莫尔天堂舞厅去跳舞。他说他不能上床去睡，他太累了，得放松放松。帕特·杜利特尔说她喜欢去哈莱姆，但她身上没带钱。

"我请客，"迪克说，"我身上有许多现款。"

他们走的时候，两个姑娘的手提包里以及迪克和雷吉的后裤袋里各带了一扁瓶威士忌。在出租汽车里，雷吉和帕特唱起《火攻船》这支歌，迪克为了赶上别人的兴致，在出租汽车里喝了许多酒。走下台阶进入斯莫尔天堂舞厅，就像钻进一个长着茂密的植物的温暖的水池一样。空气中一片浓郁的棕色香粉、香水、唇膏和服装的香味，并且像肌肤一样随着乐队的和谐的嘎嚓声而悸动。迪克和帕特马上跳起舞来，彼此搂得很紧。他们跳得像奶油一样滑溜。迪克发现她的嘴正巧在他自己的嘴下面，就吻了它。她也回吻他。音乐停止时，他们有点儿头晕，他们醉醺醺而又不失体面地走回到桌子边。等乐队又演奏起来，他和乔跳。他也吻了她。

她把他推开一点："迪克，你不该这样。"

"雷吉不会介意的。全是一家人嘛……"雷吉和帕特被一对对模模糊糊摇晃着的舞侣包围着，就在他们的旁边。迪克放下乔的手，把自己的手搭在雷吉肩上。"雷吉，如果我代你吻你未来的妻子就这么一次，你不会介意吧。"

"随你做到什么地步都可以，参议员。"雷吉说。他的声音口齿不清了。帕特感到很难扶住他，不让他摔倒。乔狠狠地瞪了迪克一眼，一直把脸别到一边，直到跳完这支舞。一回到桌边，她便对雷吉说已经两点多了，她得回家，至少拿她来说，得在早上去上班啊。

只剩下迪克和帕特两人了，他开始向她调情，她就转向他说："啊，迪克，把我带到什么低级的地方去吧……谁也不会带我到真正低级的地方去的。"

"我该说这地方对青年女子协会①会员来说是够低级的了。"他说。

"但是这儿比百老汇还体面，而且我不是什么青年女子协会会员……我是个新女性。"

迪克大笑起来。两人都笑了，为此喝了一杯，然后又感到彼此喜爱，于是迪克猝然问她为什么他们不能一辈子待在一起呢。

"我认为你很不像话。这儿可不是对姑娘求婚的地方。想想看，你将终生忘不了你是在哈莱姆订婚的……我想要见见世面。"

"好吧，年轻的小姐，我们去……但是如果对你来说太粗气可别怪我。"

"我可不是娇小姐，"帕特生气地说，"我知道那儿可不是纽约的鹳鸟俱乐部。"

迪克付了账，两人把一品脱酒喝光了。外面在下雪。街道、门廊和人行

---

① 由上层阶级的青年女子组成，其宗旨为向社会提供志愿服务。

道全被刚下的雪弄得一片白，显得无邪而静穆，在街灯下闪烁着。迪克向一个眼睛泛白的黑种看门人打听他听说过的一个下流去处，那看门人把地址告诉了出租汽车司机。

迪克开始感到高兴了。"天，帕特，这多可爱呀。"他一个劲地说。

"那些孩子受不了。要我们成年人才受得了……喂，雷吉变得放肆了，你看出来了吗？"帕特紧紧握住他的手。她双颊通红，脸色显得紧张。"这不令人激动吗？"她说。出租汽车在一道没上漆的地下室大门前停下来，门上的一只电灯泡上有一圈雪花飞舞的光环。

他们好容易才挤进门去。里面根本没有一个白人。这是间暖气炉房，放了些普通的厨房用桌子和椅子。头顶上的水汀管子上挂着些五颜六色的纸带。一个穿粉红色衫裙的大个子棕色妇女，一对大眼珠子在黑眼窝里打着转，嘴唇在抽搐，把他们领到一张桌子边。她似乎喜欢上了帕特。"一直往里走，宝贝儿，"她说，"你一向在哪儿？"

他们的威士忌已喝光了，因此便喝杜松子酒。迪克的头脑里一切都在打转。他对那自命不凡的小青年雷吉生气，心中一直摆脱不了这事。他在办公室培养雷吉有一年了，而现在他竟对他摆出一副自以为是的样子。这个小无赖。

唯一的乐器是一架钢琴，弹钢琴的是个细腰的黑人。迪克和帕特跳了一曲又一曲，他带着她在场子里旋转，弄得那些肤色像海豹皮的黑人和黄色黑白混血儿欢呼并鼓掌起来。后来迪克脚下一滑，松开了她。她旋转着摔倒在几个姑娘围坐着的一张桌子上。一些黑色的头向后退让，橡皮般的粉红色嘴唇咧开，嘴张开来。金牙和象牙般的白牙间发出了吼声。

帕特正在和一个穿着一身黄的肤色较浅的美丽的混血姑娘跳舞。迪克和一个双手柔软的棕色皮肤的小伙子跳舞，他穿着一套与肤色同样颜色的紧身服装。那小伙子凑着迪克的耳朵说他名叫葛洛丽亚·史璜生[①]。迪克突然离开他，跑到帕特身边，把她从那姑娘身边拉开。然后他请大家喝一杯，这一来，那些愠怒的面孔又变成了笑脸。他好容易才给帕特穿上大衣。那胖女人很乐于帮忙。"当然，宝贝儿，"她说，"你今晚不要继续喝酒了，会毁坏你的美貌的。"迪克和她拥抱了一下，给了她一张十美元的钞票。

在出租汽车里，帕特歇斯底里大发作，当他紧紧抱住她，不让她开门跳

---

① 葛洛丽亚·史璜生为美国无声片时代的美艳巨星。

到雪地里时，她用拳头猛击他，还咬他。

"你把一切都弄糟了……你只顾自己，不想到别人，"她喊叫说，"你将一事无成。"

"但是，帕特，说真的，"他哀求道，"我认为我们应该到此为止，别再闹下去了。"

等到出租汽车在她的住所——公园大街上一栋方方正正的公寓大楼前停下时，她正倚在他肩上安静地哭泣。他把她带进电梯，在楼上过道里吻了她许久，才让她用钥匙开门。他们跟跟跄跄地站着，相互搂抱着，隔着衣服把身子相互揉擦着，直到迪克听见电梯嗖嗖地开上来的声音，才给她开了门，把她推进房去。

他走出公寓大楼的门，发现那辆出租汽车在等他。原来他忘了给司机车费。回家去他可受不了。他并不感到醉意，只感到非常想冒冒险，非常冷静沉着，而且像孩子似的激动。在所有的世人中，他最最恨帕特里夏·杜利特尔了。"这娼妇。"他不断出声地说。他很想知道再回到那下流去处去看看发生了什么会怎么样，他到了那里，就被那胖女人搂住了亲吻，她扭动着乳房，称他为她自己的好孩子。他手中拿了一瓶杜松子酒，给大家斟酒，并且和"葛洛丽亚·史璜生"跳贴面舞，这黑人在他耳际哼道："我还是此刻就到手……还是必须迟……迟疑不决。"

已是早上了。迪克叫大家不要散伙，必须和他一起去吃早饭。但大家都走了，他便和"葛洛丽亚"以及一个黑种小伙子一起坐进一辆出租汽车，据"葛洛丽亚"说，这黑人叫弗洛伦斯，是他的"女朋友"。迪克好半天才把钥匙塞进门锁里。他绊了一跤，冲着从他母亲的网织窗帘透进来的淡蓝色的天光摔倒下去。很软和的什么东西在他脑后拍了一下。

他醒来时一丝不挂地躺在自己的床上。天已大亮。电话铃响个不停。他让它去响。他坐起来。他感到头晕目眩，但并不恶心欲吐。他伸手按在耳朵上，手拿开时上面全是血。一定是用装满沙子的袜子打他的。他站起身来。他感到站立不稳，但是还能行走。他的头像遭雷劈般疼痛起来。他伸手到桌子上他经常放手表的地方。手表没了。他的衣服整齐地挂在一把椅子上。他发现钞票夹还在老地方，但是一卷钞票不见了。他在床沿上坐下来。再笨不过的该死的笨蛋，永远永远永远也不能再做这样的冒险活动了。现在他们知道了他的名字、地址和电话号码。敲诈，我的天。等母亲从佛罗里达回到家，发现她的儿子，这个挣两万五千美元一年的约·华德·摩尔豪斯的年轻

405

的合伙人，竟被两名接待男客的黑种男妓敲诈，那会怎么样呢？我的天。还有帕特·杜利特尔和宾厄姆家的姑娘们。这会断送他的前程。一时间他想到进厨房去把煤气打开。

他振作起来，洗了个澡，然后他仔细地穿好衣服，戴上帽子，穿好上衣走出去。还只九点钟。他从列克星敦大街一家珠宝店的橱窗里看到了时间。那橱窗里还有一面镜子。他看看自己的脸。气色还不坏，过一会儿也许会更糟，但他需要刮刮脸，而且得处理一下耳朵上的血块。

他身上没有钱，但是他有支票簿。他走到靠近中央大车站的一家土耳其浴室。茶房们取笑他跟人打过架，打得好凶。他稍稍克服了一点恐惧，吹嘘他怎样教训对方。他们顺顺当当地接受了他的支票，他甚至可以买一杯酒在早餐前喝下。他到达办公室时仍然头痛欲裂，但是已感到很不错了。为了不让希尔斯小姐看见他的手在发抖，他不得不把双手插在口袋里。感谢上帝，那天上午他不必在任何信件上签名。

埃德·格里斯科姆走进来，坐在他的办公桌上，谈起约·华的身体情况和宾厄姆委托的广告业务，迪克对他态度极好。埃德·格里斯科姆谈到哈尔西要给他一份美差而大吹其牛，但迪克说，他实在不能给他出什么主意，不过说到他自己，这个国家他唯一愿去的地方就是这儿，特别是现在，从来未曾有过的大事正等待着他们，他在火车上和约·华作过长谈。

"我想你说得对，"埃德说，"我想这有点儿酸葡萄的味道。"

迪克站起身来。"说真的，埃德，老朋友，你丝毫也不该认为约·华并不欣赏你的工作。他甚至透露说要给你加薪哩。"

"好，你能为我讲句好话，真感激你，老朋友。"埃德说，于是两人热烈握手。

埃德正准备离开办公室时，又转过身来说："嗨，迪克，我希望你跟那小伙子塔尔博特去谈一次话……我知道他是你的朋友，因此我不想去谈，但是，我的天，他竟然又打电话来说他得了流感病倒了。这个月已是第三次了。"

迪克皱起了眉头。"我不知拿他怎么办好，埃德。他的确是个好孩子，但是如果他不肯正儿八经地认真工作……那我想我们只好让他走。我们当然不能让喝酒的朋友来妨碍办公室的工作效率。这帮孩子都喝得过多，不管怎么说。"

埃德走后，迪克在办公桌上发现一只紫色大信封，上面写着"亲启"。他打开信封时，里面飘出一股强烈的香水味。原来是迈拉·宾厄姆邀请他去中央公园南路她的工作室参加她的乔迁宴会。

他还没读完信，便听到希尔斯小姐从内线电话中传来的声音。"弗内斯股份公司的亨利·B.弗内斯先生说他必须立即找摩尔豪斯先生谈话。"

"把他的电话转过来，希尔斯小姐。我来跟他谈……顺便请你在我的约会记事本上记一笔社交约会……一月十五日五点钟……迈拉·宾厄姆小姐招待会，中央公园南路36号。"

新闻短片 LXVIII

华尔街不知所措

这不是三十八号而是老九十七[①]
你必须准时把她开往中心站

市场行情定会摆脱不景气而复苏

合同契约减少

警察把机枪对准科罗拉多煤矿
罢工工人杀死五人伤四十人

数千名办公室工作人员刚在午饭时间涌出大楼,同情者们便来到现场。当他们高举标语牌并开始从一边到另一边作无休止的游行时,不仅办公室工作人员,而且在建筑中的一幢大楼上的工人都用嘲笑声来轰赶他们

看到了新的销售方法

抢救队队员们在等待浮筒来时设法
把遇难的船只翻转过来

他四下看看对他油污的黑种火夫说

---

① 传说九十七号火车头的火车司机凯西·琼斯(1864—1900)为使火车及时赶到旧金山(另外一种说法是密西西比州坎顿城)而引起撞车事故,他的不幸遭遇在不少民歌中流传。此处及下文中引用的是其中的一首。

只要再稍稍多铲进一点煤
等到我们越过那道白橡树山脉
你就可以看你的九十七号滚滚向前

我发现你的专栏很有意思，但需要听人出主意。我已攒下四千美元，我想把它投资以取得更好的收入。你想我可以买进股票吗？

杀死警察的人在哆哆嗦嗦地走向
死亡时用手轻弹香烟灰

白种女奴市场的剧本上演经办处

求欢者被取消律师资格

啊那些右翼服装制造商
和社会党的骗子手
他们利用工人制造
欺骗行为

他们宣传社会主义
但执行的是法西斯主义
以维护老板的
资本主义①

莫斯科代表大会驱逐反对派

从林奇堡到丹维尔道路十分坎坷
这条线路是三英里长的坡道
正是在这坡道上他失去了平均速
于是你看见他跳得多高

---

① 收入这段新闻短片的还有这种工会抗议歌曲。

突击搜捕时拳打杀人的流氓帮

这是个最危险的例证说明在决定性时刻资产阶级的意识如何打消阶级团结心因而把工人阶级昨天的一个朋友变成今日帝国主义之最卑鄙的宣传员

赤色分子纠察队队员在本地参加抗议活动而被罚款

我们早上离开我们的家
我们与孩子们吻别

官员们仍然希望搭救众人

他正下坡行驶每小时九十英里
这时他的汽笛突然尖叫
在撞毁的机车中一手仍放在节流阀上
蒸汽把他活活烫死了

在合并的会议上激进分子用椅子打架

巡警保护赤色分子

美国商会敦促增强信心

真正的价值未受损害

当我们为老板当奴隶时
我们的孩子又叫又哭
但当我们拿到了钱
又得付杂货店的账单

总统见繁荣在望

没一分钱用来做衣服
没一分钱可以储存

对激进分子正采取压制措施

矿工对破坏罢工者进行斗争

但是我们没法为孩子们买什么
我们的工资实在太低
现在听我说你们这些工人
无论是男的还是女的
让我们为他们赢得胜利
我肯定这不是犯罪

钟琴在音乐塔①里鸣响

总统宣布说看到大众的利益日益增长不能不笑那些人，他们前不久还表示唯恐我们的国家被少数几个巨富所操纵。

快乐的人群蜂拥而至参加典礼

湖水倒映着音乐塔，在那像绿宝石一样半隐半现在湖中的小岛上，总统今天参加了这一鸟类保护区的落成典礼，首次鸣响钟琴，实现了一个移民小伙子的梦想

---

① 音乐塔为纪念荷兰出生的编辑和慈善家爱德华·W.博克而修建于佛罗里达州，他的遗体就葬在塔下。1929年美国总统柯立芝曾参加它的落成典礼。

摄影机眼 （51）[①]

在群山阴暗处的山谷的顶端一座东倒西歪的小屋的破裂的地板上半坐半躺着一个男子由一位老妇人和两个有皱纹的可能还很年轻的姑娘支撑着　煤块在炉膛里燃烧火光在他那像生面团一样苍白下陷的脸上闪烁使得那张凹陷下去的嘴绷紧的喉部在倒煤场工作致伤而肿得老大的肚子都显得发黑

那赤脚姑娘给他拿来一白铁杯水　那妇人用一只肮脏的工作服袖子擦去他脸上淌着的汗水　火光在他那因发烧而睁得老大的眼中在那几个女人的惊恐的眸子里和那些外国人的苍白的脸上闪烁

在这因罢工而沉寂的阴暗的群山环绕的山谷中得不到支援这男人将死去（我父亲已死去我知道眼见别人死去是什么滋味）妇女们将把他搁在那摇摇晃晃的小床上矿工们将把他埋葬

监牢里也有灯光太热了暖气嘶嘶地响我们隔着涂了绿漆的铁窗向一个留着蓬松的白色大胡子的大个子老人一些没穿上装的面带微笑的矿工一个男孩讲话　那些因在井下工作而变白的脸已带有囚犯的萎黄色

外国人啊我们能向死者说什么呢？　外国人啊我们能向囚徒说什么呢？　政党的代表们隔着铁窗讲得很快参加我们这边吧不要参加别的工会我们将给你们送来烟草糖果团结我们的律师将为你写辩护状发言人将在会议上喊出你们的名字他们将在纠察线上捎着写有你们名字的硬纸牌　监牢里的那些人耸耸肩淡淡一笑我们的眼睛隔着铁窗望着他们的眼睛　我能说什么呢？

（在另一片大陆上我见过一些面孔从钉有铁条的地下室窗户往外张望穿过窗前的衣衫褴褛的哨兵的皮靴之间我见过天亮前那些掉队的走痛了脚的囚

[①]　1931年作者参加了德莱塞组织的对肯塔基州哈兰县罢工矿工情况的调查。这一段反映作者于罢工被镇压后的思考。

徒在刺刀下被赶着一瘸一拐地穿过街道　　听见排枪齐发

我见过死人躺在那些遥远的深谷里）我们能向囚徒说什么呢？

在律师事务所我们靠墙站着执法者是个大块头男人他那大南瓜脸上生着一对愤怒的眼睛　他坐着并盯着我们这些好打抱不平的外国人那些代理人端着枪伸长头颈望着门外　　他们在矿上站岗　　他们封锁向矿工家庭施给汤粥的处所　他们切断了去山谷的道路　　受雇的持枪者随时准备射击（他们使出生在这块土地上的我们成为外国人他们是悄悄潜入这个国家的征服军他们偷偷占领了山头他们征收通行税他们站在矿井口

他们站在投票处　　当法警把从城市简陋公共住房驱赶出来的住户的家具拿到人行道上时他们站在一旁当银行家没收抵押过期的农场时他们在那儿他们埋伏着随时准备对那些举着旗帜沿之字形道路游行到矿上去的矿工们射击　枪未击中的他们就投进监牢）

执法者隔着办公桌怒目瞪视他的脸像公火鸡的脖颈一样满是红斑他趾高气扬因为拥有冲锋枪枪管锯短的猎枪催泪瓦斯和致人呕吐的毒气所给予的大权拥有可以让你吃饱或让你饿死的大权

执法者安逸地坐在办公桌前他的背部受到掩护他感到背后有强有力的支持他感到有检察官法官他本人就是财主政界头头矿井主管人董事会做后盾公用事业公司的经理控股公司的操纵者

他把手举向电话

代理人就拥进门里

我们可只能用言词来作对抗

超级电力王国

1880年，当托马斯·爱迪生的代理人装上伦敦的第一台电话时，他在报上登了一则招聘秘书和速记员的启事。来应招的是个长着圆形络腮胡子的急切的年轻伦敦佬，

他原是个办公室勤杂员，最近刚失业。他在业余时间学习速记和簿记，

413

于晚间听《虚荣市》周刊英国版的编辑口述作记录并为报纸记下议会中的演讲词。他出身自戒酒的小店主家庭，如今他正拿他的圆头去冲撞那无情的等级制度，按照这制度，像他这种出身的小伙子命中注定只能穿羊驼呢茄克衫，抄抄写写，当个下级职员。在一家美国公司找到一份工作无异于一脚踏上青云直上的阶梯。

他积极肯干，竭力使自己成为一个必不可少的人；当电话服务刚开始时，他们把最初半小时控制交换台的工作让他来干。爱迪生看到了他每周写的有关英国电气情况的报告，

召他去当自己的私人秘书。

塞缪尔·英萨尔于1881年的一个阴冷的三月天在美国上岸。他立即被送往门洛帕克①，让他看看那一小群实验室，他看见雪地上一串串电灯泡不时地闪着亮光，都是由世界上第一所中心发电站使它们发光的。爱迪生立即让他开始工作，他一直工作到半夜。翌晨六时，他又干上了；爱迪生根本不管钟点和假期那一套。英萨尔从那时起不间歇地工作到七十岁；根本不管钟点和假期那一套，电力把楼梯变成了电梯。

年轻的英萨尔使自己成为爱迪生必不可少的人，并从爱迪生那里承担了愈来愈多的交易。他不知疲倦，冷酷无情，可信赖得像潮水一般，这是爱迪生常说的，而且拼命地想向上爬。

1892年，他让爱迪生派他去芝加哥，任命他为芝加哥爱迪生公司的总裁。他这时可以放手自己干了。在他几乎成为芝加哥的小霸王以后，用不着顾及什么，可以坦率地讲话了，于是在一次演讲中说：我的管理工作主要是有关如何从每一美元中榨出尽可能多的东西来。

他非常傲慢，红脸膛上的小胡子修得很短；他住在湖滨大道，每天早上七点十分到达办公室，他花了十五年的时间，把五家电力公司合并成"共和国爱迪生公司"。我很早就发现，正如在其他公用事业中一样，首要的该是把它当作垄断企业来经营。

他在电力方面的权力巩固后，便去抓煤气，把它扩展到伊利诺斯州北部那一带的市镇去。碰到挡道的政客，他便收买，碰到挡道的工人领袖，他也收买，他的权力惊人地增长了。他蔑视银行家，律师不过是他的雇员。他把

---

① 在美国新泽西州东北部，爱迪生在那里设立他的实验室，于1879年完成他的白炽电灯新发明。

自己的律师安插进来当公司的法律顾问，通过他控制芝加哥。他惊讶地发现芝加哥竟有人收买不了（甚至那两位年轻律师，里奇伯格和伊克斯），便决定最好还是在公众面前表演一番；

支持"建设者"大比尔·汤普森①，

拳打英王乔治的鼻子，

追索能爬树的鱼，

创建芝加哥歌剧院。

这事易如反掌，公众有的是钱，而且"每分钟都有一个公众出生"②，自1912年中西部公共事业公司创立以来，英萨尔开始使用公众的钱来扩大自己的王国。他的那些公司开始举行公开的股东会议，大吹大擂服务如何到家，小额投资者也可以整天坐在那儿听大亨们讲话。被人愚弄是很有趣的。公司的御用工会把他的雇员们迷住了；每个人都得买他公司的股票，雇员、勤杂人员、线务员、电车售票员都得出去推销股票。连欧文·戴·扬③见他也害怕。我的经验是：门口等工作的人排成长队对增加劳动效率是最最大的帮助。

战争使进步分子闭上了嘴（没人再胡说什么要解散托拉斯，控制垄断企业，提高公共福利）并且使塞缪尔·英萨尔青云直上。

他是伊利诺斯州国防委员会的头头。现在，他高兴地说，我可以为所欲为了。随之而来的是出不完的风头，享不完的荣华富贵。谁要是不喜欢塞缪尔·英萨尔的所作所为，他便是个卖国贼，芝加哥只好默不作声。

英萨尔的那些公司不断扩展，合并，排挤竞争者，以至塞缪尔·英萨尔和他那当助手的兄弟马丁通过控股公司、董事会以及大宗小股票的杠杆作用，终于操纵了

伊利诺斯州、密执安州、南北达科他州、内布拉斯加州、阿肯色州、俄

---

① 威廉·黑尔·汤普森（1869—1944），美国政治活动家，自称为"建设者"，1915年起多次出任芝加哥市长。1927年再次竞选时，反对当时有人企图在教科书中为导致美国革命的英国殖民政策作辩护，大力鼓吹爱国主义，声称如英王乔治五世来芝加哥，将把他揍出去。比尔为威廉的昵称。

② 这是美国马戏团巨子菲尼亚斯·泰·巴纳姆（1810—1891）的名言。

③ 欧文·戴·扬（1874—1962），旧译扬格，美国律师和金融家，1919年组织了美国无线电公司，1922年任美通用电气公司董事长。1929年担任战后德国赔偿委员会主席，推出"扬氏计划"而以此著称于世。

克拉何马州、密苏里州、缅因州、堪萨斯州、威斯康星州、弗吉尼亚州、俄亥俄州、北卡罗来纳州、印第安纳州、纽约州、新泽西州、得克萨斯州、加拿大、路易斯安那州、乔治亚州、佛罗里达州和亚拉巴马州的

光和电，煤矿和公共运输公司。

（据估计，中西部公共事业公司的每一美元控制着由公众在下属公司中投下的一千七百五十美元，这些下属公司实际上进行着生产电力的工作。他由于取得信任票而控制了两家最大的控股公司的股票，通过这一微妙的杠杆控制了美国十二分之一的发电量）

塞缪尔·英萨尔于是认为他拥有这一切，正如一个人拥有他后裤袋里的那卷钞票一样。

他一向蔑视银行家。他在芝加哥拥有好几家银行。但是纽约的银行家们正在伺机报复；他们认为他是个鲁莽汉，私下议论他的金融结构不牢靠。人们渴望把这微妙地推动那掌握着千万人生命的巨大电力的杠杆抓到手，

英萨尔喜欢称这为超级电力王国。

打败这位歌利亚的大卫①是克利夫兰的一个叫赛勒斯·斯·伊顿②的人，他以前是浸礼会牧师。不管是不是这样，他使英萨尔相信华尔街是支持他的。

伊顿着手买进芝加哥三家公共事业公司的股票。英萨尔唯恐失去对公司的控制，也到交易所去抢购。最后伊顿牧师把他的股票全部抛售一空，从这老头子手里获利两千万美元。

证券交易所行情暴跌。

纸币价值在下降中。英萨尔的那些公司变成一团乱麻，哪个簿记员也无法把它们理清楚。

气体从给弄破的气球中嘶嘶地泄出。英萨尔抛弃他帝王一般的傲慢，向银行家们屈膝投降。

银行家们终于使他就范。为了顾全这位摇摇欲坠的霸王的面子，他们让他担任他自己那些公司的破产案产业管理人。但这老头子脑子里总摆脱不了这些钱都是他的这一错觉。后来发现他用股东的钱偿付他兄弟拖欠的佣金账，这太过分了，就是联邦法官也难以容忍。英萨尔被迫辞职。

他主持八十五家公司的董事会，是六十五家公司的主席，十一家公司的

---

① 据《圣经·撒母耳记上》第7章，歌利亚为非利士勇士，为大卫王所击杀。

② 赛勒斯·斯·伊顿（1883—1979），加拿大出生的美国企业家，于1930年创办共和钢铁公司。二十世纪初期，在公用事业、钢铁、铁路等方面，积聚了大量财富。

总裁，在辞职书上签字占用了他三个钟点的时间。

他的那些公司共同出钱，给他每年一万八千美元的退休金，作为他为垄断企业服务的报酬。但是公众却大叫大嚷，要求进行刑事诉讼。先是给报社寄去报酬，而后报纸和政客们开始对他进行攻击。传说要对金钱操纵者造反。塞缪尔·英萨尔听到了风声，带着妻子逃往加拿大。

提出了引渡诉讼的要求。他逃亡到巴黎。在那里的当局正着手搜捕他，他溜到了意大利，乘飞机飞往地拉那，又转飞机去萨洛尼卡，再坐火车去雅典。这只老狐狸在那儿钻进了地洞。金钱在雅典就和以前在芝加哥一样吃得开。

美国大使企图引渡他。英萨尔雇用了一批希腊律师和政客，当这些人着手用一大套阴谋诡计（其复杂程度不亚于英萨尔的那些控股公司的账目）去缠住大使时，他却坐在布列塔尼人饭店的休息室里喝咖啡。古希腊雄辩家狄摩西尼的这些后代感到很高兴。许多古希腊人传下来的对金钱的爱好暂时得到了满足。塞缪尔·英萨尔惬意地在雅典定居下来，看到巴台农神庙使他激动，他看着山羊在彭特利克山山坡上吃草，参观古雅典最高法院旧址，欣赏据说是出自菲迪亚斯之手的大理石雕刻残迹，和当地的银行家讨论改组希腊的公用事业，据说还努力促进马其顿的褐煤企业。他是雅典人最敬仰的人；巴格达的一名椰枣商人的活泼可爱的妻子库约姆裘罗夫人专心一致地侍候他。引渡他的最初尝试失败后，这位年迈的绅士挣脱了他的四位律师的拥抱，在法庭上宣布：希腊是个虽然小而却很伟大的国家。

这段田园牧歌式的生活因罗斯福政府对希腊外交部施加压力而中断。芝加哥的政府律师积累的罪证可以装满好多卡车，他们正在撰写愈来愈严重的控诉书。

最后几经拖延（他雇用了一些律师外，还雇用了一些医生，他们用震天价响的声音嚷嚷，如果他离开气候温和的雅典平原，会使他一命呜呼），

他作为不受欢迎的外侨奉命离开希腊，这使巴尔干社交界和库约姆裘罗夫人感到极大的愤慨。

他雇用了一条破旧的希腊小货轮"马约蒂斯"号，不知去向地溜走了，使外国通讯社感到张皇失措。

传闻这位当代的奥德修斯正前往亚丁，前往南太平洋诸岛，还说曾被邀前往波斯。几天后，他途经博斯普鲁斯海峡时颇有些晕船，据说准备穿过海

峡前往罗马尼亚，库约姆裘罗夫人曾劝他到那儿去受她的朋友卢佩斯库①的保护。

土耳其人接受了美国大使的要求，欣然把他从希腊货轮里拽出来，关进一点儿也不舒适的牢房中。金钱又神秘地从英国送来，像止痛药膏般流通起来，雇用了一些律师、一些口译翻译前来劝解，一些医生前来诊断；

但是得由安卡拉②说了算，

于是英萨尔被用船送往士麦拿③，转交给联邦助理地方检察官，他是特地老远赶来逮捕英萨尔的。

库约姆裘罗夫人去布加勒斯特张罗后返回途中，想上岸和英萨尔晤谈，却遭到土耳其人拒绝。在轮船上和官员们办交涉的混乱中，这位可怜的夫人被推入水中，

好容易才从博斯普鲁斯海峡中给打捞起来。

老头子被逮住后，俯首贴耳地听任别人把他带上"埃克西洛那"号，遣送回国，他在船上着手写回忆录，对同船旅客和颜悦色，在桑迪霍克角被带下船，立即送往芝加哥等待提审。

在芝加哥，政府有意刁难，把他在牢里关了两夜；据报纸报道，有些他从不认识的人跳出来，给他付了二十五万美元的保释金。他被送到他捐款兴建的一家医院。何等团结一致。芝加哥的首要企业界人士到那儿去看望他，被记者拍摄下来。亨利·福特也去过一次。

审问很惬意。起诉过程由于金融上的专门术语的解释而常常陷于停顿。法官不可谓不友好。英萨尔兄弟出足了风头。

他们是老乡，他们对记者微笑，他们摆好姿势让人拍照，他们乘公共汽车到达法庭。那些投资者可能破产，他们不想隐瞒这一事实，但是英萨尔兄弟也破了产；船长跟随船只一起沉没了。

老塞缪尔·英萨尔在被告席上和蔼可亲地侃侃而谈，讲他一生的经历：从勤杂员到电力大王，他努力取得成功，他爱他的家和孩子。他不否认曾犯过错误，谁没有犯过错误呢，但那是光明正大的错误。塞缪尔·英萨尔哭了。兄弟马丁哭了。律师都哭了。芝加哥企业界的头面人物声音哽塞、感情

---

① 玛格达·卢佩斯库（1902—1977），罗马尼亚女冒险家，国王卡罗尔二世的情妇，曾参与朝政，为人所不满。
② 土耳其的首都。
③ 即伊兹密尔，位于土耳其西部，濒爱琴海。

激动地在证人席上讲述英萨尔为芝加哥企业界作过何等的贡献。陪审团成员无不噙着眼泪。

最后被检察官逼得无路可走了，塞缪尔·英萨尔脱口回答说，是的，在结账时曾有过大约一千万美元的差错，但那是一个光明正大的错误。

判决：无罪。

乐不可支的英萨尔兄弟破涕为笑，在人群的欢呼声中，向他们的大轿车走去。数以千计的丧失了终生积蓄的破了产的投资者，在坐着看报上的国内新闻版时，想到英萨尔先生吃过的苦头，也落泪了，无论如何报上是这么说的。银行家们很高兴，又着手夺取房地产了。

这位被废黜的超级电力王国的国王，这位功遂名就的勤杂员，在一种圣洁的气氛中安度晚年，他那些老公司的董事们恭恭敬敬地恢复了他每年两万一千美元的退休金。他说，在工作了五十年以后，我失去工作了。

玛丽·弗伦奇

玛丽·弗伦奇有事不得不在办公室待到很晚，等她赶到会议厅时，会议几乎就要结束了。因为没有空座位，她只好站在后面。她前面站着许许多多人，因此看不见唐，只能听到他那响亮、粗哑的声音，并感到在他停顿而全场鸦雀无声时，大家全神贯注的气氛。他讲完后，响起了雷鸣般的掌声，大厅里顿时人声鼎沸，其中夹杂着脚步移动的嚓嚓声，这时她在人群前面冲出场子，顺着胡同走到后门前。唐正从黑色的铁门里走出来，碰到两名矿工代表，扭回头去和他们讲话。他站住了一会儿，用颀长的手臂推开了门，让他们出来。他每次演讲完毕后，总是涨红了脸，笑容满面，两眼闪闪发亮。玛丽常常想，那副神态就像刚和自己心爱的姑娘约会过一样。过了一会儿，唐才在胡同里包围着他的人群中看到了她。他的目光没有在她身上停留，就和同他谈话的那两人拥着她一起朝前走，迅速向街角走去。当他们从会议厅门前人行道上的一群群裘皮工人和成衣工人面前走过时，人们用眼睛目送着他们。玛丽看到工人们目送唐·史蒂文斯在街上走去时，眼睛里流露出自家人的温暖感情，心中激动不已。

直到他们在高架铁道下面一家小餐馆里落了座，唐才转过脸来对着玛丽，紧握住她一只手说："累了吧？"

她点点头。"你呢，唐？"

他笑起来，拉长了调子说："不，我不累。我饿了。"

"弗伦奇同志，我们不是交给你一项任务，要保证史蒂文斯同志按时吃饭吗？"鲁迪·戈德法布说，他那像意大利人般黝黑的脸上露出了一口洁白的牙齿。

"他演讲前总是什么东西也不肯吃。"玛丽说。

"我演讲过后会补吃的，"唐说，"嗨，玛丽，我希望你有点零钱。我身上恐怕连一个子儿也没有。"

玛丽微笑着点点头。"母亲又来捐款了。"她低声说。

"钱！"史蒂夫·梅斯特罗维奇插嘴说，"我们必须弄些钱，否则我们就完蛋了。"

"卡车今天出发了，"玛丽说，"就因为这事，我很迟才参加会议。"

梅斯特罗维奇用油污的大手擦了一下油灰色的脸，脸上长着一只尖尖的上面有些黑色毛孔的翘鼻子。"但愿武装警察不会逮到他。"

"埃迪·斯佩尔曼是个很机灵的小伙子。他神出鬼没，从没被人逮住过。我弄不懂他怎么能做到这一点的。"

"你不知道妇女和孩子们多么需要那些衣服……你听我说，弗伦奇小姐，不管衣服多么破烂你也别扣下来。再也没有比我们的孩子们穿的衣服更破烂的了。"

"埃迪带去了五箱炼乳，等他一回来，我们还会有更多的要送去。"

"嗨，玛丽，"唐忽然从汤盆上抬起目光说，"打个电话给西尔维亚，好吗？我忘了问在会上募到了多少钱。"

年轻的戈德法布站起身来，"我去打电话。你看来很累，弗伦奇同志……谁有一枚镍币吗？"

"我这儿有一枚。"梅斯特罗维奇说。他把头朝后一甩，哈哈大笑。"真可笑……矿工竟有一枚镍币。在我们那边，矿工的镍币应该放在镜框里送到卡内基先生的博物馆去展览……太稀罕了。"他站起身来，纵声大笑，然后戴上矿工的帽舌很长的黑色安全帽。"晚安，同志，我步行到布鲁克林去，救济委员会在九点钟开会……对吗，弗伦奇小姐？"

他大踏步走出快餐馆，黑色的皮靴沉重地踩在地上，把桌上的糖碗震得叮当响。"天哪！"玛丽说，突然热泪盈眶，"那是他最后的一枚镍币呀！"

戈德法布回来说募到的捐款并不多，只有六十九美元和一些实物。"圣诞节快到了……你们知道，到了圣诞节，大家总是不名一文。"

"亨德森作了个很糟的报告，"唐抱怨道，"他越来越像个社会法西斯分子啦。"

玛丽坐在那儿等唐一起回家，她浑身的骨头都感到疲惫。她困得要命，没有听清他们在讲些什么，只是耳朵里偶尔刮进"中央委员会""开除""反对派""分裂主义者"等字眼。后来唐轻轻地拍拍她的肩膀，她苏醒过来，和他并肩走在黑暗的街道上。

"真有趣，唐，"她说，"每当你谈到党的纪律，我就会睡着。我想大概是我不喜欢听的缘故。"

"对待这个问题温情主义是不行的。"唐凶狠地说。

"但是难道对保全矿工工会更为关心是温情主义吗？"她说，这时突然感到全无睡意了。

"我们大家当然都主张保全矿工工会，但是我们必须遵循党的路线。有许多年轻人……戈德法布是其中之一……本·康普顿是又一个……都认为党是个辩论社团。说真的，假如他们不非常当心的话，他们会不客气地被开除的……你等着瞧吧。"

他们摇摇晃晃地爬了五段楼梯，来到他们昏暗的小公寓。玛丽一直打算在公寓里装上窗帘，但总抽不出时间来。唐累得一进门就垮下来了，倒在长沙发上呼呼大睡，连衣服也没有脱。玛丽想提醒他，但没有这样做。她替他脱掉鞋子，盖上毯子，自己也上床睡觉了。

她睡不着，睁大着眼睛发呆，心里计算着有多少旧裤子、套头的破羊毛内衣、扯掉了袖子的旧军用衬衫和有破洞的不配对的袜子。她似乎看见那些患了软骨病的孩子，在破衣服下面露出膨胀的肚子，看见那些妇女骨瘦如柴，蓬首垢面，双手由于过分劳动而弄得变了形，看见头部遭到煤矿和铁厂警察殴打而流血不止的儿童和一张照片上一个被机关枪子弹射穿的矿工的尸体。她起了床，拿出藏在浴室药柜里的那瓶杜松子酒，喝了两三大口。酒使她喉咙辣得难受。她咳嗽着，回到床上，热呼呼地进入无梦的酣睡。

黎明时，唐在上床时把她弄醒。他吻了她。"亲爱的，我把闹钟拨到了七点……一定要叫我起来。我要参加一个非常重要的委员会会议……一定要叫我。"他立刻又像孩子似的睡着了。她躺在他骨骼宽大的颀长身体旁边，听着他均匀的呼吸，觉得和他睡在一起幸福而安全。

埃迪·斯佩尔曼又成功地把卡车开了过去，把车上的物品分送给匹兹堡地区矿工联合会的几个在闹罢工的地方分会。不过在格林斯堡附近厂方代理人设了埋伏，他险些遭殃。要不是他认识的一个贩运私酒的人事先给他通风报信，他就会被逮捕了。在返回的路上，车子下山开进约翰斯敦，在半山坡上陷入了雪堆，也是这个卖私酒的人帮他摆脱了困境。他一面帮助玛丽把要运送出去的支援物品打包，一面笑着谈论此事。

"他要给我些酒……他是个好人，你知道吗，玛丽小姐？……算得上条硬汉……干那私活锻炼了人……你跟他熟识了，会明白他是个大好人……'见鬼，不要，埃迪，'他的名字也叫埃迪，当他要把一品脱酒塞给我时，我对他说，'不等革命胜利，我是不会喝酒的。可到那时我会非常得意，又不需要喝酒了。'"

玛丽笑着说："我想我们都应该这样做，埃迪。……但是有时晚上我感到非常疲乏和泄气。"

"当然啰，"埃迪说，突然变得严肃起来，"当你想到对方得到许许多多武器和钱财，而我们什么也没有，是会感到泄气的。"

"你马上会得到的东西，斯佩尔曼同志，是在你下次出差前，发给你一副暖和的手套和一件上好的大衣。"

他的雀斑脸涨红了，一直红到红头发的发根。"说真的，玛丽小姐，我不会伤风。跟你说实话吧，那辆破车的马达温度高极了，就是在最冷的天气里也使我暖和和的……等再开过一次后，我们必须换一根新的离合器操纵杆，但这需要钱，靠我们从牛奶上节省下来的钱还不够……我还要告诉你，今年冬天煤矿那边的情况很糟。"

"但是那些矿工情绪挺好嘛。"玛丽说。

"麻烦就在于一个人在饿着肚子的情况下，高涨的情绪只能维持一定的时间，玛丽小姐。"

当天傍晚，唐到办公室来带玛丽去吃晚饭。他精神很愉快，憔悴、瘦削的脸上比平时多了点血色。"嗨，小姑娘，你觉得搬到匹兹堡去怎么样？等全会开过了，我可能到宾夕法尼亚州西部和俄亥俄州去做些组织工作。梅斯特罗维奇说他们需要有人去鼓动鼓动。"

埃迪·斯佩尔曼正在捆衣服，他抬起头来说："请相信我的话，史蒂文斯同志，他们确实需要。"

玛丽感到浑身发冷。唐一定注意到她脸色越来越苍白了。

"我们不会有什么风险的，"他匆忙地补充说，"那些矿工们可会照顾人哪，不是吗，埃迪？"

"他们确实是这样。……无论什么地方，只要那儿的分会强大，就比纽约这儿还要安全。"

"不管怎么说，"玛丽说，她的喉咙发紧而干燥，"假如你必须去，你就必须去。"

"你们两人出去吃饭吧，"埃迪说，"我就要捆好了……反正我就在这儿睡。可以省下住小客栈的钱……你要让玛丽小姐吃得好好的，史蒂文斯同志。我们可不想让她生病啊……假使所有地道的党员都像她这样工作的话，我们就会……见鬼，到来年春天我们会闹一场最出色的革命。"

他们哈哈大笑地走出去，来到勃利克尔街一家意大利餐馆，愉快地在桌子边坐下来，叫了七角五分的饭菜和一瓶酒。"埃迪对你很爱慕哩。"唐笑眯眯地冲着桌子对面的玛丽说。

两星期后，玛丽在一个严寒的冬夜回到家，看见唐正忙着收拾他的手提包。她忍不住哇的一声哭出来，她越来越难以控制自己的神经了。"唉，唐，不是到匹兹堡去吧？"唐摇摇头，继续整理行李。

他把柳条箱关上后，走到她的跟前，一手抱住她的肩膀。

"我得跨过海去，跟……你知道是谁……是党的重要任务。"

"哦，唐，我也想去。我还从未到过俄国或其他什么地方。"

"我只去一个月。我们在午夜起航……亲爱的玛丽……假使有人问起我，就说我在匹兹堡，懂吗？"

玛丽开始哭起来。"我要说我不知道你在哪儿……我知道我说谎是从来说不像的。"

"玛丽，亲爱的，只有几天啊……别像个小傻瓜。"

玛丽破涕为笑了。"但是我是……我的确是个小傻瓜。"

他吻吻她，轻轻地拍拍她的背，然后拿起箱子，把格子呢的大鸭舌帽拉下来遮住了眼睛，匆匆地走出房去。

玛丽在狭窄的房间里走来走去，嘴唇抽搐着，竭力抑制，不让歇斯底里发作，开始抽泣。为了找点事情做，她开始计划如何布置公寓房间，等唐回来时，不至于再显得那样凄惨。她把长沙发拖出来，把它当作窗前坐椅，横放在窗前。然后再把桌子拉到它面前，桌子四周围上椅子。她下决心要把木器和护壁板涂上白漆，配上鲜红色的窗帘。

第二天早晨，她正拿着一只没有茶托而有裂纹的茶杯在喝咖啡，感到独自待在空荡荡的房间里十分寂寞，电话铃忽然响了。起初她没有听出是谁的声音，给搞糊涂了，对着话筒结结巴巴地说："请问你是谁?"

"但是，玛丽，"对方以着恼的声调说，"你一定知道我是谁。我是本·康普顿啊。……博——恩……本。我有事得见你。在什么地方可以和你相会? 不要去你住的地方。"

玛丽尽量使自己的声音不显得冰冷生硬。"我今天必须到北城去，要和一位女士一起吃午饭，她可能会捐些钱给矿工，这很浪费时间，但是没有办法。我必须听她讲伤心事，否则她一个钱也不会给的。我们两点半在公共图书馆前面见面怎么样?"

"最好在图书馆内……今天外面气温将近零度。我得了流感刚起床。"

本的模样变得那样老，玛丽简直不认识他了。他鸭舌帽下面漏出来的乱发已经夹白了。他弯着腰，透过厚厚的眼镜片情绪暴躁地窥视着她的脸。他没有和她握手。

"噢，我还是告诉你吧……假如你还不知道的话，很快就会知道的……我已经被开除出党……反对分子……例外事例……一派胡言乱语……得，这没关系，我仍是个革命者……我要继续在党外工作。"

"唉，本，我很难过，"玛丽一时只能这么讲，"你知道我除了《工人日报》上登载的消息外其他什么也不知道。这件事对我来说，实在太可怕了。"

"我们到外面去吧，那个警察在注意我们。"

本到了外面，冷得打起颤来。露在他那件磨损了的绿色大衣外面的手腕冻得发红，因为袖子太短，盖不住他颀长的手臂。

"哦，我们上哪儿去呢?"玛丽一个劲地问。

最后他们走进一家地下自助餐馆，坐下来喝咖啡，轻声谈话。"我不想上你家去，因为不想见到史蒂文斯……史蒂文斯和我向来合不来，这你知道……他现在和共产国际的人在一起。等他们清除了所有有头脑的人，他就会被选进中央委员会。"

"不过，本，人尽可以有不同的意见，但是仍然……"

"一个由唯唯诺诺的人组成的党……那可妙极了……但是，玛丽，我必须见到你……我突然感到很孤独……你知道，断绝了一切关系……你知道，假使我们当初没有那么傻，我们就会让孩子生下来的……我们会依旧相爱的……玛丽，在我第一次出狱时，你待我真好……喂，你的朋友艾达，那个有一套花哨的公寓的音乐家到哪儿去了？"

"哦，她还是和以前一样傻……跟这个或那个傻瓜小提琴家混在一起。"

"我一直很欢喜音乐……我原该保持和你的关系的，玛丽。"

"从那时起，时光已经流逝好多了。"玛丽冷淡地说。

"你和史蒂文斯在一起幸福吗？我没有权利这样问你。"

"可是，本，老翻这些旧事有什么用呢？"

"你知道，一个小伙子常常会想，我要牺牲一切，但一旦他和生活的那一方面完全失去了联系，他就不如以前那么好了，你明白吗？我有生以来第一次失去了联系。我想你也许可以设法给我介绍去做点救济工作。救济组织里的纪律是不会那么严的。"

"我想他们不希望把任何造成分裂的影响带到'国际劳工保卫组织'中去。"玛丽说。

"那你也认为我是个分裂主义者了……好吧，工人阶级最后会判断我们谁是谁非的。"

"我们别谈这事吧，本。"

"我希望你转告史蒂文斯，叫他到有关方面去探听探听……这点要求不算高吧，对吗？"

"但是唐眼下不在本地。"她不禁脱口而出地说。

本突然以锐利的目光看着她的眼睛。

"他该不会是跟其他某些同志乘船去莫斯科了？"

"他为党的秘密任务到匹兹堡去了。看在上帝面上，请别讲出去。你是想抓住我来探听消息！"她满面通红地站起来，"好吧，再见了，康普顿先生……你该不会是分裂者兼密探吧，嗯？"

本·康普顿的脸忽然变得红一块白一块，就像一个即将放声大哭的孩子的脸那样。他坐在那儿凝视着她，无意识地用调羹在空咖啡杯里刮来刮去。她走上台阶，但走到一半又冲动地折回来，在他面前站了片刻，俯视着他低垂的头。"本，"她柔声地说，"我不应该这样讲……毫无根据……我并不相信。"本·康普顿并不抬起头来。她又登上台阶，走到外面刺骨的寒风中，穿过下午拥挤的人群，匆匆顺着四十二街走，乘地铁到联合广场。

除夕那天，玛丽·弗伦奇在办公室收到艾达·柯恩打来的一封电报：

务请与你母亲联系她在本市广场旅馆即将乘船离去盼见你不知地址如何答复她

元旦这天，办公室里没有太多的事情，就玛丽一人上班，所以她在上午十点钟左右打电话到广场旅馆，要弗伦奇太太接电话，但是那儿没有这个人。接着她给艾达打电话。艾达讲个没完，说玛丽的母亲又结婚了，与布莱克法官，他是个很有名望的人，退休的联邦巡回法官，是个迷人的男人，蓄着白色的范戴克式尖胡子。艾达一定要见到玛丽，布莱克夫人对她非常热情，艾达还请她在广场旅馆吃饭，她想知道玛丽的全部情况，艾达只得承认好久没有见到过玛丽，虽然她是最要好的朋友。她昨晚参加了一次除夕晚会，头痛得厉害，不能练琴，下午她要邀请一些很讨人喜欢的人来，问玛丽可愿意去，她肯定会喜欢他们的。艾达讲得如此无聊，玛丽几乎要把电话挂断，但是她说等她见过母亲后，立即给她回话。结果她赶回家去穿上最好的衣服，朝北到广场旅馆去拜望法官和布莱克夫人。她想找个地方把头发烫一下，因为她知道她母亲见面的第一句话就会说她的模样真是吓人，但因为是元旦，到处都关门了。

法官和布莱克夫人正在旅馆一角的一间专用的大客厅里准备吃中饭，那里可以看到公园里隆起的一座座长满了树枝光秃秃的树木的小雪山，它们和川流不息地疾驰而过的亮闪闪的车流交织在一起。玛丽的母亲一点也不见老，她身穿一件墨绿色的衣服，衣领上镶着白色的小褶边，看上去惊人地漂亮。她神态安详地坐在那儿，手上戴的几只戒指在大窗外射进来的冬日的灰蒙蒙的光线中闪闪发亮。法官的嗓音柔和动听。他不厌其详地讲述着浪女和肥牛犊的故事①，直到她母亲插嘴，告诉她他们就要到欧洲去狂欢一番。他们两人于同一天在证券交易所发了大财，因此应该休息，轻松一下。接着她讲到她是多么担心，因为她按玛丽以前的地址寄去的信统统都退了回来。她于是一再给艾达写信，而艾达总是说玛丽在匹兹堡、福尔河，或者另外一个可怕的地方做社会工作。她认为玛丽不应再尽为穷苦和不幸的人工作，应该关心一下自己的亲戚朋友了。

"我听说你是个非常可怕的小姐，玛丽，亲爱的。"法官和蔼地说，用汤勺舀了些奶油芹菜汤倒在她盘子里。"我希望你没有随身带着炸弹吧。"他们

---

① 此处借用耶稣的浪子的比喻，见《圣经·路加福音》第15章第11至32节。

双方都认为这是句极妙的玩笑话，不禁笑了又笑。"不过说正经的，"法官继续说，"我知道社会不平等确是个非常可怕的问题，它玷污了美国民主制度的美好声誉。但是随着我们年龄的增大，亲爱的，我们学会了自己活也让别人活，我们不得不多少好坏兼收并蓄。"

"亲爱的玛丽，你为何不和艾达·柯恩一起出国，好好休息一下呢？……我可以为你凑集旅费。我想这样会对你有好处……你知道我一向不赞成你和艾达交往。在我们家乡，我们对这类事可能有些保守。在这儿，她好像到处都吃得开。事实上她看来认识所有音乐界的名流。当然，她本人到底是个多好的演奏家，我是没有资格判断的。"

"亲爱的希尔达，"法官说，"艾达·柯恩的心像金子做的。我认为她是个很可爱的姑娘，她父亲是个十分卓越的律师，你知道，我们已决定抛弃一点偏见……不是这样吗，亲爱的？"

"法官正在改造我。"玛丽的母亲忸怩地笑着说。

玛丽感到非常紧张，几乎要叫嚷起来。丰盛油腻的饭菜、彬彬有礼的侍者的巴结以及法官慈父般的亲切态度使她几乎感到窒息。

"这样吧，妈妈，"她说，"假使你真有一小笔钱可供花费，你就让我拿点来做我们的牛奶基金吧！毕竟矿工的孩子是完全无辜的啊。"

"亲爱的，我已向红十字会作了大量的捐献……说到底，我们在科罗拉多州曾有一次矿工罢工要应付，情况要比宾夕法尼亚州严重得多……我常常想，亲爱的玛丽，假使你真的关心劳工的情况，那么你的工作岗位应该是在家乡科罗拉多温泉城，假使你一定要研究这类问题，你根本就不需要到东部来。"

"连世界产联也冒出头来了。"

"我倒并不赞成世界产联的策略。"玛丽生硬地说。

"但愿如此。"她母亲说。

"不过，妈妈，你看能不能给我两百元？"

"拿去花在这些可怕的鼓动者身上？他们也许不是拒不上工者[1]，但也跟他们一样坏。"

"我保证把每分钱都花在婴儿的牛奶上。"

---

[1] 原文为"I won't work"，其首字母和世界产联的简称 IWW 相同，为当时对世界产联的蔑称。

"但是这样做等于把矿工们交给那些卑鄙的俄国鼓动家。因为如果能给孩子们吃牛奶，自然会使他们深得人心，使他们能够更加糟糕地把那些可怜巴巴的穷外国人引入歧途。"

法官向桌子对面探过身去，一只伸出在浆硬的白色袖口外的青筋绽露的手按在玛丽的母亲的手上。"这并不是说我们不同情矿工的妻子和孩子的悲惨境遇，也不是说我们对整个采矿业的可怕的情况不了解……这两方面的情况我们知道得太多了，是不是，希尔达？但是……"

玛丽突然发现自己已把餐巾折好，站起身来，两腿直发抖。

"我看这次拜访可以到此为止了，妈妈，因为再拖下去对你和我都是痛苦的……"

"也许我可以来进行仲裁。"法官手里拿着餐巾站起身，微笑地说。

玛丽感到窒息得难受，好像有道铁箍箍住了她的脑袋似的。"我得走了，妈妈……我今天不太舒服。祝你一路平安……我不想辩论。"他们还来不及阻拦，她已走出大厅，乘电梯下楼了。

玛丽心绪烦乱，想找个人谈谈，于是走进一个电话亭，打电话给艾达。艾达抽泣着说发生了极不愉快的事情，她已取消了宴会，一定要玛丽马上就去看她。玛丽到了麦迪逊大街的公寓，艾达还未开门，玛丽就闻到一点处女林牌香水味，这种香水是艾达一到纽约就开始用的。艾达前来开门，穿着一件绿色和粉红色的花绸晨衣，上面有各式各样的小流苏。她扑过去，搂住玛丽的脖子。她眼睛发红，讲话时鼻子在抽气。

"嗨，怎么回事啊，艾达？"玛丽冷冷地问道。

"亲爱的，我刚才和亚尔马狠狠地吵了一架，我们一刀两断了……当然我只好取消宴会，因为宴会是为他举行的。"

"亚尔马是谁？"

"他是个长得挺俊的人……但又挺可恨……我们还是来谈谈你的事吧，亲爱的玛丽……我真希望你跟你妈妈和布莱克法官和好了。"

"我刚从那边不别而行……辩论有什么用？他们站在街垒的一边，而我在另一边。"

艾达在房间里大踏步地走来走去。"嘿，我讨厌这样谈话……它使我难过……你至少得喝点酒吧……我不得不喝酒，我太紧张了，整天无法练琴。"

玛丽在艾达那儿待了整个一下午，喝喝杜松子利克酒，吃三明治和小蛋糕，它们原是摊放在小厨房里准备宴会上用的；她们谈着往事以及艾达的不愉快的恋爱。艾达给玛丽看他写来的每一封信，玛丽说他是个大傻瓜，断了倒好。艾达于是哭起来，玛丽说，她应该为自己感到羞耻，她根本不知道什么是真正的痛苦。艾达听了这话非常服帖，便走到书桌前，用颤抖的手开了张一百元的支票作为矿工的牛奶基金。艾达吩咐市区北部一家朗香饭店给她们送来晚餐，声称这是她好几年来度过的最愉快的一个下午。她要玛丽答应去参加她下个星期在伊奥利安音乐厅小礼堂举行的音乐会。玛丽走时，艾达要她接受两块钱乘出租汽车。她们在过道里等电梯时，身子都有些摇摇晃晃。"我们两人要成一对醉鬼了。"艾达高兴地说。幸亏玛丽决定乘出租汽车，因为她几乎站都站不住了。

那年冬天，匹兹堡区矿工的情况越来越糟，交不出房租的人开始被驱逐出屋。不少家庭携带着小孩子住在帐篷和破败不堪而没有暖气的油毛毡棚屋里。玛丽似乎终日生活在梦魇中，她写信、油印请愿书、在服装和毛皮工人的集会上作演讲、向富有的自由主义人士募捐，但得到的钱从来就不够用。她工作不拿工资，因此只得向艾达借钱来付房租。她消瘦、憔悴，老是咳嗽。她自己说是因为烟抽得太多。埃迪·斯佩尔曼和鲁迪·戈德法布都为她担忧。她看得出他们认为她没吃饱，因为她经常发现在她书桌的一角放着一纸袋三明治或是一蜡纸盒咖啡，那是他们中的一个带来的。有一次，埃迪给她带来一大包农家鲜干酪，这是他那住在斯克兰顿附近的妈妈在家里给他做的。但是她不忍心吃，每次看到它在冰箱里长出绿色的霉点时，总感到内疚。原来唐离开后，她就没烧过饭，冰箱里已没有冰。

一天晚上，鲁迪笑容满面地走进办公室。埃迪正和往常一样弯着腰把旧衣打成包，准备下次出车。鲁迪轻轻地踢了一下他的屁股。

"嘿，你这个托洛茨基分子。"埃迪说，向他扑过去，把他的领带拉出来。

"讲这种话要带笑。"鲁迪用拳头连连揍着他说。

两人都哈哈大笑起来。玛丽觉得自己像个老处女教师，看着孩子们在她的书桌前打闹。"请维持会场秩序。"她说。

"他们想给我扣上这帽子，但是办不到。"鲁迪说，他气喘吁吁，在整理他的领带和弄乱的头发。"不过我要告诉你一个你一定喜欢听的消息，弗伦奇同志，明天有某个同志要乘'阿基塔尼亚'号到达……二等舱。"

"鲁迪，是真的吗？"

"看到了电报。"

玛丽到达码头的时间太早，得等上两个小时。她想看下午版的报纸，但她看不下去。接待室内太热，而外面又太冷。她可怜巴巴而烦躁不安地走来走去，后来总算看到那像堵墙似的黑色铁板庞然大物，上面的一排排圆窗里点亮着灯，正从码头建筑的各个入口处驶过。她手脚冰凉，整个身体都在渴望能感觉到他用手臂拥抱着她，听到他深沉的声音在耳边响起。她脑海深处始终飞掠着一丝疑虑，因为自从他走后她不曾收到过他一封信。

突然他独自一人从轮船的跳板上走下来，手里提着那只旧的柳条箱。他身穿一件新的束着腰带的德国雨衣，但戴着的鸭舌帽还是那顶方格呢的。她和他正好打了个照面。他轻轻地搂了她一下，但没有吻她。他讲话时声调有些异样。

"你好，玛丽……我没想到你会在这儿……我不想引人注目，你是知道的。"她听起来，他低沉的声音里带着些难言之隐的意味。他正紧张地把箱子从这只手换到另一只手。"过几天再来看你……我要忙起来了。"

她一句话也没有说，掉转头奔下码头，上气不接下气地沿着横贯市区的那条街匆匆赶到九马路的高架铁路车站。当她回家把门打开时，新做的鲜红色窗帘像鞭子般猛抽在她脸上。

她不能回办公室去。她无颜面对那些小伙子和她认识的人们，这些人全知道他俩在一起好过。她打电话去，说她得了严重的流感，需要卧床两三天。她痛苦地在这些空荡荡的狭小的房间里待了一整天。黄昏快来时，她在长沙发上睡着了。她蓦地惊醒过来，自以为听到外面过道上有脚步声。但不是唐，那人继续向楼上走去了。打这以后，她再也无法入睡。

第二天早晨，她正安睡在床上，准备打个盹儿，电话铃响了。是西尔维亚·戈尔茨坦打来的，说她为玛丽得了流感而难受，问能否为她做点什么事情。啊，不，她很好，只是打算整天卧床罢了，玛丽死气沉沉地回答说。

"哦，我以为你早就知道史蒂文斯同志和利希菲尔德同志……你们两人以前一直是很接近的……他们是在莫斯科结婚的……她是位英国同志……昨天晚上她在布朗克斯娱乐场的大会上讲了话……她有一头乱蓬蓬的红发……实在漂亮，但有些姑娘认为是染的。很多同志都不知道你和史蒂文斯同志已经破裂了……在运动中必然会发生这样的事情，岂不令人伤心？"

"嘿，那是很久以前的事啦……再会，西尔维亚。"玛丽厉声说，就把电话挂断了。她打电话给她认识的一个卖私酒的，让他送瓶杜松子酒来。

第二天下午，门上响起一阵轻轻的叩门声。玛丽把门开了一条缝，原来是艾达来了。她穿着一件银狐皮大衣，身上散发出一股强烈的处女林牌香水味。"啊，亲爱的玛丽，我知道一定出了什么事……你知道，我很能通灵。那天你不来参加我的音乐会，起初我气坏了，但后来我对自己说这可怜的小东西该是病倒了吧。所以我直接跑到你的办公室去。那儿有个非常漂亮的小伙子，我让他告诉了我你的地址。他说你得了流感，所以我就直接来了。我亲爱的，你为什么不躺在床上？你样子真难看。"

"我很好，"玛丽木然地咕噜说，掠去粘在脸上的头发，"我在……计划……关于如何更好处理好目前的救济工作的问题。"

"嗨，你马上就住到我那间空卧室里去吧！让我来照顾你一下……我不相信是流感，我认为是疲劳过度……假使你不当心，你会精神崩溃的。"

"可能是者养（这样）吧。"玛丽无法清晰地讲话。她似乎已不再有一点儿自己的主见，一切听从艾达的安排。她被安置在艾达那带着薰衣草香味的清洁的空床上，她们打发人出去买了点巴比妥安眠药，使玛丽入睡。玛丽在那儿住了几天，吃艾达的女佣给她端来的饭菜，凡是艾达给她喝的饮料，她都喝了，整个上午，只顾听着隔壁房间传来的练习小提琴的声音。但是到了晚上，不吃麻醉药就无法入睡。她好像已完全失去意志。她要花上半小时才能决定起身去盥洗室。

在艾达家住了一星期后，她开始意识到应该回家了。她对艾达旁敲侧击地谈论不愉快的恋爱、由失恋引起的伤心以及克制情欲的好处开始感到厌烦。每当艾达刚一开口，她就打断她的话头。

"好啊，"艾达说，"你又回到你那讨人厌的老样子了。"

有一阵子，艾达经常提到她知道某人对玛丽已迷恋了好几年，正渴望能再见到她，最后玛丽屈服了，说愿意去参加伊夫琳·约翰逊家举行的鸡尾酒会，艾达说那个人也要去的。"伊夫琳办的宴会实在太精彩了。我真不知道她是怎么搞起来的，因为她从来就没钱，可是纽约最有意思的人物都会到场的。他们一直如此。激进分子也去。伊夫琳如果离开她那一小帮赤色分子就会活不了。"

玛丽穿上艾达的一件礼服，它并不很合身。她在上午到萨克斯时装公司美容部烫了发，艾达常去那儿烫发的。去赴宴前，她们先在艾达家喝了点鸡尾酒。但到临走时，玛丽又说不去了，因为她终于从艾达口中探听出，原来将去参加宴会的那个男人就是乔治·巴罗。艾达让玛丽又喝了一杯鸡尾酒，于是一种无所谓的情绪油然而生。她就说好，我们去吧。

有个笑容可掬的黑种女佣戴着镶花边的花哨帽子，系着围裙，站在门口。她领她们从过道走进一间放满了大衣和裘皮大衣的卧室，让她们在那儿脱去外衣。

艾达在梳妆台前擦粉时，玛丽轻声地在她耳边说："要是把这个女人花费在这无聊的接待上的钱给我们救济委员会，那能办多少事情呀！"

"但她是个满可爱的女人，"艾达激动地轻声回答说，"说真的，你会喜欢她的。"

她们背后的那扇门开了，传进来一阵嘈杂的讲话声、哄笑声和玻璃杯的叮当声，飘进来一股香水、烤面包、香烟雾和杜松子酒的味儿。

"啊，艾达。"传来一个银铃般的声音。

"亲爱的伊夫琳，你真漂亮！……这位是玛丽·弗伦奇。我对你讲过要带她来的……她是我的老朋友。"玛丽发现跟自己握手的是一个身穿珠灰色服装的细挑个儿。她粉脸朱唇，抹上睫毛油的眼睛显得分外地大而细长。

"欢迎你来。"伊夫琳·约翰逊说着，突然在床上的皮衣和外套中间坐下来。

"听得出宴会开得很热闹。"艾达叫道。

"我真讨厌宴会。我不知道为什么要开这种宴会，"伊夫琳·约翰逊说，"好了，我想我不得回到那闹嚷嚷的动物园去了……唉，艾达，我累极了。"

玛丽不由自主地端详着约翰逊夫人嘴角四周脂粉掩盖不了的深刻的纹路和她脖子上绷得紧紧的肌肉。她暗自说，这是他们的愚蠢生活所造成的。

"演戏的事怎么样了？"艾达问道，"我听说这事时非常激动。"

"啊，那已是历史陈迹了，"伊夫琳·约翰逊干脆地说，"我现在正拟订计划把芭蕾舞剧引进来……把它变成美国的东西……这事等什么时候我再告诉你。"

"哦，伊夫琳，那位电影明星来了吗？"艾达格格地笑着问。

"来的，她们总是来的。"伊夫琳·约翰逊叹了口气，"她很美……你一定得见见她。"

"当然啦，世界上的任何人物都会来参加你的宴会的，伊夫琳。"

"我不懂他们为什么一定要来……他们太使我感到厌烦了。"

伊夫琳领她们穿过两扇拉门，走进一间天花板很高的房间，屋内由于加灯罩的灯光和烟雾弥漫而显得很昏暗，她们立即淹没在济济一堂的衣着讲究的人群中，他们正交谈着，扮着鬼脸，摇晃着脑袋，喝着鸡尾酒。玛丽感到似乎没有立足之地，只好在一张大理石桌面的小桌子旁的长沙发的一端坐下来。坐在长沙发上的其他人正在相互叽里咕噜谈论些什么，根本没有注意到她。艾达和女主人已消失在男人们的西装和女客们的午后礼服后面了。

玛丽抽完了整整一支烟，艾达才带着乔治·巴罗走过来。

他那消瘦的脸蛋看上去涨红了，喉结比以前更加突出地露出在领子上面。他两手各拿着一杯鸡尾酒。

"好呀，好呀！小玛丽·弗伦奇，多年不见了，"他有些强作欢笑地说，"你不知道我们费了多大的劲才从人缝里把这两杯拿到手。"

"你好，乔治。"玛丽漫不经心地说。她接过他递上的鸡尾酒，一饮而尽。喝了几杯以后，她感到有些头晕。乔治和艾达好歹挤进来，在长沙发上坐下了，把玛丽夹在当中。

"我想听你谈谈煤矿罢工的全部情况。"乔治皱着眉头说。

"造反的地方工会竟然选择了有利于矿场主的时刻来罢工，真是可惜。"

玛丽恼怒了。"我料想这种话只会出于像你这类人之口。假使我们要等待有利时刻，那就罢不了工啦……对工人来说，从来就没有有利时刻。"

"我这类人是哪一类人呢？"乔治·巴罗说，玛丽认为他故意装出谦卑的样子。"这正是我经常问自己的问题。"

"嘿，我不想争辩……对争辩我已厌倦了……再给我一杯鸡尾酒，乔治！"

他顺从地站起身来，从人堆里穿过去，走到房间的另一头。

"唉，玛丽，不要和可怜的乔治争吵了……他是怪可爱的……你知道，玛戈·道林当真也在这儿……还有她丈夫萨姆·马戈利斯和罗德尼·卡思卡特……他们总是在一起的。他们就要到法国的里维埃拉去。"艾达用响亮的舞台耳语凑着她耳朵说。

"我讨厌看到银幕上的电影演员，"玛丽说，"我也不想在真实生活中看到他们。"

艾达溜走了。乔治拿着两杯鸡尾酒和一盘冷鲑鱼与黄瓜走回来。但她什么也不想吃。

"喝了这些酒，你不感到好点吗？"她摇摇头。"好，我自己来吃吧……玛丽，你知道，"他继续往下说，"这些日子我常常在想，假使我这辈子光是待在南芝加哥当个捷运公司的雇员，同某个可爱的女工结了婚，生下一群孩子，也许会过得比现在幸福……假如我去做生意，也许今天我是个更有钱和更幸福的人了。"

"嘿，你的光景看来并不坏呀。"玛丽说。

"你知道，被你们赤色分子指责为劳工界的骗子，实在使我痛心……我也许相信妥协，但是我已得到某些实实在在的纯金钱上的胜利……你们共产党就是不懂得一件事可能存在两个方面。"

"我不是党员。"玛丽说。

"这我知道……但是你和他们一起工作……你凭什么认为你比他们自己的那些经过考验的真正领袖更了解矿工的利益呢？"

"假使矿工们在他们的工会里有机会进行投票选举的话，你就会看出他们信赖不信赖你们这背叛的一伙。"

乔治·巴罗摇摇头，"玛丽，玛丽……还和以前一样，是个固执己见、感情激烈的姑娘。"

"胡说，我根本就没有什么感情了。我亲眼看到现场的情况……并不需要激烈的感情也能知道防暴枪的哪一头是瞄准你的。"

"玛丽，我是个非常不幸的人。"

"给我再拿杯鸡尾酒来，乔治。"

乔治回来以前，玛丽足足抽了两支烟。那些颠头播脑、叽叽喳喳地讲话的人脸，各种礼服和手势，在烟雾中朦朦胧胧地浮现在她眼前。

等到乔治满脸绯红、笑容满面地走回来时，客人已慢慢减少了。"啊，我很有幸和道林小姐交谈了几句，她真是太迷人了……你可知道雷德·海恩斯告诉了我什么吗？我有点怀疑是否真实……看来她完蛋了，看来她不适合演有声电影……她在扩音器里的声音听起来好像老鸦叫。"他带着点醉意，吃吃地笑。"她就在那边，就要走了。"

室内突然静下来。透过叫人目眩的缭绕的香烟雾，玛丽看见一个小个子女人，蓝蓝的眼皮，满头淡淡的金发，五官端正得像个瓷娃娃。在穿过拉门出去之前，她回转身来向某个人微笑了一下。她穿着一套黄色礼服，戴着不少大颗粒的蓝宝石。一个身材高大、紫膛色脸庞的男演员和一个罗圈腿、黄脸皮的小个子男人跟着她走出去，伊夫琳·约翰逊拖曳着衣裙跟在后面送客，激动得上气不接下气，讲个没完没了。

玛丽透过一片有营营作响的人声的香烟雾看着这一切，好像正坐在高处的一个烟雾弥漫的包厢里看戏似的。

艾达走回来，站在她面前，转动着眼睛，张大着嘴说："啊，多么出色的酒会呀……我跟她会过面了。她的举止大方极了……不知为什么，我希望她能坚强点。人家说她出身贫寒。"

"根本不对，"乔治说，"她的亲人是住在古巴的西班牙贵族。"

"艾达，我要回去了。"玛丽说。

"再等一下……我还没有机会和亲爱的伊夫琳谈谈呢……她今天看上去特别疲倦，特别激动，这可怜的人儿。"

一个脸色白得没有血色的年轻人挨着她们身边走过，他正回头嘲笑一位跟在他身后的年龄较大的女人。她身穿银色锦缎制的衣服，那抹了粉的细脖子上皮肉松垂，撅出在衣服外面，鹰钩鼻不断地颤动，眼睛凸出，下面的皮肉下垂如袋，清晰可见。

"艾达，我要回家了。"

"我原想你我和乔治可以一起去吃晚饭的。"

玛丽看到那一张张模糊的面孔在走近她时变得越来越大，等到走过她身边时逐渐改变形状，然后像水族馆里的鱼，嘴巴一张一闭地消失在幽暗之中。

"怎么样？柯恩小姐，你有没有见到查尔斯·爱德华·霍尔顿？他是伊夫琳家集会上的一大特色。"玛丽厌恶乔治·巴罗在讲话时眼睛突出的样子。"他可是个非常聪明的人哩。我可以和他谈通宵。"

艾达弯下腰来，眯着眼睛，凑着乔治·巴罗的耳朵尖声地说："他已经和别人订了婚。伊夫琳因此非常痛苦。她现在终日心绪不宁。"

"乔治，假如我们非得待下去不可……"玛丽说，"再给我拿杯鸡尾酒来吧。"

在长沙发上，玛丽的身旁，坐着一位宽脸盘的女人，她两颊绯红，穿着缀有亮片的礼服。她探过身来，用舞台耳语说："实在太可怕了……你知道，我认为霍尔迪①真是太忘恩负义了，伊夫琳帮了他那么多忙嘛……在社交方面……自从她培养他以来……现在他到处都吃得开了。我认识那个姑娘……简直就是个小娼妇……甚至也说不上有钱。"

"嘘，"艾达说，"伊夫琳来了……喂，亲爱的伊夫琳，现在达官显贵都走了。很快就会只剩下我们这些小人物了。"

"依我看，她也不见得很聪明。"伊夫琳说，颓然倒在他们旁边的一张椅子里。

"我去给你拿杯酒来，亲爱的伊夫琳。"艾达说，伊夫琳摇摇头。

"亲爱的伊夫琳，你现在需要的是……"那个宽脸盘的女人又倾身凑到

---

① 霍尔顿的昵称。

长沙发这边来说，"到国外去好好旅行一次。过了一月份，纽约就无法叫人忍受了……我就不准备待下去……如果待下去的话，真要精神崩溃了。"

"我想我也许什么时候到摩洛哥去，假使我能凑足钱的话。"伊夫琳说。

"到突尼斯去，我亲爱的。突尼斯妙不可言。"

玛丽喝了巴罗拿来的鸡尾酒后，带着迷惘、憎恨而懵懂的心情，坐着观看别人的面容，听着别人的声音。她要全神贯注才能使自己不致在长沙发上倒下身去。"我真要走了。"她挽着乔治的手臂穿过房间。她还能好好地走路，但已不能好好地讲话。走进了卧室，艾达帮她穿上大衣。

伊夫琳·约翰逊也在那儿，她睁大着浅褐色的大眼睛，用嘲弄而呆板的嗓音说："啊，艾达，你来参加酒会，真太好了，我担心会太令人生厌……哦，弗伦奇小姐，我多想和你谈谈关于矿工的情况……我再也没有机会谈谈我真正感兴趣的事了。你知道吗，艾达，我想我再也不会举行酒会了……太令人讨厌了。"她把一只长手按在太阳穴上，用手指慢慢地擦着前额。"哦，艾达，我希望他们赶快回去……我头痛得厉害。"

"你是否应该吃点什么药?"

"我会吃的。我有一种止痛的妙药。艾达，下次你演奏巴赫时，请叫我去……我喜欢听。你知道，浪费自己的生命来把房间里装满了实在彼此憎恨的互不相配的人们，真是看来太愚蠢了。"伊夫琳·约翰逊跟在他们后面顺着过道一直送到大门口，好像不愿让他们走似的。乔治上街角去叫出租汽车时，她穿着单薄的礼服站在从敞开的门外吹进来的一阵寒风中。

"伊夫琳，进去吧，你要着凉的。"艾达说。

"好吧，再会……你们来真太好了。"当门在她身后慢慢地关上时，玛丽凝视着伊夫琳·约翰逊狭窄的肩膀。她顺着过道走回去时，身子直哆嗦。

玛丽感到头晕，在冷风中突然觉得醉了，艾达便用手臂搂住她，让她站稳。"玛丽啊，"艾达凑着她耳朵说，"我希望大家不要这么不幸。"

"全是浪费。"玛丽突然能发出声音，狠狠地叫起来。艾达和乔治·巴罗将她扶到汽车里。"他们浪费食物，他们浪费金钱，而我们的人倒在油毛毡的棚屋里挨饿。"

"这是资本主义的矛盾，"乔治·巴罗会意地也斜着眼睛说，"去吃点东西怎么样?"

"先送我回家，不，不要到艾达家去。"玛丽几乎叫喊起来。

"我讨厌这种寄生生活。我明天要回办公室去……今天晚上我一定要打电话去，问问这次运送那一车炼乳是否成功……"她拿起艾达的手，突然感到又和以前一样了，便紧紧地握住它。

"艾达，你太好了，说真的，你救了我的命。"

"艾达是医治我们这种犯歇斯底里的人的灵丹妙药。"乔治·巴罗说。出租汽车在玛丽住房前那一排垃圾桶的旁边停下了。

"不，我能一个人走上去，"她又粗暴而恼怒地叫道，"只是因为累垮了，喝点酒才使我感到不舒服。晚安。明天我到你那儿去拿手提包。"

艾达和巴罗坐进出租汽车开走了，两人头挨着头，又谈又笑。他们已经把我忘了，玛丽走上楼梯时这样想。她上楼倒还顺利，但是费了一些劲才把钥匙插进门锁。门终于开了，她径直走到外间的长沙发前，一倒下去便呼呼入睡了。

第二天早晨，她感到休息得非常好，这是好多年来没有过的。她一早就起来，在去办公室的路上到蔡尔兹饭店要了火腿蛋，吃了一顿丰盛的早餐。鲁迪·戈德法布已经到了办公室，坐在她的办公桌旁。

他站起身来，一言不发地对她凝视了一会儿。他眼睛发红而且布满血丝，那头向来梳得很光洁的黑发全都披在前额上。

"发生了什么事，鲁迪？"

"弗伦奇同志，他们收拾了埃迪。"

"你是说他们逮捕了他？"

"逮捕他，才不哩，他们开枪打死了他。"

"他们杀害了他。"玛丽感到一阵恶心，从心窝里泛上来。房间开始旋转起来。她紧握住拳头，才觉得房间又回复到原来的样子。鲁迪告诉她有几个矿工如何在一条沟里发现了毁坏的卡车。起初他们以为是出了事故，等他们找到埃迪·斯佩尔曼，发现他太阳穴上有一个子弹穿孔。

"我们得开一次抗议大会……党内的同志都知道这事了吗？"

"当然知道，他们正打算借用麦迪逊广场公园。不过，弗伦奇同志啊，他可是了不起的小伙子。"玛丽浑身颤抖。电话铃响了，鲁迪去接了。"弗伦奇同志，他们要你马上就到那儿去。他们要你当抗议大会委员会的秘书。"

玛丽一屁股坐进她办公桌旁的一张椅子，坐了一会儿，着手把需要通知的组织开列名单。她猛地抬起头来，直勾勾地望着鲁迪的眼睛："你知道我们该怎么办……我们必须把救济委员会迁移到匹兹堡去。我一直认为我们应该待在匹兹堡。"

"这是冒险的事。"

"我们应该一直待在匹兹堡。"玛丽坚定镇静地说。

电话铃又响了。

"有人要你听电话,弗伦奇同志。"

玛丽把电话筒一贴在耳朵上,艾达就讲个不停。玛丽起初还弄不清是怎么回事。"亲爱的玛丽,你难道没有看过报?"

"没有,我还没有看。你是说关于埃迪·斯佩尔曼的事吗?"

"不,亲爱的,事情真是太可怕了。你记得我们昨天还在那边参加鸡尾酒会……你肯定记得伊夫琳·约翰逊,真是太可怕了。我叫人出去买了所有的报纸,当然所有的小报上都说是自杀。"

"艾达,我不懂你的话。"

"玛丽,我正在告诉你啊……我太难过了,话都说不出来了……她是个那么可爱的女人,富有才华,真可说是个艺术家……喏,今天早晨女佣去到她家,发现她死在床上,可十二小时之前我们还在那儿哩。真吓死我了。有些报纸说是服安眠药过了量。她不可能有意这样做的。假使我们早知道这样,我们本可以想点办法的,你知道她当时说过她头痛。你看你能来吗?我情绪坏极了,单独一人在这儿待不下去。"

"艾达,我不能……在宾夕法尼亚州发生了紧急情况。我们要组织一次抗议活动,我有许多事情要做。再会,艾达。"玛丽皱着眉头把电话挂上。

"听着,鲁迪,假使艾达·柯恩再来电话,就告诉她我不在办公室……我事情很多,在这种日子不能把时间花来照顾一个歇斯底里的女人。"她戴上帽子,收集起文件,匆匆赶去出席委员会的会议。

流浪汉

那年轻人站在混凝土公路边等候,一只手拎着一只磨损的人造革手提箱,另一只手几乎握成了拳头,翘起了大拇指,

每当一辆汽车滑行而过,这大拇指就在空中微微划一道弧线;一辆卡车轰隆隆地开来,轧轧作响;开过的汽车扬起的风吹乱了他的头发,刮起砂砾

438

打在他脸上。

他脑袋发晕，饥饿拧紧了他的肚子，

裸露在破袜子外面的脚后跟已被擦破，穿着破鞋的脚在发病，在那仔细用手擦干净的褴褛的衣服里面，撕破的内裤使他感到龌龊，是穿着衣服睡觉所产生的感觉；鼻孔里还残留着挤卧在一间临时帐篷里的那些灰心丧气的躯体的陈腐气味以及监狱里的石炭酸臭味，绷紧的双颊上还滞留着被警察、警官、铁路工头们的令人讨厌的目光所引起的羞愧的红晕（这些人一日有丰盛的三餐，穿着考究，睡觉有妻子同床，晚餐后有孩子们一起嬉戏，他们为出钱雇用他们的大人先生们工作，他们确信背后有人撑腰而趾高气扬）。滚开，快滚！如果知趣，还是悄悄离开的好。想来硬的，呃？你认为能吃得住，呃？

下巴上挨上一拳，头部遭警棍猛击，手腕被抓住，拧到背后，大膝盖抬起来猛撞胯部，

拖着疼痛的脚走出城去，站在嘶嘶地快速移动的汽车流的边沿等待，那儿乙醚、铅、汽油的臭气和静悄悄的土地上的青草味交融在一起。

因缺吃少穿而发黑的眸子寻找着汽车司机的目光，搭个便车，沿公路捎脚一百英里。

头顶的蓝天上有架飞机在嗡嗡作响。眼睛紧跟着这架道格拉斯银鹰，它在阳光下一闪，便滑溜地消失在蓝空中

（横跨大陆的旅客们稳稳地坐着，这些有银行往来账和高薪职位的大人先生，看门人都向他们敬礼；电话接线的姑娘们对他们道早安。昨晚一次佳宴中与友人们畅饮后，他们离开了纽瓦克。爬升的飞机发动机轰鸣着，倾斜地钻入漆黑的阴霾中。灯光渐渐远去。一小时，顺着银翼盯视一轮孤寂的大月亮，它穿过凝结的浮云向西疾行。标灯排成一条线，跨越俄亥俄州，熠熠闪光。

到了克利夫兰[①]，飞机滑溜地朝下盘旋，倾斜着下降，密执安湖边的灯光联成一条线，在作圆弧形的移动。然后又是发动机爬升的轰鸣，旅客们颓坐在软座中，在这一览无余的月夜中打着瞌睡。

芝加哥。瞥见了北斗七星。再次从冷空气中盘旋向下，进入热空气之中，其中充满了尘埃和燃烧过的草原的臭味。

---

① 俄亥俄州东北部一大城市。

过了密西西比河，黎明透过大平原上空的朦胧，从背后爬升起来。一团团雾霭在衣阿华州的群山、农场、栅栏和圆仓上泛出白色，一条河流发出钢铁般的闪光。标灯眨着眼，进入白昼，变得越来越红。一条条水道在被冲蚀的群山上布下脉络。

奥马哈①。大片的积云，颜色从紫铜色逐渐转变成奶油色直到银白色，在炎热的草原上拖曳着一条条棕色的雨带。红色和黄色的崎岖地区上，有角的牲口的小小身形历历可见。

夏延②。高空的冷空气带有青草的芳香。

西方的捆紧的云团爆裂开来，在麦秆色的山丘上空撒下碎片。靛青色的山脉撅出露头的岩层。飞机一头冲进一大片在崩裂中的云障，在颠簸的空气中突然下降，飞越绿色和深红色的山坡，进入阳光的反光令人眼花的盐湖上空。

那个横跨大陆的旅客思考着合同、利润、假期旅行、大西洋与太平洋之间的寥阔的大陆、权力、诈骗美元的电报、人头济济的城市、空无人烟的山丘、通大车路的印第安人的小径、碎石铺的隧道、混凝土的高架公路；火车、飞机，用十亿美元加速的历史，

在前往拉斯维加斯③的途中，飞越沙漠地带上空的颠簸空气，他感到恶心，把在纽约吃的牛排和蘑菇都吐在硬纸袋中。没关系，口袋里有的是银元，票夹里有的是美钞、汇票、保付支票，在洛杉矶多的是饭店。)

那年轻人在路旁等候，飞机已飞走，每当一辆汽车吱吱叫着驶过，大拇指就在空中划出一道短短的弧线。目光寻找着汽车司机的目光。沿公路捎脚一百英里。脑袋发晕，肚子抽紧，种种需求像蚂蚁般在皮肤上爬行；

上学校，书上说读了可飞黄腾达，广告上保证你交上好运，拥有自己的房子，胜过你的邻人，听广播里用低音吟唱感伤歌曲的歌手悄声唱着姑娘呀姑娘，看白金色头发的姑娘的影子在银幕上花言巧语，用粉笔在办公室的告示牌上记下上百万的进益，开支票给愿意工作的人薪金，作为经理，有一张拿掉了杂物的办公桌，上面放着三部电话；

脑袋发晕，饥饿得肚子紧缩起来，无所事事的手麻木了，在疾驰而过的车辆旁等候。

沿公路捎脚一百英里。

---

① 内布拉斯加州东部一大城市。
② 怀俄明州东南部一城市，为该州首府。
③ 位于内华达州东南端，为著名的赌城。